SCHIPPACHVERLAG
FRANKFURT

Wolfgang Mondorf

NIE WIEDER
HERZLOS

Roman

SCHIPPACHVERLAG
FRANKFURT

© 2015 Wolfgang Mondorf
© dieser Ausgabe 2015 Schippach Verlag, Frankfurt am Main
Alle Rechte vorbehalten.

Alle Personen und Personennamen in diesem Roman sind frei erfunden. Ähnlichkeiten mit lebenden oder verstorbenen Personen wären rein zufällig.

Übersetzung von Lupus est homo homini, non homo, quom qualis sit non novit: Denn der Mensch ist dem Menschen ein Wolf, kein Mensch. Das gilt zu mindesten solange, als man sich nicht kennt. (Übersetzung von Artur Brückmann)

Layout: Troyca – Visual Solutions GmbH
Druck: Anrop Ltd., Israel
ISBN: 978-3-9817751

www.schippach-verlag.de

Für Christina, vielen Dank ...

„*Lupus est homo homini, non homo,
quom qualis sit non novit.*"
Titus Maccius Plautus (254 – 184 v. Chr.)

Rückblick

Es war Albert Steinhoffs erster Geburtstag, als Paul Simon „You can call me Al" im Radio sang. Breit grinsend saß er auf seiner vollen Windel und wippte im Takt der Musik hin und her. Und dann, als ob er sich angesprochen fühlte, griff er nach der Rückenlehne eines nahe stehenden Stuhls und zog sich nach oben. Offenbar selbst überrascht, wie leicht das ging, lösten sich seine Hände von der Armlehne. Unbeholfen, aber doch zielstrebig, tapste er auf seine Mutter zu, die in der Tür stand und der vor Schreck der Mund offen stehenblieb. „You can call me Al" klang es erneut aus dem Radio. Von diesem Tag an nannten ihn alle nur noch Al. Zwei Jahre später erblickte seine Schwester Karin das Licht der Welt. Als ob sie bereits ahnte, dass Al in ihrem Leben eine wegweisende Rolle spielen würde, war es nicht Mama oder Papa, was aus ihrem anfänglichen Babygeplapper herauszuhören war, sondern Al.

Juliette Camus, ein Jahr jünger als Al, wurde zum Einzelkind, als ihr älterer Bruder kaum 18 Jahre alt, mit dem Motorrad tödlich verunglückte. Den Schmerz der Eltern mehr noch als ihren eigenen vor Augen, verkroch sie sich seither hinter Büchern, in denen sie die Welt suchte, wie sie wirklich war. Von Jules Vernes Abenteuern angefangen - seither wurde sie von Freunden nur noch Jule genannt - verschlang sie alles, was an Naturwissenschaft erinnerte, oder besser, was über das bereits Bekannte hinausging.

War es Zufall oder doch Fügung, dass sich die Wege von Al, er war gerade sechzehn Jahre alt geworden, und Jule während eines Familienurlaubs in Österreich kreuzten? Wahrscheinlich wäre es nur bei einer dieser flüchtigen Urlaubsbekanntschaften geblieben, wenn nicht ein ebenso zufälliges wie erotisches Erlebnis beide seither schicksalhaft aneinander schmiedete.

Es vergingen jedoch zehn Jahre, bis sich ihre Wege erneut zusammen fügten. Al war inzwischen angehender Arzt und musste sich in der Notaufnahme um eine neue Patientin, Jule, kümmern. Es hätte der Beginn einer romantischen Liebe werden können, wenn nicht Jule zur selben Zeit aufgrund einer bahnbrechenden Erfindung in die Fänge der Mafia geraten und spurlos verschwunden wäre. Die erdrückenden Indizien sprachen für einen tödlichen Unfall Jules. Für Al brach eine Welt zusammen, wenn nicht ausgerechnet Jules Mutter, die bereits einen Sohn verloren hatte, ihn darin bestärkt hätte, ihre verschollene Tochter zu suchen.

Wer sonst, als seine Schwester Karin, sollte ihm bei der Suche nach Jule zur Seite stehen. Eine Suche, die nicht nur Al und Karin, sondern viele weitere Wegbegleiter in lebensgefährliche Situationen brachte. Hilfe erfuhr Al von Menschen, deren Freundschaft weit über das hinausging, was unter normalen Umständen zumutbar gewesen wäre: Angefangen bei Olli, seinem schwulen Nachbarn, über Lorenzo, einem am kirchlichen Auftrag gescheiterten Pater und Nadjeschda, die sich damit ihren eigenen Landsleuten entgegenstellte, bis hin zu Jelena, einer von der eigenen Familie verstoßenen Prostituierten.

Das Leben ging weiter und so verschieden Jules und Als Freunde auch waren, alle hatten etwas gemeinsam: Den Willen, die eigene Situation zu überdenken, die innere Freiheit, nach neuen Perspektiven zu suchen, und die Bereitschaft, Kopfstände zu machen, um die Welt so zu sehen, wie sie vielleicht wirklich war.

Frankfurt am Main, Juni 2020

Nadjeschda legte die Zeitung beiseite. Sie saß auf einer hölzernen Bank eines kleinen idyllischen Parks mitten in Sachsenhausen, einem südlichen Stadtteil von Frankfurt. Die Ruhe, die sie umgab, konnte für einen Moment darüber hinwegtäuschen, dass um sie herum, nur wenige Meter entfernt, das brutale Räderwerk einer hektischen Großstadt unablässig und laut vor sich hin ratterte. Gedankenversunken blickte sie zu dem kleinen Spielplatz hinüber, auf dem eine Gruppe von etwa sieben- bis neunjährigen Kindern ausgelassen ihren spielerischen Fantasien nachging. Darunter auch Daniel, Nadjeschdas Sohn, der sich im Sonnenlicht übermütig im Kreis drehte.

Fast zehn Jahre waren seit den schrecklichen Ereignissen in der russischen Botschaft vergangen. Immer wieder wollte sie seither ihrem Leben ein Ende setzen. Sie wusste damals schon, dass sie die Erinnerungen an die Schmerzen, an die menschenverachtende Erniedrigung, nie mehr loslassen würden. Noch immer spürte sie den vernichtenden Schmerz in ihrem Unterleib, fühlte den massigen, animalisch stöhnenden Körper über ihr, der sie zentnerschwer erdrückte, ihr die Luft zum Atmen nahm. Es war eine Last, die sie noch heute zu ersticken drohte. Noch immer roch sie den widerlichen Gestank von Schweiß und faulem Mundgeruch, gepaart mit einem durchdringenden Geruch süßlichen Parfüms, den besonders Männer aus dem Orient verströmen und meinen, sich damit bei ihren willenlosen Frauen attraktiv zu machen, deren resignierte Gleichgültigkeit und Missachtung brechen zu können. Noch immer glaubte Nadjeschda, die ekelhaft klebrige Masse aus Speichel und Sperma auf ihrem Körper zu spüren und sehnte sich danach, sich wie eine Schlange zu häuten, ihrer für immer beschmutzten Hülle entfliehen zu können.

Wie aus dem Nichts kamen diese Erinnerungen hochgeschossen, ohne Anlass, unerwartet, wie ein Tsunami, der sie erbarmungslos überrollte. Jedes Mal spürte sie die Panik, wusste, dass sie machtlos dagegen sein würde, wusste, dass die Angst davor stärker war als jede Vernunft, als jeder Versuch, dagegen anzugehen. Dann riss sie sich oft von Panik getrieben die Kleider vom Leib, sprang unter die Dusche und drehte die Temperatur von glühend heiß zu kalt und wieder zurück, bis sie endlich erschöpft zusammensank.

Damals traute sie sich lange Zeit nicht aus dem Haus, aus Angst, die Panik könnte sie auf der Straße überrollen, könnte sie für jeden sichtbar zu einer geistig verwirrten Unperson stempeln, der aufgrund von Drogen oder Alkohol sowieso nicht mehr zu helfen war. Ihre innere Zerrissenheit würde niemand begreifen und sollte auch niemand erfahren. Wiederholt hatte Karin sie nahezu bewusstlos aus der Dusche geschleift. Karin war die einzige, die sie berühren durfte, die Einzige, nach deren Zärtlichkeit sie sich sehnte, die Einzige, bei der sie in den Momenten der Verzweiflung Ruhe und Geborgenheit fand.

Und dann die schrecklichen Schuldgefühle, das zerstörerische Verlangen, wie besessen nicht nur ihrem eigenen Leben, sondern auch dem ihres ungeborenen Kindes ein Ende setzen zu wollen. Es war eine Todessehnsucht, die tief in ihr, wie das ungeborene Kind selbst, schlummerte und unweigerlich heranwuchs. Es war ein schrecklicher und doch auch irgendwie tröstlicher Gedanke, der immer wieder von ihr Besitz ergriff, dem unweigerlich bevorstehenden Antlitz des Bösen in Form eines Kindes, dem Fortpflanzungsprodukt desjenigen, der sie zum Schatten ihrer selbst gemacht hatte, doch noch entkommen zu können. Der Gedanke an ein ungewolltes Kind, das Produkt einer Vergewaltigung, würde für immer der lebende Beweis dieser schrecklichen Ereignisse bleiben, würde Zeugnis abgeben von jemandem, den sie abgrundtief hasste, der ihr Leben zerstört hatte. Nein, das konnte sie damals nicht ertragen und vor allem wollte sie es ihrem ungeborenen Kind nicht antun. Es war ihr Kind und doch schien es gebrandmarkt von einem widerwärtigen Erbgut. Sie liebte ihr Kind und war sich gerade deshalb sicher, ihm die niemals zu tilgende Gewissheit einer Inkarnation zwischen einer liebenden Mutter und dem Bösen schlechthin zu sein, nicht in die Wiege legen zu wollen. Es schien damals folgerichtig und konsequent, gerade deshalb zusammen mit ihrem Kind die Welt zu verlassen, für sie selbst, um Erlösung zu finden, und ihrem Kind zuliebe, da es noch unschuldig und rein war, unbelastet von den Umständen, wie und warum es zur Welt gekommen wäre. Möge es in einer anderen, einer besseren Welt das Licht erblicken.

Doch es kam anders. Was damals passierte grenzte nicht an ein Wunder, es war ein Wunder. Was damals passierte, stellte alles auf den Kopf. Ein kurzer Moment, der ihr neue Kraft schenkte, ein neues Gefühl, das nicht aus dieser Welt stammen konnte und für das sie seither unendlich dankbar war. Damals konnte sie plötzlich begreifen, dass Daniel nicht das Produkt aus Eizelle und verhasstem Samen war, sondern ein ganz und gar neuer Mensch, der ein Recht hatte zu leben, der in einer Welt der Liebe aufwachsen sollte.

Die Sonne stach durch ein im sanften Wind flatterndes Blätterwerk hoher und dicht stehender Kastanien und Ahornbäume. Der Kontrast zwischen dem dunklen raumfüllenden Schatten und den zigtausend hellen Farbklecksen, die in immer neuen Formen umeinander tanzten, hatte etwas Belebendes und trotzdem auch etwas Beruhigendes an sich. Da, wo die Sonnenstrahlen auf die Wiese fielen, leuchtete ein sattes Grasgrün, während der Sandboden des Spielplatzes die Sonnenstrahlen wie goldene Münzen reflektierte. Und doch war es nicht nur dieses farbenprächtige Naturschauspiel, das Nadjeschda in diesem Moment ein warmes Glücksgefühl in der Brust bereitete. Vielmehr war es die Gruppe von Kindern, die ihrem ausgelassenen Treiben nachgingen. Zum Teil warfen sie sich kleine Bälle zu, in einer Weise, deren Regeln vermutlich nur die Kinder selbst verstanden, wenn es denn überhaupt Regeln gab. Zum Teil tollten sie auch über Spielgeräte und Schaukeln, turnten über hohe Klettergerüste, sodass man aus Sorge darüber, dass sie vom Gerüst fallen und sich ernsthaft verletzen könnten, geneigt war, wiederholt einzuschreiten.

Obwohl Nadjeschda gut zwanzig Meter entfernt auf einer Parkbank saß, war Daniel unschwer zu erkennen. Das lag nicht nur daran, dass er der Wildeste von allen war, sondern auch einer, der die Spielregeln zu erfinden und gleichzeitig am strengsten zu überwachen schien. Vor allem aber lag es an seinem roten, in der Nachmittagssonne fast kupferfarben glänzenden lockigen Haarschopf, der etwas Bestimmendes, etwas Dominantes, im selben Moment aber auch einnehmend Zärtliches an sich hatte. Der Anblick von Daniel war für Nadjeschda so rührend, dass sie sich zusammenreißen musste, nicht augenblicklich aufzuspringen, um ihren Sohn zu umarmen und ihn mit tausend Küssen zu übersähen. Sie tat es nicht, da ihr das schlichte Beobachten des lustigen und ausgelassen spielerischen Treibens der Kinder, das sich immerwährend um Daniel zu drehen schien, mindestens ebenso viel Freude bereitete. Auch wollte sie der Fantasie der Kinder keine Grenzen setzen, sondern sie einzig und allein ihrer kindlichen Spontanität überlassen.

Stundenlang hätte sie dem Spielen der Kinder noch weiter zuschauen können, hätte sich nicht plötzlich die Stimmung gedrehte. Einer der Jungen schubste Daniel von hinten, dann der nächste und wieder einer, bis sich schließlich ein Kreis bildete, in deren Mitte Daniel nahezu willenlos von einer zur anderen Seite gestoßen wurde. Erst dachte Nadjeschda es handele sich um eines der endlosen kindlichen Spiele, in dem sie oft die Welt der Erwachsenen, das unaufhörliche Polarisieren zwischen Gut und Böse, zu imitieren versuchten. Doch dann wirkte Daniel immer passiver. Immer mehr sah es so aus, als hätten sich alle gegen ihn verschworen, als habe sich das ausgelassene fröhliche Spiel plötzlich zu einem Alle-gegen-Einen Spiel gewandelt. Von einer Minute zur anderen war es nicht mehr Daniel, der die Regeln bestimmte, sondern er selbst wurde zum Spielball, zum Mittelpunkt gemeinsamen Hänselns. Während die Kinder lauthals singend um ihn herum sprangen, mit den Fingern auf ihn zeigten und ihm eine lange Nase zogen, stand Daniel nur noch mit gesenktem Kopf in der Mitte. Langsam vergrub er sein Gesicht in beide Hände und sein Schluchzen war ihm von weitem bereits anzusehen.

Nadjeschda sprang erschrocken auf und lief auf die Gruppe von Kinder zu, was dazu führte, dass alle rasch das Weite suchten. Daniel blieb alleine zurück. Er weinte bitterlich während Nadjeschda vor ihm auf die Knie sank und ihn tröstend in die Arme nahm. Sein kleiner Körper zuckte. Tränen rollten seine Wangen hinab, wie ein tropfender Wasserhahn. Nadjeschda strich ihm besänftigend durch die schimmernden Locken. Langsam beruhigte er sich wieder. Während ihm die Umarmung seiner Mutter anfänglich offenbar unpassend, ja vielleicht sogar peinlich war, schmiegte er sich jetzt, da die anderen Kinder weit außer Sicht waren, dankbar und hilfesuchend an ihren beschützenden Körper.

Schweigend hielten sie sich fest umklammert, bis sich ein hoffnungsvolles Seufzen tief aus seiner Kehle löste. Behutsam entzog sich Nadjeschda der kindlichen Umarmung und lächelte ihm aufmunternd in die rot unterlaufenen Augen. Dann stand sie auf und legte ihre Hand auf seine immer noch zuckende Schulter. Gemeinsam gingen sie hinüber zur Parkbank, auf der sie bis vor wenigen Minuten noch einigermaßen zuversichtlich gesessen und geglaubt hatte, das eigene Jammertal hinter sich gelassen zu haben. Aber da war plötzlich etwas Neues, etwas, das sie bis vor kurzem noch als unbelastete Lebensperspektive angesehen hatte, und das nun etwas sehr Beunruhigendes an sich hatte. Es war, als sei das Tor zu einem Seitental, einem anderen Jammertal plötzlich weit aufgerissen worden. Es wurde ihr plötzlich erschreckend klar, dass sie sich in ihrer Verantwortung als Mutter in Zukunft immer weniger um sich selbst, als vielmehr um das hilfesuchende Wesen an ihrer rechten Hand kümmern musste, um jemanden, der mehr als sie selbst für sich nun ihren Schutz, ihre Stärke beanspruchen würde. Es war eine gemeinsame Zukunft, der sie sich unweigerlich stellen musste und auch stellen wollte, die allerdings noch weniger vorhersehbar, noch weniger beeinflussbar sein würde, als ihre eigene.

„Daniel, was ist passiert ... haben dich die Kinder geärgert?" Daniel fing wieder an zu schluchzen und nickte dabei kaum merklich. Nadjeschda legte vorsichtig ihren Zeigefinger unter sein Kinn und versuchte seinen Kopf in ihre Richtung zu drehen. Doch Daniel wehrte sich vehement. Er wollte seiner Mutter nicht in die Augen blicken.

„He, Daniel ... schau mich doch mal an. So schlimm kann es doch nicht sein, dass du es mir nicht erzählen kannst, oder?" Daniel presste den Mund zusammen und blickte zu Boden. Nadjeschda umarmte ihren kleinen Sohn, der wieder anfing zu weinen und rieb ihm mit der flachen Hand sanft über den Rücken. Mit leiser Stimme versuchte sie ihn zu beruhigen.

„Also, mein kleiner Held. Die anderen haben dich geärgert, stimmt's?" Daniel nickte unmerklich. „Und alle gegen einen, weißt du, das finde ich ganz schön gemein." Daniel nickte etwas kräftiger. Offenbar schien sein Mut langsam zurückzukehren. „Vielleicht ..." Nadjeschda suchte nach Worten, wie sie dem Geheimnis der plötzlichen Hänseleien auf die Spur kommen könnte. „Also, wenn du mir erzählst, warum sie dich geärgert haben, dann ... dann geht es dir bestimmt besser. Weißt du, wir beide, wir gehören doch zusammen oder nicht?" Wieder nickte Daniel, diesmal noch etwas kräftiger. „Also, schau mich mal an, warum haben sie dich geärgert? War es so schlimm?" Wieder schien ihn der Mut zu verlassen. Er drehte seinen Kopf zur Seite und blickte verzweifelt in Richtung des Spielplatzes, dorthin, wo das Unglück seinen Anfang genommen hatte, als wollte er das Geschehene rückgängig machen, für immer aus seinem Bewusstsein löschen. Nadjeschda versuchte erneut sein Vertrauen zu gewinnen. „Du ... du musst mir das natürlich nicht erzählen, aber vielleicht könnte ich dir ja helfen? Manchmal tut es gut, wenn man ... naja, wenn man sich einfach mal ausspricht. Dann ist oft alles nicht mehr so schlimm. Was meinst du?" Daniel schwieg, dabei kaute er auf seiner Unterlippe, als wollte er doch etwas sagen, traute sich jedoch nicht. „Na gut, ich mach dir einen Vorschlag. Wir gehen erst mal ein Eis essen und vielleicht ... vielleicht willst du mir dann erzählten was los ist und wenn nicht ... auch nicht schlimm. Weißt du; Daniel, ich habe meinen Eltern auch nicht alles erzählt. Und wenn du mir später doch etwas erzählen willst, dann ... dann ziehst du mich am Ärmel und ich bin ganz Ohr, einverstanden?" Nadjeschda nahm ihre Tasche, die sie neben der Bank abgestellt hatte und machte Anstalten aufzustehen, als Daniel ihr zögernd am Ärmel zupfte.

„Du Mama ..." Nadjeschda setzte sich wieder und blickte Daniel in die rot unterlaufenen Augen. Wieder schaute Daniel zur Seite, als habe er sich im selben Moment erneut entschieden, doch nichts zu sagen. Nadjeschda strich ihm zärtlich über den Kopf. Seine kupferfarbenen Haare schienen jetzt noch voller, noch kräftiger und dufteten süßlich. Zärtlich küsste sie ihn auf die Stirn. Daniel blickte starr zur Seite und presste dann mit leiser Stimme hervor: „Du, Mama, ... was ist eigentlich eine Lesbe?"

Österreich, August 2010

Regenschwere Wolken hingen über den Bergen. Nur gelegentlich zeigten sich einige schwarze schroffe Felsen, die versuchten, wenigstens für Momente das nahezu undurchdringliche Grau zu zerschneiden, bevor sie erneut von den Wolkenmassen eingehüllt wurden. Ein für die Jahreszeit ungewöhnlich kühler Wind blies über den See, der, von den Bergen eingekesselt, die trübe Farbe des Himmels widerspiegelte. Garstige Böen zogen über die Wasseroberfläche und färbten die gekräuselten Wellen noch dunkler, noch schwärzer. Wie Finger einer riesigen Hand schienen sie auf die Insel inmitten des Sees zu zeigen, auf ein herrschaftliches Gebäude, das an diesem Vormittag düster am Seeufer aufragte. Al stand nur mit einer Pyjamahose bekleidet am Fenster und schaute gedankenversunken hinaus. Es war einer dieser Tage, die nie hell werden wollten, die von der morgendlichen in die abendliche Dämmerung überzugehen schienen. Ein dichter Nieselregen begann und verschleierte zunehmend den sonst so atemberaubenden Blick über den See und auf die dahinter sich auftürmende Bergkette. Seine Gedanken schienen ebenso trüb und verschleiert zu sein, sodass er Jule kaum bemerkte, die sich wie eine Katze von hinten an ihn heranschlich. Fast auf den Tag genau elf Jahre waren vergangen, seit sich ihre Wege zum ersten Mal auf dieser Insel gekreuzt hatten. Damals, es war der 1. August 1999, lag eine drückende Hitze über dem See. Es war jenseits des

Vorstellbaren, was das Schicksal von da an für beide bereithalten sollte. Umso mehr fühlte sich Jule jetzt von einem unsagbar leichten Glücksgefühl beflügelt, mit dem sie an diesem Morgen ihre Arme um Al schlang und ihren nackten Körper dicht an ihn herandrückte, um nicht allzuviel von der zuvor geteilten Wärme zu verlieren.

„Woran denkst du, Al?"

„Ich weiß nicht so recht."

„Wirklich? Oder willst du es mir nur nicht verraten?"

„Vielleicht auch das."

„Ich weiß, was dir durch den Kopf geht. Du denkst daran, dass die schönen Tage hier bald zu Ende gehen, stimmt's? Tage, an denen wir uns auf dieser Insel gefunden haben und die seither nur uns beiden gehören." Auf dem rechten Bein balancierend schlang sie ihr linkes wie den geschmeidigen Schwanz einer Katze um seine Beine und strich ihm mit beiden Händen zärtlich über die spärlich behaarte Brust.

„Wenn es nur das wäre. Eigentlich mache ich mir Sorgen, dass uns die Vergangenheit wieder einholt, dich und mich und ... und all unsere Freunde."

Ohne auch nur den kleinsten Körperkontakt zu verlieren, schmiegte sich Jule um ihn herum und blickte ihn schließlich mit hochgezogenen Augenbrauen an.

„Georg sagte gestern, dass deine Schwester heute kommen würde. Und wenn Karin heute einfach so kommt, dann ... dann hat sie doch wohl alles gut überstanden und ..." Al unterbrach Jules Beschwichtigungen.

„Wir hatten Glück, Jule, verdammt viel Glück."

„Wirklich nur Glück? Vielleicht ... vielleicht war es auch Fügung. Sind das nicht deine Worte, Al? Vielleicht sollte alles so kommen ... vielleicht war alles so vorherbestimmt."

„Du hast recht, Jule. Mit Glück allein ist das kaum erklärbar."

Sanft legte sie ihren Kopf an seine Schulter und küsste ihn zärtlich saugend am Hals. Er spürte ein leichtes Zittern ihres Körpers und strich ihr über die Schultern, über ihre leicht hervortretenden Schulterblätter, ihren geraden Rücken, in dessen Mitte die einzelnen Wirbel wie eine Perlenkette tastbar waren. Er spürte ihre kleinen Brüste, die sich oberhalb des Hohlkreuzes ihrer schmalen Hüften kraftvoll gegen ihn pressten. Sanft ließ er seine Hände über ihren straffen Po kreisen, der sich von der morgendlichen Kühle, vielleicht war es auch ihre Erregung, unter seinen Händen erst weich und glatt und dann zunehmend wie eine vibrierende Gänsehaut anfühlte.

„Komm, Jule, lass uns nochmals unter die Bettdecke kriechen, es ist kühl hier am Fenster."

Wie nach dem Startsignal eines Hundertmeterlaufs löste sie sich plötzlich aus der Umklammerung und sprang mit einem Satz unter die dicke Daunendecke des in der Mitte des Raumes stehenden Himmelbettes. Al lächelte. Es war ein verliebtes Lächeln. Er sprang ihr hinterher, unter die Decke.

Sie umarmten und küssten sich wild, bis Jule plötzlich innehielt. Drei Wochen waren sie nun auf der Insel und liebten sich seither hemmungslos. „Eigentlich sollte ich vorgestern meine Tage bekommen haben", flüsterte Jule. Sie dachte immer mal wieder daran, dass sich irgendwann in dieser Zeit ihr Eisprung ereignet haben musste, verdrängte aber den vielleicht irritierenden Gedanken, schwanger werden zu können. Der Rausch der Gefühle füreinander, das Nachholbedürfnis nach langer ungewisser Trennung, nach schrecklichen Zeiten, in denen es kaum vorstellbar schien, sich überhaupt je wiederzusehen, war einfach zu stark, verdrängte jede Vernunft, ließ geschehen, was geschehen musste. Zu lange, zu quälend waren die vergangenen Monate gewesen, sodass jedweder rationale Gedanke keinen Platz fand.

Auch Al hatte immer wieder einmal über die Möglichkeit nachgedacht, dass sich ihr nur von den gemeinsamen Gefühlen bestimmtes Sich-treiben-Lassen dazu führen könnte, ein Kind zu zeugen. Er wusste, dass sie keine Pille nahm, und an Kondome war auf dieser Insel nicht zu denken. Vielleicht machte es aber gerade auch den Reiz ihrer Zärtlichkeit aus, verstärkte ihre liebevolle Zuneigung, intensivierte das überwältigende Gefühl, ab jetzt für immer zusammenbleiben zu wollen, wenn gerade dadurch ein lebender Beweis ihrer Liebe entstehen würde.

Der im krassen Gegensatz dazu stehende und eher nüchterne Hinweis auf ihren weiblichen Zyklus ließ ihn jedoch plötzlich zusammenzucken. Es war wie der Blitz eines schlechten Gewissens, einer Erklärungsschuld, die er nun ihr gegenüber eingestehen müsste, sich dieser Verantwortung entzogen zu haben. Es war das Bekenntnis darüber, der Lust den Vorrang gegeben zu haben gegenüber jeglicher noch nicht ausgesprochener Verantwortung, sollte Jule dadurch schwanger geworden sein.

„Du, Jule, kein Problem. Also, wie soll ich das sagen ...?"

Sie schaute ihn neugierig provozierend an.

„Du meinst, wenn du mich geschwängert hast, dann ..."

Al unterbrach sie mit ernstem Gesicht.

„Geschwängert, das klingt so ... so mechanisch, so kalt ... so lieblos. Also, wenn das alles hier ... wenn du jetzt dadurch schwanger wärst und ... und wenn wir ... du und ich ... also wirklich wir beide ein Kind ... dann ..."

Er musste schlucken, seine Unterlippe zuckte etwas bei dem Gedanken, an das, was damit bevorstünde. Jule kam ihm zuvor und zog sanft lächelnd die Augenbrauen hoch.

„Al, weißt du, dann bin ich der glücklichste Mensch der Welt."

„Oh Gott, Jule, daran habe ich noch gar nicht gedacht, oder zumindest ... noch nicht so richtig gedacht, aber jetzt ... Oh Gott, ich glaube, ich könnte ... ich würde platzen vor Glück."

Jule legte ihren Kopf auf seine Brust, ein schüchtern verlegenes Lächeln huschte über ihr Gesicht und beide hingen ihren Gedanken nach, die bis vor Kurzem noch grau und ungewiss gewesen waren. „Wir sollten uns bald anziehen, Al. Georg meinte, dass er mit den neuen Gästen gegen halb elf per Schnellboot eintreffen würde." Jule konnte sich ein Lächeln bei der Betonung des Wortes Schnellboot nicht verkneifen, da Georg in den letzten Tagen einen neuen, deutlich stärkeren Motor in das Hotelboot einbauen ließ und sich seither als König der Meere verstand. „Also, sofern der Zug keine Verspätung hat, sollten sie in etwa zwanzig Minuten hier sein. Und es wäre schön, wenn wir Karin und wer weiß, wer noch so eintrifft, gebührend empfangen würden."
Nach einer kurzen Dusche zogen sie sich rasch an und eilten zum Strand. Georg hatte in den Morgenstunden, allen Regenwolken zum Trotz, bereits mehrere Tische und Stühle aufgestellt, sodass anzunehmen war, dass sich außer Karin wohl noch einige weitere Gäste angesagt hatten. Jule und Al schauten sich stirnrunzelnd an. „Ich gehe mal davon aus, dass meine Schwester Karin zusammen mit Nadjeschda kommen wird."
„Nadjeschda? Unsere Nadjeschda aus der Aquariumsgruppe?" Jule schaute ihn fragend an. Inzwischen lag es bereits einige Jahre zurück. Karin hatte während eines Sprachkurses in Spanien ein paar junge Leute auf ihrer Pilgerreise nach Santiago de Compostella kennengelernt. Al konnte sich noch gut erinnern. Früher hatten sie sich oft gestritten. Karin war immer kurz angebunden, ständig schlecht gelaunt und schien mehr und mehr in die Welt einer bizarren Punkszene abzugleiten. Als sie dann aus Spanien zurückgekommen war, wirkte sie wie verwandelt. Sie hatte sich ihrer schwarzen Klamotten entledigt und erschien seither wie aufgeräumt. Dabei redete sie unentwegt davon, dass sie im christlichen Glauben ein neues Leben begonnen hätte. Mit der Zeit scharten sich mehr und mehr Gleichgesinnte um sie und sie gründeten

die sogenannte Aquariumsgruppe. Es war im weitesten Sinne ein christlicher Gesprächskreis, weniger auf intellektueller oder gar belehrender Basis als vielmehr im Sinne eines zwanglosen Zusammentreffens Gleichgesinnter, unter denen man seine Sorgen loswerden konnte, mit denen man zusammen betete und Kraft tankte. Der Name „Aquariumsgruppe" gründete daher, dass alle der Überzeugung waren, wie Fische in einem Aquarium zu leben, dessen Innenleben von rationalen Dingen und Spielregeln bestimmt war, dass es aber auch ein Außerhalb gab, welches ein Leben im Aquarium erst ermöglichte. Dieses Außerhalb war einerseits ungewiss und doch schien bei jedem im Glauben daran, so auch bei Karin, das Leben seither in neuen Bahnen zu verlaufen. Verantwortlichkeit, Mitgefühl, Hilfsbereitschaft, Liebe waren die prägenden Elemente, die es im täglichen Leben umzusetzen galt. Es dauerte nicht lange, bis sich Al von Karins neuem Leben anstecken ließ.

Als Karin zum Studium von Münster nach Freiburg gezogen war, gründete sie dort erneut eine Aquariumsgruppe. Ihre Freunde taten es ihr gleich. So entstanden mit der Zeit Aquariumsgruppen an mehreren Orten. Nadjeschda war von Anfang an dabei, zusammen mit Karin, erst in Münster und dann in Freiburg.

Als Karin später bei ihrer Suche nach Jule selbst in die Fänge der russisch-italienischen Mafia geriet, war es im Wesentlichen Nadjeschda zu verdanken, dass sie in letzter Minute entkommen konnte. Allerdings lieferte sich Nadjeschda damit selbst den Schergen ihrer Landsleute aus, was ihr fast zum Verhängnis geworden wäre. Diesmal war es Karin, die Nadjeschda befreien und sich mit ihr verstecken konnte. Wie sich ihre Freundschaft seither entwickelt hatte, wusste Al nicht. Er ahnte jedoch, dass zwischen ihnen mehr war, als eine rein platonische Freundschaft. Al war sich nicht sicher, ob er Jule über die Möglichkeit, dass Karin und Nadjeschda vielleicht ein Liebespaar sein könnten, berichten sollte. Im Grunde wusste er es ja selbst nicht genau und wenn die beiden nun auf der Insel eintreffen sollten, dann würden sie es ja noch früh genug erfahren. Al runzelte die Stirn auf Jules direkte Frage.

„Doch, doch, Nadjeschda, die aus der Aquariumsgruppe. Es könnte gut sein, dass sie mitkommt, zusammen mit Karin. Im Grunde waren Karin und Nadjeschda immer schon unzertrennlich, ich meine ... die beiden haben sich immer schon gut verstanden."

„Na also, das wäre ja ein Wiedersehen. Du wolltest mich doch immer mal in eure Aquariumsgruppe einladen, oder nicht?" Jule blinzelte verschmitzt.

„Machst du dich etwa lustig über uns? Ich warne dich, Jule, wenn du da mitmachst, dann lässt dich das nicht mehr los. Hätte ich nie gedacht, ging mir aber damals genauso. Allerdings ..." Er runzelte erneut nachdenklich die Stirn. „Man muss sich auf Dinge einlassen, die man nicht weiß, die man nie wissen kann, an die man nur glauben kann."

„Ach weißt du, Al, früher dachte ich immer, man kann die Dinge nur rational sehen, alles andere wäre reine Fantasie, nur kompletter Unsinn. Ich kann mich noch ganz gut erinnern, wie du das damals so treffend gesagt hast, man müsse manchmal Kopfstände machen, um die Welt wieder richtig zu sehen. Vielleicht sollte ich bald mal damit anfangen."

Im nächsten Moment dröhnte der Motor von Georgs Schnellboot über den See, laut und unangenehm röhrend. Es dauerte keine zehn Minuten, bis das Hotelboot am Steg anlegte. Dabei krachte der Bug erst unsanft gegen den Poller, sodass ein wildes Fluchen des sonst eher abgeklärt und nüchtern wirkenden Georg zu vernehmen war. Offenbar hatte er die Kraft seines neuen Außenborders reichlich unterschätzt. Al überlegte, ob er gleich zum Steg hinübergehen sollte. Er erinnerte sich an die Zeit, als er mit seinen Eltern hier im Urlaub gewesen war, damals, als Jule mit ihren Eltern angekommen war und als er gedacht hatte, es handele sich bei ihr um einen Jungen, nicht um ein Mädchen, in das er sich dann auch noch so unsterblich verlieben würde. Damals fand er es seltsam, wie aufmerksam und zuvorkommend Jule ihren Eltern aus dem Boot geholfen und sie unter den Armen stützend über den Steg begleitet hatte. Diesmal war es ähnlich. Es war geradezu ein Déjà-vu, wie Karin jemandem aus dem Boot half, überaus vorsichtig und fürsorglich.

Al hielt es nicht mehr aus. Er sprang auf und eilte zum Steg hinüber. Wie erwartet erkannte er Nadjeschda, die an der Hand von Karin langsam über den Steg ging. Für einen Moment hielten alle inne, blickten sich aus der Entfernung an, als könnten sie ihren Augen nicht trauen. Dann, Nadjeschda hielt sich mit leicht gesenktem Kopf am Steggeländer fest, kam Karin auf Al zugerannt. Wortlos fielen sie sich in die Arme.

„Karin … Mensch, Karin …" Al wusste nichts weiter zu sagen, drückte seine Schwester nochmals fest an sich und drehte sich dann zu Nadjeschda um, die langsamen Schrittes auf sie zukam. Dabei hielt sie ihre rechte Hand fest an ihren Unterleib gepresst. „Nadjeschda, du hier. Das ist eine wunderbare Überraschung." Al ging zu ihr hinüber und küsste sie auf beide Wangen. „Du siehst blass aus. Geht es dir nicht gut? Man könnte meinen, du … du seist seekrank." Nadjeschda lächelte etwas gezwungen. Karin kam hinzu.

„So etwas Ähnliches, Al. Ihr ist wirklich übel und sie würde gerne mal kurz aufs Zimmer gehen und sich aufs Bett legen, geht das?" Georg kam gleich hinzu, nahm Nadjeschda vorsichtig am Arm, während er in seiner anderen Hand einen großen Koffer schleppte. Es war der einzige Koffer, den beide, Karin und Nadjeschda, dabeihatten.

„Überlassen Sie das mir. Ich zeige Fräulein Nadjeschda ihr Zimmer und vielleicht sollte ich ihr noch einen Tee machen." Wieder lächelte Nadjeschda gezwungen und brachte nur ein leises „Dankeschön, das ist sehr nett" hervor. Dann ließ sie sich von Georg in Richtung Hotel begleiten.

„Karin, komm, lass uns zu Jule hinübergehen, sie ist schon ganz ungeduldig, dich zu sehen." Jule kam jedoch bereits hinzu gelaufen und fiel Karin in die Arme. „Karin, schön dass du hier bist nach all den ... den schrecklichen Ereignissen." „Wirklich wahr. Nach all dem, was passiert ist, grenzt das hier an ein Wunder. Findet ihr nicht auch? Und heute, am frühen Nachmittag, da kommen noch andere Freunde." Karin zog die Augenbrauen hoch, während Jule und Al gespannt an ihren Lippen hingen. Karin schüttelte den Kopf. „Nein, nein, ich verrate nichts. Das soll eine Überraschung bleiben."

„Na dann, wird ja wohl keine Mafia sein, die du eingeladen hast, oder?" Karin lachte, wenn auch etwas bemüht über den angesichts der zurückliegenden Ereignisse makabren Witz ihres Bruders.

„Kaffee, Croissant?" Georg war wieder zurück. Er hatte einen üppigen Brunch vorbereitet. „Er verwöhnt uns hier nach Strich und Faden. Wir wissen eigentlich beide nicht, womit wir das verdient haben." Sie setzten sich zu dritt auf die Gartenbänke und genossen die warme Vormittagssonne, die sich in der letzten halben Stunde erst zögerlich, dann doch energisch zwischen den Wolken durchgesetzt hatte. Zusammen tranken sie Kaffee und knabberten an ihren Croissants, als Georg mit einem Teewagen, gefüllt mit Wurst, Käse, Eiern, geräucherten Lachs und frisch gepresstem Orangensaft, wiederkam.

„Die Brötchen kommen gleich. Ach übrigens, Frau Steinhoff, Sie und Fräulein Nadjeschda haben das Zimmer im Dach mit der großen Terrasse zum See hinaus, wenn es recht ist. Fräulein Nadjeschda geht es übrigens schon besser. Sie wollte gerade noch ihre Sachen in den Schrank einräumen und kommt dann zum Brunch." Georg errötete leicht und drehte sich augenblicklich um, als habe er etwas Geheimnisvolles verraten, etwas, das er vielleicht besser für sich behalten hätte.

Karin blickte Al ernst an. „Al, ich muss dir etwas sagen. Nadjeschda und ich ... wir ... wie soll ich das sagen ... wir sind zusammen, wir ..." Karin verstummte. Dann stand sie auf, ging unsicher ein paar Schritte in Richtung See und blickte nachdenklich in Richtung der Berge, die sich langsam in der hervorbrechenden Sonne erhellten. Al hatte ja bereits eine Vorahnung gehabt, die sich jetzt zu bestätigen schien. Karin blickte fragend zu Al, der ihr erleichtert lächelnd zunickte. Al stand auf und trat langsam an Karin heran. Fürsorglich legte er seine Arme um ihre Hüften und küsste sie sanft auf ihre zitternde Wange. Dann sagte er leise mit trockener Stimme: „Karin, ich mag Nadjeschda sehr, wie du weißt und ... und ich glaube ... ich glaube, ihr beide, ihr ... ihr passt wunderbar zusammen." Plötzlich drehte sich Karin um, umklammerte ihren Bruder fest und fing an zu schluchzen. Als sie sich wieder einigermaßen beruhigt hatte, blickte sie ihren Bruder mit rot unterlaufenen Augen an.

„Danke, Al. Danke ... danke für alles." Langsam führte er seine Schwester zurück und sie setzen sich gemeinsam zu Jule, die sofort lächelnd nach Karins Hand griff.

In Karins blasses Gesicht war nun etwas Farbe zurückgekehrt und damit auch der Mut, über sich und Nadjeschda und vor allem über ihre Zuneigung zueinander zu berichten. „Ich wusste nicht, wie du Al ... ich hatte Angst, du könntest Nadjeschda und mich ... ich meine wie ihr ... ich hatte Angst, ihr würdet uns nicht verstehen ... Al, das ist ... das ist uns sehr wichtig, weißt du? Ich liebe Nadjeschda, und ... wenn wir schon dabei sind ..." Wieder fing Karin an zu schluchzen. Al löste sich etwas von ihr, schob ihr Kinn nach oben, blickte ihr in die Augen und wischte ihre Tränen aus dem Gesicht. „Karin, ich freu mich für dich, wirklich, ich freu mich für dich und Nadjeschda, für euch beide."

„Al, das ist noch nicht alles. Du musst wissen, ... Nadjeschda und ich, wir ... wir bekommen ein Kind."

Erschrocken drückte Al seine Schwester wieder an sich, atmete tief durch und stotterte. „Ihr ... ihr bekommt ein Kind? Ja aber, du und Nadjeschda ... du bist .... Karin, du bist schwanger?" „Nein, Al, ich bin nicht schwanger. Nadjeschda ... Nadjeschda ist schwanger ... sie ist schwanger und das ist unser Kind, weißt du, ganz allein unser Kind." Erneut fing Karin an zu schluchzen. Ergriffen von der Situation, wahrscheinlich auch von ihrem Gespräch am Morgen, von der Erwartung, vielleicht selbst schwanger zu sein, fing nun auch Jule an zu schluchzen. Al atmete tief durch. „He, ihr beiden, ich glaube, wir sollten alle mal gemeinsam durchatmen, meint ihr nicht auch?" Als hätten sie auf das erlösende Kommando gewartet, sogen alle tief Luft ein, hielten einen Moment inne und ließen die Luft gemeinsam wieder ab, als wollten sie damit alle dunklen Wolken aus sich herausblasen.

Al schmunzelte erleichtert. „Ich meine, wir haben etwas zu feiern." Von Jules möglicher Schwangerschaft sagte er nichts, das hatte noch Zeit, wenn es denn überhaupt so war. Und dann platzte Jule, gerührt und lächelnd zugleich, dazwischen. „Und jetzt ... also offenbar werde ich Tante, das ist ja großartig." Alle drei fingen an zu lachen, aber auch vor Glück zu weinen, so richtig konnte das keiner auseinanderhalten. Sie hatten nicht bemerkt, dass inzwischen Georg mit den Brötchen hinter ihnen stand und nicht recht wusste, was er sagen sollte.

Jule drehte sich um. „Georg, Sie kommen genau richtig zum Feiern. Stellen Sie sich vor, Karin wird Mutter, Al wird Onkel und ich ..." Jule tanzte im Kreis. „Ich werde Tante, ich werde Tante. Oh Gott, meine Eltern wissen davon noch gar nichts." Jetzt mussten alle erleichtert und ausgelassen lachen. Inzwischen war auch Nadjeschda hinzugekommen. Sie wirkte immer noch blass und blickte meist gedankenversunken zum See hinüber. Dabei erschrak Al für einen Moment. Ihr Blick zum See war so traurig und sehnsüchtig, als träumte sie davon, sich mit dem See zu vereinen, sich zu verbinden mit der Ruhe und Tiefe des Wassers. Al schüttelte den Kopf in der Hoffnung, seine düsteren Gedanken zu zerstreuen.

Später nahm Karin ihren Bruder bei der Hand und gemeinsam gingen sie bis zur Spitze des Stegs. „Danke, Al, danke dass du ... dass du so viel Verständnis für uns hast, dass du ... wie soll ich sagen ..."
„Karin, du musst mir nichts erklären. Weißt du, ich sehe, wie glücklich ihr beiden zusammen seid, und das ist das Wichtigste."
„Oh doch, Al, ich muss dir noch einiges erklären. Das Kind, das Nadjeschda bekommt, ist natürlich nicht von mir, also ich meine natürlich biologisch. Komm, wir setzen uns auf den Steg und dann erklär ich dir alles." Karin atmete tief durch und begann zu erzählen. „Weißt du noch damals, als wir aus Argentinien zurückkamen, da haben wir Kontakt zu Nadjeschda aufgenommen, in der Hoffnung, durch sie weitere Informationen über Jule und das Institut, wohin sie verschleppt worden war, zu bekommen." Karin räusperte sich ernst. „Al, das war ein riesiger Fehler, weißt du? Wir haben da Nadjeschda in etwas hineingezogen, das hätten wir nicht tun dürfen. Als herauskam, dass Nadjeschda ausgerechnet an dich und mich Informationen zu diesem Institut weitergegeben hatte, da hat man ihr ..." Karin brauchte einen Moment, bevor sie weiterreden konnte. „Da hat man ihr schwer zugesetzt. Sie wollten alles aus ihr herausquetschen, wirklich alles und als sie nichts verraten wollte, hat man sie gequält und geschlagen und am Schluss auch noch ..." Karin konnte nicht weiterreden. Leise und zitternd fing sie wieder an zu schluchzen. Al legte seinen Arm um sie und drückte sie an sich.

„Und wie ging es dann weiter, Karin?"

„Nachdem Nadjeschda dir und mir damals bei der Flucht den Rücken freigehalten hatte, wurde sie brutal weggeschleppt. Soviel habe ich noch mitbekommen, dann aber nichts mehr von ihr gehört. Ich wollte mich unbedingt nochmals mit ihr treffen,

und zwar möglichst rasch. Ich ahnte bereits, dass sie in Schwierigkeiten steckte, aber ... Al, es überstieg meine schlimmsten Erwartungen. Was man ihr angetan hatte, das war ... das war grausam." Karin schluchzte kopfschüttelnd. „Ich selbst war ja in Sicherheit, weil mich, naja, das klingt vielleicht etwas komisch, aber so war es nun einmal, weil mich dein Freund Olli in seinem Schwulenclub versteckte. Aber es war unheimlich schwer, an Nadjeschda heranzukommen. Immer wenn ich auf eigene Faust in Richtung ihrer Wohnung oder der russischen Botschaft Erkundigungen einholen wollte, hielt mich Olli zurück. Aus gutem Grund natürlich, er kannte die Brüder, die Nadjeschda gefangen hielten, zu gut. Einige Tage später habe ich sie dann auf der Straße zufällig nochmals gesehen mit einem riesigen, brutal wirkenden Typen am Arm und sie ... sie hat mir dann heimlich zugewunken. Sie hat mir signalisiert, dass ich mich besser fernhalten sollte. Al, du kannst dir nicht vorstellen, wie sie aussah. Kaum wiederzuerkennen. Ein geschwollenes blaues Auge, die Haare verklebt, vermutlich blutig verklebt und sie humpelte mühsam am Arm dieses ... dieses Gorillas." Al spürte, wie der Hass von damals erneut in Karin hochkochte. „Al, ich konnte Nadjeschda nicht zurücklassen, ich konnte sie nicht alleine lassen ... sie brauchte mich. Ich ... ich brauchte sie." Karin schluchzte erneut, atmete tief durch, presste die Zähne zusammen, als wollte sie noch in diesem Moment gegen den Gorilla, wie sie den Typen nannte, einschlagen. „Olli hatte dann noch am gleichen Tag herausgefunden, dass Nadjeschda in ihrer eigenen Wohnung gefangen gehalten wurde und dass sie in den nächsten Tagen nach Russland verschleppt werden sollte. Man wollte sie als Prostituierte missbrauchen ... diese Schweine. Ich musste mir also rasch etwas einfallen lassen, habe mir Chloroform und Kabelbinder besorgt und dann ... ja dann habe ich bei ihr geklingelt."
„Wie, einfach so geklingelt?" Al blickte Karin entgeistert an.
„Naja, ich habe mich an der Tür als Pizzalieferantin ausgegeben.

Erst wollte der Typ nicht aufmachen. Dann habe ich gesagt, dass die Pizza von der russischen Botschaft bestellt und hierher geliefert werden sollte, und er soll jetzt gefälligst aufmachen. Als der durch sein Guckloch schaute, hatte er wohl nichts geahnt. Ich habe dann die ganze Flasche Chloroform auf die Pizza gegossen und als der Typ die Tür aufmachte, da habe ich ihm ...", Karin stockte der Atem, „... naja, da habe ich ihm mit aller Wucht in die Eier getreten. Wow, ich sag dir, das hat gesessen! Er beugte er sich nach vorne und dann habe ich ihm die Pizza ins Gesicht geklatscht. Zack. Gebrüllt hat der wie ein Stier, aber nur kurz, weil er dann bewusstlos vornüber fiel."

„Und dann hast du ihn mit den Kabelbindern gefesselt?"

„Genau, damit haben wir ja schon einige Erfahrung, du und ich. Allerdings wurde er gleich wieder wach und da musste ich ihm halt noch das Klebeband über das blöde Maul kleben. Zum Glück, und das war natürlich das große Risiko bei meinem Plan, war kein zweiter Gorilla in der Wohnung. Und dann ...", Karin schüttelte den Kopf, „... Nadjeschda, sie war ... sie war an der Heizung angekettet ... sie kauerte an der Heizung, hatte nur ein paar zerrissene Kleider am Leib und ... ja und sagte gar nichts. Al, ich dachte, sie wäre tot. Sie lag da, geschunden, wie leblos, es war schrecklich. Die Schlüssel für die Kette habe ich mir dann von dem Typen geklaut, allerdings, da der auf dem Bauch lag, musste ich den erst mal rumdrehen, dieses stinkende Schwein. Tja, leider ging das erst mit einem kräftigen Tritt in die Seite. Nadjeschda habe ich ein paar Kleider übergezogen und dann sind wir abgehauen." Karin und Al blickten nachdenklich auf den See. „Ich gehe mal davon aus, dass ihr gleich in Richtung Italien geflohen seid."

„Ja klar, ich bin noch nicht mal mehr in meine Wohnung zurück. Ich habe mir gedacht, dass die Kerle sicher ganz schön sauer sind, und wenn sie uns erwischen, dann ... ja dann wäre es aus mit uns. Dein Freund Olli hat uns sein Auto geliehen, stell dir das mal vor, dabei kennt der mich doch kaum. Erst versteckt er mich in seinem Club, findet dann heraus, wo Nadjeschda gefangen gehalten wird, und dann gibt er mir auch noch einfach so seinen Autoschlüssel. Echt ein netter Kerl dieser Olli."

„Ja, das kann man wohl sagen. Leider erkennt man oft erst in schwierigen Zeiten, auf wen man sich verlassen kann", murmelte Al vor sich hin. „Und dann seid ihr einfach nach Italien und dort untergetaucht?"

„Naja, du hattest mir doch mal die Adresse gegeben, von diesem Bauernhof in dem kleinen Tal in der Nähe von Pisa, weißt du noch? Luigi und seine Familie. Als die hörten, dass ich deine Schwester bin, haben sie uns gleich aufgenommen, als gehörten wir schon immer zu ihrer Familie. Und nachher wollten sie für Kost und Logis nichts haben. Irgendwann fahre ich da nochmals hin, um mich richtig zu bedanken. Auch Nadjeschda haben sie herzlich aufgenommen. Sie haben einen Arzt bestellt, Verbandsmittel, Medikamente, und so ging es ihr von Tag zu Tag besser. Ja und dann kam die große Krise. Als nach zwei Wochen ihre Regel ausblieb, habe ich sie erst mal damit getröstet, dass dies sicher an all dem Stress liegen würde. Dann wurde ihr ständig übel und mit dem Schwangerschaftstest war dann alles klar. Sie war vollkommen verzweifelt und wollte natürlich gleich abtreiben. Das heißt, so einfach war das für sie nicht, bei all den Gesprächen in der Aquariumsgruppe." Karin schluckte. „Ja und dann Al, dann sind wir uns immer nähergekommen. Anfangs habe ich nur ihren Bauch gestreichelt und ich habe ihr gesagt, wie sehr ich mich freuen würde, mich auch um das Kind zu kümmern. Anfangs, da war es noch ihr Kind, verstehst du und ... ja, es dauerte nicht lange, Al, da war es ... da war es unser Kind. Wir sind uns immer nähergekommen, es war so ... Nadjeschda ist so zärtlich, wir ..." Karin atmete tief durch. „Dir kann ich es ja sagen, Al, wir ... wir haben uns geliebt, ich meine so richtig geliebt, ... wir haben uns so intensiv geliebt, dass wir ... dass wir heute wirklich das Gefühl haben, dies ist unser Kind und nur unser Kind. Kannst du das verstehen, Al? Ich liebe Nadjeschda." Karin und Al saßen schweigend zusammen, Al drückte sie mit seinem Arm an sich „Karin, das ist ... das ist wunderbar. Ich meine natürlich nicht, wie das alles anfing. Aber dass ihr beide euch von Herzen liebt und ... naja, dass ihr beide ein Kind ... dass ihr euer Kind bekommt, das ist wunderbar ... einfach wunderbar." Al schluckte. Wie sollte er das alles in die richtigen Worte fassen? „Mein Gott, Karin, ich war noch nie gut mit Worten, aber ich glaube, das soll jetzt so sein mit dir und Nadjeschda, und ich freue mich so sehr für euch beide. Ich glaube, das sollte so sein. Da ist jemand, der das genau so wollte. Das ist jetzt genau richtig .... so wie es ist ... genau richtig."

„Danke, Al, du bist der beste Bruder, den man sich wünschen kann und bestimmt ein guter Patenonkel."

Al blickte Karin fragend an. „Patenonkel? Ja klar, Patenonkel, warum nicht. Einverstanden, Karin, Patenonkel." Erleichtert standen beide auf und schlenderten langsam zu den anderen zurück.

Inzwischen hatten sich Nadjeschda und Jule zusammengefunden und beide lachten herzhaft. Über was sie lachten, wusste Al nicht, aber irgendwie machte es ihn sehr glücklich, die beiden so freundschaftlich miteinander verbunden zu sehen, obwohl sie sich ja erst seit ein paar Minuten kannten. Es war wie eine große Familie, die schon immer zusammengehört hatte. Seine düstere Vorahnung von vorhin, Nadjeschdas gedankenvoller, ja irgendwie todessehnsüchtiger Blick über das Wasser, konnte er wohl getrost beiseite schieben. Vom anderen Ufer hörten sie erneut das Hotelboot heran knattern. Georg, wie immer aufrecht stehend und mit seiner Kapitänsmütze auf dem Kopf, blickte konzentriert nach vorne. Drei Gäste saßen im Heck des Bootes und unterhielten sich offenbar ausgelassen.

Frankfurt, Juni 2020

Nadjeschda schloss erschrocken die Augen und presste Daniel fest an sich. Sie wusste im Moment nichts zu antworten. Dann seufzte sie, blickte Daniel an, der ein wenig erleichtert schien, das Wort, mit dem er offenbar gehänselt worden war, endlich über die Lippen bekommen zu haben. Nadjeschda holte tief Luft und suchte nach den richtigen Worten. Sie suchte nach einer Formulierung, die auch Daniel verstehen würde. „Eine Lesbe, ich bin also eine Lesbe. Ist es das, womit sie dich gehänselt haben?" Daniel nickte zaghaft. Dann schüttelte er den Kopf, als wollte er das Gesagte wieder rückgängig machen. Er wollte aufspringen und weglaufen, als ihn Nadjeschda unsanft zurück hielt. „Daniel, die Kinder haben dich damit geärgert, dass ich eine Lesbe bin, stimmt's?" Daniel nickte erneut angestrengt und versuchte sich energisch aus der Umklammerung seiner Mutter zu lösen. Nadjeschda hielt ihn trotzdem fest. Sie wusste, dass dieser Moment irgendwann kommen musste und es genau jetzt wichtig war, ihm alles zu erklären „Daniel, das ist kein Grund, jetzt wegzulaufen. Ich erklär dir alles. Es ist nicht so schlimm, wie du vielleicht denkst, okay?" Daniel blieb plötzlich wie angewurzelt stehen. Dann drehte er sich abrupt um und umklammerte seine Mutter fest. Seine Anspannung hatte sich etwas gelöst. Als wäre eine große Last von seinen Schultern gewichen, setzte er sich mit gesenktem Kopf neben seine Mutter. Nadjeschda seufzte. Wie sollte sie ihrem kleinen Sohn erklären, was einerseits für sie und Karin so wichtig, so selbstverständlich war, andererseits in der Öffentlichkeit, das ließ die Reaktion der Kinder auf dem Spielplatz unschwer erkennen, mitnichten als normal angesehen wurde. Eine Beziehung zwischen zwei Frauen, dann auch noch mit Kind, das durfte nicht sein. Wohl hinter vorgehaltener Hand, aber aus dem ehrlichen

Mund der Kinder, war es etwas, über das man sich offenbar immer noch das Maul zerriss.

„Also, Daniel, lass mich raten? Irgendjemand hat gesagt, dass deine Mutter eine Lesbe ist und dann fanden das alle ganz lustig und haben dich damit gehänselt." Daniel holte tief Luft und nickte zögerlich, dann fing er leise an zu stottern.

„Also ... also angefangen ... angefangen hat der blöde Alexander."
Nadjeschda hielt sofort ihren Finger auf Daniels Mund.
„Du, ich will gar nicht wissen, wer damit angefangen hat. Aber ich bin sicher, dass dein Freund ..."
Daniel machte ein ernstes Gesicht. „Der Alexander ist nicht mehr mein Freund ... der ist doof."
„Na gut, also Alexander hat gesagt, ich wäre eine Lesbe und ..."
„Nein, er hat gesagt, dass seine Mama das gesagt hatte, und ... und seine Mama sagte, dass eine Lesbe etwas ... etwas ganz Schlimmes ist."
Nadjeschda schüttelte den Kopf. „Also seine Mutter hat gesagt, das wäre etwas ganz Schlimmes und das fanden die anderen dann auch gleich so, nicht wahr?" Daniel nickte, sichtlich erleichtert, dass jetzt alles heraus war. „Also Daniel, ich erklär dir mal, was das ist, okay?" Daniel nickte und schaute seine Mutter dankbar an.

„Weißt du Daniel, wenn sich zwei Menschen liebhaben, dann ist das doch etwas Gutes, nicht wahr?" Daniel nickte und blickte seine Mutter weiter erwartungsvoll an. „Also, Mama Karin und ich, wir haben uns lieb, verstehst du? Und wir beide haben auch dich ganz schrecklich lieb, genau so, als wenn du wie die anderen Kinder eine Mama und einen Papa hättest." Daniel blickte Nadjeschda mit großen Augen an, als würde sie ihm etwas erzählen, das er schon längst wusste. „Weißt du, Daniel, der Unterschied ist nur, dass du halt nicht eine Mama und einen Papa hast, sondern zwei Mamas."
Daniel nickte. „Nur manche Leute finden das nicht in Ordnung. Die meinen, dass alle Kinder eine Mama und einen Papa haben

müssten." Nadjeschda seufzte, wusste aber, dass sie Daniel noch eine endgültige Erklärung schuldig war. Daniel machte ein ernstes Gesicht und ergänzte „Du meinst also, weil ich zwei Mamas habe und keinen Papa, bist du eine ... eine Lesbe?" Nadjeschda seufzte. „Na ja, so könnte man das nennen. Aber es klingt für viele etwas seltsam, weißt du? Aber das Wichtigste ist, dass wir uns lieb haben, wir alle drei, nicht wahr?" Daniel drückte sich an Nadjeschdas Seite und seufzte tief, als sei ihm eine große Last von den Schultern genommen. Dann sagte er mit sanfter Stimme. „Du, Mama, ich hab dich lieb ... und ... und Mama Karin habe ich auch lieb."
Beide saßen noch eine Weile zusammen und hielten sich fest im Arm. Dann sprang Nadjeschda plötzlich auf, grinste Daniel verschwörerisch an und sagte: „So, und jetzt essen wir ein Eis, einverstanden? Beim Bäcker gegenüber gibt's das leckerste Eis, das du je gegessen hast." Daniel grinste über beide Backen.

„Auch Erdbeereis?"

„Auch Erdbeereis, aber klar!"

„Mama, kann ich so lange noch schaukeln?"

Nadjeschda überlegte einen Moment, ob sie Daniel einen Moment allein auf dem Spielplatz lassen konnte. Offenbar hatte er sich ja wieder aufgerappelt und die hänselnden Kinder waren fürs Erste auch verschwunden. Auf einigen Parkbänken saßen andere Mütter, zum Teil alleine, oder mit Kinderwagen. Alles war wieder friedlich, sodass Nadjeschda beschloss, gerade eben hinüber zum Bäcker zu laufen, um das Eis zu holen. Daniel rannte zur Schaukel, sprang auf den höchsten der Sitze und fing an, kräftig nach vorne und hinten zu schwingen. Offenbar war bei ihm der Knoten geplatzt.

Es war nachmittags um vier Uhr, als sich eine kleine Schlange von Menschen vor der Bäckerei gebildet hatte, um für den Nachmittagskaffee Kuchen einzukaufen. Einige Kunden konnten sich nicht entscheiden, sodass es eine Weile dauerte, bis Nadjeschda endlich an der Reihe war. Ein seltsam unruhiges Gefühl beschlich sie, Daniel so lange allein auf dem Spielplatz zurückgelassen zu haben. Genau genommen war es das erste Mal, dass sie Daniel alleingelassen hatte. Sonst war er meist in Begleitung von Valerie, die nie ohne ihre Eltern Jule oder Al kam, oder gelegentlich von Schulfreunden, aber auch dann in Begleitung eines Erwachsenen. Andererseits war Daniel mit über neun Jahren bereits so alt, dass man ihn wohl mal kurz unbeaufsichtigt lassen konnte. Nach dem Bezahlen eilte sie zurück zum Spielplatz. Die Schaukel war leer. Hektisch tastete sie mit blinzelnden Augen die anderen Spielgeräte ab, musterte jedes Kind, das sich im Umkreis des Spielplatzes aufhielt. Daniel war nirgends zu sehen. Vielleicht war er inzwischen nach Hause gelaufen. Hektisch lief Nadjeschda in Richtung ihrer Wohnung, die sich nur zwei Straßen weiter befand. Dann drehte sie sich nochmals um. Vielleicht machte sich Daniel ja einen Spaß und hatte sich hinter den Büschen versteckt. Zunehmend besorgt eilte Nadjeschda um den Spielplatz herum, schaute hinter jeden Busch, hinter jeden Zaun. Daniel war nirgends zu sehen. Er war wie vom Erdboden verschluckt. Damit war auch klar, dass er eigentlich nur nach Hause gegangen sein konnte. Andere Möglichkeiten kamen nicht in Betracht, vielmehr durften nicht Betracht kommen. Trotzdem, Nadjeschda spürte ihren Pulsschlag bis zur Halsschlagader hämmern, als sie in Richtung ihrer Wohnung rannte. Außer Atem schloss sie die untere Haustür auf und rannte die Stufen bis zum dritten Stock hoch. „Daniel, bist du da?", rief sie bereits durch den Flur und stellte erschrocken fest, dass Daniel nicht zu Hause war. Dann klingelte sie bei Frau Schulze im Erdgeschoss, wo sich Daniel gelegentlich aufhielt, wenn Nadjeschda mal später nach Hause kam. Es öffnete niemand. Von Panik getrieben eilte sie wieder zurück zum Spielplatz. Daniel war nach wie vor nirgends zu sehen. Als Nadjeschda laut und wiederholt seinen Namen rief, fiel ihr eine ältere Dame auf, die sie erst

irgendwie gerührt, dann aber doch mit zunehmend aufgerissenen Augen anblickte. Nadjeschda wollte nicht gleich nachfragen, obgleich sie sich sofort erinnerte, dass dieselbe Frau vorhin schon auf ihrem Platz gesessen hatte, als Daniel von den anderen Kindern gehänselt worden war. Es war Nadjeschda jedoch zunächst peinlich, zugeben zu müssen, dass sie nicht wusste, wo sich ihr kleiner Junge befand. Aber es half nichts, sicher wusste die Dame mehr und würde ihr zumindest sagen können, in welche Richtung Daniel gelaufen war. Nadjeschda versuchte ruhig zu wirken. Im Inneren war sie jedoch aufgewühlt. Angst machte sich breit, eine Angst, die sie in dieser Form seit Jahren nicht mehr gekannt hatte und die nun erbarmungslos auf sie einstürzte. Ihr wurde schwindelig und so setzte sie sich schnell auf die Parkbank. Ihre Kehle war wie zugeschnürt und sie bekam keinen Ton heraus. Die Frau drehte sich zu Nadjeschda um und fragte: „Wie sieht er denn aus, Ihr Daniel?" Nadjeschda seufzte. Sie traute sich nicht, der Dame in die Augen zu blicken. Mit der Hand deutete sie Daniels Größe an. „Etwa so groß und ... und er hat rötliche Haare. Vor wenigen Minuten war er noch hier und jetzt ..." Die Dame lächelte. „Ach, Sie meinen den kleinen süßen Bub mit seinen dunkelroten Haaren, den habe ich gesehen." Nadjeschda drehte sich hoffnungsvoll um. „Sie haben ihn gesehen? Und ... und wissen Sie, wohin ... ich meine, haben Sie gesehen, wohin er gelaufen ist, in welche Richtung?" „Ich glaube, Sie brauchen sich keine Sorgen zu machen. Soweit ich gesehen habe, ist er von seinem Vater abgeholt worden." Nadjeschda spürte, wie sich im selben Moment ihre Kehle noch weiter zuschnürte, als lege jemand seine beiden Hände um ihren Hals und drückte zu. Und sie wusste sofort, wer dies tat. Sie konnte nur noch stammeln. „Von ... von seinem Vater?"
„Ja, genau, das kann nur sein Vater gewesen sein. Dieselben Augen, dieselben Haare ..." Mehr hörte Nadjeschda nicht, als sie verzweifelt in sich zusammenbrach.

Österreich, August 2010, nachmittags

Endlich hatten sich alle Wolken verzogen. Nach dem kalten und grauen Morgen war das kaum zu erwarten gewesen. Die Sonne stand jetzt hoch am Himmel und versprach einen herrlichen Tag. Es war heiß geworden, als Georg deutlich geübter als am Vormittag das Hotelboot am Steg anlegte und mit Leinen vertäute.

Noch während er mit dem Festmachen beschäftigt war, sprang ein Mann, er schien der älteste der drei Gäste zu sein, vom Boot auf den Steg, als könnte er es gar nicht abwarten, wieder festen Boden unter die Füße zu bekommen. Die anderen beiden Passagiere blieben erst einmal im Boot sitzen, bis Georg das Boot fest vertäut hatte und ihnen zuwinkte, ebenfalls an Land gehen zu können. Der ältere Mann ging erst flotten Schrittes den Steg entlang. Als er Jule und Al sah, blieb er plötzlich stehen.

„Lorenzo?", flüsterte Jule mit trockener Stimme. „Das ist doch nicht möglich. Al, ich glaube, es ist wirklich Lorenzo." Wie in Trance stolperte Jule dem immer noch wie versteinert dastehenden Mann entgegen. Dann lief sie immer schneller in seine Richtung. Schließlich rannte sie auf den Mann zu, als ginge es darum, einen alten Traum wahr werden zu lassen. Beide fielen sich schweigend in die Arme. Als Al näher kam, sah er, wie Lorenzo heftig schluchzte. Tränen liefen ihm über die Wangen, als er wiederholt „Jule, meine Jule, welch ein Geschenk, du lebst ... meine liebe Jule ..." stammelte. Al blieb stehen und ließ die beiden ihr Glück, sich gesund und vor allem lebend wiederzusehen, genießen. Wer, wenn nicht er selbst, konnte diesen unbeschreiblichen Moment so gut nachvollziehen?

Lorenzo, genau genommen Pater Lorenzo, hatte Jule bei ihrer früheren Forschungstätigkeit im Hochland von Argentinien kennengelernt. Lorenzo hatte sich vor Jahren, enttäuscht von der Kirche, an diesen einsamen Ort zurückgezogen. Als dann Jule bei ihm auftauchte und ihm von ihrer Wissenschaft und vor allem ihrer rein naturwissenschaftlichen Überzeugung berichtete, war dies nicht nur der Beginn einer intensiven Freundschaft, sondern auch der Beginn von Lorenzos neuem Leben. Am Kamin seines bescheidenen Klosterzimmers, natürlich bei einer Flasche Torontés, Lorenzos Lieblingswein, diskutierten sie oft bis in die frühen Morgenstunden im wahrsten Sinne über Gott und die Welt. Das ging einmal sogar so weit, dass Lorenzo seine Morgenandacht verschlief, während ein paar Dorfälteste vergeblich in der Dunkelheit warteten, dass sich die Türen zur Kirche öffneten. Lorenzo sah es als Wink des Himmels an und fasste damals neuen Mut, seine alte und bis dahin gescheiterte Revolte gegen die verkrusteten Strukturen seiner Kirche wieder aufzunehmen.

Als später Al bei ihm aufgetaucht war und von Jules vermeintlich tödlichem Unfall gesprochen hatte, schien seine Welt aufs Neue in sich zusammenzubrechen. Und doch spürte er eine seltsame Sicherheit, dass das alles nicht wahr sein konnte, dass Jule noch leben musste. Es war für ihn wie ein Wunder, vielleicht das einzige Wunder, an dem er bis heute nie gezweifelt hatte, dass seine Hoffnung, Jule lebendig wiederzusehen, tatsächlich in Erfüllung gegangen war. Die Zeit war gekommen, nicht nur über ein neues Leben nachzudenken, sondern seinen wiedererwachten Glauben mit Leben zu füllen. So packte er seine wenigen Habseligkeiten und reiste nach Deutschland, um selbst nach Jule zu suchen. Stattdessen stieß er auf Jelena, eine ehemalige Prostituierte aus Russland, und Olli, Als schwulen Nachbarn, die ihm eine unglaubliche Geschichte erzählten. Dass Jule noch lebte - er hatte es ja bereits aufgrund der Erzählungen von Al und Karin geahnt - gewann nun greifbare Realität. Jule zu finden bedeutete aber auch, gegen die russisch-italienische Mafia vorzugehen. Genug Beweise lagen vor und die schlugen ein wie eine Bombe und führten zur Auflösung des Instituts, in dem Jule und andere Wissenschaftler gefangen gehalten wurden. Dass sie damit Jule in Schwierigkeiten bringen konnten, war ihnen klar. Nichts zu tun bedeutete aber, Jule und vermutlich auch Al für immer zu verlieren.

Dann waren wie aus dem Nichts Karin und Nadjeschda in Frankfurt aufgetaucht. Und mit Karin kam die erlösende Nachricht, dass Jule und Al in Sicherheit waren. Sie hatte mit Al telefoniert. Wo Al und Jule steckten, wusste jedoch keiner. Karin ahnte jedoch, dass sich ihr Bruder und Jule nur dort aufhalten konnten, wo sie sich damals auf mysteriöse Weise ineinander verliebt hatten. Obgleich Georg versprochen hatte, mit niemandem über Jule und Al zu sprechen, brachte Karin es doch fertig, durch das Telefon die Wahrheit aus ihm herauszulocken. Sofort beschlossen alle, Jule und Al auf der Insel zu überraschen. Während Karin und Nadjeschda wie gewohnt Ollis Auto nahmen, kamen die anderen per Zug hinterher.

Inzwischen waren die beiden anderen Gäste aus dem Boot ausgestiegen und langsamen Schrittes immer nähergekommen. Al traute seinen Augen nicht, wer da auf ihn zukam. „Olli, bist du das und ...." Al rieb sich die Augen „Jelena?" Beide lachten ihm freudestrahlend entgegen. Im letzten Moment rannten sie aufeinander zu und alle drei umarmten sich gleichzeitig. Jelena räusperte sich und wirkte plötzlich etwas verunsichert.

„Al, ich glaube, ich bin dir eine Erklärung schuldig." Al zog die Augenbrauen hoch und schüttelte den Kopf, als ob er das Wiedersehen mit Jelena und Olli noch nicht glauben konnte. Das mit der schuldigen Erklärung, was fast schon wie eine Beichte klang, hatte er glatt überhört.

„Jelena, ich kann es kaum glauben. Was bin ich froh, dich zu sehen, was bin ich froh, dass du lebst. Komm, wir setzen uns zu den anderen, dann kannst du mir alles erzählen und außerdem ..." Al lachte verschmitzt. „Und außerdem muss ich dir ja noch Jule vorstellen."

Al spürte sein Herz plötzlich rasen, als ihm die Ereignisse auf der

Suche nach Jule in den Kopf schossen. Damals hatte ihm Jelena das Leben gerettet und dann wäre zwischen ihnen fast mehr passiert als ein paar unverfängliche Zärtlichkeiten. Vielleicht war es das, was sie ihm beichten wollte, obgleich es im Grunde vor Jule nichts zu verheimlichen gab.

„Al, ich ..." Jelena blickte auf ihre Hände, die sie verlegen gegeneinander rieb. „Ich würde das gerne loswerden, weil ... ich glaube, ich hab dich ganz schön in Schwierigkeiten gebracht, aber ..." Al räusperte sich und blickte verlegen zu Jule.

„Da ist doch nichts passiert ... ich meine du und ich, wir ..." Jelena lachte und schüttelte den Kopf.

„Nein, nicht zwischen uns ... du hast mir doch gleich von Jule erzählt ... und ... naja, wie soll ich sagen ... nein, ich meine etwas anderes. Als du aus dem Institut kamst und unter der Dusche standst ..." Jelenas Augen zuckten. „Also, ich meine, dass ich mich gleich aus dem Staub gemacht habe, als die Männer kamen. Aber ... es war keine Zeit mehr."

Al lachte erleichtert. „Jelena, das hast du ganz schön clever angestellt." Jelena nickte. „Jule hatte alles auf USB-Stick gespeichert. Das Institut, seine traurigen Insassen, die perfiden Pläne, einfach alles, was das Institut letztlich hochgehen ließ."

„Und erst recht dich, Al, wenn sie den richtigen USB-Stick bei dir gefunden hätten. Das Risiko, dass du damit erwischt würdest, war einfach zu hoch. Außerdem brauchte ich in Deutschland Beweise, sofern ich es bis dahin selbst schaffen sollte. Das Risiko musste ich eingehen, während ..."

„Während ich unter der Dusche stand." Jelena blickte erschrocken zu Jule.

„Genau, während du unter der Dusche standst, sah ich die Typen bereits kommen. Ich dachte mir, wir haben nur noch eine letzte Chance, nämlich dass ich mich mit dem richtigen USB-Stick irgendwie nach Deutschland durchschlage. Zum Glück fand ich in

deiner Tasche den Pass deiner Schwester und noch etwas Geld und damit bin ich dann abgehauen. Ich wollte dich noch warnen, aber es war zu spät. Wenn sie uns beide erwischt hätten, dann wäre wirklich alles aus gewesen. Zum Glück habe ich in Deutschland Olli getroffen. Der hat mich dann in seinem Club versteckt. Aber glaube mir, Al, ich hatte ein verdammt schlechtes Gewissen, dich einfach so zurückzulassen. Wenn dir dort etwas zugestoßen wäre, dann ... dann hätte ich mir das nie verziehen." Al schüttelte den Kopf und murmelte: „Wofür doch so ein Schwulenclub alles gut ist." Jelena blickte Al jedoch besorgt an. „Al, ich hatte nur eine Sorge, nämlich dass du dich beim Verhör verplapperst und ... naja, dass Pitti uns verrät."
Al zog die Augenbrauen hoch. „Zum Glück hattest du mir ja eindringliche Anweisungen gegeben, Jelena, und ohne deine Goldkette mit dem Kreuz ..." Al nahm lächelnd die Kette von seinem Hals und reichte sie Jelena zurück. „Ohne die wäre ich vielleicht wirklich eingeknickt." In der dunklen Zelle des Gefängnisses hatte ihm Jelenas Kette auf seltsame Weise Mut und Hoffnung vermittelt. „Die gehört wieder dir, Jelena, aber ... ich glaube ich werde sie vermissen, deine Kette mit dem Kreuz." Jelena lächelte verlegen zu Jule hinüber. Sie wusste ja nicht, dass Jule bereits die ganze Wahrheit kannte. Al fügte noch hinzu: „Und Pitti ... auf den kannst du stolz sein. Nichts hat er verraten, aber auch gar nichts. Dabei habe ich ihm ganz schön übel mitgespielt. Mein Gott, du hättest ihn sehen sollen. Er war gut, er war richtig gut."
Jelena lachte. „Ja, ja, Pitti, der ist hart im Nehmen, auch wenn er nicht so aussieht. Immer besoffen, aber wenn's darauf ankommt, kann er ganz schön nüchtern sein. Hat mir auch schon mal aus der Scheiße geholfen, als ich ihm etwas aus der Heimat mitgebracht hatte."
Jule stand schweigend daneben und runzelte die Stirn. Jelena war sich nicht sicher, ob ihre Beichte doch Grund zur Eifersucht bot.

Sei's drum, erstens war nichts passiert zwischen ihr und Al und zweitens war jetzt alles gesagt. Da Al keine Anstalten machte, beide offiziell einander vorzustellen, streckte sie Jule ihre Hand entgegen. „Jule ... du bist also Jule." Jule lächelte schüchtern zurück. „Jelena ... und du bist Jelena ... mein Gott, Jelena, wir kommen beide ..."

„... beide aus der Hölle. Ist es das, was du meinst, Jule?" Jule ergriff ihre Hand und sie hielten sich für einen Moment fest. Dann umarmten sie sich schweigend und dachten kurz an das, was hinter ihnen lag. Jelena löste sich von ihr und seufzte.

„Weißt du, Jule, es gab Momente, da hätte ich gerne mit dir getauscht. Aber jetzt ..." Sie lachte und stieß Olli, der die ganze Zeit schweigend dabeistand, mit dem Ellbogen unsanft in die Rippen. „Naja, jetzt habe ich ja Olli." Alle lachten, aber Jule verstand sehr gut, was Jelena wirklich gemeint hatte. „Jelena, ich weiß nicht, wie ich dir danken soll, ohne dich säßen wir alle nicht hier."

„Unsinn, Jule, an meiner Stelle hättest du das auch so gemacht, da bin ich mir ganz sicher." Dabei lächelte sie Al an, der leicht errötete. „Keine Sorge, Jule, das war dein Al, das ist dein Al und ... er wird auch immer dein Al bleiben, alles klar?" Jule lächelte erneut verlegen. „Sag mal, Jule, Thema Pitti, oder besser Peter Schmidt. Was ist aus ihm geworden? Hat er seine geliebte Heimat wiedergesehen?" Jule wurde blass, atmete tief durch. Sie hatte plötzlich ein unsagbar trauriges Gesicht.

„Peter Schmidt ist tot." Eine plötzliche Stille trat ein. „Als die Machenschaften mit dem Institut aufflogen, da ..." Jule räusperte sich, es fiel ihr schwer, die letzten Momente im Institut nochmals zu erzählen. „Uns allen wurde sofort klar, dass etwas Fürchterliches passieren würde, und es war uns auch klar, dass vielleicht keiner der Insassen des verdammten Instituts lebend freikommen würde. Wir mussten mit dem Schlimmsten rechnen und hatten uns schon Monate zuvor einen Plan ausgedacht, wenn es so weit kommen würde. Niemand dachte jedoch wirklich, dass es passieren könnte. Aber es war ein schöner Plan, eine Hoffnung, die man nie aufgeben wollte. Als du, Al, ins Institut kamst, eigentlich war das ja gänzlich unmöglich, da schöpften alle wieder Hoffnung. Das war schon fast wie eine vorzeitige Befreiung." Al atmete tief durch und blickte zu Jule, die immer noch betreten und mit den Tränen kämpfend nach unten blickte. „Pitti, das war ein großartiger Mensch und ein begnadeter Wissenschaftler. Ohne ihn, das könnt ihr mir glauben, wäre ich mit meiner Wissenschaft nicht weitergekommen. Aber dann kam alles anders. Naja, wir hatten uns also ausgedacht, dass wir uns im Falle einer Razzia im Radioaktivraum verstecken würden, und wollten damit drohen, das radioaktive Zeug nach draußen zu schmeißen, falls sie uns angreifen sollten. Als es dann wirklich dazu kam, da funktionierte unser Plan sogar erst einmal. Wir hatten uns also im Radioaktivraum verschanzt und sie haben sich nicht getraut, in unsere Nähe zu kommen. Wir wollten dann verhandeln, wisst ihr, freien Abzug ohne radioaktive Verseuchung, das war der Deal. Eine andere Waffe hatten wir ja nicht. Nur leider konnten wir nicht verhandeln. Wir haben immer und immer wieder gerufen, dass wir gleich angreifen würden, wenn sie uns nicht freiließen. Sie wussten jedoch, dass dies auch unseren sicheren Tod bedeutet hätte, sodass sie uns gar nicht anhörten. Niemand war zu hören und zu sehen. Es war extrem still und außerdem hatten wir kaum noch etwas zu trinken oder zu essen. Geschweige denn, dass wir ... naja, der Raum war klein und es war für jeden peinlich, aber ... also, es stank nach kurzer Zeit barbarisch und die Russen draußen wussten, dass wir irgendwann klein beigeben würden. Und dann war es Pitti, der sich einen kleinen Behälter mit Plutonium nahm, genau genommen wusste er, dass kein Plutonium drin war, und wollte nach draußen, um zu verhandeln. Wir haben ihn alle zurückhalten wollen, aber er ließ sich nicht davon abbringen. Schließlich umarmte er still jeden im

Raum und sagte dann trocken, wir sehen uns wieder, an einem besseren Ort. Dann ging er nach draußen. Es dauerte nicht lang, da waren Schüsse zu hören, und im nächsten Moment wurde etwas Schweres gegen unsere Tür geschleudert. Wir trauten uns nicht, nach draußen zu schauen, und dann ..." Jule stockte, dann räusperte sie sich kurz. „Dann sickerte etwas Dunkelrotes unter der Tür hindurch. Die Schweine haben ihm einfach in den Kopf geschossen und dann saß er angelehnt gegen unsere Tür, wie ein Wächter ... wie der Wächter einer Gruft." Alle blickten verlegen zu Jule. Olli, der bislang noch nichts gesagt hatte, räusperte sich und sagte dann mit trockener Kehle: „Leider habe ich Pitti, oder besser gesagt, Peter Schmidt nicht kennenlernen dürfen, aber ... wir sollten ihm alle dankbar sein. Ohne Menschen wie ihn ..." Dann versagte auch ihm die Stimme. Im nächsten Moment kam Georg angerauscht.

„Der Kaffee ist fertig", jubilierte er, erfreut über die zahlreichen Gäste. Er ahnte jedoch nicht, dass alle im Moment traurig zusammenstanden. „Oh, das war wohl unpassend", fügte er rasch mit hochgezogenen Augenbrauen hinzu.

„Nein, ganz und gar nicht, Georg", kam ihm Lorenzo entgegen. „Es gibt Momente der Trauer, aber dann ... dann scheint auch wieder die Sonne, nicht wahr, Kinder?" Al lächelte, als Lorenzo zu allen als seinen Kindern sprach, und klopfte dabei Jule aufmunternd auf den Rücken.

Jule blickte zaghaft in die Runde. „Lorenzo hat recht. Pitti würde das übrigens genauso finden. Wir sehen uns an einem besseren Ort, das waren seine letzten Worte und vermutlich schaut er uns nun zu, wir von innerhalb, er von außerhalb des Aquariums." Erleichtert gingen sie gemeinsam in Richtung der großen Wiese vor dem Hotel, auf dem Georg inzwischen fürstlich eingedeckt hatte. Jelena und Olli hakten sich bei Al zu beiden Seiten unter. Olli grinste Al schelmisch an.

„Al, du hast noch nicht allen hier deine Jule vorgestellt." Al schaute verdutzt zu Olli und es wurde ihm klar, dass sich auch bei Olli in den letzten Wochen vieles um Jule gedreht hatte. Aber persönlich kannte er sie bisher natürlich nicht.

„Stimmt ... also dann ..." Al lächelte Jule an. „Jule, darf ich dir neben Jelena nun auch noch Olli, einen meiner besten Freunde, vorstellen?" Jule streckte Olli die Hand hin, die sie erst vorsichtig nahm, dann jedoch Olli langsam immer näherkam und ihn schließlich wie zuvor auch Jelena herzlich umarmte. Jelena trat auf beide zu und klopfte ihnen auf die Schulter.

„Moment, Jule. Al gehört dir. Aber der hier, der gehört mir." Beherzt zog sie Olli aus Jules Umarmung und hakte sich bei ihm unter. Olli machte ein verdutztes Gesicht und alle mussten herzhaft lachen. Lorenzo blickte sich um. „Ach übrigens, wo ist eigentlich Karin?" Al blickte rasch zu Lorenzo. „Sie schaut nach Nadjeschda ... Nadjeschda ist etwas übel, sie ..."

Jule platzte dazwischen. „Lorenzo ... also ... Karin und Nadjeschda, sie gehören zusammen, sie sind ein Paar und Nadjeschda ist schwanger. Aber ich glaube, sie kommen gleich und dann kannst du auch Nadjeschda kennenlernen."

Lorenzo blickte etwas unsicher, nickte aber zustimmend. „Karin und Nadjeschda. Also, ich freue mich, Nadjeschda kennenzulernen, und wenn Nadjeschda ein Kind erwartet, ja dann braucht sie etwas Ruhe, das ist normal, das kann ich gut verstehen. Und vor allem, wenn das so ist, dann werde ich ja demnächst so eine Art Großvater, oder Großonkel, oder wie auch immer. Also wisst ihr, vor einigen Wochen war ich noch ein trauriger, einsamer und alternder Mönch und jetzt ..." Lorenzo blickte zum Himmel und murmelte: „Herr, du meinst es gut mit mir, hab Dank ... hab Dank."

Die Sonne neigte sich der bizarren Silhouette der westlichen Bergkette zu, als Karin und Nadjeschda Arm in Arm angeschlendert kamen. Olli strahlte Karin an. „Karin, darf ich dir Jelena vorstellen,

meine ..." Olli lächelte vielsagend. „Meine ... naja, vielleicht so etwas wie eine Schwester. Wollte schon immer mal eine Schwester haben."
Jelena zog die Augenbrauen fragend hoch. „Deine Schwester, naja, warum eigentlich nicht? Wollte schon immer mal einen Bruder haben." Al wusste, dass sie im Moment wehmütig an ihre Familie dachte, von der sie damals, als sie auf die schiefe Bahn geraten war, verbannt worden war. Ein betretenes Schweigen machte sich plötzlich breit. Olli löste jedoch die Situation, indem er sich wieder zu Karin drehte, lächelte und sagte: „Aber das Beste ist, zumindest hat man die Überraschung hier schon mitgeteilt, dass ihr beide, also du Karin und Nadjeschda ... naja, dass ihr ein Kind bekommt."
Karin blickte verlegen zu Lorenzo, hob dann aber ernst und überzeugt ihren Kopf. Karin legte ihren linken Arm um Nadjeschda und streichelte mit der rechten Hand über ihren Bauch, von dem man noch nicht ahnte, dass darin ein neuer Mensch gedeihen würde. „Unser Kind! Auch wenn ..." Karin konnte nicht weiterreden, das sich Lorenzo vor beide stellte und ihnen vorsichtig die Hand auf den Kopf legte. Er blickte sie seltsam feierlich an.
„Auch wenn, Karin, Nadjeschda, auch wenn die ganze Welt etwas anderes sagen sollte, dann steht doch fest, was schon immer feststand. Was der Herr zusammenfügt, das soll der Mensch nicht scheiden. Heißt es nicht so?"
Olli ballte die Faust, biss die Zähne zusammen und grunzte ein für alle hörbares „Jawohl!" Wieder lachten alle herzhaft und Lorenzo ergänzte salbungsvoll lächelnd. „Und vor allem, dem Sinn und Zweck einer Ehe, zumindest katholisch gesehen, nämlich Kinder in die Welt zu setzen, dem kommt ihr ja offenbar bestens nach."
Georg kam hinzu und hatte ein Tablett mit gefüllten Sektgläsern in den Händen. „Könnte es sein, dass es etwas zu feiern gibt? Ich denke mal, wir stoßen an auf ..." Alle schauten Georg erwartungsvoll an. „Auf einen glücklichen Sommernachtstraum."

Der Rest des Nachmittags verlief für alle in gelöster Stimmung. Karin und Nadjeschda saßen verträumt auf einer antiken Hollywoodschaukel, die leise hin- und herschwingend vor sich hin quietschte. Olli und Jelena waren mit Georg auf einer Hotelführung. Als Georg hörte, wie Olli vor Ideen übersprudelte, wie das inzwischen doch sehr verstaubt wirkende Hotel zu neuem Leben erweckt werden könnte, und als Jelena dann noch erzählte, dass sie sich gut vorstellen könnte, vielleicht mit ihrer Freundin Olga zusammen die Küche und die Bedienung zu schmeißen, da waren sich alle drei spontan einig.

Lorenzo stand gedankenversunken am Strand und blickte in die tiefstehende Sonne. Al trat hinzu und legte ihm die Hand auf die Schulter.

Al seufzte. „Ich bin zwar nicht katholisch, aber eigentlich, Lorenzo ... eigentlich wäre mir jetzt nach einer Beichte zumute." Lorenzo hob die Augenbrauen und schaute Al väterlich an.

„Was willst du beichten, Al, dass dich damals in Rom angesichts der perfekt imitierten Leiche von Jule der Mut und der Glaube verlassen hat. Ist es das, was du mir beichten willst?" Al nickte schweigend.

„Weißt du, Lorenzo, ich komme mir so bescheiden, so ... wie heißt es doch so schön, so ungeheuer kleingläubig vor. Damals in unserer Aquariumsgruppe, Karin hatte mich ja erfolgreich dort eingeführt, da dachte ich doch glatt, dass mich gar nichts erschüttern würde. Und dann ..." Beide blickten schweigend auf den See. Lorenzo schüttelte lächelnd den Kopf und setzte Als Gedankengang fort.

„Und dann, Al ... glaub mir, es ging mir keinen Deut anders. Auch ich hatte nur noch eine große Leere vor meinen inneren Augen. Und dann kommen zwei Menschen, Jule, eine überzeugte Naturwissenschaftlerin, die von Gott gar nichts wissen wollte, und am Ende ... tja am Ende sogar noch eine Prostituierte. Bitte entschuldige, wenn ich Jelena nochmals so nenne. Und ausgerechnet diese beiden schickt der Himmel. Ist das nicht seltsam?"

„Und, Lorenzo, was meinst du, wen oder was der Himmel noch so alles schickt, bevor ... naja, bevor wir zum Himmel geschickt werden?"

„Also genau genommen, Al ... so schnell will ich noch gar nicht zum Himmel geschickt werden. Was ich von Jule und Jelena gelernt habe, ist auf jeden Fall, dass ich mal wieder auf die Suche gehen sollte."

„Auf die Suche?"

„Naja, auf die Suche, nach etwas, das man eigentlich nicht in Worten fassen kann, obwohl das schon so viele Gelehrte versucht haben. Vielleicht bleibt am Ende nur so ein Gefühl, eine gemeinsame Wellenlänge, etwas, das alles um uns herum irgendwie zusammenhält. Vor einiger Zeit hat mich ein alter Freund angeschrieben, er heißt Achmed Al-Rhani und fragte, ob ich mit ihm in der Wüste Bäume pflanze."

„Achmed, der ist doch sicher Moslem und du ..."

„Du meinst, ob ich beabsichtige, die Religion zu wechseln?" Lorenzo schmunzelte. „Nein, Al, das sicher nicht. Aber er ist ein interessanter Mensch und ich bin neugierig, was er zu sagen hat. Und vor allem, in der Wüste Bäume pflanzen, das wollte ich schon immer."

„Moment, Lorenzo, du willst mit einem muslimischen Freund in der Wüste Bäume pflanzen?"

„Genau. Damals dachte ich wie du vielleicht jetzt, dass mein Freund Achmed wohl zu lange in der Sonne gestanden hat. Aber dann erklärte er mir alles von diesen Bäumen. Hast du schon mal etwas von Neembäumen gehört, Al?"

Al schüttelte den Kopf und runzelte neugierig die Stirn.

„Also, pass auf. Diese Neembäume wachsen nur in der Wüste und bilden wahnsinnig lange Wurzeln aus, so ähnlich wie Palmen. Es sind die einzigen Pflanzen, die von den Heuschreckenschwärmen verschont werden, sie geben Schatten für zahlreiche Nutzpflanzen, wie Melonen oder Tomaten. Außerdem kannst du das Öl aus ihren Blättern für Kosmetika und Insektenschutzmittel verwenden."

„Mensch, Lorenzo, du überraschst mich immer wieder, aber ... klingt eigentlich richtig gut und ... und du willst wirklich nicht zum Islam übertreten?"

„Weißt du, Al, wir haben alle unsere Überzeugungen und vielleicht können wir alle voneinander mehr lernen, als wir bisher dachten. Vielleicht finden wir einen gemeinsamen Weg ... Das muss nicht unbedingt derselbe Weg sein, aber möglicherweise doch einer, der uns zu einem gemeinsamen Ziel führt."

Al nickte gedankenversunken. Lorenzo blickte auf den See. Er schien zufrieden, als stünde er vor einer großen Reise, vor einer großen Aufgabe. „Al, ich wusste gar nicht, wie ich das Wasser vermisst habe dort oben in den Bergen, das blaue frische Wasser." Dann schob er das kleine Ruderboot, das seitlich des Badestegs auf dem Strand lag, begeistert wie ein kleines Kind ins Wasser und ruderte aus Leibeskräften hinaus auf den See. Al blickte ihm hinterher und wusste, dass Lorenzo es verdammt ernst meinte.

Lorenzos Worten nachsinnend, schlenderte Al zurück Richtung Hotel und sein Herz machte einen Sprung, als er Jule sah, wie sie allein in einem der Liegestühle am Strand saß. Sie wirkte gelassen und glücklich, als er langsam auf sie zukam.

„Gehen wir?", fragte Al mit sanfter Stimme und Jule nickte nur mit ihrem so typischen schüchtern verlegenen Blick. Hand in Hand gingen sie schweigend am Strand entlang. Wie selbstverständlich hatten sie ein gemeinsames Ziel, folgten intuitiv dem schmalen beinah vollständig zugewucherten Pfad, den sie beide so gut kannten.

Das Bootshaus lag in der Abendstimmung mit offenen Toren zum See, fast wie ein aufgerissener Mund, der der ganzen Welt etwas laut verkünden wollte. Das Wasser war still und glatt, die Mücken tanzten über die spiegelnde Wasseroberfläche. Draußen auf dem See ruderte Lorenzo, zum Glück wieder in Richtung Hotel, dachten beide erleichtert. Langsam schlenderten sie zum Ende des Stegs.

„Al ... du sagtest vorhin zu Lorenzo, dass er bei uns wohnen könnte. Haben wir denn eine gemeinsame Wohnung? Und dein Job und ... eigentlich wissen wir von der Zukunft doch nichts, oder?" Al setzte sich mit beiden Armen nach hinten gestreckt auf den Steg und ließ die Füße über der Wasseroberfläche baumeln. „Doch, Jule, wir wissen von der Zukunft bereits das allerwichtigste, nämlich, dass wir zusammenbleiben wollen, was immer auch kommt und wie klein auch immer unser gemeinsames Zuhause sein wird... Hauptsache wir sind zusammen, du und ich ..." Jule atmete tief durch und schmiegte sich glücklich an Al.

„Und Lorenzo, den kriegen wir auch noch irgendwie unter, nicht wahr, Al?"

„Klar, Lorenzo, der passt immer. Allerdings ... Lorenzo hat noch Pläne. Lange wird er sicher nicht bei uns bleiben wollen."

Die Sonne war bereits hinter den Bergen verschwunden. Wie eine goldene Krone leuchteten die gelben, orangenen und roten Sonnenstrahlen in den Himmel und zeigten gemeinsam zu dem Punkt, wo sie ihren Ausgang genommen hatten. Der Himmel verlief sich in allen Farben, von Rot über Gelb zu Grün und schließlich zu Violett und Blau, je weiter er sich von der Sonne entfernte. Im Osten waren an einer tiefblauen Kuppel bereits die ersten Sterne zu sehen. Sie funkelten wie leuchtende kleine Kugeln.

In der Nacht wurde Al von wirren Träumen gequält. Immer wieder kam ihm Nadjeschdas Gesicht in den Sinn. Sie hatte sich verändert, nicht so sehr ihre äußere Erscheinung als vielmehr ihr Blick, der immer wieder seltsam leer in die Ferne blickte. Eigentlich war das auch kein Wunder, nach dem, was sie in der unmittelbaren Vergangenheit mitgemacht hatte. Zum Glück hatte sie Karin. Obwohl sich Al noch nicht ganz an den Gedanken gewöhnen konnte, dass Karin nun zusammen mit einer Frau lebte, so war er doch froh, dass sich beide gefunden hatten. Dass sie sich liebten, daran bestand kein Zweifel und was wäre eher zu wünschen als das. Und trotzdem wirkte Nadjeschda nicht mehr so offen wie früher, als vielmehr traurig in sich gekehrt, unnahbar, als trage sie nicht nur ein Kind, sondern etwas Geheimnisvolles tief in ihrem Inneren, das sie mit niemanden, auch nicht mit Karin teilen wollte.

Erleichtert stellte Al fest, dass langsam aber sicher der Morgen dämmerte. Die Bergspitzen erschienen wie eine scharf gezackte Linie, gleich einem Scherenschnitt im oberen Drittel des Fensters. Es war immer wieder ein beruhigendes Gefühl, dass niemand in der Welt, so mächtig er auch sein möge, diese Morgendämmerung aufhalten konnte. Al blickte zur Seite, zu Jule, die sich noch im tiefen Schlaf befand. Ein warmes Gefühl durchströmte seinen Körper. Wie oft hatte er in der Vergangenheit genau diesen Moment herbeigesehnt, wie oft hatte er verzweifelt daran denken müssen, dies vielleicht niemals erleben zu können, und doch war es jetzt wahr geworden.

Seine vor wenigen Minuten noch quälenden Träume und Gedanken im Halbschlaf verdämmerten mit jedem friedlichen Atemzug Jules und mit der aufsteigenden Helligkeit über den Bergen, als ein hektisches Klopfen an der Zimmertür die morgendliche Stille wie ein Paukenschlag zerstörte. Seine Kehle schnürte sich augenblicklich zusammen, als würde er am Galgen hängend gerade seinen letzten Atemzug gemacht haben. Ein aufforderndes „Herein" war auch nicht nötig, als im nächsten Moment Karin hereingestürzt kam. Ihr Gesicht war kreideweiß und angstverzerrt und Al wusste sofort, dass seine Alpträume schreckliche Realität angenommen hatten.

„Sie ist weg ... mein Gott, Al, sie ... sie ist weg." Dann brach Karin zusammen und vergrub ihr Gesicht schluchzend in beide Hände.

Al stürzte aus dem Bett, gefolgt von Jule, die aus einem wohl schöneren Traum gerissen, sofort zu Karin hinübersprang.
„Karin, wer ist weg ... schau mich an ... bitte Karin ... wer ist ..." Al redete nicht weiter, als er in Karins rot unterlaufene und tränengefüllte Augen blickte. Er wusste sofort, dass nur Nadjeschda gemeint sein konnte.

Frankfurt, Juni 2020

„Sie kommt zu sich, ... Nadjeschda ... ach Gott, Nadjeschda ... hörst du mich ... ich bin es Karin." Karin beugte sich über Nadjeschda und küsste sie zärtlich auf die Stirn. Im nächsten Moment riss Nadjeschda Augen und Mund weit auf, als wollte sie schreien. Es kam jedoch kein Ton heraus, nur ein verzweifeltes Stöhnen aus der Tiefe ihrer Kehle. Karin zuckte im letzten Moment zurück als Nadjeschda, wie in einem gehetzten Versuch sich zu verteidigen, beide Arme vor ihr Gesicht riss. Ihr Atem ging schwer und immer schneller. Ein ängstliches Wimmern schüttelte das ganze Bett.
„Wir werden ihr ein Beruhigungsmittel geben", drängte sich der Stationsarzt professionell und kühl dazwischen.
„Einen Dreck werden Sie!", schrie Karin und gab ihm einen heftigen Stoß mit dem Ellbogen in die Flanke, sodass er luftholend zur Seite taumelte.
„Helfen Sie mir, Schwester, und holen Sie Verstärkung", keuchte der Stationsarzt, der sich notdürftig am Geländer des Bettes festhielt. Die ältere Stationsschwester grinste kopfschüttelnd. Vorsichtig legte sie ihren Arm um Karin, die aus Verzweiflung anfing zu weinen. Schluchzend beugte Karin sich wieder über Nadjeschda.
„Nadjeschda ... ich bin es doch, deine Karin, erkennst du mich nicht? Mein Gott Nadjeschda ... schau mich doch bitte an." Kraftlos ließ Nadjeschda ihre Arme sinken, ihr angstverzerrtes Gesicht

entspannte sich langsam. Blinzelnd blickte sie in Karins tränennasse Augen. Ihr Atem ging wieder deutlich ruhiger. Als sie mit aller Kraft versuchte sich aufzurichten, kam ihr Karin entgegen und zog sie zu sich heran. Zärtlich streichelte sie Nadjeschda über ihre schweißnassen Haare, ihren immer noch bebenden Rücken.

Der Stationsarzt blickte, offenbar in seiner Ehre verletzt, zu dem schluchzenden Paar herab. „Also, scheinbar brauchen Sie mich hier nicht mehr. Wenn es wieder losgeht, dann ... dann können Sie mich ja rufen."

„Ja, ja, schon gut, wir haben es verstanden", raunzte ihm die ältere Stationsschwester entgegen und schob ihn in Richtung Tür. Sie wusste, dass sie irgendwann seinen Ärger zu spüren bekommen würde, aber das war ihr im Moment egal.

Lange hielten sich Karin und Nadjeschda schweigend im Arm. Als sich Nadjeschda beruhigt hatte, legte Karin sie behutsam zurück auf ihr Kissen. Ihr angstverzerrtes Gesicht hatte sich entspannt und war einem traurig resignierten Blick gewichen, ein Blick der selbst die ältere Stationsschwester erschrecken ließ.

„Sie haben ihn ... ich wusste, dass das irgendwann kommen wird." Nadjeschdas Unterlippe fing an zu zittern. Diesmal war es keine Panik, keine Angst, keine Verzweiflung, diesmal war es Zorn, es war blanker Hass, der aus ihren Augen sprühte. „Dieses Schwein ... dieses verdammte Schwein."

Dass Daniel immer noch verschwunden war, musste Nadjeschda nicht erst erfragen. Der erste Blick auf Karins besorgtes Gesicht verriet ihr, dass das Schlimmste eingetreten war, das sie in den letzten Jahren befürchtet hatte. Und obwohl ihre Panikattacken mit der Zeit abgenommen hatten, obwohl deren Intensität, auch die der selbstquälenden Exzesse unter der Dusche für sie mehr und mehr kontrollierbar wurden, blieb ihre immerwährende Befürchtung bestehen. Es war die Angst, dass sie ihn irgendwann holen würden, ihren Daniel. Sein leiblicher Vater würde zurückkommen, um sein Erbgut, seinen Stammhalter in Besitz zu nehmen. Nadjeschda wusste, dass dies tief in der russischen Seele verankert war und schicksalhaft seinen Lauf nehmen würde. Und trotzdem hegte sie stets eine kleine Hoffnung, dass Gras über die Sache wachsen würde, dass Daniels leiblicher Vater mit der Geschichte abgeschlossen und inzwischen eine eigene Familie gegründet hatte. All diese Hoffnungen waren in den vergangenen Stunden in sich zusammengebrochen, das wusste Nadjeschda zu gut.

„Nadjeschda, jetzt hör mir gut zu." Karin versuchte möglichst behutsam die Ereignisse auf dem Spielplatz zu erfahren. „Daniel ist weg und wir müssen ihn wiederfinden, hast du mich verstanden?" Nadjeschda nickte stumm. Ihre Gedanken waren schon einen Schritt weiter. „Wann hast du Daniel zuletzt gesehen. Das ist wichtig, hörst du? Vielleicht ist er ja nur bei einem Freund und ..."

„So lange, bei einem Freund? Nein, Karin, das hat er noch nie gemacht. Er würde mir das sagen, das weiß ich genau." Erst jetzt wurde Nadjeschda klar, dass sie die ganze Nacht bewusstlos gewesen war und dass Daniel schon über alle Berge sein konnte. Karin überlegte, wie sie fortfahren sollte.

„Naja, einmal ist immer das erste Mal und vielleicht ... wir sollten telefonieren." Nadjeschda schüttelte den Kopf. Dann verkrampfte sie sich ruckartig und kniff die Augen zu. Während die Panik in ihrer Brust aufstieg, griff sie nach Karins Arm. So fest, dass Karin zusammenzuckte. „Sie haben ihn, Karin, sie haben ihn mir weggenommen, verstehst du?"

„Nadjeschda, wer ist sie? Hast du jemanden gesehen? Hat ihn jemand weggeschleift, vielleicht in ein Auto. Jemand muss doch etwas gesehen habe."

„Karin, ich habe ihn allein gelassen, verstehst du? Es ist alles meine Schuld ... mein Gott, ich habe ihn allein gelassen ... meinen Daniel ... meinen süßen kleinen Daniel." Schluchzend drehte sie sich zur Seite und ließ ihren Tränen freien Lauf. „Daniel, mein kleiner,

kleiner süßer Daniel." Karin massierte ihr mit der flachen Hand zärtlich den Rücken. Nadjeschdas Nachthemd klebte schweißnass an ihrem zierlichen Körper. Ein Handy klingelte.

„Al? Hier ist Karin. Gut, dass ich dich erreiche." Karin hielt ihr Handy dicht an ihren Mund. „Habt ihr schon eine Nachricht von Daniel?" Al antwortete nicht, er brauchte nicht zu antworten. Karin wusste bereits Bescheid. „Ich würde Nadjeschda gerne mit nach Hause nehmen, kannst du uns vielleicht abholen?"

„Klar, ich komme. Wollte nur nochmals kurz bei der Polizei vorbeifahren, ob es Neuigkeiten gibt."

„Haben die endlich begriffen, dass dies hier kein dummer Streich ist, diese Idioten? Mein Gott, diese dämliche gleichgültige Visage von dem Polizisten gestern Abend. Hätte nicht viel gefehlt und ich hätte ihm ..."

„Karin, das bringt uns jetzt auch nicht weiter. Also, in einer knappen halben Stunde bin ich da und hole euch ab, einverstanden?"

Sie legten auf und hingen ihren Gedanken hinterher.

Als Al später durch die Tür des Krankenzimmers trat, Nadjeschda war inzwischen eingeschlafen, spürte Karin eine große Erleichterung, als würde eine schwere Last von ihren Schultern genommen.

„Mein Gott, Al, was bin ich froh, dich zu sehen." Beide umarmten sich schweigend.

„Und was gibt es Neues bei der Polizei?", fragte Karin, doch sie wusste die Antwort bereits.

„Nichts, keine Spur, kein Anhaltspunkt, der einen irgendwie weiterbringen könnte."

„Kann man wohl nur noch beten."

„Stimmt, das ist im Moment das Einzige, was wir machen können."

„Guter Vorschlag, Al ..." Karin schüttelte den Kopf. „Du weißt, wie ich darüber denke, aber offen gestanden, ist mir das im Moment nicht genug. Verstehst du? Weiß du, Al, das erinnert mich an damals, als wir beide in Argentinien in dieser verdammten Höhle

festsaßen." Al nickte schweigend, während Jule ihren schweren Gedanken freien Lauf ließ. „Klar haben wir da gebetet und das war auch gut so. Aber ... ich glaube, wir haben auch unseren verdammten Grips zusammengenommen und konnten uns aus dieser Scheiße befreien. Und jetzt, Al, jetzt müssen wir zusehen, dass wir Daniel wiederfinden. Verstehst du? Daniel ist mein Sohn und wenn ihm jemand etwas antut, dann ..." Karin fing an zu schluchzen und Al nahm sie zärtlich in den Arm.
„Karin, wir finden ihn, das versprech ich dir. Wir finden ihn." Schweigend setzten sie sich neben Nadjeschda, die immer noch fest schlief. „Weiß Valerie schon Bescheid?"
Al seufzte „Sie hat alles mitbekommen. Hat sich dann gleich schweigend in ihr Zimmer verkrochen. Mehr weiß ich nicht. Sie wird gleich mit Jule kommen und dann fahren wir alle zusammen nach Hause."
Kurze Zeit später trafen Jule und Valerie ein, während Nadjeschda langsam wach wurde. Als sie Valerie erblickte, sprang sie auf und fiel vor Valerie auf die Knie und umarmte sie, als wollte sie sie stellvertretend für Daniel nie mehr loslassen. Wieder fing Nadjeschda an zu schluchzen, während Valerie ihr mit ihrer zierlichen Hand über den Rücken strich.
„Nicht weinen, Nadjeschda. Wir werden Daniel finden, nicht wahr?" Ihre blinden Augen zeigten keine Tränen, wanderten ziellos von einer Seite zur anderen, als könne sie Daniel sehen. Vor ihren inneren Augen tat sie das auch. „Komm, Nadjeschda, du musst dir etwas anderes anziehen, sonst erkältest du dich noch. Hast du mir auch immer gesagt, wenn ich mal verschwitzt war. Und dann gehen wir nach Hause, okay?" Nadjeschda nickte sanft lächelnd über die tapferen Worte des kleinen Mädchens. Valerie und Daniel waren auf den Tag genau neun Jahre alt, aber sie war immer noch deutlich zierlicher als alle ihre Altersgenossen.

Zu Hause angekommen, setzten sie sich zusammen in Karins und Nadjeschdas Wohnung. Gemeinschaft tat ihnen gut. Keiner wollte jetzt allein sein. Sie bestellten Pizza und versuchten einen klaren Gedanken zu fassen.

Al begann und sah dabei Nadjeschda forschend in die Augen: „Auch wenn's schwerfällt, Nadjeschda, du musst uns alles sagen, Also, du warst kurz weg, während Daniel auf dem Spielplatz blieb. Und als du wieder zurückkamst, war er verschwunden. Und dann hat dir diese ältere Dame mitgeteilt, dass Daniel von seinem Vater abgeholt worden sei. So war es doch, oder?" Nadjeschda nickte resigniert. Sie hatte den Hergang der Katastrophe schon so oft berichtet und jedes Mal spürte sie diesen schmerzhaften Stachel in der Brust, dass sie Daniel allein zurückgelassen hatte.

„Verdammt, noch nicht einmal diese Frau konnten wir ausfindig machen. Die hätte uns vielleicht sagen können, wie dieser vermeintliche Vater aussah." Al seufzte tief. „Muss wohl Daniel etwas ähnlich gesehen haben." Jeder im Raum wusste, dass Nadjeschda mit ihrer Vermutung wahrscheinlich Recht hatte. Daniel war von seinem leiblichen Vater entführt worden. Nadjeschda schwieg. Ihr Gesicht war in eine Art Starre verfallen, eine Fassade, hinter die noch nicht einmal Karin blicken konnte. Al dachte krampfhaft nach. „Ich denke, wir müssen nochmals zur Polizei. Diese verdammten vierundzwanzig Stunden Wartezeit sind endlich vorbei und die müssen gefälligst anfangen, die Fahndung weiter auszudehnen. Vielleicht meldet sich ja doch noch diese Frau."

Der weitere Abend verlief in gedrückter Stimmung. Jeder hing seinen Gedanken nach, schwankte zwischen der Hoffnung auf ein plötzliches Wiedersehen, weil sich Daniel vielleicht nur verlaufen haben könnte, und der Vorstellung einer Kindesentführung bis zur Schreckensmeldung von Kindesmisshandlung. Nach zwei Flaschen Rotwein zog sich jeder schweigend in seine

Wohnung zurück. Nadjeschda zündete ein Teelicht vor einem kleinen Altar an, den sie in der Ecke des Schlafzimmers aufgebaut hatte. Stundenlang verharrte sie kniend vor dem Kreuz und einem Bild von Daniel, das im Schein der Kerze flackerte, als wollte es etwas mitteilen. Nach Mitternacht stand Karin auf, legte ihren Arm um Nadjeschda und führte sie ins Bett. „Komm, Nadjeschda, ich kann auch nicht schlafen. Vielleicht schaffen wir es gemeinsam." Sie kuschelten sich aneinander und schliefen tatsächlich ein.

Am nächsten Morgen, es war ein Montag, wachte Karin erst spät auf, nachdem die Sonne schon lange ihre hellen Strahlen durch die kleine Wohnung geschickt hatte. Auch wenn es abends drückend heiß wurde, schlief sie ungern bei offenem Fenster. Nadjeschda hatte sich nach anfänglichen Protesten daran gewöhnt. Doch jetzt schlich sie zum Fenster und ließ die bereits warme spätmorgendliche Luft hinein.

„Nadjeschda, bist du im Bad?", rief Karin, ohne ihren Blick vom Fenster abzuwenden. Es blieb still. „Nadjeschda?" Eine unheilvolle Vorahnung durchzuckte Karin. Es war wie damals auf der Insel, als Nadjeschda beschlossen hatte, ihrem Leben ein Ende zu setzen. „Nadjeschda, bist du da?" Die kleine Wohnung war rasch durchsucht, um Karin die schreckliche Gewissheit zu geben, dass Nadjeschda tatsächlich erneut verschwunden war. Im Schlafzimmer stand der Kleiderschrank offen und Karin erkannte sofort, dass einige ihrer Kleider fehlten. Noch im Nachthemd wollte sie zu Al und Jule hinüber stürzen, als sie im Eingang über einen Zettel stolperte.

Liebste Karin,
mach dir keine Sorgen, ich komme bald zurück ... mit Daniel.
Ich liebe dich!
Deine Nadjeschda.

Österreich, August 2010

Karin hockte wimmernd in sich zusammengesunken auf dem kühlen Holzfußboden. Jule strich ihr schweigend über die Schultern, während Al vor ihr kniete und angestrengt nach den richtigen Worten suchte.

„Karin, vielleicht ist Nadjeschda nur mal spazieren gegangen, brauchte etwas frische Luft. Weißt du schwangere Frauen, die ... die müssen das manchmal tun." Al verstummte schlagartig, als ihm seine Schwester zitternd eine Seite aus einem Notizblock vor die Nase hielt. Al nahm den Zettel, breitete ihn vorsichtig aus und las.

Liebste Karin,
bitte verzeih mir, aber ich kann so nicht weiterleben. Wir sehen uns wieder, in einer anderen Welt, in einer besseren Welt. Ich liebe dich und werde dich immer lieben.
Deine Nadjeschda.

„Ach du Scheiße!", stieß Jule hervor. „Sie wird doch nicht ... sie wird sich doch nichts antun."
Karin schluchzte. „Nadjeschda war oft verzweifelt, wisst ihr. Das Kind in ihr war ihr so fremd, sie hasste es und trotzdem ... trotzdem liebte sie es, das kann man nicht verstehen, das ist schrecklich ..." Karin brach ab und weinte bitterlich. Al sprang auf.
„Oh Gott, der See ...", murmelte er und stürzte zum Fenster. „Das Boot ... schnell, wir müssen Georg wecken." Das war nicht mehr nötig, Georg stand im gestreiften Pyjama und Zipfelmütze im Gang. Wenn es nicht so ein dramatischer Anlass gewesen wäre, hätte man beim Anblick Georgs laut loslachen können. „Rasch, Georg, wir müssen zum Boot, Nadjeschda, sie hat vielleicht ... sie ist auf dem See." Niemand wollte das Unaussprechliche sagen und so rannten alle mehr oder weniger bekleidet zum Steg. Draußen auf

dem See war das Ruderboot gerade noch wie ein kleiner schwarzer Strich zu erkennen. Es lag tief im Wasser, zu tief und jeder wusste, dass jetzt jede Minute zählte. Al, Karin und Jule sprangen in das Hotelboot, während George hektisch versuchte, die Leinen zu lösen.

„Verdammt, verdammt!", brüllte er. Es dauerte unendlich lang, bis er endlich das Boot freibekam und schließlich den Motor aufheulen ließ. Er riss den Gashebel nach unten, drehte das Steuerrad heftig nach rechts, sodass das Heck des Bootes ächzend gegen den Steg donnerte. Ein Quietschen ertönte, als das Heck des Bootes am Steg entlang glitt und wie magisch an den feuchten Planken festgehalten wurde. Beherzt trat Al gegen den Steg, sodass sich das Boot befreite, um endlich mit einer scharfen Kurve auf den See hinauszubrausen. Das vor wenigen Sekunden gerade noch sichtbare Boot war verschwunden, wie verschluckt von der noch dunklen Masse des schwarz und bedrohlich schimmernden Sees. Allen wurde plötzlich erschreckend klar, dass sie vermutlich zu spät kommen würden. Trotzdem, Georg versuchte den Gashebel noch weiter nach unten zu drücken und hielt unvermindert dem Punkt entgegen, an dem sie vor wenigen Minuten noch das letzte Bisschen des sinkenden Bootes erblickt hatten. Kaum hatten sie die Mitte des Sees erreicht, schoss wie aus dem Nichts ein erster Sonnenstrahl zwischen den Berggipfeln hindurch, wie ein Wink des Himmels, ein Zeichen, dass ein Fünkchen Hoffnung versprach, Nadjeschda doch noch lebend aus dem kalten See zu bergen. Als sie an dem vermeintlichen Punkt angekommen waren, stoppte Georg den Motor und alle standen auf dem Boot und blickten zunehmend verzweifelt umher. Wie eine klebrige schwarze Masse erstreckte sich der See in alle Richtungen. Die Sonne hatte sich wieder verzogen und hinterließ eine graue Stille.

„Nadjeschda!" Karins verzweifelte Stimme hallte gespenstisch über den See. „Nadjeschda, bitte!" Jule balancierte vorsichtig auf dem schwankenden Boot zu ihr und nahm sie tröstend in den Arm. Mit jeder quälenden Sekunde, die Nadjeschda verschwunden blieb, wuchs die schreckliche Gewissheit, dass sie nie mehr auftauchen würde, dass sie sich bereits in der besseren Welt befand, nach der sich zusammen mit ihrem ungeborenen Kind so gesehnt hatte. „Nadjeschda, meine Nadjeschda ..." Karins Schreie verebbten zu einem verzweifelten Flehen, ein letztes Flüstern, bis die Stille nur noch von ihrem heftigen Schluchzen begleitet wurde.

„Da!" Al zögerte keine Sekunde und sprang in die dunklen Fluten. Die auf dem Boot Gebliebenen schöpften ein letztes Fünkchen Hoffnung, während sie auf den Punkt starrten, an dem Al mit kräftigen Zügen in den See abgetaucht war. Allerdings war es eine bange Hoffnung, Nadjeschda, wenn überhaupt, allenfalls tot retten zu können. Im nächsten Moment stieß etwas Weißes aus dem See hervor. Es war Nadjeschda, die Al mit all seiner Kraft über die Wasseroberfläche drückte. Ihr Kopf kippte nach hinten, als Al ihren schlaffen Körper empor schob. Ihr Mund war aufgerissen, wie ein letzter verzweifelter Schrei, ihre Augen halb geöffnet. Es war ein gespenstischer Anblick, bevor ihr Körper wieder kraftlos nach unten in den Fluten versank. Geistesgegenwärtig startete Georg den Motor und drehte das Boot geschickt bei. Karin und Jule streckten ihre Arme über die Reling, während Al erneut versuchte, den Nadjeschdas Körper entgegen zu drücken. Mit aller Kraft zogen sie Nadjeschda ins Boot. Wie ein frisch gefangener Fisch glitt sie zwischen die Sitzreihen, nur mit dem Unterschied, dass sie nicht wie ein Fisch zappelte, sondern leblos auf dem Boden des Bootes liegen blieb. Karin riss die Augen auf und schrie: „Nadjeschda, ... nein ... oh, mein Gott, wach auf." Al kletterte rasch wieder ins Boot, stürzte sich auf Nadjeschda und umklammerte von hinten ihren Brustkorb. Mit wiederholten Stößen presste er ihren schmalen Körper so fest er konnte zusammen. Aber es tat sich nichts. Nadjeschdas Kopf sank kraftlos nach vorne. Wieder und wieder presste Al auf ihren Brustkorb, dabei schrie er ihr verzweifelt ins Ohr. „Nadjeschda komm, komm zurück, zurück, zurück ..." Plötzlich brach ein großer Schwall Wasser aus ihr heraus. Sie fing an zu würgen, versuchte zwischen dem erbrochenen Wasser, zwischen dem Herauswürgen ihres Lungeninhalts, wieder Luft einzusaugen. Es war ein grässlicher Kampf zwischen dem Versuch, Wasser aus ihren Lungen zu pressen und den wieder frei gewordenen Raum mit Luft zu füllen. Mit jedem Ausstoß presste Al erneut ihren Brustkorb zusammen, versuchte ihren verzweifelten Kampf um Atemluft zu unterstützen. Doch dann riss sie sich los aus seiner Umklammerung und stützte sich mit beiden Armen nach vorne gegen die Sitzbank. Dabei wich das feuchte Würgen mehr und mehr einem krächzenden Stöhnen. Karin, die bis dahin den Wiederbelebungsmaßnahmen ihres Bruders nur starr zusehen konnte, sank zu Boden und legte vorsichtig ihren Arm um Nadjeschdas Schultern. Ihr Schluchzen vermischte sich mit Nadjeschdas Stöhnen und Röcheln zu einem gespenstischen Geräusch, wie aus einer anderen Welt, und doch war es ein gutes Geräusch, ein Geräusch, das etwas versprach, was bis vor wenigen Minuten noch für immer verloren schien, ein wertvolles gemeinsames Leben.

„Georg, wir sollten Nadjeschda so schnell wie möglich in ein Krankenhaus bringen, hast du eine Idee?"

Georg zückte wortlos sein Handy und wählte eine Nummer.

„Notfall, kommen Sie schnell zum Anlegesteg ... ja genau ... ich komme mit dem Boot ... also bis gleich." Al blickte sorgenvoll zu Nadjeschda, die inzwischen ruhig atmend in Karins Schoß lag. Sie lebte, das war klar, aber wie lange sie ohne Sauerstoff gewesen war, ob sie je nochmals zu sich kommen würde und was mit ihrem ungeborenen Kind war, das konnte im Moment keiner wissen. Und trotzdem, obwohl ihr Körper triefend nass vor Kälte zitterte, durchströmte ihn eine zunehmende Wärme. Karin war unendlich dankbar, dass sie Nadjeschda doch noch aus den dunklen Fluten hatte ziehen können.

Al blickte die beiden gedankenversunken an. Das alles erinnerte ihn an die noch nicht so lange zurückliegenden Ereignisse mit Jule, als sie in ähnlicher Weise, vor seinen Augen in die Fluten sprang und unter der Wasseroberfläche wie unter einem Leichentuch verschwand. Ob sie damals ohne ihn ertrunken oder doch noch in letzter Minute an die Wasseroberfläche zurückgekommen wäre, wusste er genauso wenig zu sagen wie Jule selbst. Sicher war jedoch, dass Nadjeschda ihrem eigenen Leben vor wenigen Minuten wirklich ein Ende setzten wollte. Wie viel Verzweiflung musste sie in diesem Moment gequält haben. Sie wusste, dass sie Karin zurücklassen würde, und doch gab es scheinbar keinen anderen Weg für sie. Eine Vorahnung hatte er ja gehabt, aber dass sie es wirklich umsetzen würde, wollte er noch vor wenigen Stunden nicht wahrhaben. Wie würde man in Zukunft wohl unterscheiden können zwischen einem Hilferuf, einer unendlichen Traurigkeit, die jedoch weiterhin von Lebenswillen geprägt sein würde, und der letzten Verzweiflung eines Menschen, der bereit war, noch einen Schritt weiterzugehen, der nur noch von der festen Absicht getragen war, sein unerträgliches Leben zu beenden. Sicher war, dass die Rettung von Nadjeschda, sollte sie wirklich unbeschadet wieder aufwachen, sie nicht davon abhalten würde, es wieder zu versuchen. Vielleicht fieberte sie jetzt sogar noch sehnsüchtiger einem Leben nach dem Tod entgegen. Nun waren alle mehr denn je in der Verantwortung, Nadjeschda wieder zurückzuführen, zurück in ihr richtiges, in ihr lebenswertes, ihr wertvolles und doch so zerbrechliches Leben.

In der Ferne ertönte ein gerade so zu vernehmendes Martinshorn über den See. Je näher sie dem Ufer kamen, desto deutlicher wurden die beiden Blinklichter, die mahnend über den See leuchteten. Am Steg festgemacht, hievten sie Nadjeschda gemeinsam auf eine

Trage. Dabei atmete sie ruhig, fast zu ruhig, dachte Al besorgt. Ihr Arme und Beine hingen schlaff, wie tot, an ihrem blassen Körper.
„Ich bleibe bei ihr, Al. Ich kann sie jetzt keine Minute mehr allein lassen, verstehst du?" Al nickte.
„Kein Problem, Karin. Ich hole deine Sachen, und wenn es ihr besser geht, dann fahren wir wieder zurück nach Frankfurt. Ihr könnt erst einmal bei uns wohnen, dann kann immer einer von uns aufpassen, okay?" Karin nickte und umarmte ihren Bruder.
„Danke, Al. ... Danke, dass du sie da herausgezogen hast ... danke." Der letzte Dank kam nur noch geflüstert und Al spürte, wie ihm Karins warme Tränen auf die Schulter tropften. Ihre Anspannung hatte sich gelöst und wich einem ängstlichen Zittern, das sich nur langsam beruhigte. Wortlos drehte sie sich um, folgte dem Sanitäter, der ihr die Seitentür des Krankenwagens aufhielt. Al, Jule und Georg schauten dem Krankenwagen nach, bis er hinter der nächsten Ecke verschwand. Dann bestiegen sie wortlos das Hotelboot. Jule schmiegte sich in Als Arme. Jeder hing still schweigend seinen Gedanken nach, als das Hotelboot monoton über den See zurück zum Hotel knatterte.
Auf der Insel warteten Lorenzo, Jelena und Olli sorgenvoll auf die Rückkehr ihrer Freunde. Mit einem Fernglas hatten sie Nadjeschdas Rettung verfolgen können. Noch immer fassungslos setzten sie sich in einen Kreis gegenüber, bis Lorenzo endlich die Stille durchbrach. „Ich ... ich würde gern ein Dankesgebet sprechen und eine Fürbitte für Nadjeschda und Karin, seid ihr damit einverstanden?" Alle nickten wortlos und lauschten Lorenzos stillem Gebet. Georg vergrub sein Gesicht in seinen großen knorrigen Händen. Bisher hatte er immer gefasst gewirkt, ja sogar nüchtern distanziert. Diesmal ließ er seinem Schluchzen freien Lauf. Als Lorenzo sein Gebet mit einem brummenden Amen beendet hatte, stammelte Georg vor sich hin: „Alles vorbei ... ist es nicht so? Das war's." Jelena stand auf und setzte sich zu ihm. Vorsichtig legte sie ihren

Arm auf seine Schulter. „Ich bleibe hier, natürlich nur ... also, nur wenn du mich noch brauchst." Georg blickte auf und schaute sie fassungslos an. Er schniefte wie ein kleines Kind.

„Naja, eigentlich wollten wir das Hotel ja neu beleben, wenn nicht ... wenn nicht diese schlimme Sache mit Nadjeschda dazwischen gekommen wäre", stammelte Georg noch immer fassungslos.

Jelena schüttelte den Kopf. „Georg, meinst du nicht auch, dass es Nadjeschda ebenso gefallen würde, wenn wir hier weitermachen?"

Georg zog die Augenbrauen hoch und atmete tief durch.

„Jelena hat recht, Georg." Al blickte zu den beiden hinüber. „Jule und ich, wir fahren zurück nach Deutschland und du und Jelena, ihr solltet hier weitermachen."

„Also ... ich für meinen Teil ..." Olli zog die Stirn kraus. „Ich meine, man müsste hier und da noch etwas Arbeit hineinstecken und ich könnte. ... Also, wenn ihr wollt ... Und außerdem, wenn hier weitere Gäste kommen, wie wollt ihr das alleine schaffen." Jelena strahlte ihn dankbar an. Offenbar hatte sie gehofft, dass Olli auch bleiben würde. „Ich muss allerdings erst nochmal zurück und das mit meinem Arbeitgeber klären. Aber dann ... dann komme ich wieder, wenn ihr wollt." Ob und wann er tatsächlich auf die Insel zurückkehren würde, wusste keiner zu sagen, am wenigsten Olli selbst. Tief im Inneren wusste er, dass für ihn mehr auf dem Spiel stand, als ein kurzes klärendes Gespräch mit seinem Arbeitgeber.

Dann blickten alle zu Lorenzo.

„Ich werde Al und Jule begleiten. Ich würde mich gerne auch um Nadjeschda kümmern, könnt ihr das verstehen?" Die anderen nickten zustimmend.

Am nächsten Vormittag packten alle außer Jelena ihre Koffer. Al nahm später nochmals Georg zur Seite.

„Sag mal, Georg, ich habe ein ganz schlechtes Gewissen. Wir haben hier gewohnt, fürstlich gegessen und jetzt hauen wir einfach so ab. Wer ... ich meine, wie viel ... was sind wir dir schuldig?"

„Mach dir keine Sorgen, Al, ich habe mit Stern gesprochen, das geht schon klar."
„Stern?"
„Genau Stern, Samuel Stern. Hatte ich das nicht erzählt? Er ist der einzige Nachfahre der früheren Besitzer der Insel vor dem Krieg, eine schlimme Geschichte." Al machte ein ernstes Gesicht.
„Stimmt, meine Eltern haben davon berichtet. Naja, jetzt ist das Haus ja wenigstens wieder in den richtigen Händen und mit Jelena und später noch Olli, glaub mir, Georg, das wird sicher gut laufen, die beiden sind Klasse. Und wir, wir machen dann hier wieder Urlaub mit unseren Kindern." Georg zog die Augenbrauen hoch.
„Kinder?"
„Naja, nach dem was hier zwischen Jule und mir so passiert ist ... Sicher ist es noch nicht, aber es spricht einiges dafür, dass Jule ... ich meine, dass ich Vater werde." Georg errötete leicht.
„Also ich, ... wie soll ich sagen ... was ihr beide ... naja, also ich meine." Al klopfte Georg freundschaftlich auf die Schulter und lächelte süffisant.
„Wie gesagt, Georg. Sicher ist es noch nicht, aber es wäre ein Wunder, wenn sie nicht schwanger wäre. Zusammen mit Nadjeschdas Nachwuchs, das wäre doch ... mein Gott, hoffentlich packt sie es ... sie und ihr Kind." Beide verstummten augenblicklich.
„Wird schon gut gehen, Al, das Wasser war so kalt, da hat man meist ein paar Minuten mehr Zeit, oder nicht? Müsstest du doch wissen als Mediziner."
„Passen wir alle in Ollis Auto?" Jule platzte, zwei Taschen schleppend, dazwischen und zog fragend die Augenbrauen hoch. „Oh Entschuldigung, störe ich?"
„Nein, nein, alles in Ordnung, Jule, ich wollte nur nochmals etwas mit Georg klären, um hier nicht als Zechpreller abzudampfen."
Ein letztes Mal bereitete sich Georg vor, mit seinem Hotelboot von der Insel zum Festland überzusetzen. Dazu hatte er sich seine

dunkelblaue Uniform und seine Kapitänsmütze angezogen, sodass sich die anderen ein amüsiertes Schmunzeln nicht verkneifen konnten.

„Lasst mal von Euch hören. Besonders …. besonders wie es Nadjeschda geht, okay?" Jelenas Stimme versagte, ihre Augen waren gerötet und feucht, als sich alle der Reihe nach von ihr mit einer kräftigen Umarmung verabschiedeten. Sie blickte noch lange nachdenklich dem Hotelboot hinterher, das im Gegenlicht der mittäglichen Sonne langsam am Horizont verschwand. Insgeheim hoffte sie, dass sich Olli nicht zu viel Zeit lassen würde, auf die Insel zurückzukehren.

Frankfurt, Juni 2020

Karin sank entsetzt zu Boden. Immer wieder las sie die von Nadjeschda rasch hin gekritzelten Zeilen.

Liebste Karin,
mach dir keine Sorgen, ich komme bald zurück … mit Daniel.
Ich liebe dich!
Deine Nadjeschda

Offensichtlich ließ sie keinen Zweifel daran, Daniel zu finden, und ebenso offensichtlich war sie davon überzeugt, dass Daniel entführt worden war. Sie hatte eine klare Vorstellung von wem. Verzweifelt ließ Karin den Brief in ihren Schoß fallen. Eine Ohnmacht ergriff von ihr Besitz, eine Ohnmacht darüber, in kurzer Zeit gleich zwei geliebte Personen verloren zu haben oder sie zumindest in großer Gefahr zu sehen.

Im nächsten Moment pochte jemand an die Tür. Es konnte nur Al sein, dessen Angewohnheit es war, bei ihr nie zu klingeln, sondern immer nur anzuklopfen. Als sie nicht gleich reagierte, klopfte es nochmals. „Karin, Nadjeschda, könnt ihr mal aufmachen, Al hier." Karin zuckte nur teilnahmslos mit den Schultern. Als es dann doch klingelte, raffte sich so gut es ging auf, die Türklinke hinunterzudrücken. Dann sank sie wieder zu Boden.

„Karin, was ist los, was ist passiert?" Al schaute durch den kleinen Flur über Karin hinweg. „Wo ... wo ist Nadjeschda, gibt's was Neues?" Wortlos streckte ihm Karin den kurzen Brief entgegen. „Ach du Scheiße", murmelte er in sich hinein und drehte sich zur offenen Haustür seiner Wohnung um. „Jule, kommst du mal? Komm mal bitte rasch, es ist wichtig." Jule kam eilig hinzu und stolperte fast über Karin, die immer noch reglos auf dem Boden saß. Al hielt ihr den Brief entgegen, den sie rasch überflog. Dann beugte sie sich zu Karin, griff ihr unter die Arme und schleppte sie mühsam ins Wohnzimmer.

„Hast du eine Ahnung, wohin sie gegangen sein könnte, wo sie Daniel vermutet?" Jule versuchte, beruhigend auf Karin einzuwirken. Al setzte sich langsam vor Karin und schaute sie durchdringend an.

„Karin, wir brauchen jetzt dein Hilfe, hörst du, wir müssen alles wissen. Vielleicht hatte Nadjeschda mehr als eine vage Ahnung, wer Daniel entführt haben könnte. Hat sie dir gegenüber etwas erzählt?" Karin versuchte, ihre Verzweiflung ein Stück weit hinunterzuschlucken.

„Al, Jule, ich habe euch das nie erzählt, aber es war teilweise ganz schlimm. In letzter Zeit hatte es sich jedoch etwas gebessert und ich dachte schon sie ... sie hätte alles überstanden."
„Was war schlimm, Karin?", unterbrach Al ungeduldig ihr Stottern.
„Nadjeschda wurde damals in der Botschaft vergewaltigt und ..." Karin kämpfte mit den Tränen. „Und dann, ihr Selbstmordversuch damals auf der Insel, wie soll ich das erklären?" „Das war auf jeden Fall ganz schlimm", ergänzte Al. „Und wenn sie dich damals nicht

gehabt hätte, dann ... wer weiß. Aber irgendwie hatten wir alle den Eindruck, dass sie mit den Jahren die schlimmen Ereignisse ein gutes Stück weit hinter sich lassen konnte, als könnte sie vergessen, was passiert ist."

„Das dachte ich auch erst, aber sie wurde immer wieder von Angstattacken geschüttelt. In den letzten Jahren wurde das tatsächlich etwas besser, aber ... es hörte nie ganz auf, in ihr zu bohren."

„Was, Karin, was genau bohrte in ihr?"

„Sie wurde mehr und mehr von der fixen Idee beherrscht, dass er wiederkommen würde, dass er unseren Sohn entführen und uns wegnehmen könnte."

„Er ... meinst du vielleicht ..." Al war sich nicht sicher, ob er das am besten behütetste Tabuthema gerade jetzt ansprechen sollte.

„Meinst du vielleicht Daniels leiblichen Vater?"

Karin nickte und stammelte: „Verdammt, sie hatte Recht, er würde kommen ... dieses Schwein."

Al zögerte einen Moment. Doch er wusste, dass spätestens jetzt die quälende Wahrheit auf den Tisch musste. Da gab es kein Zurück, sonst hätten sie keine Chance, Nadjeschda und Daniel je wiederzusehen.

„Weißt du, wer Daniels ... ich meine, wer Daniels leiblicher Vater ist? " Karin schüttelte den Kopf.

„Keine Ahnung, einen Namen hat sie nie genannt. Aber er muss Daniel gleich nach seiner Geburt sehr ähnlich gesehen haben. Blaue Augen, rotblonde lockige Haare ... weißt du noch damals ihre Reaktion, als man ihr das gerade geborene Kind in die Arme legen wollte. Mein Gott und jetzt ...sie hat es geahnt, sie wusste von Anfang an, dass all das, was jetzt passiert, irgendwann passieren musste. Sie hatte panische Angst vor diesem Moment und vermutlich wusste sie schon lange, was sie dann tun würde, was sie dann tun müsste."

Al wiederholte leise ihre Worte „Blaue Augen, rotblonde Haare ... Evgenij."

„Wer?", schoss Jule aufgeregt dazwischen.

„Evgenij Kasparow."

„Wer ist bitteschön Evgenij Kasparow?" Jule schaute Al gebannt an.

„Du hast mir nie von einem Evgenij Kasparow erzählt."

„Naja, ist ja auch nur so eine Vermutung. Wobei ..." Al überlegte. Er fühlte sich alles andere als wohl dabei, die damaligen Ereignisse in Evgenijs Club in Erinnerung zu rufen. „Daniel und Evgenij haben gewisse Ähnlichkeiten, gleiche Haarfarbe, gleiche Augen. Nur ... als Evgenij damals mit mir in seinem Bordell ..." Al stockte, als er sah, dass ihn Jule mit aufgerissenen Augen anstarrte. „Erzähl ich dir später, Jule, also damals in seinem Bordell, das muss zur selben Zeit gewesen sein, als Jule vergewaltigt wurde. Also genau genommen hat Evgenij ein gutes, wenn auch unangenehmes Alibi. Evgenij war zu der Zeit in der Nähe von Moskau und nicht hier in Frankfurt. Er kann nicht Daniels Vater sein."

Karin setzte sich auf. „Al, bist du sicher, dass es genau zur selben Zeit war? Immerhin war Nadjeschda einige Tage gefangen und wer weiß, wie rasch dieser ... wie heißt er doch gleich?"

„Evgenij, Evgenij Kasparow."

„Also, wie rasch dieser Evgenij Kasparow von Moskau nach Frankfurt hätte kommen können."

Karin konnte nicht weiterreden. Die damaligen Ereignisse, als sie Nadjeschda aus ihrer Gefangennahme, ihrer Misshandlung gerettet hatte, waren ihr noch viel lebhafter präsent, als sie es sich in den letzten Jahren eingestanden hatte.

„Du hast recht, Karin. Als ich damals in die Fänge von Evgenij und seinen Schergen kam, hat ihm Jelena ganz schön in die Eier getreten. Ich gehe mal davon aus, dass er das bis heute nicht verwunden hat, zumal er ja vorher aus irgendeinem Grund Brass auf alles hatte, was sich Deutsch nannte. Wenn ich mich recht entsinne, hat er Nadjeschda sogar schon vorher gekannt. Sie muss ihm irgendwann mal aus einer peinlichen Situation geholfen haben. Eigentlich konnte er ihr dankbar sein, aber vielleicht hat gerade das seine russische Ehre gekränkt. Und als er dann wenig später Nadjeschda als Gefangene in der Russischen Botschaft wiederfand, naja, dann hat er sich an ihr auf schreckliche Weise gerächt."

„Also, ihr meint, dass dieser Evgenij Daniel nicht nur entführt hat, sondern auch sein leiblicher Vater ist, nach dem wir nun suchen sollten?", ergänzte Jule.

„Tja, das könnte eine Möglichkeit sein. Auf jeden Fall ... vielmehr Verdachtspersonen kommen nicht infrage, sofern ... sofern er überhaupt entführt wurde und nicht in irgendeinem Teich ..." Jule stieß Al mit dem Ellbogen in die Seite und Al verstand die Botschaft.

„Also, eines kann ich euch sagen, ich weiß, wo dieser Evgenij wohnt, und ich weiß allerdings auch, dass der ein verdammt unangenehmer Bursche ist. Der schreckt vor nichts zurück", ergänzte er.

„Mensch Al...", platzte Jule dazwischen, „... du willst doch nicht jetzt schon den Schwanz einziehen? Stell dir mal vor, Nadjeschda geht auf eigene Faust zu diesem Typen. Du glaubst doch nicht, dass er Daniel dann freiwillig rausgeben wird? Verdammt, wir müssen ihr helfen, und zwar schnell."

Al runzelte die Stirn. „Ich fürchte, wenn das alles so stimmt, dann ...", wieder stieß Jule Al unsanft in die Flanke. Ihre Augen blitzten ungeduldig und sie kam seiner weiteren Rede zuvor.

„Ich meine, wir sollten zusehen, diesem Evgenij baldmöglichst einen kleinen Besuch abzustatten. Und mit ‚wir' meine ich nur Al und mich." Karin wollte protestieren, aber Al kam ihr zuvor.

„Jule hat Recht. Wir beide kennen uns ganz gut aus, wo Evgenij wohnt, falls er noch dort wohnt. Und was dich anbetrifft, Karin, du bleibst hier, um uns rasch zu kontaktieren, falls sich hier zu Hause Neuigkeiten ergeben, einverstanden? Und außerdem muss jemand auf Valerie aufpassen. Die können wir ja schlecht mitnehmen oder hier alleine lassen." Karin stimmte schließlich widerwillig zu.

Die nächsten Tage vergingen damit, einen Flug nach Moskau zu organisieren. Das war nicht so einfach, da die Nachfrage nach Gas inzwischen drastisch in den Keller gesunken war und Moskau nur noch höchstens zweimal pro Woche angeflogen wurde. Viele der noch vor Kurzem frischgebackenen Gasmilliardäre waren ruck zuck Pleite gegangen. Die verbliebenen Gasressourcen nutzte man zunehmend im eigenen Land oder besser gesagt in Moskau selbst, einer immer noch glänzenden Millionenstadt, die mehr und mehr vom eigenen Umland abgeriegelt wurde.

Nadjeschda hatte offenbar noch einflussreiche Freunde in der Botschaft, die ihr einen Flug nach Moskau organsiert hatten, ohne dass Karin davon wusste. Ein hartnäckiger Anruf Karins in der Botschaft, konnte dies bestätigte. Es war der endgültige Beweis, dass Nadjeschda tatsächlich in Russland nach Daniel suchte. Jule und Al konnten erst zwei Wochen später einen Flug bekommen. Es war für alle quälend Zeit, beherrscht von dem Gedanken, dass Nadjeschda und Daniel etwas Schreckliche zugestoßen sein könnte. Diese Vorahnung wurde mit jedem Tag bedrückender.

„Und was ist, wenn sich Nadjeschda geirrt hatte? Was ist, wenn ein anderer rothaariger Mann Daniel vom Spielplatz entführt hat?" Karin verstummte bei dem Gedanken und starrte aus dem Fenster. Al kam mit einer Tasse Kaffee in der Hand zu ihr. Ohne sich umzudrehen fragte sie: „Weißt du, Al, ob die Polizei inzwischen etwas herausfinden konnte?"

„Soweit ich weiß, ich war mehrmals da, haben sie bisher keine Spur."

„Vielleicht sollten wir ihnen mal unsere Theorie mitteilen und man könnte Interpol oder wen auch immer einschalten." In wenigen Minuten war Karin so von ihrer Idee ergriffen, dass sie sich Schlüssel und Jacke schnappte und zur Tür rauschte.

„Wo willst du hin, Karin?", fragte ihr Al hinterher, der sich vor Schreck fast an seinem heißen Kaffee verschluckte.

„Na, zur Polizei, kommst du mit?" Al folgte ihr schweigend. Er wusste, dass dies keinen Sinn machen würde. Zu häufig hatte ihm die Polizei mitgeteilt, dass sie leider kein Einzelfall seien und dass man in wenigen Tagen die Suche nach Daniel einstellen würde. Doch Karin ließ sich nicht beirren. Zielstrebig machte sie sich auf den Weg zum nächsten, für Daniels Fahndung zuständigen Revier und platzte in das Büro des verantwortlichen Kommissars. Al konnte sie nicht mehr überzeugen, sich wenigstens am Hauptschalter anzumelden. Augenblicklich schossen zwei Beamte auf sie zu, die den vermeintlichen Wutanfall Karins witterten. Doch Karin war schneller und stützte sich bereits mit beiden durchgestreckten Armen auf den Schreibtisch des Kommissars. Als dieser Karin erkannte und seine Kollegen hinterher springen sah, winkte er ihnen beschwichtigend entgegen. Er kannte die Notsituation einer verzweifelten Mutter nur zu gut. Eine strenge Zurückweisung schien nicht angebracht, aber auch nicht nötig.

„Er ist in Moskau!", raunzte Karin über den Schreibtisch, während Al versuchte, sie am Arm zurückzuziehen. Der Kommissar lächelte mitfühlend.

„Kaffee?" Karin ließ ihre Faust auf den Schreibtisch knallen.

„Verdammt, ich will keinen Kaffee! Ich will, dass Sie mir zuhören, er ist in ..."

„In Moskau. Das habe ich verstanden." Kam ihm der Kommissar zuvor. „Jetzt beruhigen Sie sich erst mal Frau ..."

„Steinhoff. Karin Steinhoff. Nadjeschda ... wir gehören zusammen, aber sie heißt Narilow, Nadjeschda Narilow."

„Nadjeschda Narilow und Ihr Junge ..."

„Daniel!"

„Genau, Nadjeschda und Daniel, leider ... leider fehlt von ihnen ..."
„Es fehlt von ihnen jede Spur. Das haben wir schon so oft von Ihnen gehört. Aber jetzt wissen wir, wo er ist." Der Kommissar ließ sich nicht aus der Ruhe bringen und lehnte sich gelassen in seinem Stuhl zurück.
„So, also Sie meinen, dass Ihre ... Ihre Lebensgefährtin und ihr Sohn, dass sie nach Moskau entführt wurden. Hm ... haben Sie dafür irgendwelche Beweise?"
„Rote Haare, der Mann, der Daniel entführt hat, er hat rote Haare, genau wie Daniel und ... und genau wie sein Vater."
„Rote Haare. Hm ... wir fahnden bereits nach einem Mann mit roten Haaren."
„Ja, aber verdammt noch mal, nicht in Moskau."
„Das ist wohl wahr, aber ... es ist nicht so leicht, die Fahndung nach Moskau auszudehnen. Moskau gehört nicht zu Deutschland, wie Sie wissen, und da sind unsere Möglichkeiten etwas eingeschränkt." Karin hielt sich die Hände vor ihr Gesicht. Sie hatte eine solche Antwort befürchtet und suchte kopfschüttelnd nach einer Lösung. Leise stammelte sie vor sich hin: „Ja aber, vielleicht mit Interpol oder ... weiß der Kuckuck, irgend so ein Scheißverein wird da ja wohl Informationen beschaffen können."
„Hören Sie, Frau Steinhoff. Ich werde meinen Kollegen in Moskau eine Nachricht zukommen lassen. Aber ..." Er biss sich auf die Unterlippe. Es war eine Geste, die verriet, dass diese Nachricht, wenn sie denn überhaupt ankam, nichts bringen würde. „Viel Hoffnung kann ich Ihnen nicht machen, falls ... falls Ihr Daniel wirklich nach Moskau entführt wurde. ... Moskau ist groß, sehr groß und ... es ist ein gefährliches Pflaster." Karin wusste, dass jedes weitere Drängen sinnlos sein würde.
„Danke ... vielen Dank und ... ich bitte um Entschuldigung, dass ich hier so reingeplatzt bin." Sich an Al festhaltend drehte sie sich zur Tür.

„Wir tun, was wir können, und sobald wir Neuigkeiten haben ..."
Die weiteren Routinesprüche konnte Karin nicht mehr ertragen und eilte aus dem Polizeirevier. Es war ihr mehr denn je klar, dass sie die Suche nach Nadjeschda und Daniel in die eigenen Hände nehmen mussten.

Am Vortag der Abreise lagen bei allen die Nerven blank, insbesondere, da sie von Nadjeschda und Daniel immer noch kein Lebenszeichen hatten. Valerie hatte sich in ihr Zimmer verkrochen und ließ sich kaum noch blicken. Sie hatte sich Daniels Violine genommen und streichelte den ganzen Tag über das glänzende Holz, zupfte zart an den Saiten, sodass man meinen konnte, sie stehe mittels dieser sphärischen Klänge mit Daniel in Kontakt. Wie oft hatten sie zusammen musiziert, Valerie mit ihrer hell klingenden Stimme und Daniel, der sie auf der Violine begleitete oder selbst sang. Der Gedanke, dass der Klang der Violine für immer verstummt sein könnte, war nicht nur für Valerie unerträglich.

Österreich, August 2010

Ollis Auto stand noch so am Parkplatz des kleinen Hafens, wie es Karin und Nadjeschda zwei Tage zuvor abgestellt hatten. Es war ein Mini Clubman ganz in Schwarz.
„Da passt mehr rein, als ihr denkt." Olli winkte allen zu, ihm die Taschen zu reichen. „Naja, ein paar Taschen müssen wir vielleicht auf den Schoß nehmen, wird schon klappen. Karin fährt. Sie kennt sich ja inzwischen gut aus mit dem Mini, Nadjeschda auf dem Beifahrersitz, Jule und Al hinten und ..."
„Und du und Lorenzo? Wo wollt ihr sitzen?", wandte Karin ein. Olli überlegte nicht lange und blickte zu Lorenzo.
„Wir sind mit dem Zug gekommen, also fahren wir mit dem Zug wieder zurück. Stimmt's Lorenzo?"

„Ist doch klar, ich fahre mit Olli im Zug. Nehmt ihr das Auto, holt Nadjeschda vom Krankenhaus ab und wir treffen uns in Frankfurt", stimmte Lorenzo zu. Karin wollte noch protestieren. Schließlich war es ja Ollis Auto, das sie mit Nadjeschda und nun auch mit Jule und Al nach Frankfurt fahren sollte. Aber Lorenzo und Olli hatten bereits ihre Taschen in der Hand und ließen sich nicht von ihrem Plan abhalten. So fuhren sie zu dem nahegelegenen Krankenhaus, während sich Lorenzo und Olli auf den kurzen Fußmarsch zum Bahnhof in Bewegung setzten.

Zu ihrer Überraschung saß Nadjeschda bereits in voller Montur im Foyer des kleinen Krankenhauses. Als Karin auf sie zukam, huschte ein kaum merkbares Lächeln über ihr Gesicht. Dann erblasste sie wieder und blickte Karin starr entgegen, als würde sie geradewegs durch sie hindurchschauen. Zum Glück hatte Georg recht behalten. Das kalte Wasser hatte tatsächlich dazu beigetragen, die sauerstofflose Zeit offenbar schadlos zu überbrücken. Und obwohl sie einiges an Wasser in ihre Lungen gesaugt hatte, blieb ihr sogar eine Lungenentzündung erspart. Ein Außenstehender, der sie so still im Foyer sitzen sah, hätte nie vermuten können, was sie in den letzten Stunden mitgemacht hatte. Niemand hätte ahnen können, dass sie am Vortag auf der Schwelle zum Tode, vielleicht sogar ein klein wenig darüber hinaus, gestanden hatte.

Langsam erhob sie sich. Karin nahm sie wie eine zerbrechliche Puppe in die Arme und so blieben sie eine Weile schweigend stehen.

„Wir sollten jetzt gehen." Al klopfte beiden auf die Schultern. Sie gingen zurück zum Auto, während Jule noch die Entlassungspapiere entgegen nahm und die ausstehenden Kosten beglich.

„Was meinen Sie? Hat sie alles gut überstanden?" Jule schaute den Stationsarzt fragend an. Der gab ihr nur wortlos die Entlassungspapiere.

Die Fahrt nach Frankfurt verlief weitgehend still. Al hatte Karin überzeugen können, die erste Etappe zu fahren, sodass Nadjeschda die meiste Zeit in Karins Armen auf den Rücksitzen schlief. Ab und zu hörte er die Nachrichten und die Verkehrshinweise. Zum Glück waren die Straßen frei, sodass Al ohne Pause weiterfuhr und Jule auf dem Beifahrersitz vor sich hin döste. Kurz vor Frankfurt erwachte sie aus ihrer Starre.

„Olli sagte, dass Nadjeschda und Karin bei ihm in der Wohnung schlafen könnten, da er ja sowieso noch einiges auswärts erledigen müsste. Und wir ... wir nehmen Lorenzo auf. Das müsste doch klappen oder was meinst du, Al?"

„Auf jeden Fall. Lorenzo kann so lange bleiben, wie er will. Sobald es Nadjeschda besser geht, wollte er ja zu seinem speziellen Freund ... irgendwo in Afrika." Jule schmunzelte über Als unbeholfene Beschreibung von Lorenzos großen Zielen.

„Irgendwo in Afrika ist gut. Er will dort mit seinem Freund Achmed eine Plantage eröffnen, mit Neembäumen, mitten in der Wüste. Klingt einigermaßen verrückt. Meinst du nicht auch, Al?"

„Ich finde das gar nicht verrückt. Besser auf jeden Fall, als sich wie früher in Argentinien vor der Welt zu verstecken. Du wirst sehen, irgendwann wachsen in der Sahelzone tausende Bäume, schenken den Menschen Schatten und Wasser und ..."

„Und dann kommen diese Fanatiker und hauen alles in kleine Stücke."

„Da magst du leider recht haben, zumal Lorenzo mit seinem Freund, wie hieß er doch gleich, ich glaube, er hieß Al-Rhani, ... genau Achmed Al-Rhani ... ist ja auch nicht so wichtig, auf jeden Fall will er mit seinem Freund so eine Art interreligiöses Zentrum aufbauen. Das kann ganz schön gefährlich werden."

„Ich finde, er hat Recht. Man darf sich nicht von den ganzen Verrückten einschüchtern lassen. Man muss ihnen die linke Wange hinhalten, wenn sie einem auf die rechte hauen, nur so geht's."

„Alle Achtung, Jule, offenbar hat dir Lorenzo einiges beigebracht."
„Damals in Argentinien, als wir uns kennenlernten, da haben wir nächtelang diskutiert und außerdem ... außerdem hattest du mir ja auch schon einiges beigebracht. Logisch klingt das alles nicht, aber vielleicht ist es ja gerade das, was die Sache so interessant ... so überzeugend macht."
„Also, Jule ... Lorenzo ...er hat dich überzeugt?"
„Naja, er hat mich zumindest davon überzeugt, dass ich mit meinem Einmaleins irgendwann an Grenzen stoßen werde und ... und er hat mich davon überzeugt, dass diese Grenzen enger sind, als ich mir das vielleicht bisher ausgemalt hatte."
„Die Wand ... die spiegelnde Wand."
„Welche Wand?"
„Na, die unseres Aquariums."
„Genau, so könnte man das auch nennen und wenn wir wissen wollen, was dahinter ist, hinter dieser uns selbst widerspiegelenden Wand, dann müssen wir vielleicht etwas über unsere Logik hinausdenken."
„Wir werden es nie wissen, Jule, es sei denn wir ..." Al verstummte schlagartig, da die Antwort auch lauten könnte, wenn man es so machte wie Nadjeschda. Aber das war keine Lösung, das war ihnen klar. Der Tod und damit die Gewissheit, was sich hinter dieser spiegelnden Wand befand, würde sie früh genug ereilen.
„Es ist besser, es nicht zu wissen, ... zumindest im Moment. Irgendwann werden wir es ja doch erfahren, Jule. Aber jetzt noch nicht ... so schnell nicht."
Gegen Abend, zum Glück hatten sie bis zuletzt kaum Verkehr auf der Autobahn, erreichten sie Frankfurt. Die Skyline kündigte sich kurz nach der Abfahrt von der Autobahn an. Die schlanken Wolkenkratzer zeigten in den Himmel. Angesichts dessen, was hinter ihnen lag, glichen sie, was die unmittelbare Zukunft betraf, mahnenden Fingern.

„Al, ich muss unbedingt zu meinen Eltern. Ich habe kurz mit meiner Mutter telefoniert. Vater geht es nicht gut."

„Ich komme mit, Jule. Nochmal lasse ich dich nicht allein. Und außerdem ist ja Lorenzo da, der sich zusammen mit Karin um Nadjeschda kümmern will." Jule wusste, dass jede Widerrede zwecklos war und im tiefsten Inneren war sie froh, dass Al sie begleitete, obwohl er ja auch möglichst bald seine eigenen Eltern aufsuchen wollte. Außerdem musste er sich dringend um seinen Job kümmern. Seit mehreren Wochen hatte er gefehlt, ohne Mitteilung gemacht zu haben. Vermutlich war er längst gefeuert.

Sie parkten das Auto direkt vor der Tür, nahmen die Taschen aus dem Kofferraum und gingen die Treppen hinauf. Als wäre es bereits Routine, drehten sich Al und Jule zu ihrer und Karin und Nadjeschda zu Ollis Wohnung um und kramten in ihren Taschen nach den Wohnungsschlüsseln. Olli hatte den Schlüssel in letzter Minute noch Karin mitgegeben, da er ahnte, mit Lorenzo per Zug deutlich später anzukommen.

„Kommst du zurecht?", fragte Al seiner Schwester. Sie lächelte ihm zu, dankbar über die fürsorgliche Nachfrage.

„Kein Problem, Al. Wir kommen zurecht. Morgen zum Frühstück ..."

„Bei uns, ist doch klar. Ich hole Brötchen." Er wollte schon in der Wohnung verschwinden, drehte sich aber nochmals zu Karin um. „Ach ja, Karin, bevor ich es vergesse, morgen früh ..." Karin blieb stehen, während sich Nadjeschda bereits auf Ollis Sofa ausstreckte. „Jule und ich ... wir wollen morgen früh zeitig weg, zu ihren Eltern. Ihrem Vater geht es nicht gut. Jule sagte, es ginge ihm sogar sehr schlecht und sie wüsste nicht, wie lange noch ..."

„Kein Problem, Al. Was unsere Eltern anbelangt, die können noch ein paar Tage warten. Das hat Zeit. Ich habe ihnen erzählt, dass wir ..." Karin schmunzelte, „dass wir von einem Abenteuerurlaub zurück sind und dann vielleicht am nächsten Wochenende kommen, sobald wir wieder alles im Griff haben."

„Ist ja nicht ganz falsch oder ... Abenteuerurlaub ... klingt gut." Beide lachten sich an und verschwanden dann in den gegenüberliegenden Wohnungen.

Jule und Al stellten ihre Taschen in den Flur und musterten die kleine Wohnung.

„Als wäre nichts passiert ... alles noch so, wie es war ... nur meine Palme, oh Gott ... wahrscheinlich vertrocknet." Beim Anblick der toten Palme zuckte es ihm durch den Kopf, dass er hier vor ein paar Wochen fast von Alighieri abgeknallt worden wäre und damals kurzzeitig mit dem Leben abgeschlossen hatte. Dann besann er sich auf das Weiterleben, holte die Gießkanne und goss Wasser an die vertrocknete Palme.

„Mal sehen, ob wir uns wiederbeleben können." Jule entging es nicht, dass er das Wiederbeleben möglicherweise auch auf sich selbst bezog.

„Das Leben geht weiter, Al ... mit und ohne Palme."

Gegen Mitternacht kamen Olli und Lorenzo an und wurden von Jule in Empfang genommen, die aus Sorge um ihren Vater kein Auge zutun konnte.

„Lorenzo, ist das Sofa okay?"

„Also im Vergleich zu meiner Klosterkammer ist es geradezu luxuriös. Ich brauche nicht viel, das ist mehr als okay, danke Jule."

Olli verschwand in seiner Wohnung und als er Karin und Nadjeschda zusammen in seinem Doppelbett liegen sah, spürte er eine wohlige Wärme im Bauch. Eine Weile betrachtete er die beiden, wie sie Arm in Arm zusammenlagen, wie sie füreinander da waren. Er dachte an Jelena und musste sich eingestehen, etwas Wehmut zu spüren, weil er nicht mehr mit ihr zusammen sein konnte. In den Tagen auf der Insel hatten sie sich öfter tiefer als erwartet in die Augen gesehen. Es war ein schönes, ein zärtliches Gefühl. Manchmal hat er sogar an ein gemeinsames Leben mit ihr gedacht. Aber dann verwarf er jeden weiteren Gedanken daran. Er wusste, woher er kam, und sie wusste es auch. Die Vergangenheit würde ihn früher oder später einholen. Es war höchste Zeit, sich dieser Vergangenheit zu stellen, mit ihr auf irgendeine Art neu anzufangen oder vielleicht auch abzuschließen. Vielleicht wäre er dann bereit, auf Jelena zuzugehen. Aber der Weg bis dahin würde lang und beschwerlich sein.

Am nächsten Tag klopfte Al an die gegenüberliegende Tür. Er hatte bereits für alle Brötchen gekauft und Kaffee aufgesetzt, dessen herzhafter Duft nun durch den Hausflur zog.

„Kaffee?" Al blickte durch den Türspalt, den Olli blinzelnd öffnete. Er hatte auf dem Sofa übernachtet und beschlossen, dies auch die nächsten Tage zu tun, um Karin und Nadjeschda sein Schlafzimmer zu überlassen. Al fiel auf, dass sich Olli irgendwie verändert hatte. Nie wäre er früher auf die Idee gekommen, Olli morgens Kaffee anzubieten. Seine damaligen Anspielungen, sein eindeutig homosexuelles, geradezu tuntenhaftes Gebaren waren ihm unangenehm und, obwohl er Olli immer als einen im Grunde verlässlichen Nachbarn ansah, ging er ihm lieber aus dem Weg. Olli lächelte ihn entspannt an, ohne jegliches anzügliche Zwinkern. Al dachte nach und kam zu dem Schluss, dass auch er selbst sich verändert hatte. Vielleicht war es die Beziehung zwischen Karin und Nadjeschda, die auch ihn entspannter machte, wenn es um gleichgeschlechtliche Beziehungen ging. Auch er hatte eine neue Sicht gewonnen, hatte gelernt, dass es offenbar nicht darauf ankam, ob Frau mit Mann, Frau mit Frau oder Mann mit Mann ihr Glück suchten. Vielmehr war es die echte Zuneigung, die beide füreinander empfanden, auf die es wirklich ankam. Er hatte gelernt, dass es seiner Schwester Karin genau so ernst war mit ihrer Beziehung zu Nadjeschda wie ihm mit seiner zu Jule. Und doch würde es für Karin nicht leicht werden. Für einen Moment ertappte er sich bei dem Gedanken, dass es sicher leichter sein würde, ihren Eltern Jule vorzustellen, als für Karin, das Gleiche mit Nadjeschda zu tun.

Der Moment würde kommen, und wie auch immer die Reaktion seiner Eltern sein würde, er würde auf jeden Fall an der Seite von Karin und Nadjeschda stehen.

Es war erst halb sieben Uhr morgens, als sich alle um den kleinen Tisch in der Wohnung von Al und Jule quetschten. Alle redeten durcheinander, nur Nadjeschda war still. Sie war so still, dass er sich ernsthaft Sorgen machte, ob er überhaupt mit Jule wegfahren und sie mit Lorenzo und Karin zurücklassen könnte. Zu tief saß noch der Schreck von ihrem Selbstmordversuch. Lorenzo konnte seine Gedanken offenbar lesen. Ein Phänomen, das Al früher schon immer bei Karin festgestellt hatte und von dem er inzwischen wusste, dass es an seinem Gesichtsausdruck liegen musste, die seine Gedanken für jeden erkennbar widerspiegelten.

„Ihr solltet bald aufbrechen. Es ist wichtig, dass ihr bald zu Jules Eltern geht. Ich bin ja hier, zusammen mit Karin und Nadjeschda. Wir ... wir machen uns einen schönen Tag. Und ... und wenn ihr länger bleiben müsst, dann bleibt ihr, so lange, wie es nötig ist. Wir schaukeln das hier schon, keine Sorge." Al nickte dankbar und schaute zu Jule, die offenbar dieselben Gedanken hegte und der nun geradezu ein Stein vom Herzen fiel.

„Wir machen das hier mit dem Abwasch, Al, seht zu, dass ihr zeitig loskommt", pflichtete Karin bei. Selbst Nadjeschda nickte und lächelte zaghaft. Eilig packten sie ein paar Sachen. Es war, angesichts der gesundheitlichen Situation von Jules Vater, tatsächlich nicht ganz abwegig, dass sie ein paar Tage bei ihren Eltern, die in einem kleinen Ort in der Nähe von Straßburg wohnten, verbringen würden.

Auf dem Weg, Olli hatte ihnen wie selbstverständlich sein Auto überlassen, ließen sie die vergangenen Tage nochmals Revue passieren. Jetzt konnte Al das aussprechen, was er auf der Fahrt von Österreich verschwiegen hatte, um Karin und besonders Nadjeschda nicht noch mehr zu belasten.

„Ich fürchte, das mit Nadjeschda ist noch lange nicht ausgestanden. Wenn ihr Bauch erst einmal dicker wird und es für alle, besonders für sie, immer sichtbarer wird, dass sie das gebären wird, was sie letztlich zum Selbstmord gebracht hat, dann … dann weiß ich nicht, wie sie reagieren wird." Jule protestierte heftig.

„Al, wie kannst du von ‚das' reden. Es ist ein Kind, was in ihr heranwächst, ein unschuldiges Kind, genauso wie bei mir. Da ist kein Unterschied." Jule hatte inzwischen einen Schwangerschaftstest gemacht.

„Schön wenn es so wäre, Jule. Und das mit dem ‚das', du hast natürlich Recht, das war nicht in Ordnung. Aber versetze dich mal in ihre Lage. Es ist … es wird nicht einfach für sie werden und … für Karin auch nicht." Beide schwiegen eine Weile, da es auf das, was sie quälte, im Moment keine Antwort gab.

„Sag mal, Jule, was genau meinte deine Mutter damit, als sie sagte, deinem Vater ginge es nicht gut? Ist es etwas Ernstes?"

„Sie sagte nicht viel. Ich glaube, sie wollte nicht viel am Telefon sagen … Ich glaube, es geht ihm schlechter, als meine Mutter mir mitteilen wollte." Al streckte seine rechte Hand zu ihr aus. Jule kam ihm entgegen. Worte fielen ihm, wie so häufig in solchen Momenten, keine ein. Aber es tat Jule gut, seinen Händedruck zu spüren. Es war eine Geste, die Jule an ihm mehr schätzte, als jedes noch so tröstende Wort.

Als sie schließlich in dem kleinen Ort, in dem ihre Eltern seit vielen Jahren wohnten, ankamen, blickte Jule den ihr so vertrauten Häusern, der Kirche und dem kleinen Marktplatz hinterher. Jule wunderte sich, wie Al vollkommen selbstverständlich an der Kirche vorbei scharf abbog.

„Du kennst dich ja gut aus, Al." Er dachte an die Zeit, als er damals Jules Eltern besuchte, eine Zeit, in der er schrecklich verzweifelt war, verzweifelt über Jules angeblich tödlichen Unfall.

„Komisch, alles unverändert, als wäre nichts passiert, als wären wir gar nicht so wichtig, wie wir immer glauben."

„Oh doch, Jule. Du bist mir wichtig, du bist mir sehr wichtig. Das letzte Mal, als ich hier war, da dachte ich, du seist dort drüben begraben." Er zeigte auf den Friedhof, an dem sie gerade vorbeifuhren. „Und deine Mutter war es, die mich letztlich davon überzeugte, dass du noch lebst. Ohne deine Mutter ..." Al brach ab und schluckte. Er wollte nicht mit tränenunterlaufenen Augen bei ihren Eltern ankommen, obwohl ihm plötzlich zum Weinen zumute war. Er ergriff erneut Jules Hand. Dann bogen sie in den Feldweg ein, an dessen Ende Jules Eltern wohnten.

Wie damals kam ihnen der kleine Dackel entgegen und sprang, kaum dass sie aus dem Auto ausgestiegen waren, freudig an ihnen hoch. Sie brauchten auch nicht zu klingeln, da Jules Mutter, alarmiert durch das Bellen des Hundes, bereits die Tür öffnete und ihnen entgegen stolperte. Schweigend fielen sie sich in die Arme. Erneut spürte Al einen dicken Kloß im Hals. Seit den vielen Wochen des Bangens um Jules Leben empfand er zu Jules Mutter eine enge Verbindung. Erst jetzt viel ihm auf, wie ähnlich sie sich waren, Mutter und Tochter. Wie aus einem Holz geschnitzt. Kein Wunder, dass ihre Gefühle füreinander so eng waren, dass die Mutter damals keinen Zweifel gehegt hatte, dass ihre Tochter noch lebte. Sie drehte sich zu Al um und fiel auch ihm in die Arme. Bevor sie ins Haus gingen, wurden sie von Jules Mutter zurückgehalten.

„Dein Vater, er ..."

„Was ist mit ihm?", fragte Jule ungeduldig.

„Er ... er hatte einen Schlaganfall. Die Ärzte sagten, er wäre im Wachkoma ... was immer das bedeutet. Auf jeden Fall schaut er nur starr nach oben, sagt nichts, ich weiß nicht, ob er überhaupt etwas ... ob er dich erkennen wird." Jule drückte ihre Mutter, die kein weiteres Wort herausbrachte, an ihre Brust. „Er war bis vorgestern im Krankenhaus. Die Ärzte sagten, sie könnten nichts mehr für ihn tun. Essen und trinken geht auch nicht und ... und ich glaube, er will es auch nicht mehr." Weitere Worte waren nicht nötig. Jeder wusste, wie es um ihn stand. Gemeinsam, Arm in Arm, betraten sie das kleine Haus, gingen durch den Flur, an dessen Ende im Wohnzimmer ein Krankenbett aufgestellt war. Jules Vater lag schwer atmend auf dem Rücken. Seine Augen waren geschlossen, seine Arme lagen reglos auf der Decke seitlich seines abgemagerten Körpers. Jule nahm seine schlaffe Hand und beugte sich über ihn.

„Papa, ich bin es, Jule ..." Jules Stimme erstickte. Sie hob seine Hand und drückte sie an ihre feuchte Wange. „Papa, hörst du mich ... ich ... ich bin wieder da." Al trat an Jule heran, legte seinen Arm vorsichtig um ihre Schulter und zog sie leicht an sich. Dann sank sie nach vorne und legte schluchzend ihren Kopf auf seine Brust. „Papa, es ... es tut mir leid ... ich wollte nicht, dass du ... dass du dir Sorgen machst. Es tut mir so leid." Ihre Tränen tropften auf die Decke. Dann blickte sie ihn an, als spüre sie noch ein Fünkchen Leben in seinem schwachen Körper. „Papa, ich bin es, deine Jule ... du ... wirst wieder gesund, hörst du ... ich ... ich will dir noch so viel erzählen." Weinend drehte sie sich zu Al um. „Papa, das ist Al. Ihr ... kennt Euch doch noch von damals ... weißt du noch, damals auf der Insel. Wir ... wir sind zusammen und ... und du wirst Opa ... hast du gehört, du wirst Opa ... du wolltest doch immer ein Enkelkind." Jules Mutter stand hinter den beiden. Als sie Jules Worte hörte, trat sie spontan einen Schritt nach vorne und legte weinend ihre Hand auf Jules Schulter.

Plötzlich schienen sich die Augen von Jules Vater zu bewegen, als wollte er sie ein letztes Mal öffnen. Aber es gelang ihm nicht. Seine Mundwinkel zuckten, wie zu einem Lächeln. Als wollte er seine letzten Kräfte mobilisieren, bewegte er seine linke Hand kaum merklich. Erneut ließ Jule ihren Kopf auf seine Brust sinken. Seine linke Hand hob sich wenige Millimeter, um im nächsten Moment kraftlos zurückzufallen. Al wusste, dass er alles mitbekam, dass er seine Hand vielleicht ein letztes Mal väterlich auf Jules Kopf legen wollte. Behutsam half er ihm. Kaum merkbar streichelte sein zitternder Daumen über ihre Haare. Diesmal war es ganz eindeutig. Ein glückliches Lächeln huschte über sein Gesicht. Dann wurde es still.

Als sich Jule aufrichtete, fiel seine Hand schlaff auf die Bettdecke. Er atmete nicht mehr. Das letzte Lächeln lag noch immer auf seinem Gesicht. Er hatte es geschafft, seine Augen, die jetzt starr in eine andere Welt zu blicken schienen, ein wenig zu öffnen. Und doch war es nicht mehr Jules Vater, der auf dem Totenbett lag. Sein Geist, seine Seele hatten sich aus seinem Körper gelöst. Aus einem Körper, der nur noch einen Wunsch hatte, seine geliebte Tochter noch ein letztes Mal zu sehen.

Moskau, Juni 2020

Nadjeschda landete planmäßig auf dem Flughafen von Moskau. Marmor und glänzendes Messing, oder war es Gold, strahlten ihr in der Eingangshalle entgegen. Der Großflughafen von Moskau, Vorzeigeobjekt ehemals kommunistischer und jetzt kapitalistischer Machtansprüche um die weltweiten Energieressourcen, strotzte nur so vor Prunk und Pracht. Und doch war es ein geschmackloser, vollkommen überladener Abklatsch meist neoklassizistischer Stilelemente, der klischeehafte Ausdruck neureicher Geltungssucht. Die Dame an der Passkontrolle musterte Nadjeschda misstrauisch.
„Wo wollen Sie hin? Moskau oder außerhalb?"
„Dedovsk", entgegnete Nadjeschda verwirrt. Lange hatte sie kein Russisch mehr gehört, geschweige denn gesprochen. Aber die Muttersprache schien fest im Hirn verankert zu sein, wie Laufen oder Fahrradfahren.

„Also außerhalb." Mürrisch knallte die Dame einen Stempel in Nadjeschdas Pass und schob ihn über den Tresen.
„Denken Sie daran, nur die schwarzen Taxen sind für den Transit."
„Schwarze Taxen, wieso ..."
„Die halten nur außerhalb von Moskau, Transit halt. Für Moskau haben Sie keine Aufenthaltsgenehmigung. Wenn Sie innerhalb aussteigen gibt's Ärger, bestenfalls sofortige Ausweisung oder ... naja, Sie wissen ja sicher."
Nadjeschda hatte beiläufig mitbekommen, dass in den letzten Jahren um Moskau ein hermetischer Ring gezogen worden war. Der Flughafen lag innerhalb dieser Grenzen. Menschen, die außerhalb lebten, brauchten eine Sondergenehmigung für das Zentrum und die war schwierig zu bekommen. Einmal mehr teilte sich die Gesellschaft in zwei Klassen. Aber im Grunde war das ja noch nie anders gewesen. Die Politik der neuen Machthaber im Kreml war Thema in den deutschen Medien. Da sie jedoch praktisch keinen Kontakt mehr zu Familie oder Freunden in Russland hatte, war ihr das damit verbundene harte Durchgreifen der Milizen entgangen. Zum ersten Mal wurde ihr bewusst, dass sie weit außerhalb Moskaus aufgewachsen war. Wenn sie nicht mit Karins Hilfe damals notgedrungen ausgewandert wäre, gehörte sie heute möglicherweise zur Bevölkerung zweiter Klasse.
Außerhalb des Terminals reihten sich die Taxen tatsächlich in zwei Gruppen. Weiße für innerhalb und schwarze für außerhalb des Zentrums, Letztere als Transfertaxen, wie die Dame am Zoll sie nannte. Nach der strikten Anweisung gesellte sie sich zu denjenigen, die nach einem schwarzen Taxi winkten. Als sie an der Reihe war, kam ihr der Taxifahrer entgegen, als wollte er ihr die Tür aufhalten. Stattdessen verlangte er schroff nach ihrem Reisepass.
„Wohin?", fragte er mürrisch.
„Dedovsk." Er nickte und wies sie an, auf den Rücksitzen seiner schwarzen Limousine Platz zu nehmen. Wenigstens ihren kleinen

Koffer verstaute er selbst im Kofferraum. Außerhalb des Flughafens bog er in eine elegante Wohngegend ein. Dazwischen lagen gepflegte Gärten und Parks. Nadjeschda beugte sich zum Fahrer vor.
„Schön hier, nicht wahr?"
„Hier schon." Mehr kam nicht zurück. Er bog auf eine breite Autobahn ab, die auf beiden Seiten von aufragenden Bürogebäuden gesäumt wurde. Es dauerte nicht lange und das Taxi reihte sich in eine Kolonne weiterer schwarzer Taxen ein. Nicht weit entfernt war ein die Autobahn überspannendes Gebäude zu erkennen, an dessen Seiten sich große Zäune scheinbar endlos in beide Richtungen erstreckten. Je näher sie kamen, desto bedrohlicher wirkten die Zäune, die in regelmäßigen Abständen von Wachtürmen unterbrochen wurden. Das Gebäude selbst wies vergitterte Fenster auf und mit Schlagbäumen bewehrte Einfahrten, durch die ein Taxi nach dem anderen hindurch rollte. An den Seiten der Einfahrten standen Männer in Uniform mit Schnellfeuerwaffen im Anschlag. Nadjeschda schnürte es bei dieser gefährlich wirkenden Kulisse die Luft ab. Sie wollte frei atmen und betätigte den elektrischen Fensterheber. Nichts tat sich. Sie griff nach dem Türöffner, doch der ließ sich ebenfalls nicht bewegen. Sie saß in der Falle.
„Ihren Pass", schnaubte der Taxifahrer über seine rechte Schulter. Nadjeschda blieb nichts anderes übrig, als zu gehorchen. An der Kontrolle angekommen, nahm ein Uniformierter ihren Pass und blätterte mürrisch darin herum. Dann schaute er in das Innere des Taxis und spitze beim Anblick von Nadjeschda den Mund. Er grinste seltsam, dann reichte er den Pass wieder nach innen und winkte dem Taxifahrer, seine Fahrt fortzusetzen. Nadjeschda war zunächst erleichtert, dann jedoch entsetzt, was sich ihr hinter der Passkontrolle zeigte.
Verwaiste, mit Graffiti beschmierte Industriefassaden begleiteten den weiteren Weg und verrieten, dass die Schere zwischen Reich

innerhalb und Arm außerhalb Moskaus groteske Züge angenommen hatte. Die moderne Autobahn hatte sich schlagartig in eine notdürftig reparierte, einem Flickenteppich gleichkommende vierspurige Piste verwandelt. Dampfende Teerfahrzeuge und Männer mit nackten, von Schweiß und Teer glänzenden Oberkörpern schienen sich verzweifelt dem Verfall des Straßenbelags entgegenzustellen. Irritierend war auch, dass die Arbeiterkolonnen von Uniformierten offenbar streng bewacht wurden und eher einer Strafkolonne glichen, was sie letztlich wohl auch waren.

Nach einer Weile führte die nur noch entfernt an eine Autobahn erinnernde Straße durch einen dichten Wald. Ein Klacken in der Tür signalisierte, dass Nadjeschda endlich das Fenster öffnen konnte. Ein leichter Wind, aber auch ein strenger Teergeruch kam von draußen herein, sodass sie das Fenster gleich wieder schloss. Wenn nicht ausgebrannte oder verrostete Autowracks in regelmäßigen Abständen am Straßenrand gelegen hätten, wäre der Anblick der unberührten Natur, im Gegensatz zu den streng kultivierten Parks innerhalb Moskaus, geradezu erholsam gewesen. Irgendwann holte sich die Natur doch alles wieder zurück, was ihr einst aus menschlichem Größenwahn und Selbstüberschätzung geraubt worden ist, dachte Nadjeschda angesichts immer wiederkehrender verfallener Industrieruinen mit ihren backsteinernen Schornsteinen erleichtert. Irgendwann würde die Natur obsiegen. Es war ein beruhigender Gedanke, aber auch gleichzeitig besorgniserregend, da vor dem Triumph der Natur offenbar immer der schmerzhafte Verfall der Kultur stand. Nadjeschda beugte sich erneut nach vorne zum Fahrer.

„Ist es noch weit?"

Der Fahrer musste ihre Frage gehört haben, ignorierte sie jedoch komplett, ohne irgendeine Reaktion zu zeigen. Zum Glück war das auch nicht nötig, da heruntergekommene Wohngebiete und ein verrostetes Schild am Straßenrand die Außenbezirke von Dedovsk

ankündigten. Die Autobahn war inzwischen in eine holprige Landstraße übergangen und es ging nur noch langsam voran, da der Straßenverkehr schlagartig zugenommen hatte. Weniger Ampeln als vielmehr mit Pferden und Ochsen angespannte Fuhrwerke, die die Straße überquerten, ließen den Verkehr stellenweise gänzlich zum Stillstand kommen. Krampfhaft versuchte Nadjeschda etwas aus ihrer Erinnerung wiederzuerkennen. Hier, wo sie einst die Jugend verbracht hatte, kam ihr alles unendlich fremd vor. Erst in der Innenstadt hatte die einstige Prachtstraße noch ein gewisses Flair vermittelt. Sie erinnerte sich, wie sie an Festtagen gut gekleidet im Kreise ihrer Familie die Straße entlang flanierte. Wie stolz waren doch einst ihre Eltern auf diese Stadt gewesen, an deren Aufstieg sie maßgeblich beteiligt gewesen waren. Wenn man von vereinzelten ultramodernen und zu dem historischen Stadtbild so gar nicht mehr passenden Glasgebäuden absah, konnte man den Eindruck gewinnen, die Zeit habe sich seit Nadjeschdas Jugend eher zurück, als vorwärts bewegt.
„Hotel Zentral."
„Ich weiß. Sagten Sie schon", war die schroffe Antwort des Taxifahrers, die einmal mehr bewies, dass er Nadjeschdas vorhergehendes Gesprächsangebot schlicht ignoriert hatte. Sie hielten vor einem prachtvollen gründerzeitlichen Gebäude, das jedoch bei näherer Betrachtung ebenso wie die ganze Stadt seine besten Zeiten hinter sich hatte. Nadjeschda reichte dem Fahrer den auf dem Taxameter angegebenen Betrag und legte zwei Euro drauf. Der Taxifahrer grunzte verärgert, als er das Geld entgegennahm und feststellte, dass das Trinkgeld nicht dem entsprach, was er sich offenbar erhofft hatte. Zumindest die Währung stimmte ihn einigermaßen zufrieden.
„Vergessen Sie nicht Ihren Koffer", raunzte er und machte keine Anstalten, diesen selbst aus dem Kofferraum zu holen. Dann drehte er sich grinsend um. „Passen Sie auf sich auf, junge Dame. Die

Polizei ist nicht mehr überall, so wie früher. Dafür gibt es umso mehr Halunken, verstehen Sie?"

Es war vier Uhr Nachmittag und Nadjeschda beschloss nach dem Einchecken im Hotel, gleich das Haus der Kasparows aufzusuchen. Mit ein paar Euro war die Dame am Empfang zu überzeugen, dass sie weder einen Pass noch eine Kreditkarte vorzeigen müsste. Nadjeschda wollte so gut es ging unerkannt bleiben. Wenn auch keine Polizei mehr die Straßen säumte, so war der Geheimdienst, wenn man den heimischen Reiseempfehlungen glauben sollte, nach wie vor aktiv und allgegenwärtig.

Ein anderes Taxi brachte sie zum Haus der Kasparows. Nach Mitteilung ihres gewünschten Zieles runzelte der Taxifahrer die Stirn und musterte Nadjeschda misstrauisch, bevor er seine Limousine in Gang setzte. Die Kasparowsche Villa war eine von zahlreichen verwahrlosten Gebäuden, die im ehemaligen Nobelbezirk von Dedovsk immer noch den verschwenderischen Glanz früherer Tage erahnen ließen. Die vielen neuen Eindrücke hatten Nadjeschda bis dahin gedanklich so in Beschlag genommen, dass sie kaum Zeit gehabt hatte, an ihre eigentliche Mission zu denken. Umso mehr überkam sie nun eine plötzliche Angst vor dem, was sie hinter diesen massigen Türen erwarten könnte. Die anfängliche Sicherheit, Daniel ausgerechnet hier zu finden, stürzte plötzlich wie ein Kartenhaus in sich zusammen. Hatte sie sich das alles nur eingebildet? War es nur eine fixe Idee, genährt von der jahrelangen Angst, dass Daniel irgendwann von seinem leiblichen Vater entführt werden könnte? Und wenn es so wäre, so würde sie jetzt unvermittelt auf ihren damaligen Peiniger stoßen. Auf die Person, die sie hasste wie keine andere, die sie vielleicht sogar imstande wäre zu töten, wenn sich die Gelegenheit dazu bieten sollte. Wäre da nicht die Aquariumsgruppe, an der sie auf vielfaches Bitten von Karin wieder teilnahm, mit deren Hilfe sie sich von Rache und Hass distanzieren konnte, vielleicht hätte sie schon früher ihre Mordpläne umgesetzt. Und dennoch war der Hass nicht erloschen, loderte immer noch bedrohlich in ihrer misshandelten Seele. Trotz aller guten Vorsätze verstrickte sie sich immer wieder in die quälende Frage, ob man seine Demütigung, seinen Hass einfach so abstreifen konnte. Mehr noch, könnte man sogar dem vergeben, der einem so viel Leid angetan, der einen dazu gebracht hatte, fast zum Selbstmörder und zum Mörder seines Kindes zu werden? Bisher waren das nur theoretische Gedankenspiele, denen man sich stellen, die man aber auch wieder beiseiteschieben konnte. Und jetzt, da sie dem Bösen, dem Grund ihres abgrundtiefen Hasses gegenübertreten würde, wären dann die Vorsätze, der Glauben stark genug, sich dem Hass, dem Drang nach Rache und Vergeltung zu widersetzen? Sich etwas vorzunehmen war das Eine, aber relevanter war die Frage, ob sich das in der Praxis auch umsetzen ließe. Sie wusste es nicht. Sie kniff die Augen zusammen und versuchte ihre aufgewirbelten Gedanken zu sammeln. Sie betete für einen Moment, dass sie imstande wäre, gerade jetzt das Richtige zu tun. Nicht zuletzt Karin hatte sie es versprochen.

An der Tür hing ein Schild mit der Aufschrift Gasparow. Das einstige multinationale Unternehmen Gasparow, der abgewandelte Familienname von Kasparow zu Gasparow, verriet deren früheren Handel mit Gas. Aber das Schild war fleckig und zerkratzt. Die Firma war in der Form nicht mehr existent. Das Geschäft mit dem Gas hatten sich andere unter den Nagel gerissen. Die mühsam aufrechterhaltene Fassade verriet jedoch unschwer, dass sich die Familie Kasparow heute offenbar mit anderen Handelsbeziehungen beschäftigte. Welcher Art diese waren, blieb auch nach umfangreichen Internetrecherchen, die sie immer mal wieder in den letzte Jahren betrieben hatte, weitgehend unklar. Es war anzunehmen, dass Drogenhandel, Prostitution und andere den niederen Instinkten der Menschheit folgende Bedürfnisse in den Vordergrund getreten waren. Die sauberen Geschäfte waren denen zugefallen, die nun in den eleganten und sterilen Wohnvierteln von Moskau residierten und sich mit Stacheldraht und Militär von der übrigen Bevölkerung abschotteten. Der Pöbel, und dazu zählte offenbar auch die Familie Kasparow, residierte außerhalb Moskaus. Der Gedanke, dass Daniel von ihrem ehemaligen Peiniger entführt worden war, war ja bereits schlimm genug. Ihn in den Fängen dieser Kreise zu wissen, war unerträglich. Nadjeschda wurde plötzlich von einer nervenzehrenden Angst ergriffen, aber auch einer starken fatalistischen Entschlossenheit, Daniel aus diesen Kreisen zu retten. Mit zittrigen Fingern betätigte sie den Klingelknopf.

Straßburg, August 2010

Jule und ihre Mutter hielten sich noch lange weinend in den Armen.
„Er wollte dich nochmal sehen, Jule. Er hat so lange gekämpft, bis er dich nochmals sehen konnte. Ich glaube, er konnte jetzt loslassen. Er ist glücklich von uns gegangen."
„Mama, er ist nicht gegangen, er ist noch hier. Er wird immer hier sein ... hier drin, das weiß ich." Dabei klopfte sie sich auf die Brust.
Al legte seinen Arm um Jules Schulter und gemeinsam gingen sie in die Küche.
„Kaffee?" Al und Jule nickten. Schweigend tranken sie jeder eine Tasse, dann schaute Jules Mutter beide an.
„Ist das wahr ... dass du ..." Jule wusste sofort, was sie meinte.
„Wir waren noch nicht beim Gynäkologen, aber wie es scheint ... da tut sich etwas."
„Schön, dass du das deinem Vater noch mit auf den Weg gegeben hast, Jule. Jetzt weiß er ... dass sein Leben weitergeht." Sie beugte sich nach vorne, holte ein Taschentuch hervor und schnäuzte kräftig, um nicht erneut in Tränen auszubrechen.

„Mein Gott, wenn das dein Bruder Nicolas noch erfahren hätte. Er wäre bestimmt ein stolzer Onkel." Jule hakte sofort nach.

„Was meinst du, Mama, was wir erst für einen stolzen Vater haben werden." Sie strahlte Al an und beide drückten sich glücklich die Hände.

„Mein Gott, einer geht und ein anderer kommt ..." Jules Mutter schaute zur Wand, die mit Familienbildern bestückt war. „Es wird bestimmt ein Mädchen ... Jule, ich habe dein Bett ... ich meine natürlich euer Bett frisch bezogen." Sie stand auf und winkte den beiden zu, ihr nach oben zu folgen. Al hielt sie jedoch zurück.

„Vielleicht solltet ihr beide, Mutter und Tochter, etwas an die frische Luft gehen. Ich ... ich kann mich um die Pietät kümmern." Jule nickte ihm dankbar zu, hakte ihre Mutter unter und sie verließen das Haus über den Hintereingang. Al griff zum Telefon und verständigte die Pietät, die auch nicht lange auf sich warten ließ. Als Jule und ihre Mutter von ihrem Spaziergang wieder zurückkamen, befand sich der Leichnam des Vaters bereits in einem grauen Lieferwagen. Al saß noch am Tisch, um die Formalitäten zu erledigen. Er war erleichtert, als er die beiden sah, da sein unbeholfenes Französisch den Männern von der Pietät bereits viel Geduld abverlangt hatte.

„Wir brauchen noch ein paar Angaben von Ihnen, ach ja, und herzliches Beileid", räusperte sich der Mann von der Pietät eher routiniert als anteilnehmend. Es dauerte nicht lange, bis die beiden Männer wieder verschwanden. Bedrückt saßen alle in der Küche. Das Krankenbett im Wohnzimmer wirkte verlassen. Ja, es strömte eine Leere aus, die jetzt erst allen so richtig bewusst wurde. Es war eine Leere, die sich nie mehr füllen und die in Gedanken daran immer einen heftigen Schmerz hinterlassen würde. Ein Schmerz, der, wenn überhaupt, erst nach langer Zeit erträglich werden würde. Es hatte etwas Grausames an sich, dass dieser Schmerz umso heftiger war und umso länger andauerte, je größer die Liebe war, die einen zuvor mit dem Verstorbenen verbunden hatte und die der Tod nun unbarmherzig auseinander riss. Tröstlich waren nur die wärmende Erinnerung an eine lange gemeinsame Zeit und der Glaube, dass man sich irgendwann wiedersehen würde, in einer anderen Welt, vielleicht in einer besseren Welt, wie sich Pitti ausgedrückt hatte. Im Moment war jedoch der Schmerz des Abschieds größer und es blieb nur zu hoffen, dass der Glaube irgendwann obsiegen würde.

Am nächsten Morgen telefonierte Jules Mutter mit dem Sanitätshaus, das leere Krankenbett würde gleich abgeholt werden. „Mein aufrichtiges Beileid, Madame Camus." Es klang nach einer holprigen Mischung aus Deutsch und Französisch, die der möglicherweise herzlich gemeinten Anteilnahme am Ende doch etwas Persönliches verlieh. Die Dame vom Sanitätshaus war mit Familie Camus gut befreundet und es blieb ihr nicht erspart, sich ein paar Tränen von den überschminkten Augenrändern zu wischen. Ihr Kajal zog sich schlierenförmig über ihre rötlich schimmernden Wangen. Frau Camus nahm die sicherlich von Herzen kommende Geste entgegen, so wie auch die der vielen Freunde und Nachbarn, die in den nächsten Stunden zu ihr kamen, um ihre Anteilnahme und Unterstützung zum Ausdruck zu bringen. Auf welche Weise sich der Tod ihres Mannes in kürzester Zeit im Dorf herumgesprochen hatte, blieb ein Geheimnis.

Am nächsten Tag beschlossen Al und Jule, nach Freiburg zu fahren, um Jules frühere Arbeitsstelle aufzusuchen. Sie wollten jedoch abends wieder zurück sein.

„Können wir dich heute mal alleine lassen, Mama?" Frau Camus lächelte.

„Aber natürlich Kinder, ihr habt schon viel mehr für mich getan als notwendig. Heute Abend gibt's Flammkuchen. Dein Vater hat ihn geliebt. Was meinst du, wird Al ihn auch mögen?" Dabei schaute sie zu Al, der aus ihrem Herzen als geliebter Schwiegersohn nicht mehr wegzudenken war.

„Ich freue mich schon drauf. Aber machen Sie ... ich meine, mach dir keine Umstände." Das Du ging ihm noch nicht so leicht von den Lippen, obwohl ihm dies Frau Camus schon früher angeboten hatte. Kurz nach dem Frühstück fuhren sie mit Ollis Mini in Richtung Freiburg.

„Die Trauerfeier und Beerdigung ist in zwei Tagen. Können wir noch so lange bleiben, Al?"

„Jetzt mach mal einen Punkt, Jule. Meinst du vielleicht, ich lasse dich hier allein?" Al schüttelte den Kopf. Nach einer Weile frage er: „Bist du nervös?"

„Nervös, du meinst wegen der Trauerfeier?"

„Nein, ich meine wegen ... naja, wegen deiner früheren Arbeitsstelle. Dein Ex-Chef, dieser Professor Krastchow hat dich ja ganz schön reingeritten."

„Reingeritten? Das klingt ja lustig. Das Arschloch ... jetzt sitzt er im Knast und kommt hoffentlich so schnell nicht wieder raus. Ich bin gespannt, ob diese Narilow noch da ist, seine Sekretärin. Diese Zimtziege wusste bestimmt alles. Die hättest du kennenlernen müssen. Sie war Krastchows Cerberus. An der kam keiner vorbei. Witzig, dass sie denselben Nachnamen hat wie Nadjeschda. Narilow ist aber auch kein seltener Name in Russland. Also, wenn sie noch da ist, dann mach dich auf einiges gefasst."

„Oh ja, davon kann ich ein Lied singen."

„Wie, du kennst sie?"

„Naja, ich habe sie mal besucht und später bin ich in ihrem Büro eingebrochen."

„Du bist was?"

„Ich wollte ja wissen, warum du ..." Al zuckte mit den Schultern.

„Ich wollte halt wissen, was los war."

„Al, du bist unglaublich. Eingebrochen bei Krastchow ... du bist verrückt."

„Wieso verrückt? Manchmal muss man halt etwas riskieren. Das brauchst du mir nicht zu erzählen."

„Tja, da hast du verdammt recht. Und ... und meinen Freund Alex, den kennst du bestimmt auch."

„Klar, quasselt bisschen viel. Aber im Grunde ein ehrlicher Typ. Stell dir vor, der hat mich beim Einbruch in Krastchows Zimmer kalt erwischt. Und dann haben ihm allerdings die Beine mehr geschlottert als mir." Jule lachte.

„Das sieht ihm ähnlich. Kann keiner Fliege etwas zuleide tun und wenn's drauf ankommt, hat er mehr Angst als Vaterlandsliebe. Wusstest du, dass er gar kein Techniker ist? Er hat Biologie studiert, mit Examen. Und dann arbeitete er bei Krastchow als Mädchen für alles. Irgendwie ist er eine arme Sau, wurde von allen ausgenutzt."

Während der weiteren Fahrt musste Jule zu ihrer Überraschung keine Anweisungen geben, wie Al fahren sollte. Zielsicher leitete er Ollis Auto in Richtung Uni und zum Geologischen Institut. Er parkte direkt davor.

„Willst du alleine nach dem Rechten schauen, Jule? Ich kann solange im Auto bleiben, oder ..." Al blickte sich um und sah das große Schild der Mensa in unmittelbarer Entfernung.

„Also wenn ich ehrlich bin ... ich würde ganz gerne mal alleine hineinschauen. Ist das okay für dich?"

„Klar, ich gehe solange in die Mensa und esse einen Happen. Soll ich dir etwas mitbringen?"

„Ist nicht nötig. Also, dann bis später. Wir treffen uns wieder hier, so in einer Stunde, einverstanden?"

Als Jule das Forschungsinstitut betrat, sah sie sofort, dass sich einiges verändert hatte. Die Räume waren fast leer. Viele der teuren Analysegeräte waren weg. Kaum noch jemand war im Labor be-

schäftigt, keine Techniker, keine Doktoranden und erst recht keine Anwärter auf den Nobelpreis, so wie es damals den Anschein gemacht hatte. Alles verströmte einen irgendwie traurigen Eindruck, als sei nicht nur Krastchow im Gefängnis gelandet, sondern mit ihm alle anderen Mitarbeiter und Geräte. Schon wollte sie sich umdrehen, um Al vorzeitig von seiner Zwischenmalzeit abzubringen, als sie hinter sich eine bekannte Stimme hörte.
„Jule … Juliette Camus, bist du das?" Jule blieb wie angewurzelt stehen, überlegte einen Moment und drehte sich dann abrupt um.
„Alex? Mensch, Alex, bin ich froh, dich zu sehen." Beide gingen aufeinander zu und umarmten sich, obwohl sie früher eher ein distanziertes, aber auch respektvolles Miteinander gepflegt hatten.
„Mein Gott, Jule, ich dachte … alle dachten …"
„Dass ich tot wäre … ist es das?" Alex nickte leicht errötend.
„Naja, es gab halt so Gerüchte und Krastchow …"
„Der alte Sack hat die Gerüchte verbreitet. Dabei wusste er ganz genau Bescheid."
„Ja, ja, ich weiß. Schlimme Geschichte. Und wir waren alle seine treuen Mitarbeiter. Wer hätte das ahnen können? Trinkst du einen Kaffee?" Jule nickte und gemeinsam gingen sie in den bekannten Aufenthaltsraum.
„Mein Gott, wenigsten hier ist alles beim Alten, die Kaffeemaschine, der Toaster, der Tisch mit den hässlichen Stühlen und …" Alex unterbrach sie schroff.
„Der Rest ist weg. Abgeholt, keiner weiß, wohin. Krastchow war ein Schwein, aber wenigstens ging hier früher die Post ab. Kurz vor dem Nobelpreis … mein Gott, das waren Zeiten."
„Ja, so ist das häufig. Forschung ohne Rücksicht auf Verluste."
„Nein, Jule, so meine ich das nicht. Als du weg warst, da … naja, da war alles plötzlich anders. Es wehte ein ganz anderer Wind … ich weiß auch nicht, wie ich das sagen soll … einfach Scheiße."

„Irgendwie warst du hier der Mittelpunkt. Vielleicht hat das Krastchow gemerkt und war, wie soll ich sagen ... naja, halt angepisst. Du weißt doch, wie die sind. Wenn die Profs nicht im Vordergrund stehen ..."

„Dann müssen sie ihre Konkurrenten beseitigen. Ist es das, was du sagen wolltest?"

„Naja, nicht so ganz, aber ... im Grunde hast du recht."

„Mein Gott, dabei habe ich mal alle Eide auf Krastchow geschworen."

„Und jetzt, Jule, jetzt wo Krastchow weg ist, da könntest doch du hier weitermachen ... ich meine ... du und deine blauen Kugeln."

Alex zuckte zusammen als er Jules plötzlich misstrauischen Blick wahrnahm.

„Alex, das mit den blauen Kugeln ... vergiss es. Das war eine große Scheiße, nichts weiter."

„Du meinst, diese blauen Kugeln, die ... die gab's überhaupt nicht?"

Jule räusperte sich und war sich nicht sicher, was sie ihm weiter verraten sollte.

„Tja, Alex, die gab es schon, aber jetzt ..." Jule zuckte die Schultern „Weg, einfach weg und keiner weiß, wohin ... und das ist auch gut so."

„Jule, erzähl mir keinen Quatsch. Das war eine geile Story." Alex blickte mit leuchtenden Augen zur Decke und breitete die Arme aus. „Das war kurz vor dem Nobelpreis und das weißt du genau. Mein Gott, ich sehe dich noch heute, wie du begeistert von deinen blauen Kugeln gesprochen hast. Ich wette, dass deine schönen blauen Augen genauso geglänzt haben wie diese Kugeln." Er versuchte ihren Blick einzufangen. „Jule, das wär's doch. Du ziehst hier ein großes Ding auf und ich ... ich helfe dir, so wie früher. Ich habe immer zu dir gehalten, das weißt du doch. Wenn ich gewusst hätte, wie dich der Alte ... naja, wie er dich verarscht hat, nur um die Lorbeeren selber zu ernten. Mann, Mann, Mann."

„Verarscht ist gut." Jule schüttelte den Kopf angesichts der Verharmlosung dessen, was wirklich passiert war. „Alex, lass gut sein. Alles Schnee von gestern."

„Schnee von gestern? Verdammt, Jule, das nehme ich dir nicht ab. Ich wette, dass diese verdammten Kugeln immer noch in deinem Kopf und in deinem Herz von einer Seite zur anderen kullern. So ist es doch, oder?" Jule nickte zustimmend. „Mann, Jule, du warst die Schlaueste von uns allen. Wir könnten hier Spitzenforschung vom Feinsten machen. Wir könnten die Probleme der Welt lösen. Weißt du das? Wir könnten diesen Öl- und Gasidioten endlich zeigen, dass es auch anders geht. Kein Krieg mehr, keine Umweltverschmutzung ... überleg mal, was das bedeuten würde."

„Komm, Alex, jetzt übertreib mal nicht. Wir kochen alle nur mit Wasser."

„Und die ganz Großen, Newton, Einstein und wie sie alle heißen ... haben die auch nur mit Wasser gekocht?"

„Tja, und am Schluss wurde kräftig aufgetischt. Atombombe, Weltkriege ... noch Fragen?" „Ich wette, Jule, du weißt ganz genau, wie die das machen, diese Klunker, oder nicht?"

„Damit ich mich irgendwann einreihen darf in die Ahnengalerie der großen Entdecker, die der Welt nur Unheil gebracht haben? Alfred Nobel erfand den Sprengstoff, hast du das vergessen? Es klingt doch zynisch, den bestdotierten Preis ausgerechnet nach ihm zu benennen. Nein, Alex, ohne mich. Ich behalte das alles schön für mich und jetzt lass mal gut sein mit deinen Fantasien."

„Herr Gott, Jule, ich wusste, dass du weißt, wie es geht. Und Krastchow hatte Angst, dass du ihm den Rang abläufst, und dann hat er versucht, dich abzuservieren oder so ähnlich."

„Tja, so wird es wohl gewesen sein. Vielleicht ..." Jule zögerte kurz, ob sie nicht doch auf die Vorschläge von Alex eingehen sollte. Für einen Moment klang das alles sehr verlockend und mit Alex an ihrer Seite könnten sie vielleicht tatsächlich einiges auf die Beine stellen. Doch dann wurde ihr wieder klar, was durch diese verfluchten blauen Kugeln schon alles passiert war. Wie viel Unheil jetzt schon in die Welt gekommen war, und das zu einem Zeitpunkt, wo noch kaum einer von den blauen Kugeln wusste, geschweige denn eine entfernte Ahnung hatte, wie sie funktionierten. Vermutlich hatte sie auch jetzt und heute Alex bereits viel zu viel verraten. Aber Alex war keine Gefahr. Wenn er nicht so viel quasselte, war er eigentlich ein anständiger Kerl. Man konnte ihm vertrauen und sicher sein, dass er loyal zu einem stand, wenn man einen dicken Fisch an der Angel hatte. Wie oft hatte ihr Alex in der Vergangenheit geholfen. Auf ihn konnte man sich verlassen. Umso schwerer fiel es ihr jetzt, auf seinen Enthusiasmus nicht einzugehen, ihn in der augenblicklichen Misere, in dem sich das Institut offenbar befand, im Stich zu lassen. Doch Jule wusste, dass sie keine andere Wahl hatte. Er würde schon eine andere Stelle bekommen, irgendwo in der Industrie oder einem anderen Institut.

„Vergiss die blauen Kugeln, Alex. Du bist ein schlauer Kopf und noch jung. Du findest bestimmt eine andere, eine bessere Stelle, da habe ich keinen Zweifel. Und was mich betrifft, ich will mit den Kugeln nichts mehr zu tun haben. Die haben schon so viel Unglück über uns gebracht. Verstehst du das?"

„Mensch, Jule, du kannst das alles nicht für dich behalten. Du musst …. du musst einfach weitermachen. Ich meine natürlich, wenn du es dir anders überlegst. Du weißt, du kannst dich auf mich verlassen. Jederzeit, okay?"

„Bist ein prima Kerl, Alex. Ich versprech dir, wenn ich das mit den blauen Kugeln nochmals … ach, Quatsch. Weißt du, Alex, mein Vater ist vorgestern gestorben und ich … ich bekomme Nachwuchs. Kannst du dir das vorstellen? Das ist es, was für mich jetzt zählt, und natürlich Al. Und alles andere … kommt Zeit, kommt Rat."

„Jule, du bist die Größte, das weiß ich genau. Du hast alles in deinem Kopf und irgendwann ... irgendwann reißen wir ein großes Ding, okay?" Jule lachte.
„Du hast recht, Alex. Irgendwann reißen wir ein großes Ding. Aber ... wer weiß, ob es uns dann noch gibt."
„Sag mal, Jule, dieser Al. Kenne ich den? Der Name kommt mir irgendwie bekannt vor. Ist das immer noch dieser Al, von dem du früher schon erzählt hast?" Jule zuckte zusammen, da sie nicht wusste, ob sie den damaligen Einbruch, den Al ihr gestanden hatte, nochmals in Erinnerung bringen sollte.
„Ich glaube kaum, dass du ihn kennst. Vielleicht habe ich ihn früher mal erwähnt. Hab ihn im Urlaub kennengelernt und seitdem sind wir zusammen. Hier war er noch nie, soweit ich weiß."
„Gibt ja sicher einige mit diesem Namen." Jule versuchte rasch, das Thema zu wechseln.
„Sag mal, Alex, die anderen ... Frau Narilow ..."
„Alle weg. Ich sag's ja. Jule, du musst wiederkommen, das wäre echt super." Sie umarmten sich vertrauensvoll.
„Du, Alex, ich muss dann mal gehen. Ich gehe davon aus, dass wir uns wiedersehen."
„Oh ja, das denke ich auch. Und wenn du mal wieder richtig einsteigen willst, Jule, du weißt ja, wo du einen Freund findest."
„Klar, Alex. Ich melde mich, versprochen ist versprochen." Dann drehte sie sich um und verließ das Gebäude in Richtung Mensa.
Al saß vor einem großen Teller mit Wiener Schnitzel und Pommes. Schon bei dem Anblick des Tellers wurde ihr plötzlich übel. Ihr stieg der Geruch von Fett in die Nase, was einen plötzlichen Würgereiz zur Folge hatte.
„Jule, alles klar? Willst du mal probieren?" Jule schüttelte angeekelt den Kopf, drehte sich um und lief zum offenen Fenster. Dank ein paar tiefer Atemzüge konnte sie gerade noch verhindern, aus dem Fenster zu kotzen. Al kam zu ihr gesprungen.

„Ist dir nicht gut?" Jule beugte sich abrupt nach vorne und fing an zu würgen. Aber es kam nichts. „Okay, ich lass es einpacken." Jule drehte sich um. Sie war nicht nur blass, sie wirkte grün im Gesicht und blickte Al bittend an. „Na gut, dann ... dann eben nicht, schade um die ...", stammelte Al. Jule kniff die Augen zusammen und blähte die Backen auf, als wären diese angefüllt mit hervor gewürgtem Mageninhalt. Al spürte, wie sich rhythmisch ihre Bauchwand verhärtete.

„Komm, lass uns gehen", presste sie angewidert hervor. Eilig hakte sie Al unter und zog ihn zum Ausgang der Mensa. Wenn sie schon kotzen sollte, dann wenigstens hier draußen, dachte sie immer noch heftig würgend. Vor der Tür setzten sie sich auf eine Bank. In der frischen Luft ging es ihr zum Glück schlagartig besser. Ängstlich blickte sie sich um. Irgendwie wollte sie nicht, dass Al und Alex zusammentrafen. Sie hatte das dringende Gefühl, diesen Ort ihrer früheren Tätigkeit schnellst möglich verlassen zu müssen. Vielleicht war gerade das der Grund ihrer Übelkeit, den sie möglichst rasch hinter sich lassen wollte. Wieder im Auto, wollte Al wissen, wie es gelaufen war.

„Stell dir vor, Al. Das Labor ist fast leer. Kaum noch Leute, kaum noch Geräte, nur das Übliche. Als hätte Krastchow nach seiner Verhaftung alles mit in den Knast genommen."

„Vielleicht sollten wir ihn mal besuchen, an seinem neuen Arbeitsplatz. Manche können sich halt nicht trennen von ihrer Arbeit ... und sonst? Die nette Frau Narilow oder dieser etwas quasselige ... wie hieß er doch gleich?"

„Alex. Meinst du vielleicht Alex?"

„Genau, Alex. Ist der noch da? Er hat mich ja damals bei meinem Einbruch erwischt. Aber ich glaube, er hat mir meine Story gleich abgenommen. Ich habe ihm erzählt, dass ich für Krastchow noch ein paar Unterlagen holen müsse, und, weil der etwas angetrunken sei, habe er mich geschickt. Und dann habe ich ihm noch gesagt, er solle alles für sich behalten, da Krastchow die Geschichte mit dem Alkohol etwas peinlich wäre." Al lachte. „Ich glaube, dieser Alex kann keiner Fliege etwas zuleide tun und glaubt alles, was man ihm erzählt."

„Da magst du recht haben. Aber ich lasse auf ihn nichts kommen. Wenn ich nochmal etwas mit den blauen Kugeln ..." Al drehte sich erschrocken zu ihr um.

„Hast du ihm davon erzählt, Jule?"

„Naja, auf der Insel hast du doch gesagt, wir sollten das mit den blauen Kugeln nochmals aufgreifen. Wenn nicht wir, wer sonst?"

„Das heißt aber nicht, dass wir Hinz und Kunz einweihen sollten. Wir müssen das sehr vorsichtig angehen, sonst geht der Schuss nach hinten los. Und was Alex anbelangt ... ich weiß nicht so recht. Was hast du ihm denn verraten?"

„Verraten habe ich ihm nichts. Er wollte nur ... er war interessiert ... naja, wenn ich denn wüsste, wie das alles ginge mit den Kugeln ... dann ... dann wollte er mit von der Partie sein. Und dann habe ich ihm halt versprochen, dass ich ihn, falls mal was daraus würde, dass ich ihn dann mit ins Boot hole. Aber ich habe ihm auch gesagt, dass ich mich erst einmal um meinen Nachwuchs kümmern will. Nichts mit blauen Kugeln, vielleicht später ..."

„Mensch, Jule, Nachwuchs. Deswegen war dir vorhin so übel. Hast du übrigens schon einen Termin beim Gynäkologen?"

„Mach ich gleich aus, sobald wir wieder in Frankfurt sind."

„Ach ja, Jule, hast du schon einen Plan, wann wir wieder zurück nach Frankfurt fahren? Ich will dich nicht drängen, aber unser Erspartes geht langsam zur Neige und ich müsste mal sehen, wie wir wieder zu Geld kommen. Bei meinem alten Chef bin ich bestimmt längst rausgeflogen."

„Mutter sagte, dass übermorgen die Beerdigung ist. Sie hat ein paar Freunde eingeladen und dann können wir vielleicht am nächsten Tag los. Ich kann mir vorstellen, dass sie sich wünschte, wir wären am Tag der Beerdigung noch bei ihr. Übrigens hat sie dich ja offenbar ganz ins Herz geschlossen. Das tut ihr richtig gut."

„Sie ist aber auch ein ausgesprochen liebenswürdiger Mensch. Der übliche Stress mit Schwiegermüttern bleibt mir bei ihr wohl erspart." Jule lachte kurz.

„Naja, manchmal, also wenn es nicht nach ihrem Kopf geht, kann sie auch ganz schön nervig sein. Aber bei dir ... ich glaube, du hast bei ihr einen gehörigen Stein im Brett."

Bald näherten sie sich wieder Jules Heimatort. Das Thema Alex, das Institut oder die blauen Kugeln hatte Al nicht weiter erwähnt und Jule war dafür auch ganz dankbar. Trotzdem blieb bei ihr ein seltsames Gefühl zurück, vielleicht sogar eine ungute Vorahnung. Jetzt musste sie sich erst einmal um ihre Mutter kümmern, um die Beerdigung, dann um Al und seinen Job und natürlich um ihre weitere Schwangerschaft. Für blaue Kugeln blieb da sicherlich keine Zeit, zumindest vorerst nicht.

Dedovsk, Juni 2020

Ein hagerer älterer Mann blickte sie durch einen kaum geöffneten Türspalt mürrisch an.

„Wer sind Sie? Was wollen Sie?", raunzte er ihr wie eine alte Krähe entgegen. Inzwischen hatte sie sich wieder an ihre Muttersprache gewöhnt, sodass der verwaschene Akzent ihres Gegenübers gerade noch zu verstehen war. Sie zögerte kurz, doch sie wusste, dass es jetzt kein Zurück mehr gab. Die Angst riet ihr zur Flucht, die Entschlossenheit gab ihr jedoch die Richtung vor und die war einzig und allein nach vorne gerichtet.

„Nadjeschda Narilow ist mein Name. Ich möchte zu Evgenij, zu Evgenij Kasparow." Sie bemühte sich, ruhig und locker zu bleiben, spürte jedoch im Inneren Panik aufsteigen. Eine Panik, die sie früher unter der viel zu heißen Dusche abreagiert hatte. Aber das war jetzt nicht möglich. Sie griff sich an das rechte Ohr, als müsste sie sich dort kratzen. Stattdessen petzte sie Zeigefinger und Daumen so fest zusammen, dass es schmerzte. Sie konnte sich damit etwas ablenken. Der alte Mann musterte sie aufmerksam, als würde er sie von früher kennen und winkte ihr dann wortlos hinein. Nadjeschda folgte ihm durch einen dunklen, muffig riechenden Gang. Der Blick in die seitlich geöffneten Zimmer ließ den damaligen Glanz, die barocke Pracht noch erkennen, auch wenn alle Möbel mit weißen Tüchern zugedeckt waren und damit eine gespenstische Friedhofsruhe ausstrahlten. Die einstige verschwenderische Geschäftigkeit war einer bizarren Agonie gewichen.

Am Ende des Ganges öffnete der alte Mann eine große Tür. Dahinter offenbarte sich ein großer Raum, der von seinen Dimensionen ohne Probleme als Ballsaal gedient haben könnte. Die nachmittäglichen schräg einfallenden Sonnenstrahlen quälten sich durch das regelmäßige Muster riesiger halbgeschlossener Fensterläden. Nebelschwaden, die von einer oder mehreren qualmenden Zigarren herrühren mussten, waberten in mehreren Ebenen blauschimmernd durch den Raum. Sie schienen alle von einer Stelle herzukommen, von einer Stelle hinter einem überdimensionalen Ohrensessel. Von dort stiegen sie erst rasch wolkenförmig oder als Kringel nach oben, wurden dann zur Mitte des Raumes hin immer langsamer, bis sie schließlich an irgendeiner Stelle zum Stillstand kamen, um sich anschließend im allgemeinen Dunst aufzulösen. Dies wiederholte sich in regelmäßigen Abständen, begleitet von einem angestrengt pfeifenden, gelegentlich auch feucht röchelnden Atemgeräusch.

„Wer ist da?", hallte es durch den Raum, was mindestens ebenso krächzend klang wie zuvor aus der Kehle des Mannes, der sie bis hierher begleitet hatte.

„Frau Nadjeschda Narilow, sehr geehrter Herr." Der ältere Mann drehte sich um und entfernte sich rasch, als wollte er keinen weiteren Kontakt mit seinem Gegenüber riskieren, der offenbar sein Dienstherr war.

„Kommen Sie her!", ertönte es erneut in unfreundlichem Ton, gefolgt von einer Hustenattacke. Die Stimme passte nicht zu Evgenij Kasparow, so viel war für Nadjeschda klar, was ein klein wenig Anlass zur Beruhigung gab.

„Machen Sie den Rollladen auf, damit ich Sie sehen kann." Der Ton klang ein wenig freundlicher, sodass Nadjeschda schweigend der Bitte nachkam. Was sie im einfallenden Licht sah, war furchteinflößend. Und trotzdem verspürte sie Mitleid mit dem Rest eines Menschen, der einmal ein Wirtschaftsimperium geleitet hatte. Das graue Gesicht, die blauen Lippen, die geröteten Augen und das ständige Ringen nach Luft zeugten von einem Menschen, der nicht mehr lange zu leben hatte.

„Nadjeschda ... hm, Nadjeschda", brummte es aus der Tiefe einer mit Flüssigkeit gefüllten Lunge. „Ich kannte deinen Vater, ein anständiger Mann, wahrscheinlich zu anständig, sonst wäre etwas aus ihm geworden. Sagen Sie, Nadjeschda, lebt er noch, Ihr Vater?" Sie wollte antworten, dass es ihm vermutlich besser als ihrem augenblicklichen Gegenüber ginge, verkniff sich jedoch diesen Impuls. Im Grunde wusste sie es selbst nicht genau, da sie schon lange keinen Kontakt mehr zu ihm hatte.

„Es geht ihm gut, ist auch nicht mehr der Jüngste, aber dem Alter entsprechend", suchte Nadjeschda nach einer Notlüge, um sich nicht gleich als treulose Tochter darzustellen. Der Familiensinn wurde nämlich auch im modernen Russland noch großgeschrieben.

„So, so, dem Alter entsprechend, also besser als mir. Hm, hat ja auch nie so viel gesoffen und gequalmt wie ich, kein Wunder."

„Sind Sie Evgenijs Vater?"

Der alte Mann nickte. „Evgenij, ja, ja, das ist mein Sohn. Söhne kann man sich nicht aussuchen, die werden einem in die Wiege gelegt, Sie verstehen." Wieder wurde er von einem quälenden Hustenreiz geschüttelt, den er nur mühsam unterdrücken konnte.
„Was wollen Sie von ihm, Nadjeschda? Wenn Sie Geld wollen, weil er Sie geschwängert hat, dann wären Sie nicht die Erste." Fast hatte sie den Impuls, für Evgenij, angesichts dieser herablassenden Art seines Vaters, Partei zu ergreifen. Wie absurd das doch war, dachte sie gleich und schwieg.
„Tja, habe ich es mir doch gedacht. Wie kann sich auch ein so hübsches Mädchen wie Sie mit so einem … so einem Nichtsnutz einlassen." Vermutlich hatte er noch eine üblere Beschreibung auf der Zunge, wäre sie nicht im Schleim, der aus seinem Mundwinkel tropfte, förmlich ertrunken.
„Er hat mir meinen Sohn weggenommen." Nadjeschda fing an, leicht zu zittern.
„Ihren Sohn, so, so. Sie meinen … meinen Enkel?" Nadjeschda spürte ihr Herz rasen, als sie merkte, dass der alte Mann Daniel als seinen Enkel bezeichnete, was ja zumindest biologisch stimmte.
„Evgenij hat also Ihren Sohn oder sagen wir, er hat meinen Enkel und will ihn großziehen? Ha, dass ich nicht lache, der kann ja noch nicht einmal für sich selber sorgen. Schauen Sie sich um, Nadjeschda. Sieht das hier nach Wohlstand, nach Reichtum aus? Können Sie sich vorstellen, in diesen heruntergekommenen Gemäuern ein Kind großzuziehen?" Der alte Mann schwieg eine Weile, dann spitze er den Mund. „Unser Gas, das war einmal. Damals rollte noch der Rubel, bis diese Schweine uns alles weggenommen haben. Und mein lieber Sohn ließ sich einfach über den Tisch ziehen. Und jetzt … jetzt liegt hier alles am Boden. Aber ich verzeihe ihnen, diesen Oligarchen in Moskau. Waren halt schlauer. Sie haben das Spiel gewonnen, das ist alles. So ist das im Leben, der eine gewinnt, dafür verliert der andere, das wird sich auch nie ändern." Erneut

wurde er von einem tobenden Hustenanfall befallen und winkte Nadjeschda, die ihm irgendwie helfen wollte, barsch von sich weg. Den letzten Rest gelben Schleims spuckte er in ein Taschentuch, das feucht fleckig auf einem kleinen Tisch seitlich seines Sessels lag. Dann besann er sich wieder.

„Die einen gewinnen und die anderen verlieren. Nur mein lieber Sohn, der will das nicht begreifen. Glaubt immer noch an den großen Erfolg. Ich bin mir nicht sicher, ob er größenwahnsinnig oder einfach nur dumm ist, verstehen Sie. Und jetzt will Evgenij, dieser Einfaltspinsel, auch noch das Produkt seines Schwanzes großziehen, dass ich nicht lache." Nadjeschda wurde plötzlich schwindelig und ließ sich auf einen an der Wand stehenden Stuhl niedersinken. So dachte dieser alte Mann also über seinen leiblichen Enkel. Für ihn war Daniel nichts weiter als das Produkt des Schwanzes seines missratenen Sohnes. Wie viel entwürdigender konnte man noch über ein kleines unschuldiges Kind reden?

„Oh, ich wollte Sie nicht verletzen, Nadjeschda, Sie und Ihr Kind. Ist bestimmt ein prachtvoller Bub, wie einst sein Großvater. Lassen Sie mich raten. Stechend blaue Augen und rotblonde Haare, nicht wahr? Das hatten alle unsere Vorfahren, das setzt sich immer wieder durch. Wie heißt er denn, der Junge." Nadjeschda war sich nicht sicher, ob sie nicht aufstehen und den alten Mann seinem einsamen frustrierten Sterben überlassen sollte. Aus irgendeinem Grund blieb sie jedoch sitzen.

„Daniel, er heißt Daniel."

„Ah, sehr passend, Daniel in der Löwengrube. Wenn er tatsächlich bei Evgenij ist, dann ist er nämlich genau dort, so kurz vor der Hölle. Wie Sie wissen, hat uns die russisch-orthodoxe Kirche diesen Unsinn aus der Bibel eingetrichtert. Aber irgendetwas Wahres wird wohl dran sein. Daniel in der Löwengrube, das gefällt mir."

„Ich hoffe, Sie können sich noch an den Ausgang der Geschichte erinnern, Herr Kasparow", entgegnete Nadjeschda mit einem Gefühl trotziger Resignation.

„Sehr gut, sehr gut gekontert. Na, zumindest hat unser Daniel eine schlaue und gläubige Mutter." Nadjeschda biss sich auf die Zunge und erhob sich langsam.

„Wo finde ich Evgenij?"

„So, Sie wollen also immer noch mit Evgenij reden. Das ist nicht so leicht, wie Sie denken. Wissen Sie, auf mich hört er schon lange nicht mehr."

„Nun, ich bin fest entschlossen, meinen Jungen da rauszuholen."

„So, so, Sie wollen Ihren Jungen da rausholen. Alle Achtung, so eine kleine Person und meint, Sie könnte es mit Evgenij und diesen Idioten aufnehmen, die ihn umflattern wie die Motten das Licht. Die haben auch nicht begriffen, dass Evgenij längst pleite ist. Wissen Sie, Nadjeschda, ich mag Sie. Sie sind mutig und hübsch dazu, eine seltene Kombination. Aber das wird Ihnen auch nichts nützen. Wissen Sie, was Evgenij mit Ihnen machen wird, wenn er Sie in seinen dreckigen Fingern hat? Ich sage Ihnen, was er machen wird. Etwas anderes kann er nämlich nicht. Er schwängert Sie gleich nochmal und dann hat jeder von euch ein Kind, für das er sorgen kann. Vielleicht ist es ja das, was Sie wollen." Ein widerliches teuflisches Lachen durchdrang den Raum und ging in einen weiteren schweren Hustenabfall über. Als er sich beruhigt hatte, beugte er sich nach vorne, riss die Augen auf und keuchte mit aller noch zur Verfügung stehenden Kraft „Wenn ich nochmals selbst jung wäre, Nadjeschda, wenn mein verdammtes Herz besser pumpen würde ..." Er hämmerte sich mit der Faust auf das Brustbein, als wollte er sein gerade eben einschlafendes Herz wieder zum Leben erwecken. „Dann ... dann ..." Wieder wurde er von einem erstickenden Hustenausbruch geschüttelt. Gelbe und rötliche Fetzen flogen bei jedem Hustenstoß aus seinem Hals in sein verdrecktes, notdürftig vor den Mund gehaltenes Taschentuch. Was er tun wollte, wenn er nochmals jünger wäre, wollte Nadjeschda nicht mehr wissen und drehte sich zum Gehen. Mit letzter Kraft keuchte er ihr hinterher. „Gehen Sie, Nadjeschda! Gehen Sie dahin, wo Sie hergekommen sind … solange Sie noch können." Nadjeschda drehte sich nochmals um.

„Wo finde ich ihn? Ich habe nur diese einzige Frage."

„Na gut, wie Sie wollen. Gewarnt habe ich Sie. Sie finden ihn im Stadtzentrum. Dort sehen Sie ein großes blau verspiegeltes Haus. Sie können es nicht übersehen. Oberster Stock, da hat er sein Reich. Aber … Sie sollten sich das gut überlegen." Erschöpft ließ er sich in seinen Sessel fallen und verfiel in eine seltsame graue Starre. Für einen Moment dachte Nadjeschda, er habe seinen letzten Atemzug getan. Doch dann zog er rasselnd Luft in den Rest seiner Lungenflügel und stöhnte vor Anstrengung.

Der alte Mann vom Eingang war verschwunden. Zum Glück hatte der Taxifahrer gewartet. Kein Wunder, er wusste nur zu gut, dass Nadjeschda heute sein einziger Fahrgast sein würde. Wieder im Hotel aß sie ein paar Happen an der Hotelbar und verzog sich dann rasch in ihr Zimmer. Lange stand sie unter der Dusche und versuchte den ganzen Dreck, der wie eine zähe Masse auf ihr zu kleben schien, abzuspülen.

Straßburg, August 2010

„Geht es dir heute besser, Jule?" Noch halb schlafend rieb sie sich die Augen. Es war das erste Mal, dass sie mit Al in ihrem alten Jugendbett übernachtet hatte. Sie brauchte eine Weile, um sicherzugehen, dass alles nicht ein seltsamer Traum war und ihr Vater nicht im nächsten Moment mit den Worten „Jule, aufstehen, du musst zur Schule" durch die halb offene Tür mit ihr sprechen würde. Dann küsste sie Al auf den Mund, um sich möglichst sanft wieder in die Realität hineinzufinden.

„Es geht mir besser. Gestern die Übelkeit ... naja, das liegt sicher an unserem kleinen Zwerg." Sie ließ ihre Hand über den Bauch kreisen, der allerdings noch keine Anzeichen machte, sich nach vorne zu wölben. „An meinem Bauch hat sich allerdings noch nichts geändert."

„An deinem Bauch vielleicht nicht, aber ich meine hier oben ... da hat sich etwas verändert." Verschmitzt schob Al seine Hand unter ihr T-Shirt und umfasste zärtlich ihre Brüste.

„He, du Wüstling." Doch sie ließ es genüsslich geschehen, wie ihr Al abwechselnd erst die eine und dann die andere Brust streichelte. Seit einiger Zeit spürte sie eine Spannung in der Brust. Ihren Busen empfand sie immer als zu klein, obwohl ihr Al versicherte, dass er ihn so, wie er war, ideal fand. Er mochte keine großen schweren Brüste und konnte nie verstehen, warum sich manche Frauen diese auch noch künstlich vergrößern ließen. Und doch fühlte Jule jetzt einen gewissen Stolz, eine seltsame Bestätigung ihrer Weiblichkeit, dass sich ihre Rundungen, auf deren Mitte sich ihre zierliche Brustwarzen im Moment der Zärtlichkeit verlangend nach oben reckten, deutlich an Fülle zugenommen hatten.

Al drückte sich an ihren Rücken, drückte sein Gesäß von hinten an ihres und grunzte lustvoll. Dann biss er ihr zart ins Ohr und flüsterte: „Haben wir noch etwas Zeit? Seit der Insel ... du riechst so gut, so süß und zart, so ..." Jule spürte seine Erregung an ihrem Po und auch wenn sie die Situation ebenfalls genoss, sagte ihr Verstand, dass dies nicht der richtige Moment war.

„Al, wie ich meine Mutter kenne ..." Schon klopfte es an der Tür und von draußen war ein zaghaftes „Frühstück" zu vernehmen. Jule drehte ihren Kopf zu Al. Beide schauten sich seufzend an. Jule sprang aus dem Bett, um Al noch etwas Zeit zu lassen, sich von seiner Erregung zu entspannen. „Ich komme!", säuselte Jule in Richtung Tür, um die Anfrage ihrer Mutter zu bestätigen.

„Ich auch!", rief Al in hoher Tonlage hinterher. Jule drehte sich um und blitzte ihn aufgrund der zweideutigen Aussage an.

„Du siehst süß aus, wenn du so böse dreinschaust", setzte Al noch obendrauf. Ihr Gesichtsausdruck erhellte sich zu einem zärtlichen Lächeln. Dann sprang sie zurück auf die Bettdecke und stieß dabei ihr Knie unsanft in seinen Bauch. Al stöhnte auf. Mit lustvoll geschlossenen Augen ließ sie ihre Beine an seine Seiten gleiten. Tief ein- und ausatmend presste sie ihr Gesäß gegen seines und rieb sich auf und ab gegen seine immer noch starke Erregung. Sie flüsterte ihm ins Ohr: „Morgen ist Beerdigung und du ... du denkst nur an das Eine, du Schlimmer, du ..."

„Der Geist ist willig ... wie ging es doch gleich weiter?"

„Nichts weiter, Sie Wüstling."

Zärtlich biss sie ihm ins Ohrläppchen, sprang auf und verschwand im Bad. Das Plätschern der Dusche von nebenan und der Gedanke an Jule, wie sie sich gerade ihren nackten Körper einseifte, ließen ihn allerdings noch länger unter der Decke verweilen. Obwohl es ihm schwerfiel, seiner Gefühle Herr zu werden, versuchte er seine Gedanken abzulenken. Krampfhaft dachte er an seinen Job, an seine kaum noch existenten Sparrücklagen und daran, dass er sich vermutlich bald mit dem Arbeitsamt in Verbindung setzen musste, wollte er nicht seine Eltern um Geld anpumpen. Die schweren Gedanken und Sorgen preschten plötzlich wie eine unerwartete Sturmflut auf ihn ein und ließen jede Erregung in sich zusammenfallen. Besonders auch die Gedanken an seine Eltern ließen ihn außerhalb jeglicher Gefahr von Peinlichkeiten unterhalb seines Bauchnabels aus dem Bett springen. Seit ihrer Rückkehr hatte er nicht mehr mit ihnen telefoniert. Sobald er das mit seinem Job klar gemacht hatte, würde er sie aufsuchen, um über alles zu berichten. Allerdings würde er das mit den blauen Kugeln auch

ihnen nicht preisgeben. Warum sollte er sie mit einer vollkommen unglaubwürdigen Abenteuergeschichte behelligen? Ja, und natürlich musste er ihnen Jule vorstellen. Vielleicht erinnerten sie sich ja noch an Familie Camus und ihre Tochter, damals auf der Insel in Österreich. Andererseits lag das alles lange zurück. Und jetzt kamen sie in Erwartung eines Kindes. Seine Eltern würden Großeltern, wer weiß, wie sie darauf reagierten.
Dann dachte er an Karin. Wie würde sie ihnen ihre Beziehung zu Nadjeschda beibringen? Hoffentlich hatte Karin sie vorab informiert, gewissermaßen vorgewarnt, dass ihre Tochter mit einer anderen Frau zusammenlebte und mit ihr auch noch ein Kind aufziehen wollte. Er hatte seine Eltern immer als aufgeklärt und tolerant empfunden. Aber das würde ihre Vorstellungskraft vielleicht doch sprengen. Auf jeden Fall würde er Karin begleiten, sie unterstützen, die Beziehung zu Nadjeschda so normal wie nur möglich aussehen lassen. Und war sie das nicht auch? Mehr noch, hatte er nicht erfahren, wie die beiden sich mochten, wie sie besonders in schweren Zeiten zueinander standen, wie sie sich liebten? Könnte sich ein Kind nicht glücklich preisen, gerade in so einer liebevollen Beziehung groß zu werden? Das konnte nur jemand verurteilen, der Karin und Nadjeschda nicht kannte, der überhaupt solche Beziehungen nicht kannte, der nur aus Unkenntnis und auf der Basis von Vorurteilen lebte.
Sein Gedankenkarusell hatte sich so schnell gedreht, dass er gar nicht bemerkt hatte, wie das Plätschern der Dusche längst aufgehört hatte und der Kaffeeduft bereits betörend an seiner Nase vorbei waberte. Rasch hüpfte er ins Bad und dann mit noch triefend nassen Haaren in die Küche, wo Jule und ihre Mutter das erste Croissant in der Hand hielten. Frau Camus wirkte ernst und trotzdem erstaunlich gefasst.
„Wir haben schon mal angefangen, aber es sind noch genügend Croissants da. Der Bäcker im Dorf hat sie vorbeibringen lassen

und, stell dir vor, er wollte keinen Cent dafür haben. Er kommt auch zur Beerdigung." Al setzte sich dazu und nahm einen Schluck aus seiner Kaffeetasse, die ihn eher an eine Suppenschüssel erinnerte.
„Wie viele sind es ... ich meine ... wie viele werden kommen?"
„Etwa zehn, alles gute Nachbarn, mehr nicht. Nach der Beerdigung gehen wir ins Restaurant Lion d'Or. Die machen so ein gutes Wiener Schnitzel. Nicht gerade französisch, aber das mochte Papa immer sehr." Beim Gedanken an Wiener Schnitzel spürte Jule, wie sich ihr Magen umdrehte. Gegen die plötzliche Übelkeit ankämpfend sprang sie von ihrem Stuhl auf.
„Ist dir nicht gut, Kind?" Jules Mutter erhob sich ebenfalls von ihrem Stuhl und legte ihre Hand auf Jules Rücken. „Ging mir auch immer so, bei beiden. Nach zwei, drei Wochen vergeht das, wirst sehen." Jule nickte und setzte sich wieder blass auf ihren Stuhl. Al nahm fürsorglich ihre Hand. Sie zitterte leicht und war feuchtkalt.
„Nach der Beerdigung .... könnt ihr Euch natürlich auf den Heimweg machen. Ich denke, ihr müsst noch einiges für euch selbst regeln." Al schüttelte energisch den Kopf.
„Kommt nicht infrage. Es gibt wichtige und weniger wichtige Dinge. Und wichtiger ist, dass wir morgen Abend noch bei dir sind, das ist doch selbstverständlich."
Erst jetzt wurde ihm klar, dass er sich noch gar keine Gedanken darüber gemacht hatte, wie er Jules Mutter ansprechen sollte. Mama, so wie Jule sie ansprach, klang irgendwie unpassend. Mutter sagte auch keiner und so blieb nur ihr Vorname. Marie-Louise stand draußen auf der Klingel. Aber nannte sie irgendjemand so? Im Grund hatte er noch nie einen Außenstehenden sie ansprechen hören. Seltsam war das schon. Sie war für ihn so vertraut. Damals in den schweren Zeiten, in denen er dachte, Jule für immer verloren zu haben, kam sie ihm wie seine eigene Mutter vor, mehr noch, wie ein letztes Band zu seiner geliebten Jule, das er nicht

verlieren wollte. Und jetzt wusste er nicht einmal, wie er sie ansprechen sollte.

„Al, du warst von Anfang an wie ein Sohn für mich. Ich bin so froh und dankbar, dass du und Jule ... dass ihr beide zusammen seid." Als habe sie seine Gedanken lesen können, fuhr sie fort. „Weißt du, Al, die meisten sprechen mich mit Marie-Louise an, aber mein Mann, der ..." Ihr Stimme stockte und sie wischte sich eine Träne aus den Augen. „Mein Mann, der nannte mich immer nur Marie. Ich würde mich freuen, wenn du ..." Sie lächelte ihn mütterlich an. „Wenn du zu mir auch einfach Marie sagen würdest. Es würde mir sehr viel bedeuten, kannst du das verstehen?"

„Marie ... klar ... Marie ist ein schöner Name."

„Es ist schwer, wisst ihr, nach so vielen Jahren. Einfach so Abschied zu nehmen ... jemand, der immer da war ... einfach so weg ... nicht mehr da ... nie mehr da." Dann nahm sie ein Taschentuch aus der Tasche, dem man ansah, dass sie es aus demselben Zweck in den letzten Stunden schon wiederholt benötigt hatte und schnäuzte so kräftig, dass man meinen konnte, sie wolle all ihre Tränen der nächsten Tage im Voraus wegwischen. Jule und Al wussten, dass einen dieser Abschiedsschmerz nicht erst nach vielen Jahren gemeinsamer Zeit, sondern bereits zu Beginn einer Beziehung innerlich vernichten konnte.

Der weitere Tag verlief ruhig und jeder hing schweigend seinen Gedanken nach. Die wenigen Trauermitteilungen schrieb Jules Mutter per Hand. Jule half ihr dabei. Dann machten sie einen gemeinsamen Spaziergang, bei dem sie die Karten in die Briefkästen einwarfen.

„Sag mal, Mama, die früheren Kollegen, Verwandte oder Freunde, waren da nicht noch mehr?" Jules Mutter wusste, dass diese Frage irgendwann kommen musste.

„Seitdem es geheißen hatte, dass du in Rom tödlich verunglückt seist, hat sich dein Vater komplett zurückgezogen. Er lebte praktisch nur noch in seinem Gartenhäuschen. Ich war die Einzige, mit der er ab und zu noch ein Wort wechselte. Und was die früheren Kollegen anbelangt, hat er jeden Kontakt abgebrochen, selbst zu seinem Bruder, der ja seit vielen Jahren in den USA lebt. So ist das Jule ... Kinder sollten nicht vor ihren Eltern sterben ... das geht nicht ... das bringt einen um. Dann ist alles plötzlich sinnlos ... das ist grausam."

„Und du Mama, wie ... ich meine, bist du damit besser klargekommen als Vater?" Marie-Louise unterbrach die schweren Gedanken ihrer Tochter.

„Ich wusste immer, dass du noch lebst. Ich habe es gefühlt. Das kann man nicht erklären. Damals, als dein Bruder tödlich verunglückt war, da wusste ich sofort, dass er von uns gegangen war. Ich wusste es, noch bevor uns jemand benachrichtigte. Und jetzt ... ich war mir sicher, dass du lebst. Und als dein Al mich dann besuchte, hat er sicher geglaubt, dass ich eine verrückte Alte bin, die sich etwas vormacht, die nicht wahrhaben will, dass sie nun auch ihr zweites Kind verloren hatte." Al schlenderte neben den beiden her und lauschte den Ausführungen von Jules Mutter gedankenversunken. Dann drehte sie sich zu ihm um. „Stimmt's Al, du hast doch bestimmt geglaubt, dass ich nicht mehr ganz richtig im Kopf bin, oder?"

"Vielleicht ... obwohl ... als ich hier ankam, dachte ich zuerst, bei Jules Grab vorbeizufahren. Schließlich kam ich erst eine Woche später hier an." Er machte eine Kopfbewegung in Richtung Kirchturm. „Und nachher, Marie, nach unserem Gespräch bin ich da nicht mehr hingefahren. Der Friedhof war nach unserem Gespräch nicht mehr wichtig. Es war so, als ... als hätte mir jemand etwas versprochen ..." Al blieb stehen und drehte sich zu Jule, dabei nahm er ihre beiden Hände. „Vielleicht, Jule, vielleicht habe ich es nicht nur gehofft, dass du noch lebst, vielleicht hat es mir doch jemand zugeflüstert ... nicht nur deine Mutter." Dankbar und beklommen aufgrund der noch immer starken Erinnerungen schaute er ihr tief in die Augen, die ihm ebenso dankbar entgegenblickten. „Und was deinen Vater betrifft, deine Mutter, ich meine Marie, hat recht, der hatte sich in sein Gartenhäuschen verkrochen. Er ... er tat mir so leid, so verdammt leid."

Jule setzte Als Gedanken fort: „Ich glaube, er hat mich erkannt, bevor er für immer die Augen zumachte. Er hatte plötzlich so ein Lächeln im Gesicht und seine Hand ... die hatte plötzlich so etwas Warmes, als wollte sie mir etwas sagen. Und dann ... dann war er plötzlich weg. Sein Gesicht, seine Hände, alles war nur noch grau, so verändert, so leblos ... von einer Sekunde auf die andere." Jule lächelte nachdenklich. „Ein guter Freund hat mir mal gesagt, dass wir uns wiedersehen, an einem anderen Ort, an einem besseren Ort. Ich glaube, dass Papa gerade dort angekommen ist."

Als sie ihren Rundgang beendet hatten, hingen sie noch schweigend ihren Gedanken nach. Aber es waren keine schweren Gedanken. Sie waren für alle etwas leichter geworden und öffneten jedem den Blick nach vorne, vielleicht auch etwas darüber hinaus. Abends hörten sie Musik. Johann Sebastian Bach, D-Dur Konzert für zwei Violinen.

„Das war Papas Lieblingsmusik, nicht wahr, Mama?" Sie antwortete nicht, stattdessen gab sie wiederholt ein leises Schluchzen von sich. Sie war bei ihm, das wusste Jule. Diese wundervolle Musik verband beide über den Tod hinaus. Jule fragte nicht weiter nach. Sie wollte ihre Mutter in diesem Moment des Beisammenseins mit ihrem Vater nicht stören und überließ sie ihrem sanften Lächeln, ihrem Blick, der im Moment in einer anderen Welt zu sein schien.

In der Nacht kuschelten sich Jule und Al zusammen. „Ich bin froh, dass du da bist, Al. Ich hoffe, das wird noch lange so bleiben. Ich will nicht ohne dich leben, verstehst du? Ohne dich ... ohne dich geht das nicht." Er drückte sie an sich. Worte fielen ihm keine ein, aber das war auch nicht nötig.

Die Trauerfeier und die Beisetzung verliefen in aller Stille. Von den zehn eingeladenen Gästen kamen alle, aber auch nicht mehr. Der Pfarrer sagte ein paar Worte, die in gleicher Weise zu jeder anderen Trauerfeier gepasst hätten. Er kannte Jules Vater nur wenig, vielleicht von Weihnachten oder anlässlich einer anderen Beerdigung. Er wusste, dass Jules Vater ein guter Mensch war, dass er sein Herz am rechten Fleck hatte, wie man so schön sagte, dass er aber mit der Kirche nichts am Hut hatte. Sie gingen sich aus dem Weg. Als sie erst den Sarg von Nicolas und später die Urne von Jule zur Grabesstelle getragen hatte und er als Pfarrer berufen wurde, die jeweilige Trauerfeier zu begleiten, wollte er seinem Kollegen Bescheid geben. Er fürchtete sich regelrecht vor einem Gespräch. Und nun sollte er auch noch tröstende Wort am Grab der Kinder sprechen. Was sollte er sagen? Sollte er von der Liebe Gottes reden angesichts eines solchen Dramas, einer solchen Katastrophe, die jeden frommen Christen bis aufs Mark erschüttern musste? Sogar er selbst, vielleicht sogar gerade er selbst, hatte damit zu kämpfen, seinem Glauben treu zu bleiben. Er als Pfarrer war der Fels, auf dem die Kirche gebaut wurde, und jetzt spürte er seine Grundlage schwinden, fühlte sich haltlos. Wie sollte er einem anderen Menschen Halt geben, wenn sich beide im freien Fall befanden?

Verzweifelt suchte er Rat bei seinen Kollegen, seinen Vorgesetzten, die ihm immer nur auf die Schulter klopften, dass ihnen das hin und wieder auch so gegangen sei und dass sie Gott immer wieder aufgefangen hätte. Meinten sie das ehrlich oder waren es nur Phrasen, um zumindest ihre Fassade zu retten? Angesichts des Todes der beiden Camus-Kinder fühlte er sich zum ersten Mal in seinen Grundfesten erschüttert. Als einer seiner Kollegen andeutete, dass Herr Camus vielleicht öfter hätte in die Kirche gehen sollen, ließ er ihn nicht aussprechen. Ja, er wurde wütend und griff ihm an sein kostbares Gewand. Ausführungen über Gottes gerechte Strafe hätte er in diesem Moment nicht ertragen können.

Und dann kam alles anders. Ausgerechnet ein Gespräch mit Jules Mutter hatte ihn wieder aufatmen lassen, hatte ihm Hoffnung gegeben, dass das Leben weitergehen würde. Sie hatte ihm Trost vermittelt, nicht er ihr, wie es eigentlich seiner Aufgabe entsprochen hätte. Niedergeschlagen und doch dankbar über diesen Wink des Himmels hatte er sich damals von Frau Camus verabschiedet. Aber was Jules Vater anbelangte, konnte er ihm auch danach nicht in die Augen blicken, ohne befürchten zu müssen, erneut und dann noch tiefer in Verzweiflung zu stürzen. Als er dann hörte, dass Jule noch lebte, war das wie ein Wunder. Damals suchte er händeringend um Vergebung, leistete tagelang Abbitte, so gezweifelt zu haben, gezweifelt an sich und Gott. Er musste das jedoch mit sich ausmachen, er allein vor Gott, der sein Leben bis dahin so hoffnungsvoll mit Inhalten gefüllt hatte und den er nun erneut suchen musste. Er verkroch sich in seiner Sakristei und fastete drei Tage lang, auf dem kalten Boden kniend, bis ihn seine Haushälterin nahezu bewusstlos in ihre bescheidene Küche schleppte, ihm mühsam etwas Flüssigkeit und Nahrung einflößte und mit viel Geduld überredete, doch wieder am Leben teilzuhaben. Es dauerte gut zwei Tage, bis er zu Kräften kam, bis er nach unermüdlichen Gesprächen mit seiner selbst schon gebrechlichen Haushälterin wieder neuen Lebensmut fassen konnte.

Dann nahm er sich vor, Jules Vater aufzusuchen, ihm zu beichten, wie es ihm als gestrauchelter Hirte der Gemeinde ergangen war. Er wollte ihm mitteilen, dass wir alle so unendlich schwach seien und dass Gott dann doch Wunder zulässt, sofern wir jemanden finden, der uns dabei hilft, und sofern wir selbst bereit seien, unser Herz von Neuem zu öffnen. Er wollte sich mit ihm verbünden, ihm vermitteln, dass wir nicht alleingelassen sind, dass wir vor Gott alle gleich seien. Dann kamen ihm erneut Zweifel, ob gerade dies Jules Vater vielleicht missverstehen, ob es in seinen Ohren belehrend und damit eher abstoßend wirken könnte. Mit den Worten „Sehen

Sie und Gott ist doch da und sorgt für uns", waren ja bereits einige Glaubensbrüder bei ihm auf Granit gestoßen. Er erinnerte sich noch gut an deren überheblichen Blick, deren triumphierend bigottes Gehabe. Nein, er wollte Herrn Camus demütig gegenübertreten. Er wollte ihm über seinen Zweifel berichten, ihm sagen, dass er keinen Deut besser war, nur weil er sein Leben lang die Bibel studiert hatte. Und er wollte ihm die Hand reichen. Er stellte sich vor, mit ihm zusammen zur Wahrheit zurückzufinden, trotz aller Verzweiflung nicht zu zerbrechen. Er wollte ihm eine Hilfe sein in dieser schweren Zeit, ihm etwas von der Fürsorge weitergeben, die er die letzten Tage von seiner einfachen Haushälterin erfahren hatte und die ihm den wahren Weg zurück in die Welt zu seinem Gott aufgezeigt hatte. Eines Morgens fasste er den nötigen Mut und wollte bei Familie Camus klingeln. Es war genau der Morgen, an dem Herr Camus wegen eines Schlaganfalls ins Krankenhaus eingeliefert wurde. Es war zu spät. Zu spät für ein klärendes Gespräch. Verzweifelt drehte er sich damals auf der Stelle um und verkroch sich erneut in seiner Sakristei. Er verfiel in eine Art Dämmerzustand. Diesmal fastete er nicht. Stattdessen ließ er seine Pflichten ruhen, ließ sich auf unbestimmte Zeit beurlauben und fristete ein dumpfes in der Sinnlosigkeit dahintreibendes Dasein. Seine Haushälterin bemühte sich wiederholt, ihn aufzumuntern. Aber er ließ sich aus seiner Starre nicht aufwecken. Bis zu dem Zeitpunkt, an dem jemand an seine Tür klopfte. Er war erschrocken, vor sich Frau Camus zu sehen, die ihn in ihrem Schmerz sogleich die Bitte vortrug, ob er nicht die Trauerfeier übernehmen könnte. Ihr Mann sei gestorben und es würde ihr guttun, jemanden dabei zu wissen, der ihm nahestand. War es eine Beruhigung oder war es eine Steigerung seiner Seelenqual, eine Art Selbstzerstörung, die ihn sofort zusagen ließ? Und dann beließ er es bei allgemeinen Zitaten aus der Bibel, hielt sich streng an die Liturgie. Von seiner inneren Zerrissenheit sollte keiner etwas mitbekommen.

Nach dieser Feier packte er seine Sachen und verließ die Kirche. Erst viel später erfuhr Frau Camus, dass er nach Afrika gegangen war, um dort den Armen zu helfen. Er schrieb ihr einen langen Brief, in dem er sich ihr offenbarte, ihr alles ausbreitete, wie es ihm damals ergangen war. Er schrieb ihr auch, dass er seinen Seelenfrieden wiedergefunden habe, aber dass dies lange gedauert habe. Nichts wäre so selbstverständlich, so unausweichlich wie der Zweifel, nichts so zerbrechlich wie der Glaube, nichts so wunderbar, wieder dorthin zurückzufinden. Dies hatte er ihr gebeichtet und es war ihm sehr ernst damit, das fühlte Frau Marie-Louise Camus in jedem einzelnen seiner geschriebenen Worte.

Nach der Beisetzung ließ der Pfarrer sich entschuldigen. Noch andere bräuchten seine Hilfe, hatte er damals gesagt. Frau Camus hatte gleich gespürt, dass das nicht stimmte, dass er es selbst war, der nach Hilfe suchte.

Jule ärgerte sich ein wenig über die in ihren Augen so lieblose, so unpersönliche Zeremonie. In Gedanken warf sie sich vor, nicht Pater Lorenzo Bescheid gegeben zu haben. Aber Lorenzo kannte ihren Vater im Grunde gar nicht, und bevor sie ihre Mutter in die schwierige Situation bringen würde, den formell zuständigen Pfarrer im Tausch gegen einen unbekannten vor die Tür zu setzen, behielt sie den Gedanken für sich. Al ging es offenbar ähnlich.

„Lorenzo hätte das besser machen können", murmelte er vor sich hin, gerade noch so laut, dass es Jule mitbekam, die neben ihm ging. Zustimmend drückte sie seine Hand und sagte nichts.

Das Essen im Restaurant Lion d'Or war tatsächlich vorzüglich. Zumindest empfanden das so fast alle, bis auf eine. Jule konnte allein den Gedanken an Wiener Schnitzel nicht ertragen. Vielleicht war es aber auch die plötzlich so gelöste Stimmung, angesichts dieses für sie so unendlich traurigen Anlasses. Was sie wirklich in regelmäßigen Abständen veranlasste, frische Luft schnappen zu müssen, behielt sie für sich. Frau Camus blickte Al besorgt an.

„Marie, seit sie schwanger ist ... sie hat sich verändert." Er zuckte Rat suchend mit den Schultern.

„Das ist normal, Al. Du brauchst etwas Geduld und Liebe. Aber davon habt ihr ja reichlich." Zum ersten Mal an diesem Tag ging ein zaghaftes und mütterliches, vielleicht schon ein großmütterliches Lächeln über ihr Gesicht.

Am nächsten Tag frühstückten sie noch gemeinsam, bevor Al die Taschen im Auto verstaute.

„Wir telefonieren, Mama ... jeden Abend."

„Nicht jeden Abend, Jule, aber hin und wieder, das wäre schön. Ich will ja wissen, wie es weitergeht. Und wenn du Hilfe brauchst, Jule, ich komme sofort, das weißt du." Sie umarmten sich. Jule nickte ihr zu, als gäbe es noch so viel zu erzählen, drehte sich um und setzte sich ins Auto.

„Marie, ich meine wir ... du hörst von uns und ... du kannst jederzeit kommen."

„Danke, Al, danke ... und jetzt seht zu, dass ihr nach Frankfurt kommt." Sie drückte ihn kurz an sich und verschwand, ohne sich nochmals umzuschauen, im Haus. Ihr kleiner Dackel, der die letzten Tage still neben ihnen her getrabt war, als wüsste er um die Stimmung, blickte dem abfahrenden Auto noch lange hinterher. Wer glaubt, dass Hunde nur instinktgesteuert wären, dass sie keine Trauer empfänden für jemanden, der ihnen ihr ganzes Leben gezeigt hatte, wo es lang ging, der wurde spätestens jetzt unzweifelhaft eines Besseren belehrt.

Nach einer Weile platzte es aus Jule heraus: „Was ist, wenn du deinen Job verloren hast, wenn sie dich vor die Tür gesetzt haben und ..."

„Und unser Konto auf null ist ...", ergänzte Al. „Also, eins nach dem anderen. Erst einmal bin ich gespannt, wie es Karin und Nadjeschda ergangen ist und natürlich Lorenzo. Und dann sollten wir mal zu meinen Eltern fahren. Am besten zusammen mit Karin und Nadjeschda."

„Wissen unsere Eltern das mit Karin und Nadjeschda?"

„Du meinst, ob die wissen, dass Karin mit einer Frau zusammenlebt und sie gemeinsam auch noch ein Kind aufziehen wollen? Offen gestanden, ich weiß es nicht. Ich hoffe, Karin hat sie schon mal vorgewarnt, sonst ..."

„Sonst gäbe es einen Eklat?"

„Ich denke, nach dem ersten Schreck werden sie sich schon fangen. Die beiden sind ja ein Herz und eine Seele und ... meine Eltern werden das dann schon begreifen."

„Das stimmt, aber wenn es um Moral geht, oder das, was sie unter Moral verstehen und ... und natürlich um die Nachbarn, oh Gott, dann sieht die Welt plötzlich ganz anders aus." Jule nickte nachdenklich und versuchte sich vorzustellen, wie ihre Mutter reagiert hätte, wenn sie mit einer Frau als neuer Partnerin gekommen wäre.

Als sie in Frankfurt ankamen, suchte Al noch einen passenden Parkplatz. Jule ging schon mal in Richtung Wohnung. Sie klingelte an der eigenen Wohnungstür, da Al den Schlüssel mitgenommen hatte. Lorenzo öffnete und blickte ihr sorgenvoll entgegen.

„Mein ... herzliches Beileid, Jule. Aber komm doch rein." Jule ging ins Wohnzimmer. Sie ahnte, dass dies nicht der einzige Grund für Lorenzos traurigen Empfang war. Sie drehte sich plötzlich ängstlich um.

„Ist irgendetwas? Ist etwas mit Nadjeschda, ist sie ... ist alles in Ordnung."

„Langsam, langsam, es ist alles so weit in Ordnung." Jule atmete erleichtert auf. „Nur ..."

„Nur was? Was ist los, Lorenzo, sag schon."

„Naja, sie sagt kaum etwas, sie ist so still, ganz in sich versunken.

Selbst Karin kommt kaum an sie ran. Karin sagte mir ..." Lorenzo räusperte sich. „Sie sagte, dass sie Nadjeschda noch nicht mal berühren dürfte. Sie liegt auf dem Sofa und schaut starr an die Decke, als wäre sie gar nicht anwesend. Nur wenn sie ihren Kopf auf Karins Schoß legt und sie ihr über die Haare streichelt, dann ... naja, dann sieht man ihr eine gewisse Ruhe an. Also, wenn sie Karin nicht hätte, ich weiß nicht ... Mich ignoriert sie völlig. Wenn wir versuchen, zusammen zu beten, dann schließt sie die Augen. Ich weiß nicht, ob sie dann noch richtig da ist. Ich hoffe trotzdem, dass sie weiß, dass ich für sie bete. Es ist nicht einfach." Jule nickte, als hinter ihr Al erschien und ein ebenso besorgtes Gesicht machte. Jule erzählte ihm kurz Lorenzos Eindruck, dann beschlossen sie, den beiden nebenan einen Besuch abzustatten. Es war so ähnlich, wie Lorenzo berichtet hatte. Nadjeschda saß in sich gekehrt im Sessel und schaute apathisch aus dem Fenster. Sie schien die Anwesenheit von Jule und Al gar nicht zur Kenntnis zu nehmen.
„Ich mache etwas zu Essen und dann kommt ihr alle rüber, einverstanden?", versuchte Lorenzo die angespannte Situation zu lösen. Al setzte sich mit Karin in die Küche und erzählte, wie es gelaufen war. Vorher verschloss er die Tür zum Wohnzimmer, um nicht Nadjeschda zusätzlich mit den traurigen Mitteilungen zu belasten. Jule blieb bei Nadjeschda. Sie setzte sich auf den Boden und legte ihren Kopf auf Nadjeschdas Schoß. Eine Weile schwiegen sie, bis sie plötzlich Nadjeschdas Hand auf ihrem Kopf spürte.
„Freust du dich, Jule?" Jule nickte.
„Und du?" Nadjeschda streichelte weiter durch Jules Haare. Es war, als ob sie in Jule plötzlich eine Verbündete spürte, jemanden, der als werdende Mutter mit ihr fühlen konnte. Und doch wusste sie, dass es bei ihr anders war. Jule konnte sich auf ihr Baby freuen, sie aber empfand nichts. Nachdem sie ihren Selbstmordversuch überstanden hatte, war sie überzeugt, weiterleben zu wollen. Aber auch nicht mehr. Das, was in ihr heranwuchs, hatte plötzlich keine Be-

deutung mehr. Und das war auch gut so. War es doch der Grund für ihre Verzweiflung, hatte es sie doch fast in den Tod getrieben. Nun blickte sie auf ihren Bauch, der im Gegensatz zu Jules schon eine gewisse Erhebung erkennen ließ, auf etwas, das irgendwann wieder verschwinden würde. Wie eine Blinddarmentzündung, die operiert, noch einmal Schmerzen bereiten würde, aber dann ausgestanden wäre. Das, was man zum gegebenen Zeitpunkt entfernen würde, hatte keine Bedeutung, das war ihr gleichgültig. Vielleicht würde es tot zur Welt kommen oder es müssten sich andere darum kümmern. Es war nicht mehr ihr Ding. Nur so sah sie eine Chance weiterzuleben. Wenn alles überstanden war, könnte sie vielleicht auch wieder so etwas wie Freude empfinden, dann wäre sie befreit und könnte mit Karin ein unbeschwertes Leben führen. Karin gab ihr Halt. Allerdings musste sie feststellen, dass Karin nicht die Einzige war. Jules Kopf auf ihrem Schoß gab ihr plötzlich ein Gefühl der Wärme, der Zuneigung. Es war keine Zuneigung, wie sie sie gegenüber Karin empfand und trotzdem etwas sehr Tiefgehendes. Sie mochte Jule von Anfang an. Aber sie nun als Vertraute zu haben, in einer Situation, die keine nicht schwangere Person nachvollziehen konnte, das war ein beruhigendes Gefühl. Sie musste sich eingestehen, dass es sie sogar etwas neugierig machte, wie es sich anfühlen könnte, eine glückliche werdende Mutter zu sein.

„Spürst du etwas, Jule?"

„Du meinst hier in meinem Bauch? Manchmal denke ich, da ist etwas, aber es ist ja noch viel zu früh. Und du?" Sie wusste, dass Nadjeschda ihr mindestens fünf Wochen voraus war und damit durchaus schon Kindsbewegungen fühlen könnte.

„Nein, nichts. Ich spüre nichts." Jule kam ihren sinnsuchenden Gedanken entgegen.

„Und dein Brüste? Die spannen und werden größer. Aber deine waren ja schon immer größer."

„Stimmt, das hat sich verändert. Da hast du recht und …"

„Übel ist dir auch, nicht wahr? Ich könnte manchmal kotzen, wenn ich nur an ..." Sie wollte das Wort Wiener Schnitzel nicht in den Mund nehmen, da sie befürchtete, es gleich postwendend tatsächlich auskotzen zu müssen. Nadjeschda ließ ein kurzes und doch nicht überhörbares Lachen aus sich heraus. Sicher war es der erste zaghafte Ansatz eines Lachens seit vielen Wochen. Jule atmete erleichtert auf. Dabei wollte sie es zunächst belassen. Sie wusste, sie hatte einen Draht zu ihr gefunden, wenn auch zunächst nur über die Übelkeit und ihre spannenden Brüste. Nadjeschda flüsterte: „Danke, Jule, danke, dass du da bist."

Im nächsten Moment streckte Lorenzo sein Gesicht durch die Tür und gluckste ein kurzes „Es ist angerichtet". Zu seiner Überraschung lächelte Nadjeschda. Es war das schönste Lächeln, an das er sich seit Langem erinnern konnte.

Er hatte vorzüglich gekocht. Kartoffeln mit Mettwurst und Karotten. Er wusste, dies war Als Leibspeise und die anderen mochten es auch. Selbst Jule wurde nicht wieder übel und sie aß endlich einmal wieder mit großem Appetit. Karin war dankbar, dass Nadjeschda in Jule eine Freundin, mehr noch eine enge Vertraute gefunden hatte, eine Vertraute in dem, was sie ihr nicht vermitteln konnte, nämlich wie es war, glücklich schwanger zu sein.

„Sagt mal, habt ihr etwas von Olli gehört? Ich dachte, er wollte zu Jelena auf die Insel zurück." Al blickte fragend zu Lorenzo, der offenbar mehr wusste.

„Olli sagte mir, dass er noch etwas klären müsste. Er hätte ein paar wichtige Termine."

Al hakte nach: „Seltsam, irgendwie hatte ich das Gefühl, er und Jelena ... wie soll ich sagen ... als wäre da mehr als nur eine geschwisterliche Freundschaft. Aber das kann ja eigentlich nicht sein."

„Genau, Al, genau das hat er mir auch gesagt", erwiderte Lorenzo. „Er wirkte auf mich so hin- und hergerissen. Aber helfen konnte ich ihm auch nicht. Auch sollte ich Jelena anrufen, dass er noch etwas Zeit bräuchte. Mehr sagte er nicht. Dann nahm er seinen Koffer und verschwand. Die Wohnung, sein Auto überließ er vorerst Karin und Nadjeschda. Tja, mehr weiß ich nicht."

„Ich habe meinen Eltern versprochen, morgen bei ihnen vorbeizufahren", platzte Al in die Runde. Jule nickte zustimmend. Sie wusste ja von seinen Plänen.

„Wir sollten mitkommen, Karin. Du hast deine Eltern lange nicht gesehen und ... ich denke, sie wollen mich vielleicht auch mal kennenlernen." Karin war sich unsicher. Sie hatte ihren Eltern von ihrer Beziehung zu Nadjeschda noch nichts berichtet. Andererseits hatte Nadjeschda schon lange nicht mehr so viel gesprochen, hatte schon lange nicht mehr so aufgeweckt aus den Augen geschaut. Immer wieder blickte sie zu Jule hinüber, die erst zögerlich, dann aber zustimmend nickte.

„Ich finde, das ist eine gute Idee. Wir fahren alle zusammen", bekräftigte Jule.

„Ohne mich", wandte Lorenzo sofort ein. „Sicher würde ich eure Eltern gern mal kennenlernen, aber zu fünft in dem kleinen Auto, das geht auf keinen Fall. Also fahrt ihr mal und ich hüte hier derweil die beiden Wohnungen."

„Schade, Lorenzo, ich habe meinen Eltern oft von dir berichtet und sie wollten dich gerne kennenlernen. Aber vielleicht hast du recht, und wenn es mir auf der Fahrt wieder übel wird und ..." Jule machte eine Geste, als wollte sie sich über Lorenzos Schoß erbrechen. In diesem Moment fing sogar Nadjeschda an zu lachen. Ja, die stillschweigende Gemeinsamkeit mit Jule tat ihr offenbar gut. Vielleicht war es doch ein Stück Gemeinsamkeit zweier schwangerer Frauen, obgleich sie das noch kurz zuvor vehement verleugnet hätte.

Nach dem Essen griff Al zum Telefon.

„Morgen, ja morgen, wenn es euch recht ist", rief er so laut, dass man es bis zur anderen Wohnung hören musste. „Allein? Nein, nicht allein. Wir kommen zu viert. Lasst euch überraschen ... ja, ja wir freuen uns auch." Dann legte er auf und ärgerte sich ein wenig, diese letzte Chance versäumt zu haben, um seine Eltern über die jeweiligen Partnerschaften aufzuklären. Dass dies weniger ein Problem werden würde, als seine Eltern selbst, konnte er zu diesem Zeitpunkt nicht ahnen. Es würde die Vorstellung, die er bislang von seinen Eltern hatte, in einem ganz anderen Licht erscheinen lassen.

Münster, August 2010

Am nächsten Tag zwängten sie sich in Ollis kleines Auto. Al fuhr, auf dem Beifahrersitz saß Jule und hinten Arm in Arm Karin und Nadjeschda. Jedem kreiste es durch den Kopf, wie die Eltern Steinhoff reagieren würden. Aber für eine offene Aussprache, geschweige denn eine Strategie, wenn es zu einem Eklat käme, war es jetzt zu spät. Je näher sie Münster kamen, desto mehr machte sich bei allen ein ungutes Gefühl breit.

„Al, sei so gut, geh du mal vorneweg und stell ihnen Jule vor", ließ Karin vernehmen, als sie in die Straße ihrer Kindheitserinnerungen einbogen. Es stand kein bellender Hund vor der Tür, der ihre Ankunft freudig ankündigte und damit die erste Spannung hätte abmildern können. Mit klopfendem Herzen klingelte Al an der Tür. Einen Moment lang hatte er, ebenso wie Karin, den heftigen Impuls, einfach wegzulaufen. Die Tür öffnete sich mit einem Schwung und seine Eltern strahlten ihm freudig entgegen. Mutter Steinhoff drängte sich nach vorne und fiel ihrem Sohn in die Arme.

„Kinder, bin ich froh, Euch wiederzusehen." Dann fiel ihr Blick neugierig auf Jule. „Und ich nehme mal an, du bist Jule?" Jule nickte beklommen. Eigentlich war sie davon ausgegangen, dass Mutter Steinhoff zuerst ihre Tochter Karin begrüßen würde. Verlegen schob sie ihr die rechte Hand entgegen und drehte sich dabei leicht zur Seite, sodass die Sicht auf Karin und Nadjeschda frei wurde.

„Karin, mein Gott Kind, du hast dich verändert. Du bist so blass. Ist dir nicht gut?"

„Doch, doch mir ist gut." Zögerlich fiel sie ihr um den Hals, merkte aber auch, dass der Blick der Mutter bereits hinüber zu Nadjeschda schweifte. Abrupt stellte sich Karin neben Nadjeschda. Unsicher und zugleich beschützend griff sie nach ihrer Hand bevor sie ein Wort hervorbrachte.

„Das ist Nadjeschda, wir ..." Weiter kam sie nicht, als die Mutter plötzlich steif stehen blieb. Dabei verfärbte sich ihr Gesicht so blass, als habe sie für das Bild „Der Schrei" von Edvard Munch Modell gestanden. Dann drehte sie sich um und rannte in die Wohnung. Vater Steinhoff stand noch immer in der Tür und beobachtete die Szene. Langsam ging er auf Karin und Nadjeschda zu. Die Luft war zum Bersten gespannt. Karin war kurz davor, Nadjeschda an die Hand zu nehmen, sich auf der Stelle umzudrehen und nie wieder diesen Ort zu betreten. Al stellte sich jedoch an Nadjeschdas Seite und legte seinen Arm um ihre Schultern, sodass sie links von Karin und rechts von Al eingerahmt wurde. Der Vater lächelte. „Darf ich ... darf ich Nadjeschda in unserem Haus willkommen heißen?" Karin schaute verdutzt.

„Ich freue mich, Sie kennenzulernen, Herr Steinhoff", erwiderte Nadjeschda und streckte Herrn Steinhoff ihre rechte Hand entgegen.

„Josef, aber meine Freunde nennen mich nur Sepp, als käme ich von den Bergen. Aber so ist das mit seltsamen Namen. So und jetzt muss ich mal Jule begrüßen, die habe ich vor ...", er kräuselte die Stirn, „... naja, vor einigen Jahren in Österreich kennengelernt, da war sie noch etwa so." Schelmisch grinsend hielt er seine leicht zitternde Hand unter sein Kinn. „Und vor allem glaube ich, dass

mein Sohn damals zum ersten Mal richtig verliebt war." So forsch und locker hatte Al seinen Vater noch nie erlebt. Jule streckte ihm wie zuvor Nadjeschda die Hand entgegen.
„Sepp, gilt das auch für mich?", wollte Jule wissen.
„Klar doch, für dich nur Sepp." Er schwankte leicht. „Mann oh Mann. Ihr habt euch alle verändert. Hattet wohl einen verdammt guten Abenteuerurlaub miteinander." Karin und Al blickten sich fragend an.
„Oh ja, seitdem sind wir unzertrennlich, Nadjeschda und ich. War wirklich aufregend." Karin bekräftigte ihre Beziehung zu Nadjeschda, die ihr Vater scheinbar noch nicht realisiert hatte.
„Mensch, kommt rein. Ihr müsst alles erzählen, bin ganz gespannt. Und Mutter, die fängt sich schon wieder, vielleicht ist das alles etwas zu viel für sie." Sie folgten Vater Steinhoff ins Haus und meinten eine dezente Alkoholfahne wahrzunehmen. Im Wohnzimmer drehte er sich seltsam lachend um.
„Einen Schnaps für jeden, zur Feier des Tages?" Al räusperte sich.
„Also, was mich betrifft, ich muss noch Auto fahren und Nadjeschda und Jule ..."
„Mir kannst du einen geben", fiel Karin dazwischen. Sie versuchte die peinliche Lage zu entspannen. „Und dann sollten wir uns erst einmal setzen. Es gibt nämlich noch ein paar weitere Neuigkeiten." Vater Steinhoff goss sich ein Wasserglas halb voll mit Schnaps.
„Schladerer, richtig gut", brummte er und goss Karin ein ähnliches Glas ebenfalls halb voll. In der Flasche war kaum noch etwas übrig. Er ließ sich auf das Sofa fallen und deutete mit einer breiten Handbewegung an, dass sich alle im Kreis um ihn herum setzen sollten.
„Mensch, Kinder, was bin ich froh. Wenn ich euch so sehe, dann möchte ich nochmals jung sein. Nochmal von vorne beginnen, wisst ihr, nicht diesen Scheiß hier." Dabei leerte er das Glas in

einem Schluck. Seine Stimme klang zunehmend verwaschen. Speichel tropfte aus seinem Mundwinkel, als er sich den Rest aus der Flasche in sein Glas goss.

„Und ihr, Jule, Nadjeschda, keinen Schluck zur Feier des Tages? Wir haben uns so lange nicht gesehen und jetzt kommen noch zwei dazu." Dabei zwinkerte er Nadjeschda zu, als habe er es gar nicht registriert, dass Karin mit einer Frau und nicht mit einem Mann an ihrer Seite vor ihm saß. Im nächsten Moment stand Mutter Steinhoff in der Tür und schaute ängstlich in die Runde.

„Jule und ich, wir ... wir bekommen Nachwuchs. Also genau genommen ist Jule schwanger und wie du ja weißt, Vater, ist Alkohol in der Schwangerschaft nicht so gut."

„Und Nadjeschda ebenfalls", ergänzte Karin, ohne zu zögern, und legte ihr, um keinen Zweifel aufkommen zu lassen, den Arm um die Schulter. Ihre Mutter taumelte gegen den Türrahmen und konnte sich offenbar nur noch mit letzter Kraft in die Küche retten.

„Potz blitz!", donnerte Vater Steinhoff dazwischen „Gleich zwei, sagenhaft." Dann sprang er auf, schwankte aber so stark, dass er sich gleich wieder in den Sessel fallen ließ. „Anna!", rief er laut. Dabei lösten sich ein paar Tropfen Schnaps von seinen Mundwinkeln und flogen im hohen Bogen durch die Luft. „Anna, du wirst Oma, hast du gehört?" Aus der Küche war nur ein leises Schluchzen zu hören. „Anna, stell dir vor, Al und Karin, ich meine natürlich Jule und ..." Offenbar wurde ihm gerade bewusst, dass Nadjeschda kaum von Karin schwanger geworden sein konnte. Verwirrt blickte er zu Al. „Mensch, Junge, die sind doch nicht beide von dir, oder wie soll das gehen?"

„Papa!", fuhr Karin dazwischen. „Kann es sein, dass du ein bisschen zu viel getrunken hast? So ... so kenne ich dich gar nicht."

„Quatsch, man wird ja wohl mal fragen dürfen. Heute scheint ja alles erlaubt. Oder nicht? Und von dir mein Kind, bei allem Res-

pekt, aber ...", süffisant lächelte er seiner Tochter entgegen. „Also von dir kann der Balg ja wohl kaum kommen, oder?"
„Das reicht!" Karin sprang auf und eilte in die Küche. Die anderen sahen sich betreten an.
„Was, was hat sie denn?", waren Vater Steinhoffs eher lallende Wort. Er zog dabei ein betont ahnungsloses Gesicht.
„Papa, du ... du hast dich verändert ... so ... kenne ich dich auch nicht. Geht mir wie Karin." Vater Steinhoff sank in sich zusammen und grummelte in den Bauch.
„Verdammt ... verdammt, du hast recht, Al ... alles im Eimer, die ... die haben uns am Wickel, diese Schweine." Mühsam raffte er sich auf, torkelte zum Schrank und nahm sich scheinbar wahllos eine weitere Flasche Hochprozentiges heraus. Ohne zu zögern goss er sein Glas erneut halbvoll und versenkte alles in einem Zug in seiner Kehle. Mit dem Handrücken wischte er sich, die feuchte Nase hochziehend, über den Mund. Dann winkte er ab, schlürfte zur Treppe und hoch zu seinem Schlafzimmer. Wenig später kam Karin mit ihrer Mutter im Arm zurück. Sie ging gebeugt, die Augen waren von Tränen verquollen. Zitternd setzte sie sich dorthin, wo zuvor Vater Steinhoff gesessen hatte.
„Es tut mir leid ... es tut mir so leid ... das mit Vater, er ..." Al fiel ihr ungeduldig ins Wort.
„Was ist los mit ihm? Er wirkte erst so heiter und dann so ... so verbittert. Und dann noch der Alkohol, er hat doch früher nicht getrunken. Ist was mit ihm, mit euch oder ... oder mit der Apotheke?"
Al schaute besorgt zu Karin, dann zu seiner Mutter, die verzweifelt ihr Gesicht in beide Hände versenkte. Schluchzend presste diese hervor, was sie ihren Kindern gegenüber eigentlich verschweigen wollte.
„Vielleicht könnt ihr euch noch erinnern. Die Geschäfte mit Russland, das lief erst so gut, aber ... er hat es mir erst viel später gesagt ... viel später ... viel zu spät."

„Was hat er dir nicht gesagt?" Karin legte ihr fürsorglich die Hand auf ihre Schulter.

„Das lief alles nebenher. Keine Belege, keine Steuern, so einfach und dann ... naja, dann flog alles auf. Das Gericht hat schnell reagiert. Ein halbe Million und zwei Jahre auf Bewährung. Der Anwalt sagte noch, das hätte schlimmer ausgehen können. Und seine Lizenz ist auch futsch. Keine Apotheke, kein Geld und wie wir die halbe Million bezahlen sollen ... Ich weiß es nicht .... ich weiß es nicht ... ich weiß gar nichts mehr." Sie ließ ihren Tränen freien Lauf und alle schwiegen betreten. Dann atmete sie tief durch und blickte weniger sorgenvoll als angespannt in die Richtung, in der zuvor ihr Mann verschwunden war. „Und das Schlimmste ist, seit dem betrinkt er sich Tag und Nacht. Jeden Tag mindestens eine Flasche Schnaps ... das ... das bringt ihn um ... das bringt mich auch um." Dann sank sie wieder in sich zusammen. Karin strich ihr sanft über den Kopf. Ihre Haare waren grau und zerzaust. Sie war in den letzten Wochen um viele Jahre gealtert. Plötzlich richtete sie sich ein wenig auf und blickte in die Runde. Ihr Blick wanderte plötzlich sanft lächelnd von einem zu anderen, weiter zu Nadjeschda. „Nadjeschda, es ... es tut mir leid, das ... das kam alles etwas schnell und ... und ich muss gestehen, das war für mich etwas überraschend, du und Karin. Bitte sei mir nicht böse ... es tut mir leid." Nadjeschda rückte auf die Seite von Mutter Steinhoff und legten ihren Arm um sie. Sie hatte sich deutlich verändert. War es der gestrige Einfluss von Jule oder nun der einer gestrauchelten Familie. Es schien, als sei sie dabei, ihre eigenen Probleme etwas in den Hintergrund zu rücken, um sich für das zu öffnen, was um sie herum passierte. Vorsichtig tastete Mutter Steinhoff nach Nadjeschdas Bauch.

„Wie weit ist es ... weißt du schon ob es ein Junge oder ein Mädchen wird?" Dann schaute sie zu Jule, die sich erhob und sich an ihre andere Seite setzte.

„Nadjeschda ist etwa fünf Wochen voraus. Ob Junge oder Mädchen kann man bei uns beiden noch nicht sagen."
„Das ist die beste Nachricht seit Langem. Ich freue mich für Euch." Dann wendete sie sich zu Karin. „Warum hast du mir nichts erzählt von Nadjeschda? Sie ist so ein liebenswürdiges Mädchen." Sie drehte sich zu Nadjeschda und küsste sie auf die Wange. Um der Gerechtigkeit Willen drehte sie sich zu Jule und küsste auch sie.
„Ich wusste nicht, wie ... wie du reagierst. Ich habe mich nicht getraut. Weißt du, Mama, ich liebe Nadjeschda und ich wusste nicht, ob du das verstehen würdest."
„Oh, mein Kind. Du warst schon immer etwas Besonderes, weißt du das nicht? Früher hast du immer alles wissen wollen und dein Sinn für Gerechtigkeit, der hat uns oft ganz schön herausgefordert. Mein Gott, wie du damals unseren Gast aus Polen brüskiert hast, das werde ich nie vergessen. Und dann deine Punk-Zeit. Das war zum Glück nur kurz. Später bist du nur noch mit einem Heiligenschein herumgelaufen. Weißt du das nicht mehr? Aber das hat dir ganz gut getan. Jedenfalls war uns nie langweilig mit dir. Woher kennt ihr beiden euch?"
„Naja, von meinem Heiligenschein her. Wir haben doch diese Aquariumsgruppe gegründet, aber zusammen sind wir noch nicht so lange." Ihre Mutter hatte es plötzlich im Gespür, dass Karin nicht über die Herkunft der Schwangerschaft reden wollte. Karin war ihr dankbar dafür.
„Ich habe einen kleinen Brunch vorbereitet. Wollen wir?" Sie erhob sich und alle folgten ihr zu einem reich gedeckten Tisch. Der Platz von Vater Steinhoff blieb jedoch leer. Die Stimmung war plötzlich trotz allem unerwartet gelöst. Es war unverkennbar, dass es Mutter Steinhoff genoss, sich im Kreise ihrer Kinder aus der Realität ihrer Schulden und ihres alkoholabhängigen Mannes, ganz zu schweigen von der nachbarschaftlichen Häme, auszuklinken. Dass ihre einzige Tochter die Liebe zu einer Frau gefunden hatte

und sogar beschlossen hatte, mit ihr ein Kind großzuziehen, erschien ihr plötzlich alles andere als problematisch. Im Gegenteil, es war sogar rührend mit anzusehen, wie sich Mutter Steinhoff um Nadjeschda kümmerte. Vielleicht war es eine Art mütterlicher Instinkt, der ihr verriet, dass Nadjeschdas Schwangerschaft nicht so unbelastet war, wie die von Jule, dass Nadjeschda mehr als Jule ihrer Fürsorge bedurfte. Gelegentlich blickte Al zu Jule mit der unausgesprochenen Frage hinüber, ob sie sich vielleicht von seiner Mutter nicht genügend beachtet fühlte. Doch Jule genoss es offenbar, nicht direkt im Mittelpunkt zu stehen. Sie freute sich vielmehr darüber, dass Nadjeschda so unbefangen von ihr aufgenommen wurde und sie durch Mutter Steinhoffs liebenswürdige Aufmerksamkeit für einen Moment ihre Ängste und Sorgen vergessen konnte.

Nachmittags saßen sie noch in gemütlicher Runde und tranken Kaffee und aßen Kuchen, den Mutter Steinhoff noch am Vortag gebacken hatte. Vater Steinhoff ließ sich nicht mehr blicken und schlief offenbar seinen Rausch aus. Bezüglich Russland und der Ereignisse um die blauen Kugeln bewahrten alle Stillschweigen. Es war nicht der richtige Moment, Mutter Steinhoff mit noch mehr Sorgen zu belasten, auch wenn die aufwühlenden Erlebnisse in die sie alle geraten waren, anscheinend weit hinter ihnen lagen. Alle wussten nämlich, dass die nüchternen Tatsachen allein gar nicht so sehr das Problem sein würden. Vielmehr gehörte es zu den mütterlichen Instinkten, sich nicht in erster Linie über das zu sorgen, was war, sondern was hätte passieren können. Letzteres gewann in solchen Situationen oft eine bedrohliche Dynamik, als sei vielmehr das und nicht das wirklich Geschehene, als sei jede Eventualität, was hätte passieren können, das eigentliche Unglück. Die fiktiven vergangenen Risiken würden sich mit dem, was wirklich passierte, zur Realität vermischen. Der einzige Ausweg aus diesem Dilemma erschien oft nur die konsequente Beschäftigung mit der

Zukunft. Im Gegensatz zur Vergangenheit war die Zukunft nicht unveränderlich. Vielmehr verlangte sie nach dem mütterlichen Einfluss, das unveränderliche Unglück der Vergangenheit doch noch zum Guten zu wenden. So war es oft nicht verwunderlich, wenn die Beschäftigung mit der Zukunft oft zur Übertreibung, zur Glorifizierung neigte, musste sie doch das zurückliegende Unglück ein Stück weit kompensieren.

Jule wusste jedoch, was in Nadjeschda schlummerte, auch wenn sie im Moment erstaunlich aufgeweckt und bezüglich ihrer zukünftigen Mutterrolle, gelassen wirkte. Sie wusste, dass die Stimmung rasch umschlagen konnte. Um den Anschein der heilen Welt, die vermeintlich vor ihnen lag, zu wahren, versuchte sie das Thema zu wechseln.

„Und bei dir, wie geht es bei dir weiter? Ich meine ... wie geht es bei euch weiter?" Mutter Steinhoff winkte ab, als wollte sie das Thema erst gar nicht anfangen. „Ich weiß nicht so recht. Erst müssen wir das Haus verkaufen."

„Das Haus, unser Haus?", protestierte Karin. „Aber ... das geht doch nicht." Mutter Steinhoff zuckte die Schultern.

„Es muss gehen. Anders können wir die Schulden nicht bezahlen. Wenn wir bis in acht Wochen nicht bezahlt haben, dann muss Vater ins Gefängnis. Karin, du kennst ja unsere Nachbarn. Es ist wie ein Spießrutenlauf, und wenn Josef noch ins Gefängnis kommt, dann ... tja, dann weiß ich nicht, wie man hier noch leben soll. Wir müssen neu anfangen, weißt du? Vielleicht ist das auch gut so. Und wenn wir beide wieder bei null angekommen sind, dann hört Vater vielleicht auch mit der Sauferei auf. Das hoffe ich zumindest. Wenn nicht, dann ... dann ist sowieso alles aus, dann ..."

„Dann ziehst du bei uns ein", fiel ihr Karin ins Wort. Ihre Mutter lächelte nur müde. Vermutlich hatte sie etwas anderes im Kopf.

„Du kannst bei uns wohnen, das ist doch klar", ergänzte Nadjeschda. Aus ihrem Mund hatte dies noch eine andere, ganz besondere Bedeutung. Sie konnte die Ausweglosigkeit von Karins Mutter vielleicht am besten nachvollziehen, ihre seelischen Schmerzen fühlen.

„Das ist lieb von euch, aber … ich glaube, wir kriegen die Kurve. Nur, was ich nicht mehr kann … Wir hätten euch so gerne etwas mit auf den Weg gegeben, aber jetzt." Ihr standen Tränen in den Augen. „Jetzt haben wir nichts mehr, was wir weitergeben könnten. Vielleicht schaut ihr nochmals in eure ehemaligen Kinderzimmer oder hier ins Wohnzimmer, in der Küche … wisst ihr, was weg ist, ist weg."

„Mein Gott, wir können euch doch nicht plündern", platzte Al entrüstet dazwischen.

„Wenn nicht ihr, dann macht es der Fiskus, oder die Nachbarn. Die wetzen vermutlich schon die Messer." Mutter Steinhoff hob resigniert und doch deutlich gelassener als noch vor wenigen Minuten die Schultern. Jetzt, wo alles heraus war, fühlte auch sie sich ein wenig erleichtert.

Etwa ein Stunde später hieß es, wieder den Heimweg anzutreten. Mutter Steinhoff hatte jedem eine große Plastiktüte gegeben und nochmals bekräftigt, dass sie sich umso besser fühle, je mehr ihre Kinder mitnähmen. Zuletzt trug sie noch selbst das silberne Besteck und das Meissner Porzellan zum Auto. Beides hatte sie bereits am Vortag sorgfältig eingepackt.

„Karin, du nimmst unser Auto. Da passt mehr rein, als in euren Wagen und dann ab mit euch, bevor uns die Nachbarn noch anzeigen." Tatsächlich beluden sie den großen Audi bis zum Rand. Am Schluss machte das Wohnzimmer einen traurigen Eindruck. Dort, wo die Bilder hingen, waren nur noch Schatten zu sehen. Die einst mit Kerzenständern und wertvollen Dosen überladenen Kommoden blitzen blank in der einfallenden Sonne, und in der Vitrine, in der sich sonst das Kristall stapelte, gähnte eine traurige Leere. Mutter Steinhoff strahlte.

„So, das bekommen sie schon mal nicht. Wenigsten etwas, das ich euch mitgeben kann. Und wenn es euch nicht gefällt, verkauft es einfach. Mein Herz hängt nicht mehr dran. Das war alles gestern und was morgen ist, das wird sich zeigen." Dabei rieb sie sich kampfbereit die Hände.

„Ein bisschen ein schlechtes Gewissen habe ich schon", wandte Al ein, als er das Ergebnis ihrer Plünderung betrachtete. „Und was wird erst Vater sagen?"

„Der wird sich wie immer einen weiteren Schnaps genehmigen und dann ist ihm sowieso alles egal." Karin blickte ihre Mutter stolz an.

„Der weiß gar nicht, was er an dir hat. Wenn du das hier nicht alles in die Hand nehmen würdest, und dabei ... hat er alles selber verbockt."

„Das darfst du nie sagen, mein Kind. Mit gehangen, mit gefangen, wie in guten so auch in schlechten Tagen, so heißt es doch. Ach, übrigens, wie ist das mit euch? Heiratet man heute nicht mehr?"

„Wir hatten noch keine Zeit dazu", entgegnete Al.

„Naja, auch gut. Leider kann ich ja nicht viel zur Hochzeit beitragen. Lasst euch besser noch etwas Zeit, so lange, bis wir wieder auf den Beinen stehen. Dann machen wir ein großes Fest, nicht wahr?" Dabei nahm sie Jule in den einen und Nadjeschda in den anderen Arm und lachte triumphierend, allen Sorgen zum Trotz. Und doch wussten alle, dass noch schwere Zeiten auf sie zukommen würden.

Sorgenvoll drückten Karin und Al ihre Mutter an sich und setzten sich anschließend in die jeweiligen Fahrzeuge.

„Ich übernehme mit Nadjeschda den Mini, einverstanden?" Karin zog ihrem Bruder den Schlüssel aus der Hand. Damit war die Entscheidung gefällt, dass Jule und Al den Audi fahren sollten.

„Aber fahrt mir nicht zu schnell, okay?" Ein letztes Mal winkten sie ihrer Mutter zu, die mit einem Taschentuch in der Hand wie-

derholt ihre Tränen abwischte. Im Nachbarhaus schwankten die Gardinen. Man hatte alles genau beobachtet.
Die Rückfahrt verlief in beiden Wagen still. Jeder hing seinen Sorgen um Mutter Steinhoff nach, an der nicht nur ihr eigenes Geschick hing.
Wieder in Frankfurt, parkten sie den Audi an einer sicheren Stelle und deckten den Innenraum mit einer großen Decke zu, sodass nicht gleich jeder sehen konnte, was sie geladen hatten. Die beiden Wohnungen boten kaum Platz für all die Dinge, die sie mitgenommen, oder besser gesagt, die ihnen Mutter Steinhoff mitgegeben hatte. Auf Ebay würden sie sicher einiges verkaufen können und doch war ihnen klar, dass die Erinnerung an das eine oder andere Bild, die eine oder andere Dose, sie vom Verkauf abhalten würde. Auch wenn sie sich geschworen hatten, die Sachen im Falle eines Erbes niemals aufhängen oder hinstellen zu wollen, so wurde ihnen doch klar, dass jedes kleinste Teil, ein Stück ihrer Kindheit, ihrer Familie, war. Und so stand der Audi noch lange beladen an derselben Stelle.
Für den nächsten Tag, Al hatte sich den Wecker auf sechs Uhr gestellt, hatte er sich vorgenommen, seine frühere Arbeitsstelle aufzusuchen. Schweren Herzens zog er sich an und wollte gerade die Wohnung verlassen, als ihn Jule zurückhielt.
„Das wird nicht lustig werden, Al."
„Ich weiß. Ich werde ihm einfach erklären, was war. Ehrlich währt am längsten. Und wenn er mich bereits vor die Tür gesetzt hat. Naja, dann soll es halt so sein."
„Mach dir nichts draus. Ich glaube, die Stellensituation sieht nicht so schlecht aus, und wenn dein Chef nichts von dir wissen will, dann hat er es nicht besser verdient, okay?"
Al nickte angespannt, gab Jule noch einen zärtlichen Kuss auf den Mund und verschwand in Richtung Straßenbahnhaltestelle. Im Krankenhaus hatte sich nichts verändert und er ging schnur-

stracks zum Sekretariat seines früheren Chefs. Die Sekretärin staunte nicht schlecht, als sie ihn sah.

„Herr, Herr ..."

„Steinhoff, immer noch Steinhoff."

„Herr Doktor Steinhoff, ja genau. Ist aber auch schon lange her und Ihr Urlaub ..."

„Das mit dem Doktor kommt noch. Und was meinen Urlaubsantrag anbelangt, ist lange rum, ich weiß. War aber auch kein Urlaub."

„Kein Urlaub, ja aber ..."

„Das erzähle ich Ihnen mal irgendwann, wenn sich die Gelegenheit bietet. Frau ..."

„Frau Müller, ich habe geheiratet."

„Herzlichen Glückwunsch."

„Danke, vielen Dank. Ach, Herr Steinhoff, das mit dem Urlaub, auch wenn es keiner war, was war es denn dann?"

„Das könnte einen Roman füllen. Wahnsinn. Aber ich sagte ja, Frau Müller, ein andermal erzähle ich Ihnen mehr. Und der Chef?" Sie wirkte plötzlich abwesend, wie eingetaucht in eine andere Welt voller Abenteuer.

„Hallo, Frau Müller, ich fragte nach dem Chef ... ist er sauer oder so?"

„Ach ja, Herr Einstein, der Chef ..."

„Steinhoff, nicht Einstein."

„Ach ja, Entschuldigung, also der Chef, oh ja, war ganz schön sauer. Ich glaube, er ist es immer noch."

„Kann ich verstehen, aber manchmal ergibt sich das so. Und wenn man mitten drinsteckt, in so einem Schlamassel, da muss man durch, koste es, was es wolle. Klar, oder?" Al beugte sich zu ihr vor und zwinkerte sie an. Augenblicklich verfiel sie wieder ihrer Abenteuerwelt.

„Frau Müller ... der Chef ... meinen Sie, da ist noch was zu machen?" Sie zuckte abweisend mit den Schultern, offenbar um nicht erneut aus ihren Fantasien gerissen zu werden.

„Vielleicht brauchen Sie auch mal Urlaub, Frau Müller." Sie nickte geistesabwesend. Im nächsten Moment flog die Tür auf und der besagte Chef stand wie versteinert im Zimmer.

„Herr Steinhoff, sieh einer an. Gibt es Sie noch. Ich dachte schon, Sie wären endgültig verschollen." Al zuckte mit den Schultern.

„Naja, fast war es ja auch so weit. Aber … das ist eine lange Geschichte. Ich könnte … naja, vielleicht könnte ich Ihnen … berichten." Sein früherer Chef rückte nah an sein Gesicht heran. Dann flüsterte er ihm zu: „Herr Steinhoff, Ihre Geschichte interessiert mich nicht. Alles klar?"

„Ich dachte ja nur, vielleicht würden Sie gerne wissen, warum ich mich nicht gemeldet habe. Also ich meine, bevor Missverständnisse aufkommen …" Ohne auch nur einen Zentimeter zurückzuweichen, brüllte ihn sein Chef direkt ins Gesicht: „Missverständnisse? Missverständnisse!" Er schüttelte fassungslos den Kopf. „Herr Gott nochmal, Steinhoff. In welcher Welt leben Sie eigentlich? Missverständnisse. Ich fasse es nicht. Wir leben hier in einer hochtechnisierten Welt, da geht es zack, zack, zack und Sie, Steinhoff, Sie meinen, einfach so fernzubleiben, und reden auch noch von Missverständnissen."

„Naja, einfach war das nicht. Ich wollte ja Bescheid geben, aber …"

„Sparen Sie sich alles Weitere. Glauben Sie, ich könnte Sie hier gebrauchen, wenn Sie bei nächster Gelegenheit wieder einfach so den Schwanz einziehen und verschwinden?"

„Wird nicht wieder vorkommen", versuchte es Al nochmals kleinlaut. „Das war alles ganz schlimm, wissen Sie und …"

„Sehr gut, Steinhoff, Sie lassen nicht locker. Aber das geht bei mir nicht durch. Das geht gar nicht und jetzt sehen Sie zu, dass Sie Land gewinnen, bevor ich Sie noch verklage wegen … wegen, naja, irgendetwas wird mir schon einfallen." Dann drehte er sich um und wollte in sein Zimmer verschwinden.

„Ach, Herr Professor", rief ihm die Sekretärin hinterher. Verärgert drehte er sich um und schaute sie wütend an. „Da ist noch die Doktorarbeit von Herrn Einstein, ach quatsch, ich meine natürlich Herrn Steinhoff. Summa cum laude, Sie wissen doch, der Fachbereichsrat wollte nochmals gratulieren und …"
„Verdammt, Fräulein …" Sie zuckte zusammen, als sie merkte, dass sie offenbar etwas Unpassendes gesagt hatte.
„Frau Müller, Sie wissen doch, ich habe geheiratet … letzte Woche war das."
„Ach ja, gratuliere."
„Danke, aber …"
„Aber was?", raunzte er sie ungeduldig an.
„Sie hatten schon gratuliert."
„Ach so, ja und die Doktorarbeit, schicken Sie Herrn Steinhoff nach oben ins Dekanat, da kann er seine Urkunde abholen." Dann rauschte er davon, ohne sich nochmals zu Al umzudrehen, geschweige denn, ihm zu seiner hohen Auszeichnung zu gratulieren.
„Erst hat er sie überall herumgezeigt, Herr …"
„Steinhoff, liebe Frau Müller, nicht Einstein, einfach nur Steinhoff. Aber … für den kleinen Gefallen dürfen Sie mich auch Al nennen." Er grinste sie vielsagend an. „Und das mit dem Abenteuer. Ich komm darauf zurück, okay?" Sie strahlte ihn vollkommen entrückt an.
„Also dann, Herr Steinhoff, ich … ich meine Al, wir sehen uns, oder?"
„Wir sehen uns ganz bestimmt. Aber jetzt muss ich nochmals meine Urkunde abholen. Übrigens vielen Dank. Frau …"
„Anja, ich heiße Anja und mein Mann heißt Leopold. Und wofür vielen Dank?"
„Also … Anja, vielen Dank, dass Sie das mit der Urkunde noch mitgeteilt haben, sonst wäre ich hier fast ohne die wieder gegangen."

„Keine Ursache ... Al." Sie errötete leicht. Er winkte ihr nochmals zu und machte sich auf in den zweiten Stock, um seine Urkunde in Empfang zu nehmen.

„Steinhoff, mein Name ist Albert Steinhoff, ich ... ich möchte meine Urkunde in Empfang nehmen."

„Ach, Herr Steinhoff, Sie sind Herr Steinhoff, also erst einmal herzlichen Glückwunsch. Aber ... so einfach geht das nicht."

„Wieso, wo ist das Problem?"

„Naja, die wird Ihnen normalerweise vom Fachbereichsrat übergeben, die können sie nicht so einfach abholen. Das geht nicht."

„Und wenn ich Ihnen sage, dass ich gerade gefeuert wurde?"

„Gefeuert, von wem? Das ist doch unmöglich, Sie werden mit summa cum laude ausgezeichnet und dann ... dann feuert man Sie einfach so?" Al zuckte die Schultern. „Warten Sie, Herr Steinhoff, ich werde mal schauen, ob der Chef da ist." Noch einen Chef, der ihm die Ohren lang ziehen würde, brauchte er nicht und er war fast geneigt, die Urkunde zu nehmen, die vor ihm schon bereit lag, um diesen Ort schnellstmöglich zu verlassen. Da öffnete sich die Tür und ein großer schlaksiger Mann kam ihm entgegen. Er lächelte ihn amüsiert an und streckte ihm die Hand hin. Offenbar kannte er Als Geschichte.

„Herr Steinhoff, kommen Sie rein. Ich möchte mit Ihnen reden."

Er folgte ihm in sein geräumiges Zimmer, in dem nicht nur ein riesiger Schreibtisch stand, sondern auch ein ovaler Tisch, an dem etwa acht Menschen Platz finden konnten. „Wohl für die kleine Vorstandsrunde", dachte Al leise flüsternd.

Inzwischen war ihm auch ein Eklat auf Ebene des Dekans ziemlich egal.

„Nehmen Sie Platz, Herr Steinhoff, einen Kaffee? Ich meine, so für die kleine Vorstandsrunde."

„Danke, danke, sehr liebenswürdig, aber ich möchte Sie nicht aufhalten."

„Ich habe gehört von Ihrem, wie soll ich sagen ... von Ihrem Abenteuer. Frau Müller hat es mir gleich erzählt."

„Frau Müller?"

„Sie wissen doch, die Sekretärin ihres ehemaligen Chefs. Sie ... sie ist meine Schwiegertochter."

„Ihre Schwiegertochter?"

„Aus erster Ehe. Mein Sohn hat den Namen meiner Frau aus erster Ehe angenommen. Sie ist, wie soll ich sagen ... naja, ein bisschen einfältig. Aber ich habe sie sehr gern, sie ist ein guter Mensch. Und mein Sohn liebt sie über alles. Aber bitte, Steinhoff, behalten Sie das für sich. Also, das mit der Doktorarbeit, das war große Klasse. Wissen Sie eigentlich, dass die im New England Journal of Medicine veröffentlicht wurde?" Al zog die Augenbrauen hoch. „Ihr Name steht leider nicht drauf. Ihr Chef war so sauer, dass Sie ... naja, wie soll ich sagen, dass Sie einfach so weggeblieben sind, da hat er Sie einfach aus der Liste gestrichen. Aber hier wissen alle, auf wessen Mist das gewachsen war, und der Fachbereichsrat hat sich nicht beeinflussen lassen. So etwas hat es hier noch nicht gegeben, Steinhoff. Aber, dass Sie einfach so wegblieben." Er schüttelte fragend den Kopf. „Tja, das war einfach Scheiße." Al zuckte zusammen, so einen Ausdruck hätte er von einem Menschen im dunklen Anzug in dieser Position nicht erwartet.

„Ja, das stimmt. Sie haben recht ... das war Scheiße." Beide lachten und fühlten sich im Geiste irgendwie verbunden.

„Das mit dem Fachbereichsrat geht leider nicht mehr, Steinhoff. Natürlich bekommen Sie die Auszeichnung, aber, wie soll ich sagen, nicht öffentlich. Das müssen Sie verstehen. Nach der ganzen Ehre mit dem New England Journal und so weiter hat Ihr Chef hier ganz schön an Einfluss gewonnen und da kann ich mich nicht einfach so darüber hinwegsetzen. Das müssen Sie verstehen", bekräftigte er wiederholt. Al seufzte und wollte schon gehen, da klopfte ihm der Dekan auf die Schulter. „Kardiologe, das wollten

Sie werden, oder nicht?" Al nickte. „Hier ist eine Adresse, Herr Steinhoff, ein guter Freund von mir. Melden Sie sich bei ihm. Er hat eine Stelle für Sie." Al nahm den kleinen Zettel entgegen, den ihm der Dekan entgegenhielt.

„Das ... das kann ich nicht annehmen."

„Erzählen Sie keinen Quatsch, Steinhoff. Meinen Sie, wir lassen unsere besten Mitarbeiter einfach so gehen?" Er beugte sich zu ihm. „Ihr früherer Chef, das ist ein Idiot, wissen Sie, aber, wie soll ich sagen, verpfeifen sie mich nicht. Seien Sie froh, dass Sie nicht bei ihm anfangen. Herr Professor Kranenberger, klingt etwas seltsam der Name, aber er ist eine Koryphäe und menschlich absolut in Ordnung, glauben Sie mir." Al zögerte, dann steckte er den Zettel in seine Hosentasche. „Er kennt Ihre Arbeit, Steinhoff, er wartet auf Sie ... heute noch." Al überlegte einen Moment, dann nickte er zustimmend. Einerseits war er froh, dass man ihm gleich eine Stelle anbot. Andererseits misstraute er der plötzlichen Eile. Von Professor Kranenberger hatte er noch nie gehört. Allerdings war die Kardiologie in dem betreffenden Krankenhaus durchaus bekannt.

„Vielen Dank, ich weiß nicht, wie ich Ihnen danken soll, Herr Professor."

„Sehen Sie zu, Steinhoff, dass Sie sich auf den Weg machen. Ich habe in zwei Minuten einen Termin." Ohne weitere Worte schob ihn der Dekan aus seinem Büro und drückte ihm fast abweisend noch die Promotionsurkunde in die Hand.

„Na, Herr Steinhoff, hat alles geklappt?", erkundigte sich die Sekretärin und zog dabei ein Gesicht, das eindeutig signalisierte, dass sie an einer Antwort nicht mehr interessiert war. Schweigend und etwas verwirrt verließ Al das Vorzimmer des Dekans.

Es war noch früher Vormittag, so dass er tatsächlich beschloss, bei Professor Kranenberger vorbeizuschauen. Die Straßenbahn hielt fast vor der Tür des Krankenhauses, als eine nahegelegene Kirche elf Uhr läutete. Während der Fahrt ging ihm das seltsame Gespräch mit dem Dekan nicht aus dem Kopf. Einerseits hatte er ihn in seine Privatsphäre eingeweiht, andererseits wollte er ihn auch schnell wieder loswerden. Gleichzeitig hatte er ihn vermutlich höchstpersönlich an diesen Kranenberger vermittelt. Und das alles an einem Tag. Irgendwie kam er sich vor wie eine Marionette, ja fast schon wie der Gegenstand einer billigen Wette, über den sich die Herren Professoren dann später köstlich amüsieren würden. Schon wollte er das Vorhaben abbrechen. Immerhin hatte er ja die hohe Auszeichnung seiner Promotion in der Tasche und konnte sich damit an vielen anderen Stellen sehr gut bewerben. Dann sah er das Schild von Professor Kranenberger, Chefarzt der Kardiologie und wusste, was er tun musste.

Das Vorzimmer war dem des Dekans verblüffend ähnlich. Auch die Sekretärin war gleichermaßen unfreundlich.

„Sie wünschen?"

„Mein Name ist Albert Steinhoff. Wie Stein und das Hoffen, nur zusammen, Steinhoff, Albert Steinhoff." Er wollte sichergehen, dass sich das Vergessen-und-Erinnern-Spiel von Frau Müller nicht wiederholte.

„Steinhoff, so so, ich glaube, ich hab's verstanden. Und was wünschen Sie, Herr Steinhoff?" Dabei schaute sie ihn an, als wäre er einer dieser Kandidaten, die sich eben mal gerade aus der Psychiatrie selbst beurlaubt hatten.

„Mein Name ist Albert Steinhoff, ich ..."

„Das sagten Sie bereits."

„Ich habe einen Termin." Die Sekretärin zog die Augenbrauen hoch, wohl immer überzeugter, dass sie einen Verrückten vor sich hatte.

„Also, Herr Steinhoff, Sie haben einen Termin. Bei wem? Bei mir, bei Ihrer Freundin, bei unserem Herrgott? Bei wem darf ich Sie denn anmelden?" Al atmete zweimal tief durch.

„Hören Sie, Frau ..."

„Also, bei mir haben Sie keinen Termin." Sie lächelte ihn provozierend an. Al versuchte gelassen zu bleiben.

„Also nochmals, ich habe einen Termin bei Professor Kranenberger. Oder sagen wir besser, ich habe eine Empfehlung des Dekans der Universitätsklinik, mich hier und jetzt bei Ihnen vorzustellen." Im selben Moment sprang die weitergehende Tür auf und ein kleiner drahtiger Mann kam herausgeschossen. Er steckte in einem viel zu großen Kittel, dessen gestärkter Kragen ihm fast bis zu den Ohren reichte. Er beachtete Al nicht und hatte schon die Tür zum Gang in der Hand, als er sich nochmals zu seiner Sekretärin umdrehte.

„Wenn sich hier ein gewisser ..."

„Steinhoff, Herr Albert Steinhoff?" Professor Kranenberger blieb wie angewurzelt stehen und blickte seine Sekretärin entgeistert an.

„Herr Steinhoff steht gerade neben Ihnen, Herr Professor." Kranenberger drehte sich überrascht zu Al um.

„Sie sind Steinhoff? Kommen Sie mit." Ohne jegliche Begrüßungsfloskel winkte er ihn zur Tür und eilte über den Gang, sodass Al kaum hinterherkam.

„Morgen? Können Sie morgen anfangen, Steinhoff?" Dabei blickte er Al kurz über die Schulter an, um seine augenblickliche Reaktion zu erfassen.

„Morgen, ja ... ja natürlich, ich ..."

„Sehr gut. Sehr gut. Bei uns, müssen Sie wissen, geht es nämlich immer rasch zu und wir brauchen Leute, die zu schnellen Entscheidungen fähig sind. Haben Sie verstanden?"

„Sicher, Herr Professor ..."

„Kranenberger, nur Kranenberger, lassen Sie das Professor weg, alles Zeitverschwendung, müssen Sie wissen." Dann bog er den Korridor nach rechts ab. „Der Tag hat nur 24 Stunden und dann ... dann gibt es noch die Nacht. Verstehen Sie?"

„Sie meinen ..."

„Ich meine nicht, sondern ich erwarte, dass Sie Ihrer Aufgabe zu hundert Prozent nachkommen. Sie haben einen guten Ruf, Steinhoff, wissen Sie das?" Dann blieb er stehen und blickte ihm stechend in die Augen. „Die Konkurrenz schläft nicht. Sie werden auf Station anfangen und darüber hinaus Ihre Wissenschaft weiterverfolgen. Natürlich außerhalb der Dienstzeit, versteht sich, nicht wahr?"

„Sie meinen ..." Kranenberger hob die Augenbrauen. Er blickte sich rasch um, sich vergewissernd, dass keiner ihre Gespräche verfolgte. Dann setzte er seine Rede mit gesenkter Stimme fort.

„Nochmals, Steinhoff. Ich meine nicht, sondern ich möchte, dass Sie hier nicht nur die beste Ausbildung zum Internisten und Kardiologen bekommen, sondern, dass Sie auch Ihre Wissenschaft weiter fortsetzen. Sie wissen ja, dass sich Ihr früherer Chef auf Ihren Lorbeeren ausruht." Dabei tippte er Al mit dem spitzen Zeigefinger auf die Brust. „Soll er sich ausruhen, auf seinen gestohlenen Lorbeeren. In der Zwischenzeit sind wir ihm eine Nasenlänge voraus, nicht wahr, Steinhoff."

„Wenn Sie meinen ..."

„Herr Gott nochmal, Steinhoff. Wie oft denn noch? Ich meine das nicht, sondern wir werden es ihnen zeigen. Und jetzt kommen Sie mit. Ich stelle Sie auf Station 5 vor, da werden Sie erst einmal anfangen und dann gehen wir ins Labor. Das wird Ihr Arbeitsplatz nach der Stationsarbeit sein."

Kranenberger ließ Al nicht die geringste Chance, seinen ehrgeizigen Zielen zu widersprechen. Nachdem er ihn auf Station 5 und im Labor vorgestellt hatte, beides dauerte jeweils weniger als zwei Minuten, rauschte er mit ihm zur Pforte.

„Nehmen Sie sich einen Plan des Krankenhauses, damit Sie morgen wissen, wo Sie alles finden. Alles klar? Also dann, morgen früh um sieben Uhr auf Station und um acht ist Besprechung." Dann klopfte er ihm auf die Schulter und eilte davon. Wie benommen blickte Al seinem zukünftigem Chef hinterher, wie er im Aufzug verschwand und sich dabei bereits mit anderen Leuten im Gespräch befand. War das jetzt ein schlechter Scherz, den man sich mit ihm erlaubte? Wurde er an einen Verrückten vermittelt? Hatte ihn die Sekretärin deshalb so auflaufen lassen, da sie wusste, dass es sowieso kaum einer lange hier aushielt? Andererseits hatte Kranenberger eine nicht unsympathische Ausstrahlung. Bei all der Hektik, die er verbreitete, huschte immer wieder ein schelmisches Lächeln über sein Gesicht. Voreingenommenheit war meist ein schlechter Berater, versuchte er sich Mut zu machen. Er nahm sich vor, am folgenden Morgen seinen Dienst anzutreten.

Wieder zurück, erwartete ihn Jule bereits ungeduldig.

„Ich glaube, ich brauche jetzt erst einmal einen Schnaps. Jule, das glaubst du nicht." Dabei ließ er sich erschöpft auf dem Sofa nieder. Jule hatte plötzlich den schrecklichen Gedanken, dass er entlassen wurde und sich nun wie sein Vater sinnlos besaufen wolle. Aber dann sah sie sein zufriedenes Lächeln.

„Ich glaube, wir haben keinen Schnaps, vielleicht ein Schluck Apfelwein, das wäre das Einzige, was ich dir anbieten kann."

„Einen großen Schluck, Jule einen großen." Dann erzählte er der Reihe nach seine unglaubliche Geschichte des Vormittags. Jules Augen wurden dabei immer größer.

„Das ist ja phantastisch, das ist ja super, Al. Mann, oh Mann, ich kann es kaum glauben."

„Ich auch nicht, Jule, das ist wie ein Traum. Ich hoffe nur, es ist nicht der Anfang eines Alptraums."

„Wieso das denn, das klingt doch alles affenstark."

„Genau das. Wie es scheint, werde ich mich da vielleicht tatsächlich zum Affen machen, also zumindest zu einer Art Arbeitstier. Vierundzwanzig Stunden habe der Tag und dann käme noch die Nacht, hat er gesagt. Nicht gerade originell der Spruch. Aber sicher meint er es genauso. Also, das kann heiter werden."

„Wird vielleicht alles nicht so heiß gegessen, wie es gekocht wird, Al. Du wirst sehen, nach ein paar Eingewöhnungstagen wird alles seinen normalen Gang gehen. Vielleicht musst du auch lernen, das eine oder andere zu delegieren." Al seufzte misstrauisch und seine schlechte Vorahnung sollte sich bewahrheiten. Nicht nur, dass er jedes Wochenende entweder mindestens an einem Tag Nachtdienst schieben sollte, abgesehen von den regelmäßigen Nachtdiensten in der Woche. Kranenberger erwartete tatsächlich, dass er im Labor genau die Arbeit fortsetzte, die ihm letztlich die „summa cum laude"-Auszeichnung beschert hatte. Kranenberger wollte auch regelmäßig darüber informiert werden, wie seine Arbeit voranging. Und wenn die Arbeit mal stockte oder die Experimente nicht so ausfielen, wie es Kranenberger gerne gesehen hätte, dann bewahrheitete sich das, was Al befürchtet hatte – ein Alptraum.

Nach den zurückliegenden Wochen des Zusammenseins mit Jule war dies für beide eine harte Umstellung. Weniger für Al, da er nach Stationsdienst und Labor oft erst gegen zehn Uhr wieder zu Hause war und damit keine Zeit zum Nachdenken hatte, als vielmehr für Jule, die von einem auf den anderen Tag regelrecht auf Al verzichten musste. Wenn er aus der Klinik kam, war kaum noch etwas mit ihm anzufangen. Zu Hause war er nur noch todmüde und benötige seinen Schlaf, um am nächsten Tag einigermaßen fit um sechs Uhr aus den Federn kriechen zu können. Dass Jule aufgrund der Schwangerschaft immer noch, allerdings weniger als zuvor, regelmäßig mit Übelkeit zu tun hatte, kam ihm dabei einigermaßen gelegen.

„Du brauchst deine Ruhe, Jule", waren seine vordergründig fürsorglichen Worte und sie war sich mehr und mehr sicher, dass er dabei eher sich selbst meinte.

So vergingen die Tage rasch. Karin und Lorenzo wechselten sich damit ab, die Einkäufe zu besorgen oder den Haushalt zu schmeißen,

da auch sie meinten, dass Jule und Nadjeschda schwangerschaftsbedingt ihre Ruhe benötigten. Bei ihnen war es jedoch der verzweifelte Versuch, das sinnlose Herumgammeln, wie sie es nannten, wenigstens mit sinnvollen Aufgaben zu füllen. Auch organsierten sie regelmäßige Treffen mit der neu gegründeten Aquariumsgruppe, die vielleicht die einzigen Gelegenheiten waren, bei denen alle für kurze Zeit wirkliche und ernstgemeinte Ruhe und Stille fanden.
Eines Abends, nachdem sie in der Aquariumsgruppe ihre Sorgen und Bitten geäußert hatten, und alle noch einigermaßen gelöst und erleichtert auf ihren Stühlen und Sesseln im Kreis saßen, bat Lorenzo nochmals um Gehör. In eigener Sache, wie er es geheimnisvoll einleitete.
„Es fällt mir nicht leicht, das anzusprechen, aber …" Alle schauten ihn erwartungsvoll an. „Ich habe euch doch von meinem Freund erzählt, mit dem ich vor längerer Zeit schon mal etwas Verrücktes geplant hatte."
„Du meinst, diese Bäume zu pflanzen … in Afrika?" Lorenzo nickte erleichtert, dass Jule ihm zuvorgekommen war und wartete gespannt auf die nächste Reaktion aus der Runde.
„Lorenzo, das ist doch klar", fiel Al dazwischen. „Allerdings bin ich dann der einzige Mann in diesem Hühnerhaufen." Dabei lachte er schelmisch in die Runde.
„Also, wer hier wirklich die Hosen anhat …" Jule funkelte zurück.
„Klar, Lorenzo, das war doch so ausgemacht. Wann soll's denn losgehen?" Auch Nadjeschda und Karin nickten Lorenzo wohlwollend zu.
„Also, Achmed, mein Freund Achmed Al-Rhani, er würde mich da unten lieber heute als morgen sehen und einen Flug zu buchen, so außerhalb der Saison, das ist kein Problem."
„Wo war das nochmals, Lorenzo?"
„Oman, die sind da sehr tolerant, und wenn wir die Wüste etwas begrünen, dann fänden die das auch gut."

„Und die Aquariumsgruppe, willst du das da unten weitermachen? Könnte gefährlich werden", wollte Jule besorgt wissen.

„Also, ich will nicht mit der Tür ins Haus fallen. Aber ausgerechnet mein Freund Achmed will so eine Art interreligiöses Zentrum gründen. Ein Rabbiner, den kenne ich allerdings nicht, soll auch kommen. Das wäre natürlich fantastisch." Alle ermutigten Lorenzo, möglichst bald zu fahren.

Am Flughafen gab es dann doch Tränen. Nur nicht von Al, der hatte nicht freibekommen. Während seiner Arbeit auf Station ließen ihn die Gedanken an Lorenzos Abschied nicht los. Noch am Morgen hatte er mehrfach bekräftigt, auf jeden Fall zur Einweihung der Plantage und des Zentrums zu kommen. Das Versprechen sollte er auch bald umsetzen. Dass es der Beginn einer Katastrophe sein würde, das konnte er zu diesem Zeitpunkt allerdings nicht ahnen.

Weihnachten stand vor der Tür. Es war das erste Mal, dass Al und Jule nicht wie selbstverständlich bei den jeweiligen Eltern feiern würden. Jules Mutter war allein und es war eher selbstverständlich, dass sie die Feiertage mit Al und Jule in Frankfurt verbringen sollte, auch wenn die Wohnung nicht viel Platz für Gäste hergab. Da Lorenzo aber inzwischen in den Oman abgereist war, erschien das Sofa im Wohnzimmer für Jules Mutter absolut geeignet. Erst wollte sie im Hotel unterkommen, ließ sich dann aber, auch angesichts der Hotelpreise in Frankfurt, rasch überreden.

Die Eltern Steinhoff hatten eine kleine Wohnung in einem anderen Viertel von Münster gefunden. Dank früherer Kontakte hatte Vater Steinhoff eine Stelle als Pharmareferent antreten können. Früher taten ihm diese Leute immer leid, da sie bei Ärzten und Apothekern oft als Klinkenputzer abgewiesen wurden. Heute stand er auf der anderen Seite und musste oft die Zähne zusammenbeißen, um den jungen Doktoren im Krankenhaus nicht gehörig den Marsch zu blasen. Trotz dieser in seinen Augen zum Teil erniedrigenden Aufgaben hatte er seiner Frau versprochen, keinen Alkohol mehr zu trinken. Sie hatte ihm die sofortige Trennung angedroht, wenn er rückfällig würde. Insbesondere die Adventszeit mit ihren Weihnachtsfeiern war diesbezüglich für ihn eine harte Prüfung. Viele seiner früheren Kollegen hatten ihn aus Mitleid eingeladen. Vielleicht befürchteten sie auch, dass Josef Steinhoff mit Dreck um sich schmeißen könnte. Über genügend Beweismittel verfügte er. Viel zu verlieren hatte er nicht mehr. Aber Josef Steinhoff dachte nicht an Rache. Er war sich darüber im Klaren, tatsächlich in erheblichem Maße Steuern hinterzogen zu haben. Angesichts dessen machte Denunziantentum aus Rache die Sache nicht besser. Sollten seine Kollegen doch selber sehen, ob sie dem Zugriff der Justiz entgingen oder nicht.

Auf jeden Fall beschlossen Vater und Mutter Steinhoff, genau wie Jules Mutter, über die Feiertage nach Frankfurt zu kommen. Sie beließen es jedoch dabei, lediglich zum Heiligen Abend bei ihren Kindern zu bleiben. Karin und Nadjeschda hatten ihnen das Sofa angeboten. Sie wollten aber das Angebot in häuslicher Enge nicht überstrapazieren und blieben nur vom 24. auf den 25. Dezember. Olli hatte sich inzwischen nicht blicken lassen, weder in Frankfurt noch bei Jelena auf der Insel.

„Hast du von Olli gehört?", wollte Jelena am Telefon kurz vor Weihnachten wissen. Die Sorge um Olli war ihr an der Stimme anzumerken.

„Leider nein. Und du, Jelena, willst du nicht zu uns kommen, um Weihnachten hier zu feiern?"

„Das ist lieb von euch, aber ... ich bleib hier bei Stern. Er hat niemanden und ... ich mag ihn. Er hat sogar einen Christbaum aufgestellt. Und zur Christmesse will er auch mit mir gehen."

„Ist er ..."

„Du meinst zum Christentum übergetreten?" Jelena lachte und ergänzte dann mit ernster Stimme. „Im Gegenteil, er hat mir so viel erzählt, von seiner Familie ... seiner Synagoge ... seinem früheren Rabbi." Plötzlich war es still am Telefon.

„Jelena, hallo Jelena, bist du noch dran?" Al hörte ein tiefes Seufzen.

„Es ist ... es ist ganz furchtbar."

„Jelena, was ... was ist ganz furchtbar?"

„Sie sind alle tot."

„Wer ... wer ist tot?"

„Seine Familie, alle umgebracht. Kannst du dir das vorstellen?" Beide schwiegen. „Al, er ... er ist wie ein Vater zu mir." Wieder trat längeres Schweigen ein.

„Jelena, ich denke, du solltest bei ihm bleiben. Wir telefonieren, okay? Und wenn du etwas von Olli hörst, sag uns bitte Bescheid. Wir machen uns alle schon Sorgen um ihn."

„Geht mir genauso, Al. Irgendwie ... irgendwie vermisse ich ihn. Dummerweise habe ich kein Glück mit den Männern. Die einen sind vergeben, die anderen ... naja, du weißt schon."

„Kopf hoch, Jelena. Dein Prinz befindet sich bestimmt schon in der Warteschleife. Ach übrigens, Ende Mai, Anfang Juni ist es so weit. Erst Nadjeschda und etwas später Jule und dann kommen wir im Sommer mit den Zwergen auf die Insel. Sind noch Betten frei?"

„Das Bootshaus hätte ich noch anzubieten." Jelena lachte über ihren eigenen Witz, während Al der Atem stockte, da er an sein erstes geheimnisvoll erotisches Kennenlernen mit Jule gerade dort im Bootshaus dachte. Davon konnte Jelena natürlich nichts wissen und ergänzte rasch: „Klar, für euch ist immer Platz. Stern will euch übrigens auch alle dringend kennenlernen."

„Ja genau, schade, dass er damals, als wir alle zusammen waren, nicht hinzukam. Also dann, meine Liebe, mach's gut und wir sehen uns bald." Jelena legte mit einem hörbaren Seufzer auf.

Da Al bis Weihnachten noch keinen Nachwuchs hatte, entsprach es dem Ehrenkodex der Klinik, Kollegen mit Kindern bezüglich der Feiertage den Vortritt zu lassen. Aus irgendwelchen Gründen schaffte es Al dann doch, wenigstens am Heiligen Abend dienstfrei zu bekommen. Karin hatte einen Tannenbaum besorgt und eine große Pute. Nach der Messe um fünf Uhr feierten sie alle gemeinsam in fröhlicher Runde bis spät in die Nacht den Heiligen Abend. Einvernehmlich gab es keine Geschenke. Dies würde sich natürlich ab dem kommenden Jahr grundlegend ändern. Was gäbe es Schöneres, als Kinder zu beschenken?

Jules Mutter und die Eltern Steinhoff verstanden sich von der ersten Minute an prächtig. Sie erzählten ausgelassen von damals, als es nach ihrer Meinung zwischen Al und Jule schon heftig knisterte und sie nicht verstehen konnten, warum sie so lange ihre Freundschaft ruhen ließen. Sie wären da sicher weniger zurückhaltend gewesen, pflichtete Vater Steinhoff süffisant lächelnd bei. Jule und Al blickten sich vielsagend an und selbst nach den vielen Jahren, die seither vergangen waren, lag angesichts der aufflammenden Erinnerungen eine spontane Röte auf Jules Gesicht. Wenn die Eltern wirklich geahnt hätten, was sich auf der Insel zwischen ihnen abgespielt hatte, wäre alles vielleicht anders verlaufen. Vermutlich hätte man das Thema am Heiligen Abend beflissentlich unerwähnt gelassen.

Dedovsk, Juni 2020

Obwohl Nadjeschda erschöpft und todmüde in das viel zu weiche Hotelbett gefallen war, konnte sie kaum schlafen. Im Halbschlaf oder Traum, die Grenzen vermischten sich nahtlos, hörte sie immer wieder das feucht rasselnde Keuchen von Evgenijs Vater. Bei jedem Hustenstoß flogen ihr die emporgewürgten Fetzen einer vom Nikotin und Alkohol zerstörten Lunge entgegen. Seine dicken wassergefüllten Beine platzten vor ihren Augen und entließen ein

eitrig blutiges Sekret. Dabei ertönte ein lautes höhnisches Lachen, das sie immer wieder schweißgebadet aufschrecken ließ.
Irgendwann stellte sie im Halbschlaf mit Erleichterung fest, wie der Himmel langsam heller wurde und der Tag siegessicher anbrach, um die Schrecken der Nacht zumindest für kurze Zeit in seine Schranken zu weisen. Mit schwerem Kopf setzte sie sich auf die Bettkante, um ihre Gedanken, ihre düsteren Vorahnungen auf den beginnenden Tag zu sammeln. Wie sollte sie die Kraft aufbringen, die nötig war, Evgenij gegenüberzutreten? Was sollte sie ihm sagen? Dass er ihr Daniel wiedergeben möge? Sollte sie einfach so wie aus dem Nichts vor ihm auftauchen, naiv und dumm, in der Hoffnung, dass er damit ihre Bitte sofort reumütig in die Tat umsetzen würde? Was erwartete sie eigentlich wirklich von Evgenij? Sie war mit nichts in der Hand gekommen, Evgenij zu überzeugen oder gar ihn zu etwas zwingen zu können. Sie hatte kein Druckmittel, keine Waffe, nur das Bitten und Flehen einer verzweifelten Mutter. Wieder dachte sie an den gestrigen Abend, an die menschverachtenden Ausschweifungen von Evgenijs Vater. Sie dachte an seine vernichtenden Äußerungen über sich selbst und erst recht über seinen Sohn. Plötzlich wurde ihr auf brutale Weise klar, dass ihre Chancen, vielleicht noch am selben Tag zusammen mit Daniel nach Hause zu fahren, gegen null gingen. Doch sie hatte keine andere Wahl. Lieber wollte sie sterben, als Daniel seinem Schicksal, der Hölle seines leiblichen Vaters zu überlassen.
Wie benommen schleppte sie sich zu einem bescheidenen Frühstücksbuffet in der Lobby des Hotels. Nach einem zähen Croissant und einer halben Tasse Tee spürte sie, wie sich ihr Magen förmlich zuschnürte, wie jeder weitere Bissen im Hals steckenblieb. Es war, als wollte sie ihr Inneres gepaart mit ihrem übersäuerten Mageninhalt geradewegs wieder herauswürgen. Sie vergrub ihr Gesicht in beide Hände und versuchte sich zu sammeln. Sie erinnerte sich an die eine oder andere Bibelstelle, die sie in der Aquariumsgrup-

pe gelesen hatten und mit deren Hilfe sie damals meinte, jedem Unheil, jeder dunklen Stunde gewachsen zu sein. Tränen der Verzweiflung sammelten sich in ihren Augen, als sie merkte, wie stattdessen ihr ganzes Weltbild in sich zusammenzubrechen drohte. Sie fühlte sich plötzlich schwach und verlassen und wünschte sich Karin an ihrer Seite, die sie in solchen Situationen immer wieder aufrichtete, die ihr Mut zum Leben gab. Wie töricht war es doch, einfach so hierher an diesen gottverlassenen Ort zu fahren und zu glauben, sie könnte das alles allein regeln, allein mit dem kopflosen Mut der Verzweiflung.
Ihr zarter Körper zitterte, als sie eine Hand auf ihrer Schulter wahrnahm. Erschrocken blickte sie auf.
„Kann ich Ihnen helfen?" Eine ältere Dame schaute sie mitleidig an. Ihre grauen Haare waren zerzaust, tiefe Ringe unter ihren Augen zeugten von einigen Schicksalsschlägen. Trotzdem klang ihre Stimme, ihre wenigen deutschen Worte mit polnischem Akzent warm und bestimmt. Die ältere Dame setzte sich neben Nadjeschda und legte ihren vom Alter geschwächten Arm auf Nadjeschdas noch immer zitternde Schultern. „Meine Eltern habe ich nie kennengelernt. Ich war noch ein Baby, als sie mich an unsere Nachbarn weitergaben. Seither war ich nie wieder in Krakau. Ich weiß, dass sie es gut mit mir meinten." Nadjeschda schaute sie verwirrt an. Warum erzählte sie ihr das, gerade jetzt und hier? Wer war diese Frau? Irgendwie kam ihr die Stimme bekannt vor.
„Danke, ich danke Ihnen. Ich glaube … ich glaube, ich komm schon zurecht." Nadjeschda schaute sie aus rot verquollenen Augen an und erkannte plötzlich ihren warmherzigen Blick, der ihr sanft zulächelte.
„Geht es um Ihr Kind?" Nadjeschda zuckte zusammen. Was wusste diese Frau? Wie kam sie darauf, dass sich Nadjeschdas Verzweiflung um ein Kind, um ihr Kind drehte? Außer mit Evgenijs Vater hatte sie hierzulande bislang mit niemanden gesprochen. Nad-

jeschda nickte, ohne ein Wort zu erwidern. Ihr Verstand mahnte sie zu Misstrauen und doch spürte sie plötzlich die Wärme einer Verbündeten. Mit ihren knorrigen Fingern wischte die alte Dame Nadjeschdas Tränen aus dem Gesicht. Dann hob sie die Augenbrauen, als wolle sie ankündigen, etwas sehr Wichtiges zu sagen. „Sie sind nicht allein, mein Kind, ich werde für Sie zu unserem Herrn beten." Dann erhob sie sich langsam, winkte der Dame an der Rezeption freundlich zu und verschwand in der Masse der Passanten, die an diesem Morgen schon hektisch am Hotel vorbeiströmten. Nadjeschda war verwirrt. Zögernd ging sie zur Rezeption in der Hoffnung, mehr über die alte Frau zu erfahren.

„Kannten Sie die ältere Dame?" Die Frau hinter dem Tresen hob die Schultern.

„Nein, tut mir leid, ich habe sie hier noch nie gesehen. Sie sagte mir nur kurz, dass sie hier jemanden treffen wolle. Eine frühere Freundin. Nichts weiter." Nadjeschda holte tief Luft. Irgendwie spürte sie plötzlich eine seltsame Kraft in sich. Wer auch immer die seltsame Person war, sie hatte ihr etwas Wichtiges mitgegeben, eine Botschaft, eine Hoffnung, die Zuversicht, Daniel befreien zu können. Nachdenklich ging sie wieder auf ihr Zimmer. Im Bad putzte sie sich die Zähne. Dabei blickte sie in den Spiegel und erschrak. Dicke Tränensäcke hingen an ihren Unterlidern. Sie kam sich vor wie ein Gespenst, wie ein Schatten ihrer selbst. Dann dachte sie an die ältere Frau, die ihr vor wenigen Minuten in der Lobby des Hotels so unerwartet Mut zugesprochen hatte. Unwillkürlich musste sie schmunzeln. Doch es war, als würde nicht sie selbst schmunzeln, sondern ihr eigenes Spiegelbild, das sie gerade anblickte, ihr Mut machte. „Du hast recht, du dumme Kuh, reiß dich zusammen", schleuderte sie trotzig ihrem Spiegelbild entgegen. „Wenn du so Daniel gegenübertreten willst, dann läuft er ja davon." Wiederholt spülte sie sich kaltes Wasser ins Gesicht und versuchte mit Make-up, Kajal und Lippenstift das, was sie sah, in etwas halbwegs Ansehnliches zu verwandeln. Am Schluss nickte sie sich entgegen. „Na also, geht doch." Dann packte sie ihre Sachen und eilte die Treppen hinab zur Rezeption.

„Kann ich bitte auschecken. Ich gehe davon aus, dass ich heute wieder abreise." Anschließend ging sie auf die Straße. Dann fiel ihr etwas Wichtiges ein. Rasch ging sie zurück zur Rezeption. „Könnte ich vielleicht meinen Koffer hier lassen? Ich hole ihn später wieder ab." Eine innere Stimme riet ihr, nur etwas Geld und eine Scheckkarte mitzunehmen und den Rest im Koffer zu verstauen. Bevor sie das Hotel verließ, drehte sie sich nochmals zu der freundlichen Dame an der Rezeption um. „Ach ja, wenn diese ältere Dame von vorhin nochmals kommt. Grüßen Sie sie von mir und ... Sie können ihr auch meine Adresse geben." Dann trat sie auf die Straße hinaus.

Frankfurt, Februar 2011

Al hatte ausnahmsweise etwas früher Schluss und freute sich auf einen ruhigen Abend mit Jule, bevor er am Sonntagabend wieder zum Nachtdienst anrücken sollte. Er hatte es geschafft, einige Experimente im Labor zu delegieren, und auch die Stationsarbeit ging ihm von Woche zu Woche rascher von der Hand, sodass er sich vornahm, die gewonnene Zeit mit Jule zu verbringen. Er hatte ein schlechtes Gewissen, sich gerade jetzt während ihrer Schwangerschaft so wenig um sie gekümmert zu haben. Aber er musste fast jeden Morgen vor sieben aus dem Haus und kam meist erst nach neun Uhr wieder zurück, wenn er nicht sowieso wegen des Nachtdienstes bis zum nächsten Abend bleiben müsste. Regelmäßig fing ihn Professor Kranenberger ab, um die neuesten Ergebnisse durchzusprechen. Diesmal behielt er jedoch wohlweislich einige Erkenntnisse für sich. Nochmal wollte er sich nicht von der

Autorenliste streichen lassen. Wenn auch nicht als Erstautor, aber die Wissenschaft machte erneut gute Fortschritte, und das sollte sich diesmal auch anhand einer Publikation mit seinem Namen möglichst weit vorne bemerkbar machen. Wenn er abends noch Zeit fand, erzählte er Jule von seinen neuen Erkenntnissen und hoffte damit, ihre wissenschaftliche Auszeit etwas beleben zu können. Aber Jule war von Mal zu Mal weniger interessiert und schien sich stattdessen mehr und mehr mit ihrer zukünftigen Mutterrolle zu identifizieren, zumindest empfand er es so. Ihren zunehmend runder werdenden Bauch betrachtete sie wie ein Kunstwerk, das Al sich kaum noch anzufassen traute. Im Grunde kam das seiner spätestens um zehn Uhr einsetzenden lähmenden Müdigkeit entgegen und er meinte, Jule einen Gefallen zu tun, wenn er sie nicht auch noch mit Zärtlichkeiten oder gar drängender Zudringlichkeit belästigte. Er betrachtete sie selbst zunehmend wie ein kostbares Juwel, das man nicht anfasste, sondern in der Vitrine aufbewahrte, um es täglich stillschweigend zu bewundern. Sie nackt zu sehen vermied er zunehmend, da er das Gefühl hatte, es könnte Jule peinlich sein, mehr und mehr ihrer bis dahin tadellosen Figur beraubt zu werden. Nicht, dass sie sich schämte, sich vor ihm auszuziehen, aber vielleicht fürchtete sie einen hier und da unpassenden Kommentar, auch wenn er sicherlich nicht so gemeint war. So beließ er es dabei, sich über ihre neue Frisur, ihre neue Umstandsmode und natürlich die beginnende Planung der Kinderklamotten auszulassen. Ob es ein Junge oder Mädchen würde, wollte Jule jedoch nicht wissen, obwohl Al vor Neugierde fast platzte.

„Du siehst hübsch aus, Jule", waren seine ersten Worte, als er zur Tür hereinkam.

„Wie meinst du das?" Jule drehte sich tänzelnd im Kreis.

„Deine Haare, deine Augen, deine Stupsnase ... einfach alles."

„Was meinst du mit alles?" Jule drehte sich weiter im Kreis und stolperte dann plötzlich, sodass Al sie gerade noch auffangen konnte. „Man kann sich vorstellen, dass das Gleichgewicht halten nicht so einfach ist bei dem ..."
„Bei dem Bauch, wolltest du sagen?"
„Naja, vermutlich liegt es am Bauch, der ist ja schon ganz schön ... so ... halt so." Al machte eine ausladende Handbewegung, die Jules neuen Leibesumfang demonstrieren sollte.
„Findest du ihn nicht schön, den Bauch?" Jule rieb sich mit beiden Händen nach Bestätigung haschend über ihre ansehnliche Kugel.
„Also, schön ist vielleicht das falsche Wort, aber ..." Plötzlich zog Jule ein ernstes Gesicht und rannte in die Küche. „Jule, was ist? Hab ich etwas Falsches gesagt, ich wollte doch nur sagen ..."
„Ach vergiss es, Al!", rief sie ihm aus der Küche zu. Im nächsten Moment klingelte das Telefon. Er erkannte sofort die besorgte Stimme seiner Mutter.
„Al, bist du es?" Sie wartete die Antwort nicht ab. „Könnt ihr kommen, Vater er ..."
„Vater, was ist mit Vater?"
„Er liegt im Krankenhaus, es ... es geht ihm nicht gut. Die Ärzte meinen ..." Ihre Stimme stockte.
„Was ist mit Vater? Was haben die Ärzte gesagt? Hallo Mutter, was ist ..."
„Die Ärzte sagten, er habe einen Herzinfarkt und ... und vielleicht ... Es sieht ziemlich ernst aus." Al stockte der Atem. Die Auseinandersetzung mit Jule war aus seinem Kurzzeitgedächtnis augenblicklich verschwunden, obgleich er wusste, dass noch viele, aus seiner Sicht auf Missverständnissen beruhende Äußerungen möglichst behutsam zu klären waren.
„Wir kommen, Mutter. Ich sag Karin Bescheid, wir kommen sofort."
„Was ist, Al? Was ist passiert?" Auch Jule war plötzlich hellwach.
„Vater, es geht ihm nicht gut. Er hatte einen Herzinfarkt. Ich muss

sofort nach Münster." Dann nahm er Jule in die Arme. „Jule, ich ... ich liebe dich, das weißt du doch, oder? Das mit dem Bauch, ich wollte dich nicht kränken, aber ... ist es denn so schlimm, wenn ich sage, ohne diesen Bauch gefällst du mir besser?" Jule seufzte und Al wusste nicht, wie dies gemeint war. „Wir reden drüber, okay?" Jule nickte stumm. Dann eilte Al nach nebenan, um Karin zu informieren, die auch sofort damit einverstanden war, keine Zeit zu verlieren, um gleich nach Münster zu fahren. Bevor sie das Haus verließen, drehte sich Karin nochmals zu Jule um.

„Kann ich dich bitten, ein Auge auf Nadjeschda zu werfen? Abends geht es ihr meist gut. Nur morgens wirkt sie manchmal noch so abwesend, als habe sie schlecht geträumt."

„Mach dir keine Sorgen, Karin. Wir machen uns etwas zu essen und morgen früh schaue ich nach ihr, das ist doch klar." Karin umarmte Jule und hielt sie für einen Moment fest. Sie wusste nicht, ob sie dies aus Sorge um Nadjeschda oder aus Sorge um ihren Vater tat, vermutlich beides.

Als Karin und Al Richtung Münster aufbrachen, es war inzwischen sechs Uhr abends und bereits dunkel, setzte sich Jule zu Nadjeschda, die auf dem Sofa in einer Illustrierten blätterte. „Alles in Ordnung, Nadjeschda?", fragte sie nach einer Weile, als sie gemeinsam ein Brot kauten und dazu eine warme Schokolade schlürften. Nadjeschda nickte und wirkte auch den weiteren Abend wie abwesend. Jule dachte an Al und Karin und war froh, als sie sich gegen elf Uhr telefonisch meldeten.

„Bin ich froh, dich zu hören Al. Wie geht es deinem Vater?"

„Einigermaßen. Heute Nachmittag dachten sie noch, dass er es nicht schaffen würde. Er hatte ständig Herzrhythmusstörungen und das ist immer ein schlechtes Zeichen. Jetzt geht es ihm besser. Unkraut vergeht nicht, hat er bereits von sich gegeben. Ich hoffe, dass wir morgen wieder zurück sind. Und bei dir?"

„Ganz gut, mache mir halt Sorgen um euch, um euren Vater und Al ... das von heute Morgen ... das tut mir leid. Ich meine, das mit dem Bauch."

„Schon gut. Ist ja nicht mehr lange." Genau das wollte Jule nicht hören. Wie gerne hätte sie einen wenn auch nur kurzen Kommentar von ihm gehört, dass auch er ihren Bauch so mochte, wie er war. Allerdings war Al noch nie gut mit Worten, versuchte sie sich zu beruhigen.

„Bis Mai wird mein Bauch nicht kleiner. Er wird noch eine Weile so bleiben ... so wie er ist."

„Geht schneller, als du denkst, und dann bist du wieder die alte Jule, okay?"

„Also dann bis morgen, Al, und grüß mir deine Mutter herzlich von mir." Nadjeschda hatte Jule während des Telefonats beobachtet. Doch sie sagte nichts, was Jule auch ganz recht war. Ihre Enttäuschung wollte sie ganz alleine mit sich selbst ausmachen.

Bevor Nadjeschda im Schlafzimmer gegenüber verschwand, winkte sie Jule noch entgegen.

„Du kannst gerne auch ins Bett gehen, Jule. Ich komme schon klar." Nadjeschda wirkte zwar still und in sich zurückgezogen, aber trotzdem gelassen und stabil, sodass Jule beschloss, sich ebenfalls in ihr Bett zu verkriechen. Sie streifte ihr neues Nachthemd über, das ihr gerade so bis über den Po reichte. Es hatte Blümchen und Spitzen an den Trägern und irgendwie hatte sie gehofft, Al darin zu gefallen, auch mit Bauch. Allerdings kommentierte er es nur dahingehend, dass es ein praktisches Nachthemd war, da der Bauch sicher noch größer werden würde. Insgeheim verspürte sie einen innerlichen Hass auf seinen Vater, warum dieser gerade jetzt vor ihrem längeren Wochenende einen Herzinfarkt haben musste. Sie hatte sich einiges vorgenommen und sie wollte Al davon überzeugen, dass sie seine zärtliche Hand auf ihrem Körper vermisste. Sie wollte nicht die beleidigte Leberwurst spielen, auch

wenn seine Äußerungen über ihren Bauch ihrem Selbstbewusstsein im Moment alles andere als zuträglich waren. Sie legte sich ins Bett und ließ ihre Hand über ihre erregten Brustwarzen kreisen. Es war ein berauschendes Gefühl, als sie ihre Finger zwischen die Beine gleiten ließ. Sie dachte dabei an Al, versuchte sich vorzustellen, dass es seine Finger wären, die im Moment zärtlich über ihre feuchten Schamlippen streichelten, sanft in sie eindrangen. Dann zuckte sie zusammen und dachte an Vater Steinhoff, der vielleicht gerade mit dem Leben kämpfte. Hin und her gerissen zwischen Verlangen und Anteilnahme an dem, was sich vielleicht gerade in Münster abspielte, schlief sie ein.
Wilde Träume ließen sie immer wieder aufschrecken. Getrieben von wirren Bildern blickte sie auf den Wecker. Es war fünf Uhr. Sie hatte Karin versprochen, am Morgen nach Nadjeschda zu schauen. Aber jetzt war es noch zu früh, so dass sie sich herumdrehte und sofort wieder einschlief. Das Erste was sie sah, als sie erneut aufwachte, war der hellblaue Winterhimmel, der trotz strahlender Sonne einen eiskalten Tag ankündigte. Jule brauchte eine Weile, um sich zu orientieren. Dann schreckte sie hoch. „Nadjeschda", rief sie durch das Schlafzimmer und eilte zur Tür. Erst jetzt zögerte sie, da sie nur ihr kurzes Nachthemd anhatte. Egal, sie musste über den Gang in die andere Wohnung, um nach Nadjeschda zu schauen. Wenn alles in Ordnung wäre, könnte sie sich in Ruhe anziehen und Frühstück vorbereiten. Im Augenwinkel sah sie die Küchenuhr, die bereits zehn Uhr anzeigte. Mit klopfendem Herzen wurde ihr klar, dass sie verschlafen hatte, und sie kramte hektisch nach ihrem Schlüssel, an dem sie den Türschlüssel der Nachbarwohnung befestigt hatte. Sie öffnete die Wohnungstür und schaute durch den Gang. Es war keiner zu sehen, so dass sie halb nackt zur gegenüberliegenden Tür sprang und zielsicher den Schlüssel im Schloss versenkte. Noch bevor sie die Tür öffnete, bemerkte sie den eiskalten Luftstrom, der un-

ter der Tür an ihren nackten Füßen vorbeizog. Die augenblickliche schlimme Vorahnung bestätigte sich, als sie die Tür öffnete und ihr sibirische Kälte entgegenströmte.

„Scheiße, scheiße, scheiße ... Nadjeschda!", rief sie in beginnender Panik durch die Wohnung. Der Luftzug führte dazu, dass die Tür mit einem lauten Krachen hinter ihr zuschlug, was ihr einen gehörigen zusätzlichen Schecken bereitete. Ihre Beine fühlten sich an wie Eiszapfen und sie hatte Mühe, weiter in Richtung Schlafzimmer zu stürzen. Vielleicht war es auch der Schreck, der sie zusätzlich zur Kälte förmlich erstarren ließ. Das Fenster im Schlafzimmer stand sperrangelweit offen. Das Bett war leer.

„Nadjeschda!", schrie Jule entsetzt, sicher, im nächsten Moment ihre Leiche tief unten im Hof vor dem Haus zu entdecken. „Nadjeschda, verdammt, wo ... wo bist du?". Angestrengt sah sie aus dem Fenster und wäre vor Panik fast hinterhergesprungen. „Nadjeschda!", schrie sie aus dem Fenster. Ihr Herz raste und schien der einzige Muskel in ihrem Leib zu sein, der sich noch schnell bewegen konnte. Nadjeschda war nirgends zu sehen. Vielleicht war sie weggelaufen. Aber ein Sturz aus dem fünften Stock würde keiner überleben, raste es ihr durch den Kopf. Wieder brüllte sie: „Nadjeschda!" Vielleicht war ihre Freundin bereits abtransportiert worden, während sie selbst nebenan den Morgen verschlafen hatte. „Nadjeschda!" Erst jetzt bemerkte sie, dass nicht nur im Schlafzimmer, sondern in der ganzen Wohnung die Fenster weit offen standen. Hastig schloss sie das Schlafzimmerfenster und rannte zurück ins Wohnzimmer. „Nadjeschda!", brüllte sie verzweifelt hinaus in die eiskalte Luft, als könnte Nadjeschda ein letztes Mal als Engel an ihr vorbeischweben, um ihr Lebewohl zu sagen. Ängstlich blickte sie hinunter in den Hof und suchte nach verdächtigen Spuren im Schnee, vielleicht nach Blutspuren. In der Nacht hatte es geschneit und der zarte Schnee hatte sich über die kahlen Bäume, über Wiesen und Dächer gelegt. Wenn sie auch sonst den ersten

Schnee liebte, jetzt kam er ihr vor wie ein Leichentuch. Eine Parkbank starrte über die weiße Fläche, erinnerte an einen Friedhof. Dann eilte sie von Panik getrieben ins Bad und stieß fast mit Nadjeschda zusammen. Wie eine tote Schaufensterpuppe stand sie splitternackt vor einem großen Spiegel und schien sich schweigend anzuschauen. Eilig schloss Jule das Badezimmerfenster, das ebenfalls weit offen stand und den kleinen Raum in eine Art Tiefkühlschrank verwandelt hatte. Nadjeschda rührte sich nicht. Sie stand da wie aus Gips, wie eine der Marmorfiguren im Museum. Ihr blasses Spiegelbild blickte ihr gespenstisch entgegen.

„Nadjeschda, verdammt, was machst du … du musst ins Bett." Jule traute sich kaum, sie zu berühren, so zerbrechlich wirkte sie. Auch als sie sich direkt vor Nadjeschdas Angesicht stellte, rührte diese sich nicht. Ihre Augen blickten ins Leere. Ihr ganzer Körper war so unbeweglich, dass es den Eindruck machte, sie könne bereits hier im Stehen erfroren sein. Vorsichtig strich Jule mit beiden Armen um Nadjeschdas Schultern und schmiegte sich Wärme spendend an sie. Ihr Bauch war jedoch mindestens so ausladend wie der Nadjeschdas, sodass sie kaum näher als bis zum Nabel an sie herankam. Ein kaum wahrnehmbarer Wimpernschlag verriet, dass sie noch am Leben war. Jule spürte eine Erleichterung und trotzdem musste sie sich schleunigst etwas einfallen lassen, um ihren unterkühlten Körper wieder aufzuwärmen. Eine Badewanne gab es weder hier noch in ihrer eigenen Wohnung.

„Komm mit, Nadjeschda. Du wirst dich sonst erkälten", flüsterte sie ihr ins Ohr, in der Hoffnung, sie ins Bett unter die wärmende Decke führen zu können. Zu ihrer Überraschung gehorchte Nadjeschda ihrer Aufforderung, wenn auch langsam. Wie ein Roboter, dem man zum ersten Mal das Laufen beibrachte, bewegte sich Nadjeschda an der führenden Hand von Jule in Richtung Schlafzimmer. Behutsam legte Jule sie ins Bett und deckte sie bis zum Hals zu. Dann eilte sie in ins Bad zurück in der Hoffnung, eine

Wärmflasche zu finden. Doch sie fand nichts und auch drüben in ihrer Wohnung konnte sie sich an keine Wärmflasche erinnern. Inzwischen selbst vor Kälte zitternd setzte sich Jule auf die Bettkante und überlegte. Dann kroch sie kurz entschlossen zu Nadjeschda unter die Decke und drückte sich gegen ihren Rücken. Den rechten Arm schlang sie um ihre Hüfte und rieb mit der flachen Hand über ihren gespannten und immer noch eiskalten Bauch. Dann spürte sie eine heftige Bewegung unter ihrer flachen Hand. Zumindest schien es dem Kind gutzugehen, dachte sie erleichtert. Als hätten sich die Kleinen verabredet, spürte auch sie eine deutliche Kindsbewegung. Um ihr noch mehr von ihrer eigenen Körperwärme zu geben, schlang sie ihre Beine um Nadjeschdas Hüften und presste sich dicht an sie heran. In langsamen Bewegungen streichelte sie ihr über Bauch und Brüste. Allmählich breitete sich eine wohltuende Wärme zwischen ihren Körpern aus. Sie spürte, wie das Leben wieder von Nadjeschda Besitz ergriff.

„Nadjeschda, was hast du dir nur dabei gedacht. Du hättest dir den Tod holen können." Erst jetzt schoss es ihr durch den Kopf, dass das vielleicht erneut ihre Absicht gewesen war. Andererseits hatte Karin sie ja vorgewarnt, dass Nadjeschda morgens öfter mal verwirrt sei, und vielleicht war dies nicht die erste Aktion dieser Art. „Du hast mir einen ganz schönen Schreck eingejagt, weißt du das?" Dann lagen sie still beieinander und Jule war froh, dass sie Nadjeschda in letzter Minute vor dem Erfrierungstod hatte retten können. Sie hätte sich für immer schwere Vorwürfe gemacht, wenn Nadjeschda etwas zugestoßen wäre, insbesondere, da Karin sie eindringlich gebeten hatte, auf Nadjeschda aufzupassen. Die Folgen auch für ihre Freundschaft zu Karin, vielleicht auch zu Al, wären schrecklich gewesen und vermutlich unwiederbringlich zerstört. Dankbar schmiegte sich Jule an Nadjeschda heran. Ihr Körper pulsierte und verströmte einen belebenden Duft. Das Streicheln ihrer sanften Haut erfüllte sie mit einem wohligen Gefühl.

Zärtlich ließ sie ihre Hand über ihren Körper streichen, dorthin, wo es zwischen ihren Beinen immer wärmer wurde. Dann zuckte sie erschrocken zusammen. Sie lagen praktisch nackt beieinander. Plötzlich wurde ihr klar, was sie gerade tat, wie ihre Fürsorge langsam zu einem wohligen Verlangen hinüber glitt. Schon wollte sie sich aus der Umklammerung lösen, als Nadjeschda zu sich kam.
„Danke.... Danke, Jule." Flüsterte sie und drehte sich behutsam zu ihr um. Jule wollte aus dem Bett springen, aber irgendetwas war stärker und hielt sie zurück.
„Ich ... ich habe keine Wärmflasche finden können und ... dein Körper war so schrecklich kalt ... und da habe ich mir gedacht ... ich dachte, ich müsste dich etwas aufwärmen. Das ist alles."
„Danke ... ich wollte nicht, dass du meinetwegen in Schwierigkeiten kommst. Bin ich ... bin ich tot?" Jule erschrak und legte ihren Arm erneut um Nadjeschdas Bauch.
„Um Gottes Willen, nein, du lebst, Nadjeschda, und ... fühl mal dein Bauch, dein Kind ... es lebt. Es lebt genauso wie du." Wieder streichelte sie mit der flachen Hand über ihren Bauch. „Dein Kind lebt, so wie meins. Siehst du." Jule nahm Nadjeschdas Hand und platzierte sie unter ihrem Nachthemd auf ihren Bauch. „Spürst du das?" Zärtlich ließ Nadjeschda ihre Hand um Jules Nabel kreisen. Eine starke Kindsbewegung ließ ihren Bauch zur Mitte hin kräftig ausbeulen. Nadjeschda zuckte und zog ihre Hand weg, als ob sie bei sich selbst noch keine Kindsbewegungen zur Kenntnis genommen hätte.
„Du ... du musst keine Angst haben, das ist normal, das ist wie bei deinem Baby, Nadjeschda." Erneut nahm Jule Nadjeschdas Hand und zusammen streichelten sie über Nadjeschdas Bauch. „Dein Kind, Nadjeschda, es ist dein Kind", flüsterte ihr Jule ins Ohr. Dabei küsste sie Nadjeschda auf die Wange. Warum sie das tat, wusste sie nicht. Aber sie spürte plötzlich ein großes Glücksgefühl, Nadjeschdas Bauch zu streicheln. „Du hast so einen schönen Bauch,

Nadjeschda. Es ist der schönste Bauch, den man sich vorstellen kann. Weißt du das? Und in deinem schönen Bauch ist dein Baby ... es ist dein Baby." Wieder küsste sie Nadjeschda auf die Wange und legte ihren Kopf auf Nadjeschdas Brust. Sie spürte, wie eine Träne über ihre Wange rollte.

„Warum ... warum weinst du, Jule?"

„Ich weiß es nicht. Ich ... ich weiß es nicht", flüsterte Jule. Erneut wollte sie aus dem Bett springen. Zum einen war es ihr zunehmend peinlich, mit Nadjeschda nackt im Bett zu liegen. Und zum anderen war es ihr auch peinlich, dass sie weinte, wo doch Nadjeschda es war, die jetzt Hilfe brauchte. Sie drehte sich von Nadjeschda weg und ließ ihren Tränen freien Lauf. Jetzt war es Nadjeschda, die sich zu ihr herumdrehte und vorsichtig ihren Arm um Jules Körper legte. Eine Weile blieben sie so liegen und Nadjeschda streichelte über Jules Bauch. Mit denselben Worten flüsterte sie Jule ins Ohr. „Du hast einen wunderschönen Bauch, Jule, und darin ist dein Baby." Eine kräftige Kindsbewegung ließ erneut Jules Bauch an einer Stelle ausbeulen. „Siehst du, Jule, es ist dein Baby. Es fühlt sich sehr wohl in deinem schönen Bauch. Es liebt dich. Es möchte immer mit dir zusammen sein", flüsterte Nadjeschda in ihr Ohr und küsste sie sanft auf den Hals. Langsam beruhigte sich Jule und atmete tief durch. Sie spürte Nadjeschdas Mund, ihre feuchten Lippen auf ihrem Hals, sie spürte eine zärtliche Hand auf ihrem Bauch.

„Danke, Nadjeschda, das ... das tut gut." Jule zögerte kurz, dann gab sie ihren Gefühlen nach. „Das tut gut, wenn du über meinen Bauch streichelst. Das ... das tut so gut." Sie fühlte sich plötzlich eingehüllt in eine Welt aus Wärme und Zärtlichkeit. Es war eine Welt, nach der sie sich seit Wochen sehnte. Sie spürte Nadjeschdas Hand auf ihrem Bauch und war seit langer Zeit entspannt und glücklich. Ja, sie spürte Glück gerade über ihren ausladenden schwangeren Bauch, der sich dem Streicheln verlangend entgegenstreckte. In Wirklich-

keit spürte sie seine Hand, Als Hand auf ihrem Bauch, hatte seinen Geruch in der Nase, spürte seinen Atem auf der Brust. „Das ... das ist so schön ... ich habe mich so danach gesehnt, dich zu spüren. Deine Hand auf meinem Bauch, auf meinen geschwollenen Busen." Langsam zog sich Nadjeschda zurück, aber Jule war wie in einem Traum und griff sehnsüchtig nach ihrer Hand. Dabei küsste sie sie erneut verlangend auf die Wange. „Bitte nicht, ich ... ich brauch dich ... bitte ... ich brauch dich jetzt", flüsterte Jule wie in Trance und führte Nadjeschdas Hand auf ihre Brüste und ließ sie um ihre gespannten Brustwarzen kreisen. „Das ... das tut so gut ... ich habe mich so danach gesehnt. Bitte bleib bei mir ... ich will dich spüren, so wie früher. Ich will deine Hand spüren, bitte... bitte."
Im nächsten Moment bäumte sich Jule auf. Ihr Körper schien wie von einem wohltuendem elektrischen Strom durchzogen. Ihr Mund öffnete sich weit, ohne jedoch zu atmen, wie zu einem infernalischen Schrei, der ihr in der Kehle stecken blieb und doch das tiefste Verlangen, das höchste Glücksgefühl, den Höhepunkt hinausschreien wollte. Schweißperlen traten ihr auf die Stirn und ihre Hände fingen an zu zittern. Ihr Puls raste wie im Fieberwahn. Dann ließ sie sich zurückfallen und verfiel in einen tiefen Schlaf.
Als Jule erwachte, lag sie noch in Nadjeschdas Bett. Die Decke hatte sie bis zum Hals emporgezogen. Nadjeschda saß in ihren gewohnten Trainingsanzug gekleidet am Bettrand und lächelte sie an.
„Einen Tee?"
Jule versuchte sich zu orientieren und griff unter die Bettdecke. Ihr Nachthemd hatte sich weit über ihren Bauch nach oben gezogen. Ansonsten war sie nackt und blickte Nadjeschda fragend an.
„Was, was ist passiert, ich ... oh mein Gott, wie ... wie konnte das passieren?"

„Psst." Nadjeschda legte ihren Zeigefinger auf Jules Mund, küsste sie sanft auf die Stirn und flüsterte. „Nichts ist passiert, Jule. Du bist hier eingeschlafen und ... und du hast geträumt. Das ist alles, nichts weiter."

„Ich habe geträumt?"

„Genau, du hast auf mich aufgepasst und dabei bis du eingeschlafen ... kannst du dich nicht mehr erinnern?"

„Geträumt, alles geträumt, aber ... mein Nachthemd, sonst nichts ... einfach geträumt. Und du ... die Fenster."

„Wir mussten mal lüften ... du und ich ... naja, da war etwas angebrannt, weißt du nicht mehr?" Nadjeschda schaute Jule vielsagend an. „Al hat angerufen, er kommt heute Mittag und freut sich auf dich. Soll ich dir ausrichten."

„Al hat angerufen?"

„Ja, du hast so tief geschlafen und da wollte ich dich nicht wecken. Seinen Namen hast du auch gerufen ... ganz oft. Vielleicht hat er das gehört. Man weiß ja nie." Nadjeschda lächelte über die seltsame Aussage. „Auf jeden Fall ... seinem Vater geht es besser, sodass beide, Al und Karin, heute wieder zurückkommen. ... Dann kannst du wieder drüben schlafen."

„Ich habe hier geschlafen ... mit dir geschlafen und ..." Wieder legte Nadjeschda den Zeigefinger auf ihre Lippen.

„Nichts weiter, Jule, nichts weiter. Auf jeden Fall ... es war schön, dass du mich heute Nacht nicht allein gelassen hast ... das wäre sonst sehr kalt geworden ... vielleicht sogar zu kalt." Nadjeschda machte ein nachdenkliches Gesicht. „Jule, du ... du hast mir viel gegeben ... ich kann wieder besser sehen ... das werde ich dir nie vergessen ... Danke." Ihre Blicke trafen sich stillschweigend und im Einvernehmen, keine weiteren Worte darüber zu verlieren, was vielleicht tatsächlich zwischen ihnen geschehen war.

„Nadjeschda, das ... das bleibt unser Geheimnis, nicht wahr? Und was ich dir noch sagen wollte. Es war schön ... ich meine ... ich freue mich auf Al ... dank dir, Nadjeschda." Dann küssten sie sich zärtlich und lächelten sich an. Was sie geträumt hatten und was Realität war, wussten beide nicht mehr. Aber es verschwamm zu einer wohligen Einheit, einer Einheit aus tief empfundener Freundschaft zueinander.

„Wenn du rübergehst, pass auf, dass dich keiner im Gang sieht mit deinem Nachthemd und ... und deinem süßen Bauch. Aber beeile dich mit dem Duschen. Der Kaffee ist gleich fertig. Du kommst doch zum Frühstück, oder?" Immer noch etwas verwirrt blickten sie sich an.

„Danke, Nadjeschda, das ... das werde ich dir nie vergessen. Danke." Dann sprang sie aus der Tür und stieß fast mit der älteren Dame zusammen, die in der Nachbarwohnung wohnte und erschrocken den Kopf schüttelte. Jule blickte über ihre Schulter zurück und versuchte dabei notdürftig, ihr Nachthemd zusammenzuraffen. Ihre Blicke trafen sich wie zu einem kurzen Gedankenaustausch. Dann verschwand Jule in ihrer Wohnung. Die Nachbarin blickte ihr noch wie in Erinnerungen versunken hinterher. Ein Lächeln erhellte ihr von tiefen Kummerfalten durchzogenes Gesicht. Es war, als wäre sie für einen Moment zurückversetzt worden, in eine glückliche Zeit ihrer längst vergangenen Jugend.

Dedovsk, Juni 2020

Es war ein sonniger Tag. Die Luft war an diesem Morgen noch einigermaßen kühl. Sie wusste, wohin sie gehen musste. Entschlossen eilte sie in die Richtung, in die die meisten anderen Menschen um sie herum auch eilten, ins Stadtzentrum. Als sie das Gebäude mit der blauschimmernden Glasfassade erblickte, spürte sie eine seltsame Gewissheit. Der Gedanke, dass man sie nicht hineinlassen würde, kam ihr erst gar nicht. Und tatsächlich, die Empfangstheke war verwaist. In den Ecken türmten sich die Staubflocken und einige zerknäulte Pappbecher. Hinter der glanzvollen Fassade kam ein heruntergekommener gottverlassener Ort zum Vorschein, der seine besseren Zeiten schon lange hinter sich gelassen hatte.

Am Ende der Lobby entdeckte Nadjeschda drei Aufzüge. Zwei davon waren außer Betrieb, wie ein notdürftig daran angebrachtes Schild verriet. Als sie das Schild Gasparow las, es war blank poliert und passte somit überhaupt nicht in den insgesamt verwahrlosten Gesamteindruck, zögerte sie kurz, den Aufzugsknopf zu drücken. Doch dann kamen ihr die letzten Worte der älteren Dame in den Sinn. Entschlossen drückte sie den grünen Knopf, als gelte es, damit eine Explosion auszulösen. Es dauerte eine Weile, bis sich die Türen des Aufzugs quietschend öffneten. Fünfter Stock, der Aufzug rumpelte bedenklich, als er sich träge in Gang setzte. Wenig später öffnete sich die Tür wieder. Die Tür zur Hölle, schoss es Nadjeschda durch den Kopf.

Vorsichtig blickte sie sich nach beiden Seiten um. Kein Mensch war zu sehen, nichts war zu vernehmen, kein Gerede, kein Klappern irgendeiner Computertastatur, kein Telefon, nichts, was an ein übliches Büroambiente erinnerte. Es war gespenstisch ruhig. Oder war es die berüchtigte Ruhe vor dem Sturm? Mit weichen Knien schritt sie von einer Tür zur nächsten und versuchte anhand der an den Türrahmen angebrachten Schilder zu erahnen, was sich in den Räumen dahinter möglicherweise verbarg. Eigentlich wollte sie nicht wissen, was dahinter war, sondern wer. Sie wollte Evgenij antreffen, sie wollte ihm gegenübertreten, wie David gegenüber Goliath.

Dann zuckte sie zusammen, als sie den Namen Evgenij Kasparow las. Mit zitternder Hand umfasste sie den Türgriff. Sie wusste, dass dies der letzte Moment war, ihrem selbst gewählten Schicksal zu entkommen, und gleichzeitig gab es kein Zurück. Die Tür war nicht verschlossen. Vor ihr öffnete sich ein großer sonnendurchfluteter Raum. Viel zu harmonisch, viel zu freundlich war der erste Eindruck, als dass es sich um die Höhle des Löwen, die Arbeitsstätte des Mannes handeln konnte, der erneut im Begriff war, ihr Leben zu zerstören, der ohne zu zögern imstande war, einer Mutter das Schrecklichste anzutun, was man sich vorstellen konnte. In der Mitte des Raumes stand ein überdimensionierter Schreibtisch, dessen Arbeitsfläche so glatt, so leer war, als hätte noch nie jemand ernsthaft daran gearbeitet. Nachdem sie sich nach allen Seiten umgeblickt und sich versichert hatte, dass außer ihr keiner im Raum war, ging sie vorsichtig auf den Schreibtisch zu, der wie ein Altar in der Mitte des Raumes thronte. Eher kam es ihr wie ein Opfertisch vor, ein Eindruck, der von ein paar darauf achtlos liegengelassenen Fotografien kaum bekleideter Frauen in verführerischer Pose noch verstärkt wurde. Evgenijs Trophäen, dachte sie angewidert von dem Gedanken, dass sie in seiner Fantasie vielleicht auch dazugehörte. Plötzlich krachte hinter ihr die Tür auf. Nadjeschda schoss herum und erstarrte.

Frankfurt, Februar 2011, mittags

Jule und Nadjeschda saßen lange beieinander. Sie tauschten Erinnerungen aus, die sie unabhängig voneinander erlebt hatten, besonders aber auch solche, die sie miteinander verbanden. Nach einer Weile platzte Jule mit einer Frage heraus, die sie schon lange beschäftigte und die ihr nach den Zärtlichkeiten der vergangenen Nacht unausweichlich auf der Zunge brannte.
„Sag mal, Nadjeschda, wann hast du eigentlich ... will soll ich das sagen, wann hast du gemerkt, dass du ..."
„Dass ich lesbisch bin?" Jule schoss das Blut ins Gesicht, weil sie die Frage so direkt nicht stellen wollte. Insbesondere, weil sie sich bezüglich ihrer eigenen Gefühle nicht mehr so sicher war. Schon

immer fühlte sie sich zu Nadjeschda hingezogen und genoss so manche flüchtige Zärtlichkeit mit ihr. Es war jedoch immer nur ein rein freundschaftliches Spiel, das beide miteinander verband. Sexuelle Hintergedanken gab es keine. Oder hatte sie diese immer nur erfolgreich verdrängt? Sie musste sich eingestehen, dass ihre Gefühle zu Nadjeschda auch dann nicht abebbten, als sie von ihrer Beziehung zu Karin erfuhr. Im Gegenteil, der Gedanke, dass Nadjeschda und Karin mehr als nur flüchtige Zärtlichkeiten austauschten, kam ihr unerwartet reizvoll vor, hatte sie im Halbschlaf öfters erregt. Die Möglichkeit, dass aus der erotischen Fantasie gestern Nacht Realität geworden war, erfüllte sie gleichermaßen mit einem wohligen Glücks- wie unangenehmem Schamgefühl. Plötzlich kam ihr etwas in Erinnerung, das gestern Nacht ihr Verlangen so ungeahnt gesteigert hatte. Möglicherweise war das Verlangen nach Nadjeschdas Zärtlichkeit nur stellvertretend dafür, wonach sie sich wirklich sehnte, nach Al. Nadjeschda schien ihre zerrissenen Gedanken zu ahnen.

„Lesbisch, das klingt so seltsam, Jule. So als ob ich eine Frau wäre, die nur an sexuellen Beziehungen zu Frauen interessiert wäre. Weißt du, früher hatte ich Jungs als Freunde. Und das war schön. Ich möchte das nicht missen. Sicher war auch der ein oder andere Drecksack dabei, solche die nur daran interessiert waren, einen zu befummeln. Und dann ... diese Sache in der Botschaft ..." Nadjeschda stockte der Atem, als sich die Bilder der Vergewaltigung wieder in ihr Bewusstsein drängten. „Und dann kam Karin. Sicher kannten wir uns schon länger und ... naja, ich fand es schon immer schön, wenn wir zusammensaßen, wenn wir uns aneinander lehnten, wenn wir unsere Körperwärme austauschten. Aber dann, als sie mich aus dieser Hölle rettete, da wurde mir klar, was ich wirklich für sie empfand. Ich liebe sie und ich glaube, ich habe sie schon immer geliebt. Ich konnte mir auf einmal nichts Schöneres vorstellen, als mein Leben mit ihr zu teilen. Weiß du, Jule, ich liebe Karin nicht weil sie eine Frau ist, sondern weil sie Karin ist, das ist das Wichtigste." Nadjeschda überlegte eine Weile. „Sicher kannst du mich deshalb lesbisch nennen, aber ... mir ist das egal. Vielleicht hätte ich mich auch in Karin verliebt, wenn sie ... wenn sie ein Mann wäre. Ich weiß es nicht. Ich weiß nur, dass es jedes Mal ein schönes Gefühl ist, wenn wir uns berühren, wenn wir Sex miteinander haben und ... und wenn wir dann über alles reden. Ich liebe Karin, so wie sie ist, verstehst du? Ich hab das Gefühl, dass das mit dir und Al ähnlich ist." Jule nickte. „Ich gehe davon aus, dass auch du Al liebst, nicht weil er ein Mann ist, sondern weil es dein Al ist." Jule blickte nachdenklich zum Fenster. So hatte sie das noch gar nicht gesehen. Nadjeschda schaute sie plötzlich fragend an. „Sag mal, Jule, ihr ... ihr liebt euch doch immer noch, du und Al?" Noch nie hatte jemand Jule so direkt diese Frage gestellt. Noch nicht mal ihre Mutter, die diese Frage entweder für zu indiskret oder für absolut unnötig hielt.

„Ja ... ja doch, ich liebe ihn. Ohne ihn ... Nadjeschda, ohne ihn kann ich mir mein Leben nicht vorstellen." Nadjeschda schaute sie weiter misstrauisch an.

„Aber irgendetwas stimmt nicht, habe ich recht?" Jule riss die Augen auf, als fühlte sie sich ertappt.

„Nein, nein, alles in Ordnung, es ... es stimmt alles, er ..."

„Er ist anders seitdem du ... naja, seitdem du anders bist, seitdem du schwanger bist. Ist es so?" Jule sprang auf und gestikulierte aufgeregt mit den Händen.

„Wie kommst du darauf ... es ist alles wie immer ... ich liebe ihn und er liebt mich, es ist nur ..." Mit den letzten drei Worten hatte sie sich verraten und ließ sich wie erschöpft auf den Stuhl sinken. Tränen rollten über ihre Wange, aus Ärger oder Scham, sie wusste es nicht. Nadjeschda legte ihre Hand auf ihren Arm, aber Jule zog ihn sofort zurück. Plötzlich hatte sie das Gefühl, weglaufen zu müssen.

„Du musst mit ihm sprechen Jule, hörst du? Er liebt dich ... ich weiß es ganz genau."
„Verdammt, Nadjeschda, wenn das so ist, warum ... warum sagt er mir das nicht? Er ... er findet mich hässlich mit meinem dicken Bauch, mit meinen fetten Brüsten ... er fasst mich nicht mehr an, er ist nicht mehr so zärtlich wie früher. Er ist so ... so abweisend ... so verletzend." Sie schluchzte heftig und fühlte sich plötzlich frei, all das losgeworden zu sein, was ihr in der Seele gebrannt hatte und sich nun wie ein Vulkan mit aller Gewalt Luft verschaffte. Dann blickte sie zu Boden und flüsterte nur noch: „Ich will ihn spüren, Nadjeschda, verstehst du, ich will ihn in mir drin spüren, so wie früher ... verdammt, so wie früher." Sie schwiegen sich eine Weile an, dann seufzte Nadjeschda, da sie wusste, dass jeder Rat jetzt teuer war. „Gestern Abend, Nadjeschda, das war schön mit dir zusammen und ... und ich weiß nicht mehr, ob ich das alles geträumt habe. Aber es war ein schöner Traum. Aber ... verzeih mir, wenn ich das jetzt sage, dass ich immer nur an Al gedacht habe, ich ... ich habe seine Hand gespürt, seine Zärtlichkeit, seinen warmen Atem auf meiner Haut. Es war so schön, weißt du, so verdammt schön."
„Ich weiß, Jule, du ... du musst es ihm sagen. Vielleicht denkt er ganz genauso, vielleicht denkt er, dass er dich nicht berühren sollte, jetzt wo du schwanger bist ... vielleicht hat er Sorge, es könnte etwas passieren, wenn ihr ... wenn ihr miteinander zärtlich seit ... so wie früher."
„Er ist doch Arzt. Er sollte es doch besser wissen", unterbrach Jule Nadjeschdas Gedankengang protestierend. Nadjeschda fing plötzlich an zu lachen.
„Warum lachst du, Nadjeschda, ich ... ich finde das gar nicht witzig."
„Mein Gott, ihr seid wie Kinder, wie zwei Teenager, die vor lauter Liebe zueinander gleich platzen und die sich doch nicht trauen, einander die Wahrheit zu sagen."
„Du machst dich lustig über mich, nicht wahr?"

„Unsinn, ihr macht euch lustig über euch selbst, das ist es. Wenn ich gewusst hätte, dass ... dass ihr so umeinander herumspringt, oh mein Gott." Dabei verzog sie das Gesicht, um wie ein pubertierender Teenager auszusehen. „Lass mich raten, Al kommt spät nach Hause und ist oft müde. Keiner redet und jeder denkt nur seinen Teil ... ist es nicht so? Dann sagt er, dass er dich schöner findet ohne Bauch, nicht wahr? Er sagt es, ohne darüber nachgedacht zu haben, dass er dich damit tödlich verletzen würde. Und du tappst blind in die Falle. Er kapiert nicht, was los ist, und sagt, dass er es nicht so gemeint habe, und verdammt noch mal, er meint es sogar ernst. Allerdings ist bei dir der Rollladen bereits herunter gerauscht, stimmt's?" Nadjeschda suchte ihre Augen, aber Jule wich ihr aus. „Jule, wach auf, Al sehnt sich nach dir, verstehst du? Er sehnt sich nach Zärtlichkeit mit dir. Er glaubt, dass dein Bauch zwischen euch steht und deshalb wünscht er ihn weg ... Er will dich, verstehst du, er will dich so wie immer." Jule nickte und wischte sich die Tränen aus den Augen.

„Vielleicht ... vielleicht hast du recht und du meinst ... wir ... ich könnte ihm das so sagen?" Beide wussten die Antwort nur zu gut.

„Mein Gott, Nadjeschda, wenn ich dich nicht hätte, dann ..."

„Dann wäre das heute Morgen nicht so aufregend gewesen, stimmt's?" Jule lächelte über ihre bewusst zweideutige Antwort. Inzwischen war es nach zwölf Uhr mittags. Es dauerte keine fünf Minuten, bis es an der Tür klingelte und Nadjeschda freudestrahlend und erwartungsvoll zum Türöffner sprang.

„Ich geh mal rüber, Nadjeschda, und ... nochmals vielen Dank für ..."

„Ich dank dir, Jule ... mein Baby, weißt du noch? Mein Baby ... gestern konnte ich das so nicht sagen." Dabei streichelte sie sich über ihren Bauch.

Al kam schnaufend die Treppen hoch gerannt und ohne ein Wort zu sagen fiel er Jule um den Hals. Jacke und Tasche ließ er seitlich

fallen, als sei jetzt nur noch eines wichtig. Er streichelte Jule über den Kopf. Ihre Blicke trafen sich wie gebannt und sprachen stumm tausend Worte der Zuneigung und Liebe, Worte die sie sich schon lange sagen wollten und die der alles einnehmende, hektische Alltag aufgesaugt hatte. Wieder küssten sie sich auf den Mund. Ihre Lippen verschmolzen zu einem langen Kuss, ihre Zungen trafen sich zärtlich verspielt und verlangend nach mehr. Dann sanken sie gemeinsam auf das Sofa und hielten sich lange in den Armen..
„War es schlimm ... ich meine, wie geht es ihm?"
„Weißt du, Jule. Ich glaube, sein neuer Job hat ihn aufgefressen. Er wollte es nicht wahrhaben. Er dachte noch, er könnte auf Augenhöhe mit seinen früheren Kollegen, seinen früheren Konkurrenten reden. Aber sie ließen es ihn spüren. Vielleicht nicht gleich von Anfang an. Vielleicht hatten sie anfangs Mitleid mit ihm. Schließlich hatten sie ja alle Dreck am Stecken. Und als sie merkten, dass Vater ihnen nicht mehr gefährlich werden konnten, da ... da ließen sie ihn fallen, einfach so. Sie behandelten ihn von oben herab, ließen ihn spüren, dass er nicht mehr dazugehörte, dass er ... dass er nur noch ein billiger Klinkenputzer war." Al stockte der Atem und Jule streichelte ihm zärtlich über seine schwarz glänzenden Haare, die sie von Anfang an so geliebt hatte. „Ich glaube, das hat ihm das Herz gebrochen. Im wahrsten Sinne des Wortes. Sein Herz wollte nicht mehr und dann ... verdammt, es muss ganz schön knapp gewesen sein. Wenn Mutter ihn nicht gleich in die Klinik gefahren hätte und wenn man ihn dort nicht mehr gekannt hätte ... dann ... dann wäre es aus gewesen."
„Wie geht es ihm jetzt?"
„Nach dem Herzkatheter, sie haben ihm drei Stents eingebaut, ging es ihm eigentlich wieder ganz gut. Dann kamen die Herzrhythmusstörungen und das war ganz schön knapp. Immer wieder musste er reanimiert werden, es war ein Alptraum. Es war klar, dass das nicht lange gutgehen würde. Und am Ende war es

der zentrale Venenkatheter, stell dir vor. Nachdem der ein wenig zurückgezogen wurde, schlug das Herz wieder ganz normal. Man lernt immer etwas dazu, weißt du, Jule."

„Stimmt, Al, man lernt immer etwas dazu."

„Und du, Jule. Mit Nadjeschda lief alles gut. War sie ..."

„Ich war bei ihr."

„Ich meinte, ob sie morgens irgendwie seltsam war. Karin hatte mir so etwas erzählt."

„Sie war ... sie war eigentlich ganz normal. Wir haben zusammen ... wir haben lange zusammen gefrühstückt. Es war ... es war sehr schön mit ihr." Jule merkte, wie ihr die Röte ins Gesicht trat. Al umfasste ihre beiden Wangen und küsste sie wieder zärtlich auf den Mund.

„Du hast bei ihr geschlafen, Jule?"

„Nein, ich ... das heißt, heute Morgen, ich ... ich konnte sie nicht allein lassen." Al lächelte sanft.

„Ich glaube, Nadjeschda mag dich, Jule. Du bedeutest ihr viel. Und jetzt, da ihr beide schwanger seid, das ... das tut ihr sicher gut. ... Es tut ihr gut, wenn du ihr das zu verstehen gibst. Wenn sie weiß, dass ihr beide ... wie soll ich das sagen, dass ihr das gemeinsam erlebt."

Jule nickte. Beide schwiegen und Jule war sich nicht sicher, ob sie Al noch mehr berichten sollte. Doch sie behielt es für sich, auch Nadjeschda zuliebe. Und offenbar hatte auch er etwas auf dem Herzen, das er jetzt und gleich loswerden wollte.

„Jule, ich muss dir etwas sagen. Ich ... ich muss mich bei dir entschuldigen, weil ich ... naja, weil ich nicht nett zu dir war. Alles drehte sich für mich nur noch um die Arbeit, weißt du? Kranenberger macht mir Stress und dann ... dann war ich abends oft schlagkaputt. Irgendwie habe ich dich nicht mehr so gesehen, wie du bist, wie ich dich liebe. Ich hatte nur noch deine Übelkeit im Kopf und ..."

„Und meinen hässlichen Bauch, meine fetten geschwollenen Brüste ..."

„Genau, deinen Bauch ..." Er streichelte über Jules Bluse, die sich über ihrem Bauch spannte, und spürte die Kindsbewegungen, die sich ihm kräftig gegen seine flache Hand drückten. „Deinen wunderbaren Bauch. Ich habe gar nicht wahrgenommen, wie schön dein Bauch ist." Dann legte er beide Hände auf ihre Wangen.

„Ich muss dir etwas sagen, aber ... aber lach mich jetzt bitte nicht aus." Al blickte sie auffordernd an. „Meinem Vater ging es gar nicht gut und ich dachte, er stirbt. Ich sah, wie sein Leben zu Ende gehen würde, direkt vor meinen Augen. Und dann ... dann musste ich an deinen Bauch denken." Jule lächelte verlegen. „Ich wusste, du würdest mich auslachen", entgegnete Al misstrauisch.

„Nein, Al, ich lache dich nicht aus, ich dachte nur ... ich dachte du ... du findest mich hässlich mit meinem Bauch." Al ließ sich jedoch nicht beirren und erzählte weiter.

„Weißt du, Jule, ich dachte plötzlich an deinen Bauch und wie wunderbar es doch ist, dass darin neues Leben entsteht. So, wie das Leben an einer Stelle zu Ende geht, so wunderbar entsteht es an der anderen. Und nur du ... du und dein Bauch, ihr seid das neue Leben. Weißt du, was ich meine, Jule?" Langsam knöpfte er Jules Bluse auf, legte seine flache Hand auf ihren prall glänzenden Bauch und streichelte zärtlich darüber. „Ich finde, du hast einen wunderschönen Bauch. Ich ... ich liebe deinen Bauch. Es ist wie ein Wunder, es ist das größte Wunder, das man sich vorstellen kann." Er rutschte zu Boden bis er vor Jule kniete und ihren Bauch mit sanften Küssen übersäte. Dabei streichelte er ihr mit beiden Händen über ihre Hüften. „Und dann, Jule ...." Er flüsterte auf ihren Bauch ein, als wollte er dem ungeborenen Kind etwas mitteilen. „Dann dachte ich an deine Brüste. Ich dachte, wie sie angespannt darauf warteten, dass sich bald so ein kleiner Mund um ihre Brustwarzen legen und begierig daran saugen würde. Nicht, dass ich eifersüchtig war ... obwohl ... vielleicht ein bisschen schon. Aber dann ... dann fand ich das sehr aufregend, weißt du? Ich hatte großes Verlangen, dasselbe zu tun, dich zu küssen, deine wunderbaren prall gefüllten Brüste zu küssen." Langsam knöpfte er ihre Bluse weiter auf und streifte sie schließlich über ihre vor Erregung leicht zitternden Schultern. Eine zarte und doch flammende Rötung zeichnete sich zwischen ihren Brüsten ab. Mit beiden Händen wühlte sie durch seine Haare, während er sich leicht erhob, um abwechselnd an der einen oder an der anderen Brustwarze zu saugen. Dabei glitten seine Hände sanft über ihre Schultern und ihren Rücken. Beide spürten wie selten zuvor ein starkes Gefühl der Erregung auflodern. Mit zitternden Fingern versuchte Jule sein Hemd aufzuknöpfen und, als sie nicht zum Erfolg kam, riss sie ihm mit aller Gewalt das Hemd auseinander, so dass die Knöpfe in alle Richtungen sprangen.

„Weißt du noch, Jule, das erste Mal im Bootshaus?" Es klang wie eine ungeduldige Aufforderung. Dabei stand er langsam auf, während sie sich mit zitternden Fingern an seiner Hose, an seinem Gürtel zu schaffen machte. Kaum hatte sich die Schnalle gelöst, riss sie ihm die Hose nach unten und betrachtete, wie damals, lustvoll seine steife Erregung, die ungeduldig darauf wartete, Jules Körper von außen und innen zu erkunden.

„Lass uns ins Bett gehen", flüsterte Al, als er Jules Finger und Mund verlangend zwischen seinen Beinen spürte. Ungeduldig auf mehr wandte er sich ab und sprang ins Schlafzimmer. Jule folgte ihm wie eine hungrige Löwin, die es nicht erwarten konnte, ihre Beute zu fassen, sie zu verschlingen, in sich aufzunehmen. Die restlichen Klamotten ließ sie hinter sich und legte sich vollkommen entkleidet auf seinen nackten Körper, der ausgestreckt und erwartungsvoll bebend auf dem von Bettdecken und Kissen befreiten Bett lag.

„Vorsicht, nicht so wild, unser Baby ...", keuchte Al, aber er wusste, dass Jule ihn nicht mehr richtig wahrnahm. Im nächsten Moment saß sie über ihm und nahm lustvoll seine Erregung in sich auf. Mit ausgestreckten Armen beugte sie sich nach vorne. Dabei berührte ihr Bauch sofort den seinen und sie rieben sich aneinander. Es war ein ungewohntes Gefühl und doch so zärtlich. Es durchströmte sie ein berauschendes Glücksgefühl, wie er sich immer wieder aufbäumte, nur um ihren Bauch zu berühren. Wie damals drängte sie ihre gespreizten Beine, ihre heißen Hüften gegen ihn, erhob sich immer wieder, um ihn dann erneut in gierigem Verlangen tief ins sich zu spüren. Schweißperlen traten auf ihre Stirn, wirbelten losgelöst von dem immer wieder neuen Auf- und Ab ihres bebenden Körpers auf ihn herab, was das intensive berauschende Gefühl ihrer an sich reibenden Körper von Sekunde zu Sekunde verstärkte. Al umfasste gierig ihre schweißnassen Brüste, was bei Jule ein geradezu animalisches Stöhnen zur Folge hatte. „Komm, fick mich ... fick mich so tief du kannst", quoll aus ihrem Mund, während ihre Zunge versuchte, ihre vom heftigen Atmen trockenen Lippen zu befeuchten. Al fühlte sich zurückversetzt, in das modrige und geheimnisvolle Bootshaus. Er sah Jules blassen und wild auf und ab zuckenden Körper über sich, der im Mondlicht und den Blitzen des tobenden Gewitters gespenstisch weiß, wie glatt polierter feuchter Marmor glänzte. Er spürte wieder dieses Brennen tief in seinem, tief in ihrem Körper, das sich bis zur Unerträglichkeit anspannte, wie ein mit heißem Wasser gefüllter Ballon, der jeden Moment zu platzen drohte, um seinen Inhalt quer über beide immer heftiger zuckenden Leiber zu ergießen. Er sah in letzter Minute seines Bewusstsein, wie Jule ihren Mund aufriss, inne hielt, dann ihren Kopf in den Nacken schleuderte, um, wie damals im Einklang mit dem um sie herum tobenden Gewitter, einen gellenden Schrei auszustoßen. Dann drehte sich alles in seinem Kopf. Ein brennend kribbelndes Gefühl durchwühlte jeden Winkel seines Körpers, ließ jede Haarwurzel zusammenzucken, ließ ein strömendes pulsierendes Etwas in Jules Körper ergießen, bevor alle Gedanken, alle Gefühle in sehnsüchtiger Erlösung miteinander verschmolzen. Erschöpft und nass geschwitzt sank Jule an seine Seite. Ihr keuchender Atem beruhigte sich langsam auf seiner nackten Brust. Dann fielen sie eng umschlungen in einen tiefen gemeinsamen Schlaf.

Dedovsk, Juni 2020

„Hoppla, sieh einer an. Wenn das nicht ... wenn das nicht ... Nadjeschda ... welch eine Überraschung ... du hier?" Ein süffisantes Lächeln glitt über sein Gesicht. Nadjeschda erschrak nicht nur beim bloßen Anblick Evgenijs, sondern weil ihr plötzlich klar wurde, wie sehr er Daniel zumindest rein äußerlich glich. Dieselben rotblonden, fast kupferfarbenen welligen Haare, die hellblauen Augen, das schmale Gesicht. Und doch leuchtete darin etwas anderes, etwas Dämonisches, wie der perfekte Gegenpol zu Daniels lieblichen Gesichtszügen.

„Gib ihn mir!" Nadjeschdas Stimme klang trocken. Sie versuchte, ihre plötzlich aufsteigende Angst zu verbergen, und biss sich dabei so fest auf die Unterlippe, dass sie meinte, etwas Blut zu schmecken.

„Ihn? Von wem redest du, mein Engel?"

„Ich bin nicht dein Engel, hast du verstanden? Und jetzt sag mir, wo er ist."

„Also, mein Engel, oh, ich bitte um Verzeihung, mein schöner Engel ... du siehst gut aus, du siehst verdammt gut aus, Nadjeschda."

„Lenk nicht ab, du Schwein. Ich will ihn wiederhaben, hast du gehört, und zwar sofort." Nadjeschda griff in die Tasche, als wollte sie etwas herausholen.

„Oh lala, willst du mich jetzt erschießen? Du bist immer noch böse auf mich, nicht wahr, mein schöner Engel?"

„Halts Maul, du dreckiges Schwein. Wenn ich dich erschießen wollte, dann hätte ich das schon längst getan. So und jetzt gib ihn mir, sonst ..."

„Sonst was? Uh, du machst mir ja richtig Angst. Die gute alte Nadjeschda, immer noch so energisch und doch so ... so naiv, so dumm." Evgenij lächelte überheblich, als er merkte, dass Nadjeschda tatsächlich keine Waffe dabeihatte.

„Du hast meinen Sohn ... es ist mein Sohn, hast du verstanden? Und jetzt sag mir, wo ich ihn finde."

„Ach so, hätte ich mir ja eigentlich denken können. Du willst Daniel. Übrigens ein schöner Name. Ich hätte ihn allerdings anders genannt. Wo doch russisches Blut in seinen Adern fließt ... mein russisches Blut fließt in seinen Adern ... mein Blut." Triumphierend richtete er seinen Zeigefinger auf seine Brust. „Und jetzt soll ich ihn dir einfach so zurückgeben, meinen Sohn, mein Leib und Blut?"

„Es ist nicht dein Sohn, Evgenij. Vielleicht ist er mit deinem dreckigen Samen gezeugt worden, aber damit ist er noch lange nicht dein Sohn."

„So so, mit meinem dreckigen Samen ... und jetzt, hat er denn einen anderen Vater? Einen Vater, der seiner russischen Seele würdig ist?"

„Würdig? Dass ich nicht lache. Mich hast du entwürdigt, mich und damit auch deinen ... deinen Sohn hast du geschändet. Wie ein Stück Dreck hast du uns behandelt." Evgenij spitzte amüsiert den Mund.

„Naja, ich gebe ja zu, dass ... dass das damals nicht so nett war. Wir Russen, wir sind halt manchmal etwas ungehalten ... wir Russen ..."

„Nein, Evgenij, nicht ihr Russen. Du, Evgenij, ganz allein du bist einfach ein Stück Scheiße und du weißt das selber nur zu gut. Du bist Abschaum, du bist das widerliche Verderben unserer Gesellschaft."

„Oh, ich bin Abschaum ... naja, vielleicht hast du ja recht. Und du, mein süßer scheinheiliger Engel. Du bist wohl ein Heiligtum, die Krone der Schöpfung, nicht wahr? Oh ja, du hast ja so recht, du bist die strahlende Krönung unseres Landes, unserer vielgeliebten orthodoxen Kirche. Die heilige Nadjeschda?" Theatralisch ließ er seine Arme durch die Luft schwingen und kam langsam auf Nadjeschda zu. „Soweit ich weiß ...", er ließ seine Zunge geräuschvoll schnalzen, „ ... lebst du mit einer Frau zusammen. Eine Frau mit einer Frau. Mein Gott, Nadjeschda, wie tief bist du gefallen. Wenn ich mir das vorstelle, du mit einer Frau. Und dann noch mit dieser, wie heißt sie doch gleich?"

„Karin, ja ich lebe mit einer Frau zusammen. Ich ... ich liebe Karin." Evgenij riss grotesk anmutend Augen und Mund auf.

„Ach wie süß ... ich liebe Karin ... Wenn ich mir das vorstelle, ihr beide nackt im Bett ..."

„Genau, nackt im Bett ... das ist das Einzige, was du dir vorstellen kannst, so ist es doch. Hier, nimm deine Heiligenbilder." Nadjeschda griff nach hinten, nahm ein paar der herumliegenden Bilder, zerknüllte sie und warf sie Evgenij, der nur noch knapp einen Meter vor ihr stand, ins Gesicht. Evgenij zog einen Mundwinkel nach oben und drehte seinen Kopf zur Seite.

„Ihr beide, zwei lesbische Frauen, das kotzt einen ja an. Eine Schande ist das." Dann blickte er ihr stechend in die Augen. „Und du meinst, dass ich nicht ein recht habe auf Daniel, auf meinen Sohn. Ich sage dir etwas, mein Engel. Hier, tief in meinem Herzen ...", mit der geballten Faust klopfte er sich auf die Brust, „...da spüre ich sogar die Pflicht, Daniel, meinen leiblichen Sohn Daniel aus dieser ... dieser Schande zu befreien, ihm ein Vater zu sein, ihm zu zeigen, was ein richtige Mann ist." Ein Tropfen Speichel rann aus seinem bebenden Mundwinkel.

Nadjeschda wusste, dass sie verloren hatte. War sie zu scharf mit ihm ins Gericht gegangen? Hätte sie lieber winselnd auf die Knie sinken sollen? Hätte sie ihn anbetteln sollen, Daniel an seine leibliche Mutter zurückzugeben. Hätte sie versuchen sollen, Mitleid zu erzeugen, sein Herz schmelzen zu lassen angesichts einer abgrundtief leidenden Mutter, der man im Begriff war, das Herz herauszureißen? Und gleichzeitig wusste sie, dass Evgenij kein Herz hatte. Er ließ sich nicht umstimmen oder gar erweichen. Sicher hätte er ihre Schwäche als persönliche Genugtuung angesehen, hätte ihre Qualen genossen, jede Träne genussvoll aufgesaugt, hätte ihre Unterwerfung als Bestätigung seiner verschrobenen moralischen Überzeugung lustvoll inhaliert. Nein, diesen Triumph konnte und wollte sie ihm nicht gönnen. Lieber würde sie sich ihrem Schicksal ergeben, als auf ein Neues dieser ekelhaften Triebhaftigkeit, dieser überheblichen niederträchtigen Mannessucht zum Opfer zu fallen. Vielleicht war es das Opfer, in das sie sich nun selbst schicksalhaft ergab, das sie vielleicht sogar jahrelang gesucht hatte, für Daniel, für ihren geliebten Sohn, als Sühne dafür, was sie ihm angetan hatte. Seit jeher spürte sie die quälende Schuld, Daniel einen Vater in die Wiege gelegt zu haben, der zeitlebens an ihm kleben würde, wie stinkender Dreck, der, so oft er versuchen würde, ihn von sich abzuwaschen, immer wieder neu über seinen reinen Körper, über seine unschuldige Seele wabern, sein Leben zur Qual eines Aussätzigen machen würde.

„Du hast unser Leben zerstört, Evgenij, meines und das von Daniel. Du klebst an uns wie Dreck und ich wünschte mir nichts sehnlicher, als dich für immer von meinem und von Daniels Körper, von unserer Seele abwaschen zu können. Und was Karin anbelangt, eines solltest du noch wissen, damit deine orthodoxe russische Seele etwas zum Nachdenken hat. Wenn Karin nicht gewesen wäre, dann wäre ich nicht hier und … und Daniel auch nicht, hast du verstanden?" Nadjeschda konnte ihre Tränen nicht zurückhalten, auch wenn sie wusste, dass sie damit Evgenijs lustvollen Siegeszug nicht nur bestätigte, sondern weiter anfeuerte.

Mit gespielter Anteilnahme blickte er sie an. Legte seinen Kopf zur Seite, wie ein Tierquäler, der zum letzten Todesstoß ausholte und den angstvollen letzten Lebenshauch seines Opfers genoss.

Er stand inzwischen nur noch eine Hand breit vor Nadjeschda, beide Arme rechts und links von ihr am Schreibtisch abgestützt. Verzweifelt und angewidert zugleich versuchte Nadjeschda ihren Kopf wegzudrehen, beugte sich so weit sie konnte nach hinten, um dem stinkenden Atem, dem widerlich süßen Körpergeruch ihres Peinigers zu entgehen.

„Okay, okay, ich war nicht nett zu dir. Ich geb's ja zu. Bist du jetzt zufrieden?"

„Wo ist er, Evgenij? Sag mir, wo Daniel ist, und dann bist du uns beide los!", presste Nadjeschda heiser hervor. Es war ein letzter Versuch, den äußeren Anschein einer längst verloschenen inneren Kraft zu erwecken.

„Nadjeschda, du siehst doch, dass ich alles wiedergutmachen will. Also, wo fangen wir an?"

„Evgenij, wo ist er!" Ein tonloses Flüstern kroch über ihre zitternden Lippen, als sie seinen feucht triefenden Mund auf ihrer Wange spürte. Vielleicht hätte sie noch Kräfte mobilisieren können, hätte sich mit einem Tritt in seinen drängenden Unterleib befreien und weglaufen können. Sie fühlte sich wie versteinert. Bereit sich zu opfern, sich für Daniel zu opfern.

Doch es kam anders. Ein kühler Lufthauch verriet, dass er sich von ihr löste, sich aufrichtete. Für einen kurzen Moment hoffte sie, ihrer Hinrichtung zu entgehen. Verwirrt dreht sie sich zur Seite und erschrak. Aus dem Augenwinkel sah sie ein grotesk verzogenes Gesicht. Der kleine Hoffnungsschimmer versiegte wie das letzte Aufflackern eines Kerzenstummels. Sie wusste, dass ihre Qualen und sein perverses Spiel erst begonnen hatten.

„Respekt, mein Engel, wie es scheint, sind Mütter ja zu allem bereit, wenn es darum geht, ihr Kind ... wie soll ich sagen ... zurückzuerobern." Nadjeschda spürte etwas Luft zum Atmen. Sollte es doch noch eine Chance geben? Evgenijs Gesicht verriet zwar den Auftakt zur Hölle und doch schien in ihr ein Fünkchen Mut aufzukeimen.

„Du hast keine Vorstellung, wozu eine Mutter bereit ist, wenn es ... wenn es um ihr Kind geht."

„Wow, das trifft sich gut. Ich will ja kein Unmensch sein, mein Engel, wir ... wir könnten einen Deal machen."

„Einen Deal? Was für einen Deal? Ich will nur eins, meinen Sohn. Wo ist er, wo hast du ihn versteckt, du ... du ..."

„Du was? Du Schwein, du dreckiges Schwein, mehr nicht? Meinst du nicht, du solltest etwas freundlicher zu mir sein, wenn du einfach hier so aufkreuzt und irre Forderungen stellst. Ich sagte ja bereits, wir machen einen Deal, nur ... was hast du mir eigentlich anzubieten? Jeder Deal beruht auf Gegenseitigkeit, auf einer fairen Abmachung ... auf Vertrauen, verstehst du?" Evgenijs eiskaltes Lächeln ließ Nadjeschda erzittern. Sie wollte es unterdrücken, aber es ging nicht. Wiederholt zuckte ihr ganzer Körper, ein Zucken, das Evgenij scheinbar wie stimulierende Drogen direkt durch die Adern floss. Lustvoll drückte er seinen Unterleib gegen ihren, legte seinen Kopf zurück, um jedes Beben ihres Körpers wie einen elektrisierenden Strom in sich aufzunehmen.

„Also, mein hübscher Engel, ich bin bereit, dir deinen Sohn zurückzugeben, wenn ..."

„Wenn was?" Es war nur noch ein Wimmern, ein Flehen, das Nadjeschda von sich geben konnte. Evgenij hatte sein Ziel erreicht. Nadjeschda beugte ihren Kopf, bereit, das Schwert des Henkers zu empfangen, allerdings keines, das mit einem klaren schmerzlosen Hieb Körper von Seele trennen, sondern langsam und schmerzhaft ihre letzte Würde zerstören sollte.

„Mein Gott, zu zitterst ja, mein Engel, dabei ... dabei habe ich dir einen wirklich fairen Deal vorzuschlagen." Sein Zeigefinger krallte sich unter ihr Kinn, sein Daumen bohrte sich in ihren Mund und er versuchte ihren Kopf in seine Richtung zu wenden, was ihm jedoch nur teilweise gelang. „Du musst keine Angst haben, verstehst du. Also ... mein Vorschlag ... wir werden Freunde, wir beide, du und ich, ganz einfach. Ich meine, Daniel hat ein recht darauf, dass sich seine Eltern verstehen, und vielleicht …" Immer noch ihr Kinn im Griff, glitt seine linke Hand kaum merklich über Nadjeschdas Brüste.

„Fass mich nicht an, sonst …"

„Aber nicht doch, mein Engel, keine Angst, ich will dir doch nicht wehtun. Sieh mal, damals, das war nicht nett von mir, das war richtig böse. Aber jetzt … meinst du, dass ich der Mutter meines Sohnes etwas antun könnte? Meinst du das wirklich?" Nadjeschda spürte etwas in sich, das ihr plötzlich neuen Mut, neue Kraft verlieh. Aber sie wusste, es war nichts Gutes, es war etwas, das ihrer Verzweiflung unaufhaltsam Platz machte, wie ein siegreicher Dämon, der das Gute in die Knie gezwungen hatte. Es war der abgrundtiefe Hass.

„Evgenij, du würdest doch noch deine Großmutter ficken, wenn du nur Spaß daran hättest."

„Nadjeschda, so böse Worte. Dabei … dabei will ich doch nur dein Bestes. Nur dein Bestes, dir und deinem Sohn, unserem Sohn. Sei ein braves Mädchen und gib mir eine Chance, gib uns nur eine kleine Chance, hörst du … Daniel zuliebe. Meinst du nicht, dass du es ihm schuldig bist?" Nadjeschda spürte, wie er genüsslich kreisend seinen Unterleib gegen ihren drückte. Mit letzter Kraft presste sie ihre Beine zusammen, versuchte, sich zu wehren gegen das, was das Leben so vieler Menschen zerstört hatte. Waffen und kriegerische Gewalt waren im Grunde nur die Fortsetzung jedes männlichen Schwanzes, der sich nun unaufhaltsam aufbäumte, für dessen Anführer es kein Zurück gab, zumindest so lange, bis er sich dessen entledigte, was den Fortbestand der Menschheit garantierte. Warum hatte sich Gott das so ausgedacht, diese zynische Verbindung aus erniedrigender Gewalt und Fortpflanzung? Sie spürte, wie sich ihr Hass steigerte, von ihr Besitz ergriff. Wenn sie jetzt ein Messer in der Hand hätte, sie würde ihm das Ding, das sich zwischen sie stellte, abschneiden. Sie würde ihn von dem trennen, was offenbar seine dunkle Seele beherbergte. Vielleicht sollte sie auf seinen Deal eingehen, ihm den letzten Genuss verschaffen, nach dem er sich offenbar sehnte, in dem sie sich kniete, um an seinem hässlichen Schwanz zu lutschen, ihm das Henkersmal zu bereiten, um schließlich mit aller Gewalt zuzubeißen, so lange und kraftvoll, bis das Blut spritze, bis sich sein Schwellkörper von seinem Körper löste, und sie ihn verachtend in die Ecke spucken würde. Vielleicht spürte Evgenij ihre aufkommende Kraft und säuselte ihr dicht ans Ohr gepresst.

„Schau mal, mein Engel, wenn du Daniel wiederhaben willst. Dann ... dann musst du jetzt mal ganz lieb sein zu seinem Papa. So, wie sich das gehört zwischen normalen Eltern." Nadjeschda spürte seinen Speichel auf ihren Hals tropfen, als er langsam seine Hand zwischen seine und ihre Brust schob und sich an den Knöpfen ihrer Bluse zu schaffen machte. Dabei leckte er seinen Speichel von ihrem Hals und stöhnte genüsslich, als sei es der lieblichste Geschmack, den er sich vorstellen könnte. Ein letzter Versuch, sich zu wehren, zuckte durch ihre Glieder, sie schoss ihre Arme nach oben und griff nach seinen Haaren. Doch Evgenij war schneller, griff zielsicher nach ihren Handgelenken und riss sie herunter auf die Tischplatte. Der Schmerz beim Verlust einiger Haarbüschel, schien seine lustvolle Gier nach mehr nur noch weiter anzustacheln. Wieder verzog er sein Gesicht zu einer grotesken Fratze.

„Aua, du tust mit weh. Das war nicht nett von dir, dabei wollte ich doch nur etwas zärtlich mit dir sein." Wieder saugte er mit seinem weit geöffneten Mund an ihrem Hals wie ein Vampir, ließ seine Zunge über ihre zitternden Wangen gleiten. Immer heftiger drückte er seinen Unterleib gegen ihren, versuchte ihre Beine auseinanderzupressen. Nadjeschda spürte, wie ihre Kräfte nachließen, der Hass nur noch ihre Panik steigerte, während sich ihre Glieder schlapp, sie selbst sich wie ein Häufchen Elend dem Schicksal ergaben. Verzweifelt versuchte sie, ihre Gedanken zu lösen von dem, was gerade geschah, von dem, was sie vor mehr als neun Jahren in gleicher Weise zerstört hatte, versuchte, es geschehen zu lassen und gleichzeitig zu fliehen, nicht mehr da zu sein, um hoffentlich später wieder in ihren Körper zurückzukriechen oder das, was dann noch von ihrem Körper übrig war. Aber es gelang ihr nicht. Der Gestank ihres Peinigers, dessen heißer stickiger Schweiß drängte sich wie durch ein Sieb durch ihre Kleider hindurch und sie wusste, dass es nicht mehr lange dauern konnte, bis er ihr heftig stöhnend jedes schützende Stück Stoff vom Leib reißen würde, bis sich seine schmierigen Körperflüssigkeiten über und in sie ergießen würden, um am Ende wie Pech für immer auf ihrem Körper und ihrer Seele zu kleben. Entfernt hörte sie nur noch sein Säuseln, sein animalisches Stöhnen.

„Nadjeschda, wir beide, du bist so schön, so geil ... ich kann so zärtlich sein mit dir ... wenn du erst mal tief in dir drin meinen steifen Schwanz ..." Dann war alles zu spät. Die Erinnerungen schossen vernichtend durch Nadjeschdas Kopf. Es war wie damals und doch bewegte sich in ihr etwas. Ein heftiger Schwindel, ein letztes Aufbäumen ihres gequälten Körpers. Es war, als wollte ihr Inneres, ihre Eingeweide, ihre dunklen Erinnerungen heraussprudeln. Sie musste nur einmal heftig würgen, dann schoss ihr gesamter Mageninhalt in Evgenijs Richtung. Obwohl er blitzschnell zurückwich, ergoss sich ein Schwall, säuerlicher gallischer Flüssigkeit über seinen bis dahin makellos glänzenden Anzug. Angewidert sprang er zurück und blickte Nadjeschda hasserfüllt an.

„Na gut, du dreckige Schlampe, du wolltest es nicht anders." Energisch riss er sich das von Nadjeschdas Erbrochenem über und über besudelte Jackett herunter, riss sein Hemd auf, sodass die Knöpfe in alle Richtungen sprangen. Dann zog er den Gürtel aus den Schlaufen, packte ihn mit beiden Händen und schwang ihn drohend über Nadjeschdas Kopf. „Das, mein süßer Engel, das kommt später, wenn du … wenn du nicht brav bist."

Er ließ den Gürtel wie eine Peitsche neben Nadjeschda auf die Tischplatte zischen, knöpfte genüsslich seine Hose auf und streifte grinsend Hose und Unterhose gleichzeitig nach unten. „Aber erst, mein Engel, erst wirst du diese Peitsche zu spüren bekommen." Dann umfasste er mit der rechten Hand seinen nur halb erigierten Schwanz, wie eine abgebrochene Lanze und griff nach Nadjeschdas Gürtel.

„Du wolltest es nicht anders, du …", mehr brachte er nicht hervor. Als er triumphierend ihren Gürtel herausriss, stürzte er sich wieder auf sie und versuchte sich stöhnend und grunzend zwischen ihre Beine zu drängen. Nadjeschda spürte kaum noch etwas. Kraftlos versuchte sie mit geballten Fäusten auf Evgenij einzuschlagen, den ihre hilflose Gegenwehr nur noch mehr anzufeuern schien. Hämisch lachend und siegessicher schmiss er seinen Kopf in den Nacken und versuchte dabei mit aller Gewalt seine stumpfe Lanze mit Hilfe der geballten Faust an seinen vorbestimmten Ort zu platzieren. Es gab für ihn keinen Weg mehr zurück. Irgendwann würden sich Evgenijs heftige Stöße gegen ihren Unterleib in sie hineingraben, wie ein heißer Pfahl, wie eine langsame qualvolle Hinrichtung. Wieder musste Nadjeschda würgen und wieder schoss bittersaurer Mageninhalt hervor. Diesmal traf es mitten in Evgenijs Gesicht, der die glitschige Masse kaum noch zur Kenntnis nahm, diese stattdessen wie von Sinnen in sich hineinsaugte, wie eine süße Droge, die ihn weiter und weiter stimulierte. Aber nicht nur dies schien sie in dem Moment aus sich herausgewürgt zu haben. Wie ein schwebender Geist löste sie sich aus ihrem Körper, drang durch die schwitzende und stöhnende Masse über ihr hindurch und sah im Augenwinkel ihren leblosen Körper über der Tischplatte liegen. Sie sah ein fremdes Wesen, das ihre Arme gespreizt zur Seite fest umklammert hielt, sah ihre Beine, die schlaff unter dem unentwegten Hämmern des massigen Körpers knapp über dem Boden baumelten.

Weiter nach oben durchdrang sie die Decke, die Stockwerke darüber, um in der klaren Luft, der strahlenden Sonne, tief Luft zu holen. Vor ihr erschien Daniel, der ihr lächelnd zuwinkte, ihm in das helle freundliche Licht über ihm zu folgen. Ein Glücksgefühl durchströmte ihren Körper, oder war es nur noch ihre Seele, die losgelöst von allem einer fremden Welt entgegenblickte, einer Welt, die ihr schon mal, damals im eiskalten Wasser so verlockend erschienen war, ihre Sehnsucht nach Liebe und Geborgenheit erfüllte. Obwohl sie sich mit aller Kraft nach oben streckte, wurde sie plötzlich doch mit Urgewalt zurückgezogen. Es war wie ein Sog, ein Strudel, dem sie entrinnen wollte, aber nicht konnte. Ein Donnern grollte durch die Luft, als sie merkte, wie sie wieder in der Hölle angekommen war. Und doch war alles anders.

Frankfurt, Februar 2011, abends

„Wahnsinn ..." Al lag auf der Seite und streichelte Jules Bauch, der sich in regelmäßigen Abständen an verschiedenen Stellen ausbeulte und verformte.
„Was ist Wahnsinn, Al?"
„Dein Bauch ... dein wunderschöner Bauch. Wie eine kostbare Hülle, die einen großen Schatz in sich trägt."
„Ohne Bauch fandest du mich doch schöner, oder nicht?" Jule wusste nicht, ob sie das Thema nochmals aufgreifen sollte. Aber es saß immer noch in ihr wie ein Stachel, obgleich Als ständige Liebesbekundungen, ganz zu schweigen von seinen ausschweifenden Zärtlichkeiten, die ihr den stärksten Orgasmus bereitet hatten, an den sie sich erinnern konnte, ihr etwas anderes sagen sollten.

„Jule, es tut mir leid. Wie konnte ich nur so blind sein. Wie … wie konnte ich nur deinen wunderbaren Bauch nicht sehen, deine prallen Brüste, die sich auf das vorbereiten, was den Menschen am Anfang seines Lebens ernähren, ihm das geben, was …" Sie unterbrach seine weitere Ausmalung.

„Al, das ist lieb von dir, so wie du das sagst, aber … weißt du, nur, ein paar Zärtlichkeiten, das ist alles, wonach ich mich gesehnt hatte. Und ich dachte schon, du findest mich so hässlich, dass …" Al küsste sie, da er die weiteren Ausführungen ahnte, aber diese sicher nicht aus ihrem Mund hören wollte.

„Weißt du, Jule, man ist manchmal einfach so blind und dann dieser verdammte Stress in der Klinik. Man kommt nach Hause und hat zu nichts mehr Lust, alles nervt, man will nur seine Ruhe, kannst du das verstehen? Und was deinen Körper anbelangt …" Er beugte sich über sie und zog eine Spur sanfter Küsse, angefangen von ihrem Mund, über ihre Brüste und zu ihrem Bauch. Weiter kam er nicht, da sie seinen Kopf zu sich heranzog.

„Al, du bist unglaublich. Du bist …" Dann küssten sie sich lange und zärtlich.

„Kommt ihr rüber, wir …" Plötzlich stand Karin nichtsahnend in der Schlafzimmertür. „Oh, sorry, aber … aber ich dachte … die Wohnungstür stand offen und …" Gebannt blickte sie auf das eng umschlungene nackte Paar vor ihren Augen.

„Du darfst dich gerne umdrehen, Karin", räusperte Al verlegen. Karin stolperte rückwärts aus der Tür.

„Wir haben Pizza bestellt, und wenn ihr wollt …", rief sie ihnen noch nach, bevor beide Haustüren ins Schloss fielen. Al und Jule fingen laut an zu lachen.

„Oh mein Gott, jetzt weiß es die ganze Nachbarschaft. Naja, unsere Nachbarin hatte mich ja heute Mittag schon im Nachthemd erwischt", platzte Jule hervor und errötete leicht.

„Im Nachthemd? Sonst nichts? Heute Mittag?" Jule fing an zu stottern.

„Naja, Nadjeschda und ich, wir ... wir haben es uns halt etwas gemütlich gemacht, bei ihr ... nichts weiter."

„Nichts weiter?"

„Nein, Al, nichts weiter. Kein Grund zur Eifersucht."

„Und was hättest du gesagt, wenn ich ... also wenn ich im Nachthemd von nebenan gekommen wäre?"

„Das ist etwas anderes, das ...das ist etwas ganz anderes."

„Aha, etwas anderes. Also ... also euch kann man auch nicht alleine lassen." Dabei genoss er die kleinen Sticheleien, die Jule sichtbar unangenehm waren.

„Also gut, Al, du willst es wissen, dann sag ich dir es jetzt. Ja, wir haben uns gestreichelt. Sie hat meinen Bauch gestreichelt und ich ihren und ... und ich ... ich habe dabei immer an dich denken müssen. Ich habe mir vorgestellt, dass du mir über den Bauch und über den Busen streichelst, so jetzt weißt du es und ... und es war schön." Jule blickte unsicher zur Seite.

„Jule, ich ... ich weiß nicht, was ich sagen soll, ich ..." Jule biss sich auf die Unterlippe. Verdammt, dachte sie, hätte sie doch nur ihren Mund gehalten. Schon wollte sie aufstehen, da sie eine Standpauke, vielleicht Schlimmeres befürchtete, als sie Al wieder zu sich zog.

„Jule, ich ... ich liebe dich." Sie spürte einen Stein vom Herzen fallen. „Ich dich auch. Nur dich, Al, nur dich, das weißt du doch, oder?", flüsterte sie ihm zu.

Dann sprangen sie auf, zogen sich ihre Joggingsachen an, die Jule gerade noch so über den Bauch passten und gingen rüber zu Karin und Nadjeschda.

„Du, Al, ich wusste nicht, es ... es tut mir leid." Karin kam ihm entschuldigend entgegen.

„Unsinn. Wir waren so doof und haben die Tür offen gelassen. Und jetzt ... naja, so ist das halt."

„Al, stell dir vor, Lorenzo hat angerufen. In zwei Wochen gibt es eine große Einweihung. Sie haben schon einige hundert Stecklinge, die demnächst in die Erde sollen."
„Donnerwetter. Und wir sollen alle zur Einweihung kommen. Wo war das doch gleich?"
„Oman, mitten in der Wüste. Aber ... du kannst ja gerne fahren, Al. Ich bleibe mit Nadjeschda hier. Das ist mir zu heiß." Karin legte ihre Hand auf Nadjeschdas Hand und sie lächelten sich zustimmend an.
„Ich komme mit", platzte Jule dazwischen „Hitze macht mir nichts aus."
„Nicht die Hitze, Jule, das mit Nadjeschda ist mir zu heiß. Wenn da was passiert, dann ..."
„Wieso, sind doch noch ein paar Wochen bis zur Entbindung."
„Bei dir schon, Jule, aber Nadjeschda ist Ende März bereits in der 35. Woche."
„Das stimmt allerdings. Bei mir sind es dann noch etwa zehn Wochen. Genug Zeit ..."
„Auch zehn Wochen ist knapp. Man weiß nie genau, wann es losgeht", fiel ihr Al dazwischen. Jule protestierte.
„Meinst du vielleicht, ich lasse dich da alleine hinfahren? Kommt nicht infrage. Entweder zusammen oder gar nicht." Dabei tippte sie mit dem spitzen Zeigefinger auf Als Brust.
„Und wenn ..."
„Passiert nichts, Al. Es sind dann noch zehn Wochen. Oder willst du so lange dort bleiben?"
„Maximal eine Woche. Kranenberger macht mich einen Kopf kürzer, wenn ich länger bliebe."
„Na also, eine Woche zu dritt. Einverstanden? Und die Dritte bleibt solange im Gepäck."
„Die .... die Dritte, hab ich das richtig gehört?"
„Naja, jetzt ist es ja raus ... es wird ein Mädchen."

„Und bei uns ein Junge", fiel Nadjeschda aufgeregt dazwischen. Seit dem kurzen Wochenende mit Jule war sie wie ausgewechselt, streichelte sich oft lächelnd über den Bauch und sprach wiederholt von ihrem Baby.

„Wow, ein Junge und ein Mädchen. Das passt. Die können sogar mal heiraten."

„Sag mal, Jule, was hast du eigentlich mit Nadjeschda angestellt? Sie ist seit gestern wie ... wie ausgewechselt", wollte Karin wissen. Jule räusperte sich und Al blickte sie aus dem Augenwinkel grinsend an.

„Wir ... wir haben uns mal richtig ausgesprochen ... das ist alles. Ich glaube, es war ein gutes Gespräch, nicht wahr, Nadjeschda?" Sie zuckte erschrocken zusammen, als sie Jules spitzen Hausschuh an ihrer Schienbeinkante spürte.

„Stimmt, wir ... wir haben uns mal richtig ausgetauscht, wir ...wir haben lange geredet und so. "

„Wir freuen uns auf unsere Babys. Das ist alles. So ist es doch, Nadjeschda?", ergänzte Jule. Nadjeschda nickte und errötete ein wenig. Sie wusste nicht, was Jule gegenüber Al erzählt hatte. Karin fragte nicht weiter nach. Sie war froh, dass Nadjeschda durch Jule irgendwie aus ihrer Starre aufgeweckt worden war. Wie immer sie es angestellt hatte, es war gut so.

„Also gut, Jule, wir fahren zusammen. Aber wenn bis dahin irgendetwas mit deiner Schwangerschaft nicht in Ordnung ist, dann blasen wir das alles sofort ab und wenn es am Gate kurz vor dem Einsteigen ins Flugzeug sein sollte." Jule nickte aufgeregt.

Noch am selben Nachmittag buchten sie die Tickets. Dass dies der Auftakt zu einer ihrer bis dahin schwersten Prüfungen werden sollte, ahnten sie zu diesem Zeitpunkt noch nicht.

Es hatte einiger Überredungskünste bedurft, bis Al seinem Chef eine Woche Urlaub abringen konnte. Doch schließlich stimmte er missmutig zu mit der Abmachung, den Rest des Jahres allenfalls ein verlängertes Wochenende nehmen zu können. Al wusste, dass dies eklatant gegen seinen Dienstvertrag verstieß. Trotzdem war er seinem Chef dankbar, da er ihm jede Freiheit und schier unendliche Mittel gab, seine Forschung voranzutreiben. Außerdem stand er auf einem Rotationsplan, der nach spätestens fünf Jahren alle Stationen der internistischen Ausbildung umfasste. Und diesen Rotationsplan boxte Kranenberger gegen jeglichen Widerstand seiner Fachkollegen durch. Al wusste, dass Kranenberger viel verlangte, nach nüchternem Ermessen zu viel, was letztlich auch der Grund der zurückliegenden Probleme mit Jule war. Andererseits stand er hinter Al und versprach ihm wiederholt, die Früchte der Wissenschaft gemeinsam zu ernten. An diesem Versprechen hatte Al keinen Zweifel, obgleich ihn sein früherer Chef mit genau demselben Wortlaut betrogen hatte. Aber er spürte eine innere Verpflichtung Kranenberger gegenüber und er wollte ihn auf keinen Fall enttäuschen.

Am 23. März bestiegen sie das Flugzeug in Richtung Oman. Karin und Nadjeschda hatten es sich nicht nehmen lassen, die beiden zum Flughafen zu bringen. Der Abschied war dann doch tränenreicher als geplant.

„Grüßt mir Lorenzo und … passt auf euch auf, versprochen?", hauchte Karin mit trockener Stimme.

„Ja, Mama", witzelte Al. Sein Versuch, den Abschied etwas lockerer zu gestalten, misslang kräftig, da ihn Jule von der Seite tadelnd anschaute. Dann drehten sie sich um und gingen, ohne sich nochmals umzuwenden, zur Sicherheitskontrolle. Ab hier war plötzlich alles wieder entspannter.

„Ich freue mich, Al." Jule blickte sehnsüchtig zu den hinter den großen Glasfenstern thronenden Flugzeugen. Dabei massierte sie nachdenklich ihren Bauch. Dass sie bereits leichte Wehen verspürte, sagte sie Al nicht. Ihr Gynäkologe hatte sie beruhigt, dass dies nichts zu bedeuten hätte. Von dem Flug in den Oman hatte sie ihm nichts berichtet. Er hatte sie erneut in zehn Tagen einbestellt, etwas früher als sonst.

Der Flieger ging erst nach Dubai. Dort hatten sie fünf Stunden Aufenthalt, bevor sie weiter nach Muscat fliegen sollten. Das Flughafenterminal in Dubai strahlte verschwenderischen Reichtum aus. Hier zählte nur, was teuer war: glänzender Granit mit blank polierten Messingbeschlägen, große Fenster, die den Blick auf die nahelegelegene Skyline mit ihren weltweit größten Büro- und Hotelürmen umrahmten. Hier sollte der Nabel der Welt entstehen, die höchsten Gebäude, die teuersten Hotels, der weltweit wichtigste Finanzplatz. Und doch stimmte etwas nicht. Es war der Prototyp der Retorte, der künstlichen und nicht gewachsenen Strukturen, die nur das nachahmten und übertreffen sollten, was sich andernorts über Jahre und Jahrzehnte hinweg entwickelte hatte. Wenn hier der Eifelturm vor ihren Augen aufragen sollte, nur zweimal so hoch, dann wäre das sogar passend, ungeachtet dessen, ob der Turm auf lange Sicht Bestand hätte. Nein, alles schien im wahrsten Sinne des Wortes irgendwie auf Sand gebaut, prachtvoll aber doch flüchtig, wie eine Sandburg am Strand, die von der nächsten Flut getilgt würde, als habe sie nie existiert.

„Mein Gott, und das nur, weil irgendjemand hier Öl gefunden hat", murmelte Jule vor sich hin.

„Und weil dieses Öl anscheinend kostbarer ist als jedes Lebensmittel. Weißt du, Jule, ich habe in letzter Zeit öfters an unsere blauen Kugeln gedacht."

„An die blauen Kugeln? Ich dachte schon, du wärst so in deine neue Stelle, in deine Forschung verstrickt, dass du dafür keine Gedanken mehr hättest."

„Da hast du leider recht. Und zuletzt hatte ich noch nicht einmal Zeit für dich." Er drehte sich zu Jule. „Manchmal ist man einfach blind, für das, was wirklich zählt."

„Und deswegen denkst du jetzt an die blauen Kugeln?"

„Vielleicht. Auf jeden Fall war es eine geniale Entdeckung von dir. Stell dir vor, man würde die Dinger grenzenlos vermehren, damit Autos, Flugzeuge, Industrieanlagen mit einfacher billiger Energie versorgen, dann ..."

„Dann wären die hier ganz schön sauer, Al, meinst du nicht auch?"

„Sauer ist gut. Die wären hier alle Pleite und ... und würden alles daran setzen, dass diese blauen Kugeln wieder schnellstens verschwinden ... und du und ich gleich hinterher." Al machte einen spitzen Mund und schaute trotzig zu den Bürotürmen hinüber. „Trotzdem, Jule, stell dir vor, kein Kranenberger mehr, der mich ständig ausbeutet, keine kleine Wohnung, sondern eine Villa vom Feinsten, mit Swimmingpool, teurem Auto ..."

„Und eine Horde von Leibwächtern, die uns tagtäglich vor der Welt bewachen. Da wären nämlich nicht nur die Leute hier sauer auf uns. Da sind noch die Russen mit ihrem Gas, die Amis mit ihrem Öl, ganz zu schweigen von den Typen der Atomlobby. Alle, die heute Rang und Namen haben, wären pleite. Und wir ... wir könnten uns ganz schön warm anziehen."

„Andererseits, Jule, das Leben geht weiter. Und stell dir mal vor, es gäbe keine Energieprobleme mehr, keine Klimaerwärmung durch Kohlendioxyd, keine radioaktiven Abfälle." Jule drehte sich um und beide blickten sich fragend an.

„Sag mal, Jule, du weißt doch, wie das geht mit den blauen Kugeln." Jule nickte. „Und wenn wir das doch nochmal ausprobieren? Ich meine, so ganz geheim, nur du und ich, und wenn alles klappt, dann ... dann sehen wir weiter. Was meinst du? Das muss doch erst mal keiner wissen. Und die, die es wissen, dein früherer Chef und sein Komplize Alighieri, die sitzen länger im Knast." Jule spürte plötzlich, dass sich ihr Bauch wie zu einem schmerzhaften Krampf verhärtete. Sie presste Augen und Mund zusammen, beugte sich nach vorne und versuchte sich nichts anmerken zu lassen. Sie ahnte, dass es ihr Baby war, das sich bemerkbar machte. Langsam beruhigte sich der Bauch, um sich wenige Minuten später nur noch stärker zu verkrampfen. Wie eine nicht aufzuhaltende Welle zog es über ihren Bauch und schien jede Muskelfaser ihres Unterleibs mit sich zu reißen. Sie stöhnte leise, was jedoch genügte, um Al, der ihr in den üppigen Ledersesseln gegenübersaß, schlagartig in Alarmstellung zu versetzen.

„Jule, was ist ... ist dir nicht gut? Was hast du?" Er sprang zu ihr hinüber. Jule stöhnte erneut in ihre vor das Gesicht gefalteten Hände. Dann richtete sie sich mühsam auf.

„Schon gut, Al, es ist nichts. Vielleicht ... vielleicht eine kleine Magenverstimmung. Geht sicher gleich wieder." Wieder beugte sie sich mit verzerrtem Gesicht nach vorne, als ein erneuter krampfartiger Schmerz ihren Bauch erfasste. Sie stöhnte und hatte das ungute Gefühl, als müsse sie sich gleich übergeben.

„Hattest du das schon mal? Ich meine, sind das ... sind das vielleicht die ersten Wehen?" Jule wollte die letzten Worte nicht hören, obwohl sie wusste, dass es genau das war. Sie hatte bereits in den letzten Tagen einige Verhärtungen des Bauches gespürt und ihren Frauenarzt dazu gefragt. Der meinte jedoch nur gelassen, dass dies ganz normal sei. Der Bauch übe schon mal, waren die Worte, die er mit einem aufgesetzt väterlichen Lächeln über ihre Unerfahrenheit beim Kinderkriegen kommentierte. Jule hatte dem im weiteren Verlauf somit keine Bedeutung beigemessen, sicherlich keine in der Hinsicht, dass die Geburt sich vielleicht früher als nach vierzig Wochen ankündigen würde.

„Ist sicher gleich vorbei", presste Jule hervor, dabei ging ihr Atem flach und schnell. Erleichtert stellte sie fest, dass die Schmerzen nachließen und die Krämpfe tatsächlich von Minuten zu Minute schwächer wurden. Dann richtete sie sich auf. „Vielleicht wollte unser Kind schon mal mitreden, ich meine bezüglich der blauen Kugeln." Jule versuchte vom Thema abzulenken, weg von ihren

Wehen und den damit vielleicht verbundenen Konsequenzen. So wie die Wehen kamen, so wuchs jedoch auch ihr schlechtes Gewissen darüber, dass sie Al überredet hatte, mitzukommen. Die Wehen verflogen, aber ihr Gewissen quälte sie jetzt umso mehr, so dass auch sie dankbar war, als Al seinen Gedankengang über die blauen Kugeln wieder aufnahm. Viel bekam sie jedoch nicht mit von seinen Ausführungen und suchte nach einem Thema, um sich selbst abzulenken.

„Ich wüsste gerne, wie warm es draußen ist?" Jule blickte in den strahlend blauen Himmel und dachte an die graue Suppe, die sich in den letzten Tagen wie eine träge Masse über Deutschland ausgebreitet hatte. „Damals in Argentinien in den Bergen, da war der Himmel so blau, so rein, so klar. Du, Al, sobald unser Kind laufen kann, sollten wir da nochmals gemeinsam hin." Al dachte eher mit gemischten Gefühlen daran, was er dort erlebt hatte. Dass er ausgerechnet an dem Ort, von dem nun Jule mit leuchteten Augen erzählte, zusammen mit seiner Schwester fast sein Leben beendet hatte. Aber Jule hatte recht. Die Vergangenheit konnte man nur hinter sich lassen, wenn man sich ihr stellte.

„Wer weiß, Jule, wenn unser Mädchen die ersten Schritte macht, vielleicht ist ja dann schon das Zweite unterwegs?" Jule lachte. „Unser Mädchen, das klingt so süß, seitdem du weißt, dass es ein Mädchen wird, redest du nicht mehr von dem Baby, sondern nur von unserem Mädchen, als würdest du es bereits in den Armen halten." Al beugte sich nach vorne und strich mit der Hand über ihren Bauch, der sich zu seiner Erleichterung wieder entspannt hatte und lebhafte Kindsbewegungen ertasten ließ. Einige ältere Leute gegenüber kommentierten diese Zärtlichkeit mit einem sich abwendenden Kopfschütteln. „Unser Mädchen", flüsterte Al und ließ sich nicht beirren, seine Streicheleinheiten fortzusetzen. „Wissen wir denn schon, wie es heißen soll, Jule?"

„Klar, sie heißt Valerie." Al richtete sich schlagartig auf.
„Valerie? Wie ... wie kommst du denn auf den Namen?" Dabei betonte er das kleine Wörtchen d-e-n so, dass der Protest darüber nicht überhörbar war.
„Sie hat es mir gesagt."
„Wer ist sie? Wer hat es dir gesagt?" Al blickte sie verdutzt an.
„Na sie." Dabei streichelte sie über ihren Bauch. „Valerie, sie hat es mir gesagt."
„Aha, sie hat es dir gesagt und ich dachte ... ich dachte sie würde ihren Papa auch mal dazu fragen." Al lächelte gerührt, aber auch ein wenig irritiert, da er sich insgeheim schon seit Wochen mit der Frage der Namensgebung beschäftigte. Er musste zugeben, dass Valerie, dabei auch auf seiner Liste stand, aber sicherlich nicht ganz oben.
„Sie hat ihren eigenen Willen ... sie ist ein starkes Mädchen. Siehst du?" Jule legte zärtlich Als Hand auf die Seite ihres Bauches, an dem sich eine plötzliche Vorwölbung tasten ließ.
„Valerie .... Valerie ... Valerie", murmelte Al vor sich hin und machte jedes Mal, wenn er den Namen über seine Lippen gleiten ließ, ein anderes Gesicht, als wollte er bereits jede Szene, die auf ihn als strenger oder sanftmütiger Vater zukommen sollte, schon mal vorwegnehmen.
„Siehst du, Al, sie hört bereits auf ihren Namen." Jule lächelte, als sich erneut, eine kräftige Beule an ihrer Flanke tasten ließ. Al lehnte sich zurück und blickte durch die riesige Wartehalle. Seine Lippen bewegten sich, aber es kam kein Ton hervor und doch war es unverkennbar, dass er nur ein Wort immer und immer wieder murmelte, Valerie. Seine Augen hatten sich gerötet und waren etwas feucht, während Jule ihn auf die Wange küsste.
„Bist du glücklich?", flüsterte sie ihm ins Ohr. Er nickte, unfähig, ein anderes Wort als Valerie hervorzubringen. Die plötzliche Wehenattacke war verschwunden und wiederholte sich zu Jules Er-

leichterung nicht mehr, auch nicht während des unruhigen Fluges mit dem kleinen Flieger Richtung Muscat.

Am Flughafen wollte Pater Lorenzo sie abholen. Jule und Al schauten sich nervös um, als sie ihn hinter der Passkontrolle nicht gleich sahen. Es dauerte jedoch nur einen Moment. Mit einem Strohhut auf dem Kopf, aus dem an allen Seiten seine bereits grauen Haare herausquollen, sah er aus wie dem Roman Onkel Toms Hütte entsprungen. Zumindest hatte sich Jule Onkel Tom immer so vorgestellt. Mit winkenden Armen und freudestrahlend kam er auf sie zu. Wortlos umarmte er zuerst Jule und dann Al.

„Meine Kinder, ich ... ich kann euch nicht sagen, wie froh ich bin, euch zu sehen." Er blickte mit hoch gezogenen Augenbrauen auf Jules Bauch und wusste für einen Moment nichts zu sagen.

„Valerie, darf ich vorstellen", platzte Al hervor. Jule lächelte ihn dabei zärtlich an. Lorenzo lachte amüsiert, als die beiden ihr noch ungeborenes Mädchen bereits mit Namen vorstellten.

„Valerie ... darf ich?" Jule nickte. Vorsichtig legte er seine beiden Hände auf Jules Bauch und schloss die Augen. Dann atmete er tief ein und aus und sagte mit feierlichem Ton: „Valerie ... fürchte dich nicht, denn ich habe dich erlöst; ich habe dich bei deinem Namen gerufen; du bist mein!" Es war ein Segen, der von ganzem Herzen kam, vom Herzen eines Paters, der zu seinem Glauben zurückgefunden hatte. Plötzlich verformte sich Jules Bauch und beulte sich an einer Stelle kräftig hervor. Al stammelte: „Also ... also wenn das nicht deutlich war." Lorenzo hob seine Hände zu Jules Kopf und streichelte ihr väterlich über die Haare.

„Kommt, Kinder, wir haben noch einen weiten Weg vor uns." Während sich Jule bei Lorenzo einhakte, nahm Al ihre beiden Taschen und versuchte ihren schnellen Schritten hinterherzukommen. Aus dem Augenwinkel sah er einen riesigen Bildschirm, der die jüngsten Bauprojekte, den Stolz des Sultanats Oman abspulte. Bevor sie die Halle verließen, huschten Bilder von dem unlängst fertiggestellten Zentralkrankenhaus über die Leinwand. Es war ein Prachtbau, das Modernste vom Modernen, das die Gesundheitsindustrie zu bieten hatte. Mit deutscher Hilfe gebaut, konnte es nun mit Experten aus aller Welt beseelt, seine Arbeit aufnehmen. Al wusste nicht, ob es ein gutes Zeichen war, dass ihn dies für einen Moment fesselte oder ob es eine Vorahnung war, die er möglichst schnell wieder aus seinen Gedanken löschen wollte.

Lorenzo hatte nicht untertrieben. In einem VW Bully aus den siebziger Jahren, der bei jeder kleinsten Steigung erbärmlich röhrte, ging es über eine moderne Autobahn Richtung Süden. Als sie die Berge hinter sich gelassen hatten, erstreckte sich vor ihnen eine nicht enden wollenden Ebene aus Sand, Staub und Büschen. Dass Lorenzo ausgerechnet hier Bäume pflanzen wollte, hier, wo die Vegetation an die Grenzen ihrer Existenz stieß, war mehr als unwirklich.

„Wie lange ist es noch, Lorenzo?", fragte Al mit einem besorgten Blick zu Jule. Nach gut zwei Stunden Autobahn waren sie auf die holprige Piste einer unbefestigten Seitenstraße abgebogen. Im Geiste spielte er das immer erdrückendere Szenario durch, dass Jule doch eiliger als erwartet ins Krankenhaus müsste. Auch Jule hatte ein paar Sorgenfalten auf der Stirn, lächelte jedoch Al sofort angestrengt an, als sich ihre Blicke trafen.

„Wir sind gleich da." Dann deutete er ausladend auf eine riesige Sandebene und lachte. „Hier werden einmal viele Bäume stehen, soweit das Auge reicht, und in deren Schatten können Melonen und Gemüse wachsen. Es wird ein blühendes Land werden." Dabei strahlten seine Augen und es bestand kein Zweifel, dass er das saftige Grün der Neembäume schon sehen, die Früchte der Mango- und Feigenbäume schon riechen und schmecken konnte. Nach etwa zwanzig Minuten holpriger Schotterpiste, Al legte vorsorglich seinen Arm um Jules Schulter und seine andere Hand beschützend auf ihren Bauch, bogen sie in einen von einem großen Zaun umgebenen Platz ein. Vor ihnen öffnete sich ein großer Kreis von kleinen einfachen Hütten und Zelten. In der Mitte des Platzes waren Arbeiter an einem Bauprojekt beschäftigt. Lorenzo sprang aus dem VW Bully und zog die Schiebetür zu den hinteren Plätzen auf. Er wirkte plötzlich zwanzig Jahre jünger und voller Tatendrang.

„Herzlich willkommen, Kinder ... wir sind da. Das ist unser Zuhause." Kaum hatte sich Lorenzo wieder umgedreht, kam ein kleines etwa achtjähriges Mädchen freudestrahlend auf ihn zugelaufen und sprang in seine Arme. Das Kind war von der Hautfarbe her pechschwarz und hatte zwei lustige oberhalb ihrer Ohren waagrecht abstehende Zöpfe. Wenn sie lachte, strahlten ihre weißen Zähne, wie kostbare von Ebenholz umrahmte Perlen.

„Das ist Anna." Er beugte sich zu Anna. „Anna, willst du unsere Ehrengäste begrüßen?" Anna kam zögernd auf Al und Jule zu und streckte ihnen ihre kleine, zerbrechlich wirkende Hand entgegen. „Herzlich willkommen in unserem Dorf." Es war sofort klar, dass ihr Lorenzo diese Worte kurz zuvor beigebracht hatte. Viel mehr deutsch oder eine andere bekannte Sprache kannte sie nicht. Kaum hatte sie Jule und Al die Hand gegeben, drehte sie sich um und rannte lachend davon.

„Ein Waisenkind ... vermutlich aus Somalia ... wir wissen es nicht genau." Lorenzo schaute ihr gerührt hinterher. Dann ergänzte er: „Sie ist eines von so vielen Opfern dieser menschenverachtenden Bürgerkriege dieses Kontinents und sie ist ... sie ist so ein wunderbares Geschöpf Gottes."

„Sie lebt hier? Hast du sie adoptiert oder wie kann man das verstehen?", fragte Al nach.

„Das interessiert hier niemanden. Ein Kind mehr oder weniger, wen kümmert das in diesem Land? Genauso gut hätte sie in der Wüste verhungern können. Das ist ein trauriges Kapitel und seitdem sie hier ist ... sie war übrigens plötzlich da, keiner weiß woher

... seitdem weicht sie nicht mehr von meiner Seite. Ich möchte, dass sie einmal zu einem selbstbewussten Menschen heranwächst und .... und ich möchte, dass sie einmal der Welt sagt, was ihr widerfahren ist. Weißt du Al ...", Lorenzo legte ihm den Arm und auf die Schultern, „der Mensch zählt hier nicht viel. Kinder werden als Soldaten verheizt, Frauen missbraucht, es ist ... es ist ein grausames Land."

„Deswegen der hohe Zaun um das Dorf?" Lorenzos Blick wanderte gelassen von einer Hütte zur nächsten.

„Hier nicht, Lorenzo. Das Sultanat Oman hat schon seit Jahren eine andere, eine friedliche Politik eingeschlagen. Aber in der Nachbarschaft und erst recht auf der anderen Seite des roten Meers, Richtung Sahara, da herrscht Krieg und das wird vermutlich noch lange so bleiben. Die Menschen sind arm, sie verhungern und direkt in der Nachbarschaft leben die reichsten Menschen dieses Planeten, das ist unfassbar. Aber jetzt ..." Lorenzo seufzte tief. „Jetzt zeige ich euch euer Zimmer. Nicht gerade luxuriös, aber mit der Klause in Argentinien kann es sich durchaus messen." Er dreht sich zu Jule um, reichte ihr die Hand und gemeinsam gingen sie auf eine Hütte zu, die aus Lehm gebaut und mit Stroh bedeckt einen wenig vertrauensvollen Eindruck machte. Türen und Fenster gab es nicht, nur ein paar Bretter, die mit einer verrosteten Angel versehen, einen gewissen Blickschutz zwischen innen und außen bot.

„Die Duschen und Toiletten sind dort drüben." Lorenzo deutete auf die andere Seite des Dorfes, die Al eher an eine Siedlerkolonie aus diversen Karl-May-Bänden erinnerte. „Etwas weit zur Toilette, aber dafür stinkt es hier nicht so. Manchmal verstopfen die Abwasserleitungen und dann ... naja, das könnt ihr euch sicher vorstellen. So, und jetzt lasse ich euch erst einmal etwas ausruhen. Vor Sonnenuntergang treffen wir uns dort in der Mitte des Dorfes, das wird einmal unser Versammlungsraum. Und morgen, da wird es genau dort eine Überraschung geben."

„Eine Überraschung?" Jule blickte Lorenzo mit großen Augen an.
„Ich möchte nicht zu viel verraten. Aber heute ist unser Gründungstag und dann haben wir ja noch Ehrengäste." Dabei schaute er Al und Jule an und beide wussten, dass sie gemeint waren. Als Lorenzo raschen Schrittes von dannen zog, ließ sich Jule auf die am Boden liegende Matratze ihrer kleinen kreisrunden Hütte fallen, die für die nächsten sieben Tage ihr Zuhause sein sollte. Der Aufprall war härter als erwartet, da die Matratze nur aus zusammengestampften Stroh bestand. Besorgt tastete Jule nach ihrem Bauch und stellte beruhigt fest, dass er weich war.
„Sie schläft." Al schaute aus dem kleinen Fenster, einerseits interessiert, andererseits auch besorgt darüber, dass Jule im Ernstfall hier keinerlei ärztliche Versorgung haben würde.
„Wer ... wer schläft?", murmelte er.
„Dein Mädchen ... Valerie." Al drehte sich um und legte sich an Jules Seite. Sanft ließ er seine Hand über ihren Bauch gleiten. Seine Sorgen behielt er für sich. Doch er wusste nur zu gut, dass Jule diese im Stillen teilte.
Das entfernte Geplapper der Arbeiter in der Mitte des Dorfes, das Gekicher einiger Kinder, die neugierig durch die Ritzen ihrer zerbrechlichen Tür blinzelten, der leichte Wind, der durch das Stroh ihres Daches raschelte, vermischten sich zu einer seltsamen fremden und doch friedvollen Musik, die beide sofort in einen tiefen Schlaf versetze, einen Schlaf, den sie noch bitter nötig haben sollten.
Am nächsten Morgen blinzelte Al der einfallenden Sonne entgegen. Den Geräuschen nach zu urteilen, bestehend aus dem fremdsprachigen Klang rauer Männerstimmen, dem Gekreische tobender Kinder und dem Säuseln des Windes über ihm, hätte es auch nur wenige Augenblicke später sein können. Die Uhr sagte ihm jedoch, dass sie über zehn Stunden geschlafen hatten. Auch Jule räkelte sich schlaftrunken neben ihm. Offenbar traten keine We-

hen mehr auf und so langsam kam er zu der Überzeugung, dass Jules Krämpfe gestern am Flughafen vielleicht doch nichts anderes als eine Magenverstimmung gewesen waren. Die Kleider von gestern hatten sie unverändert am Leib und er fragte sich, ob sie eine Dusche nehmen sollten.

„Gut geschlafen?" Jule blinzelte gut gelaunt durch ihre leicht verquollenen Augenlider. Al nickte.

„Kommst du mit? Ich schau mal nach Lorenzo und versuche mich zu orientieren. Wie geht's unserer Valerie?"

„Hat offenbar gut geschlafen." Das mit der morgendlichen Dusche war für Jule kein Thema und so krochen sie aus ihrer Hütte und wurden gleich von einer unübersehbaren Gruppe kreischender Kinder umringt. Anna stellte sich in die erste Reihe und streckte wie gestern ihre Hand Jule entgegen.

„Guten Morgen, wünsche gut geruht zu haben." Ohne den Händedruck abzuwarten, stürmte sie kreischend davon.

„Lorenzo scheint seine Aufgabe als Adoptivvater ja richtig ernst zu nehmen", stellte Jule fest und schaute schmunzelnd den Kindern hinterher, die schon wieder mit anderen Dingen beschäftigt waren. Dann kam Lorenzo mit seinem einnehmenden Lächeln auf sie zu.

„Na, ihr habt ja offenbar gut geschlafen. Eigentlich hatten wir für euch noch eine Überraschung vorbereitet." Jule und Al blickten sich erschrocken an und erinnerten sich an Lorenzos Ankündigung von gestern. „Kein Problem, wir verlegen das auf heute Abend. Die Kinder haben etwas vorbereitet, müsst ihr wissen. Und jetzt gebe ich euch erst einmal eine Exklusivführung durch unser Dorf und unsere Plantage." Lorenzo hatte wieder seinen Strohhut auf. Mit seinem grauen struppigen Vollbart sah er heute eher wie der alte Ernest Hemingway persönlich aus, dachte Al amüsiert. Das mit dem „alt" war jedoch relativ, da sie seinen Eroberungsschritten kaum hinterherkamen. Nie hatte er Lorenzo nach seinem wirklichen Alter gefragt. Jule hatte ihm mal berichtet, dass er auch ihr gegenüber dieser Frage stets ausgewichen war, genauso wie der Frage nach seiner Kindheit, nach dem Grund, warum er Priester geworden war. Irgendwann wollte er es ihr mitteilen. Die Zeit sei noch nicht reif, hatte er stets abgewunken. Vielleicht ergab sich hier am Ziel seiner Träume die Gelegenheit dazu.

„Das ist das Dorfgemeinschaftshaus. Oder besser gesagt, das soll es mal werden. So eine Art Aquarium." Dabei schaute er Jule forsch in die Augen.

„Aquarium, du meinst unser Aquarium?" Lorenzo nickte begeistert. „Aber die Einheimischen, das sind doch alles Moslems, oder nicht? Haben die nichts dagegen?"

„Nun, ich stelle mir vor, dass es so eine Art religionsübergreifendes Aquarium werden soll. Aber du hast recht, Jule, das muss man ganz vorsichtig angehen. Kommt, ich stelle euch Achmed vor. Achmed Al-Rhani ist Moslem und zwar sehr überzeugter Moslem. Und doch verbindet uns gerade das, müsst ihr wissen. Wir diskutieren tagein, tagaus und es ist erstaunlich, dass wir dabei unsere Überzeugungen nicht aufgeben müssen. Es ist auch nicht so, dass wir uns damit voneinander entfernen, im Gegenteil. Es scheint, dass unsere Differenzen nicht so unüberwindlich sind, wie man annehmen sollte. Wir lernen voneinander, jeden Tag etwas Neues und vielleicht … auf jeden Fall werden wir unsere Gespräche genau hier fortsetzen." Seine Arme schwangen ausladend über die Baustelle, von der schon die Grundmauern emporragten. Im Gegensatz zu den drum herum stehenden Lehmhütten hatten sie sich vorgenommen, ihr Aquarium aus Steinziegeln zu bauen. Es sollte Bestand haben, für diese und für die nächsten Generationen, ergänzte Lorenzo und klang dabei sehr pathetisch. Achmed Al-Rhani war etwa in Lorenzos Alter. Beide sahen sich ähnlich: Gleiche Größe, die gleichen wissbegierigen Augen. Ihr graumeliertes Haar umrahmte ein von tiefen Falten gezeichnetes und dennoch freundliches Gesicht. Ihr voller Bart zeigte in Richtung Bauch, der sich erhaben über den Gürtel wölbte. „Sie könnten Brüder sein", flüsterte Jule immer wieder Al zu.

„Sollte nicht noch ein Rabbiner hinzukommen?", fragte Al, ohne dass es Al-Rhani mitbekam. Er wusste nicht, was dieser davon halten würde.

„Irgendwann ... irgendwann Al, da wird es so sein. Irgendwann ... wir sind alle Gottes Kinder." Lorenzo holte tief Luft und blickte nachdenklich über sein Dorf.

„Und jetzt, Kinder, jetzt zeige ich euch die Plantage." Hinter dem Dorf erstreckten sich schier endlose Ketten von Blumentöpfen, in denen kleine Stecklinge ihre zarten Blätter in Richtung Sonne streckten. „Das sind sie. Das sind die ersten Bäume, die hier irgendwann einmal die Wüste in einen grünen Wald verwandeln werden." Lorenzo schaute stolz auf die vielen hundert Töpfe, die von einigen Arbeitern vorsichtig mit Gießkannen bewässert wurden. Vermutlich machten sie das jeden Tag, von morgens bis abends. Um ihre Frage vorwegzunehmen, ergänze er strahlend: „Die Flächen, wo diese Bäume einmal stehen werden, wurden uns vom Sultanat persönlich zugeteilt. Überhaupt sind die dort sehr offen und sehr interessiert." Langsam schritten sie zwischen den Stecklingen hindurch und Lorenzo bückte sich ab und an, um über deren Spitzen zu streicheln, wie ein Vater, der stolz auf seine Kinder war.

Jule blieb plötzlich stehen. Erneut hatte sich ihr Bauch gemeldet und ließ jede Muskelfaser erstarren.

„Ich ... ich glaube ich brauche mal eine Pause, Lorenzo", stöhnte sie. Lorenzo drehte sich um und machte ein besorgtes Gesicht.

„Natürlich, hatte ich ganz vergessen. Wir müssen in den Schatten und etwas trinken. Du wirst sehen, Jule, dann geht es dir gleich besser." Sie hakte sich leicht gebückt bei Al ein und gemeinsam gingen

sie zu einem Unterstand. Wasserflaschen standen bereit und obwohl das Wasser brühwarm war, schmeckte es Jule vorzüglich. Tatsächlich beruhigte sich ihr Bauch und was auch immer den Krampf ausgelöst hatte, er war längst nicht so schlimm wie gestern.
„Kommt und geht aber auch gleich wieder. War gestern schon mal", seufzte Jule. Lorenzo wusste, dass es in Muscat zwar ein sehr gutes Krankenhaus gab, dass sie aber fast drei Stunden benötigten würden, um es mit seinem Auto zu erreichen.
Kurze Zeit später kam Anna herbei gehüpft und blickte wie immer neugierig aus ihren leuchteten Augen.
„Frühstück ist angerichtet", kam aus ihrem kleinen Mund nahezu akzentfrei. Dann sprang sie wieder davon.
„Gut erzogen, Lorenzo, das muss man dir lassen." Lorenzo lächelte stolz.
„Wenn ich mir vorstelle, was aus dem Kind geworden wäre. Freiwild, kann ich euch sagen, und dann werden die alle verstümmelt. Beschneidung nennen sie das hier, aber in Wirklichkeit ist das einfach pervers." Jule zog, die Augen erstaunt hoch. Eine solche Ausdruckweise hatte sie von Lorenzo noch nicht gehört. Aber sie wusste gleich, dass er es ernst meinte und nur nach der schlimmsten Ausdruckweise suchte, um diesem abscheulichen Ritual den eigentlichen Namen zu geben.
„Hier auch, im Oman?" Al blickte dem fröhlich weglaufenden Kind hinterher. Es dreht ihm förmlich den Magen herum, wenn er daran dachte, dass man diesem Kind bei lebendigem Leib die Klitoris wegschneiden würde. „Diese Schweine", flüsterte er vor sich hin.
„Hier weniger, aber in manchen abgelegenen Dörfern wird das immer noch praktiziert. Wir werden es bestimmt nicht mehr erleben, dass dieser Wahnsinn einmal ein Ende hat, aber ... aber eines ist sicher: Solange ich lebe, werde ich mich dafür einsetzen, dass diesem Verbrechen ein Ende gesetzt wird." Jules Bauch hatte sich wieder beruhigt.

„Sollten wir nicht zum Frühstück kommen, Lorenzo?" Wie aus einer Starre wachte er wieder auf. Sein ernstes Gesicht erhellte sich und er nickte zustimmend. Dann gingen sie zurück zum Dorf. In einem Zelt war eine lange Tafel angerichtet. Es gab Fladenbrot mit Humos und eine Art Gerstenbrei mit getrockneten Datteln.
„Sehr ihr, Kinder, das ist unser Essen. Morgens, mittags und abends und dazu noch Orangen, die in der Nähe der Küste wachsen. Und heute Abend gibt es zur Feier des Tages Lammfleisch und Wein. Ein Freund, der hier in der Nähe eine gut gehende Ziegelfabrik betreibt, hat das Essen gespendet. Schließlich wird ja aus seinen Ziegeln unser Aquarium gebaut. So wäscht eine Hand die andere."
„Sag mal, Lorenzo, wovon lebt ihr eigentlich? Ich meine … noch sind die Bäume klein." Al runzelte fragend die Stirn.
„Spenden. Nichts als Spenden und in ein paar Jahren, dann verkaufen wir Neemöl."
„Und das reicht?".
„Zum Leben ja, aber … weißt du, wir benötigen auch Benzin für das Auto und den Kompressor und ab und zu Medikamente. Zum Glück geht einiges mit Sonnenenergie, aber die Kollektoren sind auch teuer und halten nicht ewig. Also genau genommen, es ist knapp. Aber bislang hat es gereicht und wenn einmal die ersten Neemblätter geerntet werden können, dann wird es sicher einfacher werden. Zum Glück sind die immun gegen diese verdammten Heuschrecken. Dass hier nichts wächst, liegt nämlich nicht an der Witterung. Ein paar Meter unter uns gibt es Grundwasser ohne Ende. Das Problem sind die Heuschrecken, die ab und an hier einfallen, keiner weiß so genau wann. Sie fressen in Sekunden alles ab, aber auch wirklich alles. Nur diese Neemblätter, die mögen sie nicht. Ist doch phantastisch, oder? Und jetzt kommt, bevor der Tisch leer geputzt ist und wir kein Frühstück mehr bekommen."

Der Hirsebrei mit Honig und Ziegenmilch schmeckte vorzüglich und ebenso das Fladenbrot mit Humos und Olivenöl. Jeden Tag, wie Lorenzo berichtete, könnte das jedoch auch eintönig werden. Aber man gewöhnte sich an alles. Wenn man an die Hungersnöte dachte, die große Regionen in Afrika immer wieder heimsuchten, dann war das für viele hier sicher der Garten Eden.

„Ich leg mich etwas in unsere Hütte." Jule sah blass aus und ihr Bauch hatte sich mal wieder verhärtet. Gebeugt humpelte sie in Richtung ihrer kleinen Lehmhütte, in der sie die vergangene Nacht verbracht hatten.

„Mit gefällt das gar nicht, Al. Wenn ..." Lorenzo stockte und wollte das Weitere nicht aussprechen. Aber es musste gesagt werden. „Wenn hier die Fruchtblase platzt, dann ... dann kann es eng werden." Al seufzte.

„Und bei den Menschen hier, das muss doch auch gehen. Aber ich hoffe natürlich, dass es nicht so weit kommt. Sie ist erst in der dreißigsten Woche."

„Sicher bekommen die Menschen hier auch ihre Kinder und manche mitten auf dem Feld. Aber Frühgeburten? Keine Chance, sie werden an Ort und Stelle vergraben." Al kam das Frühstück hoch, als er Lorenzos platte aber ehrliche Aussage hörte. „Also, Al, wenn das mehr wird, dann ab ins Auto und wenn es mitten in der Nacht ist. In Muscat gibt es ein neues Krankenhaus. Das Neuste vom Neuen. Wenn sie es bis dahin schafft, dann ist's kein Problem." Al nickte besorgt.

„Verdammt, wenn ich doch in Geburtshilfe besser aufgepasst hätte."

„Ich kenne hier eine Hebamme. Versteht kein Wort Deutsch, aber irgendwie sei sie gut. Sagen die Menschen hier. Vielleicht kann sie mal nach Jule schauen?" Al nickte verlegen. Der Gedanke, dass eine Hebamme aus der Wüste nach seiner Jule, seiner Valerie, schauen sollte, konnte ihn kaum beruhigen. Besorgt ging er zu Jule.

„Wie sieht's aus, Jule?", fragte er, als er zur Tür hineinkam. Die Frage hätte er sich sparen können, da Jule mit zusammengekniffenen Augen auf der Seite lag und stöhnte.

„Sie will ... Valerie, sie will früher ..." Al setzte sich zu ihr und streichelte ihr besorgt über die Schultern. Die Entscheidung, sich auf den Weg zurück nach Muscat zu machen, war im Grunde längst gefallen. Im nächsten Moment kam Lorenzo hinein, hinter ihm eine kleine Frau, deren Gesicht vor lauter sonnengegerbter Runzeln kaum noch zu erkennen war. Und doch strömte sie etwas Gelassenes aus, etwas, dass Al sofort sagte, dass er sie an Jules Bauch lassen könnte. Vorsichtig setzte sie sich zu Jule, legte eine Hand auf ihren Bauch und die andere auf ihre feuchte Stirn. Dann schaukelte sie langsam vor und zurück und summte dabei eine seltsame Melodie. Es dauerte nicht lange und Jule beruhigte sich. Ihr verzerrtes Gesicht entspannte sich und ein flüchtiges Lächeln ging ihr über die Lippen. Die kleine Frau stand auf und ging, ohne Lorenzo und Al anzuschauen, aus der Hütte. Al folgte ihr eilig hinterher.

„Was ist ... was ist mit ihr, wie ..." Er wusste, dass die Frau ihn nicht verstehen konnte und doch drehte sie sich um und schaute ihn besorgt an. Ihr Kopf ging ein paar Mal hin und her, dann blickte sie nach oben. Ohne ein Wort zu sagen, drehte sie sich um und ging ihres Weges. Al wollte ihr nochmals hinterherrufen, aber er ließ es sein. Ihre Geste war mehr als eindeutig. Er spürte, wie sein Herz anfing zu rasen. Leicht schwindelig stolperte er zurück in die Hütte. Jule hatte sich aufgerichtet und lächelte ihn an.

„Ist wieder gut. Kein Problem, Al. Gib mir noch etwas Ruhe und dann können wir Lorenzos Fest feiern." Er blickte sie sorgenvoll an. Es war ihm klar, dass er sie im Moment nicht überzeugen konnte, gleich in Richtung Muscat aufzubrechen. Er packte Lorenzo am Arm und verließ mit ihm die Hütte. Als sie sich ein wenig von der Hütte entfernt hatten, hielt er Lorenzo mit beiden Armen fest.

„Lorenzo, wir … wir müssen los. Die Frau, sie … ich weiß, dass sie recht hat." Weiter kam er nicht, da ihm Lorenzo ernst zunickte.
„Du hast recht Al, ich glaube, es ist höchste Zeit." Im nächsten Moment zuckten sie zusammen, als ein gellender Schrei aus der Hütte drang. Wie in Trance drehten sie sich auf der Stelle um und hechteten zurück in die Hütte. Es war wie ein schrecklicher Alptraum für Al und jeder seiner Schritte kam ihm unendlich langsam, unendlich schwer vor. Als er Jule schmerzverzerrt liegen sah, stürzte er zu Boden, um sie in die Arme zu nehmen. Seine Gedanken schossen zurück zu der alten Frau, die Jule noch kurz zuvor beruhigen konnte. Dann sah er wieder ihr besorgtes Gesicht und wusste einmal mehr, dass sie recht hatte. Lorenzo war bereits in die andere Richtung gelaufen und kurvte wenig später mit dem VW Bully vor die Hütte. Seinen Fahrer hatte er in der Zwischenzeit nicht finden können und so hatte er beschlossen, sich selbst hinter das Steuer zu setzen. Die Staubfahnen von Lorenzos wilder Fahrt hingen noch wabernd in der Luft, als Al aus der Hütte kam. Jule schleppte sich mühsam an seinem Arm nach vorne. Im letzten Moment hatte er sich nochmals umgeblickt, als habe er das Gefühl, etwas vergessen zu haben. Ein großer feuchter Fleck war dort, wo Jule gerade noch gelegen hatte.
Er schlang seinen Arm um Jule und führte sie langsam aus der Hütte. Nur mühsam konnte sie einen Schritt vor den anderen setzen. Mit raschen Griffen hatte Lorenzo die Sitze des alten Bullys umgeklappt und so notdürftig eine ebene Fläche geschaffen, auf der sie Jule mit gekrümmten Beinen lagerten. Lorenzos Freund, Achmed Al-Rhani, kam hinzu und wollte helfen. Seine Verzweiflung, nicht zu wissen, wie er im Moment helfen konnte, war ihm im Gesicht abzulesen.
„Achmed, wir müssen unser Fest nochmals verschieben." Achmed nickte zustimmend und lächelte Lorenzo aufmunternd an. Jetzt wusste er, was zu tun war.

„Kein Problem, Lorenzo, die Zeit wird kommen." Dann eilte Lorenzo um den Bully herum, sprang hinter das Steuer und gab Vollgas. Die Reifen des Bully gruben sich heulend in den Sand.
„Lorenzo, soll ich fahren? Wenn wir im Graben landen, hilft uns das erst recht nicht."
„Lass mal, Al, ich mach das schon. Bleib du nahe bei Jule. Sie braucht dich jetzt", brummte er über seine Schulter und im nächsten Moment gellte ein Schrei durch den röhrenden Oldtimer.
Al sprang zu ihr und legte sich gekrümmt an ihre Seite. Vielleicht konnten seine Nähe, seine körperliche Wärme ihr etwas Linderung verschaffen. Hilflosigkeit war oft schlimmer zu ertragen als der schlimmste Schmerz, dachte er und versuchte Jule und sich selbst etwas zu beruhigen.
Der Bully holperte mühsam über die Buckelpiste. Als sie die Autobahn erreicht hatten, preschte Lorenzo mit durchgetretenem Gaspedal über die breite, kaum befahrene Straße. Wieder zuckte ein gellender Schrei Jules durch den Bully, der mühelos das Röhren des Boxermotors übertönte.
„Ganz ruhig, Jule, wir ... wir schaffen das. Wir schaffen das, du und Valerie", flüsterte er ihr in regelmäßigen Abständen zu und drückte sich dicht an ihre schweißnassen Schläfen.
Dann löste er sich wieder von ihr, da die Hitze im Auto nahezu unerträglich war. Die Luft, die durch Lorenzos offenes Fenster strömte, erinnerte mehr an das Gebläse eines Föns. Zum Glück befand sich eine große Flasche Wasser im Auto. Vorsichtig verabreichte er Tropfen für Tropfen in Jules halb geöffnete Mund, so dass ihre Zunge und die trockenen Lippen gerade so befeuchtet wurden. Ihre regelmäßigen Schreie ließen nach und Al wusste nicht, ob dies ein gutes oder schlechtes Zeichen war. Er befürchtete, dass Jule nur deshalb nicht mehr so laut schrie, weil sie zunehmend erschöpft war. Besorgt streichelte er ihr un-

ablässig über den Bauch, was ihr tatsächlich etwas Linderung verschaffte. Erleichtert ertaste er die Bewegungen seiner kleinen Tochter.

„Wie lange noch, Lorenzo?"

„Eine knappe Stunde." Wieder fasste Al an Jules Bauch, der sich erneut steinhart anfühlte. Kindsbewegungen fühle er dabei nicht. Es dauerte unerträgliche Minuten, bis sich der Bauch wieder entspannte und auch ein paar Bewegungen darin fühlbar waren. Die Fahrt zog sich wie eine halbe Ewigkeit. Inzwischen hatten sie die Berge vor Muscat erreicht und der Bully keuchte mit letzter Kraft die weit geschwungenen Autobahnkurven hoch, um dann auf der anderen Seite schlingernd hinab zu rasen. Lorenzo versuchte das Letzte aus dem alten Auto herauszuholen. Als sich Jule eine Weile beruhigt hatte, flüsterte Al ihr zu: „Jule, alles klar? Was macht dein Bauch ... wie ... wie geht es Valerie?" Jule antwortete nicht. Von Panik erfasst, rollte er sie auf den Rücken. Ihre Augen und ihr Mund waren halb geschlossen, sie schien ihn nicht zu hören.

„Jule, Jule, wach auf, wir ... wir sind gleich da, hörst du?" Ein schwaches Zucken glitt über ihr Gesicht, dann verfiel sie wieder in ihren schlaffen Dämmerzustand. Al suchte ihren Puls, der nur schwach tastbar war und wie ein Maschinengewehr raste. Wieder versuchte er ihr ein paar Schluck Wasser einzuflößen.

„Lorenzo, wie lange noch?", schrie Al nach vorne und Lorenzo wusste, was die Stunde geschlagen hatte. Inzwischen hatten sie die Autobahn verlassen und Lorenzo raste wie ein Besessener durch die Straßen von Muscat. Er suchte jedes Schlupfloch zwischen den scheinbar kreuz und quer fahrenden Fahrzeugen hindurch. Es war ein Wunder, dass er nicht ständig aneckte. Dabei stand er unentwegt auf der Hupe. Endlich bogen sie vor einem großen Neubau ein und Lorenzo parkte den Bully direkt vor dem Eingang.

„Wir sind da", keuchte er, sprang aus dem Wagen und raste so schnell er konnte durch den Eingang. Es dauerte eine quälende

Minute, in der Al verzweifelt versuchte, Jule zu wecken, sie anzusprechen. Doch es war zwecklos. Die Tür wurde aufgerissen und zwei Sanitäter sprangen hinein.

„Schnell, wir ... wir müssen in den Kreißsaal." Sie verstanden ihn natürlich nicht, begriffen aber gleich, worum es ging, als sie Jules schwangeren Bauch sahen. Gemeinsam hievten sie Jule auf eine Trage und schoben sie im Galopp durch die große Flügeltür. Jule bewegte sich nicht. Schlaff, wie tot, lag sie rücklings auf der Trage. Ein Arm hing herunter und baumelte bei jedem Ruck wie leblos hin und her. Al dachte daran, wie Jule damals in die Unfallklinik eingeliefert worden war. Damals, als sie mit gebrochenem Knöchel aus Argentinien kam und sie sich nach fast zehn Jahren zum ersten Mal wieder begegneten. Nun ging es nicht nur um Jule, diesmal ging es um das Leben von Jule und Valerie. Seltsam, wie ihm der Name Valerie über die Lippen glitt, als wäre sie schon vor einigen Tagen zur Welt gekommen. Der Gedanke, dass sie beide jetzt sterben könnten, war auch für ihn ein Todesurteil, das wusste er. Nochmal würde er die Qualen des Verlusts, die er damals durchstehen musste, nicht ertragen. Diesmal würden sie zusammen gehen. Das war sein einziger Trost.

Vor der OP-Tür hielten sie Al zurück. Er durfte nicht mit hinein.

„Lasst mich durch, ich bin Arzt, lasst mich da rein, lasst mich zu ihr!", schrie Al den Pflegern hinterher, als sich die Milchglastür vor ihm schloss. Al sank zu Boden. Seine Angst, seine Wut wandelte sich in abgrundtiefe Verzweiflung. Sein Körper zuckte und er ließ seinem Schluchzen, seinen Tränen freien Lauf. Lorenzo bückte sich zu ihm nieder. Auch sein Puls raste noch, auch ihm standen Tränen in den Augen, als er seine Hand auf Als bebende Schulter legte.

„Sie wird es schaffen, Al. Sie werden es beide schaffen." Er zog ihn auf eine nahegelegene Bank. Al ließ seinen Kopf auf Lorenzos Schoß sinken und schluchzte weiter, ohne sich auch nur einen

Moment beruhigen zu können. Er fing an zu zittern. War es vor Angst oder war es die Kälte aus der Klimaanalage, die den sterilen Warteraum jetzt noch kälter erscheinen ließ, als er ohnehin schon wirkte? Lorenzo strich ihm durch die klatschnassen Haare und fing an, leise und brummend ein Lied zu singen. Es war ein Kirchenlied, das Al vor vielen Jahren schon einmal gehört hatte. Erst wollte er aufspringen und protestieren. Er wollte ihn anschreien, wie er jetzt singen könnte. Er wollte ihn beleidigen, warum dieser Gott, von dem Lorenzo sang, ihn schon wieder alleine ließ, ihn für etwas strafte, aber wofür?

„Warum, Lorenzo, warum ..." Wieder wurde Al von einem Heulkrampf geschüttelt und Lorenzo hielt ihn mit aller Kraft fest und ließ sich nicht beirren. Er sang ihm leise ins Ohr, während Al weiter schluchzte.

Es dauerte ein Weile, bis sich Al langsam beruhigte. Er spürte mehr und mehr, wie ihm das Brummen von Lorenzos Gesang warm durch die Glieder rann, wie es ihn nicht mehr wütend und ärgerlich, sondern ruhig und gefasst machte. Plötzlich fielen ihm die Worte wieder ein und leise stimmte er in den immer wiederkehrenden Refrain ein. Er sang nicht, aber er stammelte die Worte. Erst zögernd und dann immer kräftiger. Er suchte nach etwas, das ihm Hoffnung gab, und er wusste, dass er etwas anderes nicht tun konnte.

Dedovsk, Juni 2020

„Verdammt, was geht hier vor?", grollte eine Fremde Stimme durch den Raum. Nadjeschda fühlte sich von einer tonnenschweren Last befreit. Kraftlos blieb sie mit geschlossenen Augen auf der Tischplatte liegen. Sie wollte nicht wissen, was passiert war, nur für diesen Moment das Gefühl der Erleichterung genießen. Mit zitterten

Händen strich sie sich über ihren Körper und zog ihre feuchte Bluse über ihre halb entblößte Brust. Sie tastete nach ihrem Unterleib, tastete sich zwischen ihre Beine und stellte erleichtert fest, dass Evgenij nicht gesiegt hatte. Allerdings wurde ihr erschreckend klar, dass sie sich aus eigener Kraft nicht hätte befreien können. In letzter Sekunde musste jemand Evgenij Kasparow zurückgerissen haben. Wäre dieser Jemand nicht gekommen, hätte sie keine Chance gehabt, wäre sie vielleicht dort, an diesem friedlichen Ort, an dem ihr Daniel entgegen kam, für immer geblieben. Oh Gott, Daniel, schoss es ihr durch den Kopf, sie richtete sich blitzartig auf und fiel vor dem Schreibtisch zu Boden. Erschrocken vernahm sie eine tiefe Stimme.

„Du verdammtes Schwein, wie kannst du es wagen!" Jemand stand vor Evgenij, der erbärmlich wimmernd und zusammengekrümmt auf dem Boden lag. Ein heftiger Tritt hatte ihn von der Seite getroffen. „Zieh dich an und geh dich duschen. Du stinkst wie ein Haufen Scheiße." Evgenij drehte sich mühsam auf den Bauch und versuchte sich aufzurichten. Er zog verzweifelt an seiner Hose, versuchte seine von Nadjeschdas Erbrochenem stinkende Blöße zu bedecken. Dann blickte er hasserfüllt zu dem, der ihn seines zweifelhaften Vergnügens beraubt und ihm den brennenden Schmerz im Unterleib versetzt hatte.

„Pjotr, du ... du verdammtes Arschloch."

„Du nennst mich Arschloch? Schau dich doch an. Stinkst wie eine gärende Jauchegrube und treibst es mit ... mit wehrlosen ..." Plötzlich war es still im Raum, totenstill. Nadjeschda, deren Blick nach wie vor auf Evgenij gerichtet war, als könnte sie nicht glauben, dass ihr Peiniger nun selbst wie ein Häufchen Elend vor ihr kauerte, als triebe er nur eines seiner perfiden Spielchen, um sich im nächsten Moment erneut auf sie zu stürzen, hob vorsichtig ihren Blick, dahin, wo das grollende Donnern ihres Retters herkam, und erschrak. Zitternd kroch sie unter den Tisch und lauschte ängstlich der Auseinandersetzung der Männer. Wer da vor ihr stand, war das exakte Ebenbild von Evgenij, vielleicht ein paar Zentimeter größer, aber sonst zum Verwechseln ähnlich. Er hatte dieselben rötlich kupferfarben gewellten Haare, dieselben blauen Augen, die sie so erschreckend an ihren Daniel erinnerten.

„Ja, Pjotr, sie ist es, schau nur hin. Deine Nadjeschda, mit der du bereits deinen Spaß hattest." Evgenij grinste hämisch, als er sah, wie sich die Körperhaltung seines Bruders Pjotr veränderte, wie er erschrocken die Schultern hochzog, wie sich seine donnernde Stimme zu einem krächzenden Stottern veränderte. Pjotr wandte sich Nadjeschda zu.

„Nadjeschda ... du hier ... ich ... ich wusste, dass du irgendwann kommen würdest, aber so ... verdammte Scheiße." Dann drehte er sich wieder zu Evgenij. „Evgenij, du widerliches Schwein, wie konntest du es wagen? Wie konntest du nur ..."

„Wie konnte ich ... ja, wie konnte ich ... das frage ich mich immer wieder. Aber du, der heilige Pjotr, Vaters Liebling, du hast dir schon immer alles herausnehmen dürfen. Du durftest alles und Vater ... Vater hat dich immer dafür gelobt, sogar damals, als du Nadjeschda gefickt hast. Wie gut kann ich mich noch erinnern, wie du erzählt hast, wie du sie ..."

„Halt's Maul ... halt's Maul, du dreckiges Schwein!"

„Nein, Bruderherz, ich halte nicht das Maul. Sie soll es wissen. Sie soll wissen, wie du im Kreise der Familie geprahlt hast, sie immer wieder und immer wieder gefickt zu haben, bis nur noch Blut aus ihrer Fotze floss. Was haben alle gelacht, wie du es ihr gezeigt hast, weil sie uns verraten hat, weil sie unsere Ehre mit Füßen ..."

„Evgenij, es reicht ... verdammt, es reicht jetzt!"

„Nur weil sie ihren Freunden ein paar Tipps gegeben hat. Du hast sie fast umgebracht, Pjotr. Du hast sie gequält, für deine russische Seele, für unser Vaterland. Und jetzt, wenn ich dein Werk nur fortsetze, solltest du mir dankbar sein. Damals hat sie gewonnen. Du konntest sie nicht brechen. Sie hat über dich gesiegt, das weißt du genau. Es ist deine Rache, es ist dein Hass, Pjotr, den ich hier fortsetzte, den ich in deinem Sinne zur Vollendung führe, das ist es und es ist dein ..."

„Evgenij, verdammt, halt dein Maul, sonst ..."

„Sonst was, nein Pjotr, diesmal nicht. Sie soll wissen, dass du das wirkliche Schwein bist und dass es ... dass es dein verdammter Sohn ist." Entsetzt blickte Nadjeschda auf. Nicht Evgenij, dieser Pjotr war es, der sie damals vergewaltigt hatte. Daniel war nicht Evgenijs, sondern Pjotrs Sohn. Die Brüder sahen sich so ähnlich, dass sie auf Evgenijs perverse Spielchen reingefallen war. Instinktiv verkroch sie sich noch weiter unter den Schreibtisch und zog Bluse und Hose so weit zu recht, dass sie dadurch im Falle einer plötzlichen Flucht wenigstens nicht gehindert würde.

„Verschwinde, Evgenij, hau ab und ... lass dich nie wieder vor meinen Augen blicken. Hast du verstanden?" Evgenij stand auf und lächelte zynisch.

„Klar, Bruderherz, du willst sie für dich. Kann ich verstehen. Du wolltest ja immer alles nur für dich und Vater ... er wird mal wieder stolz auf dich sein."

„Raus hier, du Drecksack." Pjotr sprang nach vorne und wollte seinem Bruder einen weiteren Tritt verpassen. Der war jedoch schneller, lachte lauthals und sprang in Richtung Tür.

„Na dann viel Spaß, Bruderherz. Ach übrigens, nur so ein Tipp, sie kotzt immer, wenn man sie vögeln will. Und das hier ist schließlich mein Arbeitszimmer. Wenn es morgen nach deinem ... naja du weißt schon ... und nach ihrer Kotze stinkt, dann schicke ich dir die Rechnung der Putzfrau." Ohne einen weiteren Kommentar seines Bruders abzuwarten, eilte er aus dem Zimmer und schlug die Tür hinter sich zu.

Oman, März 2011

Stunden vergingen, in denen sich Al nur langsam beruhigte. Noch immer lag er mit dem Kopf auf Lorenzos Schoß. Schweigend lauschte Al dem gleichförmigen Piepen, das aus dem OP-Trakt zu ihm drang und den Puls eines Patienten anzeigte. Es war für ihn während seiner Chirurgie-Zeit immer ein beruhigender Ton, wenn sie tief im Körper eines Patienten wühlten und dieser anscheinend doch sanft und friedlich schlief und von dem Gemetzel, das sich in ihm abspielte, nichts mitbekam. Es war auch in diesem Moment ein beruhigendes Geräusch, weil es signalisierte, dass das Leben weiterging. Piep, piep, piep ... Vielleicht war es Jules Herzschlag, den er gerade vernahm. Er versuchte sich einzubilden, dass es tatsächlich Jules Herz war, das gleichmäßig schlug. Es war ihr Leben, das weiterging, unbeirrt den Takt hielt. Piep, piep, piep ... Auch Lorenzo schien dieses beruhigende Geräusch plötzlich wahrzunehmen und klopfte im selben Takt mit seiner Hand auf Als Schulter. „Es geht ihr gut, Al. Es geht beiden gut, Jule und Valerie ...", murmelte Lorenzo beruhigend auf Al ein. Piep, piep, piep ... Dann wurde es still. Al versuchte sich zu konzentrieren, versuchte das regelmäßige Schlagen des fernen Herztons wieder aufzunehmen. Das Einzige, was er hörte, war jedoch eine schreckliche Stille, eines Todesstille. Schon wollte er aufspringen, die Milchglastür eintreten, zu Jule vordringen. Doch dann vernahm er es wieder. Piep, piep, piep ... etwas schneller als zuvor, aber doch eindeutig wahrnehmbar. Doch es war kein Ton, der aus dem OP-Trakt kam. Es war sein eigener Ton. Das Einzige, was er jetzt wahrnahm, und das war alles andere als beruhigend, das war sein eigener Herzton, seine eigene Schläfe, die plötzlich anfing, gegen den darunter liegenden Stoff zu schlagen, sich daran zu reiben, ein schabendes, hässliches Geräusch zu verursachen. Von plötzlicher Panik getrieben sprang Al auf.

„Lorenzo, ich muss da rein, Jule … Verdammt, sie braucht mich. Es geht ihr nicht gut!" Schon wollte sich Al auf die Milchglastür stürzen. Er schien zu allem bereit und Lorenzo konnte nicht so schnell reagieren, ihn zurückzuhalten, ihn von einer angstgetriebenen Dummheit abzuhalten, als die Tür zum OP-Trakt wie von Geisterhand, begleitet von dem sonoren Klang des Türöffners, aufschwang. Al wich zurück, wie von einem Feind durch einen plötzlichen Gegenangriff überrascht. Auch Lorenzo zuckte in Erwartung einer vernichtenden Nachricht zusammen, einer Nachricht, die sein Leben erneut auf den Prüfstein stellen, vielleicht sogar in den Abgrund reißen würde. Doch es kam anders. Ein Mann im mittleren Alter kam bedächtig auf sie zu. Sein OP-Kittel zeigte hier und da kleine dunkle Flecken. Die OP-Maske war heruntergezogen und hing schlaff an seinem Hals. Seitlich der Kopfbedeckung klebten ein paar Haare schweißnass an seinen Schläfen. Al wusste sofort, dass es nicht der Feind war, der auf ihn zukam, es war ein Freund, der für ihn gekämpft hatte und nun durch sein Lächeln ein wenig Erleichterung ausstrahlte. Oder war es nur eine Wunschvorstellung? Al faltete instinktiv die Hände, als sein Gegenüber langsam auf ihn zutrat.

„Es geht ihr gut … es geht ihr den Umständen entsprechend gut", waren seine ersten Worte, die Al und Lorenzo wie eine Erlösung trafen und die ihre Herzen noch schneller schlagen ließen. Der Arzt lächelte erneut. Er wusste zu gut, dass es für wartende Angehörige nichts Sehnlicheres gab, als diese Worte zu hören. Und er hatte sich offenbar seine Menschlichkeit bewahrt, diese Worte unverblümt den fieberhaft Wartenden sofort mitzuteilen, sie nicht aus der Hybris eines Halbgotts in Weiß auf die Folter zu spannen. Lorenzo und Al atmeten auf. Was allerdings mit „den Umständen entsprechend" gemeint war, das wussten sie nicht und wollten es auch im Moment nicht wissen. Die Hauptsache war, dass sie lebte und dass es Hoffnung gab.

„Und das Kind ... wie geht es ... Valerie?", fragte Lorenzo in die Stille hinein. Der Arzt machte ein besorgtes Gesicht.
„Wir mussten uns um die Mutter kümmern." Er zog die Augenbrauen hoch, da er nur für den notfallmäßigen Kaiserschnitt zuständig war. Wie es dann mit dem entbundenen Kind weiterging, hatte man ihm nur am Rande mitgeteilt. Al durchfuhr es blitzartig. Es fühlte sich an wie bei einem Duell, ein Duell mit dem Teufel persönlich. Sein erster Schuss hatte sein Ziel verpasst. Nun traf ihn der Dämon höhnisch lachend direkt ins Herz. Al klebte an jeder Geste des Arztes, inständig hoffend, dass sich alles noch zum Guten wenden könnte. Der Ausdruck des Arztes blieb freundlich, er strahlte eine unerwartete Sanftmütigkeit aus. Er versuchte sich vorsichtig auszudrücken, nicht zu viel Hoffnung zu wecken, aber auch nicht ein vernichtendes Urteil vorwegzunehmen.
„Wir mussten eine Sectio, einen Kaiserschnitt durchführen. Es war eine Notsectio, alles musste sehr schnell gehen und ... und es ist ein Mädchen ..." Al seufzte erleichtert und gleichzeitig wurde ihm schwindelig. Er versuchte, gefasst die nächsten Worte, die wie ein Todesurteil klingen könnten, hinzunehmen. „Das Kind liegt auf der Intensivstation und ... sie lebt, ich glaube, es geht dem Kind so weit gut, aber ...." Die nächsten Worte nicht hören wollend, um erst einmal und nur an der Nachricht des Lebens kleben zu wollen, blickte Al den Arzt an und stotterte flehend: „Aber das Kind, es lebt ... sie lebt, nicht wahr?" Jeden Hoffnungsschimmer aufsaugend schaute Al bittend zu dem vor ihm stehenden Arzt empor, der nur still nickte und sich dann wortlos herumdrehte. Mehr, das musste er enttäuscht zugeben, wusste er im Moment auch nicht. „Kann ich ... kann ich sie sehen?", rief ihm Al hinterher. Zögernd drehte er sich nochmals um.
„Sie liegt auf der A3. Da ist unsere Wachstation ... und das Kind ..."
„Sie heißt Valerie ... sie heißt Valerie", rief ihm Al schluchzend hin-

terher. Ein Lächeln glitt über das Gesicht des Arztes. Er nickte Al zustimmend und anteilnehmend zu.

„Valerie …. ein schöner Name." Al schaute zur Decke, in das kalte Licht der Neonröhren. Es war, als schwebte plötzlich ein Teil seines eigenen Lebens an seinem inneren Auge vorbei. „Sie liegt auf der B1. Das ist genau nebenan, neben der Station A3. Sie müssen dort klingeln und wenn es passt, dann werden Sie hineingelassen. Es wird aber noch eine Weile dauern, bis Sie zu ihnen können. Es ist ein schönes Kind … Valerie … ein schöner Name." Dann drehte er sich lächelnd um und verschwand hinter der Milchglastür. Al spürte, wie seine Beine weich wurden, und Lorenzo konnte ihn gerade noch stützen. Beide ließen sich erschöpft auf die Bank fallen, auf der sie noch wenige Minute zuvor bittend und betend innere Qualen durchlitten hatten und nun erleichtert einen Moment jeder für sich in innerer Andacht verharrten.

„Ein freundlicher Arzt … wir haben ihn gar nicht nach seinem Namen gefragt. Und spricht auch noch Deutsch … wenn das kein gutes Zeichen ist. Al, wir …." Er ließ Lorenzo nicht ausreden und sprang plötzlich auf.

„Komm, Lorenzo, wir müssen sie sehen. Stell dir vor, sie leben, Jule und Valerie, sie leben. Mein Gott, sie leben." Lorenzo erhob sich langsam und erschöpft wie nach einem langen Kampf. Es war ein schwerer Kampf, ein innerer Kampf, der ihn wieder einmal an die Grenze von Zuversicht und Verzweiflung gebracht hatte. Und er musste sich erneut eingestehen, wie schwer es ihm fiel, der Zuversicht eine faire Chance zu geben.

Al fiel ihm in die Arme und stammelte: „Lorenzo, ich danke dir. Was sollte ich nur machen ohne dich."

„Ohne mich?", erwiderte Lorenzo. „Ohne mich wärt ihr aber auch nicht hier. Und unser Herr …". Al spürte seine Lebenskraft, seine Hoffnung ein wenig zurückkommen. „Er hat sie nicht zu sich genommen. Er will, dass sie leben. Jule und Valerie. Ja, Al, er will, dass sie leben." Beide standen eng umschlungen und schluchzend beieinander. Dann machten sie sich auf den Weg, um die Stationen A3 und B1 zu finden.

Mit klopfendem Herzen klingelte Al an einer Tür, auf der in großen Buchstaben A3 und B1 zu lesen war. Es war die Tür zur gemeinsamen Wachstation, für Erwachsene auf der einen und für Kinder auf der anderen Seite. Was sollte er sagen? Sicher kannte niemand bislang seinen Namen und in welcher Sprache sollte er sich zu erkennen geben?

Eine Schwester in grüner OP-Kleidung erschien an der Tür und teilte ihnen in gebrochenem Englisch mit, dass sie sich noch ein paar Minuten vor der Tür gedulden müssten. Sein flehendes Gesicht, nahm sie nicht zur Kenntnis. Sie wollte professionell erscheinen, was in diesem Moment aber eher als Gefühlskälte herüberkam. Lorenzo merkte, wie Al jede Nuance ihres Gesichtsausdruckes in sich aufsaugte, um im Vorfeld etwas über den Zustand von Jule und Valerie zu erfahren.

Nach wenigen Minuten öffnete sich die Tür zur Wachstation. Es war eine Welt, die Al nur zu gut kannte, die an Kälte und Unpersönlichkeit nicht zu übertreffen war, in der der Mensch als Mensch kaum noch zählte und in der er gerade hier, mehr als an anderen Orten, mit allen Mitteln am Leben gehalten werden sollte.

Al fröstelte, was zum einen an der heftig blasenden Klimaanlage auf seinem von Schweiß durchtränkten Hemd lag, aber auch an dieser Gefühlskälte, die ihn so plötzlich umgab. Zum Glück kam ihnen der Arzt von vorhin entgegen. Er hatte sich inzwischen umgezogen und einen sauberen weißen Kittel an. „Wir brauchen noch Ihre Formalitäten, Herr ..."

„Steinhoff, Albert Steinhoff", stammelte Al und blickte sich ängstlich nach allen Seiten um, ob er Jule oder Valerie irgendwo entdecken konnte.

„Aber kommen Sie erst einmal mit, Herr Steinhoff. Die Formalitäten können warten." Dabei klopfte er Al auf die Schulter und leitete ihn vorbei an offenstehenden Krankenzimmern, in denen Beatmungsgeräte mit herabhängenden Schläuchen starr und bedrohlich auf ihre Arbeit warteten.

„Wir konnten sie rasch extubieren, aber ... sie hat Fieber ... ein Infekt ...", sagte der Doktor, dessen Name Al immer wieder hörte, den er aber irgendwie nicht in Erinnerung behalten konnte, der immer wieder seinem Kurzzeitgedächtnis entschlüpfte.

Jule lag in einem großen weißen Bett, umgeben von Geräten, die dem Weiterleben dienen sollten. Die Geräte brummten und piepten, schienen einen funkelnd anzuschauen. Sie wirkten für den Laien eher bedrohlich, weniger Vertrauen als Angst einflößend. Für Al war es ein bekannter Anblick und seine Augen sahen nur Jule, wie sie blass und doch gleichmäßig atmend auf dem Rücken lag. Erleichtert stellte er fest, dass die meisten Geräte nur lauerten, aber nicht mit ihr verbunden waren. Sie war bis knapp unter ihren Hals zugedeckt und ihre Arme lagen friedlich ausgestreckt rechts und links ihrer Decke. Lediglich eine Infusion steckte in ihrem Handrücken und ließ eine gelblich klare Flüssigkeit in sie hineinlaufen. Zahlreiche blaue Flecken an den Unterarmen ließen erkennen, dass der intravenöse Zugang offenbar nicht leicht zu legen gewesen war. Wie oft hatte er selbst damit gekämpft, einem Patienten im Schock, dessen Venen kaum noch sichtbar waren, diesen lebenserhaltenden Zugang legen zu müssen. Wie oft hatte er selbst mit seinem quälenden Tremor kämpfen müssen, um nicht alles im selben Moment hinzuschmeißen, stattdessen es weiter zu versuchen, auch wenn Umstehende ihn zusätzlich mit hässlichen Kommentaren wie „Mein Gott, Sie zittern ja, machen Sie das zum ersten Mal, kann nicht einer kommen, der das besser kann ..." zusätzlich verunsicherten.

Die blauen Flecken an Jules Armen waren das sichtbare Zeichen eines solchen Kampfes, der meist ein innerer Kampf war. Wieder ertönte das monotone Piep, piep, piep … es signalisierte Jules gleichmäßigen und normalen Herzrhythmus. Ihre Augen waren geschlossen und es kam ihm vor, als sähe er einen Schimmer ihres schüchtern zurückhaltenden Lächelns, ein Lächeln, das ihm von Anfang an so vertraut und unverwechselbar liebgewonnen war. Ja, das war seine Jule, die hier lag, und er konnte es nicht abwarten, das Öffnen ihrer wunderschönen hellbauen Augen zu erleben. Es würde ein schöner Moment sein, wie damals am Strand in Österreich, wo sich als Teenager zum ersten Mal ihre Blicke trafen. In den vergangenen Jahren hatte er oft darüber nachgedacht und es wurde ihm von so vielen Menschen bestätigt, dass es niemals mehr so sein würde, wie beim ersten Mal. Aber das war falsch. Vielmehr hatte er das Gefühl, dass es von Jahr zu Jahr stärker war, dass das Gefühl zusammenzubleiben immer drängender wurde. Und doch war es nicht selbstverständlich. Das wusste er nur zu gut. Der Schmerz, sich irgendwann nicht mehr in die Augen blicken zu können, würde von Jahr zu Jahr zunehmen, wie ein Geschwür, das sich aus dem Glück zu nähren schien und einen doch am Ende vernichten würde. Doch es gab einen Ausweg, es gab nur eine einzige Hoffnung, die so zerbrechlich und doch so seltsam beruhigend war. Es war die Hoffnung, dass das Leben auch nach dem Tod nicht zu Ende sein würde. Je länger er mit Jule zusammen war, desto mehr klammerte er sich an diese einzige Hoffnung.

Er setzte sich auf einen Stuhl an Jules Seite und hielt vorsichtig ihre kühle, so zarte und doch von Lebenswillen durchströmte Hand. Es war ein schönes Gefühl und Lorenzo lächelte ihm ebenso gelassen wie glücklich über die Schulter.

Dann wurde er gewahr, dass Jule nicht die Einzige war, um die er sich sorgte. Bestimmt würde sie noch eine Weile schlafen und er könnte die Zeit nutzen, um nach Valerie zu schauen. Es war ihm plötzlich so erschreckend klar, dass dies der erste Moment sein würde, an dem er seine kleine Tochter nicht indirekt durch Jules Bauchwand hindurch ertasten würde, sondern sie sehen, vielleicht sogar berühren könnte. Lorenzo ahnte seine Gedanken und hakte ihn unter den Arm. Gemeinsam gingen sie aus dem Zimmer und schauten sich um. Es war ihnen klar, dass sie auf der Wachstation nicht einfach die einzelnen Zimmer nach Valerie erkunden konnten. Niemand wusste von ihnen und Al überfiel Panik, dass Valerie vielleicht irgendwo lag und niemand die Verbindung zu ihm als Vater herstellen könnte. Hinzu kam, dass er Valerie vielleicht unter anderen Säuglingen gar nicht erkennen würde.

Eine Krankenschwester kam missmutig auf sie zu, als sie die beiden ratlos umherstehen sah. Al machte ein Armbewegung, als schaukele er ein kleines Kind auf den Armen und dazu ein fragendes Gesicht, das der Krankenschwester sofort unmissverständlich signalisierte, worum es ihm ging. Sie nickte ihnen plötzlich freundlich zu, was Al sofort ein Gefühl der Beruhigung einflößte. Als sie jedoch an zahlreichen Zimmern vorbeikamen, in denen Säuglinge teils schlafend lagen, teils aber auch lauthals brüllend auf sich aufmerksam machten, da wurde ihm ganz schwindelig. Irgendwie sahen sich die Babys alle ähnlich, und Al wurde klar, dass er tatsächlich niemals sein eigenes Kind herausfinden könnte. Instinktiv klammerte er sich an Lorenzo. Vor einem verschlossenen Zimmer blieben sie stehen und Al fuhr es warm durch die Brust, als er auf einem kleinen Zettel, der notdürftig und doch für alle sichtbar und mit einem Ausrufezeichen an die Tür geheftet war, den Namen Valerie las. Es konnte nur so sein, dass der freundliche Arzt, der den Kaiserschnitt durchgeführt hatte, ihren Namen dort angebracht hatte.

„Ich habe dich bei deinem Namen gerufen", murmelte Lorenzo gerührt und gemeinsam traten sie ein. Wieder war es ein Gewirr aus Geräten, blinkenden Lichtern und das seltsame mechanische

Schnaufen eines Beatmungsgerätes, das fast von dem ablenkte, worum es eigentlich ging. Unter einer Plastikhaube, die im ersten Moment eher an einen durchsichtigen Sarg, als an ein Krankenbett erinnerte, lag ein winziges Etwas. Ein Säugling, obwohl er nichts saugte, nichts saugen konnte, wie der Name nahelegte, vielmehr mit Flüssigkeiten und Atemluft genährt wurde. Es war ein winziges Kind, deutlich kleiner als alle Kinder, an denen sie bislang vorbeigekommen waren. Und doch war es ein perfekter, so einzigartiger Mensch, wie alle anderen auch, die hier das Licht der Welt erblickt hatten.

Al erschrak, da der Anblick von Valerie in ihm nicht das auslöste, was er erhofft hatte. Er hatte erwartet, jemand Vertrautes zu sehen, jemand, den er kannte, der ihn vielleicht selbst erkannte, als das, was er zweifelsohne war, als Vater. Stattdessen lag vor ihm ein fast fremd erscheinendes Wesen. Die Haut schien leicht gerötet und schrumpelig. Kein Gramm Fett, wie sonst bei Neugeborenen, umhüllte den kleinen Körper. Die Augen waren geschlossen und die Augenlider glänzten aufgrund einer dick aufgetragenen Creme. Aus dem kleinen Mund ragte ein Schlauch, der mit einer Binde rund um den kleinen Kopf in eine aufrechte Stellung gebracht und mit dem schnaufenden Beatmungsgerät außerhalb der kleinen Welt des Brutkastens verbunden war. An dem zerbrechlich anmutenden Schädel war eine Infusion angebracht, die unablässig eine klare Flüssigkeit in den kleinen Körper hineinlaufen ließ.

Fassungslos blickte Al in das kleine Gehäuse, in dem seine Tochter, seine kleine Valerie, künstlich am Leben gehalten wurde. Ängstlich glitten seine Blicke auf die Monitore, die jedoch mit den Anzeigen der ihm vertrauten Maschinen auf der Erwachsenenintensivstation ganz andere, ihm vollkommen fremde Werte in allen Farben wiedergaben. Verzweifelt versuchte er aus dem Zahlengewirr irgendeine Information herauszulesen, die ihm

sagen sollte, wie es ihr ginge, welche Chance sie hatte, einmal ohne die Schläuche, außerhalb dieses gläsernen Kastens, einem glücklichen Leben entgegenzusehen. Dann schaute er wieder zu Valerie, versuchte irgendetwas Vertrautes zu entdecken, etwas, das ihm sagte, ja, das ist mein Kind, das ist meine Valerie. Er hätte sich nie vorstellen können, dass ihm das Vertrauteste auf der Welt, sein eigen Fleisch und Blut, wie es so schön hieß, im ersten Moment so fremd sein könnte. Er versuchte sich zu erinnern, dachte an die wenigen Entbindungen, die er als Assistenzarzt begleitet hatte. Vielleicht war es gar nicht das Kind selbst, sondern vielmehr die glückliche Mutter, die ihr Kind freudestrahlend in den Armen hielt, die den Vater erst gar nicht auf die Idee kommen ließ, dass sie etwas Fremdes liebkoste. Es war die vollkommene Einheit aus Mutter und Kind, das unmissverständlich das Vatersein vermittelte. Er freute sich auf diesen Moment.
Unsicher beugte er sich über die Glashaube und betrachtete das vollkommen bewegungslose Kind, dessen winzige Arme und Bein, die Finger so perfekt und doch so reglos von sich streckte. Plötzlich zuckte etwas über das von Schläuchen, Bandagen und intravenösen Zugängen kaum noch sichtbare kleine Gesicht. Es war wie ein zaghaftes Lächeln, es war ein kleiner Hoffnungsschimmer.
„Das war höchste Eisenbahn", dröhnte plötzlich eine Stimme durch den Raum. Al drehte sich erschrocken um und sah einen braun gebrannten und gut aussehenden Arzt vor sich stehen. Seine goldene Rolex baumelte leger an seinem rechten Handgelenk, als er sie Al hinstreckte. Vielleicht konnte man eine solche Uhr auch nur rechts tragen, damit sie jeder bei jeder Gelegenheit bewundern sollte. Al empfand eine plötzliche spontane Abneigung, auch wenn er erleichtert war, einen offenbar deutschen Arzt vor sich zu haben. „Eckel, Privatdozent Doktor Eckel und Sie sind ..."

„Steinhoff, Albert Steinhoff." Warum er spontan seinen eigenen frisch erworbenen Doktortitel wegließ, wusste Al nicht. Es war nur so ein seltsames, so ein spontan misstrauisches Gefühl, das ihn plötzlich befiel.

„Die Kollegen von der Gyn haben schnell reagiert und es war eine Meisterleistung, dass die beiden noch leben." Al dachte an den freundlichen Arzt von heute Morgen.

„Ja, Herr Doktor ... ich kann mir seinen Namen nicht merken ..."

„Ist ja auch nicht so wichtig. Sollte man denen gar nicht zutrauen. Sie haben Glück, Herr Steinhoff, der Kollege, der den Kaiserschnitt durchführte, hat ein paar Jahre in Deutschland gelernt. Also kein Wunder."

„Er ist aber auch ein sehr freundlicher ..." Eckel unterbrach ihn unwirsch.

„Das alleine zählt nicht, wissen Sie. Heute benötigen Sie beste Ausbildung und dann natürlich dies hier." Er schwenkte seine Arme durch den Raum, als gehörte ihm selbst die ganze Einrichtung, das ganze Krankenhaus. „Alles vom Feinsten, die besten Geräte ... aus den USA und natürlich ‚Made in Germany'. So etwas, Herr Steinhoff, so etwas können Sie in Deutschland leider vergeblich suchen." Al seufzte verlegen und schaute zweifelnd zu seiner Tochter. Irgendetwas sagte ihm, dass jede Widerrede, jede Verteidigung deutscher Medizin, jedes weitere Wort zur Frage des ärztlichen Auftrags, überflüssig waren.

„Wie geht es ...", Al brachte kaum einen Ton hervor. Seine Stimme stockte als er wieder ein leichtes Zucken in Valeries Gesicht erblickte. Es war ihm, als sehe er Jules schüchtern zurückhaltendes Lächeln in Valeries Gesicht. Aber sicher war es nur Einbildung. Und trotzdem sagte ihm sein Instinkt, dass irgendetwas nicht stimmte, als müsste er Valerie vor etwas beschützen. War es vielleicht doch der vielbeschrieben Vaterinstinkt, der plötzlich in ihm aufkeimte, oder war es etwas anderes, jemand anderes, vor dem er sein kleines zerbrechliches Kind bewahren musste?

„Es geht ihm so weit gut", stellte Privatdozent Doktor Eckel fest und wandte sich mit einem arroganten Augenaufschlag in Richtung Tür.

„Valerie, sie heißt Valerie ... sie ist ein Mädchen." Eckel zuckte zusammen.

„Ja, ja natürlich, was denn sonst ... glauben Sie mir, Herr Steinhoff, hier bekommt Ihr Kind das Beste vom Besten und ..." Um wieder Vertrauen zu gewinnen, trat er auf Al zu und blickte ihm kalt lächelnd ins Gesicht. „Und bei mir ist sie in den besten Händen, darauf können Sie sich verlassen." Dann schlenderte er herablassend davon, während das schwere Armband seiner goldenen Rolex demonstrativ an seinem Handgelenk klapperte.

„Warum sagt mir mein Gefühl, dass Valerie bei diesem arroganten Schnösel nicht in den besten Händen ist?" Al blickte ängstlich zu Lorenzo, der fragend, aber auch irgendwie zustimmend die Schultern hob.

„Wir sollten zusehen, dass Jule und Valerie bald nach Deutschland kommen", pflichtete Lorenzo bei. „Es ist nicht alles Gold, was glänzt, in diesem Land, erst recht nicht, was deutsche Ärzte anbelangt ... Allerdings scheint es, dass es unserer kleinen Valerie hier tatsächlich an nichts fehlt." Al kam es so vor, als wachse in ihm ein neues Lebensgefühl. Es war etwas, das ihm sagte, dieses kleine Kind beschützen zu müssen, mit aller Kraft, die ihm zur Verfügung stand und um die er je bitten würde.

„Ich werde mich mit meiner Versicherung wegen eines Rückflugs in Verbindung setzen", entgegnete Al. Lorenzo nickte und wandte sich zum Gehen.

„Wir sollten zu Jule gehen, Al. Wenn sie aufwacht, wird sie viele Fragen haben, meinst du nicht auch?" Sie gingen gemeinsam zurück zu Jules Zimmer, das zum Glück nur wenige Meter entfernt von Valeries lag. Lorenzo hatte Recht. Es dauerte nicht lange, bis Jule ihren Kopf langsam hin und her rollte, als wollte sie etwas abschütteln, das sie unendlich quälte. Dann schlug sie blinzelnd die Augen auf und sah Al an, der sich hingebungsvoll über sie beugte und zärtlich über ihre Stirn streichelte. Noch bevor Jule Fragen stellen konnte, noch bevor sie nach ihrem Bauch tastete, flüsterte er ihr zu.

„Es geht ihr gut …. unsere Valerie ist da … es geht ihr gut." Ein Lächeln zuckte über Jules Gesicht und ihre Augen füllten sich sofort mit Tränen, die im nächsten Moment wie ein Rinnsal über ihre Schläfen liefen. Sie wollte etwas sagen, aber ihre Mundwinkel zitterten und sie bekam kein Wort heraus. „Es wird alles gut, Jule. Du … du musst dich noch etwas ausruhen und dann …. dann fahren wir nach Hause. Wir alle drei … mit Valerie."

„Kann ich … kann ich sie sehen?", flüsterte Jule angestrengt. „Was ist … was ist mit ihr?", brachte Jule noch hervor, bevor ihr Al auf die Stirn küsste, als könnte er sie damit ein wenig beruhigen. Aber ihre Augen blieben ängstlich angespannt.

„Sie ist in einem Brutkasten, sie ist … sie ist noch sehr klein und … sie wird noch beatmet." Jule fing wieder an zu schluchzen.

„Ich möchte sie sehen, Al … bitte." Al erhob sich und schaute hilflos umher. Zum Glück kam in diesem Moment der freundliche Gynäkologe, der den Kaiserschnitt durchgeführt hatte, Doktor Hosseini, um die Ecke. Warum Al gerade jetzt sein Name einfiel, wusste er nicht. Aber er spürte sofort wieder dieses Zutrauen zu diesem fremd aussehenden und doch so vertraut wirkenden Arzt und trug ihm Jules Bitte vor.

„Das … das geht eigentlich nicht. Ich meine, von mir aus wäre es kein Problem, aber die Kollegen auf der Kinderstation … das könnte Probleme machen." Hosseini sah Jules bittendes Gesicht. Er wusste offenbar allzu gut, was im Kopf einer Mutter in diesem Moment ablaufen würde und nickte.

„Gut … also gut. Wer viel fragt, bekommt viele Antworten. Sagt man nicht so in Deutschland?" Al lächelte erleichtert. Sogleich holte Hosseini einen Rollstuhl und gemeinsam hievten sie Jule hinein. Sie musste dabei starke Schmerzen haben, jedenfalls verriet das ihr verzerrtes Gesicht. Doch sie ließ keinen Ton über die Lippen kommen. Spürte sie in der Erwartung, zum ersten Mal ihr Kind zu sehen, tatsächlich keinen Schmerz oder war es die Angst, dass Hosseini aufgrund eines Stöhnen ihrerseits die Aktion doch wieder abblasen würde? Das Ergebnis war auf jeden Fall das gleiche. Ihr stand der unbeschreibliche Moment bevor, in dem eine Mutter zum ersten Mal ihr Kind sehen würde. Als sie das Krankenzimmer verließen, ging Hosseini vorneweg. Al schob den Rollstuhl und Lorenzo führte den Infusionsständer neben ihnen her. Es war emsiges Treiben auf dem Gang, sodass sie im hektischen Getümmel zwischen den Stationen nicht auffielen. Hosseini wusste, in welchem Zimmer Valerie lag, schließlich hatte er ja am Vormittag den Zettel mit ihrem Namen an der Tür befestigt. Trotzdem schaute er sich unsicher nach allen Seiten um. Jule und Al wussten, dass er etwas tat, das ihm Ärger einbringen konnte und womit er eine wie auch immer festgelegte Grenze überschritt. Er war sich zweifellos darüber im Klaren, die Konsequenzen dafür zu tragen. Aber das war ihm offenbar nicht so wichtig, vielleicht gerade weil er es nicht für sich tat, sondern für andere, die ihm wichtiger waren.

Rasch bogen sie in Valeries Zimmer und schlossen die Tür hinter sich. Jules Augen waren wie gebannt auf das von einer großen durchsichtigen Plastikhülle umgebene Bettchen gerichtet. Fassungslos legte sie beide Hände auf ihre Wangen und sah zum ersten Mal das, was sie so lange in ihrem Bauch getragen hatte, was sie besser behütet hatte als ihren eigenen Augapfel, was ihr Leben so umwälzend verändert hatte und noch verändern würde. „Oh mein Gott … sie ist schön …. sie ist so schön." Tränen rannen ihr über die Wangen und sie wollte sich in ihrem Rollstuhl aufrichten, fiel dann jedoch mit schmerzverzerrtem Gesicht zurück. „Langsam, Jule, wir ... wir dürfen sie nicht anfassen, hat der Doktor gesagt." Hosseini runzelte die Stirn und reichte Jule eine Flasche mit Desinfektionsmittel.

„Gut einreiben, bis die Hände trocken sind, und dann ... dann ganz vorsichtig", lächelte er ihr zu. Jule tat so, wie sie Hosseini geheißen hat, und dann halfen sie ihr vorsichtig auf die Beine.

„Wenn Sie Ihre Hand durch diese Öffnung schieben, dann können Sie Ihre Tochter streicheln. Sie wird das mögen, glauben Sie mir." Zitternd schob Jule ihre Hand in den Brutkasten und tastete nach den kleinen Ärmchen und den Beinchen. Vorsichtig zog sie die Windel weg, die Valeries Körper wie eine normale Decke fast ganz bedeckte, und legte zart ihre Hand auf ihren Bauch.

„Mein Gott, wie zart sie ist, so ... so zerbrechlich und doch so ... so schön." Al streichelte Jule über den Rücken und hatte das Gefühl, damit auch mit seiner kleinen Tochter verbunden zu sein. Mit dem anderen Arm stützte er Jule, deren Gesicht etwas ausstrahlte, das Al bei ihr bislang nicht kannte. Es war das glückliche Gesicht einer Mutter und es war der Moment, in dem sie sich alle drei zum ersten Mal eine kleine Familie nennen durften. Es war ein friedlicher ein glücklicher Moment, der alle Erinnerungen an die schwierigen Umstände der Entbindung, alle Sorgen, wie es weitergehen könnte, vollständig verblassen ließ. Beide atmeten gleichzeitig tief durch und hatten keinen sehnlicheren Wunsch, als dass dieser Moment noch lange anhalten würde.

Im nächsten Augenblick knallte mit einem lauten Schlag die Tür auf und Doktor Eckel kam wutschnaubend hineingeplatzt.

„Was geht hier vor? Hosseini, Sie ... Sie haben hier nichts verloren. Sehen Sie zu, dass Sie ...", weitere Worte verkniff er sich. Hosseini schaute Eckel gelassen an. „Was glotzen Sie mich so an? Sie wissen genau, was vereinbart wurde." Dann drehte er sich zu Jule,

die inzwischen ängstlich ihre Hand wieder zurückgezogen hatte und sich erschöpft in ihren Rollstuhl fallen ließ. „Und nun Schluss mit der Veranstaltung. Wenn Sie Ihr Kind anstecken, dann ... dann sind Sie selber schuld. Und jetzt verlassen Sie alle diesen Raum. Ich muss meiner Arbeit nachgehen." Unfreundlich schob er Al, Jule und Lorenzo auf den Gang. Hosseini blickte er bitterbös in die Augen. „Das hat ein Nachspiel, Hosseini, darauf können Sie sich verlassen. Ich werde Beschwerde gegen Sie einlegen und dann, Hosseini, dann können Sie mit Konsequenzen rechnen. Meine Geduld mit Ihnen ist am Ende." Hosseini schwieg und lächelte nur gelassen zurück. Dann verließ er ruhigen Schrittes, ohne sich nochmals umzudrehen, Valeries Zimmer. Al eilte ihm hinterher und packte ihn am Ärmel. Hosseini drehte sich um. An seinem sanftmütigen Ausdruck hatte sich trotz allem nichts geändert.
„Wir haben Sie in Schwierigkeiten gebracht, das ... das tut uns leid, wir wollten nicht, dass Sie wegen uns ... trotzdem ... vielen Dank", stammelte Al unsicher und suchte nach einem Ausweg, wie er Hosseini helfen könnte. Doch dieser winkte nur lächelnd ab.
„Lassen Sie nur, Herr Steinhoff. Als ich das glückliche Gesicht Ihrer Frau gesehen habe, da bestand kein Zweifel ... es war richtig so. Man muss im Leben das tun, wozu man sich berufen fühlt. Vielleicht nicht immer, aber öfter als man denkt. Und das war ein solcher Moment, glauben Sie mir." Dann klopfte er Al auf die Schulter und verschwand im Getümmel des Klinikpersonals auf dem Gang.
„Ein ungewöhnlicher Mensch ... ungewöhnlich mutig und ..." Lorenzo überlegte.
„Vertrauenswürdig?", ergänzte Al.
„So könnte man das sagen, aber es erklärt nicht alles. Da ist noch mehr als nur vertrauenswürdig." Lorenzo schüttelte den Kopf und gemeinsam schoben sie Jule zurück auf ihr Zimmer.
Die nächsten Tage vergingen zäh und quälend. Al hatte Lorenzo überzeugen können, wieder zurück zu seiner Plantage zu fahren,

um nach dem Rechten zu sehen. Er hatte ihm das Versprechen abnehmen müssen, täglich zu telefonieren. Für Al war dies keine Pflicht, sondern immer etwas, das ihm neue Kraft gab. Und so telefonierte er nicht nur einmal, sondern mehrfach täglich mit Lorenzo, um seine Fürsprache, seine Fürbitte zu erfahren, die ihm jedes Mal die Augen öffnete, für das, was jetzt zu tun war. Zum Glück konnte er über seine Auslandsversicherung einen Rückflug organisieren und so kam der Tag der Rückreise immer näher.

Auf Jules Station war Al beim Pflegepersonal so beliebt, dass sie ihm ein Klappbett in Jules Zimmer stellten, um darauf die Nächte und so manchen erschöpften Nachmittag zu verbringen. Doktor Hosseini kam mehrfach täglich, um nach Jules Befinden zu sehen. Er hatte sich nicht nehmen lassen, selbst mit Jules Krankenversicherung zu sprechen. Irgendwann verkündete er gut gelaunt, dass die Kosten des Krankenhauses von Jules Versicherung übernommen würden und dass auch Al bis zum Rücktransport im Zimmer bleiben könne. Jule ging es von Tag zu Tag besser, sodass sie Doktor Eckel trotz aller nach wie vor bestehenden persönlichen Spannungen dazu überreden konnte, jeden Tag für wenigstens einige Minuten bei Valerie bleiben zu dürfen. Valerie sei noch zu schwach für mehr Kontakt und außerdem sei das Infektionsrisiko zu hoch, wenn sie ständig betätschelt würde. So drückte er sich aus, was Jule jedes Mal einen verletzenden Stich bereitete. Als würde sie ihre kleine Tochter betätscheln. Da es keinen Blickkontakt zwischen Mutter und Tochter gab, keinen weiteren körperlichen Kontakt und erst recht kein Stillen, keine Hingabe dessen, was eine Mutter körperlich für ihr Kind bereitete, waren diese kleinen Augenblicke der Berührung für sie so unendlich wichtig.

Einmal sah Al, wie Doktor Hosseini von Eckel förmlich aus Valeries Zimmer geworfen wurde. Sie schrien sich auf dem Gang gegenseitig an und Hosseini schwang seine Arme vorwurfsvoll in Valeries Richtung. Worum es bei der Auseinandersetzung ging, konnte Al aus dem Gewühl der Stimmen auf dem Gang nicht heraushören. Es beunruhigte ihn sehr, aber er wollte diese Beunruhigung nicht auf Jule übertragen. Immer wenn das Gespräch auf Eckel kam, winkte Al ab. Jule ließ sich jedoch immer weniger auf Als ausweichende Kommentare ein.

„Al, ich traue diesem Eckel nicht. Ich habe das Gefühl, er will dich und mich von Valerie fernhalten. Irgendetwas stimmt nicht ... Bist du sicher, dass er weiß, was er tut?" Offenbar war es genau die Frage, die ihn mehr und mehr beschäftigte, eine Frage, die er sich jedoch nicht stellen wollte, da er wusste, dass sie auf Eckel angewiesen waren, wie auf keine andere Person. Jule bohrte weiter: „Warum bekommt Valerie all diese Infusionen, warum wird sie nicht wach, warum muss sie weiter beatmet werden, warum ... Warum kann sie nicht zu mir?" Jule schluchzte. „Al, ich spüre, dass sie mich braucht, sie braucht meine Wärme, meine Milch, die ich stattdessen in diese Flaschen abpumpe. Al sie ... sie braucht auch dich." Al wusste nichts zu sagen. Jule hatte in zwei Minuten das ausgesprochen, was ihn im Inneren zutiefst quälte. „Hast du ihm eigentlich gesagt, dass du Arzt bist, vielleicht ... vielleicht ändert sich dann etwas."

„Nein, ich ... ich habe ihm nicht gesagt, dass ich Arzt bin. Weißt du, Jule, manchmal klingt das so ... so bevormundend, so besserwisserisch. Ich sehe, wie er auf Doktor Hosseini reagiert. Die beiden verstehen sich nicht. Es kommt einem vor, als wäre dieser Eckel ständig in seiner Eitelkeit gekränkt, wenn Doktor Hosseini ihm etwas sagt. Ich verstehe das nicht. Hosseini ist ein erfahrener und vor allem auch netter Arzt, der ..."

„Der es vielleicht tatsächlich besser weiß, Al. Vielleicht stimmt etwas nicht und er lässt sich von Doktor Hosseini nichts sagen. Vielleicht gibt es da etwas, das für unsere Kind sehr wichtig wäre, etwas, das Doktor Hosseini sieht und dieser Eckel nicht wahrhaben will."

Al wusste instinktiv, dass Jule recht hatte. Und noch etwas quälte ihn, nämlich dass Valerie rechtzeitig transportfähig sein musste. Und das bedeutete, dass sie nicht beatmet sein durfte. Sie musste selbst atmen und davon schien sie meilenweit entfernt zu sein.

„Jule, stell dir vor …" Er versuchte die Stimmung aufzuheitern und wusste doch, dass die Katastrophe unaufhaltsam immer näher rückte. „Morgen ist es so weit. Sie kommen morgen ganz früh und dann … dann geht es zurück nach Frankfurt."

„Ach, Al, ich freue mich so und dann wird alles gut. Das weiß ich."

Jule sah so glücklich aus, dass Al es nicht über das Herz brachte, ihr die Probleme, den Konflikt zwischen Transport und Beatmung mitzuteilen. Er beschloss, später nochmals mit dem ärztlichen Begleitpersonal, das am nächsten Morgen eintreffen sollte, zu telefonieren.

„Mutter und Kind müssen auf jeden Fall transportfähig sein, das wissen Sie, nicht wahr?", kam unaufgefordert die fragende, vielleicht auch etwas misstrauische Stimme aus dem Hörer. „Es wäre nicht das erste Mal, dass der Kapitän ohne Patient zurückfliegt."

„Es … es geht beiden soweit ganz gut", gab Al zurück.

„Wir können im Flieger auch niemanden beatmen, das wissen Sie ja sicher."

„Ja, ja … das … das ist ja klar", stotterte Al mit schlechtem Gewissen, da er ja wusste, dass Valerie noch keinen eigenen Atemzug gemacht hatte. Sie hatte zwar an Gewicht zugenommen und auch ihre Haut war voller und nicht mehr so schrumpelig, aber immer noch hatte sie diesen hässlichen Schlauch in ihrer Lunge stecken. Al wusste auch, dass Jule niemals ohne Valerie nach Deutschland fliegen würde und er ebenfalls nicht. Am Nachmittag telefonierte er mit Lorenzo.

„Lorenzo, wenn nicht ein Wunder geschieht, dann … ich weiß auch nicht, aber …irgendetwas stimmt nicht." Al brach ab. Verzweiflung machte sich in ihm breit, wenn er an den nächsten Morgen dachte. „Immer wenn Valerie zuckt, wenn ihr kleiner Brustkorb sich bewegt, so als würde sie würgen, dann ... dann kommt immer jemand und dreht an der Infusion, als wollte man gar nicht, dass sie aufwacht, dass sie selber atmet."

„Vielleicht braucht sie wirklich noch etwas Zeit? Schließlich sollte sie ja erst in ein paar Wochen zur Welt kommen."

„Lorenzo, verdammt, wir haben keine Zeit. Wenn die morgen hier auf der Matte stehen und sehen, dass Valerie noch beatmet wird, dann ... dann ist es aus, verstehst du?"

„Ein Wunder .... Al, ich bete für ein Wunder, das kannst du mir glauben, und ... es wird eins geschehen, du wirst sehen." Al griff sich an die Stirn und schüttelte den Kopf. Er erwiderte nichts, um seine schrecklichen Zweifel nicht auf Lorenzo zu übertragen. Lorenzos Fürbitte war das Einzige, was noch entfernt etwas Trost spendete. Jule hatte er nach wie vor nichts erzählt. Er hatte ihr die schreckliche Wahrheit nicht mitteilen können und doch sehnte er sich danach, es mit ihr zu teilen. Vielleicht war es sogar höchste Zeit, mit ihr zu reden, um für sie den morgigen Schock bereits im Vorfeld etwas abzumildern, um ihr die Möglichkeit zu geben, über die dann anstehenden Konsequenzen nachzudenken. Er fühlte sich in einem schrecklichen Dilemma und wusste, dass kein Ausweg in Sicht war. Er betrachte Jules gelassenes Gesicht, wie sie glücklich über den morgigen Tag, sanft einschlief. Dann schlich er hinüber zu Valerie, nahm sich einen Stuhl und setzte sich gebeugt vor ihr kleines Bettchen. Verzweifelt versenkte er das Gesicht in seine Hände. „Ein Wunder ... mein Gott, Valerie, wenn doch nur ein Wunder geschehen würde", murmelte er vor sich hin und seine Brust krampfte sich schmerzhaft zusammen. Immer wieder betrachtete er Valerie, die wie am ersten Tag mit ausgestreckten Ärmchen und Beinchen wie leblos in ihrem kleinen Brustkasten lag. Und doch hatte sie sich verändert, wirkte kräftiger, so als würde nichts und niemand sie davon abhalten können, ihr Leben zu beginnen.

Er nahm sich die Flasche Desinfektionsmittel und verrieb einen Schwung davon, bis seine Hände sich wieder trocken anfühlten. Dann steckte er vorsichtig seine Hand durch die seitliche Öffnung und streichelte zärtlich über den zarten Körper seiner kleinen Tochter. „Halte durch, Valerie, du bist stark und … du schaffst es … ich weiß es." Immer wieder redete er dies vor sich hin, redete ihr das zu, wie das Heraufbeschwören eines Wunders, das doch so schrecklich fern, so unwahrscheinlich, so unerreichbar schien. Tränen rollten ihm über die Wangen und er merkte nicht, dass jemand leise den Raum betrat. Er zuckte zusammen, als er eine Hand auf seiner Schulter spürte.
„Herr Doktor Hosseini, Sie … Sie hier um diese Zeit?" Er nickte lächelnd. „Sie bekommen Ärger, wenn … wir haben Ihnen schon so viel Ärger beschert, ich … ich weiß nicht, wie ich das bei Ihnen wiedergutmachen kann?"
„Morgen ist es so weit, nicht wahr?" Al schüttelte verzweifelt den Kopf.
„Sie werden ohne uns wieder abfahren, wenn sie sehen, dass …" Er biss sich auf die Lippe.
„Sie wollen niemanden transportieren, der beatmet wird, nicht wahr?" Al nickte und erneut rannen Tränen aus seinen Augenwinkeln. „Das kann ich verstehen, aber … sehen Sie, Herr Steinhoff, Ihre Tochter … Valerie, sie ist stark. Sie hat sich gut entwickelt und … und ich meine, wir sollten ihr eine Chance geben." Al spürte, wie etwas plötzlich seinen Körper durchzuckte. Er wusste, dass es von dieser Stimme, von diesem Menschen kam, dem er vertraute.
„Was … was meinen Sie damit, wir sollten ihr eine Chance geben, sehen Sie doch, sie …" Al ließ seinen Kopf wieder sinken und begrub erneut sein Gesicht schluchzend in seinen Händen. „Verzeihen Sie, Herr Hosseini, ich … ich weiß nicht, wie … wie es weitergeht … ob es weitergeht … ich kann nicht mehr."
„Vertrauen Sie mir, Herr Steinhoff?"

„Ach bitte, nennen Sie mich doch Al ... einfach nur Al, ich ... ich vertraue Ihnen wie keinem anderen hier, aber sehen Sie doch, sie ... sie atmet nicht selbst."

„Assim, meine Freunde nennen mich Assim."

„Assim, Sie ... Sie sind ein guter Mensch, aber ... ja, ich vertraue Ihnen." Hosseini stand schweigend auf und machte sich an der Pumpe zu schaffen, die seit Anbeginn von Valeries Zeit auf dieser Station Flüssigkeit in ihren kleinen Körper pumpte. Al schaute erschrocken auf. „Was ... was machen Sie da. Valerie, sie braucht das, sie ... sie wird sterben."

„Sie wird leben, Al. Glauben Sie mir." Dann setzte er sich wieder hin. „Erzählen Sie mir, Al, Sie sind doch auch Arzt, nicht wahr?" Al blickte erneut verunsichert zu der Pumpe, die keinen Ton mehr von sich gab und deren Anzeige erloschen war. Hosseini schaute ihm in die Augen und Al wusste, dass er ihm vertrauen konnte.

„Ich ... ich arbeite in einem Krankenhaus, Kardiologie, es ... es ist sehr anstrengend, aber ... ich glaube, es ist eine gute Ausbildung."

„Und was machen Sie und Jule, ich darf Ihre Frau doch Jule nennen, was machen Sie hier ... was führt Sie hierher in den Oman?"

„Lorenzo, das ist der ältere Mann, der uns hierher gebracht hat. Er betreibt eine Plantage in der Wüste. Er hat uns zur Einweihung eingeladen und wir wollten nur eine Woche bleiben und dann kam dies hier dazwischen. Den Rest kennen Sie ja."

„Eine Plantage in der Wüste, das ist ... das ist sicher ungewöhnlich. Bäume, die in der Wüste wachsen. Die müssen stark sein diese Bäume, nicht wahr? So stark wie Valerie." Er ließ seinen Blick auf Valerie schweifen, als erwarte er etwas Bestimmtes. „Er ist ein christlicher Pater, nicht wahr?" Al wusste nicht, ob er Lorenzos eigentliche Berufung preisgeben sollte. Er wusste, dass Lorenzo damit in einem moslemischem Land Ärger bekommen könnte. „Seien Sie getrost, Al, meine Mutter war Christin und sie hat mir viel erzählt über ihren Glauben. Ich habe viel von ihr gelernt."

„Und Sie, Herr … ich meine Assim, wie kommen Sie hierher?"
„Das ist eine traurige Geschichte, Al. Meine Eltern waren Palästinenser und wir waren eine prächtige Familie. Und dann kam diese Bombe und hat alles zerstört. Man sagt, die Israelis hätten sie als Vergeltung wegen eines schlimmen Attentats auf unser Gebiet abgeworfen. Aber wer weiß das schon und … was macht es für einen Unterschied? Meine Eltern waren sofort tot. Meine Schwester und ich haben den Anschlag überlebt, zwar verletzt, meine Schwester hatte ein Bein verloren, aber immerhin, wir haben überlebt. Später hat sich meine Schwester selbst in die Luft gesprengt, Selbstmord. Sie wollte Vergeltung und dann hat sie es getan. Viele unschuldige Menschen hat sie mit in den Tod gerissen. Und als Märtyrerin hat man ihr dafür noch gedankt." Hosseini schüttelte gedankenversunken den Kopf. „Wissen Sie, Al, ich liebe meine Schwester, auch heute noch, auch nach dieser schrecklichen Tat. Sie war so voller Hass, voller Verzweiflung und dann … dann sah sie irgendwie keine andere Möglichkeit. Und ich konnte ihr auch nicht helfen." Hosseini rieb sich mit beiden Händen über sein Gesicht. Das, was er gerade ausgesprochen hatte, quälte ihn und beide wussten, dass es ihn niemals loslassen würde. Wieder ließ er seinen Blick zu Valerie gleiten. „Tod und Zerstörung, egal von wem und warum, es bleibt immer Unrecht. Und es vermehrt sich, wissen Sie? Das Schlimme ist, dass sich das Unrecht scheinbar immer schneller vermehrt als das Recht. Aus zwei werden vier, aus vier werden acht, aus acht werden sechzehn und so weiter, es gibt nie ein Ende. Wissen Sie, Al, ich wollte einen Schlussstrich ziehen und so bin ich Arzt geworden, Gynäkologe. Ich wollte sehen, wie das Leben beginnt, nicht mehr wie es sich selbst zerstört, und ich wollte helfen, ich wollte, dass es gut beginnen kann … so wie bei Ihnen … können Sie das verstehen?" Al nickte dankbar. Plötzlich rührte sich etwas im Brutkasten.

„Assim, was … Valerie, sie …", stammelte Al aufgeregt.
„Sehen Sie, Al, sie will leben … wie wir alle … sie wird leben." Hosseini stand auf und wie zuvor an der Pumpe drehte er nun an mehreren Knöpfen der Beatmungsmaschine.
„Wir wollen ihr doch eine Chance geben, nicht wahr? Wenn es nach Eckel geht, hätte er das Narkotikum immer weiterlaufen lassen, ebenso die Beatmung, bis … naja, irgendwann macht das ein Mensch nicht mehr mit. Verstehen Sie?"
„Haben Sie sich deshalb unlängst mit ihm gestritten?" Hosseini nickte.
„Al, Sie müssen wissen, dieser Mensch ist nur wegen des Geldes hier. Am Anfang war er sehr freundlich, und als ich merkte, dass er im Grunde keine Ahnung hat, als ich ihm immer wieder sagte, was er so offensichtlich falsch machte, da wurde er immer abweisender … Es gibt Menschen, die lassen sich nichts sagen. Das sind Menschen, die meinen, ihre Ehre zu verlieren, wenn sie sich von einem wie mir etwas sagen lassen sollen. Aber es ist keine Ehre, die ihnen verloren geht, es ist der Stolz. Es ist der primitive Stolz. Irgendwann bröckelt er ab wie eine alte brüchige Fassade. Und dahinter ist nichts, nur eine hässliche nichtssagende Mauer."
Al schaute besorgt zu Valerie. Ihr Brustkorb zog sich immer wieder krampfartig zusammen, als kämpfte sie gegen etwas und doch gleichzeitig um ihr Leben.
„Sehen Sie, wir geben ihr noch eine Weile etwas Unterstützung. Immer wenn sie zieht, wenn sie selbst Luft holen will, dann gibt es noch etwas Hilfe von der Maschine, immer weniger und immer weniger … mehr nicht. Aber ich denke, Sie kennen das als Arzt. Den Rest muss sie alleine tun, wie jeder von uns. Und sie wird es können. Valerie weiß, dass sie es können muss." Sie standen um den Brutkasten und Hosseini drehte allmählich die Unterstützung der Beatmungsmaschine zurück.

„Assim, woher wissen Sie ... ich meine, was ist, wenn sie es doch nicht kann?" Hosseini lächelte. Er wusste genau um Als Sorge.
„Al, ich möchte Ihnen eine Geschichte erzählen, eine wahre Geschichte. Ich hatte mal einen kleinen Vogel, der aus dem Nest gefallen war. Er war noch nackt, hatte keine Flügel, aber er krähte. Er krähte, so laut er konnte. Ich war damals noch ein kleiner Junge und habe ihn auf den Arm genommen und nach Hause getragen. Meine Mutter hat sich erst fürchterlich aufgeregt, aber als sie sah, dass ich mich tagein tagaus um den kleinen Vogel kümmerte, war sie doch einverstanden, ihn zu behalten. Er bekam mehr und mehr Federn und irgendwann, da war ich schrecklich betrübt und wissen sie warm?" Al schüttelte den Kopf.
„Ich weinte ganz fürchterlich und meine Mutter fragte mich, was denn los sei. Dann sagte ich ihr, dass ich den Vogel füttere und ihn liebhalte, wie seine eigene Mutter, aber dass ich ihm niemals das Fliegen beibringen könnte. Und wissen Sie, was geschah, Al?" Al nickte, da er die Antwort schon ahnte. „Irgendwann saß er auf meinem Arm, dieser kleine krähende Vogel. Plötzlich hob er seine Flügel, er flatterte, als wollte er fliegen und dann ... dann flog er davon, einfach so." Al wusste sofort, was Hosseini damit meinte. Inzwischen hatte er die Unterstützung der Beatmungsmaschine auf null zurückgedreht. „Und jetzt, Al, jetzt lassen wir Valerie fliegen." Er entfernte das Band um ihren Kopf und hielt den Schlauch, der aus ihrem Mund ragte, vorsichtig zwischen Zeigefinger und Daumen. Zuvor hatte er den Absauger angestellt und führte einen kleinen Schlauch in den Beatmungstubus, den er kurz zuvor von der Maschine getrennt hatte. Mit einem schlürfenden Geräusch zog er beides langsam aus Valeries Mund, der sich dabei heftig bewegte, als könne sie es nicht erwarten, dieses Ding endlich loszuwerden. Ein zögerliches Krähen kam aus ihrem Mund und Al meinte Hosseinis kleinen Vogel zu hören, bevor er die Flügel hob und davonflog. Mit einem Schmatzen und Grunzen verschluckte

Valerie den letzten störenden Speichel und tat das, was Hosseini vorausgesagt hatte: Sie atmete ganz alleine, sie lebte.

„Sie atmet, mein Gott sie ... sie lebt", stammelt Al vor sich hin. Es war genau das Wunder eingetreten, das er so inständig erhofft hatte.

„Es ist wie ein Wunder, nicht wahr?" Hosseini lächelte selber berührt von den ersten Atemzügen dieses kleinen Menschen. Dann entfernte er vorsichtig den intravenösen Zugang am Kopf und klebte ein kleines Pflaster darüber. „Das braucht sie nicht mehr." Al blickte fassungslos und gerührt zugleich auf das, was sich vor seinen Augen abgespielte. „Geben wir Valerie noch etwas Ruhe und dann ... dann wird sie sicher Hunger haben."

„Jule, sie hat abgepumpt ... es müsste noch Milch da sein." Hosseini lachte.

„Meinen Sie nicht, dass Valerie sich das lieber selbst holen will?"

Es war wirklich ein Wunder, dass Valerie plötzlich ohne Beatmung, ohne Infusion in ihrem Bettchen lag und es schien, als ging ein sanftes Lächeln über ihr kleine Gesicht. Andächtig schweigend saßen sie zusammen und betrachteten das zarte Kind, das gerade eben erst wirklich zur Welt gekommen war. Zwischen Al und Assim hatte sich ein Band der Freundschaft gesponnen, von dem sie wussten, dass es sie noch sehr lange begleiten würde.

Es war bereits gegen vier Uhr morgens, als Hosseini den Brutkasten öffnete, Valerie in eine frische Windel wickelte und sie Al in den Arm legte.

„Sie sind ihr Vater, Al, und ... ich glaube, die Mutter wird sich freuen." Al blickte auf Valerie und spürte kaum merkbar und doch so intensiv ihren kleinen Körper. Es war, als habe er fast nichts in den Armen und doch war es das Wertvollste, das er sich vorstellen konnte.

Auf dem Gang war es noch dunkel. Leise schlichen sie zu Jules Zimmer. Sie schlief und träumte dem Morgen entgegen, der sie wieder in die Heimat bringen sollte. Wie schrecklich unwahrscheinlich schien doch dieser Gedanke noch vor wenigen Stunden und wie real war er jetzt, dachte Al, überglücklich über sich selbst und darüber, was Jule im nächsten Moment empfinden würde. Vorsichtig legte er Valerie in ihre Arme. Jule schlug die Augen auf und ein Lächeln huschte über ihr Gesicht. Dann drückte sie Valerie an sich und sog ihren Duft tief in sich ein. Glücklich saßen sie beieinander. Als Hosseini gehen wollte, stand Al auf und umarmte ihn spontan. „Wie kann ich Ihnen danken, Assim, Sie … " Assim unterbrach ihn. „Danken Sie Ihrem Herrgott, Al … Ihrem Herrgott und meinem … wahrscheinlich kennen sich beide besser, als wir denken." Al nickte zustimmend. Hosseini ging lächelnd zur Tür und verschwand, ohne sich nochmals umzudrehen.

Al gingen Hosseinis letzte Worte durch den Kopf, genauso wie seine Weisheit, seine Geschichte, das Vertrauen, das er ausstrahlte. Er hatte das Gefühl, einen Freund gefunden zu haben. Mehr noch, ähnlich wie bei Lorenzo wollte er noch viele Gespräche mit ihm führen und ertappte sich zum ersten Mal dabei, dass es ihm leidtun würde, bald im Flieger nach Deutschland zu sitzen. Irgendwann würden sie sich wiedersehen, das war ihm klar und er sollte recht behalten, wenn auch anders, als er sich jetzt vorstellen konnte.

Jule lag mit geschlossenen Augen im Bett, während die Morgensonne langsam über dem Horizont vom Vorschein kam. Valerie ruhte schlafend in ihrem Arm, als habe sie vom ersten Tag an nichts anderes getan. Für Al bestand spätestens jetzt kein Zweifel mehr, dass der Körperkontakt zwischen Mutter und Kind, so wie ihn sich Jule vorgestellt und ersehnt hatte, genau das war, was für die ersten Momente des Lebens so unverzichtbar war.

Al ging auf den Gang hinaus und stellte sich in einer Sitzecke ans Fenster. Nachdenklich betrachtete er die aufgehende Sonne. Er wusste, dass er nicht nur dem erwachenden Tag, sondern einem neuem Leben entgegenblickte. Er fühlte sich selbst wie Hosseinis kleiner Vogel, als müsste er jetzt seine Flügel ausbreiten, um mit Valerie und Jule davonzufliegen.

Allmählich füllte sich der Gang der Station mit Leben und es dauerte nicht lange, bis eine Krankenschwester zu ihm herantrat. Sie sprach kein Deutsch und kein Englisch, aber an ihrem Lächeln war abzulesen, dass sie glücklich war, wie alles gelaufen war. Es war die Nachtschwester, die Hosseini stillschweigend Zugang zu Valeries Zimmer verschafft hatte. Sie wollte sich nur mit einem freundlichen Lächeln von Al verabschieden. Sprachkenntnisse waren keine notwendig, um die guten Empfehlungen zu verstehen, die sie Al mit auf den Weg gab.

Wenig später kam Eckel über den Gang geeilt. Sein Kittel war geöffnet und wehte, wie der Umhang einer Operndiva, lässig nach beiden Seiten. Ein flüchtiger Blick in Valeries leeres Zimmer, die Tür stand im Gegensatz zu den letzten Tagen weit offen, verriet ihm, dass sich das Problem Valerie offenbar von alleine gelöst hatte. Al beobachtete ihn, wie er seltsam überrascht und doch offenbar zufrieden grinste. Als er Al sah, entschied er, sich nicht erst nach den nächtlichen Ereignissen zu erkundigen, sondern ging gleich zu ihm hinüber. Dabei setzte er eine gestellt mitfühlende Miene auf. Al drehte sich um und schaute aus dem Fenster. Der Fall Eckel war für ihn abgeschlossen.

„Mein ... mein herzliches Beileid, Herr Steinhoff. Aber ..." Eckel räusperte sich wiederholt. „Aber sie war schwach ... zu schwach." Al rührte sich nicht und blickte weiter aus dem Fenster. „Wir .... wir haben alles getan ... alles, was in unserer Macht stand. Aber ... es gibt Grenzen ... Grenzen, die auch wir akzeptieren müssen. Verstehen Sie?"

„Sie haben recht, es gibt Grenzen ... und wir müssen das akzeptieren", erwiderte Al leise. Eckel räusperte sich erneut, machte ein bedeutungsvolles Gesicht und drehte sich zum Gehen.

„Ach, Herr Eckel ..."

„Doktor Eckel ... darf ich doch bitten, oder?"

„Ach ja, Verzeihung ... Herr ... Herr Doktor Eckel. Glaubens Sie an Wunder?" Al blickte ihn eindringlich an. Eckel lächelte herablassend zurück.

„Wissen Sie, Herr Steinhoff, in meinem Beruf, nach langjähriger Erfahrung als Arzt, da zählt nur eines, nämlich Fakten. Ach ja, und natürlich Wissen." Dabei zeigte er bedeutungsvoll mit seinem Zeigefinger auf seine Schläfe. „Alles andere ..." Wieder war da dieses überhebliche Lächeln. Es war der Stolz, von dem Hosseini gesprochen hatte und der in den nächsten Minuten wie ein Kartenhaus im Wind in sich zusammenbrechen würde. „Alles andere zählt nicht. Glauben und Wunder ..." Wieder räusperte er sich. „Ich kann Sie verstehen, Herr Steinhoff, aber ... es wäre tatsächlich ein Wunder gewesen, wenn das Kind überlebt hätte."

Im nächsten Moment ging Jules Tür auf. Eine Schwester schob Jule, die Valerie wohlbehütet im Arm trug, im Rollstuhl vor sich her und nickte Al zu, ihnen zu folgen. Jule schaute zu Al hoch. „Valerie hat gut getrunken und jetzt sind wir so weit. Kommst du mit, Al? Das Flugzeug wartet bereits auf uns." Dann wurde sie von einer Krankenschwester weiter den Gang entlang geschoben. Eckels Blick erstarrte. Al drehte sich nochmals zu ihm um.

„Das mit dem Wunder, Herr Eckel ... ach Verzeihung, Herr Kollege Eckel ... das sollten Sie vielleicht nochmals überdenken." Dann folgt er Jule mit Valerie zusammen den Gang hinunter. Eckel blieb wie versteinert stehen. Was weiter mit ihm geschah, interessierte Al nicht mehr.

Dedovsk, Juni 2020

Pjotr trat ein paar Schritte zurück und ließ sich an der Wand nach unten gleiten. Mit versteinerter Miene schaute er zu Nadjeschda, die zitternd unter dem Schreibtisch kauerte. Mehrmals holte er tief Luft, bevor er ein Wort herausbekam.

„Es ... es ist wahr, was Evgenij sagte. Ich ... ich bin das Schwein, das dich damals fast umgebracht hätte und ich ... ich bin der Vater von Daniel ... obwohl ..." Er kniff die Augen zusammen. „Bisher war ich nicht sein Vater ... bisher war ich nur der, der ihn gezeugt hat."

„Wo ... wo ist er?" Nadjeschda räusperte sich nach den ersten geflüsterten Worten.

„Er ist bei mir."

„Du ... du hast ihn mir gestohlen ... Ich bin seine Mutter."

„Bisher, Nadjeschda, war ich kein Vater für ihn. Aber jetzt ... jetzt möchte ich sein Vater sein ... er ist mein Sohn."

„Daniel ist nicht dein Sohn! Er braucht auch keinen Vater. Er braucht eine Mutter, er braucht mich, seine Mutter."

„Daniel hat eine Mutter ... sie heißt Maria, sie ist meine Frau."

„Maria? Wer soll das sein? Sie ist nicht seine Mutter ... ich bin seine Mutter, sonst niemand."

„Du, Nadjeschda, und wer noch?" In seine kraftlose Stimme schien wieder Energie, wieder Streitlust zu kommen. „Du lebst mit einer Frau zusammen, habe ich gehört. Und Daniel, er hat damit zwei Mütter, zwei lesbische Mütter, das ist nicht normal, Nadjeschda. Daniel braucht einen Vater, das weißt du auch. Er braucht Vater und Mutter. Was ihr da macht, das ist ... das ist ..."

„Das ist was?"

„Du weißt selbst, was es ist. Das gehört verboten. Das ist Gift für Daniel, das ist unmoralisch."

„Es ist unmoralisch, dass ich ihn liebe und dass Karin ihn liebt, wie einen eigenen Sohn. Nennst du das unmoralisch, oder vielleicht, sag es doch, sprich es aus ... du findest es pervers, nicht wahr? Ihr und eure russische Moral, versteckt euch hinter der orthodoxen Kirche und lasst euch jeden Sonntag von ihr segnen. Ihr meint ein reines Gewissen zu haben, wenn ihr nach außen, als Mann und Frau, eure Fassade poliert. Und dann geht ihr, du und dein heiliger Bruder, dann geht ihr durchs Land und schändet Frauen und das ist dann moralisch. Nein, Pjotr, du bist genauso wie dein Bruder." Pjotr sprang auf.

„Das ist nicht wahr, Evgenij ist ein mieses Schwein, nichts weiter!"

„Und du, Pjotr? Du hast mich damals fast getötet und was du vielleicht nicht wusstest, du hättest nicht nur mich auf dem Gewissen gehabt, sondern auch das unschuldige Wesen, das du dein Kind nennst. Aber das habe ich deinem Bruder auch schon gesagt und es hat ihn nur noch stimuliert, seine Gier, seine niederträchtigen Triebe ... das ist pervers Pjotr, das ist pervers, nicht ich oder Karin oder wir beide zusammen. Und was die Kirche angeht, ich wette, du und dein Bruder, ihr habt nie gebeichtet, wie ihr wehrlose Frauen schändet. Das war eine Sache der Ehre, eurer verdammten russischen Ehre, oder was ihr aus der russischen Ehre gemacht habt. Wenn unser Herr hier sitzen würde und ich bin sicher, dass er im Moment nicht fern ist, dann hättest du, Pjotr, du und dein Bruder, ihr hättet ein Problem. Irgendwann, Pjotr, wirst du dich rechtfertigen müssen, irgendwann ..."

„Ja, weißt du das so genau? Wir wurden geschaffen zu Mann und Frau, hast du das vergessen? Ja, ich habe Unrecht getan, an dir und ..."

„Und an Daniel."

„Nein, nicht an Daniel. Ich werde ihm ein Vater sein, ein Vater, den er bisher nicht hatte und nie haben wird, wenn er bei dir und dieser anderen Frau bleibt. Daniel soll normal aufwachsen, bei seinem Vater und Maria. Maria hat sich immer schon ein Kind gewünscht, aber nach drei Fehlgeburten ..."

„Nach drei Fehlgeburten klaut sie sich einfach ein anderes Kind?"

„Es ist mein Kind, mein Sohn, und was Maria anbelangt, sie wird ihn lieben, wie ihr eigenes Kind, verstehst du? Daniel wird zum ersten Mal in einer normalen Familie aufwachsen, bei seinem Vater und einer Mutter, die ihn liebt, wie keinen anderen."
Nadjeschda sank resigniert zusammen. Sie wusste, dass sie gegen Pjotr keine Chance haben würde, gemeinsam mit Daniel wieder nach Deutschland zu fahren. Leise fing sie an zu weinen.
„Kann ich ... kann ich ihn sehen?"
„Das geht nicht, er ist ... er ist nicht hier."
„Bitte, nur einmal ... ich möchte ihn so gerne sehen ... meinen Daniel, oh Gott, mein Kind." Tränen brachen ungehemmt aus ihr hervor.
„Also gut, du ... du darfst ihn nochmals sehen ... aber er dich nicht. Ich möchte nicht, dass Daniel dich sieht, das ist mein letztes Angebot. Und dann hole ich dir ein Taxi und fahre dich zum Flughafen." Nadjeschda konnte sich kaum beruhigen. Die Aussicht, Daniel zumindest zu sehen, ließ sie jedoch kurz Hoffnung schöpfen. Sie willigte in Pjotrs Angebot, wie er es nannte, ein und kroch aus ihrem Versteck hervor. Notdürftig zog sie ihre teilweise zerrissenen Kleider zurecht und ging in gebührendem Abstand zu Pjotr zur Tür. Im Aufzug drückte sie sich in die hinterste Ecke, obwohl sie spürte, dass Pjotr sie im Moment nicht bedrängen würde, so wie sein Bruder noch wenige Minuten zuvor. Unten wartete eine dunkle Limousine mit Chauffeur. Pjotr hielt ihr die Tür auf und sie stieg ein. Dabei achtete sie darauf, dass sie ihn auch im Auto nicht berührte. Der Anblick ihres damaligen Peinigers schmerzte schon genug. Sie wusste, dass jede kleinste Berührung wie Höllenfeuer brennen würde.
„Wir haben in unserem Haus ein Verhandlungszimmer. Du kannst ihn sehen, durch ein einseitig verspiegeltes Fenster. Du ..." Pjotr zögerte. „Du kannst ihn auch hören. Er ... spielt Geige ... er spielt immerzu Geige ... er spielt sehr schön Geige. Aller-

dings nur, wenn er allein ist." Nadjeschda lächelte. Sie wusste, dass Daniel sich nicht in sein Schicksal ergab. Das Geigenspiel war seine Art, sich zu wehren, anderen einen Spiegel entgegen zu halten, sich nicht unterkriegen zu lassen. Pjotr wusste das nicht.
In Pjotrs Villa angekommen, wurde Nadjeschda in einen kleinen dunklen Raum geführt. Von dort hatte sie einen Blick in einen langen leeren Saal. Keine zwei Minuten später wurde Daniel an der Hand einer Hausangestellten in den Saal geführt. In der anderen Hand hielt er seine Geige. Genau genommen war es nicht seine Geige, die er ja bei der Entführung nicht mitnehmen konnte. Aber es war wohl eine gute Geige, die er fast zärtlich in seinen Fingern hielt. Die Hausangestellte setzte sich ihm gleichgültig gegenüber, während Daniel gedankenversunken über das braun glänzende Instrument strich.
„Ein wertvolles Instrument von einem alten italienischen Geigenbauer. Du siehst, Nadjeschda, ihm wird es hier an nichts fehlen."
„Du meinst, du kannst ihn kaufen? Wahrscheinlich glaubst du, alles kaufen zu können. Seine Liebe, Pjotr, seine Liebe wirst du nicht kaufen können. Du nicht und deine Maria erst recht nicht." Inzwischen war Maria kaum merklich an ihre Seite getreten.
„Ich ... ich bin Maria." Nadjeschda drehte sich erschrocken um.
„Deutsch und dazu österreichischer Akzent?" Maria nickte. Ihr Gesicht verriet kein glückliches Leben.
„Daniel wird es gut bei uns haben, er ist so ein freundlicher ..."
„Sparen Sie sich Ihre Worte, Maria. Sie wissen selbst, wohin und zu wem Daniel gehört, das .... das sehe ich Ihnen an. Wie konnten Sie nur an so einen wie Pjotr geraten?"
„Pjotr ist ein guter Mensch. Ich weiß, dass er früher schlimme Sachen gemacht hat. Und das mit Ihnen, Nadjeschda, das war furchtbar. Er hat mir alles erzählt und ich habe ihm verziehen. Er ist ein guter Mensch geworden." Nadjeschda schüttelte den Kopf.

„Maria, Sie wissen nicht, wovon Sie reden. Glauben Sie wirklich, dass er Ihnen alles gesagt hat? Hat er Ihnen erzählt, was er mir angetan hat, wie er mich damals gequält hat, wie er …" Pjotr fuhr dazwischen.

„Es reicht, Nadjeschda, Maria hat nichts damit zu tun!"

„Oh doch, das hat sie. Sie macht sich ebenso schuldig wie du, Pjotr. Sie sitzt im gleichen Boot. Irgendwann wird auch sie sich verantworten müssen, irgendwann wird euch Daniel fragen, wer seine richtige Mutter ist, und irgendwann wird er erfahren, was passiert ist. Und er wird euch verachten, er wird euch anklagen, als herzlose Menschen, er wird euch …"

„Nadjeschda, es reicht jetzt!" Maria fing an zu schluchzen, bedeckte ihr Gesicht mit beiden Händen und stürzte aus dem kleinen Raum. Plötzlich drang eine zarte Melodie durch die Wände. Eine Melodie, so sanft und schwebend, als käme sie nicht von dieser Welt. Daniel hatte seine Geige genommen und spielte. Er spielte ein Stück von Bach, eine Transkription aus dem Klavierheft für Anna Magdalena Bach. Es war ein einfaches und doch eindringliches Stück. Bach war sein Lieblingskomponist und trotz seines jungen Alters übte er alles, was Bach je für Geige geschrieben hatte. Nur diesmal beließ er es bei einem sehr einfachen Stück und doch war es eine Melodie, die tief ins Herz vordrang. Es war eine Nachricht an alle, die er liebgewonnen hatte, denen er nun eine Botschaft schickte über eine Wellenlänge, die alle Mauern, alle Distanzen überwand. Seine Augen hielt er geschlossen wie immer, wenn er Geige spielte, wie immer seit damals mit Valerie, als sie ihm die Augen geöffnet hatte, worum es bei der Musik wirklich ging. Nadjeschda sackte in sich zusammen und schluchzte aus tiefster Seele, als sie Daniels Geigenklang in sich aufnahm als das, was es war, eine traurige und doch so tapfere Liebeserklärung an seine Mutter.

„Lass mich zu ihm … bitte … er … er braucht mich … er ist doch noch so klein … und so zerbrechlich." Pjotrs Gesicht schien versteinert, als würde er Nadjeschdas Flehen nicht hören, als wollte er es nicht hören. „Bitte." Mehr brachte sie nicht hervor. Hinter ihrem Tränenschleier lauschte sie verzweifelt dem einsamen Geigenspiel ihres Sohnes.

Oman – Frankfurt, April 2011.

Der Flug verlief reibungslos. Al schlief. Valerie nuckelte wiederholt an Jules Brust und konnte offenbar nicht genug von ihrer süßlichen Muttermilch in sich hinein saugen. Dabei machte sie die unterschiedlichsten Grimassen, die Jule wiederholt fast veranlassten, Al zu wecken. Doch sie ahnte, dass er nur wenig Schlaf in letzter Zeit gehabt hatte. Während des Landeanflugs wachte Al auf, wie aus einem schrecklichen Traum, der doch einen guten Ausgang genommen hatte.
„Ich habe Lorenzo angerufen, Jule. Er war überglücklich am Telefon."
„Das kann ich mir vorstellen. Ich glaube, er hatte ein schlechtes Gewissen. Dabei ... dabei war das alles meine Schuld. Ich hätte nicht mitkommen dürfen."
„Jule, lass uns nach vorne sehen. Ich glaube, es wird noch genug Dinge geben, über die wir uns Sorgen machen müssen." Wie recht er in diesem Moment hatte, konnte er jedoch nicht entfernt ahnen.
„Ach, was ich dir noch sagen wollte, Jule. Ich habe gestern mit Karin telefoniert. Und stell dir vor ..." Jule kam ihm zuvor, konnte wie so oft seine Gedanken bereits lesen.
„Sie auch ... ich meine natürlich Nadjeschda." Al lächelte und doch standen plötzlich Sorgenfalten auf seinem Gesicht.
„Stell dir vor, am selben Tag wie Valerie. Auch etwas zu früh, aber ... im Grunde ging alles glatt.".

„Im Grunde ... was meinst du damit, Al. Stimmt etwas nicht?"
„Ich weiß auch nicht so genau. Auf jeden Fall geht es allen gut, Karin, Nadjeschda und ... und Daniel."
„Daniel, was für ein schöner Name. Daniel und Valerie, das passt doch gut zusammen, findest du nicht auch?" Al versuchte, Jules bohrenden Blicken auszuweichen.
„Al, was ist? Du verheimlichst mir etwas, nicht wahr?" Al räusperte sich. Er wollte nicht noch einmal ein schreckliches Geheimnis für sich bewahren, zumal Jule dasselbe Recht hatte, darüber Bescheid zu wissen.
„Also, Jule, du willst es wissen. Wie du ja weißt und daran bist du ja nicht ganz unschuldig, hat sich Nadjeschda mit ihrer Rolle als zukünftige Mutter ganz gut abgefunden. Mehr noch, sie sprach auf einmal ganz locker und freudig darüber und wir hatten alle den Eindruck, dass sie ihre schwere Depression hinter sich gelassen hatte. So weit so gut, und dann kam es zur Entbindung. Karin sagte, es war schrecklich." Jule riss die Augen auf.
„Schrecklich, warum schrecklich? Hatte sie Schmerzen, ich meine schlimme Schmerzen und ..."
„Nein, das war es nicht. Im Gegenteil, sie hat wohl kaum etwas von sich gegeben bis ... bis zu dem Moment, als man das Kind ... als man versuchte, Daniel in ihren Arm zu legen. Sie muss ganz schrecklich geschrien haben und wollte von Daniel nichts wissen. Sie schrie und schrie und wollte sich kaum beruhigen lassen, bis man ihr eine Beruhigungsspritze gab. Und später, als sie wieder aufwachte, da war sie wie ... wie versteinert, so sagte Karin."
„Versteinert, warum war sie wie versteinert und ... warum hat sie so geschrien?"
„Karin sagte, dass Daniel schon viele Haare auf dem Kopf habe und ... und er hat hellblaue Augen."
„Haare auf dem Kopf, ja aber ... das ist doch normal, oder nicht?"
„Die Haare sind rot, fast kupferfarben, so wie ..." Jule seufzte.

„So wie sein Vater?" Al nickte.
„Karin kennt den Vater nicht, aber Nadjeschda hat ihr von ihm erzählt. Sie sagte, Nadjeschda fürchte sich regelrecht vor roten Haaren. Immer wenn sie einen Mann mit hell- oder dunkelroten Haaren auf der Straße sahen, sei sie fast panisch geworden. Und jetzt ... Daniel, er ... wie soll ich sagen ..."
„Oh mein Gott, Daniel, er sieht wohl seinem Vater ähnlich."
Das Anschnallzeichen leuchtete und ein begleitender Arzt gab ihnen zu verstehen, sich für die baldige Landung vorzubereiten. Valerie nuckelte weiter an Jules Brust und so machte ihr der Druckanstieg in der Kabine keine Probleme. Nach der Landung in Frankfurt am Main kam ein Krankenwagen auf das Vorfeld gefahren. Al bedankte sich bei der Besatzung des gelben Fliegers. Es war der ruhigste Flug, an den er sich erinnern konnte. Auch mit Mutter und Kind lief alles so problemlos, dass er fast ein schlechtes Gewissen hatte und sich fragte, ob dieser enorme Aufwand überhaupt notwendig gewesen wäre oder ob ein normaler Linienflug nicht auch gereicht hätte. Zusammen fuhren sie in die Uniklinik, wo Jule mit Valerie auf eine Wöchnerinnenstation aufgenommen wurde.
„Jule, ich komme später nochmals." Al küsste Jule und Valerie auf die Stirn. Seine Gedanken waren bereits bei Karin, Nadjeschda und Daniel.
„Lass dir Zeit, Al. Schau bitte nach den dreien und dann ... dann schlaf dich erst einmal aus. Wir kommen hier schon zurecht." Al nickte dankbar für Jules Verständnis und machte sich auf den Weg.
Mit klopfendem Herzen klingelte Al bei seiner Schwester, die auch gleich mit dunklen Ringen unter den Augen in der Tür erschien. Auf dem Arm trug sie Daniel und gab ihm gerade die Flasche. Schweigend küsste Al sie auf die Wange und beugte sich dann über Daniel.

„Ist er nicht hübsch, unser Daniel?" Karin standen Tränen in den Augen. Sie wirkte glücklich und doch schrecklich überfordert.
„Darf ich? Schließlich bin ich sein Onkel, nicht wahr?" Vorsichtig legte Karin das kleine Bündel in seinen Arm.
„Komm doch rein, Al und ... und dann erzähl mal von Jule und Valerie."
Nadjeschda saß auf einem Stuhl und starrte aus dem Fenster. Sie schien Als Ankunft gar nicht zur Kenntnis zu nehmen. Auch nicht, als er sich an ihre Seite stellte, um sie zu begrüßen. Nachdenklich setzte er sich zu Karin in die Küche.
„Nachdem sie sich im Krankenhaus beruhigt hatte, redete sie kein Wort. Seither starrt sie nur aus dem Fenster, den ganzen Tag lang. Ich weiß nicht, wie ... wie es weitergehen soll. Es muss etwas passieren, Al. Nadjeschda, sie ist ... sie ist gar nicht richtig hier. Sie ist weit weg, keiner weiß, wo." Karin stockte der Atem. Al legte Daniel in sein Kinderbettchen und umarmte Karin fürsorglich. „Ich bin froh, dass ihr wieder da seid, Al." Dann beugte sich Al über Daniel, der ihn neugierig anblickte.
„Ein hübscher Junge, Euer Daniel, ganz wie der Onkel." Al versuchte die Situation zu entspannen, was ihm jedoch nicht glückte, schon gar nicht mit dem Hinweis, wem Daniel ähnlich sehen könnte.
„Er schaut so hell, so interessiert." Al versuchte Daniels suchende Augen zu fesseln.
„Das stimmt. Zum Glück ist er ein friedliches Kind. Er trinkt von Anfang an gut und nachts will er zwei-, dreimal etwas trinken und schläft dann wieder ein. Und ... es stimmt, er schaut einen so dankbar und so neugierig an ... wie sein Onkel." Karin lächelte, als sie den Fauxpas ihres Bruders aufgriff. „Wie geht es Jule und Valerie?"
„Ganz gut, aber ... es war nicht einfach." Dann erzählte ihr Al die ganze Geschichte. Nur den Kinderarzt, Doktor Eckel, den er-

wähnte er nicht. Er wollte ihn aus seinem Gedächtnis streichen und ahnte nicht, wie sein böser Schatten sich sehr bald erneut über ihn legen würde. Später am Abend telefonierte Al nochmals mit Jule und erzählte ihr alles, was Karin berichtet hatte.
„Ich gehe davon aus, Jule, dass es Nadjeschda wieder deutlich besser gehen wird, sobald du hier mit Valerie auftauchst. Damals konntest du ihr ja auch so gut helfen, so von Mutter zu Mutter." Jule pflichtete ihm bei und legte mit den Worten, dass sie ihn ganz schrecklich vermisse, den Hörer auf.
Am nächsten Tag ging Al hinüber zu Karin. Es hatte sich nichts geändert. Während sie gemeinsam frühstückten, saß Nadjeschda wie am Vortag auf ihrem Stuhl und schaute starr aus dem Fenster.
„Wenn Jule und Valerie nach Hause kommen, dann ... also ich gehe davon aus, dass sich die Sache wieder entspannen wird. Meinst du nicht auch, Karin?" Sie nickte und sah trotzdem zweifelnd und sorgenvoll zu Nadjeschda.
„Wenn ich doch nur wüsste, was in ihrem Kopf vor sich geht. Wenn sie doch nur reden würde ..." Karin seufzte tief. „Also, Al, mach dich mal auf den Weg zu Jule und dann sehen wir weiter. Wahrscheinlich hast du recht. Jule konnte ihr schon einmal helfen und warum nicht auch jetzt?"
Der Weg zur Uniklinik war nicht weit und kurze Zeit später klopfte er leise an Jules Tür. Aufgeregt schob er seinen Kopf durch den Türspalt. Es war wie damals, als sie auf der Unfallstation gelegen hatte und er nach der Operation nervös in ihr Zimmer kam. Wie viele Jahre lagen mittlerweile dazwischen und noch immer klopfte sein Herz, als er Jule sah, besonders wenn die einfallende Sonne durch ihre Haare fiel und ihn an eine frisch gesprungene Kastanie erinnerte. Noch immer zuckte es ihm warm durch den Körper, wenn er in ihre leuchtenden Augen sah, die ihre zierliche Stupsnase wie zwei funkelnde Edelsteine umgaben. Noch immer könnte er vor Glück platzen, wenn er ihre Stimme hörte. Er fühlte sich noch

immer wie frisch verliebt. Schon wollte er sich auf Valerie stürzen und sie liebkosen, aber das Kinderbettchen war leer und so schrak er für einen Moment zusammen.

„Sie ist beim Kinderarzt, reine Routine. Sie hat getrunken und wie ein Weltmeister gekackt." Al musste über Jules Ausdrucksweise lachen und der Geruch von Muttermilchstuhl machte sich in seiner Nase breit. Er küsste Jule zärtlich auf ihren leicht gespitzten Mund und setzte sich zu ihr.

„Wie geht es Karin und Nadjeschda und vor allem Daniel? Du musst mir alles erzählen, Al."

„Daniel ist ein hübscher Junge. Seine Haare sind so golden. Seine Augen, sie leuchten wie unsere blauen Kugeln und er scheint alles wissen zu wollen." Dann runzelte er die Stirn. „Sag mal, welche Augenfarbe hat eigentlich Valerie?" Jule überlegte und stutze.

„Weiß du, dass ich dir das im Moment gar nicht sagen kann. Wenn sie nicht schläft, dann blinzelt sie süß vor sich hin, als habe sie noch gar keine Lust, in die Welt zu blicken. Wahrscheinlich ist sie noch zu klein, nicht so reif wie Daniel." Al beschlich ein beunruhigender Gedanke.

„Was sagen die Ärzte? Sind sie zufrieden mit ihr, ich meine ... ist alles in Ordnung, ist sie gesund?"

„Soweit ich weiß, ist alles in Ordnung. Sie trinkt, sie schreit ... stell dir vor, heute Nacht hat sie immer wieder laut geschrien, sodass sie mir Valerie mindestens drei Mal zum Stillen gebracht haben. Das klingt doch ganz gesund, oder nicht?"

„Klingt gut ... klingt wirklich gut. Wahrscheinlich bin ich noch etwas geschockt von dem, was hinter uns liegt."

Später kam eine Kinderkrankenschwester mit einer schreienden Valerie in den Händen und legte sie Jule in die Arme.

„Na, das kann ja heiter werden." Al runzelte lächelnd, aber auch in Erwartung eines wohl unvermeidlichen zukünftigen Schlafmangels die Stirn.

„So, jetzt zeige ich dir mal, wie wir unser Kind beruhigen", versuchte Jule sich gegen das kräftige Schreien von Valerie zu behaupten. Und tatsächlich, kaum hatte Valerie gierig an ihrer Brust angedockt, saugte sie still und zufrieden vor sich hin. Die Augen hatte sie geschlossen. Kurz schien sie etwas zu blinzeln, kniff dann aber, wie Jule es beschrieben hatte, die Augen sofort wieder zusammen, als würde das helle Licht sie stören. Vielleicht interessierte sie nicht für das, was sich vor ihren Augen abspielte. Al dachte an Daniel, der offenbar alles sehen wollte, der gar nicht genug davon bekam, seine Augen weit aufzureißen.

Nachdem sie offenbar genug getrunken hatte, nahm er sie aus Jules Armen, legte sie über seine Schulter und klopfte ihr vorsichtig auf den Rücken. Ein feuchter Rülpser ergoss sich über seine Schulter. Jule grinste ihn amüsiert an.

„Erst eine Windel über die Schulter, Al, sonst hast du bald kein sauberes Hemd mehr." Er legte Valerie zurück in das Kinderbettchen und deckte sie vorsichtig zu. Sogleich schlief sie friedlich ein.

Später kam der Stationsarzt. Er sah ernst aus und Al spürte sogleich, dass etwas nicht in Ordnung war. Er kam allein, nahm sich einen Stuhl und setzte sich zu Jule und Al, die ihn besorgt anschauten.

„Stimmt etwas nicht?" Al wollte die Frage nicht aussprechen und doch quoll sie ungeduldig aus ihm hervor. Der Stationsarzt zog die Augenbrauen hoch.

„Valerie kam zu früh auf die Welt. Aber das ist nicht weiter schlimm. Sie ist im Prinzip kräftig und gesund."

„Im Prinzip ... was ... was meinen Sie damit", stotterte Jule dazwischen und klammerte sich mit zitternden Händen an Als Hand, dem es ganz ähnlich mulmig in der Brust war.

„Sie wurde beatmet, nicht wahr?" Al nickte, er ahnte, dass sich seine schlimmsten Befürchtungen bewahrheiten sollten.

„Es kommt vor ... wenn man den Frühchen zu viel Sauerstoff gibt ... das ist ganz gut bekannt. Dann kann das dazu führen ..." Der Kinderarzt räusperte sich. Es bereitete ihm offenbar selbst Schmerzen, die Wahrheit auszusprechen. „Dann kann das dazu führen, dass die Netzhaut ihrer Augen einen Schaden davonträgt." Al schoss es heiß durch den Körper.

„Sie meinen, sie ist ..." Der Arzt nickte teilnahmsvoll.

„Es ... sieht nicht gut aus mit ihrer Netzhaut. Hell und dunkel ... vielleicht aber auch das nicht. Wir wissen es nicht genau." Jule brach zusammen, begrub ihr Gesicht an Als Schulter. Dann richtete sie sich auf und faltete ihre Hände wie zu einem Gebet vor ihrem Gesicht. Ihre Lippen zuckten, die Augen füllten sich mit Tränen, die auch sogleich ihre Wangen herunterliefen. Dann sackte sie zusammen, ließ ihren Kopf erneut an Als Brust sacken. Ihr Körper zuckte wie bei einem Krampf. Auch Al rollten die Tränen über die Wangen. Fürsorglich streichelte er Jule über den Rücken. Der Kinderarzt erhob sich. Auch er hatte einen Kloß im Hals. Er war noch jung. Vermutlich war es das erste Mal, dass er frisch gebackenen Eltern solch eine bittere Nachricht mitteilen musste. Mit heißerer Stimme verabschiedete er sich kurz und war froh, das Zimmer verlassen zu können. Al und Jule drehten sich zu Valerie und streichelten ihr über den Rücken.

„Jule, wir schaffen das. Wir ... wir werden ihr gute Eltern sein."

„Al, sie ist blind. Sie ..."

„Sie ist unser Kind. Verstehst du?" Jule nickte und krampfte ihr rechte Hand in Als Linke. Beide schauten sie auf Valerie, die glücklich und zufrieden in ihrem Bettchen schlummerte.

„Es ist spät, Al, du solltest nach Hause gehen. Ich schaff das hier schon." Al rückte sich den Stuhl an Jules Bett. Jule lächelte dankbar. Al hatte recht. Sie wollte in dieser Nacht nicht allein bleiben.

Dedovsk, Juni 2020

„Komm jetzt, das Taxi steht bereit." Pjotr packte Nadjeschda unsanft am Arm.

„Fass mich nicht an, du wirst mich nie mehr anfassen, und wenn du Daniel etwas zuleide tust, dann bringe ich dich um. Hast du verstanden, Pjotr Kasparow?" Pjotrs Augenwinkel zuckte erschrocken. Offenbar ging ihm das Geigenspiel näher, als ihm lieb war, zeigte eine Schwäche, einen Riss in seiner Fassade, durch den Daniels Geigenklänge eindringen, durch den sie ihn von innen auflösen würden. Nadjeschda spürte seine Unsicherheit. Zum ersten Mal empfand sie einen Triumph über das Unrecht, das Pjotr ihr und ihrem Daniel antat. Aber es war nicht ihr Sieg, es war der ihres tapferen Daniels und es war der Triumph einer göttlichen Musik, der sich niemand entziehen konnte.

Leicht gebückt begleitete Pjotr sie zum Ausgang der Villa. Seine Augen waren rot unterlaufen und er biss verkrampft die Kiefer zusammen, um möglichst ungerührt zu wirken. Sie wusste, dass sie Daniel zurücklassen musste, aber der Kampf war noch nicht beendet. Pjotr hatte seine Schwäche offenbart. Die verzweifelte Liebe einer Mutter hatte ihn getroffen, tief im Inneren. Das gab ihr Hoffnung. Starr hielt er ihr die Tür des bereitstehenden Taxis auf und versuchte ihrem Blick auszuweichen.

„Der Fahrer bringt dich nicht nur zum Flughafen sondern auch zum Gate. Versuch nicht zu fliehen, Nadjeschda. Er hat Anweisungen von mir ..."

„Mich umzubringen oder welche Anweisungen hat er?", unterbrach sie ihn. Erneut zuckte Pjotrs Augenwinkel während sie ihn durchdringend ansah. „Ich komme wieder, Pjotr, und dann ... dann gehe ich nicht ohne Daniel." Hastig knallte er die Tür zu, drehte sich um und verschwand hinter der reich verzierten Haustür. Die Tür des Taxis, eigentlich war es eher eine schwere schwarze Limousine mit dunklem Panzerglas, fiel dröhnend ins Schloss. Die Verriegelung ließ ein lautes Knacken hören und Nadjeschda wusste, dass sie wieder in der Falle saß, dass der Fahrer sie bis zum Einstieg in das Flugzeug nicht aus den Augen lassen würde.

Die Nachmittagssonne stand noch hoch am Himmel und Nadjeschda schaute unendlich traurig der verwaisten Industrielandschaft hinterher, die außerhalb der hermetischen Grenze um Moskau herum dem Verfall anheimgegeben war. In ihrer Vorstellung sah sie Daniel, hörte seine traurigen Geigenklänge und etwas sagte ihr, dass sie irgendwann über das Unrecht siegen, dass sie und Daniel sich bald wieder in den Armen halten würden.

Die Limousine holperte über eine von Schlaglöchern übersäte Schnellstraße und quälte sich im Stop-and-go-Rhythmus durch den hoffnungslos überfüllten Verkehr. Anstatt jedoch dem bekannten Weg zur Stadtgrenze zu folgen, bogen sie unvermittelt auf eine Seitenstraße ab. Vermutlich war es eine Landstraße, die den Stau in Richtung Flughafen umgehen sollte. Ihr innerer Kompass sagte jedoch etwas anderes. Die Richtung war eine andere, sicher nicht zum Flughafen.

Nach etwa einer knappen halben Stunde erreichten sie eine Art Bauhof, der jedoch bereits länger nicht mehr bewirtschaftet wurde. Von dort ging es weiter auf einem unbefestigten Weg zwischen verwilderten Feldern und Buschlandschaften hindurch. Verzweifelt rüttelte Nadjeschda an der Tür, versuchte durch das abgedunkelte Glas zum Fahrerraum etwas zu erkennen. Es war zwecklos. Sie war gefangen wie ein wehrloses Kaninchen auf dem Weg zur Schlachtbank.

Vor einem halb verfallenen Gebäude blieb die Limousine stehen. Der Fahrer lief gemächlich um das Fahrzeug herum und öffnete Nadjeschdas Tür. Es war ein großer schlaksiger Mann, der seine Schirmmütze weit ins Gesicht gezogen hatte. Schlagartig pochte ihr das Herz bis zum Hals. War das Pjotrs Antwort auf ihre Ankündigung wiederzukommen, um Daniel abzuholen? Ein Schuss ins Genick und fertig. Nie würde jemand hier nach ihr suchen. Sie würde einfach von der Bildfläche verschwinden.

Ein zweiter Mann stieg aus der Beifahrertür. „Aussteigen und Hände hoch!" Nadjeschda erkannte die Stimme sofort und erschrak zu Tode.

„Was ... was willst du? Hast du nicht schon genug? Wenn dein Bruder davon erfährt, dann ..."

„Halt's Maul. Mein Bruder denkt, du wärst auf dem Weg nach Deutschland. Tja, so oder so kann er mir dankbar sein, wenn ... wenn ich mich um dich kümmere, mein Engel." Langsam schlich er um Nadjeschda herum. Dabei hielt er eine Pistole mit beiden Händen vor seine Brust und zielte auf Nadjeschdas Kopf.

„Er wird dich umbringen, wenn du mir auch nur ein Haar krümmst. Das weißt du genau." Evgenij schnalzte triumphierend mit der Zunge.

„Er mich umbringen, dass ich nicht lache. Er ist ein Feigling. Hat er dir auch den Unschuldigen vorgespielt, den Saubermann? Wie oft hat er das schon getan, hat mich reingezogen in seine dreckigen Geschäfte und ich musste am Schluss die Suppe auslöffeln. Nein, mein Engel, dir wird er keine Träne nachheulen, dir nicht. Er wird noch nicht mal nach dir fragen. Er ist ein hinterhältiges Arschloch. Und weißt du auch, warum, mein Engel? Weil sie jetzt haben, was sie wollten, er und seine Maria. Jetzt haben sie ihren kleinen Prinzen, ihren Thronfolger, dabei ist er ja nur so ein billiger Bastard. Hat noch nicht mal einen russischen Namen. Und was dich angeht, du bist doch nur lästig, du störst, kapierst du das nicht? Und dazu noch eine Lesbe, die seinen Sohn großziehen will." Ein dreckiges Lachen prallte ihr entgegen. „Nein, Nadjeschda, das passt nicht in sein Bild. Du kannst froh sein, dass er dich nicht gleich umgebracht hat." Evgenij würgte einen Batzen Speichel hervor, ließ ihn genüsslich und geräuschvoll durch die Zähne zischen, um ihn dann verächtlich vor Nadjeschdas Füße zu spucken. „Früher oder später wird er dich endgültig ausspucken und zertreten." Symbolisch trat er auf seinen Speichel und rieb ihn in den Dreck. Dabei grinste er überlegen.

„Und ... und diese Drecksarbeit, willst du ihm jetzt abnehmen. Hier und jetzt?"

„Nadjeschda, mein Engel, wie oft soll ich dir noch sagen, dass ich nicht so ein Schwein bin wie er. Ich werde dir etwas Schönes zeigen. Es ist wunderschön dort, es wird dir gefallen. Du wirst sehen, ich habe einen Sinn für Romantik." Ein Tropfen Speichel rann aus seinem Mundwinkel. Dabei machte er eine Bewegung mit der Pistole, in Richtung eines etwa zwanzig Meter entfernt stehenden Lieferwagens. Der ehemalige Chauffeur öffnete die hinteren Flügeltüren und bedeutete Nadjeschda einzusteigen. Dann warf er krachend die Türen hinter ihr zu. Ein mehrfaches Klicken signalisierte, dass kein Entkommen möglich war. Es war dunkel. Kein Fenster, keine Ritze in der Karosserie erlaubte einen Blick nach draußen. Als der Lieferwagen ruckartig losfuhr, ließ sich Nadjeschda zu Boden fallen, um notdürftig Halt zu finden. Mehrfach versuchte sie, die Tür zu öffnen, hämmerte mit ihren Füßen dagegen, um irgendeine Schwachstelle im Blech zu finden. Es war zwecklos. Wieder war sie Evgenij hilflos ausgeliefert und diesmal würde kein Pjotr oder sonst jemand seinen widerlichen Plan stören. Was er genau vorhatte, wusste Nadjeschda nicht. Aber es bestand kein Zweifel, dass seine ihm so wichtige russische Ehre gekränkt war. Er würde sich dafür rächen. Er würde sein angefangenes Werk vollenden, sie dann an einem sicheren Ort einfach abknallen, dort, wo man ihre Leiche niemals vermutete. Nadjeschda wusste, dass ihre Chancen gering waren. Evgenijs Wut und Hass, zusammen mit seinem furchteinflößenden Bodyguard, bedeuteten für sie den sicheren Tod.

Sie schloss die Augen und versuchte sich zu sammeln. Ein verzweifeltes Gebet huschte über ihre Lippen. Sie dachte an damals, an die Aquariumsgruppe, an Zeiten, in denen sie mit feurigem Eifer jeden zum Christentum bekehren wollte, der ihr über den Weg lief. Sie und Karin sahen sich gemeinsam berufen, allen Menschen die christliche Botschaft zu verkünden. Sie beteten für alle, ob gut oder böse. Sie hofften auf Vergebung für alle Menschen, mochten sie auch noch so grausam sein. Und jetzt? Sie spürte, dass sie wieder mal an Grenzen gekommen war, die sie sich bislang nicht hatte vorstellen können. Der Gedanke, für Pjotr oder Evgenij um Vergebung ihrer Sünden zu beten, erfüllte sie stattdessen mit bitterem Hass. Sollten sie doch in der Hölle braten, langsam, schmerzhaft und grausam. Sie sollten die Schmerzen spüren, die sie ihr angetan hatten. Nur dann würde sie Genugtuung empfinden, dann wäre ihre Seele erleichtert. Aber stimmte das wirklich? Wäre sie dann nicht auf derselben Ebene wie Pjotr und Evgenij angekommen, würde sie dann nicht zusammen mit ihnen zum Teufel fahren? Und überhaupt, was war eigentlich die Seele? War es nicht die eigentliche Strafe, aus dem Paradies, nämlich dem Paradies der Ahnungslosen verstoßen zu sein? Kein Tier würde sich so quälen zwischen Hass und Liebe, zwischen Vergeltung und Vergebung. Damals, nachdem sie grausam vergewaltigt worden war, hatte sie ihre Seele abgelegt, war eingetaucht in ein Nichts aus wohltuender Gleichgültigkeit. Der Konflikt von Gut oder Böse war einer dumpfen Sinnlosigkeit gewichen. Sie fühlte sich umhüllt von einer seltsam starken Gelassenheit, dem Schicksal selbst angesichts des Todes seinen Lauf zu lassen. Damals fühlte sie sich wie eine Blume, die in der vollen Blüte ihres kurzen Lebens achtlos zertreten wurde, nur weil der Samen, aus dem sie geboren worden war, zufällig nicht auf einer abgelegenen Wiese, sondern direkt auf dem Weg gelandet war. Welchen Unterschied machte es, so oder so von einem Wanderer zertreten zu werden, der nichtsahnend und fröhlich pfeifend seinen Weg fortsetzte? Vielleicht war es sogar ein gnädigerer Tod, als doch auf der Wiese gelandet zu sein, um dann von einem Kuhfladen begraben zu werden, um in der stinkenden Jauche jämmerlich zu ersticken.

Doch jetzt war alles anders. Trotz ihrer verzweifelten Lage klammerte sie sich an das Leben, an den Glauben, an die Liebe, all das, was sie mit Karin und nun auch mit Daniel verband. Nein, sie musste weiterleben. Es war noch nicht die Zeit, ihrem Schöpfer gegenüberzutreten. Sie war nicht allein. Daniel brauchte sie. Für ihn lohnte es sich, dem Bösen zu trotzen.

Nach etwa einer Stunde holpriger Fahrt blieb der Lieferwagen stehen. Kurze Zeit später wurden die Flügeltüren aufgerissen. Von der Sonne geblendet, sah Nadjeschda schemenhaft den eher kleinen Evgenij und daneben den hünenhaften Fahrer.

„Komm raus aus deinem Loch. Ich will dir etwas zeigen." Vorsichtig kroch Nadjeschda aus dem Lieferwagen. Vor ihr breitete sich eine wahrhaft liebliche Landschaft aus. Ein Bach rauschte unweit. Satte Wiesen, Büsche und vereinzelte Birken, die ihre Kronen ungewöhnlich hoch für diese Baumart in den blauen Himmel ausstreckten, säumten dessen Ufer. Aus gebührendem Abstand, die Pistole unentwegt auf sie gerichtet, forderte Evgenij sie auf, in Richtung eines der größeren Bäume zu gehen.

„Das reicht, Nadjeschda, und jetzt dreh dich um, damit ich dich besser sehen kann." Evgenij ging ein paar Schritte auf Nadjeschda zu. Etwa zehn Meter vor ihr blieb er stehen und fuchtelte mit der Pistole in seinen Händen, wie in einem billigen Western.

„Und jetzt, mein Engel, jetzt machen wir da weiter, wo wir gestern unterbrochen wurden."

„Du kannst mich mal, du mieses Schwein", herrschte ihn Nadjeschda an.

„Das hatten wir, soweit ich mich erinnern kann, gestern schon mal. Und weißt du was, du … du gefällst mir, wenn du so ärgerlich bist.

Und wenn ich dir jetzt sage, dass ich deinen kleinen Bastard in die Hölle befördere, wenn du nicht sofort machst, was ich dir sage, dann ..." Er streckte die Hand aus und zielte mit der Pistole auf etwas im Gras. „Buhm ... siehst du, so einfach geht das."

„Du bist ..." Nadjeschda presste die Lippen zusammen.

„Ja, was bin ich? Ein Schwein? Nicht doch so fantasielos, mein Engel. Und jetzt, jetzt will ich dich richtig sehen. So wie die Natur dich geschaffen hat, genau hier in dieser wunderbaren lieblichen Gegend."

„Ich werde gar nichts machen, du Drecksack. Knall mich doch ab, wenn du Mut hast."

„Oh hört, hört, wenn ich Mut habe. Ich werde nicht nur dich abknallen. Ich werde auch deinem kleinen Bastard eine Kugel verpassen. Gehört nicht viel Mut dazu, ist ja schließlich nicht meiner."

Nadjeschda starrte ihm in die Augen. Kurz zuckte er zusammen und wusste, dass er Nadjeschda nur überlegen war, solange er die Pistole auf sie richtete.

„Zieh dich aus, du Schlampe. Sonst denke ich mir noch ganz andere Gemeinheiten aus. Ich kann da sehr kreativ sein, verstehst du?"

Nadjeschda wusste, dass Evgenijs Hormone hochkochten. Das war ihre einzige Chance. Sie musste ihn mit seinen eigenen Waffen schlagen.

Langsam öffnete sie ihren Ledergürtel und zog ihn aus den Schlaufen. Dabei ließ sie ihre Zunge über die Lippen kreisen und blickte ihn provozierend in die Augen. Das Ende des Gürtels schob sie durch den Verschluss und ließ die Schlaufe neben sich auf den Boden fallen. Dann ließ sie mit einem Augenzwinkern ihre Hand über die Brust gleiten.

„Schluss mit dem Zirkus, zieh dich aus, ganz aus und zwar plötzlich, sonst ... sonst erledige ich das für dich." Seine Stimme zitterte. Sie öffnete einen Knopf nach dem anderen und schob ihre Hand hinter die Bluse. Evgenij tanzte mit vibrierender Oberlippe von einem auf das andere Bein.

„Alles, habe ich gesagt. Ein bisschen schneller, sonst ... buhm ..." Wieder fuchtelte er mit der Pistole wie ein zweitklassiger Pistolenheld herum. Nadjeschda ließ sich nicht beirren. Provozierend streifte sie ein Kleidungsstück nach dem anderen vom Leib, schwenkte es lasziv durch die Luft, bis sie schließlich nackt vor ihm stand. Evgenij keuchte und griff sich wiederholt zwischen die Beine, als wollte er sich seiner Männlichkeit immer wieder vergewissern. Schweißperlen standen ihm auf der Stirn.

„Na also, warum denn nicht gleich so. Da ... da gibt es doch nichts zu verstecken ... und jetzt dreh dich um und knie dich auf den Boden." Nadjeschda drehte sich um und kniete sich hin. Im Augenwinkel sah sie noch, wie Evgenij die Pistole an seinen Bodyguard übergab, bevor er sich selbst daran machte, die Hose auszuziehen. Seine Hände zitterten vor Ungeduld und er wäre beim Versuch, sich seiner Unterhose zu entledigen, fast kopfüber im Gras gelandet.

„Und jetzt, mein Engel, jetzt wirst du einen echten russischen Schwanz in dir spüren. Mit deiner geilen Lesbe hast du ja sicher Nachholbedürfnis, nicht wahr." Evgenij bemerkte nicht, wie Nadjeschda nach dem zur Schlaufe gelegten Gürtel griff. Stöhnend kniete er sich hinter sie und griff ihr gierig zwischen die Beine. Nadjeschda zögerte nicht lange. Blitzschnell schoss sie herum und klammerte ihre Beine um ihn. Ohne dass Evgenij auch nur einen Moment reagieren konnte, warf sie die Gürtelschlaufe über seinen Kopf und zog zu. Mit all ihrer noch verbliebenen Kraft riss sie seinen Kopf zu Boden, drehte sich um den eigenen Körper und saß schließlich auf seinem Brustkorb. Mit ihren Knien drückte sie seine Arme zu Boden.

„So, du Schwein, du darfst mir nochmal zwischen die Beine glotzen, bevor du erstickst." Mit aller Kraft zog Nadjeschda den Gürtel zu. Evgenijs überraschter Ausdruck wandelte sich zu blanker Panik. Seine Augen quollen hervor und stierten an Nadjeschda vorbei hinüber zu seinem Bodyguard.

Stimmlos zischelte er: „Schieß, schieß ..." Nadjeschda spürte den Fahrer hinter sich näherkommen. Verzweifelt zog sie die Schlinge um Evgenijs Hals noch fester zu. Sie wusste, dass es nur noch Sekunden dauern würde, bis der Mann hinter ihr schoss. Im Augenwinkel sah sie ihn, die Waffe mit beiden Händen direkt auf ihren Brustkorb zielend. Wieder zischte Evgenij: „Schieß, schieß ..." Ein leises Klicken verriet ihr, dass der Anschlag der Pistole gespannt war. Es bedurfte nur noch eines Zuckens seines Zeigefingers und alles wäre vorbei. Gleichzeitig mit dem sich lösenden Schuss sprang sie zur Seite. Die Schlinge um Evgenijs Hals hatte sich gelöst und statt eines erleichterten Aufatmens drang ein gellender Schrei aus seiner Kehle. Eine Fontäne hellroten Blutes schoss aus seiner linken Leiste. Hastig sprang Nadjeschda auf und lief so schnell sie konnte davon.

Frankfurt, April 2011

Al schreckte auf. Jule schlief neben ihm tief und fest. Durch die sich vor dem Fenster ausbreitenden noch kahlen Äste einer riesigen Platane war der erste Schimmer der Morgendämmerung zu sehen. Der Schock darüber, dass Valerie ihr Leben lang blind sein würde, saß tief. Al wusste, dass sich Jule jetzt noch mehr Vorwürfe machen würde, mit nach Muscat gekommen zu sein. Er beugte sich nach vorne und sog die Luft ein, die Jules schlafenden Körper umgab. Er nahm einen Hauch von Jasmin wahr, mehr ein Gefühl als ein Geruch. Er mochte diesen süßlich fruchtigen Duft, den Jule einem italienischen Parfum entlockte, dessen Name er sich noch nie merken konnte. Er küsste sie auf die Wange. Eigentlich wollte er sie nicht wecken und war doch froh, als ihre Augen sich öffneten und ihm ein erstes Lächeln schenkten. Jule war noch nie ein Morgenmuffel gewesen und das schätzte er ganz besonders an ihr.

Dann blickte sie erschrocken zur Seite.

„Valerie, wo ... wo ist sie?"

„Ich nehme an in ihrem Bettchen."

„Viermal war sie diese Nacht gekommen und jedes Mal hat sie so laut geschrien, dass die Nachtschwester ein böses Gesicht machte. Was kann sie denn dafür, unsere kleine Valerie?"

Al zog fragend die Augenbrauen hoch. „Viermal ... diese Nacht ... hab nichts mitbekommen." Jule grinste und schüttelte den Kopf. Dann seufzte sie erneut und ihre Augen schauten suchend zur Seite.

„Al, sie ... sie kann mich nicht sehen. Sie kann nicht mal ihre eigene Mutter sehen." Ihre Unterlippe fing an zu zucken. Al nahm ihre Hand und drückte sie fest an sich.

„Jule, wir ... wir müssen jetzt nach vorne schauen. Es macht keinen Sinn zurück zu blicken und sich ständig zu quälen. Und Valerie, sie spürt deine Nähe."

„Al, es ist ganz allein meine Schuld. Wenn ich dich nicht überredet hätte, säße ich vielleicht jetzt mit Valerie im Bauch zu Hause und du würdest mir alles von Lorenzos Einweihung erzählen. Und jetzt ... Lorenzos Einweihung ist geplatzt und noch viel schlimmer ..." Jule schluchzte vor sich hin. „Al, es ist meine Schuld, dass Valerie blind ist ... ganz allein meine Schuld."

„Unsinn, Jule. Erstens habe ich auch zugestimmt, dass du mitkommst. Wer konnte auch ahnen, dass eine Frühgeburt ... also dass die Fruchtblase ... ich meine, dass es Valerie so eilig hat, das Licht ..." Al stockte der Atem.

„Du meinst, das Licht der Welt zu erblicken? Verdammt Al, sie wird es nicht sehen ... sie wird es niemals sehen können." Jule senkte ihr Gesicht in die Hände und weinte heftig.

„Dieser verdammte Eckel ... diese Beatmung, zu viel Sauerstoff ... wahrscheinlich war es das, was Hosseini ihm ständig beibringen wollte." Al seufzte tief. Auch er hätte vielleicht die Art der Beatmung, die Infusionen hinterfragen sollen. Aber er wollte damals nicht besserwisserisch wirken, hatte versucht, Vertrauen zu entwickeln, obwohl ihm dieser Eckel von Anfang an suspekt war und im Grunde nicht kompetent erschien. Er hatte das plötzliche Gefühl, als Arzt, als Vater versagt zu haben.

„Jule, ich hätte besser aufpassen müssen, ich hätten diesen Eckel ... verdammt ..." Jule hob ihren Kopf und schaute ihm zärtlich in die Augen.

„Du hast recht, Al, es bleibt uns nichts anderes übrig, als die Vergangenheit ruhen zu lassen. Wir müssen nach vorne schauen, wir müssen für Valerie die besten Eltern sein, auch wenn wir ..."

„Auch wenn wir es ihr nicht leicht gemacht haben ... so gleich am Anfang ihres Lebens!"

„Al, es ist unser Kind und wir lieben unser Kind, du und ich. Aber irgendwann wird Valerie Fragen stellen. Irgendwann wird sie wissen wollen, warum sie ... warum sie blind ist. Und dann Al, dann müssen wir ihr die Wahrheit sagen." Al nickte. „Versprich mir, Al, dass wir ihr die Wahrheit sagen."

„Ja, Jule, das verspreche ich dir. Irgendwann wird sie die Wahrheit erfahren und dann ... dann hoffe ich, dass sie uns verzeihen kann." Jetzt erwischte es auch Al und er senkte seinen Kopf zu Jule. Im nächsten Moment hörten sie das bekannte Krähen. Die Schwester vom Tagdienst kam mit einem schreienden Bündel im Arm gelaufen. Es war ein Geräusch, das verriet, dass sich Valerie trotz ihrer Blindheit niemals unterkriegen lassen würde.

Im Laufe des Vormittags kam die Visite. Der Oberarzt und zwei weitere Assistenzärzte, darunter auch der junge Kinderarzt, der ihnen die Nachricht über Valeries Blindheit übermittelt hatte. Zusammen mit zwei Krankenschwestern belagerten sie das Zimmer. Erst lag eine bedrückende Stille im Raum und alle blickten mitfühlend zu Jule, die eine kräftig an ihrer Brust saugende Valerie im Arm hielt.

Der Oberarzt ließ ein verlegenes Räuspern vernehmen. „Unsere kleine Valerie ist, dafür dass sie einige Wochen zu früh auf die Welt kam, ein erstaunlich kräftiges Kind, nicht wahr, Schwester Josefine." Er drehte sich zur Stationsschwester um, die sich bei der morgendlichen Übergabe den nächtlichen Stress in epischer Breite angehört hatte. Dabei lächelte sie gutmütig.

„Oh ja, ein kräftiges Kind. Schreien, das kann sie, da besteht kein Zweifel. Und trinken tut sie bestens." Der Oberarzt drehte sich zu Jule und Al.

„Eigentlich besteht kein Grund, dass wir sie weiter hier behalten, es sei denn ..." Jule kam direkt zur Sache und sprach aus, was sie bedrückte.

„Wird sie ... ich meine können wir etwas tun, damit sie ... damit sie wenigstens etwas ... etwas sehen kann?" Der Oberarzt seufzte.

„Offen gestanden, sieht es mit ihren Augen nicht gut aus. Der Schaden an der Netzhaut ist erheblich und ... ich fürchte, daran wird sich kaum etwas ändern."

„Sie wird also für immer blind sein?", fiel Al dazwischen.

„Ich fürchte, ja. Ich weiß, eine solche Nachricht ist nicht leicht zu ertragen, aber ... Sie werden lernen, damit umzugehen. Valerie wird lernen, damit umzugehen." Er griff in die Tasche und holte einen Zettel hervor. „Ich habe hier eine gute Adresse. Es ist ein Kinderarzt, der sich speziell auf Kinder mit Sehstörungen spezialisiert hat. Eine Selbsthilfegruppe wäre auch nicht schlecht. Es gibt noch andere Eltern, denen es ähnlich geht." Al nahm die Visitenkarte. Es fiel ihm schwer, die Worte darauf zu lesen. Er wollte dagegen ankämpfen, aber es half nichts. Wie durch einen Schleier konnte er den Namen des Arztes gerade so lesen.

„Vielen Dank, ich ... ich danke Ihnen allen." Mehr brachte Al nicht hervor. Der Oberarzt klopfte ihm auf die Schulter.

„Also, wie gesagt, wenn Sie noch eine Nacht bleiben wollen, dann ... können Sie das gerne tun."

„Wir schaffen das. Ich danke Ihnen auch, aber ich würde gerne nach Hause ... mit Valerie", fiel ihm Jule ins Wort. Der Oberarzt nickte der Stationsschwester zu. Dann verließen sie schweigend das Zimmer. Später bekamen sie die Entlassungspapiere und eine Erstausstattung an Windeln, Trinkflasche und Cremes. Mit freundlichen Grüßen verschiedener Firmen, die sich auf die Ernährung und Pflege von Säuglingen spezialisiert hatten. Von jedem Label lächelte ihnen ein goldiges Kleinkind mit weit aufgerissenen und neugierigen Augen entgegen.

Sie nahmen sich ein Taxi und fuhren nach Hause. An einer Ampel drehte sich Jule zu Al und schaute ihn fragend an. „Sag mal, dein Chef ... weiß er eigentlich, dass du ... ich meine, du hattest doch nur eine Woche Urlaub genommen und jetzt sind es fast zwei Wochen."

„Er wird es überleben", flüsterte Al mehr zu sich selbst.

„Er schon, aber ... vielleicht solltest du ihn gleich mal anrufen." Al nickte und der Gedanke, nach all den Ereignissen wieder zu arbeiten, als wäre nichts geschehen, Jule mit Valerie zu Hause allein zu lassen, all das machte ihm Sorge. Er war froh, als das Taxi vor ihrem Haus hielt und er an die frische Luft konnte. Wieder in der Wohnung, klingelte es an der Tür. Karin stand mit Daniel im Arm davor. Sie wirkte müde, hatte dunkle Ringe unter den Augen. Und trotzdem strahlte sie. Es war ein Gesichtsausdruck, den er bei ihr noch nie gesehen hatte. Es war das erschöpfte und trotzdem so glückliche Lächeln einer jungen Mutter. Jule kam ihr mit Valerie auf dem Arm entgegen. Karin beugte sich dem kleinen Bündel neugierig entgegen.

„Ach Gott, wie süß ... so zierlich ... und die blonden Haare ... wie ein kleiner Engel." Jule nickte Karin zu. Es fiel ihr nicht leicht, Karins glückliches Gesicht zu erwidern. Karin merkte sofort die bedrückte Stimmung. „Stimmt etwas nicht ... wie ... heißt sie überhaupt?"

„Valerie ... sie heißt Valerie. Ich dachte, Al hätte dir das gesagt."

„Stimmt, bereits vor der Geburt", meinte Karin verschmitzt. „Aber ich wollte es nochmals aus deinem Munde hören, nämlich dann, wenn sie das Licht der Welt erblickt hatte." Jule schoss Karins unwissender Kommentar wie ein Pfeil ins Herz.

„Karin, es ist nicht leicht zu sagen, aber … Valerie sie … sie kann nichts sehen, sie … sie ist blind." Karin erstarrte und ließ sich mit dem schlafenden Daniel auf dem Arm fassungslos auf einem Stuhl nieder. „Sie … sie ist … blind, ja aber wieso … ich meine … so gar nichts … kann sie gar nichts sehen?"

„Der Arzt sagte, dass sie allenfalls hell und dunkel wird unterscheiden können und selbst das ist nicht sicher."

„Oh mein Gott, das … das … ich weiß nicht, was ich sagen soll." Karin blickte fragend zu Valerie.

„Es wird nicht leicht, aber … wir werden das schaffen. Al und ich, wir werden ihr einen guten Start ins Leben geben … so gut es eben geht." Dann drehte sie sich um. Karin wusste nichts zu erwidern. Sie spürte, dass sowohl Mitleid als auch jedes Wort der Verharmlosung fehl am Platz gewesen wäre. Sie stand auf und folgte Jule und Al in ihre Wohnung. Ein Kinderbettchen stand mitten im Raum. Allerlei Spielzeug hing über dem Kopfkissen.

„Ein Geschenk von Lorenzo. Wir haben das Gleiche drüben. Lorenzo rief an und war nicht davon abzubringen, zwei Bettchen zu kaufen, auf seine Kosten. Und … was sagst du, Jule?"

„Wunderschön. Es … es sieht wunderschön aus. Und das Spielzeug zum anschauen … können wir bestimmt auch etwas tiefer hängen. Ich meine … für Valerie zum … zum anfassen." Jule legte Valerie vorsichtig in das Bettchen. Alle standen gerührt im Kreis und betrachteten das Kind, das engelsgleich schlummerte.

Plötzlich zuckte Valerie zusammen. Ihre Augenlider fingen an zu blinzeln. Es machte fast den Anschein, als fühle sie sich geblendet. Dann ertönte ein Schrei aus ihrer zarten Kehle, der allen in Mark und Knochen schoss.

„Hoppla, na die weiß ja, was sie will", entfuhr es Karin spontan. Instinktiv hielt sie Daniel dichter an ihre Brust.

„Das kannst du laut sagen … und das mehrmals in der Nacht."

„Na dann. Ich komme später nochmal rüber. Muss nach Nadjeschda schauen, die sitzt in der Badewanne." Jule und Al schauten sich überrascht an. Das klang nicht gut und es tat ihnen spontan leid, sich nicht gleich nach Nadjeschda erkundigt zu haben.

Valerie ließ sich kaum beruhigen. Erst als sie gierig an Jules Brust saugte, hörte sie für einen Moment auf zu schreien, um nach ein paar Saugversuchen erneut wie am Spieß zu brüllen.

„Sie kann doch unmöglich schon satt sein." Verzweifelt versuchte Jule ihre milchtropfende Brustwarze in Valeries brüllenden Mund zu führen. Al stand kopfschüttelnd dabei. „Das war gestern Nacht genau dasselbe, bis sie vor Erschöpfung einschlief und die Nachtschwester sie wieder in ihr Bettchen brachte."

„Wie? Und ich hab davon nichts mitbekommen."

„Du hast geschlafen wie ein Murmeltier, unfassbar bei dem Theater. Ich hoffe, sie ist heute Nacht etwas ruhiger." Wieder bäumte sich Valerie auf und schrie so laut, so lange anhaltend, jeden letzten Ton herausquetschend, bis sie jedes Mal rot anlief, um dann anschließend hektisch nach Luft zu schnappen.

„Lass mich mal." Al hatte sich diesmal vorsorglich mit einer Windel über der Schulter bewaffnet, schwang die brüllende Valerie darüber und fing an, ihr den Rücken zu streicheln.

„Du musst klopfen, bis …", weiter kam Jule nicht, als sich das soeben Getrunkene in einem Schwall über Als Schulter ergoss.

„Verdammt … ist das normal so?" An Zeigefinger und Daumen aufgehängt reichte Al das schreiende Kind an Jule zurück. Dann verschwand er im Bad. Als er später frisch geduscht im Pyjama auftauchte, lag Valerie friedlich im Bett und auch Jule schien fest eingeschlafen zu sein. Erleichtert über die plötzliche Stille, schob er sich vorsichtig zu Jule, schaltete die Lampe über ihrem Bett aus und blickte an die Decke. Jetzt nur schnell einschlafen, dachte er in Erwartung der nächsten Brüllattacke, die tatsächlich nicht lange auf sich warten ließ. Ein die Luft zerschneidendes Kreischen drang aus dem Wohnzimmer durch die offene Schlafzimmertür. Al drehte sich zur Seite und blinzelte auf den Wecker. Elf Uhr, Valerie hatte also kaum zwei Stunden geschlafen. Er hoffte inständig, dass sie sich vielleicht von alleine beruhigen würde. Er stellte sich schlafend.

„Bringst du sie mir ... bitte." Jule bewegte sich dabei keinen Millimeter. Inzwischen war Valeries Lautstärke so weit eskaliert, dass man um die Nachtruhe des ganzen Hauses bangen musste. Schlaftrunken wälzte sich Al zur Seite und fiel erst einmal mit einem lauten Schlag auf den Boden. Dabei streifte er mit der Schläfe die Kante des Nachttisches, die infolgedessen heftig schmerzte.

„Hast du dir wehgetan?", kam ein leichtes Stöhnen von der anderen Seite des Bettes.

„Schon gut, schon gut." Al wusste nicht, was inzwischen mehr schmerzte, seine Schläfe oder Valeries alles durchdringendes Schreien. Hastig richtete er sich auf und fasste an seine Schläfe. Kein Blut, nur eine Beule. Erleichtert sprang er in Richtung Wohnzimmer und stieß unterwegs mit dem kleinen Zeh gegen die Türkante. Al versuchte sein schmerzvolles Stöhnen zu unterdrücken und griff in die Wiege. Während er gestern Valerie noch wie ein rohes Ei angefasst hatte, griff er jetzt beherzt zu, in der Hoffnung, dass sie seinen Händedruck als Zeichen verstand, dass sie gleich etwas zu trinken bekommen würde. Offenbar beeindruckte sie das kaum und sie schrie noch heftiger. Al wandte seinen Kopf zur Seite und meinte, ein Klirren der Weingläser im Schrank zu vernehmen. Eilig, diesmal jedoch darauf bedacht, sich nicht erneut den Zeh anzurammen, hastete er zu Jule, die sich jetzt zum ersten Mal bewegte.

„Na, mein Schatz, wer wird denn da so weinen?", versuchte sie beruhigend auf Valerie einzureden, die nach der Milchquelle suchend hektisch mit dem Kopf hin und her ruderte. Al lag auf den Rücken. Noch nie hatte er eine plötzliche Stille so sehr genossen. Eilig versuchte er wenigstens einen kurzen Schlaf zu erhaschen, der sich auch augenblicklich einstellte. Es kam ihm vor wie eine Sekunde, als sich Jule zu ihm umdrehte.
„Machst du noch Bäuerchen mit ihr?"
„Bäuerchen ... was für ein Bäuerchen?" Er versuchte sich aufzurichten und griff mit geschlossenen Augen nach Valerie, die Jule ihm bereits entgegenhielt.
„Sie will nicht mehr ... wenn sie Bäuerchen gemacht hat, kannst du sie ins Bettchen legen." Jule drehte sich zur Seite und sagte keinen Ton mehr.
„Bäuerchen, Bäuerchen ... Komm, mach Bäuerchen." Diesmal klopfte er ihr ganz sanft auf den Rücken, um nicht wieder eine volle Ladung abzubekommen. Ein leises Rülpsen, zusammen mit einer kleinen Pfütze schaumiger Milch landete auf seiner Schulter. Die Windel über der Schulter hatte er vergessen, griff nach dem schleimigen Etwas auf seiner Schulter und wischte es an seine Pyjamahose.
„Na also, geht doch." Lautlos legte er Valerie in ihr Bettchen. Ein friedliches Glucksen drang aus ihrer Kehle. Al schaute in die Wiege und es durchströmte ihn ein seltsames Glücksgefühl. War es das Glück, überhaupt Vater zu sein, oder vielmehr das Glück, dass Valerie nach erfolgreichem Bäuerchen endlich mal friedlich schlummerte? Vermutlich beides. Leise drehte er sich um und blieb wie angewurzelt stehen, als ein Grunzen aus ihrem Bettchen drang. „Bitte nicht, bitte, lieber Gott, lass sie schlafen, wenigstens für eine Moment", flüsterte er vor sich hin. Aber es half nichts. Ein schrilles Geräusch durchschnitt die gerade noch gewonnene Stille. Al holte tief Luft, drehte sich um und blickte

frustriert auf die neuerliche Ruhestörung namens Valerie. „Also, auf ein Neues", flüsterte er sich Mut zu und holte das schreiende Bündel aus seiner Schlafstelle. Schwankend erreichte er das Ehebett und reichte Valerie zu Jule, die aus dem Schlaf hochschreckte, hoffnungsvoll hinüber.

„Wie ... was ist los ... sie hat doch gerade", keuchte sie schlaftrunken. Dann fiel sie erneut in den kurzzeitig unterbrochenen Tiefschlaf.

„Was soll ich denn machen ... ich kann doch nicht ...", stammelte Al, das schreiende Kind wieder an sich gedrückt.

„Sch...weis auch nisch", war das letzte was Jule von sich gab. Frustriert schwang Al die schreiende Valerie über die Schulter. Neugierig roch er an ihrer Windel, dort, wo ihre zappelnden Beinchen zum Vorschein kamen.

„Keine Kacke, kein Hunger, kein Bäuerchen ... verdammt und was jetzt?" Verzweifelt ließ er sich auf das Sofa fallen, legte die immer noch schreiende Valerie bäuchlings über seinen Schoß und klopfte ihr den Rücken. Bei jedem neu sich aufbäumenden Schrei spürte er ihren sich verhärtenden Bauch, der sich beim Luftholen wieder etwas entspannte. Er versuchte das ohrenbetäubende Schreien auszublenden, im Sitzen etwas Schlaf zu finden. Aber es half nichts. Schlafentzug, dachte er, gleich in der ersten Nacht. Im Mittelalter hatte man dies als Folter benutzt und die Gefolterten starben allesamt einen grausamen Tod. Es musste etwas passieren. Wieder schwang er Valerie über die Schulter und ging zum Schrank. Die Cognacflasche war noch halbvoll. Wie ein lebensrettendes Elixier glänzte der bernsteinfarbene Saft im Glas, das er halb voll füllte. Dann ließ er sich wieder auf dem Sofa nieder, legte sein linkes Bein über sein rechtes Knie und legte Valerie in die so entstandene Grube.

„Und, trinken wir einen? Auf dein Wohl, mein Schatz." Al nahm einen kräftigen Schluck. Der Cognac floss brennend die Gurgel hinab und beinahe hätte er sich daran verschluckt. Eine Hustenattacke

hätte der nächtlichen Ruhestörung sicher die Krone aufgesetzt. Al versuchte das Brennen in der oberen Luftröhre zu unterdrücken. Langsam ließ der Schmerz nach. Auch Valerie schien sich etwas zu entspannen. Ihre Schreie wurden leiser und nach einer Weile verstummten sie gänzlich. Al konnte sein Glück kaum fassen. Er spürte allerdings auch aufkommenden Schwindel. Wenn er jetzt betrunken zur Seite fiele, täte das Valerie bestimmt nicht gut.
„Schlimmstenfalls fängst du wieder an zu brüllen", stellte er lallend fest, nachdem er den Rest Cognac aus dem Glas geleert hatte. Dass ihm der Alkohol derart schnell in den Kopf stieg, war eine neue Erfahrung. Aber angesichts der jetzigen Situation empfand er es als eher hilfreich und nervenentspannend. Mit letzter Kraft raffte er sich auf und legte Valerie erneut in ihr Bettchen. Dann drehte er sich um, in der Absicht, seinen Rausch im Ehebett auszuschlafen, als erneut ein scharfes Kreischen aus Valeries Bettchen drang.
„Nein, nein, nein ... das kann nicht ... das darf nicht sein." Schlafentzug unter Alkoholeinfluss war sicher eine Steigerung, die den langsamen Tod noch qualvoller werden ließ, hämmerte es ihm durch den Kopf. Erschöpft sank er neben dem Bettchen auf den Boden und quetschte seine rechte Hand durch die Gitterstäbe.
„Schlaf, Kindchen, schlaf, der Vater hüt die Schaf, die Mutter schüttelts Bäumelein ... fällt herab ein Träumelein ... schlaf, Kindchen, schlaf ... der Vater ist ein Schaf ...", aus welcher Ecke seines Hirns dieses alte Schlaflied emporkroch, wusste er nicht. Valerie war plötzlich still und lauschte andächtig dem lallenden Vater, bevor dieser bewusstlos vor dem Kinderbettchen zusammensank.
Am nächsten Morgen drang Kaffeeduft ins Schlafzimmer. Al fand sich im Bett wieder. Wann und wie er dorthin gekommen war, wusste er nicht. Für einen Moment beschlich ihn der Gedanke, dass die nächtlichen Eskapaden nur ein böser Traum gewesen waren. Jule kam mit einer Kaffeetasse in der linken Hand und Valerie im rechten Arm ins Schlafzimmer. Sie lächelt süffisant.

„Ich wusste gar nicht, dass du Cognac trinkst?" Sein Kopf dröhnte bei dem Versuch, etwas zu sagen. „Stell dir vor, Valerie hat fast durchgeschlafen, gleich die erste Nacht", ergänzte Jule nichtsahnend. Al stöhnte. Er fühlte sich wie gerädert.

„Aber auch nur fast. Sag mal ... wie viel Uhr ist es?"

„Schon zehn Uhr. Eigentlich wolltest du zu deinem Chef, aber ... du hast so tief geschlafen." Al schoss hoch.

„Verdammt, der macht mich fertig. Hatte ihm gestern noch versprochen zu kommen, um alles zu erklären." Dann ließ er sich wieder zurückfallen.

„Ich habe ihn angerufen und ihm mitgeteilt, dass du krank bist."

„Du hast was?" Wieder schoss Al von seinem Nachtlager hoch.

„Ich habe ihm erzählt, dass du Vater geworden bist und dass das doch sicher ein besondere Grund ist, mal zu Hause zu bleiben."

„Und, was hat er gesagt?"

„Herzlichen Glückwunsch."

„Ja genau, herzlichen Glückwunsch zur Entlassung. Wahrscheinlich hat er das gemeint." Al ließ sich stöhnend zurückfallen. „Sag mal, Valerie, sie ..."

„Sie schläft tief und fest. Ich gehe mal gerade etwas einkaufen. Soll ich Karin Bescheid sagen ... ich meine, falls du Hilfe brauchst?" Jule stand schon in der Tür.

„Hilfe, Hilfe, Hilfe ... mir ist nicht mehr zu helfen", murmelte Al.

„Also dann bis nachher." Die Tür fiel ins Schloss, so laut, dass Valerie zusammenzuckte. Al schloss die Augen. „Bitte nicht, bitte nicht ..." Aber es dauerte nicht lange, bis Valerie erneut ohrenbetäubend zu krähen anfing. Al raffte sich auf und verfrachtete Valerie auf den Wickeltisch. Die Windel war randvoll.

Noch ehe er die hellbraune Kinderkacke entsorgt und die neue Windel um das Kind geschlungen hatte, pinkelte ihm Valerie wie aus einem Springbrunnen entgegen, direkt über seine Pyjamahose.

„Na, Mahlzeit." Er nahm sich eine neue Windel und wickelte Valerie rasch ein. Dann zog er ihr den Strampler über und wollte sie wieder ins Kinderbettchen legen. Es kam, wie es kommen musste, Valerie schrie aus Leibeskräften. Verzweifelt schüttelte Al das Bettchen, dass es in allen Scharnieren knarzte. Es half nichts. Wie in der Nacht sank er zu Boden, quetschte seine Hand durch die Gitterstäbe und besann sich auf das alte Schlaflied. Es kam einem Wunder gleich, als Valerie trotz seiner vom Alkoholkater aufgerauten Stimme plötzlich innehielt. Andere Kinder hätten jetzt vielleicht die Augen aufgesperrt, um sich nach dem vielleicht vertrauten Geräusch umzuschauen. Valeries Gesichtszüge entspannten sich und sie lauschte aufmerksam dem schrecklichen Gesangsversuchen ihres Vaters. Kaum hörte er auf zu singen, oder besser gesagt zu krächzen, wurde Valerie wieder unruhig und hob zum lauten Protest an, um mit einer neuen Strophe – im Grunde war es immer wieder dieselbe –aufmerksam und still zu lauschen. Immerhin, dachte Al zufrieden, hatte er eine Methode außerhalb der alkoholischen Selbstbetäubung gefunden, wie er Valerie beruhigen konnte.

Die Türglocke läutete. Al stand auf und blickte durch den Gucki. Diese Bezeichnung hatte er von Olli, seinem früheren schwulen Nachbarn, gelernt. Seither hieß der Spion in der Tür immer nur Gucki. Karin stand mit Daniel im Arm vor der Tür. Ihr Blick und ihre hängenden Schultern ließen nichts Gutes erahnen. Al riss die Tür auf und dachte gleich, es sei etwas Schlimmes passiert. Im Hintergrund fing Valerie wieder an, lauthals zu krähen. Karin und Al blickten sich schweigend an, dann mussten beide lachen. Es war aber kein fröhliches Lachen, als vielmehr ein Ausdruck von Ratlosigkeit, von Resignation.

„Willst du nicht reinkommen?", fragte Al, als sei Karin dieser Wunsch nicht bereits im Gesicht abzulesen. „Gehen wir in die Küche, hier ist es zu laut."

„Ja, aber ... Valerie ... du kannst doch nicht." Al hatte sich jedoch mit hängenden Schultern umgedreht und war in der Küche verschwunden. Tassen klapperten, eine Dose sprang mit einem metallischen Geräusch auf. Er war mit den Vorbereitungen zu einem starken Kaffee beschäftigt, als würde er Valeries Schreien gar nicht mehr zur Kenntnis nehmen. Karin blickte ihm ratlos hinterher, entschied sich jedoch, zu Valeries Bettchen zu gehen. Behutsam beugte sie sich über das schreiende Kind. Den kleinen Daniel in ihrem Arm schien Valeries Krähen nicht zu beeindrucken. Er schlief mit einem sanften Lächeln im Gesicht an Karins Brust gelehnt. Sie begann ein Lied zu summen, was dazu führte, dass Valerie augenblicklich aufhörte zu schreien und ihren Kopf neugierig in alle Richtungen drehte. Al war noch in der Küche beschäftigt. Karin legte Daniel am Kopfende quer zu Valerie ins Bettchen. Sie summte weiter ihr Liedchen, während sich die beiden aneinander schmiegten. Friedlich lagen sie zusammen, Valeries Kopf an Daniels Seite. Leise richtete Karin sich auf, drehte sich um und ging zu Al in die Küche. Dabei fühlte sie sich, im Gegensatz zu ihrer Stimmung noch vor wenigen Minuten, seltsam glücklich. Al lauschte. Es war still. Erfahrungsgemäß dauerte der Frieden nicht lange.

„Kaffee?" Erschöpft hielt er seiner Schwester einen dampfenden Becher entgegen.

„Gerne ... wo ist Jule?"

„Einkaufen." Karin schaute nachdenklich in ihren Becher.

„Ich wünschte, ich könnte Daniel alleine lassen ... alleine mit Nadjeschda, meine ich." Al zog die Augenbrauen hoch. Wieder spitzte er die Ohren. Es war still. Karin konnte, wie bereits früher, seine Gedanken leicht erraten. „Schreit ganz gut, eure Valerie." Al nickte schweigend. „Habe Daniel zu ihr ins Bettchen gelegt, ist doch in Ordnung, oder?" Al lächelte, die Ruhe vor dem Sturm genießend.

„Alles, was Valerie beruhigt, ist gut."
„So schlimm?" Wieder nickte Al. Er spürte schmerzhaft den Schlafentzug in seinen Knochen. Mit der Kaffeetasse in der Hand schlich er aus der Küche und schaute von Weitem in das Bettchen. Daniel schlief, aber Valerie war offenbar wach. Zufrieden drehte sie ihren Kopf langsam von einer Seite zur anderen. Dann ging Al zurück in die Küche.
„Unglaublich. Wenn die nächste Nacht genauso schlimm wird, dann klingle ich, einverstanden?" Karin nickte und schaute ihren Bruder zärtlich an. Was hatten sie gemeinsam durchgestanden, dachte sie dankbar.
„Was ist los, Karin, ist es Nadjeschda, die dir Sorgen macht?" Karin seufzte.
„Sie macht nichts, sie sagt nichts, sie ... sie sitzt einfach nur starr in der Ecke. Und von Daniel will sie gar nichts wissen. Macht einen großen Bogen um ihn, dabei ... er ist so ein süßes Kind. Er schläft nur und wenn ich ihm die Flasche gegeben habe, dann ... lächelt er mich an."
„Er schreit nicht?"
„Niemals. Er brummelt manchmal vor sich hin, wenn er Hunger hat. Vielleicht zweimal in der Nacht. Dann gebe ich ihm die Flasche. Noch ein Bäuerchen und dann schläft er friedlich ein."
„Ein Bäuerchen ... und dann schläft er ... irgendetwas mache ich falsch", murmelte Al. Wieder spitzte er die Ohren und er konnte es kaum fassen, dass er von Valerie noch keinen Piep hörte.
„Scheint ansteckend zu sein." Al machte ein nachdenkliches Gesicht. „Und Nadjeschda, keine Reaktion?" Karin schüttelte den Kopf und versenkte schluchzend ihr Gesicht in die Hände. Al rückte zu ihr und legte seinen Arm um ihre Schulter. Karin schmiegte sich an seine Brust, als habe sie sehnlichst auf etwas Körperwärme hingefiebert. „Und ihr beide, wie ... wie läuft es zwischen euch?"

„Nichts. Sie sieht mich gar nicht mehr. Es ist, als ob sie einfach durch mich hindurch schaut. Ich bin gar nicht mehr da."

„Karin, du musst mit ihr zu einem Arzt. Sie steckt in einer tiefen Depression und ... das kann auch mal böse ausgehen."

„Mein Gott, Al, ich sehe ja selbst bereits Gespenster. Gestern Nacht stand sie mit einem Messer vor Daniels Bett. Ich war erst starr vor Schreck, ich dachte sie ... sie wollte Daniel etwas antun. Dann ging sie seelenruhig in die Küche, nahm sich einen Apfel und fing an, ihn zu schälen."

„Das klingt nicht gut. Das klingt gar nicht gut. Was hältst du davon, wenn ich mal jemanden anrufe? Ein Freund von mir arbeitet in der Psychiatrie ..."

Karin fiel ihm dazwischen. „In der Psychiatrie?"

„Was ist, wenn sie ... wenn sie Daniel oder sich selbst etwas antut? Ich glaube, sie lebt im Moment in einer anderen Welt. Der Schock bei der Geburt, das hat alles wieder aufgerissen."

„Du hast recht, Al. Wie müssen etwas tun. Je schneller desto besser, sonst ... mein Gott, ich weiß auch nicht, was noch passiert." Sie blickten sich an und nickten sich zu. Al griff nach dem Telefonhörer. Ein kühler Windhauch zog durch die Küche. Besorgt stand Karin auf. Sie hatte die beiden Wohnungen offen gelassen. Falls Nadjeschda sie rufen würde, wäre sie so gleich zu Stelle. Sie schaute noch einmal zu den beiden friedlich im Bettchen liegenden Kindern und setzte sich wieder zu Al in die Küche. Die Küchentür lehnte sie dabei etwas an.

„Albert Steinhoff ... ja, genau, Dr. Steinhoff. Kann ich Thomas, ich meine ..." Al hielt den Hörer kurz zur Seite und versuchte, sich zu konzentrieren. Dann erhellte sich sein Gesicht. „Dr. Fischer, Dr. Thomas Fischer, ist er zu sprechen? Ah ja, verstehe ... er kann mich gleich zurückrufen. Es ist eilig ... ja, genau, die Nummer auf Ihrem Display." Al legte auf. „Noch einen Kaffee?" Karin nickte, dankbar über das schnell entschlossene Handeln ihres Bruders. Al legte seine Hand hinter sein rechtes Ohr und bog die Ohrmuschel etwas nach vorne. Dabei blickte er fragend zu Jule. „Scheinen noch ruhig zu sein. Mensch, Karin, das ist wie ein Wunder. Gestern Nacht, da wäre ich fast verzweifelt, das war ..." Das Telefon schrillte durch die Küche.

„Steinhoff ... ah, Thomas, das ging ja schnell. Meine Schwester sitzt hier, darf ich auf laut stellen?" Al drückte auf den entsprechenden Knopf. „Jetzt hört sie mit, es geht nämlich um sie, also genau genommen um ihre ... ihre ..."

„Es geht um meine Frau, Nadjeschda Narilow", fiel ihm Karin ins Wort, dabei zog sie lächelnd die Schulter nach oben und nahm den Hörer in die Hand. „Seit der Geburt unseres Sohnes vor einer Woche sagt sie keinen Ton. Sie hat das nicht verkraftet, sie ... ich glaube, sie hat eine schwere Depression."

„Wochenbettdepression, das ist bekannt, machen Sie sich keine Sorgen, Frau ..."

„Steinhoff, wie mein Bruder."

„Ja, ja genau, Frau Steinhoff. Das ist nicht so schlimm, vergeht wieder, in ein paar Tagen."

„Hören Sie, Herr Dr. Fischer ...", fiel Karin ihm ungeduldig ins Wort. „Daniel, unser Sohn, er sieht seinem Vater sehr ähnlich, verstehen Sie?"

„Nein, ich ... ich verstehe nicht ... ist das nicht normal?"

„Nadjeschda wurde vergewaltigt. Sie hat schon versucht, sich das Leben zu nehmen, vor der Entbindung. Gestern stand sie mit einem Messer vor dem Kinderbettchen und ... was soll ich sagen ... ich dachte, sie könnte Daniel etwas antun." Es dauerte eine Weile, bis Dr. Fischer etwas erwiderte und das klang jetzt ganz anders.

„Kommen Sie ... kommen Sie rasch. Al, bist du noch in der Leitung?"

„Ich bin noch da."

„Ich sage unten Bescheid in der Notaufnahme. Ich kümmer mich drum." Dann legte er auf. Karin und Al lehnten sich zurück.

„Mein Gott, erst alles harmlos und jetzt ... aber ich glaube, er hat recht. Je schneller Nadjeschda behandelt wird, desto besser, und sie wird wieder ganz gesund werden." Sie standen auf und umarmten sich lange. Dann hörten sie das bekannte Krähen von Valerie aus dem Wohnzimmer. Al lächelte. „Muss wohl wieder ein Liedchen singen." Al stimmte sich schon etwas ein, als beide die Tür zum Wohnzimmer öffneten. Vor Schreck blieb ihm das Wort im Hals stecken.

Außerhalb von Dedovsk, Juni 2020

„Du hast mich getroffen, du Idiot!" Evgenij brüllte so laut, dass in einem nahe gelegenen See die Wildgänse scharenweise emporflogen. „Knall sie ab, schieß, du verdammter Idiot." Evgenij krümmte sich vor Schmerzen und versuchte notdürftig, die stark blutende Wunde mit beiden Händen abzudrücken. Nadjeschda rannte um ihr Leben. Sie wusste, dass der nächste Schuss sie todsicher treffen konnte. „Knall sie ab!", röchelte Evgenij mit letzter Kraft. Wie eine sterbende Schlange wand er sich in seinem eigenen klebrigen Blut. Ein zweiter Schuss ließ ihn nochmals reflexartig hochschnellen. Er hatte die Hoffnung, Nadjeschda tödlich getroffen zu Boden sinken zu sehen. Doch sie rannte weiter. Ein scharfes Zischen an ihrem Ohr verriet ihr, dass die Kugel nur knapp ihr Ziel verpasst hatte. Sie wollte sich auf den Boden werfen, um einem erneuten Schuss zu entgehen. Doch sie rannte weiter. Sie rannte so weit, bis Evgenijs Schreie kaum noch zu vernehmen waren. Ein letzter Schuss verhallte weit entfernt und konnte ihr nicht mehr gefährlich werden. Endlich ließ sie sich in das hohe Gras hinter einen dichten

Busch fallen. Minuten vergingen, in denen kein Laut zu hören war. Langsam beruhigte sich ihr Atem und sie wagte einen Blick zurück. Sie meinte gerade noch zu erkennen, wie der Fahrer Evgenijs leblosen Körper in den Anhänger des Lieferwagens verfrachtete. Anschließend polterte die Limousine über den Feldweg davon. Es war wieder still.

Nadjeschda blickte erschöpft in den Himmel. Die Vögel zwitscherten ihre Lieder, zogen ihre Kreise, als wäre nichts gewesen. Das im sanften Wind wogende Gras streichelte ihren Körper. Sie war nicht nur nackt, sie fühlte sich auch so, als wäre sie gerade eben zur Welt gekommen. Wie neu auf die Erde geworfen, ungefragt, brutal, und doch war sie dankbar. Dankbar, am Leben zu sein.

Als es weiter ruhig blieb, erhob sie sich langsam und blickte sich um. Nichts Auffälliges war zu sehen, kein Haus, keine Straße, noch nicht mal Strommasten, die sonst jede größere Straße säumten. Nichts, außer unberührter Natur, die sie als Kind immer so geliebt hatte. Es war so wunderschön anzusehen, gerade weil sie von Menschenhand noch nie berührt worden war. Eine Ironie des Schicksals, dass ihr gerade diese Schönheit, diese Einsamkeit nun zum Verhängnis werden konnte. Sie wusste, dass sie sich weitab jeglicher Zivilisation befand.

Mühsam schleppte sie sich zurück an den Ort des bizarren Geschehens. Sie fand ihre Kleider verstreut im Gras. Rasch zog sie sich an. Ihr Portemonnaie war allerdings weg. Vermutlich hatte es der Fahrer in letzter Minute mitgenommen. Zum Glück, dachte sie erleichtert, hatte sie das meiste Geld, Ausweis und Flugticket im Hotel gelassen. Und Evgenij, war er tot? Getötet von seinem eigenen Bodyguard? Noch nie hatte sie den gewaltsamen Tod eines Menschen miterlebt, hatte ihn so sehr herbeigesehnt. Und gleichzeitig scheute sie sich vor der Genugtuung, die sie dabei empfand. Zwei Seelen kämpften in ihrer Brust und sie wusste nicht, zu welcher sie sich mehr hingezogen fühlte.

Ein paar Meter weiter entfernt war das Gras verklebt von einer schwarz-roten Masse. Es sah aus wie Gülle und doch war es eingetrocknetes Blut, Evgenijs Blut. Ein seltsam penetranter Geruch lag in der Luft. Ihr wurde übel. Trotzdem folgte sie der blutigen Spur, die in die tiefen Reifenspuren des Lieferwagens überging. Sie beschloss, ihnen zu folgen. Jede andere Richtung würde sie in niemals endende Weiten führen. Es war vielleicht der einzige Weg zurück in die Zivilisation. Andererseits würde sie möglicherweise gerade dadurch Evgenijs Schergen, falls er diese auch im Falle seines Todes auf sie angesetzt hatte, direkt in die Arme laufen. Aber sie wusste, dass die nächste größere Straße in jeder anderen Richtung zu weit entfernt war, um sie ohne Nahrung rechtzeitig zu finden. Zum Glück bot der nahegelegene Bach genügend Wasser, um nicht zu verdursten.

Zu dieser Jahreszeit führte er ungewöhnlich viel Wasser und erneut musste sie an ihre Kindheit denken. Es waren schöne Erinnerungen. Mit ihrer Familie war sie oft in dieser Gegend gewesen. Als Kinder hatten sie aus Binsen und angeschwemmten Ästen kleine Flöße gebastelt, die sie dann einige Flussbiegungen entlang treiben ließen. Damals träumten sie von Tom Sawyer und Huckleberry Finn, obgleich dies als typisch amerikanisch immer noch verpönt war. Trotzdem ließen sie sich in ihren Fantasien selbst auf den Flößen durch die Stromschnellen tragen. Für einen Moment dachte sie, diese Träume jetzt vielleicht in die Tat umzusetzen, ein Floß zu bauen, um auf die nächstgrößere Stadt zuzutreiben. Doch das würde zu lange dauern und außerdem hatte sie weder Axt noch Seile, um ein halbwegs tragfähiges Floß bauen zu können.

Die Sonne neigte sich zum Horizont. So friedlich die Natur bis dahin noch erschienen war, so zeigte sie sich nun zunehmend von ihrer bösartigen Seite. Myriaden von kleinen stechenden Mücken schienen aus ihrem Unterschlupf hervorzukommen und ließen sich gierig nach Blut auf ihrer verschwitzten Haut nieder. Müh-

sam schleppte sie sich am Bach entlang, ohne die Reifenspuren aus dem Blick zu verlieren. Die Mückenplage nahm von Minute zu Minute zu und Nadjeschda war bald mehr damit beschäftigt, heftig um sich zu schlagen, als den weiteren Weg zu suchen.
Wenig später weitete sich der Bach zu einem breiten flachen Flussbett, in dessen Mitte eine von einigen Sträuchern gesäumte Insel in der Abendsonne glitzerte. Als Kinder hatten sie sich oft auf solchen Inseln versteckt und von der Südsee mit Palmen und Kokosnüssen geträumt. Auch konnte sie sich erinnern, dass dort, umgeben vom fließenden Bach, die Mückenplage einigermaßen erträglich war, besser auf jeden Fall, als in den sumpfigen Uferzonen. Rasch zog sie ihre von Schlamm und Dreck durchweichten Schuhe und Strümpfe aus, rollte ihre noch halbwegs trockenen Hosenbeine hoch und tastete sich zwischen großen und kleinen Kieseln durch das eiskalte Wasser. Auf der Insel angekommen, ließ sie sich erschöpft auf dem weichen Boden einer Sandbank nieder. Die Sonne verschwand glutrot hinter den Horizont und Nadjeschda spürte die Kühle der aufkommenden Nacht an ihrem Körper emporkriechen. Wieder dachte sie an die Abenteuergeschichten ihrer Kindheit, erinnerte sich an ihre Helden, die scheinbar problemlos an jedem Ort ein wärmendes Lagerfeuer entfachen konnten. Zitternd sammelte sie ein paar trockene Stöckchen und begann sie heftig aneinander zu reiben. So sehr sie sich jedoch abmühte, es wollte kein Rauch, schon gar keine Flamme entstehen. Entkräftet kauerte sie sich zusammen, drückte Arme und Beine fest an ihren Körper, um möglichst viel Wärme in sich zu speichern. Der Wind, der bis dahin durch jede Ritze ihrer klammen Kleider gekrochen war, hatte zum Glück nachgelassen und sie spürte, wie der Schlaf wohltuend von ihr Besitz ergriff.
Später in der Nacht wurde sie durch ein Geräusch aufgeschreckt und dachte gleich an Evgenijs Leute, die vielleicht nach ihr suchten. Aber es war wohl nur ein Traum. Bis auf die Sterne, die an ei-

nem mondlosen Himmel und in dem sanft dahinplätschernden Wasser des Baches glitzerten, war es stockdunkel. Erleichtert legte sie sich wieder an dieselbe Stelle im Sand, in der Hoffnung, noch einen Rest ihrer eigenen Körperwärme zu finden.
Das Geräusch, das sie meinte, im Traum gehört zu haben, kam von einem herannahenden Gewitter. Noch ehe sie ein weiteres Grollen vernehmen konnte, war sie in einen tiefen Schlaf versunken. So tief, dass jeder Gedanke an ein drohendes Unwetter weit weg war, zu weit, um gewarnt zu werden. Sie ahnte nicht, dass der Bach, der sie umgab, augenblicklich zu einem reißenden Fluss anschwellen würde, der nicht nur die Insel, auf der sie sich sicher wähnte, sondern auch alle bis dahin noch erkennbaren Spuren zurück zur Zivilisation verschlingen sollte.

Frankfurt, April 2011

Valerie lag allein im Kinderbett und krähte vor sich hin. Karin löste sich mühsam aus ihrer Starre und sprang dorthin, wo sie kurz zuvor ihren kleinen Sohn abgelegt hatte. Sie riss die leichte Decke zur Seite, durchsuchte jede Ecke des Kinderbettes, von dem man auf den ersten Blick bereits sicher sein konnte, dass Daniel nicht mehr darin lag. Verzweifelt drehte sie sich im Raum um und blickte dann Al entsetzt an.
„Wo ... wo ist er ... er kann doch nicht einfach so verschwinden." Dann fiel ihr Blick auf die offene Wohnungstür. „Nadjeschda", rief sie verzweifelt aus und stürzte zurück in ihre Wohnung. Al folgte ihr. Valerie würde noch eine Weile ohne ihn brüllen können. Kaum hatte er das Wohnzimmer der gegenüberliegenden Wohnung erreicht, kam ihm Karin bereits aufgelöst entgegen.
„Sie ist weg, verdammt, sie ist weg ... sie hat Daniel."
„Vielleicht im Bad, in der Küche?"

„Hab alles durchsucht, Al. Sie ist nicht mehr da. Oh Gott, wenn sie Daniel hat, dann ..." Karin rauschte aus der Wohnung zurück in den Hausflur zwischen den beiden Wohnungen. Ein gellender Schrei ließ Al erschauern. Er wusste, dass etwas Schreckliches passiert sein musste. Mit schwankenden Beinen drehte er sich um und folgte Karin, die auf dem Boden kniete. Vor ihr war die Luke zum Dach geöffnet. Eine Leiter hing über der Schräge der Klappe und reichte fast bis zum Boden.

„Nein, das kann sie doch nicht tun, das ... das kann sie nicht machen." Karin sank in sich zusammen. Al wusste gleich, dass sie nicht mehr die Kraft aufbringen würde, Nadjeschda zu folgen. Der Gedanke, dass Nadjeschda, während sie mit Dr. Fischer telefoniert hatten, den schlafenden Daniel aus seinem Bettchen genommen hatte und mit ihm auf das Dach geklettert war, ließ sein Herzschlag rasen. Zu spät musste er begreifen, dass Nadjeschda genau das umgesetzt hatte, was sein Kollege Fischer am Telefon bereits geahnt hatte, als er es plötzlich so eilig hatte, Nadjeschda stationär aufzunehmen. Mit hämmerndem Puls sprang er an seiner knienden Schwester vorbei, kletterte hastig die Leiter hoch und sprang auf das Dach. Auf den ersten Blick war nichts zu sehen. Er kam zu spät. Offenbar hatte sie nicht lange gezögert und war mit Daniel über den Rand in die Tiefe gesprungen. Erneut blickte er sich um und sank dann schluchzend auf die Knie. Den Blick in den Abgrund, Nadjeschda mit Daniel im Arm auf den Hofsteinen in der eigenen Blutlache liegend, würde er nicht ertragen können.

„Nadjeschda, warum ... warum ... er ist doch unschuldig, er kann doch nichts dafür." Schluchzend beugte sich Al nach vorne und begrub das Gesicht in seinen zitternden Händen. Plötzlich spürte er eine kräftige Hand auf seinem Rücken. Er zuckte zusammen, als er einen ganz in Schwarz gekleideten Mann im Augenwinkel sah. Verwirrt drehte er sich um. Mitfühlend beugte sich der Schornsteinfeger zu ihm hinunter. Offenbar war Al nicht der Erste, den er auf dem Dach kurz vor einem mutmaßlichen Selbstmord ansprach.

„Kommen Sie, es wird alles wieder gut." Etwas unbeholfen und doch mit wohltuendem Mitgefühl griff er Al unter die Arme und begleitete ihn zur Dachluke.

„Sie zuerst, ich komme nach Ihnen." Offenbar wollte er es vermeiden, dass es sich Al im letzten Moment anders überlegen und doch noch kurzerhand über die Brüstung springen würde. Im Flur kniete Karin, und als sie sah, dass Al ohne Nadjeschda und ohne Daniel die Treppe herunterkam, ließ sie erneut einen gellenden Schrei los. Der Schornsteinfeger blickte unsicher zu Al. Wenn Al, den er unversehrt wieder vom Dach geholt hatte, der Selbstmörder war, warum schrie dann diese Frau so verzweifelt auf? Das machte alles keinen Sinn und er schaute Al fragend an.

„Haben Sie eine Frau mit einem Kind auf dem Dach gesehen?" Er zitterte und der Schornsteinfeger zog überrascht die Stirn in Falten.

„Auf dem Dach nicht, aber ..." Karin stellte sich blitzschnell auf und schaute den Schornsteinfeger flehend an.

„Sie haben sie gesehen?"

„Nun ja, ich wollte gerade aufs Dach, da kam mir eine Frau entgegen, dort aus der Tür." Er zeigte auf die Wohnungstür von Al und Jule. „Die Leute denken, dass Schornsteinfeger Glück bringen. Ist dummes Zeug, aber ... die Frau lächelte mich an und dann ihr Kind ... ein hübsches Kind. An mir liegt es nicht, sie ... sie war eine glückliche Mutter, das ist alles und ... dann sind sie zum Treppenhaus." Karin und Al schauten sich verwundert an.

„Danke, vielen Dank." Karin fiel dem verdutzten Schornsteinfeger um den Hals und drückte ihm einen geräuschvollen Kuss auf die Wange. Al lief bereits vorneweg zum Treppenhaus.

Sie mussten nicht lange suchen. Nadjeschda saß auf einer Parkbank. In ihrem Arm hielt sie den kleinen Daniel. Karin blieb stehen,

unfähig einen Schritt weiterzugehen. Unsicher suchte sie nach der Hand ihres Bruders, dem es ähnlich ging. Langsam näherten sie sich Nadjeschda und trauten ihren Augen nicht. Nadjeschdas Augen waren feucht und lächelten auf Daniel herab, der in ihren Armen gluckste. Als sie Karin in ihrer Nähe spürte, schaute sie zu ihr auf.
„Eigentlich wollte ich gehen. Weit weg."
„Du wolltest weg, aber ... aber wohin ... wohin wolltest du gehen?"
Karin setzte sich an Nadjeschdas Seite.
„Ich weiß nicht genau. Ich wollte es suchen."
„Du wolltest es suchen. Nadjeschda, was ... was wolltest du suchen?"
„Mein Leben."
„Und jetzt?" Ein zaghaftes Lächeln glitt über Nadjeschdas Gesicht.
„Er wollte mir etwas sagen ... er hat mir etwas gesagt."
„Er?"
„Daniel. Er hat mir gesagt, dass er uns braucht. Dich und mich. Karin, ich ... ich weiß, dass er uns braucht ... Daniel ist unser Sohn."
„Nadjeschda ... er ist dein Leben. Das Leben, das du gesucht hast."
Nadjeschda schüttelte zaghaft den Kopf.
„Nein, Karin, er ist unser Leben. Du wusstest das schon früher. Und jetzt ... jetzt weiß ich es auch."
Nadjeschda war wie ausgewechselt, wie aus einem bösen, immer wiederkehrenden Traum erwacht. Was genau in ihrem Kopf vor sich ging, wusste keiner, noch nicht einmal sie selbst. Es war, als wäre eine scheinbar undurchdringliche Mauer in sich zusammengefallen, als hätte jemand diese Mauer mit einem kräftigen Schlag zerstört. Dieser Jemand konnte nur Daniel gewesen sein.
Das plötzliche Erwachen Nadjeschdas war das, was alle am meisten mit Glück und Dankbarkeit erfüllte. So wie Daniel erst der Grund für ihre Starre war, so war es derselbe, der das Eis zum Schmelzen gebracht hatte. Aber nicht nur Nadjeschda hatte er mit seiner bloßen Anwesenheit verzaubert, auch Valerie schien sich in seiner

Nähe mehr als wohl zu fühlen. Oft lagen sie beieinander und spürten die gegenseitige Wärme, eine Vertrautheit, die beide beruhigte. Dies betraf nicht nur Valeries Schreiattacken, die seither nur noch selten auftraten. Auch Daniel war in Valeries Nähe zu beruhigen, wenn bei ihm der Bauch zwickte oder sonst irgendetwas schief lag. Letztlich führte das dazu, dass die beiden in den ersten Jahren immer zusammen schliefen, wie Zwillinge, die nicht getrennt werden wollten. Immerhin waren sie genau am selben Tag geboren, wenn auch unter ganz unterschiedlichen Umständen.

Daniel und Valerie waren von Anfang an unzertrennlich, schliefen zusammen, aßen zusammen und wollten nur zusammen in die Wanne. Ja, es schien sogar, dass sie schon sehr früh lernten, miteinander zu kommunizieren. Aber es war eine ganz eigene Kommunikation, die alles Sichtbare ausklammerte. Vielmehr bestand sie aus eigenartigen Lauten, die keiner verstand, und aus flüchtigen Berührungen, die keiner erkannte und doch beiden eine ganz neue, eine andere Welt erschloss. Für ihre Eltern, Jule und Al sowie Karin und Nadjeschda, war das sehr praktisch. Konnten sie doch beide immer nur von einer Person betreuen lassen, ob dies einer der Eltern, ein Babysitter oder später eine Kinderfrau war. Im Grunde hatten Daniel und Valerie an sich selbst genug.

Auch sonst verlief das weitere Leben aller seither unerwartet harmonisch. Al hatte sich mit seinem Chef wieder versöhnt, nachdem er ihn tatsächlich anfänglich wegen unerlaubten Fehlens rausschmeißen wollte. Es hatte eine harte Diskussion gegeben. Als dann jedoch Jule und Nadjeschda mit den Kleinen auftauchten, da hatten alle, Chef und Verwaltung, ein Einsehen. Mehr noch, Al erlangte einen Sonderstatus, der ihm erlaubte, sich gewisse Freiheiten herauszunehmen, insbesondere, wenn es um die Erziehung und Blindenschulung von Valerie ging. So dramatisch, wie das Leben mit Valerie und Daniel begonnen hatte, so unerwartet ruhig ging es nun seinen weiteren Gang.

Alle nahmen auch die regelmäßigen Treffen mit der Aquariumsgruppe wieder auf. Von Lorenzo hörten sie, dass er und Achmed Al-Rhani inzwischen eine stattliche Neemplantage bewirtschafteten. Das Beispiel hatte längst Schule gemacht, und an verschiedenen Stellen in Afrika engagierten sich Menschen, die Wüste mit Neembäumen zu begrünen. Allerdings blieb das interreligiöse Projekt mehr oder weniger auf der Strecke, obgleich Achmed und Lorenzo auch in dieser Hinsicht eine enge Freundschaft pflegten.
Gelegentlich telefonierten sie mit Jelena. Stern hatte die Leitung des Inselhotels, nicht zuletzt aufgrund gesundheitlicher Probleme, mehr und mehr an Jelena übertragen. Die Arbeit und die Verantwortung fielen ihr anfänglich nicht leicht. Bisher war es Jelena nur gewohnt, das zu machen, was andere von ihr verlangten. Sie war es gewohnt, sich den niederen Instinkten der Männer, insbesondere ihrer Zuhälter willenlos beugen zu müssen. Aber das war früher. Das Leben verlief jetzt zum Glück nach anderen Regeln. Doch es fiel ihr schwer, nun anderen Anweisungen zu geben. Auch wenn diese Anweisungen ganz anderer Natur waren, so hatte sie häufig Hemmungen, diese weiterzugeben. Mit Sterns Hilfe lernte sie jedoch mit der Zeit den richtigen Ton, die Gelassenheit und Strenge gleichzeitig, die die neue Aufgabe ihr abverlangten. Mit der Zeit war sie bei ihren Mitarbeitern so beliebt, dass sie im Grunde keine Anweisungen mehr geben musste. Sie war der leitende Teil eines Teams, der Kopf eines Fisches, ohne den der übrige Körper nicht funktionierte. Und doch hätte sie gerne von ihrer Rolle als Kopf etwas abgegeben.
Es dauerte etwa ein Jahr, bis derjenige vor der Tür stand, an den sie immer wieder denken musste, mit dem sie ihre Arbeit, vielleicht auch ihr Leben teilen wollte. Und dann war er plötzlich da. Olli hatte sich kaum verändert. Von diesem Moment an begann die glücklichste Zeit in ihrem Leben.

Österreich, August 2011

Auf den Tag genau ein Jahr nachdem sich alle von der Insel und von Georg und Jelena verabschiedet hatten, knatterte das Hotelboot erneut vom Festland kommend zur Insel. Ein kühler Wind blies von den Bergen in Jelenas erwartungsvolles Gesicht. Es war ein fast schon herbstlicher Spätsommertag, für Jelena jedoch voller Frühlingsgefühle, als sie Georg und hinter ihm stehend Olli erkannte. Als Georg das Boot festgemacht hatte und Olli zögernd auf den Steg kletterte, lief ihm Jelena entgegen und umarmte ihn stürmisch. Für einen Moment war sie selbst überrascht von ihren Gefühlen für Olli. Wusste sie doch, dass er als schwuler Mann niemals ihre uneingeschränkte Zuneigung teilen würde. Vielleicht war es sogar das, was sie so glücklich machte. Olli war kein Mann, der sie als Frau verletzten würde, der wie die vielen Männer in ihrem früheren Leben nur auf ihren Körper aus war. Olli war eine Vertrauensperson. Ihm mit einer Art geschwisterlicher Liebe zu begegnen, erfüllte sie mit einem unbeschreiblichen Glücksgefühl. Er war wie ein Bruder, wie ein neben Stern neu gewonnener Teil einer Familie. Damals, als sie auf die schiefe Bahn geraten war, das Schicksal sie so unbarmherzig und unausweichlich zu einer Prostituierten gemacht hatte, damals war sie nicht nur zu einer von der Gesellschaft, sondern auch von ihrer Familie verachteten Unperson geworden. Niemand wollte mehr etwas mit ihr zu tun haben, nicht ihre Geschwister und nicht ihre Eltern. Man hatte sie aus dem Familienstammbuch getilgt, nicht nur von Amts wegen, sondern auch, und das war das Schlimmste, gefühlsmäßig.

Olli ging es in seinem Leben, so hatte er es ihr einmal erzählt, ganz ähnlich. Nur, dass er nie eine wirkliche Familie gehabt hatte, stattdessen von seinen Pflegeeltern in ein Heim abgeschoben wurde. Wirkliche Freunde fand er erst wieder in seinem Schwulenclub. Aber auch da fühlte er sich oft eher benutzt und ausgenommen.

Der lustige Olli, die Tunte, mit der man alles machen konnte. Und Olli ließ es geschehen. Die Rolle, in der er sich damals wiederfand, verschaffte ihm wenigstens Anerkennung und Zuneigung. Ein Ersatz für eine Familie war das jedoch nicht. Normalerweise redete er darüber nicht. Anfänglich schien es nur dem Einfluss eines seiner teuren Rotweine geschuldet, dass er überhaupt mit Jelena darüber sprach. Mehr und mehr fühlte er sich jedoch zu Jelena hingezogen. Wie Jelena empfand auch er die Zuneigung zu ihr, wie zu einer Schwester, die ihn schätzte, bei der er sich geben konnte, wie er war, nämlich im tiefsten Inneren zerbrechlich und verwundbar. Jelena war jemand, vor der er seine Rüstung, sein Narrenkostüm ablegen konnte.

Lange blieben sie umarmt stehen und hingen ihren Gedanken nach. Das Gefühl wieder zusammen zu sein, war plötzlich aufwühlend, so seltsam und unerwartet stark.

„Komm mit, Olli, ich zeig dir, was Georg und ich aus dem Hotel gemacht haben. Du wirst staunen. Es ist genau so, wie du es damals vorgeschlagen hast. Wird dir sicher gefallen." Wie ein kleines Kind zog sie Olli hinter sich her und platzte beinahe vor Stolz, als sie das neu gestaltete Foyer betraten.

„Wow ... alles wieder auf Hochglanz ... und hier und da etwas Neues ... ein paar neue Lichter ... ein abstraktes Bild zwischen all dem alten Prunk ... und doch hat es noch seinen alten Charme ... Respekt, Jelena, Respekt." Olli drehte sich mehrfach im Kreis und strahlte. Jelena ließ ihn nicht aus den Augen, saugte angespannt jeden seiner Kommentare auf. Dann nahm sie seine Hände und beide tanzten wie zwei Kinder im Kreis.

„Komm mit, Olli, ich zeig dir die anderen Räume und weißt du was, nächste Woche kommen nach längerer Pause wieder die ersten Gäste. Du kommst also gerade richtig." Noch bevor Jelena ihn weiterziehen konnte, schlang Olli seine Arme um ihre Hüften und hob sie im Kreis drehend in die Luft. Dann stellte er sie leicht schwinde-

lig wieder auf die Füße und gab ihr einen Kuss auf beide Wangen.
„Mensch, Jelena, das sieht alles richtig gut aus und dann noch Gäste ... ich bin einfach sprachlos."

„Heute Abend wirst du auch Herrn Stern kennenlernen. Salomon Stern, du wirst ihn mögen, das weiß ich jetzt schon." Wieder versuchte Jelena, ihn weiterzuziehen, bemerkte jedoch sein ernstes Gesicht. „He, was ist los, stimmt etwas nicht, Olli?"

„Nein, nein, es ist nur ... ich meine ... weiß er ..."

„Du meinst, ob er weiß, dass du in einem Schwulenclub arbeitest und ich früher eine Prostituierte war ... ist es das?"

„Ach übrigens, ich habe gekündigt, bei der Fluggesellschaft und was meinen Club anbelangt ... Jelena, ich möchte neu anfangen, verstehst du, und vielleicht ..." Jelena fiel ihm ungeduldig ins Wort. Ihre Augen sprühten vor Glück. Den Gedanken, dass Olli vielleicht nur zu einem kurzen Besuch gekommen war, verdrängte sie hartnäckig und nun schienen sich ihre Wünsche zu erfüllen.

„Vielleicht willst du hier anfangen, hier auf der Insel. So wie ich damals. Es war nicht leicht ... du könntest ein neues Leben beginnen. Ich könnte dir helfen, wir ..." Jelena schluckte, wollte Olli nicht überfahren. Aber es platzte aus ihr hervor, wie etwas, dass ihr schon lange auf der Zunge lag. „Wir könnten ein neues Leben beginnen." Jelena blickte ihn fragend an. Sein bis dahin unsicheres Lächeln entspannte sich.

„Jelena, du hast dich nicht verändert. Du ... du bist unglaublich." Sie blickten sich eine Weile an, verwirrt und doch neugierig ihrer neuen Gefühle füreinander. Dann zog er die Stirn in Falten.

„Und Stern? Ich meine, er kennt mich doch gar nicht."

„Was Stern anbelangt, mach dir keine Sorgen. Ich habe ihm alles erzählt, er ... er weiß alles und wenn er dich ansieht, dann ... naja, wie soll ich das sagen, er schaut dir nicht nur in die Augen, er kennt dich besser, als du denkst. Du wirst sehen, Olli, heute Abend. Es ist so, als würden wir uns schon sehr lange kennen, verstehst du?" Olli machte ein ernstes Gesicht. Die Sorge, dass seine Vergangenheit ihn einholen würde, gerade hier und gerade zusammen mit Jelena, war für ihn ein schmerzlicher Gedanke. Aber er wusste, dass es kein Zurück gab. Er wollte sich einfangen lassen, von niemandem lieber als von Jelena und so ließ er sich erwartungsvoll von ihr durch die anderen Räume in eine neue Welt ziehen. Ein Fenster im dritten Stock öffnete sich zu einem freien Blick über den See. Nachdenklich schaute er zu den majestätischen Bergen, die jenseits des anderen Ufers thronten.

„Jelena, du … du wusstest, dass ich kommen würde?" Jelena seufzte nachdenklich.

„Ich wusste es nicht, aber … ich habe es gehofft."

„Willst du nicht wissen, wo ich war, was in dem Jahr mit mir so alles passiert ist?"

„Wenn du es mir erzählen willst?"

„Jelena, du bist die Einzige, der ich es erzählen würde, und trotzdem habe ich Angst, es gerade dir zu erzählen."

„Angst? Wovor?"

„Angst, etwas zu verlieren."

„Etwas oder … vielleicht doch eher jemanden?" Olli nickte schweigend. „Olli, hast du vergessen, wir kommen beide aus der Hölle." Er öffnete das große Fenster. Ein warmer Wind blies vom See kommend hinein. Er blickte zu den Bergen und fing an zu erzählen. Jelena hörte schweigend zu. Es war eine endlose Geschichte aus flüchtigen Männerbekanntschaften, aus Drogen und Alkohol, die das ziellose Umhertreiben einigermaßen erträglich machen sollten. Es war eine Suche, der Vergangenheit einen Sinn zu geben, einen tieferen Sinn, der einen in die Zukunft hinüberretten könnte. Am Ende blieb eine sinnlose Leere, ein Nichts, ein freier Fall, der den tödlichen Aufschlag herbeisehnte.

„Jelena, es fällt schwer zu glauben, dass man das alles so hinter sich lassen kann, dass man einen Schnitt macht und alles wird besser.

Glück ist etwas, das nur für den Moment geboren wird. Am Ende ist der Aufprall umso schmerzhafter. Es wäre dann besser, gleich tot zu sein, als endlos am Boden vor sich hin zu modern."

„Und jetzt, willst du weiter vor dich hin modern? Weißt du, Olli, ob aus einem Neuanfang etwas Gutes wird, weiß man wirklich erst im Nachhinein, aber wenn man es gar nicht versucht, wird man es nie herausfinden. Resignation bringt uns nicht weiter."

„Und dann ist der Neuanfang wieder ein Schritt näher zur Hölle."

„Olli, schau mich an. Meinst du wirklich, dass dich ein Neuanfang hier in die Hölle bringt?" Olli zog die Augenbrauen hoch und zuckte mit den Schultern. Jelena trat einen Schritt zurück und hielt ihm die rechte Hand entgegen. „Komm, schlag ein. Stern hat mir gesagt, dass er dringend noch jemanden braucht. Und was mich betrifft ... was soll ich dir noch erzählen?" Olli zögerte kurz, dann reichte er ihr die Hand.

„Also dann, viel schlimmer als bisher kann es wohl kaum kommen." Jelena strahlte vor Freude. Wie viel schlimmer es kommen konnte, ahnte sie nicht und das war gut so.

„Komm, ich zeig dir dein Zimmer. Und später, so gegen sieben, lass dich überraschen."

Jelena hatte nicht übertrieben. Georg hatte festlich gedeckt. Erwartungsvoll stand er bereits in der Lobby. Olli hatte sein bestes Hemd, seine dunkle Hose angezogen und nun saß er nervös am Tisch und wartete auf seinen möglicherweise zukünftigen Arbeitgeber. Noch immer knarrte die große Flügeltür zum Salon, wenn jemand hindurchtrat. Das durfte keiner ändern. Es gehörte wie die glänzenden Lüster an der Decke zum Inventar, verlieh dem golden glänzenden Ambiente eine historische und gleichzeitig unverwechselbare Note. Das Quietschen der Tür hatte sogar etwas Tröstliches und Feierliches an sich. „Endlich bist du gekommen, ich habe schon so lange auf dich gewartet", wollte Olli heraushören. Als sich die beiden Flügel der Tür öffneten, wie die Arme eines alten Mannes, der seinen verloren geglaubten Sohn in Empfang nehmen wollte, spürte Olli etwas Warmes in der Brust. Salomon Stern schritt fürsorglich von Jelena am Arm begleitet in den Saal. Olli erhob sich von seinem Platz und schaute in ein vom Leben gezeichnetes und doch mildes Gesicht.

„Also, Sie sind Olli. Ich darf doch Olli sagen, nicht wahr? Jelena sprach immer nur von Olli." Sterns Stimme klang deutlich jünger und sanfter, als die erste eher greisenhafte Erscheinung in der Tür vermuten ließ. Stern lächelte hinüber zu Jelena. Ihre Wangen schimmerten leicht gerötet.

„Ja ... ja, selbstverständlich, alle nennen mich Olli. Ich freue mich ... ich meine natürlich ... ich bin hoch erfreut, Sie ... Sie kennenzulernen."

„Nicht so förmlich, Olli, wir sind ja unter uns. Jelena berichtete mir bereits, dass Sie einen guten Geschmack und gute Manieren haben. Ich darf das sicher so sagen, schließlich könnte ich ja Ihr Großvater sein, aber ... nehmen wir doch gemeinsam Platz. Georg, mein lieber Georg, hat wieder vortrefflich eingedeckt. Ach, wo ist er überhaupt unser Georg?"

Wie gerufen eilte Georg mit einem Tablett auf den Fingern seiner rechten Hand balancierend in den Salon. Die Nebentür aus der Küche knarrte nie und so konnte Georg fast lautlos erscheinen. „Champagner, die Herren ... oh Verzeihung, die Dame und die Herren."

„Aber natürlich, Georg, aber Sie haben das vierte Glas vergessen, wir sollten alle zusammen auf den Neubeginn dieses wunderbaren Hauses trinken, meinen Sie nicht auch, Georg."

„Nun ja, also, im Dienst trinke ich eigentlich nie, aber so gesehen, ich bin gleich wieder da."

Später stießen sie zu viert an und Georg konnte dazu überredet werden, sich zum Essen mit dazuzusetzen."

„Herr Stern, darf ich fragen, das Hotel und Sie ... ich meine Ihre Vorfahren."

„Das ist eine traurige Geschichte, Olli. Meine Großeltern haben dieses Haus gebaut und wissen Sie, was das Beste ist, meine Mutter, damals 1935, ließ es sich nicht nehmen, noch hochschwanger hier im Kreise der Familie Urlaub zu machen. Und direkt über diesem wunderbaren Salon ertönte der erste Schrei eines kleinen Jungen durch die Mauern. Man sagt, dieser Schrei war so laut, dass man es bis zum Festland hören konnte und dann nannten sie ihn Salomon, diesen kleinen Jungen. So und nun wissen Sie auch, wie alt ich bin."

Olli erhob sein Glas und blickte Stern in die Augen. „Erheben wir unser Glas auf diesen kleinen Salomon, auf dass er das Glück jener Tage wieder zurückbringt an diesen Ort."

Jelena und Olli bemerkten, wie Sterns Unterlippe leicht anfing zu zittern, seine Augen feucht wurden und er, um sich nichts anmerken zu lassen, das frisch gefüllte Champagnerglas in einem Rutsch leerte. Die Erinnerung konnte für jeden am Tisch quälend sein, doch Jelena und Olli ahnten, dass der Schmerz bei Stern vermutlich jenseits des Vorstellbaren lag, und so beließen sie die Vergangenheit an diesem Abend dort, wo sie war. Nach einem kurzen Räuspern hatte sich Stern wieder gefasst. Dies hatte er in den letzten Jahren wohl gelernt oder besser, lernen müssen, um weiterleben zu können. Dann fügte er hinzu: „Die Küche ist übrigens neu eingerichtet ..."

„Professionell ...", platzte Georg dazwischen.

„Morgen kommen Salvatore und Isabella Magnoli, zwei hervorragende Köche und in knapp einer Woche die ersten Gäste und ich dachte mir, dass Sie, Jelena, und Olli ..." Stern räusperte sich, als er merkte, dass sie noch nicht über Ollis neuen Job gesprochen hatten. Olli ergänzte: „Herr Stern, ich könnte mir nichts lieber vorstellen, als unseren ersten Gästen ein herzliches Willkommen zu vermitteln und ...", unsicher blickte er zu Jelena, „und sie nach allen Regeln der Kunst bei Tisch zu verwöhnen." Stern strahlte.

„Ich habe gehört, dass Sie sich als Sommelier bereits einen Namen gemacht haben. Nun, dann können Sie ja mal unter Beweis stellen, was unser gut gefüllter Weinkeller so zu bieten hat."

Als sich Stern später zur Nachtruhe verabschiedet hatte, schlenderten Jelena und Olli nochmals vor zum Steg. Es war eine sternenklare Nacht und die Temperatur fiel bereits unter zehn Grad. Als Olli merkte, dass Jelena leicht zitterte, legte er vorsichtig seinen Arm um ihre Schultern und drückte sie sanft an sich.

„Olli, das hast du übrigens nett gesagt, das mit dem kleinen Salomon. Ich glaube, bei ihm hast du ins Schwarze getroffen. Allerdings ..."

„Ich weiß, was du meinst, Stern hat einiges erlebt. Es war schrecklicher, als man sich das je vorstellen kann. Wie es scheint, ist er der Einzige, der aus der großen Familie übrig geblieben ist. Oder gibt es da noch jemanden?"

„Soviel ich weiß, gibt es niemanden mehr und vielleicht ... vielleicht wird er irgendwann einmal mehr erzählen und dann sollten wir ihm gut zuhören."

Beide standen zusammen und Jelena griff nach Ollis Hand. Olli war zunächst verunsichert über diese Geste, aber es war ein schönes Gefühl, voll Zuneigung und Freundschaft, eine Geste, die er dankbar erwiderte.

Österreich, August 2011

Die Tage vergingen mit Vorbereitungen für die Ankunft der Gäste. Es sollten mehr kommen, als Jelena erwartet hatte. Stern hatte es geschafft, gleich den gesamten Vorstand einer privaten Bank einschließlich deren Partnerinnen und Partner für eine Woche zu gewinnen. Geplant war eine Art Woche der Begegnung, aber auch der Neuorientierung. Dies war auch nötig, da dieselbe Bank bis vor Kurzem noch knapp vor der Insolvenz gestanden hatte. Der Investor, ein alter Bekannter Sterns, bestand darauf, dem Neubeginn eine Arbeitswoche in der relativen Abgeschiedenheit des Inselhotels voranzustellen.

Für die beiden Köche, es handelte sich nach wie vor um das etwas kauzige Ehepaar aus Mailand, bedeutete dies, das Feinste vom Feinen einzukaufen, um es nach allen Regeln der Kunst einer Haute Cousine zuzubereiten. Nach deren Meinung ging nicht nur die Liebe, sondern alles gleich mit durch den Magen, was die menschliche Existenz wachsen und gedeihen lässt, von der Kreativität angefangen bis zur Produktivität. Dazu verkrochen sie sich die meiste Zeit in ihrer Küche, sodass man sie oft nur durch den Lieferanteneingang oder das Fenster zum großen Salon zu Gesicht bekam. Die übrige Zeit waren sie mit dem Hotelboot unterwegs zum nächstgelegenen Wochenmarkt. Georg hatte ihnen großzügig den Schlüssel für das Hotelboot überlassen, da sie meist in aller Herrgottsfrühe, für Georg zur absoluten Unzeit, aufbrachen. Die Schnittmenge zu Jelena und Olli bestand darin, die auf einem Tresen zur Küche hin aufgereihten kulinarischen Kunstwerke ebenso formvollendet wie deren Vorbereitung den Gästen vor die Nase zu setzen. Jelena und Olli waren damit der verlängerte kulinarische Arm der Küche, das Bindeglied zwischen Koch und Gästen, die Speerspitze des Angriffs auf ebenso aufnahmebereite wie kritische Geschmacksnerven. Dazu gehörte auch, den Tisch vor den Malzeiten makellos einzudecken und zu dekorieren, sowie auch die gebrauchten Speiseutensilien rasch und unauffällig zu entfernen, als seien sie nie dagewesen.

Zwischen den Malzeiten war es Ollis und Jelenas Aufgabe, die Zimmer der Gäste zu reinigen und die Betten neu zu beziehen. Insgesamt waren es zehn Zimmer, die es zu versorgen galt. Das ging praktisch nahtlos in den Beginn der Tätigkeit im großen Salon über. Der Tag endete meist erst nach Mitternacht, nachdem sich einige der Herrschaften noch mit einer Zigarre und einem Cognac in das Herrenzimmer zurückgezogen hatten. Das in allen öffentlichen Bereichen geltende Rauchverbot war hier außer Kraft. Es war nicht bis zur Insel vorgedrungen und wurde auch nicht von irgendwelchen Ordnungshütern überwacht, mochte dies nun gut oder schlecht sein. Obwohl Jelena und Olli strikte Gegner des Rauchens waren, gehörte der braune Qualm der großen Zigarren zum Ambiente des Herrenzimmers, ähnlich wie das Knarren der Flügeltüren zum großen Salon.

Die Zusammenarbeit zwischen Olli und Jelena klappte hervorragend. Die anfängliche Sorge, die Gäste könnten sie als das erkennen, was sie einmal waren, eine Prostituierte und ein Schwuler, die in einschlägigen Clubs zu Diensten standen, verflog nach wenigen Tagen, in denen ihnen Stern immer wieder versicherte, wie perfekt nicht nur die Malzeiten, sondern auch die Bedienung war. Nur einmal meinte Olli von einem der Gäste einen verstohlenen Blick geerntet zu haben. Er erkannte ihn sofort als früheren Kunden. Der zuerst anzügliche Blick wandelte sich in ein drohendes Blinzeln, Olli könnte seiner Frau aus früheren Eskapaden etwas zum Besten geben. Was Olli jedoch in den vergangenen Jahren gelernt hatte, war äußerste Diskretion, auch wenn er wusste, dass das eine oder andere klärende Wort in vielerlei Hinsicht sicher besser gewesen wäre. Meist kam die Wahrheit doch irgendwann ans Licht, durch einen plappernden Mitwisser oder nicht selten durch eine plötzliche Geschlechtskrankheit, deren Herkunft viele in Erklärungsnot brachte und letztlich das Ende einer ohnehin meist nur noch geheuchelten Partnerschaft einleitete.

Es war ein strahlend heller und ungewöhnlich warmer Tag, als die Gäste der Reihe nach von Georg zurück zum Festland gefahren wurden. Olli und Jelena schauten der letzten Überfahrt hinterher und spürten eine wohltuende Leichtigkeit in ihren Gliedern, nicht gleich wieder die Tische abräumen, die Zimmer reinigen oder sonst eine dringliche Tätigkeit verrichten zu müssen. Nun konnte erst einmal alles liegen bleiben. Im Grunde war es für beide die erste wirkliche Pause nach einer anstrengenden Woche.

„Kennst du das Bootshaus, Olli? Al und Jule berichteten mir mal, dass sie sich dort kennengelernt haben. Muss damals ziemlich geheimnisvoll gewesen sein. Ein magischer Ort, wie Al mir mal sagte. Ich war darauf schon immer neugierig. Kommst du mit? Heh, Olli, hörst du mir überhaupt zu?" Jelena stieß ihm sanft mit dem Ellbogen in die Seite und Olli erwachte wie aus einem Traum.

„Ja doch … seltsamer, geheimnisvoller Ort … hab davon gehört … klar komme ich mit." Gemeinsam machten sie sich auf die Suche nach dem mysteriösen Bootshaus, versuchten zwischen dem wild wuchernden und meist dornigen Gestrüpp den alten Pfad noch zu erkennen. Und dann standen sie plötzlich davor.

„Oh, sieht ja wirklich gespenstisch aus." Jelena steckte neugierig ihren Kopf durch den Türspalt. Die Türangel quietschte erbärmlich, als sie sich hindurch quetschte. Olli zögerte. Doch Jelena zog ihn beherzt hinter sich her, als traue sie sich selbst nicht, das Innere des Bootshauses allein zu erkunden. Vorsichtig setzten sie einen Fuß vor den anderen und blickten sich dabei immer wieder nach allen Richtungen um. Neugierig und zugleich wachsam versuchten sie das kleinste Geräusch oder den Hauch eines ungewöhnlichen Geruchs, der auf etwas Unerwartetes hindeuten könnte, wahrzunehmen. Aber es blieb still. Nur das regelmäßige Auftreffen der Wellen an den glitschigen Stützen des zum See hinführenden Stegs verursachte einen eigentümlichen und doch seltsam einladenden melodischen Klang. Die Sonne strahlte direkt durch das geöffnete Tor und tauchte den vorderen Teil des Stegs in ein helles warmes Licht. Der Rest des Bootshauses ver-

harrte in Dunkelheit. Es war wie Tag und Nacht zur selben Zeit. „Mein Gott, ist das schön hier", flüsterte Jelena. Sie fasste Ollis Hand und zog ihn auf den Steg ins Helle. Am Ende des Stegs ließen sie sich nieder. Seite an Seite legten sie sich auf die warmen Holzplanken und ließen ihre Füße knapp über der Wasseroberfläche baumeln.
„War ganz schön anstrengend die Woche, findest du nicht auch? Olli, alles klar?" Jelena drehte sich zu Olli, stützte sich auf ihren Ellbogen und blickte ihm sanft in die Augen. „Wenn du den Gästen den Wein angeboten und dabei die Flasche so elegant geöffnet hast ... also das sah unheimlich schön aus, weißt du das? Überhaupt, Olli, du hast so schöne Hände, du ..." Olli blickte etwas verstört zur Seite. „Ach, vergiss es ... war nicht so gemeint, ich wollte dich nicht ... ich weiß auch nicht." Jelena ließ sich wieder auf den Rücken fallen und blinzelte angestrengt in die Sonne. Nach einer Weile drehte sich Olli zu ihr, stützte sich ebenfalls auf den Ellbogen und schaute sie von der Seite nachdenklich an. „Du hast recht, wirklich ein magischer Ort, dieses Bootshaus. Aber nicht nur das ..." Dabei streichelte er ihr sanft über die Stirn und strich ihr zärtlich die Haare aus dem Gesicht. „Jelena, du hast wunderbare Haare und ... ich glaube, ich habe das noch nie gesagt, also ich meine noch nie zu einer ..."
„Zu einer Prostituierten?" Jelena fiel ihm schroff dazwischen und blickte starr in den Himmel.
„Nein, nicht zu einer Prostituierten ..." Olli holte tief Luft und überlegte einen Moment. „Zu einer Frau. Zu einer wunderschönen Frau, einer Frau, so wie du, Jelena. Deine glänzenden Haare, deine leuchtenden Augen, dein ... dein wunderschönes Gesicht. ... und vor allem dein Lachen, dein Mut ... ich hätte nie gedacht, dass ich das einmal zu einer Frau sagen würde." Olli legte sich wieder zurück und beide schwiegen. Nach einer Weile, setzte sich Jelena auf, drehte sich zu Olli um und betrachtete ihn ernst. Langsam

beugte sie sich zu ihm herab, bis sich ihre Lippen sanft berührten. Es war nur ein Hauch von einem Kuss, wie ein gelbes Blatt, das im Herbst langsam zu Boden sank, lautlos und wie verzaubert. Beide ließen den Augenblick auf sich wirken, so wie er gemeint war, zärtlich und geheimnisvoll, abgeschieden von der Welt, unbelastet von den zurückliegenden Erfahrungen. Dann setzte sich Jelena abrupt auf und rückte ein Stück weiter zum See hin. Sie zog ihre Schuhe und Strümpfe aus und ließ ihre Füße durch die Wasseroberfläche kreisen.

„Es ... es tut mir leid, Olli. Ich wollte nicht ... ich wollte dich nicht ... du weißt schon ... einfach küssen. Ich bin eine Frau und ... sicher findest du das jetzt komisch, oder vielleicht sogar unangenehm ... aber was ich dir sagen wollte ... also was ich dir gerne sagen würde ... ich ... ich kann dir das nicht sagen ... verstehst du?"

Olli setzte sich auf, rückte zu Jelena und legte seinen Arm um ihre Schulter.

„Das war schön, Jelena. Das war sehr schön ... und ... ich glaube, das war mein erstes Mal, dass ... mein Gott, jetzt fehlen uns beiden die Worte ... ist ganz schön albern, oder nicht?"

„Verdammt, Olli ich ... weißt du, ich ... ich glaube, ich empfinde mehr für dich, als ... als eigentlich erlaubt wäre ... wirklich albern, du hast recht. Warum kann ich dir nicht einfach sagen, dass ..." Jelena schluckte. „Dass du mir sehr viel bedeutest."

Olli legte seine Hand auf ihre Wange, dreht sie zu sich. Dabei blickte er ihr sanft lächelnd in die Augen. „Du bedeutest mir auch sehr viel, Jelena."

„Bitte, Olli, ich ... ich bitte dich, mach dich nicht lustig über mich ... ich weiß ja auch, dass ... dass du und ich ... ich meine, dass wir ... dass wir keine Zukunft haben, so zusammen. Aber ... was soll ich machen, ich kann das nicht einfach so abschalten, verstehst du?"

„Ich mache mich nicht lustig über dich, Jelena, ganz bestimmt nicht. Es ist nur ..."

„Ja, ich weiß, du empfindest nichts für Frauen, ist es nicht so? Und jetzt komme ich und ... ach Gott, ich weiß auch nicht, wie ich das sagen soll."

Beide blickten schweigend auf den See hinaus. Olli suchte nach Jelenas Hand und verschränkte zärtlich seine Finger zwischen ihren. Es war eine Geste, die beiden warm durch den Körper floss, die beiden vielleicht mehr Hoffnung füreinander gab, als in diesem Moment mit Worten hätte ausgesprochen werden können. Dann erhob sich Jelena und schaute Olli fragend an. „Wenn ich nur wüsste, was in deinem hübschen Kopf vorgeht." Sie lachte. „Weißt du, Olli, das habe ich vor nicht allzu langer Zeit schon mal jemanden gesagt. Aber damals wusste ich sehr bald, woran ich war. Aber bei dir ... vielleicht will ich es gar nicht wissen." Jelena seufzte. „Komm, wir sollten im Salon noch aufräumen und dann ... stell dir vor, dann können wir morgen mal richtig ausschlafen. Stern sagte, die nächsten Gäste kommen erst in einer Woche und das Beste ist, für die Zimmer hat er zwei Zimmermädchen organisiert. Dann können wir uns ganz auf den Salon, das Essen, den Wein, ganz auf die Mahlzeiten konzentrieren."

„Klingt gut und wird vielleicht nicht so stressig und wir könnten uns zwischendurch mal unterhalten." Jelena schüttelte fragend und gleichzeitig lächelnd den Kopf. Schweigend zog sie sich die Schuhe über die feuchten Füße und steckte sich die Strümpfe in die Tasche. Dann sprang sie auf und eilte zurück Richtung Hotel, als wollte sie vor etwas davonlaufen.

Später, als die Arbeit getan war, schaute Jelena Olli müde an. „Das war's, Olli?" Olli nickte und antwortete kurz „Das war's ... also dann bis morgen." Dann drehte er sich um und verschwand in Richtung seines Zimmers. Jelena blickte ihm hinterher und murmelte vor sich hin „Tja, Jelena, das war's wohl ... verdammt."

Am nächsten Tag wurde Olli von der Sonne geweckt, die noch wärmer als am Vortag durch sein Fenster schien. Eine unglaubliche

Stille zog sich wie Watte durch das Hotel. Olli wusste, dass sich Georg zusammen mit Stern bereits früh zum Festland aufgemacht hatte. Jelena schlief sicher noch. Er hatte mal gelesen, dass Frauen viel häufiger Langschläfer waren als Männer. Ob das bewiesen war oder der Klatschpresse entsprang, daran konnte er sich nicht mehr erinnern. Er zog seine Jeans und sein Flanellhemd über und schlich barfuß, um Jelena nicht zu wecken, die Treppe hinunter. Es gab nichts Schlimmeres, als zu früh geweckte Morgenmuffel, dachte er und schwebte fast lautlos aus dem Haus. Für Olli war der Morgen zu hell, zu sonnig, um ihn im Zimmer oder im Bett zu vertrödeln.

Draußen am Hotelstrand war es ebenso still, kein Lüftchen bewegte die Blätter. Vielleicht war es einer der letzten schönen Sommertage. Wie magisch angezogen suchte er den Weg durch das Gebüsch zum Bootshaus. Er wollte nochmals die geheimnisvolle Ruhe zwischen den verwitternden Brettern und Balken genießen, vielleicht aber auch über das Gespräch gestern mit Jelena nachdenken. Und plötzlich wurde ihm klar, dass es nicht nur die Gespräche waren, die tief in seinem Inneren etwas losgetreten hatten. Er musste sich nochmals über die so überraschend zärtlichen Gefühle im Klaren werden, die Jelena ohne Zweifel in ihm ausgelöst hatte und die ihn die ganze Nacht immer wieder hatten wach werden lassen.

Vorsichtig schob er die Tür des Bootshauses auf. Das Quietschen der Türangel, die plötzliche Dunkelheit hatten nichts Beunruhigendes mehr an sich. Das blendende Licht am Ende des Stegs, der modrige Geruch verfaulender Balken, das Plätschern des Wassers, alles war ihm vertraut. Er hatte vielleicht zum ersten Mal in seinem Leben, das warme Gefühl, zu Hause angekommen zu sein.

Doch dann zuckte er zusammen. Am Ende des Stegs saß jemand und schaute auf das spiegelglatte Wasser des Sees hinaus. Er tastete sich nach vorne und spürte plötzlich Angst, die dort sitzende Person zu erschrecken. Und doch kam es ihm vor, als würde er erwartet.

„Jelena, bist du das?" Jelena drehte sich um und lächelte.

„Olli, ich dachte du wärst Langschläfer, vielleicht sogar ein Morgenmuffel."

„Seltsam, das dachte ich auch von dir. Haben uns wohl beide geirrt. Darf ich?" Olli blieb vor Jelena stehen, die ihre Füße über die Stegkante baumeln ließ. Wie gestern hatte sie keine Schuhe an und ließ ihre nackten Füße spielerisch durch das Wasser gleiten.

„Sicher, Olli, setzt dich doch. Das Wasser ist so klar heute Morgen und man könnte meinen sogar wärmer als gestern."

Olli setzte sich zu Jelena, zog ebenfalls die Schuhe aus und tat es ihr gleich. Wie zufällig berührten sich ihre nackten Füße. Als wäre es verboten, sich zu berühren, schreckten beide zurück.

„Habe ich dir eigentlich erzählt, Olli, dass ich gestern mit Karin telefoniert habe?"

„Kann mich nicht erinnern. Und, wie geht es ihr? Vor allem, wie geht es Nadjeschda? Als sie letztes Jahr alle nach Frankfurt zurückkehrten, hatte sich Nadjeschda ja zum Glück ganz gut erholt von ihrem ... ihrem Unfall."

„Unfall, so könnte man das vielleicht nennen. Auf jeden Fall geht es ihr und Daniel gut."

„Daniel?" Jelena nickte gerührt.

„Und Al und Jule haben eine Tochter, Valerie. Ist das nicht fantastisch? Daniel und Valerie kamen genau am selben Tag zur Welt." An Ollis erstaunter Reaktion erkannte Jelena, dass er von den anfänglichen Schwierigkeiten und auch von Valeries Blindheit nichts wusste. „Ich freue mich so für sie. Stell dir vor, eine richtige Familie, zu zweit mit Kind und später ... vielleicht wollen sie noch mehr Kinder." Jelena legte ihren Kopf in den Nacken und seufzte tief. „Mein Gott, eine Familie mit Kindern ... etwas Schöneres kann ich mir kaum vorstellen ... und du, Olli, willst du auch mal Kinder?" Jelena faste sich abrupt an die Stirn „Sorry, ich glaube, ich rede wieder zu viel ... war nicht so gemeint."

Olli setzte sich aufrecht hin und kramte aus seiner Hosentasche ein flaches speckiges Portemonnaie hervor. Er klappte es auf, zog ein an den Rädern schon leicht zerschlissenes Bild heraus und streckte es Jelena entgegen. Es war das Bild eines kleinen Jungen, etwa sechs Jahre alt. Mit stolzer Miene hielt er eine Zuckertüte in den Händen. Es war vermutlich sein erster Schultag.

„Sieht dir ähnlich ... könnte dein Sohn sein." Olli nickte lächelnd. Jelena sah ihn erschrocken an. „Wie, du hast einen Sohn?" Dabei drehte sie sich abrupt zu Olli um und wäre dabei fast ins Wasser gefallen.

„Naja, nicht so ganz. Rate mal, Jelena, wer mir denn noch so ähnlich sein könnte?" Olli blickte Jelena amüsiert an.

„Okay, okay, das bist du selber, nicht wahr?"

„Das einzige Bild von mir als Kind. Damals im Internat durfte jeder Mal die Zuckertüte in der Hand halten und dann wurde das Bild gemacht, das war's." Jelena strich sanft über das Bild, als wollte sie dem kleinen Olli die zerzausten Haare zur Seite streichen.

„Willst du es haben, Jelena? Ich schenke es dir."

„Mein Gott, nein, Olli. Das kann ich nicht annehmen. Das geht auf keinen Fall."

„Es ist nur eine Kopie. Da es das einzige Bild von mir als Kind ist, habe ich einige Kopien davon gemacht, große, kleine, in bunt, in schwarz-weiß und so weiter. Das hier sieht genau so aus, wie das Original. Ich würde mich freuen, wenn du es annimmst, Jelena."

„Danke, Olli, ich nehme es gern." Dann beugte sie sich zu Olli und gab ihm einen Kuss auf die Wange.

„Olli, das mit gestern ... ich wollte dich nicht in Verlegenheit bringen. Ich weiß auch nicht, was da in mich gefahren ist. Auf jeden Fall wollte ich noch sagen, dass ... naja, dass ich dich mag, so wie du bist. Okay?" Olli nickte stumm und schaute auf den See. Dann legte er sich zurück und schloss die Augen.

„Unglaublich, findest du nicht auch, Jelena? Die Sonne ist so warm, man könnte glatt baden gehen." Beide lagen Seite an Seite auf dem warmen Steg, lauschten dem Plätschern des Wassers und genossen die Sonnenstrahlen. Sie wussten, dass sich sehr bald das kalte Grau des Herbstes ankündigen würde.

Plötzlich stand Jelena auf und fing an, sich die Bluse aufzuknöpfen. Olli hielt sich die Hand vor die Stirn, um die blendende Sonne abzuhalten. Erschrocken blickte er sie an.

„Jelena, was machst du da? Du ... du kannst dich doch nicht einfach ..."

„Das mit dem Baden gehen war eine gute Idee und ich kann doch nicht mit meinen Klamotten ins Wasser springen, oder?" Zügig streifte sie sich die Bluse vom Leib und entledigte sich schließlich ihrer Beinkleider. Splitternackt setzte sie sich auf die Kante des Stegs, rutsche vorsichtig nach vorne und tastete sich mit Füßen und Beine immer tiefer ins Wasser.

„Also los", waren ihre letzten Worte, bevor sie sich ganz ins Wasser gleiten ließ. Mit einem kräftigen Tritt stieß sie sich vom Steg ab und glitt auf dem Rücken paddelnd hinaus auf den See. Olli blickte ihr überrascht, aber auch gebannt hinterher. Ihren Kopf ließ sie flach im Wasser liegen und blinzelte in die Sonne. Ihre vollen Brüste erhoben sich aus der Wasseroberfläche, wie zwei weiße Bojen, auf deren Spitze zwei kleine rote Lichter glühten. Ihre Hüften versanken halb im Wasser, das jedoch klar glitzernd an ihrer Nacktheit keinen Zweifel ließ. Dann richtete sie sich auf und bemerkte Ollis entgeisterten Blick.

„Komm, Olli, komm ins Wasser, es ist wunderbar. Gar nicht so kalt, wie ich erst dachte." Sie drehte sich um und schwamm noch ein Stück weiter auf den See hinaus. Dabei glänzte ihr weißer Po frech, wie ein frisch gekochter und gerade zubereiteter Vanillepudding der Sonne entgegen. Einem Delfin gleich drehte sie sich im Kreis und kam mit kräftigen Schwimmstößen zurück zum Steg geschwommen.

„Komm, Olli, es ist fantastisch", rief sie ihm freudestrahlend zu.

„Ich ... ich kann nicht."

„Wie, du kannst nicht?" Jelena riss überrascht die Augen auf. „Du kannst nicht schwimmen?"

„Doch, doch, ich kann schwimmen, aber ... aber es geht trotzdem jetzt nicht."

Jelena spritze ihm Wasser entgegen. „Komm, Olli, sei kein Spielverderber."

„Ich kann nicht, weil ... weil ... es wäre mir ... wie soll ich sagen ... es wäre mir peinlich." Olli drehte sich zur Seite, um seinen bis dahin gebannten Blick von Jelena zu lösen. Es war ein Anblick, der ihn mehr fasziniert hatte, als er sich eingestehen wollte. Jelenas nackter und in der Sonne glänzender Körper, die an Alabaster erinnernde Haut, einzig kontrastiert von ihren rötlich schimmernden Haaren, ihren dunklen Augen, ihren kleinen, gerade noch erkennbaren und doch so dominant wirkenden rötlichen Brustwarzen, ihrer dunklen Schambehaarung, die bei jedem Drehen ihres Körpers kurz aus dem Wasser schaute, elektrisierte ihn. Wie konnte das sein? Er war der schwule Olli, nichts weiter. Und jetzt, jetzt war er fasziniert, mehr noch, er war erregt von diesem wunderschönen Anblick, diesem faszinierendem Schauspiel einer Frau im Wasser, für die er offenbar mehr empfand, als er bisher geahnt hatte.

„Also gut, ich komme ins Wasser, aber ... aber du musst wegschauen. Versprochen?"

„Versprochen. Ich dreh mich um und warte, bis du im Wasser bist, okay."

Rasch zog sich Olli die Kleidung vom Leib. An seiner Erregung bestand augenscheinlich kein Zweifel. Er bebte vor Anspannung und sehnte sich nach dem kalten Wasser, das ihm vielleicht etwas Erleichterung, etwas Abkühlung seiner plötzlich so heißen Gefühle verschaffen könnte. Noch ehe er ins Wasser glitt, drehte sich Jelena zu ihm um und lächelte schelmisch.

„He, du hast mir etwas versprochen", protestierte Olli noch erschrocken und ließ sich wie ein nasser Sack hastig ins Wasser fallen. Mit kräftigen Zügen kraulte er hinaus auf den See, versuchte auf andere Gedanken zu kommen, versuchte das zu entspannen, was Männern so verräterisch zwischen den Beinen stehen konnte.

„He, Olli, warte auf mich!", rief Jelena und kraulte ihm hinterher. Sie war eine sehr gute Schwimmerin und hatte Olli rasch eingeholt. Olli streckte ihr seine Hände entgegen, als wollte er sie auf Distanz halten. Jelena lächelte und tat dasselbe. Trotzdem kamen sie sich langsam näher, wie durch eine unbekannte Kraft, die sie an einander zog. Als sich ihre Hände berührten, spürte sie gegenseitig ein leichtes Zittern.

„Ist dir kalt?", fragte Jelena. Olli schüttelte den Kopf und hielt seine Arme angestrengt nach vorne.

„Bist du glücklich, Olli?" Olli nickte. Sie hielten sich an den Händen und drehten sich im Kreis. Es mutete an wie Ringelreihen im Kindergarten, wenn ein Mädchen mit einem Jungen tanzen sollte und beiden dies so unendlich peinlich war. Jelena spürte seine Gedanken. „Das ... das muss dir nicht peinlich sein, Olli. Das ist schon okay so." Olli sagte nichts und blickte Jelena gebannt in die Augen. „Wenn du willst, schwimmen wir wieder zurück und ... und ich schaue auch bestimmt nicht hin, wenn du aus dem Wasser kletterst." Olli seufzte. Er fühlte sich hin und hergerissen von Gefühlen, die er bislang nicht gekannt hatte.

„Jelena, ich ... ich benehme mich wie ein dummer Junge und du ... du bist so ... so wunderbar." Langsam entspannten sich seine Arme. Wieder drehten sie sich im Kreis und schauten sich dabei tief in die Augen. „Jelena, ich weiß nicht. Ich weiß nicht, was los ist? Ich ... ich kann das nicht ... und gleichzeitig ... du ... du bist so ... so wunderbar."

„Das ist ganz in Ordnung so, Olli, das geht nur uns beide etwas an ... nur wir beide, verstehst du ... nur wir beide." Sie kamen sich immer näher und Olli streichelte ihr sanft über die Wange. Sein Herzschlag raste. Er wusste, dass das kalte Wasser mitnichten zur Entspannung beigetragen hatte. Jelena ging es genauso. Die Vernunft hämmerte auf sie ein, dass ihrer beider Vergangenheit sie früher oder später Lügen strafen musste. Sie spürte seine Angst und trotzdem sein Verlangen.

Zaghaft berührten sich ihre Beine, erst wie aus Versehen, dann neugierig aneinander entlang streifend, sich sehnsüchtig erkundend. Sanft strich sie ihm über die Schulter. Behutsam zogen sie sich immer näher zueinander. Plötzlich merkte Olli, wie seine mehr denn je bebende Erektion sie am Bauch berührte. Erschrocken zuckte er zurück.

„Das ist okay so, Olli ... es ist schön, wenn du mich berührst ... wenn ich dich spüre." Zögernd kamen sie wieder aufeinander zu und Olli ließ es geschehen, ließ Jelena ganz dicht an sich heran, bis beide eng umschlungen ihre gegenseitige Wärme spürten. Für einen Moment hielten sie still, bewegten sich nicht, genossen die zarte Berührung, das Sichhingeben, das zärtliche Zusammensein unter dem Deckmantel der Wasseroberfläche. Es war eine verborgene Zärtlichkeit und doch so verletzlich, so offen, so nackt.

Olli seufzte tief und löste sich behutsam von Jelena „Wir sollten wieder zum Steg, sonst ... sonst will ich nicht mehr weg von hier." Erneut drückte er sich zärtlich an Jelenas nackten Körper und flüsterte. „Das ... das ist wunderschön, Jelena, du bist ... du bist so schön ... so zart und sanft ... so liebevoll." Jelena schloss die Augen. Ihr Mund war leicht geöffnet, als sich ihre Lippen berührten. Zaghaft umspielten sich ihre warmen Zungen. Dann blickten sie sich dankbar in die Augen und schwammen mit kräftigen Zügen zum Steg. Nackt legten sie sich Seite an Seite auf die hölzernen Blanken und genossen die Wärme, die von der Sonne, von dem warmen

Holz, besonders aber von ihren Händen, die sie verschränkt zusammenhielten, durch ihren Körper floss. Wie lange sie so dalagen, wussten sie nicht. Die Zeit schien stillzustehen und trotzdem gerast zu sein, als sie merkten, dass sich die Sonne langsam Richtung Horizont neigte. Ein kühler Wind kam von den Bergen. Sie zogen sich an und machten sich auf in Richtung Hotel.

Georg kam später mit dem Hotelboot vom Festland und verkündete aufgeregt, dass er allein heute Abend das Essen vorbereiten wolle. Sie, Jelena, Olli und Stern müssten sich um nichts kümmern. Bis dahin saßen Jelena und Olli am Strand und genossen eine Tasse Cappuccino, die ihnen Georg freudestrahlend vorbeibrachte. Schweigend saßen sie sich gegenüber. Sie konnten beide nicht so recht begreifen, was seit diesem Morgen in ihnen vorgegangen war. Es war wie ein kostbares Geheimnis, das nur sie allein betraf und das sie trotzdem in die ganze Welt hinausposaunen wollte. Es hatte in ihnen einiges auf den Kopf gestellt, etwas, das mit Vernunft nicht zu erklären war, das nach einer Erklärung suchte und dieser doch nicht bedurfte. Es war, als hätte jemand einen Schalter umgelegt, der die Vergangenheit beendete, um ein neues, kräftig scheinendes Licht auf die Zukunft, eine gemeinsame Zukunft zu werfen. In ihren Herzen bestand darüber kein Zweifel. Der Schatten der Vergangenheit fragte jedoch nicht nach dem Herzen, er gehorchte anderen Gesetzen.

Irgendwo in Russland, Juni 2020

Die Sonne stach von einem stahlblauen Himmel herab und glitzerte in kleinen von einer sanften Brise zum Tanzen aufgeforderten Wellen wider. Es roch nach Salz und am Himmel kreisten Möwen, die nach unvorsichtigen an der Wasseroberfläche schwimmenden Fischen Ausschau hielten. Ein Piratenschiff hatte vor einer Palmeninsel geankert und die Totenkopfflagge umspielte drohend die Spitze des Masts. Von Ferne klang der johlende Gesang betrunkener Piraten. Eine plötzliche Windböe kämmte über die See gefolgt von einer weiteren, die augenblicklich die Wellen zu einer wild fauchenden Gischt anfeuerten. Wolken zogen bedrohlich einen schwarzen Schleier vor die Sonne und hüllten alles in ein fahles Licht. Die immer größer werdenden Wellen peitschten gegen die Bordwand des Piratenschiffes und rissen es aus der Verankerung. Der stolze Mast mit der Piratenflagge krachte donnernd auf das Deck des Schiffes und zerschlug die Reling und die Bordwand. Fauchende Wellen drangen unaufhaltsam in das Innere des Schiffes ein. Ungeachtet der herannahenden Katastrophe schienen die Piraten nur noch wilder und ausgelassener zu johlen. Nadjeschda sprang auf und rief ihnen verzweifelt etwas zu, wollte sie warnen, während der kalte Regen auf sie niederprasselte. Blitze zuckten durch den Sturm, ließen dichte Regenfahnen wie riesige Gespenster aufhellen. Krachender Donner brüllte durch die Nacht. Das Piratenschiff war verschwunden und der Alptraum hatte sich in schreckliche Realität verwandelt. Die Sandbank, auf der Nadjeschda bis dahin geschlafen hatte, war bis auf einen kleinen Rest zusammengeschmolzen und tobende Wildwasser umgaben sie von allen Seiten. Der Regen war so dicht, dass sie das Ufer kaum noch ausmachen konnte. Sie musste sich entscheiden, und zwar sofort. Entweder sich in die Fluten stürzen, um vielleicht gerade noch ihrem weiteren Anschwellen zu entrinnen. Oder abwarten, bis sich der Sturm, das Wasser beruhigte, in der Hoffnung, dass das Schlimmste schon überstanden war. Sie wusste, dass beide Entscheidungen fatal sein konnten und doch gab es keine andere Möglichkeit. Es gab nur Kopf oder Zahl und sie wusste nicht, was von beidem schlimmer war.

Wieder zuckten grelle Blitze am Nachthimmel, gefolgt von ohrenbetäubenden Donnerschlägen. Karin, wenn doch nur Karin jetzt hier wäre. Sie sehnte sich nicht nur nach ihrer Nähe, nach ihrer Wärme, sondern nach jemandem, der ihr sagte, was zu tun wäre. Kopf oder Zahl, Karin müsste nicht die Münze werfen. Sie wüsste, was zu tu wäre. Wie oft hatte sie sich bei ihr anlehnen können, sich von ihr davontragen lassen. Wie oft hatte sie vertrauensvoll die Augen schließen können, weil Karin ihre schützenden Arme um sie gelegt hatte, so lange bis ihr innerer Sturm abgeklungen war. Aber Karin war nicht da und es war auch kein Sturm der Verzweiflung, der in ihr tobte, kein Alptraum, der irgendwann vorbei sein würde.

Der friedliche Bach hatte sich in ein tobendes Wildwasser verwandelt, jederzeit bereit, ihre kleine Insel, auf der sie verzweifelt kauerte, wild schäumend zu verschlingen. War es der Gedanke an Karin, der ihr neuen Mut machte, etwas Trotziges in ihr aufkeimen ließ? Wieder flackerte ein schroffer Blitz durch die zerzausten Wolken und für einen Moment dachte sie Evgenijs hässliche Fratze zu sehen, seinen Triumph, sie doch noch in die Knie gezwungen zu haben. Aber es machte ihr keine Angst. Vielmehr schien der heulende Sturm ihr etwas sagen zu wollen, ihr Mut einzuflößen. Für einen kurzen Moment glaubte sie sogar Daniels sanfte Geigenklänge herauszuhören.

Sie spannte ihren ganzen Körper an und sprang in die wilden Fluten. Besessen von dem Gedanken, allem zum Trotz nicht aufzugeben, kämpfte sie verbissen gegen das eisige Wasser an. Immer wieder krachten schaumigen Fluten über ihrem Kopf zusammen, drückten sie nach unten, nahmen ihr die Luft zum atmen. Verbissen schlug sie mit Armen und Beinen um sich, kämpfte sich nach vorne, dorthin, wo sie das rettende Ufer vermutete. Verzweifelt bäumte sie sich auf, in der Hoffnung etwas zu sehen und zu fassen, an das sie sich klammern konnte. Immer wieder riss sie das wütende Wasser in die Tiefe, schlug über sie ein, bis sie plötzlich etwas unter ihren Füßen spürte. Mit letzter Kraft stemmt sie sich dagegen, sprang wie ein Fisch nach oben, spürte wie sie mehr und mehr dem wilden Strom entkommen konnte. Ein paar dürre Weiden beugten sich ihr entgegen, als wollten sie ihr die rettende Hand geben. Mit letzter Kraft zog sie sich daran aus dem Wasser und sank erschöpft am Ufer zusammen.

Wie lange sie so dagelegen hatte, wusste sie nicht. Als sie aufwachte, umgab sie eine seltsame Ruhe. Sie traute sich nicht, die Augen zu öffnen, versuchte sich auf das zu konzentrieren, was hinter ihr und vermutlich noch vor ihr lag. „Danke, danke Karin, ... Daniel", murmelte sie. Der Gedanke an das, was ihr das Wichtigste im Leben war, hatte ihr Kraft gegeben, das Ufer zu erreichen. Und doch musste sie der Fluss weit weg getragen haben. Die Spuren derer, die sie in diese Situation gebracht hatten und an die sie sich wie an einen rettenden Pfad geklammert hatte, hatten sich im Schlamm unwiederbringbar aufgelöst. Sie wollte liegen bleiben, entkräftet und einsam, wollte weinen, aber es kamen keine Tränen. Stattdessen fühlte sie plötzlich eine Ruhe und Gelassenheit, hier und jetzt friedlich zu sterben. Es hatte etwas Tröstliches, an dem Ort die Welt zu verlassen, an dem sie einst als Kind ihre schönsten Tage verbracht hatte. Es war ein wärmender Gedanke, eins zu werden, auf ewig mit der feuchten Erde unter ihrem kraftlosen Körper zu verschmelzen. Wie oft hatte sie früher Sehnsucht und gleichzeitig schreckliche Angst gehabt zu sterben. Jetzt war die Angst verflogen, vielleicht aber auch deshalb, weil irgendeine Stimme ihr sagte, dass die Zeit zum Sterben noch nicht gekommen war.

Das ferne Grollen des Gewitters ließ nicht nach. Immer wieder schien es sich aufzubäumen, wie ein ständiges Auf und Ab. Verwirrt drehte sie sich auf den Rücken und versuchte die Augen zu öffnen. Die Morgendämmerung schickte ihr bläulich fahles Licht vom Osten her. Dort, wo es herkam, war bereits ein leicht rosafarbener Schimmer zu erkennen. Wieder ertönte dieses seltsame Grollen. Doch es klang viel zu hell, als dass es noch von dem Unwetter

stammen könnte. Mühsam versuchte sie sich aufzurichten. Alle Knochen, alle Gelenke taten ihr weh. Mit beiden Händen wischte sie sich durchs Gesicht, rieb sich die brennenden Augen in einem mühsamen Versuch, das immer wiederkehrende Grollen erklären zu können. In einiger Entfernung erstreckte sich eine Brücke über den Fluss. Lastwagen donnerten unablässig von einer zur anderen Seite. Sie wusste, dass sie gerettet war.
Mit letzter Kraft schleppte sie sich an den nahen Brückenkopf, die Böschung empor und klammerte sich an die Leitplanke. Ein LKW nach dem anderen donnerte an ihr vorbei und hinterließ meterhoch spritzende Wasserfontänen, die, je heller die aufgehende Sonne am Himmel stand, sich mehr und mehr in Staubwolken verwandelten. Es war ein gutes Gefühl die wärmende Sonne zu spüren.
Entsetzt stellte sie fest, dass ihre Bluse über ihrem Rücken in Fetzen hing. Notdürftig zog sie den Rest ihrer Kleider zurecht und stellte sich mit erhobenem Daumen an den Straßenrand. Es dauerte nicht lange, bis ein großer LKW mit quietschenden Bremsen auf den kaum befestigten Seitenstreifen einbog. Nadjeschda rannte dem LKW hinterher und schaute ängstlich zu der bereits geöffneten Beifahrertür hoch. Ein dunkelhäutiger Mann mit mongolischen Gesichtszügen sah sie schief grinsend an. In kaum verständlichen Russisch war ein. „Wohin soll's denn gehen?" auszumachen. „Dedovsk?" Nadjeschda brachte das Wort kaum heraus. Erst jetzt spürte sie, dass ihre Lippen aufgesprungen waren. Sie schmeckte Blut auf der Zunge. Ihre Augen brannten. Der Mann nickte und gab ihr zu verstehen, in das Führerhaus zu klettern. Obwohl er fremdländisch wirkte und tiefe Furchen sein Gesicht, wie einen gepflügten Acker durchzogen, strahlten seine Augen etwas Freundliches aus. Nadjeschda war froh, dass er keine Fragen stellte. Was sollte sie ihm auch erzählen. Wiederholt schaute er zu ihr rüber und nuschelte ein kaum verständliches „Dedovsk?"

Nach etwa einer Stunde erreichten sie die Außenbezirke und wenig später die Hauptstraße von Dedovsk. Nadjeschda gab ihm zu verstehen, dass sie jetzt aussteigen wollte. Der Mann hielt nicht weiter nachfragend seinen LKW an der Einfahrt zu einer Tankstelle. Als ihm Nadjeschda mit Handzeichen zu verstehen gab, dass sie kein Geld in der Tasche habe, winkte er lächelnd ab. Dabei zeigte er auf ein kleines Amulett, das auf seinem Armaturenbrett klebte. Darauf war Maria mit dem Jesus Kind abgebildet und Nadjeschda schoss es durch den Kopf, warum sie eigentlich hier war.

Auf der Straße sah sie sich ängstlich um und versuchte ihre am Rücken zerrissene Bluse vor den misstrauischen Blicken der Passanten zu verbergen. Ihr Magen grummelte. In der Entfernung sah sie das Hotel, in dem sie in der vorletzten Nacht gewohnt hatte und dachte erleichtert an ihren Koffer, den sie zuvor bei der Rezeption abgegeben hatte. Notdürftig versuchte sie, ihre Haare zu bändigen, sich den inzwischen eingetrockneten Dreck mit etwas Spucke auf der Hand aus dem Gesicht zu reiben, bevor sie das Hotel betrat. Noch bevor sie die Rezeption erreichte, kam ihr ein Hotelangestellter, es war wohl der Sicherheitsdienst, entgegen geschossen, um sie wieder auf die Straße zu drängen.

„Mein Koffer, ich habe noch meinen Koffer hier", stammelte Nadjeschda, konnte sich jedoch dem festen Griff des Sicherheitsdienstes nicht entziehen.

„Ja, ja, sieh zu, dass du Leine ziehst", raunzte er ihr noch mit einem rauen sibirischen Akzent hinterher. Nadjeschda kramte in der Tasche, um irgendetwas zu finden, mit dem sie sich ausweisen könnte. Doch sie fand nichts. Der Zettel, der belegen könnte, dass der Koffer hinter der Rezeption ihrer wäre, war im Portemonnaie und das hatte sich ja Evgenij oder sein Fahrer angeeignet.

Beim zweiten Versuch, das Hotel zu betreten, kam ihr der Sicherheitsdienst so schnell entgegen, dass sie noch nicht mal durch die Tür kam, geschweige denn, ihre Situation erklären konnte. Sie sah noch, dass hinter dem Tresen nicht die Person von vorgestern stand und es wurde ihr erschreckend klar, dass sie im Moment keine Chance hatte, an ihren Koffer zu kommen. Ein krampfartiger Schmerz fuhr plötzlich durch ihre Eingeweide und sie bückte sich stöhnend nach vorne. Wenn sie nur eine Winzigkeit im Magen gehabt hätte, wäre das Erbrochene dem unfreundlichen Sicherheitsdienst entgegengeflogen, was die Sache jedoch auch nicht verbessert hätte.

„Hau endlich ab, sonst ...", fauchte der Sicherheitsdienst ihr hinterher und schubste sie den Gehweg entlang, um den soeben eintreffenden Gästen den Weg frei zu machen.

Entmutigt und gequält von erneuten Schmerzen in der Magengegend ließ sie sich die Straße entlang treiben. Vor dem Schaufenster einer Bäckerei blieb sie stehen. Jedes Mal, wenn sich die Tür öffnete, ein Kunde sie angewidert ansah und der Duft nach frischem Brot an ihr vorbeizog, verkrampfte sich ihr ganzer Körper. Verzweifelt und von Schmerzen gebeugt kroch sie den Gehweg weiter entlang. Schließlich ließ sie sich ermattet auf der Bank eines nahegelegen Parks nieder.

Eine alte Dame fütterte unweit von ihr die Tauben. Sie wünschte sich einer dieser Tauben zu sein, die sich um die Brotkrumen zankten. Zum Glück ließ der Schmerz in der Magengrube etwas nach und sie dachte an den friedlichen Moment, als sie noch in Frankfurt gesessen und Daniel zugesehen hatte, wie er mit den anderen Kindern ausgelassen spielte. Als sie seine kupferfarbenen lockigen Haare vor sich sah, sein liebliches Gesicht, seine blauen Augen, in die sie vielleicht nie wieder schauen würde, konnte sie sich nicht mehr beherrschen. Ihre Brust krampfte sich zusammen. Salzige Tränen brannten auf ihren schmerzhaft geschwollenen Lippen. Nach Halt suchend strich sie sich durch ihre verklebten Haare, betastete ihre feuchten Wangen. Sie spürte Karin an ihrer Seite, wie sie ihren Arm beschützende über ihre Schultern legte,

während sie leise ihren Namen vor sich hin flüsterte. Aber es war nicht Karin an ihrer Seite. Erschrocken blickte sie auf. Die ältere Dame, die eben noch die Tauben gefüttert hatte, schaute sie aus tief liegen Augen an. Mitfühlend ließ sie ihre knorrige Hand über Nadjeschdas Wange gleiten.
„Nadjeschda, mein Kind,..."
Erst jetzt erkannte Nadjeschda die Frau wieder. Es war dieselbe, die ihr vor zwei Tagen in der Rezeption Mut zugesprochen hatte.
„Woher ... woher kennen Sie meinen Namen?"
„Du siehst deiner Mutter sehr ähnlich."
„Meiner Mutter?"
„Ja, deiner Mutter. Sie starb wenige Jahre nach deiner Geburt. Eine schlimme Geschichte. Ich habe sie gepflegt, bevor sie starb. Sie war eine wunderbare Frau. Sie war tapfer, so wie du, Nadjeschda, ... mein Kind."
„Aber ... ich kann mich nicht erinnern, ich..."
„Du warst noch sehr klein, als sie starb, zu klein, um dich erinnern zu können. Und dein Vater ... er wollte nicht, dass ich weiter im Hause bleiben sollte, aber ... ich habe gesehen, wie du aufgewachsen bist, wie du zur Schule gingst. Du warst immer ein fröhliches Mädchen, so wie deine Mutter."
„Meine Mutter, sie ....sie kannten meine Mutter."
„Sie war eine wunderbare Frau. Sie starb so früh, in der Blüte ihres kurzen Lebens. Sie hatte Krebs, aber ... sie hat niemals gejammert ... sie wusste, dass du da bist. Sie wusste, dass du für sie weiterlebst."
„Wenn sie es wirklich wüsste ... sie würde sich für mich schämen."
„Sie wäre stolz auf dich und jetzt, mein Kind...." Langsam erhob sich die Dame und streckte Nadjeschda ihre zitternde Hand entgegen. „Jetzt komm mit mir." Wortlos erhob sich Nadjeschda. Hand in Hand gingen beide durch den Park, an dessen Ende sich ein großes gründerzeitliches Haus erhob. „Hier wohne ich und du solltest erst einmal etwas essen und trinken, dann sehen wir weiter."

Nadjeschda spürte, wie ihre Kräfte schwanden und es fiel ihr schwer, die kleine Wohnung im fünften Stock des bei näherer Betrachtung heruntergekommenen Altbaus zu erreichen. Die kleine Wohnung, in der die freundliche Dame wohnte, war sauber und in hellen Farben geschmackvoll eingerichtet. Unzählige schwarz-weiße Bilder säumten das große Bücherregal seitlich des Austritts zu einem kleinen Balkon, der sich mit einem wunderbaren Blick über den Park öffnete. Die Dame stellte Orangensaft, Kaffee, frisches Brot und Marmelade auf den Tisch.

„Brot mit Butter und Erdbeermarmelade, das war früher dein Lieblingsessen."

Nadjeschda lächelte dankbar und gab damit still zu verstehen, dass sich das in den Jahren nicht geändert hatte. Nachdem sie vier kräftige Scheiben davon verspeist hatte, lehnte sie sich zurück und blickte die Frau fragend an.

„Du musst mir alles erzählen, Nadjeschda. Aber zuerst musst du dich ausruhen." Ohne eine Widerrede zuzulassen, leitete sie Nadjeschda zu einem auslandenden Biedermeier Sofa, rückte ein großes Kissen zurecht und hielt die Decke hoch, damit sich Nadjeschda von ihr zudecken ließ. „Wie gerne hätte ich dich früher zugedeckt, dir einen Gutenachtkuss gegeben. Ich habe so oft davon geträumt und jetzt ... jetzt bist du hier." Nadjeschda seufzte tief. Sie fühlte sich plötzlich zurückversetzt in ihre Kindheit, sie fühlte sich wie zu Hause. Dann fiel sie in einen tiefen Schlaf.

Österreich, August 2011

Georg hatte fürstlich aufgetischt.

„Du machst unseren Köchen ganz schön Konkurrenz", stellte Stern lächelnd fest. Den Rest des Abends unterhielten sich Stern und Georg darüber, was sie ihren zukünftigen Gästen noch alles vorsetzen könnten. Dabei überschlugen sie sich mit den wildesten kulinarischen Ideen. Olli und Jelena saßen meist schweigend dabei. Mehr der Höflichkeit halber gab Olli zum Besten, welche Weine zu dem ein oder anderen Gericht passen könnten. In Gedanken war er bei Jelena, die er immer wieder fragend anblickte. Jelena ging es nicht anders. Ihr Blick suchte ebenso aufgewühlt nach Antworten, nach einer Bestätigung ihrer Gefühle für Olli. Und trotzdem wollte sie sich vor Georg und Stern nichts anmerken lassen. Jetzt nicht, vielleicht später, hoffentlich später.

Georg und Stern hatten ordentlich Wein getrunken und wankten gut gelaunt auf ihre Zimmer. Olli und Jelena saßen sich noch eine Weile schweigend gegenüber. Mit einem flüchtigen Kuss auf beide Wangen wünschten sie sich später eine gute Nacht und verschwanden ebenfalls in ihren Zimmern.

Wie zu erwarten war, hatte sich das Wetter schlagartig verschlechtert. Ein heftiger Wind trieb fette Regentropfen gegen die Scheiben. Die Fensterläden klapperten. Ein gespenstisches Heulen kroch durch den undichten Dachstuhl. Olli blickte nachdenklich an die Zimmerdecke. Er konnte kein Auge zudrücken. Im Gegensatz zu Georg und Stern, die, kaum hatten sie sich auf der Matratze ausgestreckt, in einen tiefen Schlaf fielen.

Ein Pochen an der Tür ließ Olli hochschrecken. Erst dachte er, es wäre der Wind, der an der Tür zerrte. Er stand auf, um die Tür irgendwie in ihrer Zarge zu stabilisieren, als es erneut klopfte. Verwirrt schloss er auf und sah durch den Türspalt. Vor der Tür stand Jelena. Ihr weißes Nachthemd wehte ihr wie eine Fahne im Wind um die Beine.

„Kannst du auch nicht schlafen, Olli?" Olli rieb sich die Augen. Im Halbschlaf hatten sich seine Träume empor geschaukelt zu einer Treibjagd zwischen Angst und Zuneigung, zwischen Panik und Verlangen nach Jelena. Und nun stand sie vor ihm, zitternd und genauso ängstlich und Wärme suchend wie er selbst.

„Nein, ich .... Ich kann auch nicht schlafen. Ich muss die ganze Zeit ..." Olli brach ab. Beide blickten sich an, ängstlich den ersten Schritt zu tun. „Willst du ... willst du vielleicht reinkommen. Der Wind ... es ist kalt." Jelena nickte und drückte sich an Olli vorbei. Sie tat es, ohne ihn zu berühren. Sie setzte sich auf die Bettkante. „Ich muss die ganze Zeit an heute Morgen denken. Olli, ich, ich habe Angst." Olli setzte sich neben Jelena und legte seinen Arm um ihre Schulter. Er spürte ein leichtes Zittern ihres Körpers. Vielleicht war es aber auch sein eigener.

„Ich auch, Jelena. Ich habe auch Angst ... Angst etwas zu verlieren. Ich ... ich will dich nicht verlieren."

Jelena nickte stumm. Ihr Zittern ging mehr und mehr in ein Zucken über. Olli legte sie behutsam zur Seite, ihre Füße auf das noch warme Bett und deckte sie zu. „Du wirst dich sonst erkälten." Er blieb auf der Bettkante sitzen und schaute zum Fenster. Blitze leuchteten in der Ferne und erhellten den Raum immer wieder für kurze Momente.

„Legst du dich zu mir, Olli?" Olli nickte und kroch zu Jelena unter die Decke. Sie beugte sich zu ihm und legte ihren Kopf auf seine Brust. Er starrte an die Decke zur Zimmerlampe. Es schien, als würde sie vom Sturm angetrieben, langsam hin und her pendeln. Vielleicht waren es auch nur seine Gedanken, seine Gefühle für Jelena.

„Also, wenn dir das unangenehm ist, Olli dann ... also, ich geh vielleicht doch wieder in mein Zimmer." Olli erwachte plötzlich aus seiner Starre. Er nahm Jelenas Hand, die er an seiner Seite spürte und streichelte sanft über ihren Handrücken.

„Nein, es ... es ist mir nicht unangenehm. Es ist nur ..."
Jelena erhob sich langsam.

„Soll ich nicht doch lieber gehen, Olli?" Er hielt ihre Hand fest umklammert, suchte nach Worten, wollte plötzlich nichts Sehnlicheres, als ihre Nähe zu spüren.

„Jelena, ... bitte ... bitte bleib ... vielleicht ..." Jelena küsste ihn auf die Wange und legte ihren Kopf wieder auf seine Brust. Leise flüsterte sie. „Vielleicht?" Olli nickte als könnte er ihre Gedanken lesen.

„Das war schön heute Morgen im Wasser. Vielleicht können wir ..." Olli schluckte, seine Kehle war trocken.

„Willst du ..." Jelena biss sich auf die Unterlippe. „... willst du, dass ich mich ausziehe ... für dich ausziehe?" Olli nickte kaum merkbar. Sie setzte sich auf und streifte sich das Nachthemd über die Schultern. Zärtlich nahm sie seine Hand und legt sie auf ihre Brust. „Das fühlt sich gut an, Olli, deine Hand auf meiner Brust. Du hast schöne Hände, weißt du das?" Langsam knöpfte sie seinen Pyjama auf, öffnete sein Hemd und strich ihm sanft über die Brust.

„Das fühlt sich auch so ... so wunderschön an, Jelena, deine Hand auf meiner Brust. Du hast nicht nur schöne Hände, du bist überhaupt wunderschön, weiß du das?" Jelena lächelte. Es war ein glückliches Lächeln, das ihren ganzen Körper ergriff. Sie nickte und Olli verstand. Unbeholfen streifte er unter dem sichern Schutz der Decke seine Pyjamahose ab. Sie küsste ihn sanft auf den Mund, richtete sich dann wieder auf.

„Ist dir das unangenehm, wenn ich dich so ansehe, wenn ich sehe, dass du erregt bist?"

„Ich weiß nicht so genau, ich ... ich dachte, das wäre dir vielleicht unangenehm, wenn ich ... einfach so ..." Langsam zog Jelena die Decke von Ollis Körper weg. Sein Puls raste, als Jelena langsam ihren Blick über ihn gleiten ließ, wie ihre Hand sich kreisend über seine Brust langsam nach unten, über seinen Bauch bewegte und sanft ihren Zeigefinger in seinem Bauchnabel kreisen ließ. Dann rückte sie ganz dicht an ihn heran, küsste ihn erst zart, dann vorsichtig suchend auf den Mund. Bis sich für einen kurzen Moment ihre Zungen berührten. Olli zuckte zusammen.

„Alles okay?" Jelena blickte ihn fragend an. Er nickte, strich ihr durch die herabfallenden Haare und zog sie wieder näher zu sich heran. Er schloss die Augen und tastete zaghaft mit leicht geöffnetem Mund nach ihre feuchten Lippen. Erst zögerlich verspielt, dann immer forscher kreisten ihre Zungen umeinander, suchten das warme Terrain der Wangen, der glatten feuchten Zähne, schmeckten einander neugierig. Ein sinnliches Verlangen nach mehr durchströmte ihre Körper, wie ein Rausch, als wollte einer in den anderen hineinkriechen, von allen Seiten umgeben sein von dessen süßlich duftender Wärme. Ihr Körper umschlangen sich in einer liebevoller Hingabe, wie sie es beide noch nie kennengelernt hatten, wie es für beide so neu, so unstillbar war, wie es plötzlich so wichtig, so gottgegeben erschien, sich dem anderen mit all seinen Gefühlen, nackt und verletzlich, hinzugeben. Es war der Moment der Vollkommenheit, als beide spürten, wie er in sie eindrang, wie sich ihre Körper, ihre Gefühle füreinander mit der zärtlichsten Hingabe tiefer und tiefer vereinigten.

Der Regen prasselte gegen die Fensterscheiben, als beide erschöpft und eng umschlungen einschliefen. Es war ein beglückendes Gefühl gegenseitigen Vertrauens, es war körperliche und geistige Liebe im selben Augenblick, mit jedem gemeinsamen Atemzug, wie sie es noch nie vorher erlebt hatten, wie sie beide wussten, dass sie es ab diesem Zeitpunkt nie mehr missen wollten.

Die restliche Woche bis zum Eintreffen der neuen Gäste verging für sie wie in einer anderen Welt. Selbst Stern hatte von ihrem neuen Liebesglück mitbekommen und lächelte ihnen gelegentlich väterlich zu, als habe er dies schon lange herbeigesehnt. Pünktlich mit den Gästen, die diesmal auch nur eine Woche bleiben sollten, kamen auch die zwei Zimmermädchen. Es waren Studentinnen aus der Region, die sich in den Semesterferien etwas Geld hinzuverdienen wollten. Auch das kochende italienische Ehepaar war wieder am Werk und so verging die Woche wie im Flug. Die Arbeit war dabei so anstrengend, dass Olli und Jelena zwar weiterhin im selben Zimmer in einem Bett schliefen, aber sie waren auch erleichtert, wenn sie einander signalisierten, einfach nur ruhig und erschöpft beieinander liegen zu wollen. Das Verlangen, sich gegenseitig zu erobern, war stark, aber noch stärker waren ein gegenseitiges Vertrauen und der Wunsch, sich zu öffnen mit all den eigenen Schwächen und Verwundbarkeiten. Es war jenes Vertrauen, das ein Zusammenleben so zerbrechlich, aber auch so kostbar und lebenswert machte.

Ein wunder Punkt, so dachte Jelena, war sicher Ollis Vergangenheit, seine homosexuelle Orientierung, die früher so offensichtlich war, dass jeder davon ausgehen musste, dass es eine angeborene, nicht zu ändernde Neigung war, vielleicht so wie die Haarfarbe. Sicher konnte man seine Haare färben, aber es dauerte nicht lange, bis am Haaransatz die eigentliche Farbe wieder durchkam. War die Liebe zwischen ihnen nur gefärbt, etwas anderes übertünchend? War es für Olli nur ein spannendes Intermezzo, wohl im Moment ernst gemeint, das aber irgendwann wieder seiner eigentlichen Orientierung weichen würde? Könnte sie oder müsste sie dann als Frau in ihrer Liebe zu Olli zurücktreten, der doch einem männlichen Liebhaber wieder den Vorrang geben würde?

Für Jelena stand fest, dass sie mit jedem Tag der eigentlichen Wahrheit näherkommen und irgendwann ein schmerzliches Erwachen aus einem wunderschönen Traum erleben würde. Ein Erwachen, das umso schmerzlicher sein würde, je mehr sie sich Olli verbunden fühlte. Dabei könnte es schon jetzt zu spät sein. Die Wahrheit könnte sie bereits jetzt in eine tiefe Depression stürzen. Jelena hatte in früheren Zeiten viele Enttäuschungen durchleben müssen und es war ihr klar, dass der Bogen schon jetzt über die Maße gespannt war. Sie musste den Pfeil abschießen, bevor er sie tödlich ins Herz treffen würde.

Eines Abends, es war nach zwölf, die Gäste waren bereits zu Bett gegangen oder vergnügten sich noch im legendären Herrenzimmer, hielt es Jelena nicht länger aus. Sie schaute Olli ernst in die Augen und konfrontierte ihn unvermittelt.

„Olli, wir müssen reden, und zwar jetzt." Olli dachte zunächst, es wäre einer von Jelenas Scherzen, über die man meist jedoch nur schwer lachen konnte, merkte dann aber gleich, dass es ihr sehr ernst war. „Lass uns ins Foyer gehen, da haben wir unsere Ruhe und dann Olli, dann musst du mir zuerst zuhören, okay?" Olli nickte, zunehmend verwirrt. Im Foyer ließen sie sich in den schweren Fauteuils nieder, die zwar mit einem neuen Stoff bezogen waren, aber wie von jeher den Empfangsbereich dominierten.

„Olli, ist dir eigentlich klar, dass wir uns benehmen wie die Kinder, wie alberne pubertäre Kinder, die noch keine Ahnung von der Welt haben und sich einfach treiben lassen, ohne zu wissen, wo alles endet." Olli zog die Augenbrauen hoch.

„Naja, also wenn ich mir das recht überlege, so falsch ist das nicht, was du sagst, aber ..."

„Olli, vielleicht sollten wir langsam wieder mal die Augen aufmachen. Ich bin eine Prostituierte. Auch wenn ich davon wegkommen will, ich habe eine verdammt beschissene Vergangenheit und irgendwann, da wird mich die Vergangenheit wieder einholen, verstehst du? Irgendwann wird einer mit dem Finger auf mich zeigen und wird sagen, die kenn ich, die ... die ... "

Olli seufzte, rückte näher zu Jelena und streichelte ihr über die Wange.

„Meinst du vielleicht, Jelena, dass mir das etwas ausmachen würde? Weißt du, im Grunde komme ich aus derselben Scheiße, verstehst du? Und ... und du könntest genauso denken, könntest genauso vor den Kopf gestoßen werden und dann ..."

„Und dann gehst du zurück zu ... zu deinem ..." Jelena verspürte einen heftigen Schmerz. Sie hatte den vergifteten Pfeil abgeschossen. Doch er traf nicht ihr Gegenüber, sollte ihn auch nicht treffen. Es war, als hätte sie den Pfeil gegen sich selbst gerichtet, spürte wie er sich gerade todbringend in ihren eigenen Rücken bohrte. Olli machte ein ernstes Gesicht und atmete tief ein und aus, als wollte auch er etwas loswerden, das ihm schon lange auf der Seele brannte.

„Weißt du, Jelena, ich habe oft genau darüber nachgedacht. Ich habe mich gefragt, was war bis vor Kurzem und was ist jetzt? Hat sich etwas geändert? Habe ich mich verändert? Bin ich immer noch der schwule Olli? Kann ich das überhaupt ändern? Und da ist mir klar geworden, ich selbst kann das nicht ändern, ich selbst hätte es nie ändern können, ob ich gewollt hätte oder nicht." Jelena fing an zu schluchzen. Sollte sie jetzt genau die Wahrheit hören, vor der sie sich gefürchtet hatte, vor der sie möglicherweise bereit war, ihr Leben lang davonzulaufen, nur um mit Olli zusammenbleiben zu können. „Aber du, Jelena, du hast mich verändert, verstehst du, du hast mir die Augen geöffnet für etwas, das ich bisher nicht kannte. Genau das hat sich geändert und das übertrifft alles, was ich mir bisher vorstellen konnte, verstehst du?" Jelena schüttelte den Kopf.

„Olli, ich würde es gerne verstehen, aber …"

„Schau mich an, Jelena, du und ich, wir haben hier irgendwie neu angefangen und was zurückliegt, das liegt eben zurück."

„Meinst du wirklich, dass du das so einfach abschütteln kannst, dass du einmal der schwule Olli warst und jetzt mit einer Frau…. dass du …" Jelena schluchzte. „Mein Gott, Olli, ich möchte dich nicht verletzten, ich möchte … ich möchte nur wissen, was wirklich los ist, was mit uns los ist … ich möchte nicht aus einem schönen Traum einfach so aufwachen und alles stürzt in sich zusammen. Ich möchte nicht, dass das alles nur eine Illusion ist … ich möchte mit dir zusammenbleiben … ohne dich Olli, das … das kann ich mir nicht mehr vorstellen" Jelena legte erschöpft ihren Kopf auf Ollis Schoß und schluchzte. Während Olli ihr durch die Haare streichelte, beruhigte sie sich und atmete tief durch. Dann setzte sie sich auf, räusperte sich und blickte ihmi tief in die Augen. Sie wollte etwas sagen, doch er legte seinen Finger auf ihren Mund.

„Jelena, wir wissen beide zu gut, worum es in unserem Leben ging. Männer mit Männern, Frauen mit Frauen, Männer mit Frauen, Frauen mit Männern, was machte das für einen Unterschied. Das war Geschäft für die einen und Selbstbefriedigung für die anderen, nichts weiter. Und jetzt ... jetzt, Jelena, geht es um etwas ganz anderes, jetzt geht es um uns beide, um etwas, das so oft missbraucht, geschändet und verhöhnt wird und das doch so kostbar, so wunderbar ist, jetzt ... jetzt geht es um ... um Liebe, verstehst du?" Olli atmete tief durch. Jelena wollte etwas sagen. Aber sie wusste, dass er noch nicht fertig war. „Und eines ist mir mit dir klar geworden Jelena, die Liebe, um dies geht, die ... die kann man nicht machen und die kann man auch nicht kaufen. Das war früher, verstehst du?" Olli legte seine Hände auf Jelenas feuchte Wangen. „Die Liebe, Jelena, um die es wirklich geht, um die es jetzt geht, die Liebe zwischen dir und mir, die kann man nur jemanden schenken, ... die können nur wir uns schenken ... die will ich nur dir schenken ... und sonst niemanden ... sonst niemandem ... nur dir ... Jelena." Jelena lächelte. Ihr Mund zitterte. So deutlich, so klar hatte sie Olli noch nie reden gehört und sie wusste, dass er es ernst meinte, sehr ernst.

„Danke ... danke", flüstere Jelena und umarmte Olli, so als wolle sie ihn nie wieder loslassen. Eine lange Weile saßen sie so zusammen und waren dabei noch viel näher beieinander, als man von außen hätte erahnen können.

Als sich die Woche dem Ende zuneigte, fiel Olli auf, dass Jelena plötzlich blass wirkte.

„Ich bin froh, dass die Woche rum ist, irgendwie fühle ich mich so grippig", ließ sie am letzten Abend verlauten und verschwand, ohne dies weiter zu kommentieren in ihrem früheren Zimmer.

Am nächsten Morgen war Jelena richtig krank. Sie hatte Fieber, Kopfschmerzen, die Lymphknoten am Hals taten ihr weh.
Als sich die Beschwerden trotz Paracetamol nicht besserten, beschlossen Georg und Olli, sie zu einem Arzt auf dem Festland zu bringen. Inzwischen war das Fieber weiter angestiegen und der Arzt in der Notaufnahme eines nahegelegenen kleinen Krankenhauses schaute besorgt. Ein rasches Blutbild ließ ihn zu der Überzeugung kommen, dass Jelena stationär aufgenommen werden müsste. Olli blieb bis zum späten Abend bei ihr. Eine Infusion mit einem Antibiotikum hatte offenbar Wirkung gezeigt und Jelena saß gegen Mitternacht mit glasigen Augen, aber deutlich wacher im Bett.
„Du solltest mit Georg wieder zum Hotel, Olli. Ich komme schon zurecht und du wirst sehen, morgen sieht die Welt schon wieder besser aus." Schließlich ließ sich Olli überreden. Als er sich mit einem Kuss verabschieden wollte, winkte Jelena scherzhaft ab. „Morgen wieder, heute könntest du dich vielleicht anstecken." Sie deutete auf einen rötlichen Ausschlag, der sich an Hals und Brust entlang zog. Olli ließ sich nicht abhalten und küsste sie sanft auf die Wange. „Also dann, bis morgen, ... ach übrigens, habe ich dir das schon gesagt?" Jelena runzelte die Stirn. „Ich liebe dich", hauchte Olli und stolperte rückwärts aus dem Krankenzimmer.

Dedovsk, Juni 2020

Aus der Entfernung hörte sie ein leises Glucksen. Es war kaum wahrnehmbar. Wie ein kleiner Bach, der im zeitigen Frühling zwischen Kieselsteinen und dem ersten zarten Grün lieblich dahin plättschert. So hätte es für immer bleiben können. Doch das Geräusch wurde rasch lauter. Wie das Wasser, das unaufhaltsam seine Bestimmung entgegenfließt, den Stromschnellen, den schäumenden Wasserfällen, dem Toben des Wildwasser, hämisch lachend und zerstörerisch. Sie wollte fliehen, den Wassermassen, die wie ein Ungeheuer triumphierend und siegesgewiss auf sie zurollten, entkommen. Doch es gelang ihr nicht. Wie versteinert blickte sie ihrem todbringenden Schicksal entgegen. Gleich musste es sie erfassen, sie mitreißen, würde sie verschlingen im Rachen eines zerstörerischen Strudels aus eiskaltem Wasser und leblos dahinwirbelnden Körpern. Ein letztes Mal versuchte sie nach Luft zu schnappen, wie am Galgen hängend, bevor sich die Schlinge endgültig zuzog und sie sich nur noch im schmerzhaften Todeskampf winden konnte. Panik stieg in ihr auf, der Kopf drohte zu platzen, ein berstender Schmerz schien ihr die Brust zu sprengen. Wie damals, als das kalte Wasser des Sees in sie eingedrungen war, als sie verschlungen worden war von der Natur, die sie so liebte und die sie nun vereinnahmt hatte, sie zurückholen wollte in ihren kalten Schoß. Jetzt würde sie niemand in letzter Minute herausreißen, jetzt würde sie eins werden mit den gleichgültigen Elementen, aus dem sie einst geschaffen worden war.

Plötzlich sah sie Karin und Daniel, beide Hand in Hand. Sie riefen ihr etwas zu. Doch sie konnte es nicht verstehen. Aber ihre weit aufgerissenen Augen, ihre Schreie, ihre Angst ließen sie zusammenzucken. In diesem Moment wusste sie, dass sich ihr Leben nicht um sie selbst drehte. Sie wusste, dass sie für andere da sein sollte, für Karin, für Daniel. Ihnen galt ihr Leben. Sie musste zu ihnen. Sie musste nicht sich selbst, sie musste ihnen helfen. Auf einmal machte alles einen Sinn und sie spürte eine trotzige Kraft in sich aufkeimen, einen unbändigen Lebenswillen, der sich allem entgegen stellte. Ihr Herz fing an zu rasen. Jede Muskelfaser ihres Körpers spannte sich an. Sie bäumte sich auf, zog die Lungenflügel, die sich eben noch den Wassermassen ergeben wollten, auseinander, wie ein Vogel, der zum ersten Mal seine Flügel spreizte, um seinem jungen Leben entgegenzufliegen.

Als sie die Augen öffnete, saß wieder diese ältere Dame an ihrer Seite und wischte ein kühlendes Tuch über ihre schweißnasse Stirn.

„Du hast geträumt, mein Kind. Wie damals ... du hast oft geträumt und ich musste dich dann trösten." Nadjeschda lag auf einem Biedermeiersofa in einem kleinen aber stilvoll eingerichteten Wohnzimmer.

„Ist das ... ist das immer noch ein Traum ..."

„Nein, mein Kind, die Träume sind jetzt vorbei. Du bist hier bei mir."

Erschöpft sackte Nadjeschda zusammen. Sie ergriff die knorrige Hand auf ihrem Schoß und führte sie an ihre Wange. Obwohl sie alt und faltig war, meinte sie sich doch daran zu erinnern, wie genau diese Hand damals über ihren von wilden Träumen geplagten Kopf strich.

„Du hast mich immer Kathinka genannt, weißt du noch? Eigentlich heiße ich Katharina, aber nachdem du immer nur Kathinka zu mir sagen konntest, von dem Tag an nannten mich alle Kathinka."

„Kathinka." Nachdenklich glitt der Name über Nadjeschdas immer noch geschwollene Lippe. „Ich habe dir ein Bad einlaufen lassen. Und danach frühstücken wir und du erzählst mir alles, einverstanden?"

„Frühstück, aber ..." Nadjeschda zog ungläubig die Stirn zusammen und blinzelte zur Balkontür, die offenstand und einen wunderschönen Morgen hereinströmen ließ.

„Du hast den ganzen restlichen Tag und die Nacht geschlafen. Das wird dir gut tun. Und nun ... in der Badewanne ist Lavendelduft, das mochtest du als Kind schon." Nadjeschda lächelte verlegen und schlich zum Bad. Tatsächlich duftete es nach Lavendel. Sie schloss die Augen und sah ihre glückliche Kindheit vorbeiziehen. Das Rauschen, das sie im Traum gehört hatte, war wohl das Wasser, das in die emaillierte Wanne gesprudelt war. Vorsichtig zog sie

ihre zerrissene Bluse aus. Ein kurzer Schmerz durchzog ihre Brust, als sich ein letzter Rest der Stofffetzen von ihrem zerschundenen Rücken löste. Ihre vor Schmutz starrende Hose und Unterwäsche legte sie in das geschwungene und von zwei Porzellanfüßen gestützte Waschbecken. In der Ecke des Bads stand ihr Koffer. Wie war der hierhergekommen? Kathinka würde es ihr sicher erzählen. Kathinka, jedes Mal wenn sie den Namen flüsterte, war es, als kämen immer neue Bruchstücke aus ihrer Kindheit zum Vorschein. Kathinka, Kathinka, es war wie ein Puzzle, das sich von alleine zusammensetzte und nur wenige Lücken offen ließ.
Nachdenklich und zufrieden seufzend ließ sie sich in das duftend heiße Wasser gleiten. Die Schmerzen über dem Rücken und ihrer Lippe ließen im warmen Wasser wohltuend nach. Tief saugte sie den Lavendelduft ein. Kathinka, Kathinka, flüsterte sie erneut. Genüsslich schäumte sie ihre Haare ein und ließ die Seife über ihren Körper gleiten. Sie hatte das Gefühl, als spüle sie alles weg, was bis vor Kurzem noch drohte, sie zu ersticken. Auch das Wasser selbst hatte seinen Schrecken verloren. Es konnte sie nicht mehr verschlingen, weil sie stärker war und erkannte, dass sie nicht alleine war. Der Himmel hatte ihr Kathinka geschickt, sie zu ihr zurückgeführt, damit sie weiterlebte, nicht für sich, sondern für Daniel, für Karin, für alle, die sie liebte und die nun ihre Hilfe brauchten.
Als sie aus dem Wasser stieg und sich mit einem flauschigen Badetuch abtrocknete, fiel ihr Blick auf den Koffer, der bereits auf einem kleinen Hocker bereitgestellt war. Es war noch alles drin, ihre Kleider, ihr Necessaire, das Couvert mit dem Geld, ihrem Ausweis und ihrem Flugticket. Kaffeeduft zog durch die Ritzen der Badezimmertür und sie wusste, dass Kathinka auf sie wartete.
Kathinka lächelte glücklich, als sie Nadjeschda erblickte. Dann zuckte ihr faltiger Mundwinkel und eine kleine in der einfallenden Morgensonne glitzernde Träne stand in ihren Augenwinkeln. „Wie deine Mutter … du bist so schön wie deine Mutter." Beide

setzten sich und Kathinka ergriff Nadjeschdas Hände, während die Tränen über ihre Wangen rollten. „Entschuldigung, ich wollte nicht, aber ..." Sie zog ein Taschentuch aus ihrem Ärmel und wischte sich die Tränen ab.

„Du hattest auch früher immer ein Taschentuch in deinem Ärmel und hast mir damit meine Tränen abgewischt, weißt du noch?" Kathinka nickte, dann seufzte sie tief.

„Und jetzt, Nadjeschda, jetzt musst du mir alles erzählen. Von dir, deinem Kind ... einfach alles."

„Du hast mich erkannt, vor zwei Tagen im Hotel, nicht wahr und ... und du wusstest von meinem Kind, von Daniel?"

„Als ich dich von der Straße her durch das große Fenster der Hotellobby sah, da meinte ich erst, deine Mutter zu sehen. Ich bin erst weitergelaufen, weil ... ich dachte, es wäre ein Traum. Ich träume immer wieder von deiner Mutter und von dir ... Dann habe ich mich herumgedreht und sah dich noch immer. Ich wusste, dass es kein Traum war. Du sahst so verzweifelt aus, so traurig .... Ich wusste nicht, was ich sagen sollte."

„Woher wusstest du ... ich meine, das mit meinem Kind ..."

„Dein Kind ... ich habe Zeit meines Lebens versucht zu erfahren, wie es dir geht. Ich wusste, dass du in Deutschland warst und ..." Kathinkas Augenwinkel zuckten nervös.

„Du wusstest, was sie mir angetan haben?" Kathinka nickte.

„Freunde aus der Botschaft haben es mir erzählt. ... Ich bin zu deinem Vater gegangen. Aber er hat mich nicht angehört ... er hat mich rausgeschmissen, wie damals."

„Wie damals?"

„Deine Mutter hatte Krebs und alle wussten, dass es mit ihr zu Ende gehen würde. Aber dein Vater wollte das nicht wahrhaben. Er hatte alle kommen lassen, Ärzte, Wunderheiler, Priester, aber keiner konnte ihr helfen. Sie war stark und tapfer, deine Mutter. Sie klagte nie und selbst als sie ...", Kathinka ließ ihren Kopf hängen und Tränen tropften auf die Tischplatte, „... als sie ihren letzten Atemzug machte, da ... da hatte sie ein Lächeln auf dem Gesicht. ... Ich .... Ich habe deine Mutter geliebt ... ich habe sie mehr geliebt, als alles andere auf der Welt." Nadjeschda legte ihre Hand auf Kathinkas Schultern. Wahrscheinlich war es das erst Mal, dass sie das jemandem erzählte. Es sprudelte aus ihr hervor wie ein Brunnen, der lange verstopft gewesen war und sich nun ungehindert ins Freie ergoss. Und es war das erste Mal, dass sie darüber weinen konnte. Sie weinte um ihre große Liebe.

„Kathinka, warum ... warum hat mein Vater dich aus dem Haus geworfen?" Kathinka brauchte einen Moment, um sich zu sammeln.

„Er ... er hat sie gefunden."

„Was hat er gefunden?"

„Die Briefe. Es waren wunderschöne Briefe, die wir uns schrieben, deine Mutter und ich. Briefe voller Poesie, Romantik, voller Zärtlichkeit und ... und voller Liebe. Ja, Nadjeschda, auch wenn ich heute alt und grau aussehe. Aber ich war nur wenige Jahre älter als deine Mutter und ... wir haben uns geliebt. Wir ... wir haben uns nie berührt, aber ... das war auch nicht nötig." Ihr knorriger Finger zeigte auf ihre Schläfe und dann auf ihre Brust. „In unseren Gedanken, in unseren Herzen waren wir ... wir waren immer zusammen. ... Und du Nadjeschda, du warst unser Kind. Verstehst du? Wir haben dich aufgezogen, dich gebadet, mit dir gespielt. Du warst unser Kind ... du bist noch immer unser Kind." Zärtlich streichelte sie über Nadjeschdas Hand und ihre geröteten Augen schweiften zu einem Bild im Regal, von dem aus Nadjeschdas Mutter sie seit vielen Jahren anlächelte.

„Und Vater ..."

„Als er die Briefe fand ... es war schrecklich. Er wurde wütend, sehr wütend. Er war so voller Hass auf mich. Er gab mir die Schuld an ihrem Tod. Dabei ... wir hatten uns nie berührt, und trotzdem ... er hat mich auf die Straße gesetzt, wollte, dass ich ihm nie wieder unter die Augen trete und …und er hat mich von dir ferngehalten. Er wollte nicht, dass ich dir näherkommen sollte. Er nannte mich eine Hexe, die seine Frau, deine Mutter auf dem Gewissen habe, und nun sollte ich ihm nicht auch noch seine Tochter nehmen." Nadjeschda schüttelte den Kopf. „Aber, weißt du, ich … ich kann ihn verstehen. Er hat deine Mutter geliebt, und als sie starb … da brach auch für ihn eine Welt zusammen. Als er die Briefe fand … das muss für ihn doppelt bitter gewesen sein. Ich kann ihn verstehen und … ich kann ihm verzeihen." Kathinka zog die Augenbrauen hoch und seufzte. Dann sprach sie mit kräftiger Stimme weiter: „Auch du musst ihn verstehen. Er ist dein Vater und … er liebt dich." Nadjeschda dachte zurück an die Zeit in der Botschaft, als sie vergewaltigt worden war und ihr Vater sie im Stich gelassen hatte. Damals wusste er noch nicht, dass sie einmal mit Karin zusammen sein würde.

„Kathinka, ich muss dir etwas erzählen. … Daniel ist mein Kind, aber … aber ich liebe nicht seinen Vater, ich liebe jemanden …"

„Und dieser jemand ist eine Frau, sie heißt Karin, nicht wahr?" Nadjeschda blickte Kathinka ungläubig in die Augen. „Damals habe ich deinen Vater angefleht, er möge dir helfen. Aber er sah nur deine schändliche Tat, wie er es nannte. Du hättest ihn verraten, ihn und seine ach so wichtigen Freunde. Landesverrat sei das und du müsstest selber sehen, wie du zurecht kämest. Als du dann spurlos verschwunden bist, wirkte er erst außerordentlich zufrieden und dann quälte ihn offenbar doch das schlechte Gewissen. Er ließ nach dir suchen und bedrohte den Kasparow-Clan, dich in Frieden zu lassen. Als er dann erfuhr, dass du mit einer Frau zusammenlebst, da brach erneut eine Welt für ihn zusammen. Er kam damals zu mir und hätte mich fast umgebracht. Er brüllte mich an und er … er war so voller Hass. Er war wie von Sinnen und beschuldigte mich, dass ich seine Tochter vergiftet hätte, genauso wie damals seine Frau. Er zog sich daraufhin zurück in sein Haus, wollte von niemandem mehr etwas wissen. Seither war er ein einsamer gebrochener Mann. Das ... das hat er eigentlich nicht verdient." Nadjeschda sprang auf.

„Nicht verdient. Er hat mich im Stich gelassen. Seine wichtigen Freunde waren ihm wichtiger."

„Er hat in dir seine Frau, deine Mutter gesehen. Das, was sie dir antaten, Nadjeschda, das taten sie in seinen Augen deiner Mutter an. Für ihn war es wie eine gerechte Strafe, dass sie, seine über alles geliebte Frau, ihn mit einer anderen Frau hintergangen hatte. Sie war tot. Und dafür musstest du jetzt für sie büßen. Er hatte es niemals verwinden können, dass ich ..."

„Dass du eigentlich Mutters große Liebe warst." Kathinka nickte. „Und als er erfuhr, dass auch ich, seine einzige Tochter mit einer anderen Frau zusammen lebt, da ... da ..." Nadjeschda wusste nicht weiter.

„Es war wie ein Fluch für ihn." Nadjeschda setzte sich wieder zu Kathinka, umklammerte ihre Hände und beide schwiegen.

„Liebst du sie, deine Karin?" Nadjeschda nickte und ein sanftes Lächeln glitt über ihr Gesicht.

„Ja, Kathinka, ich liebe sie, ... wahrscheinlich genauso, wie du einst Mutter geliebt hast."

Kathinka nickte und fügte mit gebrochener Stimme hinzu: „Und Daniel ist euer Sohn, so wie du einst unser Kind warst." Nadjeschda seufzte tief.

„Und jetzt Kathinka, jetzt haben sie ihn mir weggenommen, so wie sie mich einst dir weggenommen haben. Das Schicksal ... es wiederholt sich ... immer wieder." Kathinka schüttelte den Kopf.

„Nein, mein Kind. Du bist seine Mutter und du musst für ihn kämpfen. Das Schicksal darf sich nicht wiederholen. Er gehört dir. Dir und Karin, das weiß ich, das weiß ich nur zu gut. Das spüre ich hier drin, hier in meinem Herzen." Sie hämmerte sich mit der Faust auf ihre Brust. „Geh zu ihm."

„Zu wem, zu seinem Vater?"
„Er ist nicht sein Vater. Nur weil er mit Daniel genetisch verwandt ist, so ist er noch lange nicht sein Vater. Nein, du musst erst zu deinem Vater. Du musst dich mit ihm versöhnen, er wird dir helfen." Nadjeschda ließ ein spöttisches Lachen vernehmen.
„Ich soll ihn um Hilfe anflehen, ihn um Verzeihung bitten? ... Niemals."
„Er ist dein Vater und er liebt dich."
„Warum hat er mich dann im Stich gelassen?"
„Er hat es bereut, er hat es bitter bereut. Du musst ihm helfen, Frieden zu schließen. Tu es, Nadjeschda, geh zu ihm, auch deiner Mutter zuliebe." Nadjeschda zuckte zusammen.
„Mein Gott, meine Mutter, wie gerne hätte ich sie kennengelernt. Wie oft habe ich mich nach ihr gesehnt, wie oft habe ich sie im Gebet um Rat gefragt, wie oft hatte ich Verlangen nach ihrer Wärme, ihrer Liebe." Nadjeschda wischte sich durch die feuchten Augen.
„Daniel geht es genauso. Er sehnt sich nach dir, nach Karin, er braucht keinen genetisch verwandten Vater, er braucht eure Liebe." Nachdenklich blickte Nadjeschda zum Regal, sah ihre Mutter, die in diesem Moment genau zu ihr herüber zu lächeln schien.
„Du hast recht, Kathinka und vielleicht ... vielleicht wird es Vater verstehen. Schließlich ist Daniel sein Enkelkind, sein einziges Enkelkind. Er kann uns nicht nochmals im Stich lassen. Ich glaube, er weiß das. Und Karin ..."
„Ihr müsst zusammen zu ihm. Es darf keine Geheimnisse mehr geben. Er muss wissen, dass dies alles kein Teufelswerk ist, sondern, dass ihr euch liebt, dass ihr Daniel gute Eltern seid. Er muss wissen, dass Karin und du, ihr beide, dass auch ihr seine Familie seid."
„Und du, Kathinka ..."
„Ich, mein Kind, für mich ist es zu spät. Irgendwann werden wir uns wiedersehen, deine Mutter und ich. Siehst du die Bilder auf

dem Regal. Siehst du, wie hübsch sie ist, deine Mutter. Weißt du, mein Kind, ich ... ich liebe sie noch immer." Mühsam erhob sie sich und stellte sich vor das mit Bildern gefüllte Regal. „Das ist meine Welt, Nadjeschda. Hier lebe ich und ... und hier werde ich sterben." Zärtlich streichelte sie über ein vergilbtes Bild, auf dem sie Hand in Hand mit Nadjeschdas Mutter zu sehen war, wie sie einst ausgelassen und glücklich durch hohes Gras sprangen. Die Ähnlichkeit zwischen Nadjeschda und ihrer Mutter war wirklich verblüffend. Nadjeschda erhob sich, stellte sich hinter Kathinka und umarmte sie zärtlich. Kathinka ließ ihren Kopf zurück an Nadjeschdas Wange sinken und schloss die Augen. Ein glückliches Lächeln huschte über ihr Gesicht. Für einen Moment fühlte sie sich geborgen in den Armen ihrer einzigen großen Liebe.

Dann raffte sie sich auf, drehte sich um und sah Nadjeschda in die Augen.

„Wann geht dein Flieger nach Deutschland? Du musst dich beeilen." Nadjeschda schaute erschrocken auf das Datum ihrer Uhr.

„Morgen ganz früh. Eigentlich habe ich zwei Tickets. Für Daniel und mich."

„Morgen früh, dann haben wir ja noch etwas Zeit. Du hast mir noch nicht erzählt, was passiert ist, nachdem du vorgestern das Hotel verlassen hast." Sie setzten sich wieder hin, nahmen sich eine weitere Tasse Kaffee und Nadjeschda fing an zu erzählen. Sie wusste, dass sie in Kathinka eine Verbündete gefunden hatte, und so erzählte sie alles, ließ nichts aus. Als sie geendet hatte, lehnte sich Kathinka zurück. Bis dahin hatte sie nach vorne gebeugt jedes Wort in sich eingesaugt.

„Du musst zurück nach Frankfurt und mit Karin reden. So lange bleibst du am besten hier in meiner Wohnung, da bist du sicher vor Evgenij und seinen Schergen. Vermutlich ist er sowieso erst einmal außer Gefecht und wie ich verstanden habe, glaubt Pjotr, dass du auf dem Weg nach Deutschland bist und Daniel endgültig ihm überlässt. So ein Narr, dieser Pjotr. Später kommt ihr gemeinsam und holt euer Kind, euren Daniel aus der Löwengrube." Nadjeschda lächelte. Sie wusste, was Kathinka damit meinte. „Ich gehe in der Zwischenzeit zu deinem Vater, vielleicht … vielleicht hört er ein letztes Mal auf mich. Er muss auf mich hören, sonst …. Es wird schon werden, du wirst sehen." Kathinkas Blick waren jedoch voller Zweifel und Ängste.

Der weitere Tag verging damit, dass Kathinka ein Bilderalbum hervorzauberte und zu jedem einzelnen Bild die lebhaftesten Geschichten erzählte. Wie es schien, lebte sie tatsächlich in der Vergangenheit und sie war glücklich damit. Was Nadjeschda anbelangte, eröffnete sich eine ganz neue Welt, die längst verschlossen schien und nun in den schönsten Farben, Tönen und Gerüchen wieder zum Leben erweckt wurde.

Am nächsten Tag bestellte Kathinka ein Taxi. Sie ließ es sich nicht nehmen, Nadjeschda die fünf Stockwerke nach unten zu begleiten. Schweigend umarmten sie sich.

„Ich komme wieder, das verspreche ich dir, … meine liebe Kathinka." Dann setzte sie sich auf den Rücksitz des Taxis, schloss die Tür und gab dem Taxifahrer Anweisungen, zum Flughafen zu fahren. Kathinka zupfte erneut ihr Taschentuch aus dem Ärmel, wischte sich durch die Augen und schaute ihnen lange hinterher. Das Taxi war längst ihrem Blick entschwunden, aber etwas Neues keimte in ihr auf, das wusste sie.

Österreich, August 2011

In der Nacht wurde Olli von wirren Träumen geschüttelt. Besorgt schlich er früh in den Salon, wo auch Georg mit ernster Miene saß. „Können wir?", fragte Olli kurz. Georg nickte und gemeinsam gingen sie zum Anlegesteg.

„Hier, Olli, nimm den Schlüssel, du weißt ja, wie das geht mit dem Boot. Ich habe hier noch einiges zu erledigen und alleine kannst du ja so lange bei Jelena bleiben, wie du möchtest." Im Grunde wusste Olli, dass Georg eine Abneigung gegen Krankenhäuser hatte. Die kalten Flure, der Geruch von Sterilisationsmittel, manchmal vermischt mit dem menschlicher Ausscheidungen, lösten in ihm Gedanken an den Tod selbst aus, Gedanken, die er versuchte, aus seinem Leben zu verbannen, wohl wissend, dass das solchermaßen Verdrängte doch unausweichlich mit jedem Tag näher an ihn heranrückte.

„Na gut, Georg, wenn du meinst. Soll ich etwas vom Festland mitbringen?"

„Nicht nötig, Olli, vielen Dank, die nächsten Gäste kommen erst in einer Woche und bis dahin haben wir alles. Du kannst dir bei Jelena viel Zeit lassen, grüß sie von mir." Dann verschwand er rasch im Hotel, ohne sich nochmals umzudrehen. Olli sah ihm seltsam berührt hinterher. Wusste er mehr oder ahnte er nur mehr?

Mit einem dumpfen Druckgefühl in Brust und Bauch stieg er in das Hotelboot und setzte zum anderen Ufer des Sees über. Dort nahm er sich ein Taxi und ließ sich zum Krankenhaus fahren. Auf der Station angekommen, wollte er geradewegs in Jelenas Zimmer gehen, wurde aber von der Stationsschwester abgefangen.

„Sie ist nicht mehr da, sie … sie wurde verlegt."

„Verlegt … warum wurde sie verlegt?" Die Stationsschwester zuckte mit den Schultern und wollte sich zum Gehen abwenden.

„Hallo, Schwester, nicht so schnell, sagen Sie mit wenigstens wohin sie verlegt wurde. Geht es … geht es ihr nicht gut?"

„Naja, so einigermaßen … aber … aber hier konnte sie nicht mehr bleiben." Olli atmete etwas erleichtert auf. Wenigstens ging es ihr nicht schlechter.

„Wohin ... wohin, sagten Sie, wurde sie verlegt?"

„Auf die Infekts ..." Krampfhaft biss sie sich auch die Lippen. „Auf die Station M1 im Erdgeschoss ... aber ... da können Sie nicht so leicht hin ... da müssen Sie sich erst anmelden. Also dann, ich habe noch zu tun." Hastig drehte sie sich um und lief ins Stationszimmer. Dann war es wieder still, so still, dass Olli sofort wusste, dass die Stationsschwester eigentlich nichts zu tun hatte. Sie wollte nur keine weiteren Auskünfte geben.

Besorgt ging er zurück zum Aufzug und fuhr vom vierten Stock zurück in das Erdgeschoss, um sich auf die Suche nach der Station M1 zu machen. Es war ein Gebäude, das etwas abgelegen vom Zentralbau stand und fast einer kleinen Villa glich. Auf einer großen Terrasse stand ein verrostetes Krankenbett, das an die Zeit der Tuberkulosekranken erinnerte. Er dachte an Thomas Manns „Zauberberg", den er früher Mal begonnen hatte zu lesen, aber nach den ersten hundert Seiten weggelegt hatte, als er bemerkte, dass seine Gedanken beim Lesen stets abschweiften, er deshalb fast jede Seite zweimal lesen musste und ihm nach fünf Seiten sowieso die Augen zufielen. Einer damals vorsichtigen Schätzung zufolge hätte er somit knapp ein Jahr benötigt, um das Buch zu Ende zu lesen, ohne den Inhalt auch nur entfernt verstanden zu haben. Nur an die seltsamen Liegezeiten des Protagonisten im Liegestuhl seines sonnigen Balkons konnte sich Olli erinnern. Es kam ihm damals so sinnlos vor.

Seine trüben Gedanken steigerten sich mit jedem Schritt, mit dem er sich der Station M1 näherte. Er wollte, von plötzlicher Panik überrollt, sofort umkehren, als er das Schild über der Eingangstür las: *Infektionsstation*.

Die Gedanken an Jelena hielten ihn jedoch fest. Er klingelte und es dauerte einige quälende Minuten, bis sich jemand krächzend durch den kleinen Lautsprecher meldete. Er wartete die Frage nicht ab.

„Ich möchte zu Jelena, ich meine ...Jelena Sukowa." Fast konnte er sich an Jelenas Nachnamen nicht mehr erinnern, da er ja auf der Insel keine Rolle spielte.

„Kleinen Moment ... es kommt gleich jemand." Wieder vergingen quälende Minuten, bis jemand in der Tür erschien, in grüne Krankenhauskluft gekleidet und eine OP-Haube auf dem Kopf tragend. Ein Mundschutz hing zerknittert um den Hals. „Sind Sie ein Verwandter von Frau Sukowa?"

„Nein, ich bin ... ich bin ein Freund. Jelena ... ich meine Frau Sukowa ... sie hat hier keine Verwandten. Kann ich sie sehen?" Die Person, die sich, ohne ihren Namen zu nennen, als der diensthabende Stationsarzt vorstellte, schüttelte den Kopf.

„Im Moment geht das nicht, sie ...wie soll ich sagen, sie ..." Olli zuckte zusammen.

„Geht es ihr nicht gut? Was ist mit ihr? ... Ich bitte Sie ... lassen Sie mich zu ihr." Der Stationsarzt sah in Ollis flehendes Gesicht. „Bitte ... bitte lassen Sie mich zu ihr. Sagen Sie ihr ... Olli ist hier ... das ... das wird ihr helfen ... bestimmt." Der Stationsarzt räusperte sich, offenbar zunehmend unwohl mit seiner Entscheidung.

„Also gut, ich will sehen, was ich machen kann. Bleiben Sie hier, ich komme gleich wieder." Aus dem gleich wurde eine viertel, wurde eine halbe Stunde, in der sich Olli in Gedanken in jede nur mögliche grausame Szene versetzte. Die Tatsache, dass man sie hier auf einer Infektionsstation aufgenommen hatte, versprach nichts Gutes. Erst recht nicht, dass man ihn nicht zu ihr ließ. Das Fieber, der Ausschlag, der sich am Vortag schon bemerkbar gemacht hatte, waren möglicherweise Vorboten einer schlimmen Erkrankung. Olli hockte sich hin. Plötzlich kamen ihm Al, Jule und vor allem Lorenzo in den Sinn. Er dachte an die Gespräche über ihre Aquariumsgruppe, über ihren Glauben. Er wünschte sich auf einmal so sehr, dass er auch glauben könnte, dass da etwas wäre, an das er sich in seiner Einsamkeit, seiner wachsenden Verzweiflung, seiner

Sorge um Jelena klammern konnte. Endlich öffnete sich die Tür und der Stationsarzt trat nach draußen. Dann blickte er Olli ernst an und schüttelte den Kopf.

„Nichts zu machen ... leider ..."

„Hören Sie ..." Olli unterbrach ihn ungeduldig. „Ich sehe auch, dass das eine Infektionsstation ist und ich fasse auch nichts an, versprochen. Ich ... will nur in ihre Nähe ... ich will sie sehen ... ich will ihr sagen ... dass ich die ganze Zeit an sie denke und ..."

„Olli, ich darf Sie doch Olli nennen?" Olli nickte. „Ich kann Sie beruhigen, Frau Sukowa geht es schon besser. Das Fieber ist runter und ... und ich gehe davon aus, dass wir sie bald verlegen können, einverstanden? Aber ... hineinlassen kann ich Sie nicht, haben Sie mich verstanden." Besorgt blickte sich der Stationsarzt um, ob nicht jemand käme, der ungefragt die Station betreten würde und seine Abwehrhaltung in Frage stellen könnte. Olli faltete flehend die Hände.

„Nochmal, vielleicht haben Sie mich nicht verstanden. Ich bin ihr Freund ... ihr bester Freund ... ich liebe sie ... können Sie das verstehen? Ich bitte Sie, lassen sie mich zu ihr." Der Stationsarzt runzelte die Stirn.

„Also gut. Ich sagen Ihnen jetzt etwas, das Sie vielleicht nicht hören wollen, aber ... aber offenbar lassen Sie mir keine Wahl." Olli starrte ihn ungläubig an.

„Frau Sukowa, sie ... sie möchte Sie nicht sehen. Sie möchte niemanden sehen und ... und sie möchte auch keinen Olli sehen. Haben Sie verstanden?" Olli sackte zusammen.

„Sie ... sie möchte mich nicht sehen. Sie ..." Dann raffte er sich wütend auf und wollte sich an dem Stationsarzt vorbeidrängen, der ihn jedoch beherzt festhielt.

„Mann, seien Sie vernünftig. Ich sage Ihnen die Wahrheit. Sie will Sie nicht sehen, verstehen Sie, sie will insbesondere niemanden sehen, der Olli heißt, und jetzt ... jetzt sollten Sie gehen, bevor ich jemanden rufen muss, der Sie zur Polizei mitnimmt." Olli stolperte zurück, er spürte wie die Luft knapp wurde, wie sich sein Hals zusammenschnürte. Er musste weg von diesem Ort, er musste rennen, wegrennen, wohin, war egal, nur weg. Dann hielt er inne, dachte daran, um diese verdammte Villa herumzuschleichen, dachte daran, über den Balkon einzubrechen, das verdammte rostige Bett geradewegs durch die Balkontür zu treten, Jelena zu befreien aus diesem verhassten Bunker. Und wenn der Stationsarzt doch recht hatte? Wenn sie ihn wirklich nicht sehen wollte? Das einzig Beruhigende war, dass es ihr offenbar etwas besser ging, dass sie sich nicht in Lebensgefahr befand, bald wieder auf eine normale Station käme und sicher auch dann bald wieder auf die Insel zurückkommen würde. Vielleicht brauchte sie erst einmal etwas Ruhe.

Aufgewühlt fing er wieder an zu laufen, immer schneller, immer wilder, bis sich ein bohrender Schmerz in seiner Flanke bemerkbar machte und sich langsam aber sicher über seinen ganzen Brustkorb ausbreitete. Aber es war ein guter Schmerz, ein geradezu wohltuender Schmerz, der seinen viel schlimmeren seelischen Schmerz ein Stück weit betäubte.

Erschöpft kam er nach einer halben Stunde am See an. Wieder beschlich ihn der Gedanke, zurückzukehren zum Krankenhaus, um Jelena herauszuholen. Was bildete sich dieser Stationsarzt eigentlich ein, sich so vehement zwischen ihn und Jelena zu stellen, ihm keine Chance zu lassen, seine Überlegenheit als verdammter Halbgott in Weiß oder Grün so selbstsicher und arrogant auszuspielen. Möge er ihm doch hier begegnen, auf offenem, neutralem Terrain. Er würde ihn zurechtrücken, ihm seine dämliche Visage polieren, ihm in die Eier treten. Und doch wusste Olli, dass sich sein Ärger nicht gegen den Stationsarzt richtete, sondern dagegen, mit seinen pochenden Fragen einfach abgewiesen worden zu sein. Er konnte nicht glauben, dass dies Jelenas Wille war, das musste sich doch irgendwie klären können, das war ein Missverständnis, vielleicht gab es noch eine andere Jelena auf Station M1 und der Arzt hatte die falsche Person gefragt.

Verwirrt bestieg er das Hotelboot und brauste mit Vollgas zurück zur Insel. Von Ferne schon sah er Georg am Ufer sitzen. Als er angelegt hatte und Georgs besorgtes Gesicht sah, wusste Olli, dass seine Entscheidung, heute Morgen nicht mitzukommen, einzig daher rührte, dass er sich Sorgen um Jelena gemacht hatte, mit denen er nicht umzugehen wusste.

„Und, wie ... wie geht es ihr."

„Gut, viel besser. Vermutlich kann sie bald wieder entlassen werden." Georgs Gesicht hellte sich auf. Er atmete tief durch, klopfte Olli auf die Schulter und begleitete ihn zum Hotel.

„Ich geh auf mein Zimmer, Georg und ... später hole ich mir etwas zu essen aus der Küche. Mach dir wegen mir keine Umstände." Dann verschwandt Olli in seinem Zimmer. Er wollte nicht mit Georg reden, schon gar nicht darüber, dass er im Krankenhaus abgewiesen worden war, dass man ihm gesagt hatte, dass Jelena ihn nicht sehen wollte.

Auf seinem Zimmer angekommen, blieb er in der Tür stehen, blickte zum Fenster, zum Sessel, zum Bett. Verzweifelt stürzte er sich auf die Matratze und saugte unter der Bettdecke, die er noch vorgestern mit Jelena geteilt hatte, tief die Luft ein. Er wollte sie riechen, wollte bei ihr sein, wollte ihr nah sein. Dann raffte er sich wieder auf, rannte aus dem Hotel, über den Strand, durch das dichte Gestrüpp zum Bootshaus. Erschöpft ließ er sich auf den Holzsteg fallen, dort, wo sie sich zum ersten Mal zaghaft berührt hatten, wo Jelena etwas in ihm entfacht hatte, das er nie wieder löschen wollte.

Ein kalter Wind blies böig vom See her in den Schuppen, sodass die Tür laut klapperte. Doch Olli spürte nichts und hörte nichts. Er schlief ein, erleichtert, sich für einen Moment aus seinen quälenden Gedanken in eine unwirkliche Traumwelt verabschieden zu können. Später hatte ihm jemand im Halbschlaf aufgeholfen, hatte ihn ins Hotel, in sein Zimmer gebracht, ihn zugedeckt und den Zündschlüssel des Hotelbootes auf das zweite Kissen neben seinem Kopf gelegt.

Als Olli am nächsten Tag erwachte, fuhr er blitzartig auf und stürzte zum Fenster. Er hatte von Nadjeschda geträumt, von ihrem Versuch, sich umzubringen. Im Traum sah er wieder das Boot durch das Fernglas, wie es langsam in den Fluten versank. Nur diesmal versank es für immer, unwiederbringlich in dem dunklen kalten See. Rasch zog er sich an, nahm den Schlüssel vom Hausboot und eilte zum Steg. Georg saß dort, das Gesicht in die Hände vergraben. Dann blickte er auf. „Olli, du ... du hast mir gestern nicht die Wahrheit gesagt, ist es nicht so?" Olli schüttelte den Kopf. „Georg, es geht ihr besser, wirklich. Der Stationsarzt hatte es mir gesagt, sie kann bald verlegt werden, nur ..." Georg legte die Stirn in Falten.

„Nur? ... Nur was, Olli?"

„Man hat mich nicht zu ihr gelassen. Sie ...sie wollte mich nicht sehen." Olli blickte starr über das Wasser. Georg stand auf und legte ihm den Arm auf die Schulter.

„Geh zu ihr, Olli, sie liebt dich, das weißt du auch und ... und du liebst sie. Ist es nicht so?" Olli nickte stumm, lächelte Georg kurz an und bestieg rasch das Boot. Innerlich aufgewühlt hielt er auf den Steg am Festland zu, der diesmal bedrohlich schien, wie ein schrecklicher Drachen, der nicht auf ihn zukam, um ihn zu fressen, sondern in dessen Maul er sich gerade selbst stürzte. Er wusste, dass sich heute sein Schicksal entscheiden und ahnte, dass es nicht gut ausgehen würde. Wieder nahm er ein Taxi und fuhr zum Krankenhaus. Diesmal kannte er den Weg zur Station M1, zur Infektionsstation. Seltsam gefasst klingelte er erneut an der Tür. Er wusste, dass er wieder abgewiesen würde. Doch es kam anders. Mit starrer Miene winkte ihm der Stationsarzt hineinzukommen. Gemeinsam gingen sie zum Stationszimmer und der Arzt deutete ihm an, sich zu setzen.

„Kann ich … kann ich zu ihr", stammelte Olli. Der Stationsarzt schüttelte stumm den Kopf.

„Sie ist nicht mehr auf unserer Station. Sie …" Ein vernichtender Schmerz schoss Olli durch die Brust und er beugte sich wie von einer Kugel getroffen nach vorne. Der Stationsarzt fing ihn gerade noch auf, bevor er zu Boden gestürzt wäre. „Nein, nein, es geht ihr gut. Sie ist nicht mehr hier, weil … sie wollte weg … sie ist in ein deutsches Krankenhaus verlegt worden. Sie sagte …" Olli hatte sich wieder aufgerappelt und starrte den Stationsarzt ungläubig an.

„Sie lügen", krächzte Olli. „Sie lügen, verdammt noch mal. Sie haben mich gestern angelogen und jetzt lügen Sie schon wieder." Wütend sprang Olli auf, sodass eine Stationsschwester herbeigesprungen kam und ihn festzuhalten versuchte. „Lassen Sie mich los, Sie … Sie alle lügen … lügen mich an. Lassen Sie mich zu ihr … und zwar jetzt!" Olli wollte zur Tür springen.

„Olli, bleiben Sie hier, … wir haben etwas für Sie, vielleicht glauben Sie uns dann." Stumm streckte der Stationsarzt ihm ein geschlossenes Couvert entgegen.

„Was ist das? Ist das wieder einer Ihrer gemeinen Tricks?" Wütend riss er dem Stationsarzt das Couvert aus der Hand.

„Es ist ein Brief von Frau Sukowa, von Jelena an Sie. Sie gab ihn mir, bevor sie heute früh mit dem Krankenwagen zum Flughafen gefahren wurde." Olli drehte den Brief in seinen vor Wut zittrigen Händen. Auf der Vorderseite stand nur „Für Olli". Die Schrift war etwas wackelig, aber es war eindeutig Jelenas Handschrift. Olli atmete tief durch, dann blickte er den Stationsarzt verzweifelt an.

„Ich … ich muss mich bei Ihnen entschuldigen … ich …es tut mir leid … ich wusste nicht." Olli schüttelte den Kopf, während der Stationsarzt und die Stationsschwester ihn ernst anschauten. „Ich glaube, ich ... ich sollte jetzt lieber gehen." Olli drehte sich um und lief Richtung Ausgang, dann drehte er sich nochmals um. „Vielen Dank ... ich danke Ihnen."

Der eigentlich federleichte Brief lag schwer in seiner Hand. Er wusste, dass dies das endgültige Urteil war, ein Schlussstrich unter sein Leben, warum auch immer. Vielleicht würde er es nie erfahren. Inständig hoffte er, wenigsten auf ein warmes Wort, eine Botschaft, an die er sich klammern könnte, wenn es sein müsste für die nächsten Jahre, bis sich alles aufgeklärt hatte, bis sie wieder zusammenfänden. Doch es kam anders.

Frankfurt, Juni 2020

Karin machte an diesem Tag früher Schluss. Ihr Kopf schmerzte. Der Gedanken an Nadjeschda ließen ihr keine Ruhe. Schon seit Tagen hatte sie nichts mehr von ihr gehört. Das einzige und letzte Mal war dieser kurze Anruf vom Flughafen mit den Worten, dass sie sich keine Sorgen machen sollte. Al und Jule hatten immer wieder versucht, sie zu beruhigen. Nadjeschda kenne sich gut aus, sie wüsste, was zu tun sei und würde sicher bald mit Daniel an der Hand wiederkommen. Trotzdem wuchs Karins schlechtes Gewissen von Tag zu Tag, sich nicht gleich nach Nadjeschdas Verschwinden auf die Suche nach ihr gemacht zu haben. Wieder zu Hause öffnete sie den Briefkasten in der seltsamen Vorstellung, eine positive Nachricht von Nadjeschda darin zu finden.
Sie haben gewonnen!
In rot glänzenden Buchstaben leuchtete ihr eine Anzeige eines bekannten Möbelhauses entgegen. Ärgerlich über diese offensichtliche kommerzielle Anmache oder eher noch über ihre eigene Unentschlossenheit, zerknäulte sie das Papier und warf es in die Mülltonne. Sie hatte nicht gewonnen, sie hatte verloren, das waren

ihre schweren Gedanken, die langsam von Ärger in abgrundtiefe Verzweiflung übergingen, Verzweiflung darüber, Nadjeschda allein gelassen zu haben.

Sie fühlte sich niedergeschlagen, als trüge sie eine tonnenschwere Last auf ihren Schultern und schleppte sich mühsam von einer Stufe zur nächsten. Doch dann blieb sie erschrocken stehen. Ein Stich schoss ihr durch die Brust, als sie über den letzten Treppenabsatz sah. Sie wollte am liebsten gleich davonlaufen, die Polizei holen, einen Krankenwagen, sie wusste es nicht, wollte nur weg. Eine Person lag offenbar bewusstlos vor ihrer Tür. Doch dann schaute sie sich nochmals vorsichtig um. Ein kurzer Schrei erstickte in ihrem Hals.

„Nadjeschda? Mein Gott, Nadjeschda, bist du das?" Mit letzter Kraft stolperte sie nach oben, sank auf die Knie und versuchte die wie tot scheinende Person auf den Rücken zu drehen. Sofort schossen ihr Tränen in die Augen, als sie Nadjeschda erkannte. Entsetzt blickte sie in ein wie lebloses blasses Gesicht und dachte für einen Moment, dass tatsächlich kein Lebenszeichen mehr von ihm ausgehen würde. Doch dann drang ein tiefes Röcheln hervor und die zugequollenen Augenlider zuckten ein wenig. Verzweifelt rieb Karin ihre Hände über Nadjeschdas Gesicht, küsste sie immer wieder auf die eingefallenen Wangen, strich ihr zärtlich durch die zerzausten Haare. Sie lebte, das war das Wichtigste, auch wenn sie bislang nur zaghafte Lebenszeichen von sich gab. Vorsichtig zog sie Nadjeschda auf ihren Schoß und wiegte sie wie ein kleines Kind, das nicht einschlafen konnte. Dabei küsste sie ihr immer wieder auf den Kopf, als könnte sie ihr damit neues Leben einhauchen. Langsam kam Nadjeschda zu sich. Sie blinzelte, aber konnte ihre Augen nicht öffnen, da die Lider miteinander verklebt schienen. Vorsichtig wischte ihr Karin über das Gesicht. Nadjeschda lächelte kaum merklich. Sie war zu Hause, sie war in Karins Armen, dort, wo sie sich die letzten Tage hingesehnt hatte.

„Nadjeschda, meine Nadjeschda, ... mein Gott, du bist wieder da." Karin küsste sie immer wieder sanft auf Mund und Wangen, während ihre Tränen nicht enden wollten. Sie wusste nicht, wie lange sie so gesessen hatten, als Jule und Al erschrocken vor ihnen standen.

„Wir müssen sie reinbringen. Sie braucht dringend etwas zu trinken." Nadjeschda musste vollkommen ausgetrocknet und hungrig sein. Wie konnte Karin nur glauben, dass ihre Liebe und Wärme ausreichen würden und das Einzige wären, wonach Nadjeschda am meisten hungerte. Al half ihnen auf die Beine, ins Wohnzimmer, wo Jule bereits das Sofa für sie vorbereitete. Erst jetzt erkannten sie, in welch erbärmlichem Zustand Nadjeschda sich befand. Niemand wagte zu fragen, wo sie gewesen war, vor allem traute sich keiner, nach Daniel zu fragen. Alle rechneten mit dem Schlimmsten.

Mit erstickter Stimme flüsterte Nadjeschda. „Er lebt ... Karin, er lebt ... aber ..." dann versagte ihre Stimme. Karin streichelte ihr sanft durch die verschwitzten Haare.

„Aber, was ist mit ihm, Nadjeschda,... was ist mit Daniel?" Die Angst vor einer schrecklichen Wahrheit war unerträglich. Als Nadjeschda vor lauter Schluchzen nicht antwortete, beugte sich Karin über sie. Dabei krallte sie ihre Hand verzweifelt in Nadjeschdas Schopf, als könnte sie damit schlimme Nachricht herauswringen. Mit erstickter Stimme flüsterte sie Nadjeschda ins Ohr: „Bitte, Nadjeschda ... was ist mit Daniel, bitte ..." Nadjeschda atmete tief ein und aus. Dann setzte sie sich langsam auf und begann zu erzählen.

„Evgenij Kasparow, ich dachte erst, Daniel wäre bei Evgenij. Aber ..." Al und Jule schauten sich schweigend an. Beruhigend war, dass Daniel offenbar noch lebte. Aber er war in der Hölle angekommen, das wusste Al nur zu gut.

„Er ist nicht bei Evgenij?", platzte Al ungeduldig dazwischen. Nadjeschda schüttelte den Kopf, als könnte sie die eigentliche Wahrheit immer noch nicht glauben.

„Evgenij hat gelogen. Er behauptete, er wäre Daniels Vater, aber in Wirklichkeit ... sein Bruder, Pjotr, der ist Daniels Vater."

„Pjotr?", ertönte es wie aus einer Stimme und alle starrten Nadjeschda ungläubig an.

„Genau, Pjotr. Er ist der Zwillingsbruder von Evgenij. Er sieht ihm zum Verwechseln ähnlich. Und ich dachte die ganzen Jahre, Evgenij sei Daniels Vater."

„Mein Gott, zwei von dieser Sorte, wie viel schlimmer kann es noch kommen ...", murmelte Al. „... und, dieser Pjotr will seinen, ... seinen, wie soll ich sagen ..." er blickte vorsichtig zu Karin. „... also, er will Daniel nicht freigeben, stimmt's?"

Nadjeschda nickte resigniert. Dann erzählte sie die ganze Geschichte. Wie Evgenij sie vergewaltigen wollte und wie in letzter Minute Pjotr dazwischen ging, wie sie Daniel durch eine Spiegelwand sehen konnte und man sie anschließend Richtung Sibirien wieder loswerden wollte. Sie erzählte, wie sie erneut in die Fänge von Evgenij geraten war und wie sie ihm entkommen konnte, weil ihm sein Fahrer versehentlich ins Bein geschossen hatte. Sie erzählte von Kathinka und ihrer traurigen Geschichte. Als sie zu der Stelle kam, an der Kathinka ihr erzählt hatte, dass sie und ihre Mutter sich damals geliebt hatten, blickte sie Karin zärtlich an. Nadjeschda sah nicht nur aus wie ihre Mutter, sie fühlte auch wie ihre Mutter, das wurde ihr jetzt klar. Dann blickte sie wieder ernst in die Runde. Sie erzählte von Evgenijs und Pjotrs todkrankem Vater und dessen Vorstellung, wie sich die ganze Welt um ihn herum verändert hatte. Nadjeschda berichtete von einer traurigen, bedrückenden Welt und alle wussten, dass man sich das Glück weder kaufen und noch durch ein unschuldiges Kind erstehlen konnte. Wie sie von Kathinka aus wieder in Frankfurt angekommen war, wusste sie nicht. Da gab es einen Filmriss. Aber jetzt war sie ja hier, das war das Wichtigste.

„Verdammt, wir müssen ihn da rausholen." Al sah die Bilder von damals vor sich, wie ihn Evgenij in seinem Club vorgeführt hatte und wie er nur durch Jelenas Hilfe hatte entkommen können. „Dieser Pjotr, der kann doch nicht in unser Leben spazieren und sich Daniel einfach so unter den Nagel reißen. ... Diese Schweine!"
„Er wird ihn nicht gehen lassen. Er sieht sich als seinen rechtmäßigen Vater und außerdem ..." Nadjeschda schaute sorgenvoll zu Karin. „... außerdem wird er nie akzeptieren, dass sein Sohn bei zwei Frauen aufwächst."
„Und diese Maria?", wandte Karin ein. „Die spielt einfach so mit. Tut so, als sei es ihr Kind, nur weil sie selbst keine Kinder bekommen kann. Verdammte Schlampe." Karin schnaufte und tat so, als sei sie ärgerlich, dabei war sie im Inneren ängstlich und besorgt um Daniel.
„Maria ist nicht so, wie du denkst. Zumindest hatte ich das Gefühl. Als mir Pjotr unentwegt seine Moralpredigten hielt und auf meinen Gefühlen herumtrampelte, da ist sie weinend rausgelaufen. Ich glaube, ihr ist das alles nicht recht. Ich glaube, sie ist eine gute Frau."
„Und dann lässt sie alles geschehen, das kann man doch nicht gut heißen", fauchte Karin.
„Das nicht, aber ... ich glaube, sie hat keine Wahl. Sie bekommt keine Kinder und vermutlich glaubt Pjotr, dass es an ihr läge. Zumindest hatte er ja bereits ein Kind gezeugt und jetzt ... jetzt tut sie alles, um ihn nicht zu verlieren. Sie ist vermutlich ein ganz armes Ding."
„Vielleicht kommen wir ja an sie heran und sie könnte ..."
„Pjotr überreden? Niemals. Der ist Stur wie ein Bock. Vermutlich muss man ihm eher eine Kugel in den Kopf jagen, bevor er es sich anders überlegt." Karin riss die Augen auf.
„Nadjeschda, was redest du da? Daniel ist unser Kind. Er gehört zu uns, hierher verdammt noch mal."

„Ich werde ihn abholen." Eine zarte Stimme meldete sich aus der hinteren Ecke des Zimmers. Valerie hatte alles mitgehört. Alle drehten sich erschrocken zu ihr um. Jule, die bisher noch keinen Ton gesagt hatte, sprang zu ihr und nahm sie in die Arme.

„Wir werden ihn gemeinsam abholen, einverstanden?"

„Das geht auf keinen Fall", fuhr Karin aufgeregt dazwischen. „Jule, du weißt, was los war. Die werden dich wieder einlochen in dieses verdammte Institut, in Sibirien oder sonst wo. Und du, Al, wenn dich Evgenij nochmal in die Finger bekommt, dann ist niemand da, der dich wieder aus der Scheiße zieht. Ich gehe hin, zusammen mit Nadjeschda. Wir sind Daniels Eltern und wir holen ihn da raus." Al und Jule wollten scharf protestieren. Aber Karin und Nadjeschda waren sich einig und ließen keine Widerrede zu.

„Vielleicht kann uns mein Vater helfen", ergänzte Nadjeschda. Aber so richtig konnte sie nicht daran glauben und alle wussten es im selben Moment. Karin versuchte, etwas zu sagen und räusperte sich aufgeregt.

„Außerdem müsst ihr auf Valerie aufpassen. Und du, Valerie ..." Karin beugte sich zu Valerie und streichelte ihr über den Kopf „du musst noch Geige üben. Was soll Daniel sagen, wenn er zurück kommt und du kannst deinen Teil nicht richtig spielen?"

„Kann er denn üben, dort wo er jetzt ist?" Valeries Augen wanderten ziellos durch den Raum. Aber es sah so aus, als könnte sie ihn sehen, ihren Daniel. Nadjeschda seufzte.

„Sie haben ihm eine Geige geschenkt. Ich glaube, eine richtig teure, aber ..."

„Spielt er denn nicht?", wollte Valerie gleich wissen.

„Naja, nicht so richtig. Er ... er zupft meistens nur."

„Das macht er immer, wenn er traurig ist." Valerie sprach das aus, was alle anderen sich nicht trauten zu denken. Die ausgesprochene Wahrheit und die damit verbundene Ungewissheit waren für alle nur schwer zu ertragen. Sich sinnlos abzulenken kam nicht in Frage, kam er doch einer Gleichgültigkeit, einem Verrat gleich. Aktivismus war die einzige Lösung, zumindest für den eigenen Seelenfrieden, der und das spürten alle, nur mit Daniels Rückkehr wieder zu finden wäre.

Nadjeschda und Karin machten sich noch am selben Abend daran, einen Flug nach Moskau zu buchen, mussten aber frustriert feststellen, dass sie erst in drei Wochen fliegen konnten.

„Dann nehmen wir den Zug oder fahren mit dem Auto", fluchte Karin trotzig. Aber auch das war nicht möglich. Züge fuhren kaum noch, da sie wiederholt das Ziel von Extremisten gewesen waren. Auch die Straßen waren nicht mehr sicher. Somit hieß es nur noch warten.

Es waren quälende drei Wochen, die nicht enden wollten. Jeder versuchte, seine Gedanken in eine andere Richtung zu lenken. Niemand nahm das Wort Daniel in den Mund. Nur Valerie sah das anders. Immer wieder kam sie mit ihrer Geige und wollte allen vorspielen, besonders ihrem Daniel. Wenn sie den Bogen über die Saiten strich, dann war Daniel nahe bei ihr. Sie hörte seine Klänge, wie sie sich perfekt an ihre schmiegten, mit ihnen tanzten. In diesen Momenten erschien die Welt vor ihren inneren Augen hell und farbig. Valerie wusste, dass Daniel wiederkommen würde. Es schien, als wäre sie die Einzige, die keinen Zweifel an seiner Rückkehr hatte. Diese Hoffnung spiegelte sich so stark in ihr wider, dass in den letzten Tagen alle immer wieder zusammensaßen, nur um Valeries lieblichem Geigenspiel zu lauschen. Niemand wollte reden, selbst in der Aquariumsgruppe wollte niemand das Wort ergreifen. Zu schwer lastete die Sorge um Daniel auf ihnen. Es waren nur Valeries Klänge, die tief im Inneren eines jedem die Hoffnung nicht sterben ließ.

Österreich, August 2011

Olli nahm wieder ein Taxi zum See. Mit feuchten Händen hielt er Jelenas Brief. Er traute sich nicht, ihn zu öffnen, suchte nach einem geeigneten Platz, nach einem Ort, an dem er sich auch vorstellen konnte, jetzt und hier zu sterben, in den letzten Augenblick seines Lebens von der Hoffnung beseelt, dass das Leben trotz allem weiterging. Er setzt sich auf eine Bank am See und öffnete mit zittrigen Fingern den Umschlag. Was er las, zog ihm den Boden unter den Füßen weg.

Ich will dich nie wieder sehen, du Schwein! Jelena

Langsam ließ er den Brief zu Boden fallen. Es war, als sei er in diesem Moment enthauptet worden. Als hätten sich Kopf und Seele von seinem Körper getrennt. Es war ein seltsam kühles Gefühl, das Ende einer langen quälenden Ungewissheit. Er fühlte sich taub und leer wie ein toter Baumstumpf, der im Wald vermoderte, um von Termiten und Ameisen gefressen zu werden. Nicht etwa um zu verschwinden, sondern um eins zu werden mit dem, von wo er möglicherweise hergekommen war, einer undefinierbaren Ursuppe, einer gleichgültig dahinwabernden Masse, aus der alles entstanden war und in der alles vielleicht wieder enden würde. Er hatte den Sinn seines Lebens verloren, die Konturen seines Daseins hatten sich aufgelöst. Fast hätte man meinen können, dass es ein schönes Gefühl gewesen sei, da das Substanzlose auch jeder Eigenschaft entbehrte, an der sich das Böse, das Gemeine hätte reiben können. Es war ein Triumph des Indifferenten über alles, das nach einer Erklärung suchte, wo es keine Erklärung gab.

Er wusste nicht, wie lange er auf der Bank gesessen hatte. Es dämmerte schon und ein leichter Nieselregen durchnässte wohl schon längere Zeit seine Kleider. Der Brief von Jelena lag auf dem Boden, die Tinte hatte sich im Regen nahezu komplett aufgelöst. Vorsichtig hob er das Papier auf und las nochmals die Worte: *Ich will dich nie wieder sehen, du Schwein! Jelena.* Die Worte waren kaum lesbar, hastig dahingekritzelt und doch so ohne Zweifel aus Jelenas Hand stammend. Sorgfältig faltete er den Zettel zusammen. Auch wenn die Worte nichts anderes als vernichtend waren, so waren es doch die letzten Worte von Jelena. Zögerlich drückte er den Brief an sich, einen Brief, auf dem nichts anderes als sein Todesurteil zu lesen war und der ihn plötzlich doch so eigentümlich anzusprechen versuchte, als ob er ihm das Gegenteil von dem sagen wollte, was eigentlich zu lesen war, ihn auf einmal seltsam beruhigte. Es war der wärmende Gedanke an eine Woche, die sein Leben vollkommen verändert und auf den Kopf gestellt hatte.

Trotzig stand er auf, holte tief Luft und wusste plötzlich, was zu tun war. Er würde warten. Er würde geduldig auf Jelena warten. Dann bestieg er das Hotelboot und fuhr zurück auf die Insel. Es war schon fast dunkel, als er die Insel erreichte. Georg saß auf dem Steg auf einer hölzernen Bank und sah besorgt dem näher kommenden Hotelboot entgegen. Olli sprang aus dem Boot. Georg stand mühsam auf und kam ihm gebeugt entgegen. Olli schlich zunächst schweigend an ihm vorbei. Doch dann tat Georg ihm leid. Insbesondere als er merkte, wie Georg in sich zusammen fiel, wie er in die Knie ging und sich mühsam an einem Pfosten festhielt, um nicht gleich ins Wasser zu fallen. Olli drehte sich eschrocken um, trat an ihn heran und klopfte ihm auf die Schulter. „Es geht ihr gut, Georg, es geht ihr gut, das ist die Hauptsache und ... und irgendwann wird sie wiederkommen. Irgendwann sehen wir uns wieder und ... und dann wird alles gut."

Am nächsten Tag kam Stern wieder auf die Insel. Seine erste Frage galt natürlich Jelena. Olli berichtete ihm, dass sie krank sei, allerdings schon wieder auf dem Wege der Besserung. Was genau vorgefallen war, sagte er nicht, er wusste es ja selbst nicht. Auf jeden Fall würde Jelena für längere Zeit ausfallen und damit brauchten sie eine weitere Arbeitskraft im Hotel. Olli hatte sich fest vorgenommen, seiner Arbeit weiter nachzugehen, so gut er konnte. Aber allein würde er es nicht schaffen. Stern war natürlich einverstanden. Stern wollte nochmals nachfragen, da ihm ja die Beziehung zwischen Olli und Jelena nicht verborgen geblieben war. Er merkte jedoch, dass Olli auf seine zögerlichen Fragen nur ausweichend reagierte.

„Olli, wenn ich Ihnen helfen kann, wenn Sie ... naja ... vielleicht eine Art väterlichen Rat brauchen, dann ... dann können Sie sich auf mich verlassen, einverstanden?" Olli nickte und lächelte gequält. Dann begab er sich wieder zu seiner Arbeit. Nein, er machte seine Arbeit nicht wie gewohnt, er stürzte sich regelrecht hinein, versuchte sich abzulenken, indem er früh aufstand, vor allen anderen, indem er rastlos nach Tätigkeiten suchte, auch solchen, die ihn normalerweise nicht betrafen. Er gönnte sich keine Pause und hetzte wie ein getriebenes Tier durch den Tag, um spät abends möglichst betäubt ins Bett zu fallen. Der Gedanke an den Abschied von Jelena war schlimm. Er versuchte, ihn abzutöten, indem er niemals stillsaß, indem er nicht zwei Teller nahm, sondern nur einen, um dann rasch wieder in die Küche zu eilen, um den zweiten zu holen. Er sehnte den abendlichen Schmerz in den Gliedern, im Rücken und in den Füßen herbei, indem er sich bis zur Erschöpfung quälte, einer Erschöpfung, für die er dankbar war, die ihm wenigstens für ein paar Stunden einen trostlosen, aber doch wenigstens bewusstlosen Schlaf ermöglichte.

Als die Gäste nach einer Woche wieder abgezogen waren, suchten alle nach etwas Erholung. Für Olli war es eine Qual. Seine Gedanken an Jelena drohten unbarmherzig hochzukochen, ihn zu martern, ihm den Verstand zu rauben. Und das Schlimmste war, je mehr er versuchte, die Gedanken an Jelena beiseite zu schieben, desto mehr quälte ihn eine schreckliche Leere, desto tiefer schien das Loch, der Höllenschlund, in den er fallen würde.

„Du musst nochmals mit den Ärzten sprechen, Olli." Auch Stern blieb Ollis Rastlosigkeit, gepaart mit einer unendlichen Melancholie, nicht verborgen. Auch er konnte sich ausrechnen, dass es nicht nur Jelenas Krankheit war, die Olli in diese desolate Verfassung hineingezogen hatte, sondern dass etwas Kostbares verloren gegangen. Olli war auf einmal in seiner ganzen Persönlichkeit gebrochen. Sein Zustand trieb unweigerlich in eine schier aussichtslose Lage.

„Olli, ich bitte Sie. Nehmen Sie das Hausboot, sprechen Sie mit den Ärzten. Sie müssen wissen, was los ist. Warum Jelena Sie nicht ..." Stern kniff den Mund zusammen.

„Woher ... woher wissen Sie?" Olli blickte Stern müde und zugleich verunsichert an.

„Nun, Georg erzählte mir, dass es Jelena wohl in den letzten Tagen besser ging, dass sie ... dass sie nicht mit Ihnen sprechen wollte, dass sie Sie abgewiesen hatte. Ist es nicht so?" Olli nickte stumm. Er ärgerte sich kurz über Georgs Schwatzhaftigkeit, war aber dann doch dankbar, Stern als Vertrauensperson gewonnen zu haben. Zaghaft nahm er den Zündschlüssel des Hausboots in die Hand, drehte sich noch einmal um und ging langsam zum Hotelboot. Die Überfahrt kam ihm länger vor als sonst. Stern hatte recht, er musste einfach mehr wissen. Warum hatte ihn Jelena derart heftig abgewiesen? Was hatte er ihr angetan, von dem er bisher nichts wusste? Vielleicht war es ja gerade die Unsicherheit, die vielen Fragen, die ihn am meisten quälten.

Später stand er erneut vor der Infektionsstation und klingelte. Der Stationsarzt von damals war nicht da. Olli wollte schon wieder gehen, da rief ihm die Schwester nochmals hinterher. „Brunnengrundstraße 14, ist nicht weit, Sie können dort hinlaufen. Ach ja, und .... ich weiß, er ist zu Hause und ... er sagte mir, dass er eigentlich nochmals mit Ihnen sprechen müsste, weil ... naja, das wird er Ihnen lieber selber sagen." Hastig drehte sich die Stationsschwester um und zog krachend die Tür zur Station M1 hinter sich zu. Olli zog die Augenbrauen hoch, etwas erleichtert zwar, aber auch beunruhigt über das, was noch alles über ihn hineinzubrechen drohte.

Die Brunnengrundstraße war leicht zu finden. Es war eine kleine mit Kopfstein gepflasterte Straße, gesäumt von sorgsam hergerichteten Häuschen, die an kleine Hexenhäuser erinnerten. Die Vorgärten waren ordentlich, fast zu ordentlich, dekoriert mit halb verrotteten alten Schubkarren und den obligatorischen Vorgartenzwergen. Die Wolken hatten sich verzogen, so dass einige der Anwohner damit beschäftigt waren, jedes einzelne Blatt, das sich ohne ihre Erlaubnis in ihrem kleinen Garten niedergelassen hatte, feinsäuberlich zu entfernen.

Al erkannte den Stationsarzt, der unverkennbar eifrig bemüht war, es seinen Nachbarn gleichzutun. Als er Olli sah, schreckte er zusammen und tat zunächst so, als habe er ihn nicht gesehen. Olli ließ sich nicht beirren und stellte sich an seinen Zaun.

„Grüß Gott, Herr Doktor." Olli suchte nach einer Formel, mit der er das Vertrauen seines Gegenübers gewinnen konnte. Das klang jedoch so gestelzt, dass er offenbar das Gegenteil bewirkt hatte. Der Doktor, sein Name war Kießling, Alfons Kießling, dem kunstvoll dekorierten Schild am Gartentürchen zufolge, zog genervt die Augenbrauen hoch.

„Ja bitte, Sie wünschen? Kennen wir uns?", log er ihn an, vermutlich in der Hoffnung, ihn gleich wieder loszuwerden.

„Mein Name ist Olli, vielleicht entsinnen Sie sich? Sie hatten eine Patientin Namens Jelena, Jelena Sukowa auf Station. Ich bin ..." Olli stutzte, ließ dann jedoch aus sich heraus, was er einmal war und immer noch sehnte zu sein. „... ich bin Jelenas Freund. Und ... vielleicht haben Sie ein paar Minuten für ein, zwei Fragen?" Kießling legte seine kleine Handharke zur Seite und stutzte.

„Viel Zeit habe ich nicht. Und viel sagen kann ich Ihnen auch nicht. Sie wissen ja, Arztgeheimnis."

„Darf ich?" Olli nahm die Klinke der kleinen Gartentür in die Hand und schritt auf dem schmalen Weg hindurch zur Haustür. Die Kieselsteine waren so ordentlich auf dem Weg verteilt, dass man meinen könnte, Kießling wäre regelmäßig damit beschäftigt, diese, Nomen est Omen, täglich einzeln in die richtige Reihenfolge zu legen.

„Ich würde Sie ja gerne hinein ins Haus bitten, aber meine Frau sie ... sie ist krank und liegt im Bett." Im nächsten Moment kam Frau Kießling aus der Tür gesprungen.

„Alfons, kommst du zum Essen, den Wein habe ich auch schon geöffnet und ... oh, du hast Besuch." Sichtlich verärgert drehte sich Kießling zu seiner Frau um.

„Hildegard, du solltest doch ..." Weiter kam Kießling nicht, da seine Frau auf Olli zuschoss und ihm die Hand entgegenstreckte.

„Sehr angenehm. Sie sind sicher ein Kollege meines Mannes." Kießling verdrehte die Augen. „Hildegard, vielleicht könntest du ..." Frau Kießling lächelte Olli, offenbar entzückt, zu und unterbrach erneut den Versuch ihres Mannes, die peinliche Situation irgendwie zu beenden.

„Vielleicht darf ich unserem Gast auch ein Gläschen Wein anbieten?" Kießling zog ein verärgertes Gesicht, als sein Frau Olli bat, ins Haus zu kommen. Kießling eilte ihnen hinterher. Frau Kießling dreht sich nochmals zu ihm um. „Vergiss nicht, Schatz, deine Schuhe auszuziehen und die Hände zu waschen. Ich habe gerade eben das ganze Wohnzimmer gesaugt."

Später, nach den üblichen Begrüßungsfloskeln, konnte Kießling seine Frau dazu überreden, sie auf ein Gespräch alleine zu lassen.

„Sehr angenehm, Ihre Frau, und ... so krank kam sie mit jetzt gar nicht vor." Olli lächelte zweideutig aber gerade noch so dezent, dass Kießling nicht vollends sein Gesicht verlor. Unwirsch raunzte er Olli an: „Also, was wollen Sie?"

„Ich möchte wissen, warum ... warum ich nicht mit Jelena sprechen durfte. Oder anders gefragt, warum Jelena nicht mit mir sprechen wollte." Kießling zog offenbar angewidert die Mundwinkel nach unten und kniff die Augen zusammen.

„Wundert Sie das wirklich, Olli? Ich darf Sie doch Olli nennen. Ich gehe davon aus, dass Sie alle nur Olli nennen." Olli ging auf diese seltsame Anspielung nicht ein und fragte weiter.

„Ich verstehe nicht, was Sie meinen." Kießling lächelte abschätzig.

„Kommen Sie Olli, erzählen Sie mir keinen Blödsinn. Sie wissen doch ganz genau, was Sache ist. Wie können Sie nur entfernt annehmen, dass Jelena, ich meine Frau Sukowa, mit Ihnen noch etwas zu tun haben will, nachdem was Sie Ihr angetan haben." Olli stutzte und kratzte sich unsicher an der Stirn.

„Was ich ihr angetan habe? Wie meinen Sie das? Was soll ich ihr angetan haben?" Kießling räusperte sich.

„Also gut, auch wenn es mein Arztgeheimnis verletzt, aber ich kann nicht verantworten, dass noch mehr Unheil passiert, dass ... dass Sie, Olli, noch mehr Unheil anrichten, dass Sie ..."

„Unheil, wie meinen Sie das, was für ein Unheil soll ich angerichtet haben. Ich ... ich liebe Jelena ... ich ..."

„Mein Gott, so nennt ihr das also, Liebe? Nicht zu fassen. Olli, nur weil Sie Jelena gevögelt haben, bedeutet das noch lang keine Liebe." Olli kniff die Augen zusammen.

„Ich glaube, das geht Sie nichts an ..."

„Oh doch geht mich das etwas an. Sie haben ihr Leben zerstört, wissen Sie das. Ja genau, hören Sie gut zu, Sie ..."

„... Sie Schwein, ... ist es das, was Sie sagen wollen?"

„Nun, wenn Sie das so sehen, besteht vielleicht noch ein bisschen Einsicht. Sie mit Ihrem Schwulenclub, bleiben Sie doch

verdammt nochmal unter sich und stecken Sie nicht wehrlose Frauen an. Haben Sie verstanden?" Kießlings Stimme wurde immer lauter, immer härter. „Sie haben dieser wunderhübschen Frau das Leben ruiniert, Sie mit Ihrer Schwulenseuche. Und jetzt ..." Kießling sprang auf und deutete in Richtung Tür.
„Schwulenseuche? Woher wissen Sie, dass ..." Kießling lachte. „Mein Gott, das weiß doch der ganze Ort, dass Sie schwul sind und dann kommen sie hierher und ..."
„Und?"
„Und infizieren alle mit AIDS. Und jetzt sehen Sie zu, dass Sie das Weite suchen und lassen sich nie wieder hier blicken. Haben Sie verstanden?" Kießling hatte sich so in Rage geredet, dass sein Kopf rot angeschwollen war und die Augen aus ihrer Höhle zu springen drohten. Olli blickte stumm zu Decke, dann drehte er sich zum Gehen. Im Hinausgehen kam Frau Kießling die Wendeltreppe herunter. Sie war inzwischen im ersten Stock mit dem Staubsauger beschäftigt gewesen, sodass sie von der Unterhaltung nichts mitbekommen hatte. Eilig ging sie auf Olli zu.
„Sie wollen doch nicht schon gehen. Sie können gerne noch zum Essen bleiben. Nicht wahr, Alfons?" Alfons blickte erneut verärgert zu seiner Frau.
„Nein, der Herr möchte jetzt gehen."
„Ihr Mann hat recht. Ich würde mich gerne verabschieden und ... vielen Dank für Ihre netten Worte, Frau Kießling." Vorsichtig streckte er ihr zum Abschied seine Hand entgegen.
„Fassen Sie meine Frau nicht an!", brüllte Kießling, sodass seine Frau erschrocken zurückfuhr. Olli nickte kurz, schenkte Frau Kießling ein kleines, aber vielsagendes Lächeln und ging schweigend auf die Straße.
„Man sollte Sie anzeigen, Sie Schwein!" rief ihm Kießling noch hinterher. Olli ließ es über sich ergehen. Seine aufgewühlten

Gedanken waren schon weit entfernt, weg von Kießling und seiner spießbürgerlichen Gesellschaft.

Das war es also, dachte Olli, immer noch erschrocken, von dem, was sich da gerade abgespielt hatte. HIV, die Schwulenseuche, wie sich Kießling ausgedrückt hatte. Wie viele seiner früheren Freunde sind an AIDS jämmerlich eingegangen. Sie sind erstickt an der PCP, wurden entstellt vom Wasting-Syndrom oder von Kaposi-Sarkomen oder hatten so schlimme Durchfälle, bis sie darunter zu Tode austrockneten. Andere wurden blind oder verblödeten an einer seltsamen Hirnerkrankung. Aber das alles war bis vor etwa zehn Jahren. Heute ging es allen deutlich besser. Auch wenn es noch keine Heilung gab, dann hatte doch die Krankheit AIDS ihren schlimmsten Schrecken verloren.

Olli schoss es durch den Kopf. Was hatte Kießling gesagt? Jelena hatte AIDS und er, Olli, hatte sie angesteckt. Er ließ sich auf eine Parkbank fallen und vergrub sein Gesicht in seinen plötzlich wie Espenlaub zitternden Händen. Jetzt wurde im einiges klar. Er hatte Jelena angesteckt. Er hatte sie mit HIV infiziert. Nur, dass er von seiner eigenen Krankheit bislang nichts wusste.

„Wenn ich gewusst hätte, wenn, wenn, wenn ...", murmelte Olli in seine feuchten Hände. Es war zu spät. Und, dass Jelena somit nichts mehr von ihm wissen wollte, das war gut nachvollziehbar. „Du Schwein ..." Olli zog den Brief aus der Tasche auf dem Jelenas letzte Worte standen. „Du Schwein ...", murmelte er erneut vor sich hin. „Mein Gott, was habe ich ihr angetan? Wie konnte ich so naiv, so gedankenlos gewesen sein? Wieso habe ich keinen HIV-Test gemacht bevor wir beide ... es war so unglaublich schön und jetzt ... verdammt?"

Er versuchte, sich auf seine Erinnerungen an frühere Tage zu konzentrieren, lange bevor er Jelena kennengelernt hatte. Was waren doch alle damals so naiv, so unbelastet, als man noch nichts von HIV gewusst hatte. Jeder mit jedem, das war die Devise und alle wollten mit ihm, mit dem knackigsten Arsch im ganzen Club, wie er häufig genannt wurde. Sicher wurde ihm das irgendwann zu viel und er versuchte, sich dem Treiben möglichst fernzuhalten. Ganz ist ihm das jedoch nicht gelungen und jetzt, wo alles anders werden sollte, da holte ihn die Vergangenheit so hinterhältig, so unbarmherzig ein.

Ihm wurde plötzlich klar, dass er nach Deutschland musste. Er wollte Jelena sehen, wollte sie um Verzeihung bitten, ihr erklären, dass er bis heute nichts von seiner HIV Infektion wusste, auch wenn sie ihm das, ihrem letzten Brief nach zu urteilen, nicht abnehmen würde. Aber er musste es versuchen, das war er ihr schuldig.

Noch am selben Abend erzählte er Stern von seinem Vorhaben, nach Deutschland zu fahren, um mit Jelena zu reden. Von seiner HIV-Infektion sagte er nichts. Stern blickte ihn hoffungsvoll an.

„Die nächsten Gäste kommen erst in zwei Wochen. Also Olli, lassen Sie sich Zeit. Reden Sie mit Jelena. Es wird sich sicher alles klären lassen." Aufmunternd klopfte er Olli auf die Schultern und Olli spürte seine Hand wie eine große Last, wie die Manifestation seines schlechten Gewissens, Stern nicht die ganze Wahrheit gesagt zu haben. Irgendwann würde er es erfahren und dann würde die Enttäuschung umso größer sein. Dann würde er ihn vor die Tür setzen. Ja, dann müsste er ihn sogar vor die Tür setzten, um nicht in dieser kleinbürgerlichen Gesellschaft, die das Inselhotel umgab, seinen Ruf und damit auch seine Zukunft zu ruinieren. Aber Olli war noch nicht reif dazu. Erst musste er mit Jelena sprechen und dann ... wie es dann weitergehen würde, wusste er nicht.

Frankfurt - Dedovsk, Juli 2020

Valerie ließ sich nicht beruhigen. Sie wollte auf jeden Fall mit zum Flughafen, um Nadjeschda und Karin zu verabschieden. Valerie war es dann auch, die sie mit einem freudigen Gesicht verabschiedete, auch wenn allen anderen zum Heulen zu Mute war.

„Sag Daniel, dass ich den Bach geübt habe. Und er soll unbedingt auch üben. Versprichst du mir das, Karin?"

„Ich verspreche es hoch und heilig." Valerie küsste Karin auf die Wange. „Soll ich den Kuss an Daniel weitergeben?", flüsterte Karin ihr ins Ohr. Ein zaghafter roter Schimmer huschte über Valeries Gesicht.

„Vielleicht, aber nur wenn er auch gut geübt hat." Zärtlich drückte sie Karin einen zweiten Kuss auf die Wange. Karin erhob sich und alle umarmten sich schweigend. Mit einem letzten Winken wandten sich Nadjeschda und Karin um und gingen mit weichen Knien in Richtung der Sicherheitskontrollen.

„Und wenn ihr da seid, ruft sofort an!", rief ihnen Al in letzter Minute noch hinterher. Karin drehte sich nochmals um.

„Wir telefonieren jeden Tag, versprochen." Dann verschwanden sie hinter der Absperrung.

Der Flug verlief ruhig und keiner wusste etwas zu sagen. Sie waren sich einig, zuerst bei Kathinka vorbeizuschauen. Kathinka hatte darauf bestanden, dass sie bei ihr wohnten. Auch wenn das Sofa etwas eng für zwei war. Das Bett im Schlafzimmer war noch schmaler. Am Flughafen nahmen sie ein Taxi in Richtung Dedovsk. Karin spürte Nadjeschdas Angst. An jeder Ecke meinte sie Evgenij zu sehen.

„Gut, dass du da bist, Karin. Ich bin gespannt, was du zu Kathinka sagst." Vor dem ehrwürdigen etwas heruntergekommenen Gründerzeithaus stiegen sie aus, reichten dem Taxifahrer das Geld durch das Beifahrerfenster und nahmen ihre zwei kleinen Koffer aus dem Kofferraum. Sie klingelten und es dauerte lange, bis der erwartete Summton erklang, der das Öffnen der Tür signalisierte. Sorgenvoll stiegen sie die Treppen hoch bis vor Kathinkas Wohnung. Die Tür stand offen.

„Ihr könnt hereinkommen. Ich bin im Wohnzimmer", war von einer zerbrechlichen Stimme zu hören. Kathinka saß am Tisch und hielt sich ein feuchtes Tuch vors Gesicht.

„Kathinka, was ist passiert?" Nadjeschda ließ den Koffer fallen und stürzte zu ihr.

„Nichts weiter, nur eine Schramme." Es war keine Schramm. Vielmehr war es um ihr rechtes Auge stark geschwollen und blau bis lila verfärbt.

„Was ist passiert? Wer war das?"

„Das erzähle ich dir später, mein Kind. Jetzt muss ich erst einmal Karin begrüßen. ... Also du bist Karin. Ich habe viel von dir gehört. Kommt, setzt euch, ich habe gekocht und eine Flasche Wein besorgt." Schweigend nahmen sie Platz und während Kathinka auftischte, Kartoffeln, Bohnen und Hackfleisch, hatten sie nur eine Frage, nämlich was mit Kathinka geschehen war.

„War es Vater?" Kathinka nickte schweigend. „Verdammt ist er immer noch ..."

„Er hat sich nicht verändert. Verbittert, voller Hass und als er mich sah ... er wollte mich erst gar nicht reinlassen. Als ich ihn auf seinen Enkel ansprach, zog er die Stirn hoch, als wüsste er von keinem Enkel. Was er dann sagte ... naja, es war nicht gerade freundlich." Kathinka überlegte eine Weile, was sie noch preisgeben sollte. Nadjeschda würde es nicht helfen, aber es war vielleicht besser, wenn sie trotzdem die ganze Wahrheit erfahren würde. Sie holte tief Luft. „Soll sie doch kommen, hat er gesagt, mit ihrem .... mit ihrem kleinen Bastard. Er brüllte mich an, wie ich es noch nie erlebt habe, und ich ... ich blieb erst einmal stehen und schaute ihn nur an. Vielleicht hätte ich lieber gleich gehen sollen, aber ich blieb einfach stehen. Dann ballte er plötzlich die Faust ... naja, und das Ergebnis seht ihr ja. Jemand hat mir aufgeholfen. Und dann bin ich wieder zu meiner Wohnung gelaufen."

„Mensch, Kathinka, und das nur wegen mir."

„Und wegen Daniel. Ich fürchte nur, dein Vater wird uns wenig behilflich sein."
„Ich gehe zu ihm, ich werde ..."
„Wenn du es ihm so zurückzahlen willst ..." Mit zittriger Hand deutete sie auf ihr blaues Auge, „...dann machst du es nur noch schlimmer."
„Wir müssen mit ihm reden", schaltete sich Karin ein. „Es kann ihm doch nicht gleichgültig sein, was da mit seinem Enkelkind geschieht."
„Vielleicht hast du recht." Kathinka nickte Karin zu.
„Ihr müsst es versuchen. Er hat immer noch großen Einfluss. Das wissen auch die Kasparows."
Der Abend verlief in ernster Stimmung überwiegend schweigend. Sie wussten, dass am nächsten Tag viel auf dem Spiel stand. Es hatte zu regnen angefangen. Es war ein warmer Regen, der sich rasch in schwülen Dampf auflöste. Später am Abend erwachte Nadjeschda aus ihrer Starre.
„Sollen wir ihn anrufen?" Kathinka schüttelte den Kopf.
„Ich bin sicher, er erwartet euch."
„Weiß er, dass ich mitkomme?", wollte Karin noch wissen.
„Zumindest habe ich ihm das gesagt. Ob er es verstanden hat ... ich weiß es nicht."
„Egal, keine Geheimnisse, hast du mir doch gesagt." Kathinka nickte auf Nadjeschdas mutigen Vorstoß hin.
Die Nacht konnte keiner richtig schlafen. Obwohl die Luft schwülwarm im Zimmer stand, drückten sich Karin und Nadjeschda aneinander. In der Ferne grollte ein Gewitter. Wenig später zog ein kräftiger Wind durch die offene Balkontür und ließ die Gardine wie ein Gespenst durch das Wohnzimmer schweben. Der gemeinsame Schweiß brachte für einen Moment eine wohltuende Kühlung.
Am nächsten Morgen machten sie sich gleich nach dem Frühstück auf den Weg. Es waren nur zehn Minuten zu laufen und je näher

sie Nadjeschdas Elternhaus kamen, desto weicher wurden ihre Knie. Karin nahm Nadjeschdas Hand, spürte aber ihre Zurückhaltung. Sie wusste, dass zwei sich an der Hand haltende Frauen hier in der Öffentlichkeit nicht gern gesehen waren.
„Das sieht hier in Russland nicht gut aus."
„Hast du Angst?"
„Ich glaube ja." Anstatt Karins Hand loszulassen, drückte sie sich jetzt allerdings noch näher an sie heran. „Ich bin froh, dass du mitkommst."
Wenig später klingelten sie an der Tür der Narilowschen Villa. Es dauerte eine Weile, bis sich die Tür einen Spalt öffnete. Nadjeschdas Vater hatte schon lange keine Bediensteten mehr, sodass er selbst in der schmalen Türöffnung erschien.
„Ich wusste, dass du kommen würdest. ... Komm rein." Mit starrer Miene drehte er sich um und verschwand in der Dunkelheit des Hausflurs. Nadjeschda folgte ihm und zog Karin hinter sich her.
„Setzt dich .... du auch.", raunzte er Karin an. „In diesem Haus lebte einst eine glückliche Familie. Vater, Mutter und Tochter und jetzt ... jetzt sind alle tot."
„Vater, ich ...."
„Sei still. Du kannst die Toten nicht aufwecken."
„Vater, ich bin es, deine Nadjeschda. Erkennst du mich nicht?"
„Nadjeschda ..." ein tiefes Murmeln rollte über seine trockenen Lippen. „Stimmt, eine Nadjeschda, die gab es hier mal, aber das ist lange her."
„Vater, du hast ein Enkelkind, er heißt Daniel, und ..."
„Sei still ...", brummte er dazwischen. „Daniel ... ich kenne keinen Daniel."
„Du musst uns helfen. Es ist dein Enkelkind und er wurde entführt, er ist in Gefahr." Nadjeschdas Vater sagte nichts. Nadjeschda sprang nach vorne und wollte die Hand ihres Vaters ergreifen. Doch er zuckte heftig zurück.

„Fass mich nicht an ... es ist vorbei ... alles ist vorbei und jetzt geht wieder. Lasst mich in Frieden." Er drehte sich zum Fenster und blickte starr in den grauen Himmel. Karin nahm Nadjeschdas Hand und schüttelte resigniert den Kopf. Es war zwecklos. Eine undurchdringliche Mauer stand zwischen ihr und ihrem Vater. Schweigend erhoben sie sich und wollten wieder gehen, als Nadjeschda plötzlich innehielt.

„Mein Zimmer, es war oben, willst du es sehen?" Karin nickte. Nadjeschdas Vater saß immer noch regungslos am Fenster und nahm keine Notiz davon, dass sie in den ersten Stock hochgingen. Oben angekommen, schauten sie zuerst in das elterliche Schlafzimmer. Karin zuckte zusammen.

„Sieh mal, dort an der Wand, ein Bild von dir."

„Das bin nicht ich, das ist meine Mutter. Sie war schön, nicht wahr?"

„So schön wie du, Nadjeschda, sie sieht dir verblüffend ähnlich."

„Am Ende des Ganges ist mein Zimmer. Geh schon mal vor, ich komme nach."

Nadjeschda wusste erst nicht, was sie im elterlichen Schlafzimmer suchte. Als Karin sich in Richtung ihres früheren Kinderzimmers auf den Weg machte, fiel Nadjeschdas Blick auf einen gepanzerten Schrank. Herzklopfend drückte sie die Klinke herunter, sodass sich die schwere Tür mit einem leisen Quietschen öffnete. Drei Gewehre und drei Pistolen glänzten metallisch. Ihr Vater wollte immer, dass sie schießen lernten. Es läge in der russischen Natur, dass man mit Waffen umgehen konnte, wiederholte er damals unentwegt. Nadjeschda hatte es gehasst, wenn sie zusammen zum Schießstand gegangen waren. Das ohrenbetäubende Knallen, der Rückstoß der Waffen, alles hatte ihr immer wieder Angst eingejagt. Jetzt war es plötzlich anders. Vorsichtig griff sie nach einer der Pistolen. Es war ihre und am Griff war ihr Name eingraviert. Sie lag gut in der Hand. Das Metall glänzte wie frisch poliert und spiegelte ihr Gesicht verzerrt wider. Sie prüfte den Lauf und die Munition. Die Waffe in ihrer Hand war geladen. Dann nahm sie die Pistole und zielte in den Raum. Es war ein seltsames Gefühl von Macht, das sie in diesem Moment durchströmte. Sie zielte auf das Bild ihrer Mutter und zuckte zusammen. Es war, als habe sie die Waffe gerade auf sich selbst gerichtet.

„Nadjeschda, kommst du?" Karins Stimme klang mahnend, wie aus einer anderen Welt. Ohne zu zögern, ließ sie die Waffe in die Innentasche ihres Jacketts gleiten. Seltsam zufrieden spürte sie, wie sich das kühle Metall an ihre Brust schmiegte. Dann schloss sie rasch den Schrank und eilte hinüber zu Karin.

„Überall Staub, als habe hier seit Jahrzehnten keiner mehr geputzt", stellte Nadjeschda erschrocken fest. „Es ist noch so wie damals. Mein Vater hatte mich auf ein Internat geschickt, da war ich vierzehn und seitdem … ich glaube, dass seither niemand mehr den Raum betreten hat." Wie zurückkatapultiert in ihre Jugend ließ sie ihre Augen durch den Raum wandern. Die Bücher, die Puppen, ihre selbst gemalten Bilder, alles war unverändert, unberührt, gespenstisch.

„Komm, lass uns gehen, Karin. Hier ist alles tot, so tot wie mein Vater. Er kann uns nicht mehr helfen. Wir müssen unser Schicksal selbst in die Hand nehmen." Vorsichtig ertastete sie die Pistole in ihrer Brusttasche und eine seltsame Befriedigung erfüllte sie. Vielleicht hatte es doch einen Sinn gehabt, dass sie damals das Schießen lernen musste. Ohne nochmals bei ihrem Vater vorbeizuschauen, rauschte Nadjeschda die Treppe hinab und hinaus auf die Straße. Karin stolperte ihr hinterher. Gerne hätte sie sich in den Räumen von Nadjeschdas Jugend nochmals umgeblickt, aber die ließ ihr plötzlich keine Zeit.

„Komm, Karin, lass uns zu Pjotr gehen. Wir holen uns Daniel und dann fliegen wir zurück."

„Wie jetzt, einfach so. Lass uns erst einmal zurück zu Kathinka gehen und dann überlegen wir in Ruhe alles Weitere."

„Kathinka kann uns nicht helfen, mein Vater kann uns nicht helfen. Worauf sollen wir warten? Jeder Tag ohne Daniel ist ein verlorener Tag, und bevor uns der Mut verlässt, sollten wir etwas tun, und zwar jetzt sofort."

„Nadjeschda, wir ... wir sollten erst einmal nachdenken, wir dürfen nicht ..." Nadjeschda drehte sich zu Karin um und schaute sie durchdringend an.

„Nachdenken, nachdenken, nachdenken. Meinst du nicht, wir haben schon genug nachgedacht. Verdammt noch mal, wir müssen handeln. Wir müssen etwas tun, und zwar jetzt."

„Ja aber, wenn wir etwas Unüberlegtes machen, dann wird alles noch schlimmer." Nadjeschda brauste auf und stemmte die Hände in ihre Hüften.

„Noch schlimmer? Verdammt, wie viel schlimmer kann es denn noch kommen? Zweimal konnte ich gerade noch diesen Schweinen entkommen, zweimal wollten die mich flachlegen und am Ende abknallen. Und Daniel, die halten ihn gefangen wie ein wildes Tier und da sagst du, es könnte noch schlimmer kommen." Karin versuchte beruhigend auf Nadjeschda einzuwirken. Doch sie ließ sich nicht beruhigen.

„Nadjeschda, bitte ... bitte beruhige dich."

„Herr Gott nochmal, ich kann mich nicht beruhigen. Diese Schweine haben mein Kind, mein Kind verstehst du, mein Kind. Hier in diesem Bauch habe ich es getragen, wir haben schlimme Zeiten hinter uns, Zeiten in denen ich mein Kind nicht haben wollte, in denen ich mich und mein Kind fast umgebracht hätte. Und dann ... dann hat mein Kind mir gezeigt, dass es eine Mutter braucht. Daniel braucht mich, ich bin seine Mutter, ich ganz allein!" Nadjeschdas Gesicht war vor lauter Erregung rot angelaufen, ihre Augen brannten. Mit geballten Fäuste schlug sie sich immer wieder auf die Brust und spürte die stählerne Mordwaffe gegen ihren bebenden Körper hämmern. Es war wie eine Aufforderung, diesen Schweinen, wie sie alle seither titulierte, ein Ende zu bereiten. Karin blieb entsetzt stehen, während Nadjeschda wutentbrannt weiter die Straße entlang stampfte.

„Nadjeschda, bitte hör mir zu ... Nadjeschda!" Sie blieb stehen und drehte sich schwer atmend um.

„Nadjeschda, Nadjeschda, Nadjeschda, ... ich kann das nicht mehr hören ... es geht nicht um mich, es geht um Daniel, es geht um mein Kind!" Karin blieb stehen, sie spürte Tränen in ihren Augen aufsteigen. Ihre Hände zitterten, als sie flehend Nadjeschda hinterher sah.

„Es ist auch mein Kind ... ich liebe Daniel ... ich liebe dich Nadjeschda ... ich möchte euch nicht verlieren ... das ist alles." Karin ließ ihren Kopf sinken. Sie war verzweifelt. Nadjeschda blieb unweit von ihr stehen und ließ ihre Hände, die bis dahin unentwegt gegen ihre Brust gehämmert hatten, kraftlos sinken. Sie drehte sich zu Karin um. So standen sie sich, innerlich aufgewühlt, regungslos gegenüber. Nach einer Weile blickte Nadjeschda auf und schlich langsam zu Karin, deren Schluchzen nicht aufhören wollte. Vorsichtig ließ sie ihre Stirn an Karins Stirn sinken und flüsterte: „Karin es .... es tut mir leid. Ich weiß nicht ... ich glaube, das ist mir alles zu viel ... viel zu schwer. Ich kann das alles nicht mehr." Karin streichelte ihr über die Wange. Einige Passanten, die den Streit mit einer gewissen Belustigung wahrgenommen hatten, drehten sich jetzt kopfschüttelnd zur Seite. Streit zwischen zwei Frauen war offenbar gesellschaftlich akzeptierter als Liebe.

„Nadjeschda, ich verspreche dir, wir holen Daniel da raus. Ohne Daniel ... ohne Daniel fahren wir nirgendwo hin, versprochen." Nadjeschda nickte. Dann atmete sie erleichtert tief ein und aus.

„Karin, es ... es tut mir leid. Ich weiß, dass du Daniel genauso liebst wie ich auch. Wir beide sind Daniels Eltern. Du genauso wie ich und dieser ..." Karin legte ihren Finger auf Nadjeschdas Mund und schüttelte den Kopf.

„Wir müssen ihnen zeigen, dass wir Daniels Eltern sind und sonst niemand. Sie können sich seine Liebe nicht erkaufen. Nicht der Hass, nur die Liebe ist größer als alles andere. Sie werden das einsehen, da bin ich mir ganz sicher." Nadjeschda nickte.

„Mein Gott, Karin, was sollte ich ohne dich tun. Was sollte Daniel ohne dich tun. Er braucht dich, das weiß ich. Und jetzt ... jetzt lass uns zu Kathinka gehen. Die Ärmste ist sicher schon ganz in Sorge über das, was wir bei meinem Vater herausgefunden haben." Nadjeschda seufzte. Im tiefsten Innern wusste sie, dass ihr Vater nicht mehr existierte.

Kathinka musste nicht erst fragen, was passiert war. Sie sah es bereits den traurigen Augen an, die sie minutenlang anblickten.

„Wir gehen zu ihm. Wir gehen zu Pjotr. Das ist unsere einzige Chance." Nadeschda schaute Karin, erstaunt über deren plötzlichen Tatendrang, dankbar an. Kathinka räusperte sich zweifelnd. Einerseits wollten sie den beiden Mut machen, andererseits wusste sie, wie gefährlich es sein würde, Pjotr entgegen zu treten.

„Es wird hart werden. Ich kenne Pjotr. Seit er mit Maria zusammen ist, kann man zwar ganz vernünftig mit ihm reden. Aber ... er ist und bleibt unerbittlich. Er wird sich nicht umstimmen lassen. Er wird sich darauf versteifen, dass Daniel sein Sohn ist und der Gedanke ..."

„Der Gedanke, dass sein Sohn bei zwei Frauen lebt ..." Karin ergänzte Kathinkas Zweifel „... bei zwei Lesben aufwächst. Das wird er nicht akzeptieren." Karin suchte nach einem letzten bisschen Hoffnung. „Aber diese Maria ... sie kann doch nicht einfach so tun, als... als wäre es ihr Kind."

„Maria wollt immer Kinder haben, aber es hat nie geklappt. Man sagt, es läge an ihr, aber wer weiß das schon. Sie ist eine liebe Person, aber im Zweifel macht sie die Augen zu ... sie überlässt alles

Pjotr. Er ist der Mann, er hat das Geld, er hat das Sagen ... es ist ungerecht, aber so ist das häufig im Leben. Und was das Recht als solches anbelangt ... schaut euch doch die Verrückten an in diesem Land. Wenn es darum geht, dass ein Kind bei seinem despotischen Vater aufwächst oder bei zwei Frauen, die ihr Kind lieben ... bei zwei Lesben, dann besteht kein Zweifel, wo sie es lieber sähen."
Kathinka war noch nicht fertig und musste etwas loswerden, was ihr schon lange auf der Seele lag: „Diese selbstverliebten Männer da oben, die können nur ablenken von ihren eigenen Fehlern und da kommen Schwule und Lesben wie gerufen. Ihre russische Ehre, ihr scheinheiliges orthodoxes Geplapper ... alles nur moralische Krüppel, die verzweifelt nach Sündenböcken für die Misere im Lande suchen. Es ist zum Kotzen." Nadjeschda legte beruhigend ihre Hand auf Kathinkas wild gestikulierende Arme.
„Wir haben keine Wahl, Kathinka, wir müssen es probieren. Und zwar ... und zwar noch heute." Nadjeschda strahlte Karin glücklich an. Übermütig beugte sie sich zu ihr und drückte ihr einen fetten Kuss auf die Wange. Kathinka schmunzelte.
„Solange ihr beide euch einig seid, ... das ist das Wichtigste, habt ihr verstanden?" Karin und Nadjeschda nickten. Ihren Streit noch vor wenigen Minuten wollten sie nicht mehr wahrhaben. Das war ein klärendes und vielleicht notwendiges Gewitter gewesen, aber jetzt war es aus der Welt. „Wie du ja weißt, Nadjeschda, Pjotr und Maria wohnen direkt neben dem Haus seines Vaters und Evgenij ist wieder bei seinem Vater eingezogen. Angeblich will er ihn pflegen. Dass ich nicht lache. Sein Vater ist todsterbenskrank und jeder weiß, dass sich Evgenij das alleinige Erbe erschleichen will. Deshalb ist er da reingezogen. Es geht um seinen dämlichen Club. Man sagt, Evgenij sei pleite und er müsse verkaufen. Jeder weiß, dass die anderen Schweine bereits Schlange stehen. Ohne das Erbe seines Vaters ist er fertig." Nadjeschda schaute Kathinka fragend an.

„Andere Schweine? Wen meinst du damit?"
„Diese schwarze Garde, wie sie sich nennen. Werden von ganz oben gedeckt. Die machen was sie wollen, und die Polizei ist zu feige, etwas zu tun. Neulich ist ein Polizist einfach erschossen worden. Jeder weiß, wer es war, aber keiner tut etwas."
„Und Evgenij?"
„Hat sich ihnen angeschlossen, wie sollte es auch anders sein. Ihr Anführer, Wladimir ..."
„Wladimir ... einfach nur Wladimir?"
„Nur Wladimir, wie er weiter heißt, weiß keiner. Angeblich der verwöhnte Sohn eines dieser korrupten Politiker in Moskau. Er und ein paar seiner Treuen tragen so einen fetten roten Siegelring mit goldenem Stern drauf. Wie ein Relikt aus alten Sowjetzeiten. Ein gefährliches Pack, von denen müsst ihr euch fernhalten.
„Wir werden uns nicht nur von ihnen, sondern auch von Evgenij und seinem Vater fernhalten. Zum Glück haben wir ja nur mit Pjotr und Maria zu tun."
„Also dann, ihr beiden. Esst nochmals ein Stück Kuchen, habe ich extra für euch gebacken und dann ... na dann mal los. Daniel wird schon nichts passiert sein, ... in der Löwengrube."
Es war gegen drei Uhr nachmittags, als Nadjeschda und Karin ins Taxi stiegen, um in die Villenvororte zu fahren, wo die Kasparows Haus an Haus wohnten. Es war erneut ein trauriger Anblick, was aus diesen Villen geworden war. Heruntergekommen, teilweise schon zerfallen oder von Wohnsitzlosen besetzt, machte alles einen tristen Eindruck, der Nadjeschdas und Karins Entschlossenheit nicht gerade zugutekam.
Das Taxi hielt vor einer beeindruckenden Villa, in der Nachbarschaft derer, die Nadjeschda bereits von ihrem Besuch bei Pjotrs Vater kannte. Bevor sie das Taxi verließen, blickten sie sich mehrfach um. Es war niemand auf der Straße zu sehen und auch die Fenster der umliegenden Villen schienen leer und verlassen.

„Soll ich hier warten?", brummte der Taxifahrer in einem kaum verständlichen Russisch.

„Nein, vielen Dank. Wird länger dauern." Karin war wieder mal bewusst, dass sie, ohne Russisch zu können, ohne Nadjeschda an ihrer Seite in diesem Land sicher verloren wäre. Sie gaben dem Taxifahrer ein großzügiges Trinkgeld und stiegen aus.

Der Klingelton klang ähnlich wie zuletzt in der Villa nebenan, nur dass diesmal kein bedrohlich scheinender älterer Mann öffnete. Die Tür sprang einfach einen Spalt auf. Instinktiv griff Nadjeschda an ihre Brust und spürte die Pistole in ihrer Jackentasche. Sie hatte Karin nichts davon erzählt und nach der Auseinandersetzung mit ihr war sie fast geneigt gewesen, die Waffe wegzuwerfen. Karin hatte recht. Mit Hass und Gewalt würden sie nicht weiterkommen. Und doch gab ihr die Pistole eine gewisse Sicherheit. Oder war es etwas anderes? Noch bevor sie weiterdenken konnte, nahm sie Karin bei der Hand und zog sie in das dunkle Innere des Hauses. Karins Hand fühlte sich feucht und kalt an. Ein zögerlicher Blick zurück verriet, dass Karin, ebenso wie Nadjeschda selbst, vor Angst zitterte. Am Ende des Ganges stand eine große Flügeltür zu einem herrschaftlichen Wohnzimmer halb offen. Vielleicht war es eine Falle. Pjotr und seine Männer würden sie überraschen, knebeln und nach Sibirien verfrachten oder gar an Ort und Stelle abknallen. Sie wussten, dass das für den Kasparow-Clan die einfachste und vielleicht sicherste Lösung sein würde. Nur was sollte er seinem Sohn später erzählen, wenn er nach seiner leiblichen Mutter fragte. Oder würden sie ihn zeitlebens belügen. Ein wenig Zuversicht und Mut keimte auf. Was auf sie zukam, war jedoch schlimmer als alles, was sie erwartet hatten.

Österreich, August 2011

Am nächsten Tag wurde Olli von Georg zum Festland gebracht. Zum Abschied umarmten sich beide. Dies war für Georg eine eher ungewöhnliche Geste, die deshalb wohl umso mehr von Herzen gekommen sein musste. Ob Georg ihn auch noch umarmen würde, wenn er erfuhr, dass er HIV-positiv war, dachte Olli mit einem flauen Gefühl im Bauch. Mehr und mehr kam ihm zu Bewusstsein, dass sich sein Leben erneut ändern würde. Er war infektiös, wer weiß wie lange schon, und irgendwann würde ihn dieses hinterhältige Virus dahinraffen. Vielleicht sollte er auch keine Medikamente nehmen, sondern vielmehr getrost einem elenden Siechtum entgegengehen, als gerechte Strafe für die vielen Menschen, die er möglicherweise angesteckt hatte, nicht zuletzt Jelena. Vielleicht würde sie dann ihren Frieden finden, wenn sie wüsste, dass derjenige, der ihr Leben zerstört hatte, grausam zugrunde gegangen war.
Mit diesen düsteren Gedanken schlenderte er zum Bahnhof, um einen Zug nach München und von dort einen ICE nach Frankfurt zu besteigen. Am Vorabend hatte er noch Jule und Al angerufen in der Hoffnung, sie wüssten, wo Jelena wäre. Al war am Telefon, und als er Ollis Stimme hörte, war er sehr kurz angebunden: „Olli, du bist es ... Jelena? Ja, sie ist hier, wurde gestern aus dem Krankenhaus entlassen, aber ... Olli, es geht ihr nicht gut und dich will sie nicht sehen ... das war das Erste, was sie uns an der Tür mitteilte."
„Al, das weiß ich bereits und ... das hat sie mir sogar schriftlich mitgeteilt ... ich möchte trotzdem ..." Al hatte bereits aufgelegt.
Es war später Nachmittag, als Olli in Frankfurt eintraf, in die ihm noch bekannte Straßenbahn stieg und schließlich mit klopfendem Herzen vor seiner Wohnungstür stand. Karin öffnete und blickte ihn erstaunt an.

„Olli, du?" Er zuckte verlegen mit den Schultern. „Komm rein, rasch." Karin zog ihn in seine Wohnung. „Du kannst natürlich deine Wohnung wieder beziehen und Nadjeschda und ich, wir ..."
„Unsinn, Karin, ihr könnt weiter hier wohnen. Ich bin nur hier, um Jelena zu sehen. Ist sie ... ist sie hier?"
„Olli, sie will dich nicht sehen, sie will dich nie wieder sehen, sie ist ..."
„Ja, ich weiß, Karin, sie ist HIV-positiv ... ich weiß auch, dass ..." Olli versagte die Stimme. Leise fing er an zu schluchzen.
„Mein Gott, Olli, du musstest doch wissen, dass du ... dass du sie vielleicht anstecken könntest." Olli schüttelte den Kopf und schluchzte noch heftiger.
„Karin, ich werde mir das nie verzeihen können, aber ... verstehst du, ich muss Jelena wenigstens sagen, wie unendlich leid es mir tut. Dass ich ..."
„Dass es dir leid tut ... Olli, dafür ist es nun etwas zu spät. ... Wenn du sie wenigstens mal besucht hättest, als sie noch in Österreich im Krankenhaus lag." Olli riss die Augen auf.
„Karin, ich habe es ja versucht, wirklich. Dieser verdammte Stationsarzt hat mich immer wieder weggeschickt, weil Jelena auf keinen Fall mit mir sprechen wolle."
„Sie wollte dich nicht sehen? Seltsam, das klang von Jelena ganz anders. Hör mal, Olli, wenn du ein schlechtes Gewissen hast, dann ... dann kann ich das verstehen ... aber ..."
„Karin, bitte glaub mir doch, der Stationsarzt ... dieses Schwein ..."
„Langsam, Olli, schließlich hatte dieser Stationsarzt gleich die richtige Idee, einen HIV Test zu machen, sonst wäre Jelena jetzt vielleicht nicht mehr am Leben."
„Oh, mein Gott, das ist alles so furchtbar, Karin. Wenn ich nur ein Ahnung gehabt hätte, dass ich sie anstecken könnte."
„Du wusstest wirklich nichts von deiner HIV Infektion?" Olli schüttelte den Kopf.

„Ich weiß, das glaubt mir keiner. Aber trotzdem ist alles meine Schuld. Ich hätte es wissen müssen. Jelena wird mir auch nicht glauben und ich kann es ihr nicht verdenken. Vielleicht sollte ich Jelena wirklich nicht mehr unter die Augen treten, das macht sicher alles nur noch schlimmer." Sie setzten sich auf das Sofa. Olli sank verzweifelt in sich zusammen. Karin spürte, dass er offenbar tatsächlich nichts von seiner HIV-Infektion gewusst hatte und legte ihren Arm um seine bebenden Schultern. Einen Moment zögerte sie, dann strich sie ihm mitfühlend über die Haare. Es war die erste Zärtlichkeit, die Olli spürte, seitdem Jelena fort war. Es war für ihn umso anrührender, als Karin ihn trotz des Wissens um seine HIV-Infektion berührte.

„Vielleicht solltest du jetzt gehen, Olli. Jelena wollte später nochmals rüberkommen und sie ahnt ja nicht, dass du hier bist." Olli hatte sich wieder etwas gefangen und setzte sich auf.

„Du hast recht, Karin, aber ich habe hier noch etwas, das ich Jelena geben möchte. Ich gehe davon aus, dass es ihr schwer fallen wird zu arbeiten und da habe ich mir gedacht ..." Olli kramte aus seiner Tasche ein Couvert hervor. Darin befand sich ein dickes Bündel von Hundert-Euro-Scheinen. Karin blickte ihn entsetzt an.

„Das kann doch nicht wahr sein! Du willst sie bezahlen? Du willst damit dein Gewissen entlasten oder was hast du dir dabei gedacht?" Karin wollte aufspringen, doch Olli hielt sie zitternd zurück.

„Karin, bitte hör mir zu. Es ist nicht so, wie du denkst. Das sind alle meine Ersparnisse. Ich wollte damit ... ich wollte Jelena damit helfen. Damals, als wir noch zusammen waren ... verdammt, Karin, wir waren so glücklich, wir waren ... ich ... ich liebe Jelena. Bitte nimm das Geld und sag ihr, dass es noch von ihrer Arbeit auf der Insel ist, so eine Art Abfindung."

„Und du meinst, sie glaubt mir das? Olli, was soll ich dazu sagen?"

„Gar nichts, Karin, gar nichts. Du musst mir nur versprechen, ihr niemals zu sagen, dass es von mir ist. Niemals, hörst du?" Dann stand er auf, um zu gehen. Den Umschlag mit dem Geld legte er schweigend auf den Tisch. Es war ein Tisch mit eingelassenem Schachbrett, auf den er damals sehr stolz gewesen war, dann aber doch nicht darauf spielte. Das Leben war wie ein Schachspiel, dachte er plötzlich, und er, er war schachmatt.

„Wo gehst du hin, Olli?", rief ihm Karin plötzlich besorgt hinterher. Olli zuckte nur mit den Schultern und drehte sich nochmals zu Karin um.

„Wie geht es Nadjeschda? Geht es ihr gut?"

Karin nickte. „Sie ist mit den Kindern, Daniel und Valerie, im Park."

Ollis Miene hellte sich etwas auf. „Daniel und Valerie ... ihr müsst gut auf sie aufpassen. Sie brauchen ihre Eltern ... eine Familie."

Rasch drehte er sich um und eilte die Treppen hinab, hinaus auf die Straße. Inzwischen war es dunkel geworden. Ihm wurde plötzlich erschreckend klar, dass sich sein Freundeskreis, sein richtiger Freundeskreis plötzlich in Luft aufgelöst hatte. Es war wie damals, als er als kleiner Junge von seinen Pflegeeltern ins Internat geschickt worden war. Sie kamen ihn noch einmal besuchen, dann sah er sie nie wieder. Damals glaubte er, dass er sich niemals mehr in seinem Leben so einsam, so überflüssig fühlen würde. Wie sich die Zeiten wiederholten, dachte er mit einem Stechen in der Brust. Es war dasselbe Stechen wie damals.

Unwillkürlich suchte er seinen früheren Club auf. Wie magisch davon angezogen, stand er plötzlich vor der Tür. Früher hatte er alle gekannt, die dort ein- und ausgingen, natürlich auch den Türsteher.

„Na, Süßer, wohin?" Olli schaute ihn schweigend an.

„Ich weiß es nicht ... ich weiß es nicht." Die letzten Worte kamen nur noch geflüstert, aber er wusste mit seltsamer Bestimmtheit, dass dies nicht mehr sein Zuhause war. Fröstelnd eilte er zum Hauptbahnhof und bestieg den Zug in Richtung München. Er hatte nur noch einen Gedanken. Er musste mit Stern reden. Er würde ihm sagen, dass er HIV-positiv war. Stern würde ihn vor die Tür setzen und was dann passieren sollte, wusste er nicht. Einen Neubeginn konnte er sich nicht mehr vorstellen.

Aber es kam anders. Stern empfing ihn mit einem väterlichen Lächeln. „Olli, warum haben Sie mir nichts gesagt?" Olli blickte ihn erschrocken an.

„Sie ... Sie wissen ..." Stern nickte. „Sie wissen alles ... auch, dass ich..."
„Auch, dass Sie HIV-positiv sind."
„Na dann, ich gehe davon aus, dass Sie mich ..."
Stern unterbrach ihn. „Genau, Olli, dass ich Sie erst mal zu einem Arzt schicken werde. Natürlich nicht zu diesen Idioten vom örtlichen Krankenhaus. Wie hieß er doch gleich, Kießling oder so. Stellen Sie sich vor, dieser Kießling ist gleich, nachdem Sie abgereist waren, hierher geeilt, um mich zu warnen, wie er sagte. Er betrachtete es als seine Pflicht, mir mitzuteilen, dass einer meiner Mitarbeiter an einer ansteckenden Krankheit leide. Dann hat er sich sogar noch verplappert, dass es sich um HIV handele. So ein Idiot. Ich habe ihm dann gleich heute meinen Rechtsanwalt geschickt. Jetzt kann er sich wegen Verletzung des Arztgeheimnisses verantworten. Den sehen wir hier nicht mehr so bald, das garantiere ich Ihnen."

„Herr Stern, ich ...ich weiß ihre Gutmütigkeit zu schätzen ..."
„Gutmütigkeit, Olli, ich bitte Sie. Sie glauben doch nicht, dass ich meinen besten Mitarbeiter im Stich lasse. Ich kenne da einen guten Arzt, den habe ich schon angerufen. Sehr vertraulich, und was HIV anbelangt ... in der heutigen Zeit, hat er mir versichert, sei das kein so großes Problem."

„Ja, aber die Leute ..."
„Heiliger Vater, die Leute ... sehen Sie mich an, Olli. Sie kennen meine Geschichte, meine Religion. Glauben Sie nicht, dass ich weiß, wie man mit Vorurteilen umgeht? Meiner Familie ist dies

zum Verhängnis geworden und gerade deshalb müssen wir ein Zeichen setzen. Sie und ich, Olli, wir sitzen in mancherlei Hinsicht im selben Boot. Das gibt uns eine gesellschaftliche und vor allem eine persönliche Verantwortung. Es ist nicht leicht. Aber glauben Sie wirklich, dass ich mich mit diesen Kriechern auf eine Ebene stelle? Nein, Olli, morgen gehen Sie zu einem richtigen Arzt. Der wird Ihnen helfen. Und was die Insel, was uns betrifft ..." Er klopfte ihm väterlich auf die Schulter. „Olli, wir sind Ihre Familie. Haben Sie das vergessen?"

„Und was ist mit Georg, die anderen in der Küche ... wenn die wüssten, dass ... dass ich ..." Stern zog die Augenbrauen hoch. „Seien Sie mir nicht böse, wenn ich da schon mal ein klärendes Gespräch geführt habe. Wir sind froh, dass Sie wieder hier sind. Es gibt viel zu tun, Olli. Anfang kommender Woche geht es wieder richtig los. Ich hoffe, Sie sind sich darüber im Klaren."

„Herr Stern, ich ... ich weiß nicht, wie ich Ihnen danken soll, aber ..." Olli zitterte mit der Unterlippe.

„Sie meinen Jelena, nicht wahr ... Olli, ich kenne Sie inzwischen gut. Ich habe gesehen, wie Sie und Jelena miteinander glücklich waren. Das kann man nicht einfach so wegwischen. Glauben Sie mir, irgendwann wird die Zeit kommen ... für Sie und Jelena ... irgendwann."

„Danke, danke für alles. Ich weiß nicht, wie ... wie ich Ihnen danken soll."

„Nicht mir, Olli, danken Sie Ihrem Herrn ... Ihrem und meinem ... die beiden kennen sich gut." Sie blickten sich vielsagend an. „Also, dann morgen zum Arzt, einverstanden? Georg bringt Sie hin und wieder zurück und dann, Olli, machen Sie sich auf ein paar anstrengende Wochen gefasst."

Olli fühlte etwas in sich aufkeimen, von dem er dachte, es für immer verloren zu haben. Ein wenig Hoffnung und die Gewissheit, dass, solange es Menschen wie Stern gab, diese Hoffnung niemals erlöschen würde. Er versuchte, dem nächsten Tag gelassen entgegen zu blicken, ein Tag, an dem er erstmals den endgültigen Beweis, den unwiderruflichen Laborbefund in den Händen halten würde, HIV-positiv zu sein.

Am nächsten Morgen trafen sich Olli und Georg am Anlegesteg und bestiegen schweigend das Hotelboot. Olli setzte sich ganz nach vorne und ließ sich den kühlen Fahrtwind ins Gesicht wehen. Es war ein gutes Gefühl, auch wenn ihm Georg jetzt vorkam wie ein mittelalterlicher Lakai, dessen Aufgabe es war, einen Unschuldigen zum Schafott zu begleiten. Olli dachte zurück an die Anfangszeit im Club. Er dachte an seinen ersten Freund. Er hieß Andi und war knapp zwanzig Jahre älter. Andi war der Erste gewesen, der an AIDS gestorben war. Die Kaposi-Sarkome hatten ihm die Nase zerfressen, eine CMV-Infektion hatte ihn erblinden lassen und am Schluss hatte er nur noch aus Haut und Knochen bestanden. War das die Strafe dafür, schwul zu sein, dachte Olli damals. Nein, es war keine Strafe, es war ein verdammt ungerechtes Schicksal. Wenn Andi nicht gewesen wäre, dann wäre Olli heute vielleicht nicht mehr am Leben. Er hatte ihn damals als väterlichen Freund aufgenommen, hatte ihm beigebracht, wie er sich im Club bewegen konnte, ohne von den geilen Tunten, wie er sie titulierte, ständig belästigt zu werden. Berührt hatte er ihn nie. Andi hielt stets seine schützende Hand über ihn. Und dann sollte sein schreckliches Siechtum die gerechte Strafe dafür sein?

Damals, als Andi starb, hatte ihm Olli bis zum Schluss die Hand gehalten, so lange, bis sie starr und kalt in seiner eigenen lag. Andi hatte schon lange aufgehört zu atmen. Er war friedlich eingeschlafen. Das war das Einzige, was Olli noch trösten konnte. Damals wollte er auch sterben. Er wollte mit Andi zusammen sterben, auch wenn er früher immer Angst vor dem Tod gehabt hatte. Zu diesem Zeitpunkt hatte der Tod etwas Tröstliches. Er war die einzige Hoffnung, einst wieder mit Andi zusammen zu sein. Damals haben sie Olli wegtragen müssen. Tagelang war er in einer Starre verharrt und wäre selbst fast verhungert. Aber die Zeit hatte etwas Heilsames, sie ließ vergessen. Nicht alles, aber doch so viel, dass ein Weiterleben irgendwie möglich war. Dennoch war das Vergessen wie Gras, das über Schutt und Dreck wucherte, so lange, bis das Zugedeckte anfing zu gären, um jedes darüber liegende Leben zu vergiften.

Dies war wohl ein solcher Moment. Seit Jahren war Gras über den stinkenden Moloch AIDS gewachsen und jetzt vergiftete er ihn und sein Umfeld, seine Freunde und vor allem Jelena. Er, Olli, war der Überträger, der Gesandte des Todes, ohne es zu wissen. Aber er hätte es wissen können. Nachdem Andi damals verstorben war, wurde Olli zum Liebling des Clubs oder war es nur sein knackiger Arsch, wie viele meinten? Zwischen Freundschaft und tierischem Verlangen konnte er damals nicht unterscheiden. Es verschwamm zu einer undefinierbaren Mischung aus sexueller Begierde und Suche nach Geborgenheit. Erst mit Jelena waren ihm die Augen aufgegangen, worauf es im Leben wirklich ankam. Er hatte das gefunden, was er tief im Inneren gesucht hatte, was ihm Andi damals, allerdings auf eine andere, eine väterliche Art geschenkt hatte. Das richtige Wort dafür lernte er erst von Jelena kennen: Liebe. Und genau darüber verschaffte sich nun der Dämon den freien Eintritt zum Guten. Nicht etwa durch die Hintertür, nein direkt durch das Portal. So, wie sich HIV die Immunzellen sucht, um genau diese zu zerstören, so sucht sich die Krankheit AIDS das Verlangen nach Liebe, um das Leben insgesamt zu zerstören.

„Kannst du mal bitte vorne die Leine festmachen?" Georg holte Olli aus seinen schweren Gedanken. Eine feste Leine könnte er jetzt auch gebrauchen. Er fühlte sich wie ein Boot, das manövrierunfähig dahinglitt, allerdings nicht auf einem ruhigen See, sondern auf einem reißenden Strom, direkt in Richtung eines tiefen Wasserfalls. Schweigend sprang Olli aus dem Boot und vertäute die Leine sicher an einem Poller. „Das Taxi hatte Stern schon bestellt." Stern, dachte Olli, was bewegte ihn eigentlich dazu, ihm so zu helfen? Seine Arbeit im Hotel war es sicher nicht, die war austauschbar. Irgendwann wollte er ihn fragen, um seine ganze Geschichte zu hören.

Georg kam nicht mit zum Arzt, er blieb beim Hotelboot und wartete auf Olli, der nach knapp zwei Stunden wieder auftauchte.

„Und, Olli, alles klar?"

„So weit ja. Er war sehr nett. Hat mich gründlich untersucht und dann Blut entnommen. In zwei Tagen wüssten wir Bescheid. Ich könnte nochmals vorbeikommen oder, falls alles normal wäre, würde er mir einen kurzen Brief schreiben."

„Na also, Olli, klingt doch gut, oder nicht? Zumindest ist schon mal nichts angebrannt."

Olli schüttelte den Kopf bei dem Gedanken, was in den letzten Tagen bereits angebrannt war.

Wieder auf der Insel, nahm er seinen rastlosen Arbeitstakt wieder auf. Er suchte nach Möglichkeiten, nicht zur Ruhe zu kommen und in schwermütige Gedanken zu verfallen. Einen neuen Termin mit seinem Arzt hatte er nicht ausgemacht. Warum, wusste er nicht. Es war ein Teil der Verdrängungsarbeit. Es kam ja doch so, wie es kommen musste.

Zwei Tage später legte ihm Georg tatsächlich einen Brief auf den Tisch. Seltsam, dachte Olli, eigentlich wollte der Arzt ihn anrufen und jetzt dieser Brief? Jetzt hatte er die Aufgabe, den Brief selber öffnen zu müssen. Er wollte allein sein mit dem, was darin stand. Er brauchte kein Mitleid, jetzt nicht und auch in Zukunft nicht. Das war jetzt ganz allein sein Brief, sein Schicksal.

Er ging hinaus auf den Steg, setzte sich auf die Holzplanken und ließ die Beine über der Wasseroberfläche kreisen. Für einen kurzen Moment dachte er an Jelena, die genau dies getan hatte, damals im Bootshaus, als sie noch glücklich waren, glücklich wie Kinder.

Er holte tief Luft, riss den Umschlag auf und überschlug hastig die Zeilen. Dann ließ er ihn in seinen Schoß fallen und starrte auf die dunkle Wasseroberfläche. Nochmals las er den Brief, diesmal Wort für Wort, sah auf den Umschlag, schaute sich die Laborwerte an, die tabellarisch wie ägyptische Hieroglyphen die zweite Seite füllten. Dann stand er auf, faltete den Brief sorgsam zusammen und steckte ihn in die Hosentasche. Er wusste jetzt, wohin er gehen musste. Zielstrebig lief er quer über den Hotelstrand, quetschte sich durch das stachelige Buschwerk immer tiefer, bis er vor der verwitterten Tür des Bootshauses stand. Es war noch so wie damals, nur kühl und grau. Aber das war ihm egal. Langsam ging er den Steg entlang und legte sich auf die Holzplanken genau dort, wo er vor nicht allzu langer Zeit noch mit Jelena Seite an Seite gelegen hatte, dort, wo sie sich umgedreht und ihm einen zärtlichen Kuss gegeben hatte, der sein Leben gänzlich auf den Kopf gestellt hatte. Er wollte jetzt nicht mehr allein sein, er wollte bei Jelena sein. Vorsichtig holte er den Brief erneut aus der Tasche. Sein Blick fiel auf die letzten Zeilen
...insbesondere ergaben sich keine Hinweise auf eine HIV-Infektion.
Eine anstrengende Woche mit mehr Gästen als üblich neigte sich dem Ende zu. Olli hatte mit Stern gesprochen, ihm das überraschende Laborergebnis mitgeteilt. Er sagte ihm auch, dass er umgehend zu Jelena müsse, aber dass er die Woche über noch bei den Gästen – es war wieder eine Art Workshop, diesmal einer großen Anwaltskanzlei – bleiben würde.
Als alle Gäste schließlich gegangen, der Salon, die Gästezimmer, das Foyer wieder hergerichtet waren, verabschiedete sich Olli von Stern.
„Olli, ich wünsche Ihnen viel Glück, das wissen Sie. Ich wünsche Ihnen aber auch und vor allem, dass Sie Jelena ... ich meine, dass Sie und Jelena ..." Zum ersten Mal hatte Stern Tränen in den Augen. Obwohl sie sich bislang immer distanziert und respektvoll gegenübergestanden hatten, fielen sie sich plötzlich in die Arme.

„Herr Stern, ich komme wieder, das verspreche ich Ihnen und Jelena ... ich weiß es nicht."

„Lassen Sie sich Zeit, Olli. Sie hat viel mitmachen müssen. Und wenn sie nicht gleich kommt ..." Stern zögerte. „Ich weiß, dass Jelena Sie noch immer liebt und ... unser Rabbiner hätte jetzt bestimmt eine schlaue Antwort. Ich ... ich werde für Sie beten, für Sie beide."

Olli blickte ihn an. „Sagen Sie, Herr Stern, wie ... wie macht man das, für jemanden beten?" Stern zog die Augenbrauen hoch. Vielleicht wurde er noch nie so direkt mit dieser Frage konfrontiert. Olli sah seinen unsicheren Ausdruck und fügte hinzu: „Man muss dazugehören, nicht wahr?" Stern nickte. „Sicher, Olli, ... man muss dazugehören."

Olli wollte sich umdrehen, doch Stern hielt ihn zurück. „Olli, Sie gehören dazu. Sie wissen es nur noch nicht. Irgendwann ... irgendwann, Olli, werden Sie es erfahren."

Stern lächelte ihn väterlich an. Dann drehte er sich um und verschwand im Hotel. Gefühle zeigen war nicht seine Sache, vielleicht war aber gerade das seine Stärke, die ihm dazu verhalf, mit seinem eigenen Schicksal so weit gekommen zu sein.

Seinen Weg Richtung Frankfurt, die Abfahrts- und Ankunftszeiten der Züge kannte Olli bereits auswendig und zum Glück hatte kein Zug Verspätung. Von unterwegs hatte er Karin angerufen, seine eigene Telefonnummer kannte er ja noch, und angekündigt, dass er käme. Karin hatte darauf kaum geantwortet und das Gespräch nur mit einem kurzen „Na gut, wenn du meinst, dann halt bis später" beendet.

Wie vereinbart klingelte er bei Karin, die ihn hastig hineinließ.

„Karin, schön dich zu sehen. Ist Nadjeschda nicht zu Hause? Wie geht es Valerie?"

„Nicht so schnell, du bist ja ganz aufgedreht. Setzt dich erst mal." Sie ließen sich in der Küche nieder.

„Kaffee?" Olli nickte und schaute sich ungeduldig in der Wohnung um.

„Valerie ist drüben bei Daniel. Die beiden sind unzertrennlich. Und Nadjeschda, ihr geht es gut. Gott sei Dank. So schwer der Anfang auch war, sie ist eine glückliche Mutter."

„Du doch auch, oder nicht?" Karin nickte lächelnd.

„Wo ist sie?"

„Nadjeschda ist bei Jelena."

„Sie ist bei Jelena? Wohnt sie nicht mehr drüben bei Al und Jule."

„Anfänglich wohnte sie da. Das passte ganz gut, nachdem Lorenzo nach Afrika ausgewandert und damit ein Zimmer frei geworden war. Aber dann ... sie sagte, das Zimmer sei schließlich das neue Kinderzimmer und zog Knall auf Fall ins Frauenhaus."

„Ins Frauenhaus?"

„Genau, es ist ein Haus für alleinstehende junge Frauen, die ... naja, die auf die schiefe Bahn geraten waren. Prostituierte, Drogenabhängige ..."

„Oh Gott, Karin, das ist ja schrecklich. Hat sie denn nicht das Geld ...?"

Karin lächelte verlegen. „Erst hat sie es strikt abgelehnt, doch dann ... sie sagt, sie würde es anlegen. Wofür hat sie mir nicht gesagt. Aber sie wollte es nicht für sich."

„Kann ich sie sehen? Wo ist dieses Frauenhaus?"

„Olli, ich weiß nicht, ob das so eine gute Idee ist. Damals ... "

„Karin, damals ist vorbei, verstehst du? Jetzt ist alles anders und ... ich kann ohne Jelena nicht leben, verstehst du? Das macht sonst alles keinen Sinn mehr ... Ich ... ich liebe Jelena." Wortlos reichte Olli den Arztbrief an Karin weiter.

Mit aufgerissenen Augen überflog diese die letzten Zeilen.

„Oh mein Gott, das ist ja unglaublich!" Sie ließ sich aufs Sofa fallen.

„Also, wenn ich das recht verstehe, die HIV-Infektion, die stammt gar nicht von dir ... du kannst sie gar nicht angesteckt haben. Ist es so?" Olli nickte stumm. "Weiß Jelena das?" Olli schüttelte den Kopf. "Aber, Olli, warum hast du dich nicht früher mal testen lassen? Du wusstest doch, dass ..."

"Du meinst, dass ich die Schwulenseuche, wie ich es immer höre, auf jeden Fall haben müsste?"

"Naja, war vielleicht nicht ganz so abwegig, aber jetzt ... mein Gott, wie schnell man doch sein Urteil über andere fällt." Karin stockte der Atem, sie stand auf und umarmte ihn. "Olli, es ... es tut mir leid ... ich wusste nicht ... ich ... ich weiß nicht, was ich sagen soll ... und Jelena ... was wird jetzt aus ihr?"

"Karin, ich will zu ihr, verstehst du? Ich will ihr sagen, dass ich sie immer noch liebe und dass ich mir nichts Schöneres vorstellen könnte, als bei ihr zu sein." Wortlos gab ihm Karin einen kleinen Zettel, auf dem ihre Adresse stand. "Danke, Karin." Olli küsste Karin auf die Wange, drehte sich um und ging zur Tür.

"Es ist nicht weit, zehn Minuten zu laufen", rief sie ihm noch hinterher. Dann verschwand er eilig im Treppenhaus.

Fünf Minuten später stand er atemlos vor dem Frauenhaus. Es war ein renovierungsbedürftiger Bau aus den fünfziger Jahren. Das einzig Neue war ein großes, glänzendes Schild am Eingang, das auf den Betreiber der Einrichtung, Sozialdezernat der Stadt Frankfurt, hinwies. Offenbar war es das Wichtigste, die armseligen Bewohner dieses Hauses immer wieder darauf hinzuweisen, dass sie dankbar dafür sein müssten, von der öffentlichen Hand so gnädig aufgefangen zu werden. Das Grau der Fassade hinter dem Schild ließ die Wirklichkeit nur erahnen.

Olli brauchte nicht zu klingeln, da sich die Tür von innen öffnete. Eine junge Frau, die er gut kannte, erschien.

"Olli, du hier? Gut, dass du kommst. Sie ist im ersten Stock, gleich links, Zimmer 14."

"Nadjeschda, schön dich zu sehen. Geht es dir gut?"

Nadjeschda lächelte. "Jelena weiß nicht, dass du kommst, stimmt's?

Wird nicht so einfach sein. Eigentlich wollte sie dich gar nicht mehr sehen und trotzdem ... verdammt, Olli, ich glaube, sie liebt dich noch immer. Also, mach's nicht nochmal kaputt. Irgendwann gibt es kein Zurück mehr."

Für einen Moment war sich Olli unsicher, ob sie das auf ihn oder auf sich selbst, ihre Erinnerungen bezog. Mit klopfendem Herzen ging er nach oben und klingelte zaghaft an der Zimmertür 14.

„Ist doch offen, Nadjeschda, weißt du doch!", ertönte es von drinnen und Olli hätte sich gewünscht, dass sie nicht Nadjeschda, sondern seinen Namen gerufen hätte. Zögernd blieb er in der halb geöffneten Tür stehen. Jelena saß mit dem Rücken zur Tür. Ohne sich umzudrehen, ergänzte sie: „Hast du noch etwas vergessen?" Dabei drehte sie sich langsam um. Als sie Olli in der Tür stehen sah, wurde sie plötzlich blass und ließ langsam die Stricksachen auf ihren Schoß sinken. Für einen Moment blickten sie sich schweigend an. Dann nahm sie wieder ihr Stricksachen und konzentrierte sich auf das angefangene Werk.

„Darf ich?", brachte Olli nach ein paar Minuten heiser hervor. Langsam trat er ein und setzte sich auf einen Stuhl. Das Zimmer war klein, sehr klein. Im Grunde war nur Platz für ein schmales Bett, einen Sessel, auf dem Jelena saß, einen winzigen Tisch und den Stuhl, auf dem sich Olli niedergelassen hatte.

„Ich ... ich würde gern mit dir reden, Jelena ... ich..." Jelena schwieg. Olli sah, wie ihre Hände anfingen zu zittern. „Ich dachte ... wir ..."

„Du dachtest ... seit wann, Olli ... seit wann dachtest du?" Jelena biss sich auf die Lippen und ließ ihr Strickzeug wieder in den Schoß sinken. „Damals, als ich im Krankenhaus lag ... hast du da auch gedacht ... wie es mir geht ... dass ich vielleicht deine Hilfe ..." Weiter kam sie nicht. Sie fing an zu schluchzen. Olli stand auf und wollte sie in den Arm nehmen, doch Jelena wehrte stumm ab.

„Verdammt, Olli, damals ... da hätte ich mir gewünscht ..." Wieder brach sie ab.

„Jelena, ich wollte ja, ich ..."
„Wollen allein reicht nicht, verstehst du, das reicht nicht. Kann ja verstehen, dass du dich mies gefühlt hast, dass ich, naja dass ich jetzt dieses verdammte Virus in mir trage, aber ... mein Gott, Olli, glaubst du wirklich, dass ich dich einfach so abgewiesen hätte, dass ..." Mit gebrochener Stimme fügte sie hinzu: „Ich habe auf dich gewartet, ich habe mir gewünscht, dass du kommst."
„Jelena, die haben mich nicht zu dir gelassen, dieser verdammte Stationsarzt ..."
„So, so, er hat dich nicht rein gelassen. Dieser verdammte Stationsarzt hat mir etwas ganz anderes gesagt. Und er war der Einzige, der sich um mich gekümmert hat, weißt du? Olli, das tat verdammt weh. Da ist dieses dämliche HIV eigentlich nichts dagegen. Das tat so weh ..."
„Jelena, hör mir zu ..."
„Nein, Olli, ich höre dir jetzt gar nicht zu, jetzt hörst du mir zu, verstanden? Es war schön mit dir, verdammt schön und ich möchte keine Minute mit dir missen. Keine Minute, auch wenn du mich mit diesem verfluchten Virus allein gelassen hast. Aber damit kann ich leben, hörst du, und ich werde damit leben, verdammt lange werde ich damit leben. Aber, was uns betrifft, wir beide ...wir ..." Jelena brach ab und weinte hemmungslos. „Bitte geh jetzt, Olli, ich habe hier genug Freunde, die sich um mich kümmern."
Olli stand auf und wandte sich zur Tür. Dann besann er sich und holte ein zerknittertes Stück Papier aus der Tasche. Es war Jelenas Brief von damals. Olli klappte ihn auf und las die Zeilen nochmals still für sich. *Ich möchte dich nie wieder sehen, du Schwein. Jelena.*
„Den brauche ich jetzt nicht mehr, du kannst damit machen, was du willst, Jelena." Er legte ihn auf den kleinen Tisch zusammen mit einer Kopie seines Arztbriefes, auf dem unmissverständlich sein HIV-negativer Befund stand. Er wand sich zum Gehen. Etwas hielt ihn fest.

„Jelena, es … es war anders als du denkst … es war ganz anders … und ich wollte dir noch sagen … ohne dich … ohne dich macht das alles keinen Sinn … ich …" Er drehte sich in der Tür nochmals zu ihr um. „ Jelena, ich … ich liebe dich. Das ist alles." Er eilte aus dem Haus. Bevor er die Straße hinunter lief, drehte er sich nochmals um und blickte hinauf zu Jelenas Fenster. Für einen Moment dachte er, sie dort stehen zu sehen. Dann rannte er so schnell er konnte zum Bahnhof. Ein seltsam warmes Gefühl regte sich in seinem Inneren. Er wusste, dass Jelena kommen würde, irgendwann.

Dedovsk, Juli 2020, später Nachmittag

Pjotr saß wie versteinert in einem großen Sessel und schaute starr aus dem Fenster in den angrenzenden Garten. Als Maria Karin und Nadjeschda sah, kam sie ihnen gebeugt und mit Tränen in den Augen entgegen. Nadjeschda hatte bereits die Hand um den Pistolengriff gelegt. Sie wusste, dass sie zum Äußersten bereit war. Als sie jedoch in Marias Gesicht sah, ließ sie ihre Arme sinken.
„Er … er ist weg", stammelte Maria fassungslos.
„Wer ist weg?" Karin hatte sich gefangen und wusste, dass etwas Schlimmes passiert sein musste.
„Daniel … Daniel ist weg."
„Daniel … weg … wie …" Nadjeschda spürte einen durchdringenden Schmerz. „Er ist weggelaufen?"
Maria schüttelte den Kopf. „Setzt euch, dann können wir …" Sie schaute unsicher zu Pjotr, der wie tot in seinem Sessel saß. „Dann kann ich euch erzählen, was passiert ist. Es war … es war schrecklich." Unsicher sah sie Karin an.
„Das ist Karin. Wir … wir sind …"
„Ich weiß." Maria nickte Karin ein kurzes Lächeln zu. Sie setzen sich an einen kleinen runden Tisch, auf dem ein paar Nähsa-

chen verteilt waren, die Maria eilig zur Seite räumte. Dann setzte sie sich zu ihnen und vergrub das Gesicht in ihren zitternden Händen.

„Wir ... wir hätten das niemals tun dürfen. Daniel, er ist so ein lieber Junge." Tränen flossen durch ihre fest ans Gesicht gepressten Hände. Karin legte ihren Arm um Maria.

„Maria, was ist passiert? Du musst uns alles erzählen."

„Niemand ... niemand wird uns das verzeihen ... mein Gott, er ist so ein lieber Junge ... wir hätten das nicht tun dürfen ... niemals."

„Maria, bitte ... wo ist Daniel ... was ist passiert?" Maria atmete schwer und hob den Kopf. Dabei blickte sie ängstlich zu Pjotr, der nach wie vor keine Regung von sich gab.

„Es waren Männer da, drei oder vier, sie ... sie haben ihn mitgenommen."

„Männer, welche Männer?"

„Es waren Evgenijs Männer ..." In diesem Augenblick zuckte Pjotr zusammen und starrte zu ihnen herüber.

„Maria, was sagst du da? Sie waren maskiert, keiner weiß, welche Männer das waren, und schon gar nicht, ob es Evgenijs Männer waren."

Karin strich Maria sanft über den Kopf. „Maria, wann war das?"

„Es ist schon knapp drei Wochen her. Gleich nachdem du hier warst, Nadjeschda, vielleicht drei Tage später. Es war ein friedlicher Morgen. Daniel ... mein Gott, er ... er zeigte mir seine Geige. Er sah so glücklich aus, er ist so ein lieber Junge. Es war das erste Mal, dass er mir etwas zeigte und ... ich dachte schon ... er schaute mich so lieb an. Dann krachte die Tür auf. Diese Männer schossen herein und stürzten sich auf Pjotr. Ich dachte erst, sie wollten unser Geld, meinen Schmuck. Mein Gott, ich hätte ihnen alles gegeben und dann ... dann schnappten sie sich Daniel. Er schrie ... er schrie so laut ... und ... er rief immer nur Mama. Er rief nach seiner Mama ... aber ... er rief nicht nach mir. Er rief nach seiner richtigen Mama. Er rief nach seiner Mama, so laut er konnte, und dann ... dann war er weg ... einfach so."

Maria sank wieder in sich zusammen. Sie konnte sich kaum noch beruhigen. Pjotr war wieder in seine Starre verfallen. Nadjeschda versuchte, Maria zu beruhigen.

„Evgenij, woher weißt du, dass es Evgenijs Männer waren?"

Wieder schreckte Pjotr auf. „Evgenij ist ein Krüppel. Er lag die ganze Zeit im Krankenhaus. Du, Nadjeschda, hast ihm das Bein und seine Eier weggeschossen. Er kann es gar nicht gewesen sein. Und unser Vater ... als er von Evgenijs Verletzung hörte, erlitt er einen weiteren Herzinfarkt und kam auch ins Krankenhaus. Also ... was erzählst du für einen Unsinn?"

Nadjeschda kam Marias fragenden Blicken zuvor: „Als ich vor etwas mehr als drei Wochen hierherkam, da dachte ich noch, Evgenij sei Daniels Vater und er ließ daran zunächst auch keinen Zweifel. Er hat mich angelogen. Er wollte mir Daniel ausliefern, wenn ich ..."

„Wenn du ihm nochmals zu seinen dreckigen Diensten stehst", ergänzte Maria. „So war es doch oder nicht?"

Nadjeschda nickte. „Zum Glück kam Pjotr dazwischen und dann sollte ich, wie du ja weißt, wieder zurück nach Frankfurt fliegen."

„Du bist aber nicht gleich zurück, oder?", wollte Maria wissen.

„Ich wollte schon, aber Evgenij hat mich wieder abgepasst. Er hat mich in einen Lieferwagen gesperrt. Es war weit weg, wo mir niemand helfen konnte, wo niemand meine Schreie hörte." Nadjeschda schluckte, als die Erinnerungen wieder hochkamen.

„Ich musste mich nackt ausziehen und dann ... dann wollte er das alles nachholen." Nadjeschda musste tief Luft holen, bevor sie mit ihren Schilderungen fortfuhr. „Sein Fahrer hielt die Pistole auf uns gerichtet. Aber ich konnte Evgenij überrumpeln und würgte ihn mit meinem Gürtel, den ich mir beim Ausziehen zurechtgelegt hatte. Es war meine einzige Chance. Und dann schrie er zu seinem Fahrer, schieß doch, schieß doch ... und er schoss. Er traf aber nicht mich, sondern Evgenijs Bein. Ich bin dann weggelaufen. Evgenij blutete offenbar stark und sie sind weggefahren. Ich hatte später Glück und konnte die Hauptstraße erreichen, wo mich ein Lastwagenfahrer nach Dedovsk mitnahm."

„Das heißt, nicht du, sondern sein Fahrer hat Evgenij angeschossen. Das war also alles gelogen, was uns Evgenij im Krankenhaus erzählt hat?"

Nadjeschda nickte. „Ich habe die Pistole nie in der Hand gehabt. Wie auch, sie haben mich ja bedroht. Sie waren zu zweit."

Maria schaute zu Pjotr. „Er ist ein Schwein, dein Bruder .... Hast du gehört, ein Schwein. Ich glaube nach wie vor, dass er hinter Daniels Entführung steckt. Nicht er selbst war es. Er macht sich die Finger nicht schmutzig, aber seine Männer. Er wollte sich rächen, und er hat sich gerächt, an Nadjeschda, an dir, an mir, er ist ein Schwein."

Langsam erhob sich Pjotr und sah mit verzerrtem Blick aus dem Fenster. Dann sagte er mit rauer Stimme: „Wenn das alles stimmt ... dann Gnade ihm Gott ... Wir müssen zu ihm. Er und Vater wurden gestern aus dem Krankenhaus entlassen. Wenn er Daniel hat, dann ... dann bringe ich ihn um, das schwöre ich, ich bringe ihn um." Maria ging zu Pjotr und beide umarmten sich schluchzend. Nadjeschda und Karin saßen still zusammen. Es lag eine unheilvolle Spannung im Raum. Pjotr löste sich von Maria. Dann schweifte sein Blick zu Karin und zu Nadjeschda. Gedankenversunken murmelte er vor sich hin: „Du hast recht, Maria, Daniel ... er braucht seine Mutter. Und wenn Evgenij dahintersteckt, dann ..." Er biss die Zähne zusammen, sodass seine Wangenmuskulatur hervortrat. Er schien zu allem bereit. Er nahm Maria bei der Hand und wandte sich dem Ausgang zu. Als er bemerkte, dass Karin und Nadjeschda unsicher stehenblieben, drehte er sich nochmals um: „Kommt ihr mit? Wir gehen zu Evgenij ... und Daniel. Er braucht seine Mutter."

Wortlos folgten sie Pjotr aus dem Haus. Es war wie eine kleine Truppe, die in den Krieg zog, in einen letzten Kampf, von dem jeder wusste, dass er ihn mit dem Leben bezahlen könnte. Aber die Entschlossenheit war stärker. Sie wussten mehr als jeder Soldat, wofür sie kämpften.

Pjotr musste nicht klingeln, aber er tat es trotzdem. Er hatte nach wie vor einen Schlüssel zum elterlichen Haus. Jetzt wollte er sich ankündigen, weniger als Teil der Familie, sondern als jemand, der etwas zu klären hatte und bereit war, mit der Familie zu brechen. Als sich die Tür knarrend öffnete, erschien wieder der seltsame ältere Mann.

„Pjotr, warum klingeln Sie? Gehe ich recht in der Annahme, dass Sie einen Schlüssel haben, freien Zutritt? Wie dem auch sei, kommen Sie herein." Sein gestelztes Russisch klang vollkommen unangebracht. Ungeduldig schob ihn Pjotr zur Seite. Er ließ keinen Zweifel daran aufkommen, dass er zu allem bereit war. Die anderen folgten ihm durch den dunklen Gang. Im Wohnzimmer bot sich ein unerwartetes Bild. Etwa zehn Männer, ganz in Schwarz gekleidet, fläzten sich auf einer wertvollen Chaiselongue, die schwarzen Stiefel lässig über den Lehnen hängend, oder kippelten in kleinen Gruppen auf grazilen Stühlen, die unter ihrer Last bedenklich ächzten. Halbleere Wodkaflaschen standen auf dem Boden. Es sah aus wie nach einem Saufgelage. Billiger Alkoholgestank lag stechend in der abgestandenen und von grauem Zigarrennebel durchzogenen Luft. Nur drei Sanitäter schienen noch einigermaßen nüchtern. Sie saßen an einem kleinen Tisch und spielten Karten. Eine Art Anführer hatte seine Beine auf einem zierlichen Intarsientisch ausgebreitet. Eingetrocknete Schlammreste seiner Springerstiefel kratzten trotzig über die wertvolle Oberfläche des kleinen Tisches, der unter seinen massigen Beinen und Schuhen jeden Moment einzubrechen drohte.

Als Pjotr und sein Gefolge in den Raum platzten, schien er davon keine Notiz nehmen zu wollen und machte schon gar keine Anstalten, das zerstörerische Werk seiner Stiefel zu unterbrechen. Zwi-

schen Zeige- und Mittelfinger seiner rechten Hand hielt er eine fette Zigarre. Ein goldener Stern blitze auf einem roten Siegelring, der an seinem Mittelfinger prangte. Den Kopf nach hinten geneigt, sog er kräftig an der Zigarre, die dabei am äußeren Ende rot glimmend wie ein Warnsignal aufleuchtete. Dann ließ er den dunklen Qualm aus seinen wie zu einem Schlot geformten Lippen wabern und blies den Rest aus seinem Hals in Pjotrs Richtung. Dabei richtete sich seinen Blick genüsslich auf den Rest der glimmenden Zigarre.
„Das sind sie .... die haben ihn mitgenommen ...", flüsterte Maria Pjotr von der Seite zu. Pjotr neigte sich ärgerlich in Marias Richtung. Sein Ärger galt jedoch weniger Maria als dem, was sich vor ihm abspielte. Pjotr glich jemandem, der bestimmen wollte, wo es langgeht und verzweifelt erkennen musste, dass er keine Chance hatte.
„Wer sind Sie?!", schnaubte Pjotr den Unbekannten vor ihm an. Dieser gab sich weiter betont gelangweilt. Seine Augen waren starr auf seine Zigarre gerichtet.
„Wladimir ... und mit wem habe ich die Ehre?" Ein hämisches Grinsen zog über sein grobes Gesicht, das unterhalb der Nase durch einen auffallenden an den Seiten zu einem Halbkreis gedrehten Schnurrbart wie in zwei Teile getrennt zu sein schien. Seine Stimme knarrte, vermutlich vom übermäßigen Alkoholkonsum. Es klang wie gegerbtes Leder. Bei dem Namen Wladimir zuckten Nadjeschda und Karin zusammen. Wladimir war zwar kein seltener Name in Russland. Aber spätestens der Ring am Finger ließ keine Zweifel daran, dass es sich um jenen Wladimir handeln musste, vor dem sie Kathinka so eindringlich gewarnt hatte. Pjotr ließ sich nichts anmerken, obwohl auch er sicher sofort wusste, wer vor ihm saß.
„Pjotr Kasparow, ich bin einer der Söhne von Ivan Kasparow. Ich habe gehört, dass mein Vater heute aus dem Krankenhaus entlassen wurde und ..."

„Ja, ja, ich weiß. Ersparen Sie mir Ihr Geschwätz. Was wollen Sie von ihm?", unterbrach er Pjotr ungeduldig. Träge zog er seine Stiefel vom Tisch, was ein Mark und Bein durchdringendes quietschendes Geräusch verursachte. Die anderen Männer im Raum drehten sich gelangweilt um und lächelten amüsiert. Die Sanitäter unterbrachen nur kurz ihr Kartenspiel, drehten sich jedoch geduckt wieder um. Offenbar wollten sie keine Notiz davon nehmen, was hier vor sich ging.

„Ich will zu ihm, wir haben etwas zu besprechen."

Wladimir hob die Augenbrauen und sog erneut an seiner Zigarre. Dabei zogen sich seine Wangen zusammen. Die Schnurrbartzipfel beugten sich nach unten, um gleich anschließend wieder in die ursprünglich waagerechte Position zurückzuschnellen.

„So, so, Sie wollen also zu Ihrem Vater. Sie haben mit ihm etwas zu besprechen ... Er ist oben ... mit seinem anderen Sohn, Evgenij." Dann wandte er sich wieder seiner Zigarre zu und ließ seine Stiefel erneut auf den kleinen Tisch krachen. Pjotr wollte noch etwas sagen, ihn von Mann zu Mann zurechtweisen, blieb aber innerlich bebend stehen.

„Was wollen Sie noch?" Wladimir nickte Pjotr provozierend zu. „Gehen Sie ... gehen Sie. Die Schlappschwänze da drüben werden Sie nicht aufhalten." Hämisch grinsend nickte er den Sanitätern zu, die unterwürfig ihre Köpfe zusammensteckten, als hätten sie nichts mitbekommen. Ein schallend feuchtes Lachen gurgelte aus Wladimirs Kehle, das erst wieder durch den nächsten Zug an seiner Zigarre im Raum verhallte.

Ohne weitere Worte zu verlieren, drehte sich Pjotr um und stampfte die Treppen hoch zum elterlichen Schlafzimmer. Die anderen folgten ihm. Nadjeschda und Karin waren froh, dass sie die Konfrontation mit Evgenij und seinem Vater nicht allein austragen mussten. Ihre Anspannung steigerte sich dennoch ins Schmerzhafte. Gemeinsam betraten sie das große Schlafzimmer. Das Bett war unberührt. Gegenüber saßen auf jeweils zwei großen Ohrensesseln Evgenij und sein Vater Ivan. Pjotr baute sich drohend vor den beiden auf, die anderen standen gebannt hinter ihm.

„Pjotr, mein lieber Bruder, was verschafft uns die Ehre?"

„Wo ist er?" Pjotr schnaufte vor Erregung.

„Wo ist wer? Und überhaupt, freust du dich nicht, dass wir als Familie mal wieder vereint sind?"

„Rede keinen Quatsch, wo ist er?" Evgenij schien die Frage zu ignorieren. Dann nahm er seinen Stock und stand auf.

„Sieh an, sieh an ... Nadjeschda ... meine kleine Nadjeschda. Wie du siehst, lebe ich noch." Langsam humpelte er in ihre Richtung. Nadjeschda wich instinktiv zurück. „Erstaunlich ... wirklich erstaunlich."

„Was ist erstaunlich? Lass sie in Ruhe!", fauchte ihn Pjotr an. Evgenij lachte sarkastisch.

„Ich soll sie in Ruhe lassen? Ausgerechnet ich! Sie hat mich zum Krüppel geschossen, hast du das vergessen?"

„Du lügst, du Schwein!", platzte Nadjeschda aufgeregt dazwischen.

„Oh, ich lüge ... ich lüge ... soll ich dir mal die Lüge zeigen? Mein Bein hast du weggeschossen und meine Eier ... hier schau mal, ich zeig dir meine Lüge." Evgenij fingerte an seinem Gürtel. Als er dabei Nadjeschda immer näher kam, stieß ihn Pjotr zurück, so dass er sich gerade noch auf seinem Stock aufstützen konnte.

„Lass das, du weißt genau, dass das eine Lüge ist. Nadjeschda hatte gar keine Waffe. Sie konnte dich gar nicht anschießen. Es war dein dämlicher Fahrer."

Evgenij lachte überheblich. „Pjotr, du warst schon immer ein Narr und bist es noch immer. Was meinst du wohl, wem sie eher glauben, mir, einem armen russischen Edelmann, dem man das Bein und die Eier weggeknallt hat, den man entmannt hat und das noch von einer dreckigen Lesbe, die nach ihrem kleinen Bastard sucht und glaubt, ich hätte ihn geklaut ... oder vielleicht dieser dreckigen

Hure? Nein, mein Lieber. Die Zeitungen sind voll von meiner Geschichte. Wen interessiert da die Wahrheit. Erstaunlich ist nur, dass sich dieses Miststück erneut hierher traut. Ein Wunder, dass man sie nicht schon an der Grenze abgefangen hat. Ab nach Sibirien und ich werde alles dransetzen, dass man sie dort verrecken lässt."
„Evgenij, du bist ein lächerliches Stück Scheiße und das weißt du. Und unserem Vater gaukelst du den treusorgenden Sohn vor, nur um dich an seinem Erbe zu bereichern."
„Das ich nicht lache, Pjotr. Sieh doch, wie gut es ihm geht. Wenn ich nicht wäre, dann läge er inzwischen unter der Erde. Dein Erbe, Pjotr, wenn davon noch etwas übrig bleibt, das muss noch etwas warten, wie du siehst." Es war für alle wirklich erstaunlich anzusehen, in welch guter Verfassung Ivan Kasparow sich befand. Er wirkte zehn Jahre jünger. Ivan stand auf, ging langsam auf Pjotr zu und verzog das Gesicht zu einer missbilligenden Grimasse.
„Das stimmt. Wenn Evgenij nicht wäre, dann läge ich bereits im Sarg. Und wo warst du in der Zwischenzeit? Früher dachte ich immer, du wärst mein bester Sohn. Und jetzt schäme ich mich dafür. Du bist ein Nichts, Pjotr. Und jetzt lass uns in Frieden, du und dein dreckiges Gespann." Mit einer abfälligen Handbewegung drehte er sich um, ging ein paar Schritte und ließ sich wieder in den Sessel fallen. Triumphierend nahm er sich eine Zigarre aus der Brusttasche und zündete sie paffend an. Für einen Moment wusste Pjotr nichts zu sagen, sodass sich Nadjeschda vor ihn stellte.
„Nadjeschda, bleib hier", versuchte Karin sie noch zurückzuhalten. Es war zu spät. Starr vor Schreck blickte sie Nadjeschda hinterher.
„Evgenij, ich glaube, du hast die Frage deines Bruders nicht verstanden. Wo ist er?" Evgenij sah betont gelangweilt zum Fenster.
„Langweile mich nicht mit deinen blöden Fragen und zieh Leine, du elende Schlampe." Sein Augenlid zuckte nervös. „Verpiss dich, bevor ich meine Männer rufe." Nadjeschda starrte ihn verbissen an.

„Wo ist er?"

„Verschwinde zu dreckige ..." Evgenij verstummte schlagartig, als er sah, dass Nadjeschda die Pistole aus ihrer Jackentasche zog und mit versteinertem Ausdruck auf ihn zielte.

„Wie du weißt, Evgenij, habe ich hier nichts mehr zu verlieren. Und bevor ich in Sibirien verreckte ..." Nadjeschda nahm die Pistole in beide Hände und richtete sie auf Evgenijs Kopf.

„Nadjeschda, was tust du da?" Entsetzt sprang Karin nach vorne. Doch Pjotr hielt sie zurück.

„Wo ist er, Evgenij? Du kannst dich drauf verlassen, bei drei puste ich dir ein Loch in die Stirn. Eins ..."

„Halt, halt, halt, ich ... ich weiß nicht ..." Evgenij fing an zu stottern und sah mit angstverzerrtem Gesicht in die Pistolenmündung.

„Zwei ..." Es war totenstill und ein leichtes Knacken an Nadjeschdas Zeigefinger verriet, dass sie es ernst meinte.

„Nadjeschda, tu es nicht", schrie Karin verzweifelt, während Pjotr sie mit beiden Händen zurückhielt.

„... und ..."

„Er hat ihn." Evgenij drehte sich zu seinem Vater und zeigte mit zitternder Hand auf ihn. Ivan hatte bis dahin dem makabren Schauspiel nahezu gleichgültig zugesehen. „Er hat ihn ... es war seine Idee."

„Evgenij, was redest du da?" Ivans Stimme überschlug sich. „Wir hatten doch vereinbart, dass ..."

„Er hat ihn geklaut, er war es." Unterbrach ihn Evgenij. Nadjeschda schwenkte ihre Pistole zu Ivan.

„Evgenij, wie du weißt, bin ich gut im Schießen. Dein Bein, deine Eier, ich war's allerdings nicht. Ich hätte dich gleich richtig getroffen, verlass dich drauf. Und jetzt seid ihr beide dran ... ein letztes Mal, wo ist er?", schrie Nadjeschda entschlossen und zielte weiter auf Ivans Kopf.

„Er hat ihn." Evgenij wirkte plötzlich seltsam ruhig. War es, weil die Pistolenmündung nicht mehr auf ihn zielte? Nadjeschda spürte plötzlich, dass er etwas Teuflisches im Schilde führte. „Er hat ihn", wiederholte er plötzlich hämisch grinsend. „Er hat ihn sich geklaut. Er hat ihn hier drin." Evgenij schlug sich mit der Faust auf die Brust.

„Evgenij, halt die Klappe!", fuhr ihn Ivan an. Seine Stimme zitterte. „Nein, Vater, sie soll es wissen. Sie soll leiden, schwer leiden ... sie soll daran zerbrechen ... sie wird daran zerbrechen." Nadjeschda fing an zu zittern. In der schweißnassen Hand fühlte sich die Pistole plötzlich schwer und kalt an. „Warum geht es ihm wohl so gut, hä? Warum wohl? Weil er ihn hat. Er hat sein Herz geklaut." Evgenij wollte aufspringen, was jedoch wegen seiner Beinprothese nicht so rasch klappte. Mit einem letzten Ruck ließ er sich gegen die Lehne von Ivans Stuhl fallen. Dann lachte er triumphierend „Sieht er nicht schön aus, unser Vater? Wie früher ... so gesund ... so stark." Mit einer theatralischen Handbewegung strich er über Ivans Haare. Dann glitt seine Hand auf Ivans Brust. „Hier ist er, euer Bastard. Hier schlägt es ... sein Herz ... Daniels Herz." Mit einem bösartigen Grinsen hielt er sein Ohr in die Nähe der Brust seines Vaters und fauchte: „Könnt ihr es hören? Bum, bum ... Daniels Herz ... bum, bum ... klingt es nicht schön? So stark, so jung." Alle beobachteten entsetzt, was sich vor ihren Augen abspielte. Nadjeschda ging in die Knie und flüsterte mit gepresster Stimme: „Das ist nicht wahr. Du lügst, du Schwein, du lügst. Ich knall dich ab ... ich knall euch beide ab." Nadjeschda würgte die Worte gerade noch heraus, dann sank sie zusammen. Mit letzter Kraft hielt sie die Pistole zitternd auf Ivan gerichtet. Evgenij lachte erneut aus tiefster Kehle.

„Na los, schieß doch. Schieß ... Oh nein, du kannst nicht schießen, du weißt, dass du dein eigenes Kind erschießen würdest ... mitten ins Herz! In sein Herz. Du würdest ihn umbringen, dein Kind, dein Fleisch und Blut." Ein lautes, dreckiges Lachen hallte durch den

Raum. „Mutter erschießt eigenes Kind, mitten ins Herz ... mein Gott, wie herzzerreißend das klingt. Nein, meine Liebe Nadjeschda, mein teuflischer Engel... diesmal lüge ich nicht ... ausnahmsweise Mal nicht. Komm ruhig her. Hör es dir an, das Herz deines Sohnes ... bum, bum ... er hat ein gutes Herz ... er hatte ein gutes Herz. Jetzt gehört es uns ... nur uns allein."

„Nein, du Schwein!" Ein ohrenbetäubender Schrei kam aus der hintersten Ecke des Raumes. Maria sprang wie eine Furie auf Evgenij zu. Noch bevor sie ihn erreichte, drehte sie sich zu Nadjeschda, die inzwischen verzweifelt auf dem Boden kauerte und entriss ihr die Pistole. Dann drehte sie sich zu Ivan, der sie entsetzt anstarrte. Ein ohrenbetäubender Schuss zerriss die Spannung, wie ein Blitz. Ein schwarzer Punkt an Ivans Stirn ließ erkennen, dass die Kugel knapp über seiner Nasenwurzel eingedrungen war. Hellrotes Blut und eine weiße Masse spritzen über den goldenen Bezug der Rückenlehne.

„Maria, was tust du da?" Noch bevor sie den zweiten Schuss auf Evgenij abfeuern konnte, hatte Pjotr sie überwältigt. Dann ging alles ganz schnell. Wladimir und seine Männer kamen alarmiert vom Pistolenschuss die Treppe hochgestürmt und stürzten sich auf Nadjeschda und Karin. Maria hatte die Pistole infolge von Pjotrs fester Umklammerung fallen lassen. Evgenij wollte sich noch auf die Pistole stürzen, aber Pjotr trat geistesgegenwärtig gegen die Waffe, sodass sie für Evgenij unerreichbar quer durch das Zimmer flog. Die Sanitäter stürzten sich auf Ivan, aus dessen Stirn nur wenig Blut tropfte. Seine Augen waren aufgerissen, sein Kopf, oder was davon übrig war, zur Seite gekippt. Seine hintere Schädeldecke klebte wie eine zerbrochene, von einer undefinierbaren weißroten Masse triefende Schale, an der Rückenlehne seines Sessels. Aus einem tiefen Krater seines Hinterkopfes pulsierte hellrotes Blut.

„Weg mit ihnen ... schafft sie weg", rief Evgenij krächzend. Er stürzte sich auf seinen Vater. Blut spritze ihm entgegen und er presste ein

Kissen gegen dessen zerschmetterten Schädel. Pjotr hielt Maria fest, während Wladimirs Männer Nadjeschda und Karin aus dem Raum zerrten. Ihre Hände wurden mit Handschellen auf dem Rücken gefesselt. Dann wurden sie die Treppe hinunter und durch den dunklen Eingang zur Haustür gestoßen. Bevor sie auf die Straße stolperten, wurden ihnen dunkle Kapuzen über den Kopf gezogen. Das Letzte, was sie hörten, war das Scheppern einer Metalltür, nachdem beide in das Innere eines Lieferwagens gestoßen worden waren. Ein Stich in den Oberarm, ein kurzes Brennen, dann unendliche Stille.

Österreich, Juni 2013

Es war ein heißer Tag, als Georg wie gewohnt seine Kapitänsmütze aufsetzte und zum Bootssteg hinab lief. Am Strand tummelten sich einige Eltern mit ihren Kindern. Während das Hotel im Frühling und Herbst nur von Firmen, Agenturen und Kanzleien für Workshops genutzt wurde, kamen jetzt, in der Sommerzeit Familien mit ihren kleinen Kindern. Olli rannte Georg hinterher und gab ihm den Auftrag, noch Baguette zu besorgen.
„Kommen noch Gäste, Georg?"
„Es kommt noch eine Mutter mit Kind."
„Eine Mutter mit Kind, kennen wir die?"
„Waren schon mal hier, zumindest die Mutter. Liegt aber schon eine Weile zurück, Sommer 2011. Du wirst dich sicher erinnern, wenn sie hier sind." Mit einem vielsagenden Lächeln sprang Georg auf sein Hotelboot. Irgendwie wirkte er jünger als früher, ging in seinem Job vollkommen auf und war auch bei den Gästen als Mädchen für alles beliebt.
Als das Hotelboot sich später vom anderen Ufer her näherte, überkam Olli plötzlich ein seltsames Gefühl. Angestrengt blickte er

zum Boot, das knatternd wie eh und je immer näherkam. Als er meinte zu erkennen, wer darin übersetzte, blieb er wie angewurzelt stehen. Seine Beine schwankten, er spürte sein Herz rasen. Es war ohne Zweifel Jelena.

Georg legte das Boot an. Dann half er Jelena auszusteigen. Sie hatte etwas auf dem Arm, das Olli nicht gleich erkannte. Jelena stellte das Etwas auf den Boden. Es war ein Kind, das gerade so an der Hand der Mutter gehen konnte. Jelena beugte sich immer wieder fürsorglich zu dem Kind herunter, während beide bedächtig den Steg herauf Olli entgegenkamen.

Dann blieben sie voreinander stehen und schauten sich in die Augen, jeder für sich gespannt, was geschehen würde.

„Du siehst gut aus, Jelena."

„Du auch, Olli. Geht es dir auch gut?" Olli nickte. „Darf ich dir meinen kleinen Lorenz vorstellen?"

Olli beugte sich nach vorne und streichelte Lorenz über die schwarz glänzenden Haare.

„Lorenz? Du hast eine Familie gegründet, Jelena?"

„So kann man das nennen." Jelena lächelte. Olli merkte, wie ihm schwindelig wurde.

„Können wir uns setzen, Jelena?" Sie setzten sich auf eine Bank. Olli schaute auf Lorenz, der schüchtern und doch neugierig seinen Blick erwiderte. „Darf ich?" Jelena nickte freundlich. Olli streckte seine Arme nach Lorenz aus, der sich von ihm auf den Schoß nehmen ließ. „Ich freue mich, Jelena, dass es dir gut geht, und ... offenbar bist du wieder im Leben angekommen." Jelena nickte nachdenklich. „Und dein Mann? Du bist doch sicher verheiratet?" Jelena schüttelte den Kopf. „Naja, dann sagen wir halt, sein Vater, ist er ... ich meine ... kommt er vielleicht später auf die Insel?" Olli versuchte so gut es ging die Fassung zu behalten. Der Gedanke, dass Jelena inzwischen mit einem anderen Mann zusammen sein könnte, überfiel ihn kalt. Jelena nahm ihr Portemonnaie aus der

Tasche und zog ein Bild hervor, das sie Olli schweigend entgegenhielt.

„Ist er das, sein Vater?" Ollis brachte die Frage kaum über die Lippen. Seine Augen waren voller Tränen, sodass er das Bild kaum erkennen konnte.

„Ja, Olli, das ist sein Vater. Und das Schöne ist, die beiden, Lorenz und sein Vater, sie sehen sich sogar unglaublich ähnlich." Olli wandte sich ab, nahm Lorenz vom Schoß und setzte ihn an Jelenas Seite. Er wollte aufstehen, doch sie hielt ihn zurück.

„Willst du ihn dir nicht ansehen, seinen Vater?"

„Bitte, Jelena, mach es mir nicht noch schwerer. Ich …ich kann das nicht … ich…"

Jelena streckte ihm weiter wortlos das Bild hin. Es war an den Rändern schon etwas vergilbt und zeigte einen kleinen Jungen mit großer Zuckertüte. Mit feuchten Augen blickte sie Olli an. „Findest du nicht, dass er dir ähnlich sieht … unser Lorenz … dein Lorenz?"

„Unser Lorenz … mein Lorenz?" stammelte Olli. „Mein Gott, Jelena, … wie kann das sein … Lorenz, er ist …?" Jelena nickte. Olli schluckte heftig, als er sein eigenes Kinderbild wiedererkannte. Dann drehte er sich von der Bank und sank vor Lorenz auf die Knie. Immer wieder ging sein Blick zwischen Bild und Lorenz hin und her. Lorenz schaute seinen Vater unsicher und doch scheinbar vertraut an. Mit zitternden Händen nahm Olli den kleinen Jungen in den Arm, drückte ihn an sich und streichelte ihm zärtlich über den Kopf. Er küsste ihn auf die Wangen, um ihn gleich wieder an sich zu drücken, als wollte er alle bisher versäumten Küsse und Umarmungen nachholen.

Nach einer Weile löste er sich von ihm. „Mein Gott … Lorenz … mein Sohn … du bist mein Sohn und ich … ich bin dein Vater, verstehst du das?" Natürlich konnte Lorenz nicht verstehen, aber es war ein Moment der Ruhe, der alle drei erfasste und noch lange still auf der Bank verweilen ließ.

Jelena holte einen schon sehr mitgenommenen Zettel aus der Tasche. Darauf standen die Worte, von denen Olli geglaubt hatte, dass es die letzten waren, die Jelena ihm geschrieben hatte.
„Olli, das ist nicht mein Brief. Ich habe dir nie einen Brief geschrieben. Ich habe nur auf dich gewartet, damals im Krankenhaus. Wer immer diesen Brief geschrieben und dir gegeben hat, der möge jetzt in der Hölle schmoren."
Olli starrte Jelena an. „Vermutlich war es derselbe, der mich daran gehindert hat, dich zu sehen. So ein verdammtes Schwein!"
Jelena zerknüllte den Brief und wollte ihn ins Wasser werfen.
„Moment, ich habe da eine bessere Idee." Olli holte sein Feuerzeug aus der Tasche, faltete den Brief wieder auseinander und hielt die Flamme daran. Zuletzt blieb nur ein Häufchen Asche übrig. Ein Windstoß erfasste die Asche und blies sie ins Wasser, wo sie wegtrieb und langsam versank.

Frankfurt, Juni 2019

Daniel und Valerie waren von Anfang an unzertrennlich. Wenn Valerie als Säugling nicht zu beruhigen war, wenn sie wieder einmal schrie, dass die Gläser im Schrank klirrten, gab es nur eine Möglichkeit, nämlich Daniel an ihre Seite zu legen. Dies führte unweigerlich dazu, dass beide stets zusammen in ihrem Kinderbettchen schliefen, entweder in der Wohnung von Jule und Al oder bei Nadjeschda und Karin. Auch als sie größer wurden, war das gemeinsame Bettchen ein absolutes Muss. Jede Trennung führte beim Einschlafen oder später in der Nacht unvermeidlich zu heftigen Protesten. Selbst an ihrem achten Geburtstag, der schon ein paar Monate zurücklag, wollten sie ihre Geschenke miteinander teilen. Dies hatte weitreichende Konsequenzen: Als bei Jule und Al ebenso wie bei Karin und Nadjeschda das nötige Einkommen es zuließ und man befand, sich eine größere Wohnung zu suchen, galt es, entweder nach einer gemeinsamen Wohnung oder zwei auf einer Etage gegenüberliegenden Wohnungen Ausschau zu halten. Eine weitere räumliche Trennung kam aufgrund der Kinder nicht infrage. Die eingeschalteten Makler schüttelten den Kopf, wenn sie hörten, was auf der gemeinsamen Prioritätenliste der Wohnungssuchenden ganz oben stand und es dauerte eine Weile, bis man tatsächlich zwei den Vorstellungen entsprechende Wohnungen beziehen konnte.

Al hatte, trotz heftiger Diskussionen mit Kranenberger, seinem Chef, der ihn zunächst aufgrund unentschuldigten Fehlens feuern wollte, seine alte Stelle wieder aufnehmen können. Mehr noch, bei der Nachricht von Valeries Blindheit, schmolz der sonst als hartherzig bekannte Kranenberger förmlich dahin, sodass sich Al mit der Zeit sogar Freiräume schaffen konnte, die es ihm erlaubten, sich intensiv um Valerie zu kümmern. Gemeinsam mit anderen betroffenen Eltern gründeten sie eine Selbsthilfegruppe für Familien mit sehbehinderten Kindern, die sich mindestens dreimal pro Woche traf. Für Al und Jule ging es bald nur noch um diese Selbsthilfegruppe. In jeder freien Minute drehten sich ihre Gedanken und Aktivitäten um Valerie und darum, wie man ihr einen optimalen Einstieg in ihr sicherlich erschwertes Leben ermöglichen könnte. So war es ihnen anfänglich kaum aufgefallen, wie wenig Zeit sie seither noch miteinander verbrachten. Jeder für sich wollte nur noch für Valerie da sein. Kein gemeinsames Ausgehen, keine Konzerte, kein sich mal eben etwas Gönnen, nur noch Valerie.

Abgesehen davon, dass sehr bald auch Valerie die häufigen Termine in der Selbsthilfegruppe, die sie stets ohne Daniel ertragen musste, zu missfallen schienen, war es Nadjeschda, die Jule und Al zur Rede stellte.

„Gibt es für euch beide eigentlich noch einen anderen Lebensinhalt, als eure Selbsthilfegruppe?", raunzte sie die beiden an, als Valerie mal wieder dem friedlichen Spiel mit Daniel entrissen werden sollte.

„Sie braucht das, sonst wird sie in ihrem Leben immer benachteiligt sein", waren die erklärenden Worte. Nadjeschda ließ sich nicht abbringen. Vermutlich schwangen die Erinnerungen an ihre eigene einst verzweifelte Situation mit, in der sie sich damals in Depressionen und Selbstmitleid verstrickt hatte.

„Nicht Valerie, ihr braucht das alles. Es ist eure Selbsthilfegruppe."

„Sag mal, spinnst du? Daniel ist ja gesund, aber Valerie ist …"

„Verdammt noch mal, sie ist auch gesund. Und sie wird ihr Leben meistern, vielleicht etwas anders als wir, aber sie wird es schaffen. Wenn jemand krank ist, dann seid ihr das mit eurem verdammten Selbstmitleid, mit eurem schlechten Gewissen, an Valeries Blindheit irgendwie schuld zu sein." Jule ballte die Fäuste und stand Wut kochend vor Nadjeschda. Al konnte Jule gerade noch davon abhalten, die Faust gegen Nadjeschdas Kopf zu schleudern.

Er wusste, dass Nadjeschda recht hatte. Er wusste es schon lange, wollte sich die Wahrheit jedoch nicht eingestehen. Stattdessen gefiel er sich in der Rolle des Leidenden, des Märtyrers für seine Tochter. Es war die Strafe, die eigentlich ihn treffen sollte und unter der nun seine Tochter ihr Leben lang leiden musste. Mühsam zog er Jule, der vor Zorn die Tränen im Gesicht standen, in ihre gegenüberliegende Wohnung zurück. Die Selbsthilfegruppe fiel an diesem Tag zum ersten Mal aus. Jule meinte noch eine Zeitlang unbeirrt, das gemeinsame Wohnkonzept infrage stellen zu müssen, um mit Valerie an das andere Ende der Stadt zu ziehen.

Später am Abend hatte Al gekocht und eine Kerze auf den Tisch gestellt. Jule machte große Augen, als sie noch immer schmollend aus dem Schlafzimmer kam.

„Ist dir einmal aufgefallen, Jule, wie glücklich Valerie ist, wenn sie mit Daniel zusammen ist?"
„Na und? Sie weiß halt noch nicht, was für sie wichtig ist, und die blöde Ziege gegenüber ..."
„Die blöde Ziege gegenüber weiß vielleicht sehr gut, was für Valerie wichtig ist."
Jule schluckte. „Al, wir wollen doch nur das Beste für Valerie ..."
„Genau, Jule, und deshalb glaube ich, dass Nadjeschda recht hat. Und vor allem, was nützt es Valerie, wenn wir beide uns mehr und mehr auseinanderleben?" Jule nickte zaghaft. „Was meinst du? Nach dem Essen, noch ein Glas Wein beim Italiener nebenan?
„Und Valerie?"
"Valerie ist glücklich bei Daniel, hast du das vergessen? Und später ... ich meine, nach dem Wein ..." Jule legte ihre Hand auf seinen Arm und küsste ihn sanft auf den Mund. Ihre Augen glühten zustimmend.
Was Daniel und Valerie betraf, stießen die deutlich selteneren Termine der Selbsthilfegruppe, anfänglich nur noch einmal pro Woche, bald nur noch einmal monatlich, offensichtlich auf Zustimmung. Beide wurden nicht müde, die gemeinsame Zeit im Kinderzimmer mit Aktivitäten und Spielen zu verbringen, die für Außenstehende schwer nachvollziehbar gewesen sein dürften. Es war kaum von ihnen zu hören, wenn sie mit Legosteinen spielten. Daniel baute Häuser, Flugzeuge und Boote und Valerie fingerte zielsicher die von ihm geforderten Legosteine aus der Kiste, in der alle Größen und Formen kunterbunt durcheinanderflogen. Die Farbe der Steine spielte dabei keine Rolle. Am Ende ließ Valerie voller Bewunderung ihre Finger über das fertige Objekt gleiten.
Was die anfänglichen ersten Worte betraf, war es Valerie, die früher damit angefangen hatte. Das, was Valerie vor sich hin plapperte, war für Außenstehende allerdings meist unverständlich. Daniel lag oft schweigend daneben und lauschte aufmerksam

ihren Erzählungen, als hätten sie eine geheime Sprache, die nur sie beide verstanden. Aus der von Jule und Al so gut gemeinten Selbsthilfegruppe wurde so eine Art Selbsthilfegruppe zu zweit, die das gemeinsame Leben wieder entspannte.

Dies führte auch dazu, dass Jule ihr Geologiestudium wieder aufnahm und sogar eine neue Doktorarbeit in Angriff nahm. Von den blauen Kugeln berichtete sie ihrem Doktorvater nichts und hoffte inständig, dass die Erinnerung daran mit der Zeit verblassen würde. Nach all den schrecklichen Ereignissen war sie dankbar, das Thema von Tag zu Tag weiter hinter sich lassen zu können. Auch Al, der ja anfänglich mit dem Gedanken gespielt hatte, sich von Kranenberger nicht weiter ausbeuten zu lassen, um sich stattdessen der Vermarktung der blauen Kugeln zu widmen, nahm schließlich Abstand von seinen Plänen. Die Möglichkeit, erneut in die Fänge mafiöser Machenschaften zu geraten, überschattete alle damit verbundenen lukrativen Erwartungen bei Weitem.

Auch was Nadjeschda und Karin betraf, verlief das Leben, wenn man von ihrem fast vergessenem aber doch reinigendem Gewitter mit Jule und Al einmal absah, ruhig. Nadjeschda hatte keine depressiven Rückfälle mehr. Sie wirkte glücklich und zufrieden und ging in ihrer Rolle als Mutter voll auf. Dabei bezog sie auch Valerie, als wäre sie Daniels Zwillingsschwester, dankbar mit ein. Bis auf gelegentliche Auftragsarbeiten, deutsche Texte ins Russische und umgekehrt zu übersetzen, sah sie ihren Platz zu Hause. Karin bewarb sich beim Hessischen Rundfunk und erhielt prompt eine gut bezahlte Stelle, was angesichts der höheren Miete seit dem Umzug gerade recht kam. Schon bald hörte man wiederholt Karins Stimme im Radio. Obwohl die meisten Inhalte ihre Kulturbeiträge keinen so recht interessierten, war es hinfort ein wichtiger familiärer Event mit Pizza und Bier, Karins Sendung zu lauschen.

Olli und Jelena übernahmen nach Sterns Tod das Inselhotel. Allerdings, mit jedem Jahr, in dem Lorenz heranwuchs, konnte man den Eindruck gewinnen, dass er die eigentliche Leitung des Inselhotels übernommen hatte. Für die Gäste im Hotel war Lorenz oft der Chef, der den Tagesablauf nicht nur von Olli und Jelena bestimmte.

Jelena kam mit ihrer HIV-Infektion gut zurecht. Die verordneten Medikamente schlugen hervorragend an. Auch wenn daraus keine Heilung resultierte, so war die Bedrohung durch das heimtückische, auf seine Chance lauernde Virus kaum noch wahrzunehmen. Das war sicher auch Ollis Verdienst, der akribisch darauf achtete, dass Jelena ihre Medikamente äußerst sorgfältig einnahm. Trotz allem – was Zärtlichkeiten anbelangte, waren beide anfänglich sehr zurückhaltend. Jelena, weil sie befürchtete, damit Olli anstecken zu können, und Olli, der Jelena dahingehend nicht überfordern wollte. Eines Tages fiel Jelena ein Bericht über das niedrige Ansteckungsrisiko heterosexueller Paare in die Hand für den Fall, dass die Viruslast wiederholt nicht nachweisbar war. Die Sorge um Ansteckung trat nicht zuletzt mit dieser Nachricht immer mehr in den Hintergrund und schien die Schleusen, das Verlangen nach körperlicher Nähe, ungeahnt zu öffnen. Manchmal fühlten sich beide wie zwei Teenager, die erst jetzt nach und nach ihre Zärtlichkeit, ihr Begehren nach körperlicher Erfüllung entdeckten. Dass sie keine Teenager mehr waren, wurde ihnen spätestens dann klar, als sie wiederholt von Lorenz, der inzwischen alle geheimen Verstecke auf der Insel kannte, im Liebestaumel in flagranti erwischt worden waren.

Entsprechend Sterns ursprünglicher Geschäftsidee organisierten sie weiterhin zahlreiche Firmenevents. Die Abgeschiedenheit auf der Insel, das Gefühl, miteinander auf engem Raum auskommen zu müssen, war für einige kleine und mittelgroße Firmen so bedeutend geworden, dass der Terminkalender für Jahre im Voraus gefüllt war. Im Sommer stand das Inselhotel jedoch einzig Familien mit Kindern zur Verfügung. Dabei sollten gerade Familien mit vielen Kindern kommen, deren Möglichkeiten, gemeinsam Urlaub zu machen, allein aus finanziellen Gründen kaum realisierbar war. Finanziert wurde dies aus dem Stern-Fonds, der sich Jahr für Jahr aus den gut bezahlten Firmenevents füllte.

In diesem Sommer war es dann so weit. Sowohl Jule und Al, als auch Karin und Nadjeschda folgten Jelenas und Ollis Einladung, die Sommerferien auf der Insel zu verbringen.

Daniel und Valerie waren gerade acht Jahre alt geworden und freuten sich ausgelassen auf den Urlaub. Daniel wurde nicht müde, Valerie in allen Details zu beschreiben, was ein See war und wie die Berge aussehen könnten. Auch er wusste davon nur aus Illustrierten und aus dem Fernsehen. Mit ausladenden Armen versuchte er Valerie zu erklären, wie groß der See um die umliegenden Berge sein würde. Valerie strahlte und schwang ihr Arme ebenso begeistert. Es war allein das Bild der Fantasie, was beide in freudige Urlaubserwartungen versetzte.

Schon die Fahrt im Auto war für Daniel und Valerie ein spannendes Ereignis. Valerie wollte alles wissen, was Daniel sah, und Daniel musste alles genauestens beschreiben. Das unentwegte Geplapper der beiden, war für die anderen im Auto kaum auszuhalten, so dass sie abwechselnd bei Jule und Al oder Karin und Nadjeschda mitfuhren. Al erinnerte sich an seine Kindheit, als die Fahrt nach Österreich quälend lang wurde und nicht enden wollte. Nachdenklich schaute er im Rückspiel öfter zu Daniel und Valerie, die offenbar nicht müde wurden, sich über jedes Detail, das an ihnen vorbeizog, köstlich zu unterhalten: Daniel erzählte Valerie alles, was er sah, in den buntesten Farben, während Valerie jedes neue Geräusch und alle neuen Gerüche in ihren Worten blumig ausführte. Wenn sie tanken mussten oder auch nur eine kurze Pause einlegten, war es die wärmende Sonne, die sie lebhaft kommentierten. Oder es war die kühle Brise, die sie einsogen, sobald die Sonne hinter einer Wolke verschwunden war. Alles bekam einen neuen Sinn, nichts schien selbstverständlich. Oft schloss Daniel die Augen, um Valeries Schilderungen, wie er sagte, besser folgen zu können. Es entstand dadurch für beide ein Gesamteindruck, der jede scheinbare Belanglosigkeit wie ein wahres Weltwunder erscheinen ließ. Mit der Zeit ertappte sich Al selbst dabei, die Welt um ihn herum intensiver, zum ersten Mal mit offenen Augen, Ohren und in ihrem ganz besonderen Geruch wahrzunehmen. Wenn sie dann routiniert das Auto wechselten, musste er feststellen, dass ihm etwas wichtig Gewordenes fehlte.

Oft schienen beide Kinder sogar die Rollen zu tauschen. Beim ersten Mal war Al irritiert, als Daniel Valerie völlig unbefangen fragte: „Was siehst du im Moment? Wohin schaust du, Valerie?"

Daniel schien zu spüren, dass Valerie etwas wahrnahm, für das er als Sehender blind war. Es machte ihn neugierig und Valerie gab ihm freudig Auskunft, wollte ihn einweihen in ihre geheimnisvolle Welt der Gefühle. Dies war der Beginn einer Kommunikation, das Entdecken einer gemeinsamen Wellenlänge, die sie mehr und mehr miteinander verbinden sollte.

Auf der Insel angekommen, waren Daniel und Valerie wie erwartet unzertrennlich, und zu ihrem großen Glück durften sie gemeinsam in einem Zimmer schlafen und eine für beide neue Welt erobern, in der es morgens für Daniel und abends für Valerie strahlend hell wurde. Hand in Hand erkundeten sie die Insel, den weichen Sand am Strand, der mittags so heiß wurde, dass beide schreiend zum Wasser rannten, um die Füße zu kühlen. Sie stromerten durchs Unterholz bis zur anderen Seite der Insel und saugten die modrige Luft der im seichten Wasser faulenden Bäume tief in ihre Fantasiewelt hinein. Am Frühstücks- und Abendbuffet musste Daniel alles auf Valeries Teller laden, das ihren Appetit durch wohltuende Gerüche stimulierte. Geschickt ließ sie ihre Finger über den Teller huschen, um die Temperatur der Speise, die Größe der einzelnen Fleisch- oder Kartoffelstücke zu erkunden, um diese dann zielsicher in den Mund zu befördern. Tagsüber fühlte sich Daniel verantwortlich, ließ Valerie keine Minute aus den Augen, da er Sorgen hatte, sie könnte aus Versehen vom Steg ins Wasser fallen oder über einen Stein stolpern. Wenn sie schwimmen gingen, hielt er sie an der Hand, bis Valerie verlangte, sie auch mal loszulassen. Sie wollte alleine schwimmen und das konnte sie zu Daniels Überraschung sehr gut.

Abends wurden sie dann auf ihr Zimmer geschickt und es bestand für ihre Eltern kein Zweifel, dass sie sich müde vom Tag in den Schlaf reden würden. Etwas anderes war jedoch der Fall.

Oft schlichen sie gegen Mitternacht hinaus. Nun war es Valerie, die Daniel zielsicher durch das dunkle Unterholz rund um das Hotel leitete.

„Du musst keine Angst im Dunkeln haben, Daniel", sagte Valerie öfter, wenn sie bemerkte, dass er sich leicht zitternd an ihre Seite drückte. „Es ist so wie tagsüber auch, nur etwas kühler." Daniel staunte dann über Valeries Mut und Furchtlosigkeit. Wenn er meinte, sich verlaufen zu haben, führte sie ihn zielstrebig zurück zum Hotel und lächelte. Sie wusste, dass auch Daniel ihr anerkennend zulächelte.

Eines Tages sollte das große Fußballturnier stattfinden und man hatte am Strand Tore aufgestellt und Eckpfosten abgesteckt. Es war keine Frage, dass Valerie nicht mitspielte, auch nicht im Tor, auch wenn sie wiederholt beteuerte, den Ball fliegen und rollen zu hören. Schließlich fügte sie sich ihrem Schicksal und nahm am Rand des Spielfelds Platz. Sie lauschte aufmerksam dem wilden Treiben der anderen Kinder, dem Pfeifen des Schiedsrichters und jubelte ausgelassen mit, wenn der Ball ein kurzes Zischen verursachte, als Zeichen dafür, dass er im gegnerischen Tor gelandet war. Natürlich jubelte sie für Daniels Mannschaft, auch wenn diese am Ende haushoch verlor. Das Spiel wurde abgepfiffen und Daniel trottete langsam zu Valerie hinüber.

„Hast du gesehen, Valerie, die haben immer gefoult, das war nicht fair und jetzt … jetzt haben wir verloren, zu blöd aber auch."
„Mach dir nichts draus, Daniel, ich finde, du hast am besten von allen gespielt." Valerie hob die rechte Hand und Daniel klatschte ihr mit der flachen Hand dagegen.
„Vielleicht hätten wir gewonnen, wenn du mitgespielt hättest, Valerie."
Valerie lächelte, stand auf und taste sich langsam auf das Spielfeld vor. Daniel rannte zum Ball, der einsam in der Ecke lag, und schoss vorsichtig in Richtung Valerie. Diese drehte sich blitzschnell um, als sie das Rauschen des Balles über den trockenen Sand vernahm, spürte den Ball am Fuß und schoss in dieselbe Richtung zurück.
„Wow, guter Schuss, Val." So hatte Daniel sie noch nie genannt und sie spürte das gute Gefühl, plötzlich Teil einer Mannschaft zu sein.
„Seht mal. Unsere Verlierer holen sich Verstärkung." Der Stürmer der gegnerischen Mannschaft deutete mit ausgestrecktem Arm auf Valerie. Es war Lorenz, der, obgleich ein Jahr jünger als Daniel, ihn um einige Zentimeter überragte. „He, Daniel, was Besseres fällt Euch nicht ein, was?"
„Valerie spielt besser als ihr alle zusammen!", rief Daniel trotzig zurück.
„So, meinst du?" Ohne zu zögern, schoss Lorenz den Ball in Valeries Richtung und traf sie heftig an ihrer rechten Hüfte, ohne dass Valerie auch nur einen Moment reagieren konnte. Mit zusammengekniffenem Mund schluckte sie den Schmerz hinunter und tastete mit den Füßen umher, um den Ball zu finden. Die gegnerische Mannschaft fing an zu johlen. Lorenz blies sich auf, flankiert von seinen großmäuligen Mitspielern, und kam mit herausgestreckter Brust auf Daniel zu. Dann sah er sich um, sich vergewissernd, dass er nur von seinen Kumpanen gehört wurde.
„Ich sag dir was, du kleines Mamasöhnchen. Fußball, das ist nichts für dich und schon gar nichts für deine … deine Ziege hier." Daniel

sah, wie sie gemeinsam auf Valerie zugingen, die sich zitternd duckte. „Aber ich weiß, was wir mit ihr spielen können." Wieder drehte er sich zu seinen Kumpanen um und versicherte sich erneut, dass niemand von den Eltern etwas mitbekam. „Wir spielen Blinde Kuh, alles klar?" Dabei schubste er Valerie so heftig an der Schulter, dass sie sich gerade noch fangen konnte.

Daniel stürmte wütend hinzu. „Du blödes Arschloch, sag das nochmal, dann ..." Daniel holte aus und schlug mit geballten Fäusten wild um sich, traf aber niemanden. Stattdessen lachten alle noch mehr und bildeten einen dichten Kreis um Valerie und Daniel.

„Blinde Kuh, blinde Kuh, dumme Kuh ..." Valerie rührte sich nicht und hielt sich die Ohren zu, während Daniel verzweifelt versuchte, jemanden mit seinen Fäusten zu treffen. „Blinde Kuh, dumme Kuh, blöde Kuh ...", johlten sie erneut und tanzten ausgelassen im Kreis um sie herum. In diesem Moment sprang Daniel nach vorne, holte weit aus und traf Lorenz mit der Faust mitten ins Gesicht. Dieser stolperte zurück und fing panisch an zu schreien, als er merkte, dass ihm das Blut aus der Nase schoss. Mit hochrotem Kopf wollte er sich auf Daniel stürzen, wurde aber im letzten Moment von einem wegen der Schreie herbeigeeilten Erwachsenen zurückgehalten.

„Der, der ... der hat mich ..." näselte er und hielt sich seine blutverschmierte Hand vors Gesicht, vor allem auch weil er merkte, dass Tränen aus seinen Augenwinkeln quollen. „Das ... das wirst du mir büßen ... du und deine ... deine blinde Kuh." Der Erwachsene, der den Hergang nicht kannte, blitzte Daniel erbost an und wies ihn harsch an, sich mit Valerie zu verziehen. Daniel zögerte nicht lange, nahm Valerie an der Hand und eilte in Richtung Hotel, wo er sich mit ihr im Zimmer einschloss. Glücklicherweise war ihnen keiner gefolgt.

„Tut mir leid, Daniel, das war ... das war wirklich dumm von mir ... ich ... ich blinde Kuh", stammelte Valerie. Daniel stand auf, setzte sich an ihre Seite und legte seine Hand auf ihre Schulter.

Valerie schluchzte leise. „Danke, Daniel ... das war ganz schön mutig von dir."
„Naja, so richtig helfen konnte ich dir ja nicht ... Mann, sind die gemein ... nur weil ... tut mir leid, Valerie."
Valerie holte tief Luft, als wollte sie das ganze Unheil herunterschlucken. „Und jetzt ... was machen wir jetzt?"
„Vielleicht wäre es besser, wenn wir noch eine Weile hier im Zimmer bleiben. Ich glaub, der Lorenz hat eine Stinkwut auf mich. Dabei wollte ich ihn gar nicht so fest ... naja, geschieht ihm recht."
Valerie legte sich auf ihr Bett und drehte sich zur Wand. Daniel sah nachdenklich zu ihr hinüber. Bisher hatten sie alles gemeinsam unternommen. Im Moment wollte sie mit ihren Gedanken alleine sein, das spürte er. Und trotzdem wollte er bei ihr bleiben. „Sag mal, Valerie, stört es dich, wenn ich etwas Geige übe?"
Valerie schüttelte stumm den Kopf, ohne sich umzudrehen.
Daniel hatte auf Drängen seiner Eltern vor knapp zwei Jahren mit dem Geigenunterricht begonnen. Lust dazu hatte er keine und war auch nur unter Androhung von Strafmaßnahmen zum Üben zu bewegen. Auch sollte er aufgrund eines Vorspiels kurz nach dem Urlaub die Geige mit auf die Insel nehmen, was ihm natürlich zuwider war. Aus irgendeinem Grund empfand er jedoch nun plötzlich Lust, das Instrument aus dem Schrank zu holen.
„Müsste noch Geige üben. Mama zuliebe. Und jetzt soll ich auch noch bei diesem Wettbewerb mitmachen. Jugend musiziert, so ein Mist."
Während Daniel die Geige hervorholte, die Kinnstütze befestigte und den Bogen spannte, drehte sich Valerie langsam um.
„Spielst du mir etwas vor, Daniel? Ich höre sehr gerne, wenn du Geige spielst."
„Du hast mich belauscht?" Valerie nickte erwartungsvoll. „Ich wollte eigentlich nicht, dass du das hörst. Klingt schrecklich."
„Ich würde dich gerne spielen hören. Was musst du denn üben?"

„Das nennt sich Etüde ... langweilig ... einfach nur dämlich und das soll ich auch noch bei dem Wettbewerb vorspielen. Keine Lust .... so ein Mist." Widerwillig drehte Daniel an den Feinstimmern, während er an den Saiten zupfte, um die Stimmung so gut es ging zu heben. Valerie setzte sich auf und horchte gespannt in seine Richtung.

„So, und jetzt die Etüde ... vielleicht hältst du dir besser die Ohren zu, Valerie." Dann setzte er die Geige an sein Kinn, hob den Bogen und ließ ihn anschließend quietschend über die Saiten fahren. Nach einigen Takten ließ er die Geige wieder sinken.

„Und, was meinst du, Valerie?"

„Vielleicht solltest du die Geige nochmal stimmen. Das machen die immer so vor einem Konzert, habe ich schon mal gesehen."

„Na, da hast du ja genau hingesehen, Valerie." Beide lachten zum ersten Mal wieder. In der Tat hatte Daniel während eines Konzertbesuchs Valerie den Stimmvorgang genauestens beschrieben, als sie sich zunächst schon beschwerte, welch schreckliche Musik dieser Herr Bach komponiert hatte. Sie war dann doch erleichtert, etwas anderes zu hören, als das Konzert begann. Valerie rückte näher, um mit ihren Händen die Geige leicht zu berühren.

„Darf ich mal?"

„Klar." Daniel reichte ihr die Geige. Andächtig ließ sie ihre Finger über das Instrument gleiten, angefangen bei der Schnecke, den Stimmknöpfen, über das Griffbrett bis hin zum Steg und den Feinstimmern.

„Fühlt sich schön an, deine Geige." Dann zupfte sie zart an den Saiten. Dabei ertönte ein samtiger Klang.

„Hörst du das, Daniel? Wie Glocken, Glocken aus wertvollem Holz, so warm, so zart, findest du nicht auch?"

Daniel führte ihre Hand zurück auf das Griffbrett. „Mit den Fingern der linken Hand musst du auf die Saiten hier oben drü-

cken, siehst du, dann verändert sich der Ton. Immer höher, je näher du zum Steg hin kommst."
„Steg?"
„Genau, das ist dieses Teil hier, über den die Saiten gespannt sind." Neugierig tastete Valerie an den Saiten entlang, drückte und zupfte dabei an verschiedenen Stellen. Dann fing sie an zu singen: „Komm, lieber Mai und ...." Vorsichtig rutschte sie mit ihrem Mittelfinger über die Saite, so lange bis sie genau den Ton traf, der mit dem ersten Wort des Liedes übereinstimmte.
„So muss es sein, genau der Ton ... Komm, lieber .... Komm, lieber."
„Woher weißt du, dass es genau dieser Ton sein muss, Val?"
Valerie lächelte, da Daniel sie schon wieder Val nannte. „Ich habe eine CD, da singt eine Frau das Lied und das fängt genau mit diesem Ton an ... Komm, lieber ... Komm, lieber ..."
„Du kannst auch mit einem anderen Ton anfangen."
„Nein, das ... das ist nicht richtig ... das muss genau dieser Ton sein, so wie auf der CD. Sonst ist es nicht richtig, verstehst du?" Dann rückte sie ihren Mittelfinger auf die Saite, rutschte zweimal nach oben, Richtung Steg, um den ersten Dreiklang zu erzeugen. Dabei klang ihre Stimme so zart und doch so sicher, dass sich Daniel andächtig zurücklehnte. „Komm, lieber Mai ... hörst du, Daniel ... die Geige singt mir nach ... Komm, lieber Mai und mache ..."
„Warte mal, Val, ich glaube, ich habe die Noten dazu. Ist aus meiner Notenfibel, ganz am Anfang. Zu leicht für den Wettbewerb, hat mein Lehrer gesagt." Valerie zupfte weiter an der Saite, ließ ihren Mittelfinger flink darüber gleiten und sang dazu, bis sie die erste Strophe fast vollständig wiedergeben konnte. Daniel kramte zwischen seinen Noten und zog triumphierend ein Heft hervor.
„Hier, hier ist es ... nicht schwer ... Soll ich mal? Du kannst ja dazu singen, wenn du willst." Zu seiner Verwunderung hatte Valerie

recht. Es war genau der richtige Ton, auf den sie so sehr insistiert hatte. Daniel spielte und Valerie sang. Sie sang nicht nur die erste, sondern auch die zweite und dritte Strophe des bekannten Volksliedes.

„Daniel, das klingt viel schöner als deine dumme Etüde. Aber ... ich glaube, du kannst es noch schöner spielen."

„Noch schöner, wie meinst du das?" Dann sang sie wieder mit ihrer glockenreinen Stimme, so schön, dass jeder Ton bei Daniel eine leichte Gänsehaut erzeugte.

„Komm, lieber Mai und mache die Bäume wieder grün." Valerie stockte, dann drehte sie sich zu Daniel um, als wollte sie ihm tief in die Augen sehen. „Du musst das so spielen, dass ... naja, dass ich die grünen Bäume sehen kann. Weißt du ... ich will sie alle sehen ... die grünen Bäume und Wiesen, die Veilchen ..." Daniel überlegte. Er hob die Geige an sein Kinn und begann erneut zu spielen. Unzufrieden schüttelte er beim Klang der ersten Töne den Kopf, sodass seine rotblonden Locken wild umeinander wirbelten.

„Nochmal ...", murmelte er unzufrieden über sich selbst. Wieder versuchte er zu spielen, versuchte sich vorzustellen, dass Valerie bei jedem Ton etwas Schönes sehen sollte. Wieder und wieder, dann schloss er die Augen. Er ließ seinen Bogen allein von seinen Gefühlen getragen über die Saiten gleiten, zart und behutsam und doch klar und konzentriert. Valerie erhob sich langsam und atmete tief durch. Ein Lächeln huschte über ihr Gesicht als sie begann, sich langsam im Kreis zu drehen. Immer schneller drehte sie sich und hob dabei ihre Arme zum Himmel, streckte ihre Finger aus, als wollte sie die frischen grünen Blätter des Frühlings, die sich über ihrem blonden Schopf ausbreiteten, berühren, als wollte sie den Mai und all die wiedererwachten Sinne willkommen heißen, die neu aufblühende Welt um sie herum tief einsaugen. Daniel spielte und spielte. Er spielte immer wieder dasselbe Stück und doch war es von Mal zu Mal anders, von Mal zu Mal sichtbarer für Valerie, aber auch für ihn, während er die Augen geschlossen hielt. Er spürte, wie sich eine neue Welt für ihn öffnete. Es war Valeries Welt, mit all ihrem Licht und ihren Farben.

Plötzlich ließ sich Valerie auf ihr Bett fallen, streckte die Arme zur Seite und seufzte tief, dabei lief ihr eine Träne über die Wange.

„Daniel, ich habe noch nie in meinem Leben so schöne Dinge gesehen."

Institut Jurij Gagarin, Juli, 2020

Es war dunkel, so dunkel, dass man meinen konnte, die schwarze Kapuze hinge noch schwer über ihren Gesichtern. Nur langsam hob sich ein gerade noch erkennbarer Lichtstreifen unter einer Tür hervor.

„Karin ... Karin bist du da?" Nadjeschda versuchte sich zu bewegen. Ihre Hände waren nach wie vor mit Handschellen auf dem Rücken gefesselt. „Karin ... sag doch was?" Ein mühsames Stöhnen kam aus tiefster Kehle unweit von Nadjeschda.

„Nadsch ... Nadjesch ... oh Gott." Karins Kopf dröhnte bei jedem Versuch, etwas zu sagen.

„Karin ... gut ... gut, dass du da bist." Nadjeschda ging es nicht viel besser. Sie versuchte sich zu erinnern, was passiert war. Ihr Oberarm schmerzte und sie ahnte, dass man ihnen ein starkes Schlafmittel in den Muskel gespritzt haben musste, das nun seine verheerenden Nachwirkungen entfaltete. Mühsam versuchte Nadjeschda dorthin zu kriechen, von wo sie Karins Stimme vermutete. Entsetzt musste sie feststellen, dass auch ihre Fußgelenke gefesselt waren und bei jedem Versuch, sich zu bewegen, durchschoss sie ein schrecklicher Schmerz. Die Hoffnung

und das Verlangen Körperkontakt zu Karin zu finden, waren jedoch stärker als jeder Schmerz. Sie biss sich auf die Lippen und versuchte Zentimeter um Zentimeter an sie heranzukommen.
„Karin ... sag doch was ... wo bist du?" Wieder entglitt Karin ein trockenes Grunzen. Nach zwei schmerzhaften Kriechbewegungen hatte es Nadjeschda endlich geschafft und sie schmiegte sich an Karins Seite. „Zum Glück haben sie uns nicht getrennt! Verdammt, jetzt ist alles aus, ich ... ich habe alles vermasselt."
Karin versuchte sich aufzurappeln. „Quatsch ... du warst klasse. Dieser ... dieser Drecksack von Evgenij hat sich in die Hose gepisst ... sofern er das überhaupt noch kann ... Scheiße, mein Kopf ... deiner auch?"
„Geht so ... wird schon wieder. So ein russischer Dickschädel hält einiges aus." Karin drehte sich mühsam zu ihr um. Wange an Wange blieben sie liegen und sammelten ihre Gedanken. Lange Zeit versuchten sie nur, sich gegenseitig zu spüren. Ein grauenhafter Gedanke schälte sich langsam aus dem Dunkel ihrer Erinnerungen, aber bevor er sich ausbreiten und der Angst weiteren Nährboden geben konnte, durchzuckte ein plötzliches knisterndes Zischen den Raum, gefolgt von einem kalten Licht von der Decke. Eine Neonröhre durchbrach die bis dahin undurchdringliche Dunkelheit ihrer kleinen Zelle. Eine schwere Eisentür flog mit einem Scheppern auf. Nadjeschda und Karin kniffen die Augen zu, in der Hoffnung sich langsam an die Helligkeit zu gewöhnen. Gleich würden sie demjenigen entgegenblicken, der sie hier festhielt und dem sie hoffnungslos ausgeliefert waren.
„Wie romantisch ... unsere zwei Süßen." Sie mussten erst gar nicht die Augen öffnen, um zu begreifen, dass Evgenij vor ihnen stand.
„Ich hatte schon immer Sinn für Romantik ... ihr könntet mir ein wenig dankbar sein."
„Halts Maul, du ..." Nadjeschda bäumte sich auf und riss an ihren Fesseln, die sich dadurch nur noch schmerzhafter in ihre Gelenke

bohrten. Stöhnend sackte sie wieder zu Boden. Die Erinnerung an ihre Vergewaltigung damals in der Botschaft kochte in ihr hoch und verursachte einen stechenden Schmerz in ihrem Unterleib. Allein das Gefühl, diesmal Karin an ihrer Seite zu haben, gab ihr etwas Beruhigung. Evgenij schaute mit einer sadistisch grinsenden Fratze auf die beiden hilflosen Frauen.

„Na, wer wird denn gleich so undankbar sein? Ich meine, wir könnten euch auch Einzelhaft anbieten, aber … schließlich bin ich ja kein Unmensch."

„Was willst du, Evgenij? Du hast gewonnen, also was soll das?" Nadjeschda versuchte angestrengt die Augen zu öffnen. Evgenij stand in der Tür und zündete sich genüsslich eine Zigarre an. Brauner Qualm zog in die kleine, fensterlose Zelle, deren einziges Inventar aus einer Kloschüssel in der Ecke bestand. Keine Liege, keine Matratze, kein noch so unauffälliger Hinweis, der darauf schließen ließe, wo Evgenij sie gefangen genommen hatte. Mit einem süffisanten Lächeln blies er wiederholt den dunklen Qualm in die Zelle. Nadjeschda und Karin versuchten ihren Hustenreiz zu unterdrücken.

„Das Spiel ist noch nicht vorbei, meine Süßen … noch nicht. Wir haben noch eine Rechnung offen."

„Ach, verpiss dich, du Drecksack", stöhnte ihm Nadjeschda erneut entgegen. Dabei stemmte sie sich gegen ihre Fesseln. Sie wussten beide, dass sie Evgenij hilflos ausgeliefert waren und trotzdem brannte in ihnen ein unbeugsamer Kampfeswillen. Evgenij schnalzte mit der Zunge und schüttelte hämisch grinsend den Kopf.

„Schade eigentlich … Nadjeschda, mein süßer kleiner Teufel. Du und ich … wir wären ein fantastisches Paar. Stattdessen bumst du mit dieser Lesbe da rum …"

Karin hauchte ihm verächtlich entgegen: „Zu spät, Evgenij … jetzt kann sie dir keinen mehr runterholen."

„Du widerliche Schlampe!" Evgenij versuchte auf Karin loszuspringen. Aber offenbar stolperte er über seine eigene Beinprothese und konnte sich gerade noch an der Türklinke festhalten. „Verdammte Scheiße", stöhnte er. Dann rappelte er sich wieder auf und drehte sich zum gehen um. „Ich habe noch eine Rechnung mit euch beiden offen!" Damit pfefferte er die schwere Tür zu. Das metallische Klirren des Schlosses verriet, dass sie endgültig in der Falle saßen. Das Licht erlosch mit einem kurzen Zirpen. Undurchdringliche Dunkelheit legte sich schwer auf ihre wirren Gedankenfetzen.

„Daniel, er …", flüsterte Karin. Ohne das Unaussprechliche hören zu wollen, fiel ihr Nadjeschda dazwischen.

„Er lebt ... das weiß ich."

„Sein Herz ... sie haben sein ..."

„Er ist hier ... ich spüre, dass er hier ist."

„Nadjeschda, sie haben ... verdammt noch mal, sie haben sein Herz, er ist ..."

„Ivan ist tot, das ist alles und Daniel ... Daniel lebt. Er ist hier. Ich spüre, dass er hier ist."

„Ich wünschte, es wäre so, aber ..."

„Die wollen uns nur einschüchtern. Das war alles gelogen. Verstehst du, Karin, alles nur gelogen. Er lebt, das weiß ich. Er lebt ... er lebt ... er ..." Nadjeschdas Stimme ebbte langsam ab und ging in Schluchzen über.

„Nadjeschda, du hast Ivan gesehen. Du sagtest mir, es ginge ihm schlecht, dass er kurz vorm Sterben war und jetzt ... es ging ihm gut, es ging ihm verdammt gut." Nadjeschdas Körper verkrampfte sich und aus ihrer Kehle ertönte ein entsetzlicher Schrei.

„Daniel ... hörst du mich ... ich bin es ... ich bin hier!" Erschrocken versuchte Karin möglichst dicht an Nadjeschda heranzurücken. Sie spürte, wie ihr Körper bebte und sie stimmlos immer wieder Daniels Namen hervorhauchte. Langsam beruhigte sich Nadjeschda und die Verzweiflung schien in ein tiefes schwarzes Loch zu versinken.

„Nadjeschda, du hast recht. Er ist nicht tot ... Daniel lebt. Sie wollen uns nur quälen. Sie wollen uns brechen ... das ist alles. Ich weiß, dass er lebt ... er ist hier ... er ..." Karins Stimme erstarb. Beide lagen dicht beieinander und versuchten sich gegenseitig mit etwas Körperwärme zu beruhigen.

„Ivan, er ist sein Großvater, er kann doch nicht einfach ... mein Gott, sein Herz ... das kann nicht sein", flüsterte Nadjeschda und fing erneut an zu weinen. „Sie haben ihn getötet, damit dieses Schwein weiterlebt, sie haben sein Herz geklaut ... oh mein Gott, das ist ..."

„Pscht, Nadjeschda. Noch wissen wir nicht, ob das wirklich stimmt. Ich kann das nicht glauben. Ich weiß nicht, was ich noch glauben soll ... aber, wenn es so ist ... mein Gott, wie schrecklich."

„Er ist doch nur ein Kind ... er kann nichts dafür ... oh Gott, nur ein Kind." Nadjeschdas Körper fing erneut an zu krampfen, sie stöhnte schwer. „Mein Gott. Lass mich sterben ... lass mich sterben ... ich will zu ihm ... hörst du mich da oben ... lass mich zu ihm ... bitte, lieber Gott, lass mich zu ihm." Nadjeschda flüsterte noch eine Zeit lang vor sich hin. Dabei fiel sie in einen wirren Zustand zwischen Wirklichkeit und Alpträumen. Karin versuchte beruhigende Worte zu finden, doch es fiel ihr schwer, etwas herauszubringen.

„Nadjeschda, weißt du noch damals, als wir uns kennenlernten. Es war noch in der Schule. Ich ... ich kam gerade von meinem Sprachkurs zurück und alles war so ... so voller neuer Ideen. Die Welt, sie war plötzlich ganz anders, so offen ... so schön." Karin spürte ein zaghaftes Nicken von Nadjeschda, die sich offenbar von ihren Gedanken etwas ablenken ließ. „Ich hatte so viele neue Eindrücke in mir, und wollte alle nur noch umarmen, selbst meinen Bruder, den ich bis dahin, naja ... für ziemlich bescheuert hielt. Und dann habe ich dich gesehen, Nadjeschda. Ich habe sofort gemerkt, dass du genauso denkst, dass wir uns austauschen könnten, dass ich dir von meinen neuen Gedanken über Gott erzählen müsste." Nadjeschda seufzte und räusperte sich.

„Woher ... wie konntest du das wissen. Also, ich fand das alles erst einmal ziemlich seltsam, weißt du?"

„Stimmt. Du hast mich angesehen, wie ein Auto und trotzdem ... du warst neugierig, war es nicht so?"

„Oh ja, und wenn ich so zurückdenke, da bin ich mir nicht so sicher, auf was ich eigentlich neugierig war. Vielleicht war ich auch nur auf dich neugierig. Aber das durfte nicht sein, ich war doch nicht ... nicht etwa verliebt in dich."

„Mir ging es genauso. Das durfte nicht sein, wir beide. Und dann ... dann haben wir geredet, weißt du noch. Tagelang, nächtelang nur geredet. Das war unheimlich schön. Ich habe noch nie mit jemanden so über alles geredet."

„Und dann kamen andere dazu, wollten wissen, was wir da reden. Das war unglaublich und wir haben diese Aquariumsgruppe gegründet. Mein Gott, das hat uns alle mitgenommen. Wir waren so begeistert, so aufgewühlt."

„Als ich dann nach der Schule von Münster weg nach Freiburg gegangen bin, da dachte ich, eine Welt bricht zusammen. Es war, als ob mir der Boden unter den Füßen weggezogen würde. Ich wusste, dass mir etwas sehr Wichtiges fehlen würde. Ich dachte erst, es wäre die Gruppe, die Gespräche, die Inhalte. Ich hatte dann einen Freund." Karin stockte. Sie hatte Nadjeschda noch nie davon erzählt und es kam ihr der Gedanke, dass dies nicht der richtige Moment dafür war.

„Du hattest einen Freund? Wie ... wie war er. Warst du verliebt?" Nadjeschda antwortete so gelassen, als habe sie es schon immer gewusst.

„Ich weiß es nicht ... ich dachte, ich wäre verliebt. Weißt du, Nadjeschda, ich glaube, mir fehlte nicht nur die Gruppe, das Beten, die Gemeinschaft ... ich glaube, du hast mir gefehlt. Aber ich wollte das nicht wahrhaben. Verstehst du das?" Karin spürte wieder Nadjeschdas zaghaftes Nicken an ihrer Seite.

„Und ... wie ging es dann weiter? Du musst es mir nicht erzählen, aber ... du kannst es mir erzählen, wenn du willst."

„Ja ... ja, ich glaube, ich war wirklich etwas verliebt."

„Etwas?"

„Wir waren zusammen, wir ... wir hatten unsere gemeinsamen Erfahrungen ... es war ..." Karin verstummte für einen Moment. „Es war erst schön und dann ... ich weiß auch nicht. Er wollte mehr und ich ... ich spürte nichts. Es war so leer, es ... es war einfach nur sein Ding, nichts weiter. Dann wollte ich nicht mehr und er wurde wütend ... er fiel über mich her, verstehst du ... er meinte, das sei richtig so ... es hat wehgetan." Karin seufzte tief, als diese Erinnerungen wieder hochkamen. „Er tauchte danach noch öfter auf ... wollte sich entschuldigen ... aber ... es ging dann nichts mehr. Zum Glück hatten wir ja auch in Freiburg eine Aquariumsgruppe gegründet. Das hat mir sehr geholfen. In der Zeit kam mein Bruder zu mir und erzählte mir, dass seine Jule ermordet worden sei. Kannst du dir das vorstellen? Er war verzweifelt und es tat gut, ihm zu helfen. Er ist so ein prima Kerl. Ich fühlte mich plötzlich zu ihm hingezogen. Ich wäre für ihn durch dick und dünn gegangen. Ich wollte, dass er Jule wiederfindet und habe mich kopfüber in seine Sache gestürzt. Und dann kamst du und ich habe plötzlich wieder angefangen zu leben. Plötzlich machte alles wieder einen Sinn, verstehst du?"

„Karin ... damals war ich in Frankfurt. Aber als ich hörte, dass du in Freiburg bist, da hatte ich plötzlich das Gefühl, dich unbedingt sehen zu wollen. Ich wollte deine Stimme hören, vielleicht wollte ich auch mehr ... aber ... ich war verwirrt und trotzdem ... ich war so glücklich, als ich dich wiedergesehen habe. Als wir in der Aquariumsgruppe saßen und beteten, da habe ich nur um eines gebetet ... um dich Karin. Ich habe Gott gebeten, dass er uns eine Chance gibt. Wenn das mein früherer Pfarrer gehört hätte, das wäre schlimm gewesen. Aber das Gefühl für dich war so stark und ich habe gebetet, dass es nicht falsch ist, ich habe gewusst, dass es nicht falsch sein kann, aber ... aber ich habe mich nicht getraut, dir das zu sagen. Ich hatte Angst, du würdest dann von mir nichts mehr wissen wollen."

„Mein Gott, das ging uns wohl beiden so. Ich habe mich ganz um Al gekümmert, habe für ihn bei Jules Chef rumgeschnüffelt, bis sie mich erwischt haben. Und dann hat mich Al aus dieser Scheiße gerettet, er hat mir das Leben gerettet. Ich war ihm so dankbar ... ich ... wollte bei ihm sein ... ganz dicht ... das war unglaublich. Und dann erzählte er von dir, Nadjeschda, stell dir das vor. Ich tat erst so, als würden wir beide uns nur flüchtig kennen und plötzlich merkte ich, dass du es warst, nach der ich schon so lange gesucht hatte."

„Ihr habt mir damals diese seltsame Nachricht geschickt, von Ollis Computer aus. Ich wusste sofort, dass ihr in Schwierigkeiten steckt. Es war ein schönes Gefühl, dich wiederzusehen, Karin."

„Verdammt, und dann haben wir dich da mit hineingezogen in diese ganze Scheiße."

„Wenn das nicht gewesen wäre ... vielleicht hätten wir uns nie getraut, einander die Wahrheit zu sagen. Ich weiß noch, damals oben auf dem Dachboden. Dein Bruder ist fast ausgetickt und ich habe ihn erst mal auf die Straße geschickt. Als er dann weg war, da wollte ich dir alles sagen ... aber das war nicht nötig. Wir .... wir haben uns gestreichelt, weißt du noch? Es war so zart und wir wussten beide, was wir füreinander empfinden."

„Nadjeschda, damals auf dem Dachboden, als ich deine Hand auf meiner Haut spürte, das war das Schönste, was ich je empfunden habe. Das war unglaublich. Aber ... aber was dann kam, das war schrecklich."

„Und trotzdem, Karin, wir haben es geschafft. Und ..."

„Und wir werden es wieder schaffen. Ich weiß es. Wir müssen Daniel finden, er ... er braucht uns. Ich spüre das ganz tief im Herzen."

Karins letztes Wort schien plötzlich eine schreckliche Wunde aufzureißen. Aber bevor sie davon wieder an den Abgrund getrieben wurden, zuckte erneut ein hässliches Zirpen durch den Raum, gefolgt von kalt flackerndem Neonlicht.
Die schwere Eisentür schepperte gegen die seitliche Betonwand. Diesmal war es jedoch nicht Evgenij, der herein humpelte, sondern zwei grimmig aussehende Wachmänner, die mit schweren Stiefeln auf Nadjeschda und Karin zuschritten und murmelnd vor ihnen stehenblieben. Auf das Schlimmste gefasst, klammerten sie sich fest aneinander. Karin schreckte zusammen, als sie spürte, wie sich die Spitze eines Stiefels in ihre Flanke bohrte. Zwei Hände packten ihre gefesselten Handgelenke und rissen sie nach oben. Karin versuchte sich zu wehren, aber es gelang ihr nicht. Zu ihrer Verwunderung spürte sie, wie sich ihre Handschellen plötzlich lockerten und schließlich ganz abfielen. Dann beugte sich der Wachmann zu ihren Füßen und entfernte auch dort die Fessel. Gleiches passierte mit Nadjeschda. Der Wachmann brummte etwas, das Karin nicht verstand und beide verschwanden so schnell, wie sie gekommen waren. Der Schlüssel drehte sich im Schloss, aber das Licht ließen sie an.
„Was sagte der Typ?", fragte Karin verwirrt.
„Wir sollen uns waschen, dann pinkeln und dann würden sie uns abholen. Genau das hat er gesagt." Es wurde beiden klar, dass sie schon lange nichts gegessen oder getrunken hatten. Zum Glück drückte die Blase damit kaum. Der Durst quälte. Aber aus der Kloschüssel zu trinken oder sich mit dem darin befindlichen Spülwasser durch das Gesicht zu fahren, das kam nicht infrage. Als sie ihre Notdurft verrichtet hatten, krachte erneut die Tür auf, sodass Karin sich gerade noch bedecken konnte. Die beiden Wachmänner bedeuteten ihnen mürrisch, die Zelle zu verlassen. Draußen wartete ein Dritter, der vorneweg lief, die anderen beiden hinterher. Immer wieder wurden sie grob geschubst, als hätte man es sehr

eilig. Die Schritte der schweren Stiefel der Männer hallten im Gang nach, als sei ein ganzes Bataillon im Marschschritt unterwegs. An einer Stelle nickte Karin zu Nadjeschda, als sie ein Schild sahen, auf dem mit kyrillischen Schriftzeichen der Aufdruck Jurij Gagarin zu lesen war. Sie wussten, dass sie genau dort waren, wo Jule damals festgehalten worden war.

Es dauerte nicht lange, bis sie nach rechts in ein enges Treppenhaus abbogen. Als sie nach zwei Windungen der Wendeltreppe das Treppenhaus verließen, fiel etwas Sonnenlicht durch ein kleines Fenster. Der Blick nach draußen verriet, dass sie im Erdgeschoss angekommen waren. Ihre Zelle musste also tief im Keller gelegen sein. Eine Tür öffnete sich und sie verließen wie ein Gefangentrupp das Gebäude. Es war ein trister Anblick, der sich ihnen bot. Er erinnerte an Bilder aus früheren Konzentrationslagern der Nazizeit. Gleichförmige Baracken standen in Reih und Glied, dazwischen Schotter und Teerflecken, durch die sich hier und da Löwenzahn und andere Unkräuter quälten. In einiger Entfernung sahen sie einen hohen Zaun, der in regelmäßigen Abständen von Wachtürmen unterbrochen das ganze Gelände wie ein Hochsicherheitsgefängnis umgab.

Ein spitzer Gegenstand bohrte sich gegen Karins Flanke. Einer der Wachleute trieb sie mit seinem Schlagstock voran und brüllte ihr etwas hinterher. Karin stöhnte zu Nadjeschda hinüber. Sie traute sich nicht, sich zu ihr zu drehen.

„Was will er von mir?"

„Du sollst dich nicht umdrehen, nur geradeaus." Nadjeschda krümmte sich, als der Wachmann ihr den Schlagstock ins Kreuz rammte und dabei seinen Spruch wiederholte.

„Verdammte Schweine", presste Karin noch heraus, bevor sie in das nächste Gebäude geschoben wurden. Diesmal ging es über eine schmale Treppe hoch in den ersten Stock. Am Ende des Ganges öffnete sich eine Tür in einen großen lichtdurchfluteten Raum. Die grelle Morgensonne fiel durch die von Staub und Schlieren getrübten Fenster. Im Gegenlicht standen zwei Männer, die ihnen den Rücken zugedreht hatten. Die schräge Haltung eines der Männer verriet unzweifelhaft, dass es sich um Evgenij handelte. Auf einem breiten Tisch zwischen ihnen stand ein mit belegten Brötchen, Tomaten und Gurken reich gedecktes Tablett.

„Bedient euch. Bevor wir zum Geschäftlichen kommen." Obwohl Evgenij und der andere Mann sie nicht ansahen, hatte seine Stimme etwas Triumphierendes an sich. „Na macht schon, wir haben nicht viel Zeit. Die Brötchen sind nicht vergiftet. Wenn wir euch umbringen wollten, dann hätten wir das schon längst erledigt." Ein hässliches Lachen gurgelte aus Evgenijs Kehle. Nadjeschda nickte Karin zu. Dann nahmen sie sich jeder ein Glas Organgensaft und ein mit Käse belegtes Brötchen. Hastig schlangen sie es hinunter. Die Männer starrten weiter aus dem Fenster. Eine Frage quälte Nadjeschda und Karin immer mehr. Wer war der zweite Mann und was meinte Evgenij mit geschäftlich? Schon bei seinem letzten Erscheinen in der Zelle hatte er von einer offenen Rechnung gesprochen. Man schien sie sie für irgendetwas Wichtiges zu brauchen. Langsam drehte sich der Unbekannte um. Er war überraschend jung, allenfalls Anfang dreißig. Karin erschrak, da sie sofort meinte, ihn von irgendwoher zu kennen. Er lächelte ihnen kalt zu, dann warf er eine Tageszeitig auf den Tisch.

„Ihr seid frei. Ihr könnt gehen."

Nadjeschda blickte erschrocken zu Karin. Der Mann sprach akzentfrei Deutsch, es war ein Deutscher. Aber was er sagte, klang eher wie eine Falle. Nadjeschda nahm die Zeitung und las die ersten Zeilen. Sie wurde blass. Ihre Hände fingen an zu zittern. Wütend schmiss sie die Zeitung wieder auf den Tisch.

„Das ist gelogen. Das ist alles nicht wahr … wer sind Sie überhaupt?"
„Oh, ich bitte um Verzeihung, dass ich mich nicht vorgestellt habe. Alex. In meiner Heimat kennen mich alle nur unter Alex. Hier wer-

de ich auch oft Alexej genannt. Aber ihr könnt mich gerne Alex nennen." Plötzlich wusste Karin, woher ihr das Gesicht bekannt vorkam. Sie kniff die Augen zusammen.

„Alex. Ich glaub es nicht. Der unscheinbare Alex, Krastchows Mädchen für alles, nicht wahr?" Alex lachte verächtlich. „So könnte man es nennen, der unscheinbare Alex. Noch nicht mal Krastchow hat bemerkt, dass ich ... naja, dass ich einen Plan hatte. Unscheinbar, trottelig, was hat man mir nicht alles nachgesagt. Etwas stimmte das ja auch. Aber hier ..." Er klopfte sich mit dem Zeigefinger an die Stirn. „Hier sieht es manchmal ganz anders aus. Nachdem ihr mir Krastchow und diesen verrückten Schönheitschirurgen ..."

„Alighieri?" Karin riss die Augen auf.

„Ja genau, diesen eingebildeten Lackaffen ans Messer geliefert hattet, von da an hatte ich freie Bahn. Dank meinem Freund Evgenij – wir kennen uns schon sehr lange – konnte ich alles in dieses wunderbare Institut schaffen. Die Geräte, die Laborbücher ... einfach alles, was für meine Arbeit notwendig sein würde." Inzwischen hatte sich auch Evgenij umgedreht und grinste überheblich in die Runde.

„Und jetzt können wir gehen", platzte Karin dazwischen. Sie ahnte noch nicht, was in der Zeitung zu lesen war.

„Sag es ihr. Erzähl ihr wie viel eure Freiheit wert ist!", raunzte Evgenij Nadjeschda an. Sie nahm die Zeitung und es fiel ihr schwer, die ersten Zeilen zu übersetzen. Nicht etwa, weil sie ihr Russisch vergessen hatte, sondern weil das, was dort in großen Buchstaben stand, ihnen förmlich den Boden unter den Füßen weg riss. Ihre Stimme zitterte und sie flüsterte Karin zu.

„Hier steht so etwas wie ..."

„Lauter, meine Süße, lauter, wir wollen es alle hören."

„Hier steht: *Mörderische Frauen schlagen erneut zu. Ivan Kasparov fällt einem heimtückischen Mord zum Opfer. Nachdem eine der Frauen bereits Wochen zuvor seinen Sohn angeschossen hatte,*

der dabei sein Bein verlor, drangen sie diesmal in das Haus seines Vaters ein. Die Mordmotive sind unklar. Vermutlich hatten sie es wieder auf Evgenij Kasparov abgesehen und sein Vater schmiss sich heldenhaft dazwischen und bezahlte dies mit seinem Leben."
„Das reicht, meine Süße, und nun noch die letzte Zeile", triumphierte Evgenij.
„Wenn du mich noch einmal deine Süße nennst, dann ..."
„Dann was, meine Süße?" Betont langsam ließ er die Worte über seine speicheltriefenden Lippen gleiten. Alex schaltete sich dazwischen.
„Genug, Evgenij. Hier im Institut stehen die beiden unter meiner Aufsicht. Das war die Abmachung." Dann blickte er abwechselnd Nadjeschda und Karin scharf an.
„Eine Belohnung. Es wurde eine Belohnung auf euren Kopf ausgesetzt. Die Summe brauche ich euch nicht vorzulesen, aber das wäre für so manch armen Schlucker vor den Toren des Instituts ein hübsches Sümmchen. Und dann ... dann dürft ihr den Rest eures Lebens in Sibirien verbringen. Aber keine Sorge, so lange werdet ihr dort nicht leben. Ein paar Jahre vielleicht, dann sehnt ihr euch nach dem Tod. Und ... und was euch beide betrifft. Ich glaube nicht, dass man dort so mitfühlend ist wie hier im Institut. Man wird euch sicher nicht zusammen lassen. Hier in Russland mag man nämlich keine Homosexuellen." Er richtete sich auf. „Hier im Institut seid ihr erst einmal sicher. Wir, Evgenij und ich, wir haben euch sozusagen das Leben gerettet." Nadjeschda ließ ihre Faust auf den Tisch donnern und bückte sich wütend nach vorne.
„Verdammt, das sind alles Lügen, das weißt du genau, Evgenij. Du bist ein verdammter Lügner!"
Evgenij schnalzte amüsiert mit der Zunge.
„Na, na, na, ein Lügner. Seit ihr etwa nicht ... wie soll ich sagen ... homosexuell? Übrigens ist dadurch das Lösegeld ganz besonders hoch ausgefallen."

„Du Schwein, du weißt genau, dass ich weder dich noch deinen Vater angeschossen habe."

„Soso, war es etwa nicht deine Waffe, die man bei meinem Vater später fand und waren nicht deine Fingerabdrücke drauf? Außerdem gibt es ein wunderbares Motiv. Mein lieber Bruder hat dir deinen kleinen, süßen Sohn gestohlen. Naja, schließlich ist er ja sein Vater. Nun konnte euch mein lieber Bruder weismachen, er wäre es gar nicht gewesen. Plötzlich war er verschwunden, dieser kleine Bastard und wer sollte ihn haben? Dieser miese kleine Verräter hat die Schuld auf seinen verhassten Bruder und noch mehr verhassten Vater gelenkt. Dabei kann er noch nicht mal selbst auf seinen kleinen Sohn aufpassen. Mein Gott, was für ein miserabler Vater er doch ist."

„Du hast ihn ... ihr habt ihn ...", presste Nadjeschda hervor.

„Naja, sagen wir mal so: Wir brauchten ihn."

„Was heißt das, ihr brauchtet ihn? Ihr habt ihn getötet. Ihr habt ein kleines Kind umgebracht. Ihr seid nichts weiter als verdammte Kindermörder! Ihr werdet in der Hölle schmoren ... alle ... ihr verdammten Schweine." Nadjeschda sackte schluchzend in sich zusammen. Alex sah Evgenij von der Seite an. Dann blickte er wieder zu Nadjeschda und Karin.

„Ihr könnt ihn haben. Oder vielmehr, was von ihm übrig ist." Karin klammerte sich an Nadjeschda, die bei diesen Worten selbst anfing zu schwanken.

Leise stotterte sie: „Was heißt das, was von ihm übrig ist ... er lebt?" Alex zog die Augenbrauen hoch.

„So einigermaßen. Er liegt auf der Krankenstation. Man kümmert sich dort um ihn."

Karin räusperte sich angestrengt und wusste, dass Nadjeschda keinen Ton mehr herausbrachte.

„Können wir ..." Sie biss sich auf die Lippe als sie merkte, dass auch ihre Stimme versagte. „Können wir ihn sehen?"

„Aber natürlich. Es wäre vielleicht am besten, wenn ihr ihn erst seht, dann ... dann reden wir weiter." Vielleicht steckte doch noch etwas Mitgefühl in Alex, als er Evgenij angewidert ansah und um den Tisch herumging. „Die Krankenstation ist eine Etage über uns. Es gibt eine Schleuse." Langsam schritt Alex zur Tür. Als er merkte, dass sie ihm nicht gleich folgten, drehte er sich nochmals auffordernd um. Dann gingen sie auf den Gang hinaus, zum Treppenhaus und in die nächste Etage.

Die triste Erscheinung der Gebäude und der Gänge wandelte sich sofort in das sterile Ambiente eines hochmodernen Krankenhauses. Sie wurden, wie angekündigt, in eine Schleuse geführt, wo man ihnen lange grüne Kittel überzog, sowie Kopfhaube und Mundschutz. Bevor sie die Schleuse verließen, mussten sie noch Überzieher für die Schuhe anlegen. Rechts und links des Ganges befanden sich Krankenzimmer, die dem modernen Standard deutscher Intensivstationen um Nichts nachstanden. Beatmungsgeräte standen wie stumme Diener um jedes der leeren Betten und warteten auf ihre Opfer. Am Ende des Ganges standen zwei Krankenschwestern. Alex nickte ihnen zu und sie verschwanden im Stationszimmer.

„Hier ... hier ist er." Nadjeschda und Karin fanden sich in einem Krankenzimmer wieder, das angefüllt war mit blinkenden und brummenden Geräten. An Infusionsständern hingen Beutel, die mit klarer und zum Teil farbiger Flüssigkeit gefüllt ihren Inhalt langsam tropfend in einen Schlauch abgaben. Alles mündete bei einem in der Mitte des Raumes stehenden Krankenbett an dessen oberem Ende ein kleiner Kopf mit lockigen roten, fast kupferfarbenen Haaren hervorschaute.

Der kleine Körper war bis zum Bauchnabel bedeckt und ließ einige Leitungen erkennen, die wie eine Nabelschnur aus ihm herausragten. Nadjeschda zuckte zusammen und fasste sich schluchzend mit beiden Händen auf ihre glühenden Wangen.

Karin legte ihr den Arm um die Schultern und zögernd traten sie ans Krankenbett.

„Daniel, mein Gott was ... was haben sie mit dir gemacht." Fassungslos standen beide um das für seinen kleinen Körper viel zu große erscheinende Bett. Daniel schien zu schlafen. Seine Augen waren geschlossen. Auf seinem Gesicht lag ein friedlicher Glanz, eine Gelassenheit, die im krassen Widerspruch zu dem menschenfeindlichen Drumherum stand. Nadjeschda beugte sich vorsichtig nach vorne und strich mit zitternder Hand über seine Haare.

„Sie sind so weich, so schön ..." dann brach ihre Stimme ab. Sie spürte ihre Beine kaum noch. Still nahm sie Daniels Hand, die schlaff neben seinem Körper lag. Ein schwarzes, rhythmisch pulsierendes Kabel hing über der Bettkante und schien unter einer dicken Kompresse direkt in Daniels Brustkorb zu münden. Nadjeschda ließ ihren Kopf an Daniels Seite sinken. Sie schien in einer anderen Welt zu sein, weit weg von jeder Realität. Tief saugte sie ihren Atem ein, versuchte Daniels Geruch zwischen all den fremden Gerüchen nach Desinfektionsmittel und Infusionslösungen herauszufiltern. Es schien, als wollte sie sich mit Daniel verbinden, wollte Kontakt zu ihm aufnehmen, wollte ihm sagen, dass sie da war.

Unmerklich hatte sich Alex hinter sie gestellt. Seine Finger glitten über das schwarze Kabel, das aus Daniels Brust kommend in einem mit Anzeigen und Schaltern versehenen Gerät mündete.

„Das .... das ist seine Stromversorgung." Erschrocken drehte Karin sich zu Alex um.

„Stromversorgung?"

„Naja, sein ... Kunstherz braucht Strom, sonst ... bleibt es einfach stehen." Karin biss sich auf die Zunge und verfolgte das Kabel, wie es unter der Kompresse in Daniels Körper verschwand. Die rhythmische Kontraktion des Kabels war sein Puls, der künstliche Puls eines Kunstherzens.

„Warum ..." Weiter kam sie nicht und Alex zog die Augenbrauen hoch.
„Sie wollten noch mehr ... seine Nieren, seine Leber ..."
„Oh, mein Gott." Karin hoffte, dass Nadjeschda die letzten Worte von Alex nicht mitbekommen hatte.
„Ivan ging es nicht gut. Am schlimmsten war es um sein Herz bestellt. Genetisch passte alles. Und was die übrigen Organe anbelangt – vielleicht später ... bis dahin ..." Karin machte ihm ein Zeichen, nicht weiterzureden. Den Rest konnten sie sich ausmalen.
„Wir müssen gehen ... aber ... später könnt ihr nochmals zu ihm." Alex drehte sich um und ging auf den Gang hinaus. Karin tippte Nadjeschda auf die Schulter. Wie ein Gespenst hob sie langsam den Kopf, beugte sich nochmals über Daniel und küsste ihn auf die Stirn. Dann schaute sie Karin mit rot unterlaufenen Augen an. Ihr Blick verriet eine unendliche Traurigkeit und doch auch etwas Sanftes. Es war der Blick einer Mutter, die bereit war, für ihren Sohn durch die Hölle zu gehen.
„Wir müssen gehen. Später ... später kommen wir wieder und dann ... nehmen wir ihn mit, unseren Daniel." Nadjeschda nickte. Ein kaum sichtbares Lächeln huschte über ihre Wangen. Sie standen auf und folgten Alex zur Schleuse. Zu ihrer Überraschung wurden sie nicht wieder in die kalte Zelle gesteckt, sondern bekamen ein Zimmer mit zwei sauberen Betten und einem kleinen Badezimmer mit Dusche, Waschbecken und Toilette. Bevor sich Alex zum Gehen wandte, sah er sich nochmals nach ihnen um.
„Es war seine Idee ... das mit Daniel. Es ... es tut mir leid." Dann verschwand er durch die Tür.
Das Klacken der Verriegelung, die vergitterten Fenster verrieten, dass sie wieder eingesperrt waren. Zusammen legten sie sich auf eines der Betten, hielten sich eng umschlungen und

hingen schweigend ihren schweren Gedanken nach. Nach einer Weile drehte sich Nadjeschda auf den Rücken und starrte zur Decke.

„Schläfst du, Karin?"

„Nein, wie könnte ich schlafen? Ich habe Angst einzuschlafen."

„Angst?"

„Man ist im Schlaf seinen Gedanken so ausgeliefert. Träume kommen und gehen, aber sie können einen quälen. Geht dir das nicht so?"

„Manchmal tut es aber auch gut, einfach so wegzusacken. Dann quälen einen die Träume weniger als jeder reale Gedanke. Meinst du, er schläft?"

„Er sah so ruhig, so friedlich aus. Ich glaube, er schläft und träumt von seiner Mutter, er träumt von dir, Nadjeschda."

„Karin, auch wenn das von mir nicht immer so rüberkommt, aber ... aber Daniel ist genauso auch dein Kind. Ich glaube, er braucht dich. Er braucht dich wie ..."

„Wie einen Vater, wie Pjotr?"

„Pjotr ist nicht sein Vater. Du, Karin, du bist das, was ein Kind wie einen Vater braucht. Er braucht dich."

„Er braucht mich?" Karin schüttelte den Kopf „Verdammt, und ich kann ihm nicht helfen."

Nadjeschda stütze sich auf und sah Karin an. „Ich glaube, er hat uns noch nie so sehr gebraucht, wie gerade jetzt."

„Und wie sollen wir ihm helfen? Mein Gott, sie haben ... sie haben ihm sein Herz geklaut und jetzt hängt er an dieser Pumpe, an diesem künstlichen Herz. Und ich weiß noch nicht einmal, ob ..."

„Er schläft nur, das ist alles. Er schläft und wir sollten dafür beten, dass wir ihm helfen können. Irgendwie schaffen wir das, du und ich." Sie wussten beide, wie aussichtslos diese Hoffnung war, aber sie durfte nicht sterben, Daniel durfte nicht sterben. Nadjeschda flüsterte ein Gebet und Karin stimmte leise mit ein. Sie wussten, dass sie im Moment nicht mehr für ihren Daniel tun konnten und doch gab es ihnen ein Stück Ruhe vor der quälenden Realität und vor quälenden Träumen. Langsam dämmerten sie in einen erschöpften Schlaf.

Österreich, Juni 2019

In der Nacht träumten Valerie und Daniel von grünen Bäumen im Mai, von Spaziergängen an Bächen und von wild blühenden Veilchen. Es waren jedoch keine fantasievollen bunten Bilder, die sich vor ihnen abspulten, sondern wunderbare Klänge einer außerirdischen Welt, die ihre tiefsten Sinne mit Vorstellungen erfüllten, die kaum mit Worten zu beschreiben waren. Es war eine perfekte Synthese aus lebhaften Geräuschen des Baches, dem Rauschen der Wiesen, wenn der Wind darüber glitt, der glitzernden Frühlingssonne und dem Nicken der Veilchen, die zaghaft und doch so unbesiegbar die neue Jahreszeit, den Sieg über den grauen Winter versinnbildlichten. Das Graue war auch die Erinnerung an das böse Ende des Fußballspiels, an die Gemeinheiten der Gleichaltrigen, die von der lieblichen Musik, Valeries Gesang und Daniels Violinspiel ebenso verdrängt, ebenso besiegt wurden. Es war jedoch nur eine Traumwelt, zu schön, um wahr zu sein, die sich zum Zeitpunkt des Erwachens wie Morgennebel auflöste und wenig später der Realität Platz machen musste.
Valerie stand am Fenster und es schien, als würde sie den Blick auf die Berge in der morgendlichen Sonne aufsaugen. Daniel betrachtete sie nachdenklich und gleichzeitig traurig, da er wusste, dass sie dies niemals sehen würde. Und doch schien sie etwas wahrzunehmen, das sie mit Ruhe und Gelassenheit erfüllte. Es war etwas, von dem er gerne mehr gewusst hätte, etwas, das er mit Valerie

teilen wollte. Bisher war sie für ihn wie eine Schwester gewesen, wie ein Kumpel, wie jemand, der zu einem gehörte, einfach so, naturgegeben, wie selbstverständlich, mit dem man alles teilen konnte, auch das nächtliche Bett, ohne dass dabei irgendetwas Besonderes wäre. Jetzt fühlte er sich plötzlich auf eine ganz andere Art zu ihr hingezogen. Von der Seite sah er ihr sanftes Lächeln, den Glanz in ihren Augen, von denen er wusste, dass sie blind waren, und die doch etwas wahrnahmen, was für andere unsichtbar war, ein Licht, das nicht an der Oberfläche reflektierte, sondern tief in einen eindringen konnte. Die einfallenden Sonnenstrahlen ließen ihr hellblondes Haar wie eine wunderbare Krone leuchten. Aber es war keine Krone, die ihr von irgendjemandem aufgesetzt worden wäre. Es war eine Krone, die von ihr selbst ausging, hell strahlend und trotzdem sanft und warm. Er betrachtete ihre zarten Schultern, die nur von den Trägern ihres sommerlichen Kleides gesäumt, doch stark und energisch wirkten. Ihre Arme bewegte sich langsam auf und ab, wie eine Möwe, die über dem Meer ihre Kreise zog. Mit gleichmäßigen Bewegungen ließ sie ihre Hände, ihre schmalen Finger vor dem Gesicht kreisen, als könnten sie den Blick auf die Berge, die strahlende Sonne ertasten. Daniel ertappte sich bei dem Gedanken, wie schön es wäre, ihr über die goldenen Haare zu streichen, über ihren langen, geraden Hals. Er wünschte sich, mit ihren Händen zu kommunizieren, einzustimmen in das stumme und doch so wunderbar berauschende Gefühl gemeinsamer Empfindungen. Er fühlte sich plötzlich auf neue Art zu Valerie hingezogen. Er wollte sie nicht wie bisher nur beschützen. Er wollte mehr. Er wollte sich mit ihr verbinden, eins sein mit ihr in einer Welt gemeinsamer Gefühle, die sich für ihn langsam zu öffnen schien.

„Gehen wir frühstücken?" Valerie drehte sich unvermittelt um und riss Daniel aus seinen Gedanken. Wie immer streckte sie ihm ihre zarte Hand hin, mit der sie sah, was Daniel sah. Er nahm ihre

Hand in seine und spürte auf einmal etwas anderes als sonst. Er spürte ihre Wärme, ihre Zuneigung, ihr Vertrauen und doch war es mehr als das. Er spürte etwas, für das er bald andere Worte finden würde.

„Deine Hand ... Daniel ... alles in Ordnung." Erschrocken wollte er sich von ihr lösen, eschrocken darüber, dass sie seine plötzliche Zuneigung spüren konnte. Und doch hielt er sie fest. Ja, er wollte sogar, dass sie seine Zuneigung spürte. In jeder anderen Situation, bei jeder anderen Person, wäre ihm das peinlich gewesen. Jetzt war es anders. Es erfüllte ihn mit einem Glücksgefühl, ihre Hand zu halten, seine Zuneigung weiterzugeben und das an Hände und Finger, die weit mehr als bei anderen Menschen ertasten und fühlen konnten.

In Filmen hatte er schon oft gesehen, wie Menschen sich in besonderen Situationen in die Augen sahen, wie allein dies ihre Zuneigung verriet, ohne auch nur ein Wort zu verlieren. Daniel wusste plötzlich, dass dieser Blick zwischen ihm und Valerie die Berührung sein würde, die Berührung ihrer Hände, die im Moment mehr verrieten, als jeder Blick zum Ausdruck bringen konnte. Auch Valerie blieb für einen Moment stehen. Sie spürte, dass etwas anders war als sonst, spürte Daniels Daumen, der nicht wie sonst leicht abgespreizt war, sondern sich diesmal sanft auf ihren Handrücken gelegt hatte, der sich nur wenige Millimeter hin und her bewegte, als wollte er mehr von ihr wissen, als wollte er ihr mehr sagen. Auch sie legte ihren Daumen auf seinen Handrücken. Es war eine Geste, von der sie in letzter Zeit oft geträumt hatte, doch sie hatte befürchtet, dadurch Daniels Freundschaft zu verspielen. Wie oft hatten ihnen Kinder in der Nachbarschaft hinterhergerufen: *Verliebt, verlobt, verheiratet* und ihr Grimassen gezogen, die sie zwar nicht sehen konnte, doch auf ihrem Rücken wie ein Brandeisen spürte. Wie oft hätte Daniel seine Hand von ihr wegziehen können, um sich der Lächerlichkeit zu entziehen, um als richtiger Mann dazustehen und nicht als einer, der ein Mädchen wie eine Klette herumführte. Wie oft hatte sie Dankbarkeit darüber empfunden, dass Daniel sie nicht im Stich gelassen hatte, sie nicht hilflos und blind stehenließ. Oft hatte sie sich gefragt, ob es nur sein Verantwortungsgefühl war oder das Resultat der mahnenden Worte seiner Eltern, sie, Valerie, nicht von der Hand zu lassen, da sie ja stolpern oder vor ein Auto laufen könnte. Wie oft hatte sie gehört, wie seine Mutter ihm ins Gewissen redete, wie schlimm es wäre, wenn ihr durch seine Unachtsamkeit etwas zustieße. Wie oft hatte sie sich schlecht gefühlt, Daniel am Rockzipfel zu hängen, nur weil sie nicht sehen konnte, weil sie behindert war, und wie oft hatte sie ihm mitgeteilt, dass sie sich sehr wohl auch alleine zurecht fände, auch wenn sie wusste, dass sie rasch an Grenzen stoßen würde. Trotzig hatte sie sich aus seiner Hand gelöst und war davongerannt. Nie war etwas passiert, außer einmal. „Dann mach doch, was du willst!", hatte er ihr damals hinterhergerufen und dann war sie verschwunden, hatte sich verlaufen. Es hatte quälende Stunden gedauert, bis man sie wiederfand. Daniel wurden schreckliche Vorwürfe gemacht. Dabei war sie es doch, die sich von seiner Hand befreit hatte, die einfach davon gelaufen war. Damals hatte sie es Daniel hoch angerechnet, dass er nicht die Vorwürfe, die er sich von seinen Eltern anhören musste, eins zu eins an sie weitergegeben hatte.

Und jetzt war alles anders. Sie standen beisammen, hielten sich die Hand, weil sie etwas Besonderes für einander empfanden, etwas, dass sie nicht in Worte fassen konnten und in diesem Moment auch nicht in Worte fassen wollten. Es war wie eine seltsame neue Art der Wärme, die zwischen ihnen hin und her strömte. Es war ein wunderschönes Gefühl, das zu erkunden sie neugierig machte, das nicht enden sollte, das niemals enden sollte. Es war wie der tiefe Blick zweier Verliebter.

„Komm, Daniel, es wird Zeit." Valerie drückte vorsichtig seine Hand. Es war wie ein sanfter Kuss, kaum spürbar und doch so elektrisierend, dass sich Daniel wie betäubt zur Tür ziehen ließ. Gemeinsam eilten sie den Kiesweg entlang in Richtung Hotel. Ihr Zimmer lag etwas abseits, dort wo früher einmal die Bediensteten untergebracht waren, weit genug, um im täglichen Leben nicht aufzufallen und doch nahe genug, um rasch zur Stelle zu sein. Mit ihren Eltern war vereinbart, wenn sie schon gemeinsam in einem Zimmer schlafen durften, dann jedoch zu den gemeinsamen Malzeiten nicht zu spät zu kommen. Es war die Steinhoff'sche Tradition, die sich wie selbstverständlich fortsetzte.

Auf halben Weg, kaum waren sie um die Ecke des Hotels gebogen, versperrte ihnen eine Gruppe von Gleichaltrigen den Weg, an deren Spitze sich ein Junge mit einem dicken Verband um die Nase breit machte.

„Na, ihr zwei." Seitlich des Verbandes starrten ihnen von blauen Flecken umrandete Augen funkelnd entgegen. Daniel zog Valerie instinktiv zu sich heran. „Immer noch verliebt?"

„Was willst du, Lorenz, hast du noch nicht genug? Kann dir gerne noch eine verpassen." Die anderen Kinder drängten verärgert hervor, doch Lorenz hielt sie wie ein Anführer zurück.

„Ganz schön große Klappe. Du weißt ja … Danni … nochmal hast du keine Chance."

„Willst du dich wieder an Schwächeren vergreifen?" Lorenz grinste. „Zugegeben, der Schlag hat ganz gut gesessen. Das traut sich sonst keiner. Im Moment, das siehst du ja, kann ich nichts riskieren, aber … das können ja auch andere übernehmen." Provozierend sah er seine Kumpel an, die sich plötzlich unsicher hinter seinen Rücken verdrückten. „Oder auch nicht."

Er fixierte Valerie, die angespannt Daniels Hand quetschte. „Und was Valerie angeht, ganz guter Schuss gestern, obwohl du … naja, du weißt schon." Lorenz drehte sich zu Daniel, der seinen Blick prüfend erwiderte. Valerie grinste verstohlen und streckte Lorenz ihre rechte Hand entgegen. In einem Abenteuerbuch – es war eines der ersten Bücher, die sie in Blindenschrift gelesen hatte – taten dies die Jungs als Zeichen ihrer Freundschaft und Anerkennung. Lorenz war verwirrt. Er wusste nicht, ob er ihrer kumpelhaften Geste folgen sollte, wollte mit seiner Rechten einschlagen, zog sie dann aber doch zurück. Valerie ließ sich nicht beirren. Trotzig hielt sie Lorenz ihre rechte Hand entgegen. Daniel sah sie bewundernd von der Seite an.

„Was ist, Lorenz, traust du dich nicht? Nur weil ich ein Mädchen bin, nur weil ... weil ich blind bin?" Lorenz' Augenwinkel zuckten nervös. Er blickte sich unsicher zu seinen Kumpanen um.

„Was glotz ihr so blöd?" Erneut drehte er sich zu Valerie und ging einen Schritt auf sie zu. „Ganz schön mutig ... ganz schön mutig ihr zwei und wenn du nicht ein Mädchen wärst ... dann ..."

„Was dann?" Valerie hielt ihm immer noch unbeirrt die rechte Hand entgegen.

„Verdammte Scheiße ... dann ... ach ich weiß auch nicht." Dann schlug er mit seiner Rechten auf Valeries flache Hand. „Und wegen gestern ... du weißt ja ... blinde Kuh ... das war nicht in Ordnung ... das war ... das war einfach Scheiße. Okay ... Val?" Valerie nickte. Lorenz trat zur Seite und auch die anderen ließen Valerie und Daniel passieren. Es war totenstill, keiner der Kumpanen traute sich ein Wort zu sagen. Lorenz schaute den beiden hinterher, dann drehte er sich zu den anderen um.

„Was steht ihr so dämlich rum? Habt ihr noch nie ... ach, lasst mich doch in Ruhe." Dann eilte er verwirrt in Richtung Hotel.

Nach dem Frühstück zogen dunkle Wolken auf und aus dem Strandtag wurde erst mal nichts. Als es dann noch anfing zu donnern und zu regnen, verzogen sich auch die letzten Gäste auf ihre Zimmer. Die Wettervorhersage meldete erst wieder gegen Abend schöneres Wetter, sodass ein ruhiger Tag mit Lesen und Herumgammeln angesagt war. Auch Valerie und Daniel eilten auf ihr Zimmer. Für sie war es ein willkommener Anlass, das fortzusetzen, was gestern so spannend begonnen hatte.

„Sag mal, Daniel, wie ist das mit den Wolken am Himmel? Alle sind immer so ... wie soll ich das sagen ... so ängstlich, wenn Wolken da sind. Sehen die wirklich so ... so schrecklich aus?"

„Nein, nein, ganz und gar nicht, Valerie. Wolken sind wunderschön, groß und rund, manchmal auch flach wie Federn und manchmal da ... da können sie einem wirklich ganz schön Angst machen. Dann sind sie dunkel, fast schwarz und dann ..." Daniel verstummte, wie so oft, wenn er ihr etwas beschrieb, das sie niemals sehen würde und das machte ihn dann oft traurig. Doch Valerie war ganz aufgeregt, sie wollte alles wissen und man konnte erahnen, dass sich in ihrem Kopf die Bilder formten, vielleicht zu etwas ganz anderem, als es wirklich war. Aber was bedeutete schon das, was man sah oder glaubte zu sehen, dachte Daniel öfters. Vielleicht sahen ja auch Papa und Mama die Dinge ganz anders. Vielleicht war nicht grün so grün wie er es sah, vielleicht war der Himmel nicht blau, sondern erschien ihm nur blau und, wenn er mit anderen Augen sehen könnte, vielleicht sah dann auch der Himmel ganz anders aus. Und wenn er Valerie mit seinen Worten genau beschrieb, wie alles aussah, dann formte ihre Fantasie dies vielleicht zu einem ähnlichen aber doch zu einem neuen Bild. Nur wenn er die Augen schloss, um sich alles vorzustellen, alles aus der Erinnerung in Worte zu fassen, dann, nur dann, so versicherte er sich zufrieden, dann sah er alles so, wie es Valerie sah.

Auch jetzt schloss er die Augen und erklärte ihr den Himmel, die Wolken, das Dunkel, kurz bevor es anfing zu regnen und zu gewittern. Er erzählte ihr von den Blitzen, die mal nur als alles erhellender Schein den Himmel erleuchteten und ihn dann wieder als gezackte scharfe Linie zu zerschneiden schienen. Ja, es war so, wenn er mit Valerie redete, ihr alles erzählte, dass auch für ihn die Welt in einem neuen Licht erschien. Er musste genauer hinschauen, alles in sich hineinsaugen, um es dann Valerie möglichst genau mitzuteilen, das war er ihr schuldig. Und dann lächelte sie, weil sie dann nicht mehr blind war, weil sie dann mit Daniels Augen sah, weil sie seine Fantasie in sich aufnahm wie ein schönes Bild. Bisher empfand er es als seine Aufgabe, seine Pflicht, Valerie die Welt der Sehenden zu erschließen und jetzt, jetzt sah er alles anders. Aus der Pflicht wurde jetzt ein wunderbares Gefühl, sich in Valeries Gedankenwelt zu versenken, mit ihr die Welt neu zu erkunden, ihr Glück zu erleben, wenn sie ihre Erlebniswelt wie ein Spiegel an ihn zurückgab.

„Daniel, vielleicht ... meinst du, du könntest mir die Wolken vorspielen ... auf deiner Geige?" Valerie sprang auf und holte tief Luft. Dann ließ sie ihre klare Stimme wie eine tiefe Glocke erklingen. Wieder sang sie „Komm lieber Mai ..." Aber diesmal ganz anders. Langsamer, breiter, jede Note aneinandergebunden. „Ich glaube, so klingen Wolken, Daniel?" Daniel lachte und packte, angespornt von Valeries plötzlichem Gesang, seine Geige aus, während sie weiter mit langen Tönen um ihn herumsprang. „Du musst es versuchen ... du musst spielen, Daniel ... du musst Wolken spielen." Daniel zog die Augenbrauen hoch und stimmte mit ein. Wieder wunderte er sich, dass Valerie genau mit demselben Ton wie gestern angefangen hatte, nur eine Oktave tiefer. Er versuchte es ihr gleich zu tun und ließ seine Geige in den tiefsten Tönen erklingen. Plötzlich verstummte Valerie und verzog das Gesicht.

„Uh, das klingt komisch ... das klingt nicht so wie gestern ... so muss das klingen." Wieder stimmte sie einen Ton an und hielt ihn so lange, bis Daniel an den kleinen Stellschrauben die Stimmung der Geige so verändert hatte, bis sich Valeries Miene aufhellte.

„Klingt schon besser und jetzt, jetzt musst du Wolken spielen, hörst du, Wolken, Wolken, Wolken." Dabei machte sie mit ausgestreckten Armen große runde Bewegungen. Daniel begann erneut

zu spielen. Auch er versuchte die Töne länger und breiter zu halten, zu binden, sie irgendwie rund erklingen zu lassen.
„Nein, nein, nein, das ist falsch, das muss anders klingen." Valerie ließ einen weichen Ton erklingen. Daniel versuchte ihr zu folgen, das Stück wie Wolken klingen zu lassen, während sie sicher mit weit offenem Mund die zweite Stimme dazu sang.
„Nein, nicht so, Daniel, breiter, runder, größer ... wie Wolken!" Daniel schmiss frustriert die Geige auf sein Bett.
„Mann, Valerie, das ist doch doof. Woher willst du denn wissen, wie Wolken klingen? Du hast doch noch nie welche gesehen." Daniel fuhr es durch die Knochen, als sich Valerie plötzlich wie eine vertrocknete Pflanze auf ihr Bett fallen ließ und den Mund zusammenpresste. Eine Zeit lang saßen sie stumm auf dem Bett. Dann hob Daniel die Geige, setzte sie an sein Kinn und ließ den Bogen schwer über die Seiten gleiten. Dabei ertönte meist noch ein zweiter Ton mit, ein Doppelgriff, den Daniel mehr und mehr zu einem Zweiklang vereinte und der seinem Spiel das verlieh, was es sein sollte – der Klang von Wolken. Valerie richtete sich auf, dann setzte sie sich zu Daniel, Rücken an Rücken und stimmte leise summend mit ein. Ein Vibrieren, ein tiefes Summen erfüllte beide und sie wussten nicht, ob es von den Zweiklängen der Geige oder von Valeries warmer Stimme kam. Wieder und wieder stimmten sie ihr Lied an, bis Daniel nahezu jeden Ton als Doppelgriff spielte, in passenden Terzen und Quarten und manchmal, wenn der Blitz einzuschlagen schien, auch in Sekunden, die einem kalt und schrill den Rücken hinunterliefen, um sich gegen Ende wieder in einen harmonischen Klang aufzulösen. Valeries Stimme begleitete ihn, mal geschickt umspielend, mal haltend wie zu einem gespannten Moment, in dem die Geige ihr den Weg leiten sollte.
Es war mehr als nur die Harmonie einer Kinder- und einer Violinstimme, es war das, was Daniel an diesem Morgen zum ersten Mal wahrgenommen hatte, ein Gleichklang, eine Geborgenheit,

von der er ahnte, dass er sie nur bei Valerie finden würde. Erst jetzt wurde ihm klar, dass er die Augen die ganze Zeit über geschlossen hielt. Es war von dem Moment an, als er die Geige erneut an sein Kinn gelegt hatte und als er Valeries warmen Rücken an seinem spürte. Er wollte seine Augen nicht öffnen, weil er nur das sehen wollte, was Valerie sah. Er wollte Teil ihrer Welt werden, so wie er stets versucht hatte, sie an seiner Welt teilhaben zu lassen. Gemeinsam würden sie mehr sehen als andere, mit ihr wollte er die Welt neu erkunden. Plötzlich richtete sich Valerie auf und flüsterte: „Und jetzt fängt es an zu regnen, Daniel, ist es nicht so? Wenn dunkle Wolken den Himmel erfüllen, dann kommt der Regen, kühl und erfrischend, erst einzelne Tropfen." Daniel wusste, was zu tun war. Die Augen geschlossen, fing er an zu zupfen. Erst an der Saite mit den höchsten Tönen. Leise und einzeln hüpften die Töne dann von einer Saite zur anderen, hoch für kleine Tröpfchen und zunehmend tief, für große mächtige Tropfen. Valeries Stimme klang wie das Sprudeln von Wasser, das langsam aber sicher, mehr und mehr vom Dach herab in eine Regentonne plätscherte. Daniel ließ seine Finger schneller und schneller über die Saiten hüpfen, zupfte mehr und mehr nicht nur mit einem, sondern gleich mit zwei und drei Fingern gleichzeitig. Seine linke Hand ergriff dabei auf dem Griffbrett zielsicher die Töne, als würde weiterhin der Bogen das bekannte Lied anstimmen. Es fing an zu prasseln, zu stürmen, während Valerie sich mit aller Kraft gegen den Wind anstemmte, gegen einen Wind, der Daniels wildes Pizzicato wie ein Platzregen durch die Luft wirbeln ließ. Es war ein Sturm aus umeinander wirbelnden Tönen, die doch auf wundersame Weise zusammengehörten und das Bild vom schönen Mai in ein wildes Unwetter verwandelten.

Fast schon außer Atem ertönte plötzlich ein heller Ton, wie eine Glocke so rein und klar, wie ein erster Sonnenstrahl, der das Ende des sommerlichen Gewitters einleitete. Die zupfenden Klänge der

Violine verwandelten sich in einen hellen und einfachen Klang, der erst gleichförmig und gerade, wie der Strahl der Sonne über allem leuchtete, um dann in ein virtuoses helles Zwitschern überzugehen. Vögel tummelten sich am Himmel, flogen aufgeregt umeinander, glücklich darüber, dass der Sturm und der Regen vorbei waren. Es waren helle, fröhliche Töne, die aus Valeries Kehle und Daniels Geige kamen, die wie glückliche Kinder umeinander wirbelten, sich ausgelassen neckten, Ringelreihen tanzten, um sich dann schließlich erschöpft auf die feuchtwarme und dampfende Wiese fallen zu lassen. Wie gestern erklangen erneut die grünen Blätter des Mais, die Veilchen am Bach und alles lud zu einem fröhlichen Spaziergang ein. Die Töne wurden leise, verstummten schließlich und beide ließen sich erschöpft auf das Bett fallen. Lange lagen sie so, Seite an Seite. Valerie hatte ihre Hand in die von Daniel gelegt und keiner von beiden bewegte sich auch nur einen Millimeter. Selbst ihr Atem ging plötzlich flach und im Gleichklang, als wären sie für immer zusammengewachsen, wie die Blüten einer einzigen Pflanze. Die Welt sollte anhalten, das Glück, das beide in diesem Moment miteinander empfanden, sollte für immer so bleiben, festgehalten in einem immer gleichbleiben Klang, einer Melodie, die von irgendwo herkam und sie wie eine beschützende Decke umgab.

Institut Jurij Gagarin, Juli 2020

Die Tür wurde geräuschvoll aufgestoßen. Nadjeschda und Karin schreckten auf. Eine Frau trug mürrisch ein Tablett hinein. Darauf waren Eier, Speck und Brötchen mit einer Kanne Kaffee. Genauso mürrisch verließ sie den Raum und schloss hinter sich ab. Verwirrt schaute Karin aus dem Fenster. Die Dämmerung hatte sich über die tristen Häuserreihen gelegt. Ein Blick auf ihre Uhr verriet, dass es fünf Uhr morgens sein musste. Sie hatten den Nachmittag und die Nacht verschlafen und beruhigt stellte sie fest, dass sie nicht wie in manchen unruhigen Nächten von Alpträumen gequält worden war. Zumindest konnte sie sich nicht mehr erinnern. Nadjeschda blinzelte durch die verquollenen Augen und als sie Karin sah, huschte ein kurzes Lächeln über ihr Gesicht. Doch dann biss sie sich auf die Lippe, als die Erinnerung an Daniel über sie hineinbrach. Jemand hatte in der Nacht ihre Reisetaschen ins Zimmer gestellt.

„Erst Frühstück, dann duschen." Karin nickte. Nachdem sie gefrühstückt hatten verschwand Nadjeschda im Bad. Das Wasser von der Dusche rauschte und Karin durchsuchte ihre Taschen, um ein paar frische Sachen bereitzulegen. Dann zog sie sich die Kleider aus und huschte zu Nadjeschda unter die Dusche.

„Fliegender Wechsel? Ich habe dir ein paar Sachen zurecht gelegt." Nadjeschda küsste sie auf den nassen Mund und sprang aus der Dusche.

„Beeil dich, Karin!", rief sie ihr hinterher. Gemeint war nicht, dass Evgenij oder Alex plötzlich im Zimmer stehen könnten, als vielmehr die Sorge um Daniel. Es dauerte nicht lange, bis tatsächlich die Tür aufgeschlossen wurde und Alex unvermittelt in der Tür stand.

„Wie geht es ihm?" Nadjeschdas zitternde Stimme verriet ihre Angst um Daniel. Alex antwortete nicht. Er versuchte kühl zu bleiben.

„Wir müssen reden. Es eilt." Dann ging er aus dem Zimmer und winkte, bereits im Gang stehend, Nadjeschda und Karin ungeduldig zu, ihm zu folgen. Diesmal waren keine Wachen zu sehen. Schweigend folgten sie Alex zu dem hellen Raum, wo sie gestern zu ersten Mal voreinander gestanden hatten. Ein paar Stühle waren im Kreis um den Tisch gerückt. Evgenij saß auf einem der hinteren, die Füße überschränkt auf dem Tisch und den Stuhl gefährlich kippelnd. Seine Beinprothese quietsche jedes Mal, wenn er sich nach hinten beugte.

„Setzt euch und du, Evgenij, wenn ich bitten darf …" Alex warf ihm einen finsteren Blick zu, die Beine vom Tisch zu nehmen.

„Wenn ich bitten darf, wenn ich bitten darf." Äffte Evgenij ihn nach. „Ihr Deutschen seid immer so formell, wenn ich bitten darf." Mühsam wuchtete er, unterstützt von der rechten Hand, sein künstliches Bein vom Tisch. Mit der Ferse zuerst krachte es auf den Boden und schepperte bedenklich in allen Scharnieren. „Das mit dieser Transplantationsstation, das ist Evgenijs Sache."

„Transplantationsstation?" Karin erwachte wie aus einem bösen Traum.

„Ivan war nicht der Einzige, der auf Organe wartete. Diese Oligarchen haben viel Geld und wenn die Gesundheit nicht mehr will, dann kauft man sich die eben."

„Kauft sich seinen eigenen Enkel?" Nadjeschda sah Alex an. „Was wollten sie als nächstes klauen? Seine Leber, seine Nieren oder vielleicht sein Gehirn?"

„Sein Gehirn, das wäre passend. Vaters Gehirn war sowieso nicht mehr brauchbar", krächzte Evgenij dazwischen.

Nadjeschda zischte durch zitternde Lippen: „Evgenij, du bist ein perverses Schwein."

„Langsam, langsam, meine Süße, wir wollten verhandeln. Wenn das so weitergeht, drehen wir ihm den Strom ab und dann ist Sense, verstanden?" Karin legte beschwichtigend ihren Arm auf Nadjeschdas Schulter und versuchte ihre Aufmerksamkeit auf Alex zu richten, dem Evgenijs Auftreten alles andere als recht erschien.

„Evgenij, das ist deine Sache. Wir hatten eine Verabredung. Hast du vergessen?" Evgenij stand mühsam auf und ging zum Fenster.

„Ihr bekommt Daniel und ich ..." Alex spitzte den Mund, als traue er sich nicht gleich sein Verhandlungsziel preiszugeben. „Ich bekomme die blauen Kugeln." Karin sprang von ihrem Stuhl auf. „Die blauen Kugeln ... was für blaue Kugeln?"

„Du weißt, welche blauen Kugeln ich meine."

„Wenn das die sind, die Jule damals in den Anden gefunden hat, dann kann ich dir nur so viel sagen, dass sie verschwunden sind. Ich war selbst dabei, als sie von Alighieri und seinen russischen Kumpanen gestohlen wurden. In Kisten mit russischer Aufschrift hat man sie abtransportiert und seither sind sie verschwunden."

„Oh, diese Kugeln. Die wurden hier in Sicherheit gebracht. Aber die reichen niemals aus für das, was ich vorhabe."

„Was wir vorhaben, wir werden es ihnen zeigen. Wir werden die Energie der Zukunft in der Hand haben", fauchte Evgenij erneut dazwischen.

„Nein, ich meine die blauen Kugeln, die Jule in ihrer Zeit hier selbst herstellte. Sie weiß, wie das funktioniert. Sie weiß, wie man diese Kugeln vermehrt, unendlich vermehrt." Karin richtete sich auf.

„Dann frag sie doch selbst. Du kennst sie ja gut genug. Vielleicht verrät sie dir, wie es geht."

„So einfach geht das nicht. Wir haben alle ihre Papiere durchsucht. In Freiburg, hier im Institut, bei ihr zu Hause. Nichts! Sie hat alles vernichtet oder ... oder sie hat es irgendwo gut versteckt. Und gefragt habe ich sie bereits, sie ist ein Dickkopf."

„Oh ja, manchmal kann sie ein ganz schöner Dickkopf sein. Viel Spaß, Alex."

„Wir haben uns nicht verstanden, Karin. Nicht ich, du wirst sie fragen. Du wirst ihr sagen, dass sie hier ins Institut kommen soll, um uns den Trick zu verraten, das Geheimnis der blauen Kugeln." Karin lachte verächtlich.

„Du glaubst doch nicht im Ernst, dass ich eine meiner besten Freundinnen, die Frau meines Bruders, hierher in die Falle locke, nur damit du mit blauen Kugeln die Weltherrschaft antreten kannst? Und außerdem, du hast doch selber gesagt, dass sie sehr dickköpfig ..."

„Daniel. Denk an Daniel." Sein Name peitschte durch den Raum mitten in Karins Herz.

„Verdammt ..." Karin krümmte sich zusammen.

„Schlaues Mädchen." Evgenij grinste teuflisch. „Jule verrät uns das Geheimnis der Kugeln und dann ... dann könnt ihr alle gehen. Du, deine Karin, Jule und natürlich Daniel. Sonst, meine Süße, sonst machen wir einfach Klick, stellen den Strom aus und dann ... das war's. Nach Vaters Tod könnt ihr ihn sowieso haben. Wir brauchen den kleinen Bastard oder was von ihm übrig ist, nicht mehr." Karin ließ sich erschöpft auf den Stuhl sinken. Evgenijs ekelhaftes Gerede konnte sie inzwischen an sich abperlen lassen. Sie starrte Alex stechend an.

„Angenommen ich könnte Jule überreden hierher zu kommen und ... und sie zeigt dir, wie das geht mit den blauen Kugeln ... welche Garantie habe ich, dass wir anschließend frei sind?"

„Keine. Keine Garantie, aber ... ich gebe euch mein Wort." Nadjeschda schien aus ihrer Lethargie aufzuwachen.

„Dein Wort ... dein Wort ... meinst du vielleicht nach all dem, was ihr Daniel angetan habt, reicht uns dein Wort?"

„Ich fürchte, ihr habt keine Wahl. Wenn es nach Evgenij ginge ... naja, hast du ja gehört ... er hat keine Verwendung mehr für Daniel. Ich habe aber einen Deal mit Evgenij. Wir bekommen die blauen Kugeln und dann könnt ihr gehen."

„Alex, du ... du bist naiv!" Karin trat gegen ihren Stuhl und zeigte mit ausgestrecktem Arm auf Evgenij. „Du hast einen Deal mit Evgenij? Dass ich nicht lache. Genauso könntest du einen Deal mit dem Teufel machen. So lange er dich braucht, bist du sein Freund und dann ... dann wird er dich belügen, so wie er uns alle belogen hat." Evgenij schnalzte mit der Zunge.

„So, das reicht, meine Süße. Alex und ich, wir werden hier ein großes Ding hochziehen und wenn du nicht bald spurst, dann ... du weißt ja, Klick und das war's dann." Nadjeschda stützte ihre Ellbogen auf und vergrub ihren Kopf in den Händen.

„Wir müssen darüber nachdenken ... das geht so schnell nicht." Alex spitzte erneut den Mund und dachte für einen Moment nach.

„Gut, ich gebe euch eine Stunde. Mehr nicht ... aber überlegt es euch gut. Ihr habt nur eine Chance. Wenn ihr die verspielt, dann ist Evgenij an der Reihe. Haben wir uns verstanden?"

Schweigend gingen sie mit Alex zu ihrem Zimmer zurück. Bevor er die Tür wieder abschloss, drehte er sich noch einmal zu ihnen.

„Eine Stunde, mehr nicht."

Nadjeschda ließ sich auf dem Bett nieder, während Karin aufgeregt zwischen Tür und Fenster hin und her ging.

„Verdammt, selbst wenn wir hier fliehen, dann wartet draußen die Polizei, um uns einzukassieren. Und Daniel ... ohne die Stromleitung ist er tot."

„Noch lebt er."

„Bist du dir da so sicher?" Nadjeschda fing an zu schluchzen. Karin setzte sich an ihre Seite und legte den Arm um sie.

„Ich schwöre dir, Nadjeschda, so lange noch ein Tropfen Blut durch seine Adern fließt, so lange gebe ich nicht auf."

„Mensch, was würde ich ohne dich machen ... aber was sollen wir tun? Wir können doch nicht Jule in die Falle locken."

„Wie würde Jule entscheiden, wenn sie davon wüsste?" Nadjeschda seufzte.

„Ich glaube, sie würde sofort alles stehen und liegen lassen und hierherkommen."

„Und angenommen es wäre so und wir ... wir hätten ihr nichts gesagt, hätten Daniels Tod in Kauf genommen, eigentlich in gu-

ter Absicht, sie nicht zu gefährden. Was würde sie uns sagen?"
„Ich glaube, sie würde nichts sagen, sie würde nicht mehr mit uns sprechen wollen. Sie liebt Daniel. Mein Gott, wenn ich an Valerie denke. Die beiden sind unzertrennlich. Das wäre schrecklich für Valerie. Jule und Al wissen das, sie würden alles tun, damit die beiden wieder zusammenkommen." Karin stand auf und starrte aus dem Fenster.
„Ich rede mit Al. Er hat damals alles riskiert, um in dieses verdammte Institut hineinzukommen und ... er hat es geschafft. Er wird es wieder schaffen."
„Und wenn es schiefgeht? Wenn sie uns nachher alle abknallen? Wir haben nichts in der Hand, gar nichts. Sobald ihnen Jule alles verraten hat, sind wir ihnen ausgeliefert. Und erzähl mir nichts von Alex und seinem Wort. Da kannst du keinen Pfifferling drauf wetten. Der ist doch genauso schlimm wie Evgenij."
„Ich weiß nicht. Ich hatte das Gefühl, dass ihm das mit Daniel auch ganz schön an die Nieren ging."
„Ach, Karin, wenn es doch nur so wäre. Wenn doch nur einer in diesem verdammten Laden hier etwas Herz hätte. Selbst die Krankenschwestern schauen an einem vorbei, bekommen ihr Geld und dann schalten sie ihren Verstand ab."
„Okay, Nadjeschda, was sollen wir tun? Einfach den Strom ausstellen? Dann knallen sie uns erst recht ab. So haben wir vielleicht noch eine kleine Chance."
„Also gut. Rede mit Al, aber ... sag ihm alles. Sag ihm, wie die Chancen stehen."
Es dauerte nicht lange und es wurde aufgeschlossen. Alex blieb in der offenen Tür stehen.
„Und?"
„Wir telefonieren."
„Gut. Und was werdet ihr Jule sagen?"
„Die Wahrheit, Alex, nur die Wahrheit, nichts weiter."

Österreich, August 2019

Die Urlaubstage verflogen immer schneller. Lediglich während der Malzeiten saßen Valerie und Daniel getrennt bei ihren Eltern. Ansonsten sah man sie unentwegt reden, am Strand spielen oder sie saßen still beieinander in einer geheimnisvollen eigenen Kommunikation versunken. Mit Lorenz entwickelte sich eine enge Freundschaft, was nach dem anfänglichen Kräftemessen und erst recht, nachdem ihm Daniel fast das Nasenbein gebrochen hatte, undenkbar erschienen war. Nur wenn es darum ging zu musizieren, dann zogen sich Valerie und Daniel in ihr Zimmer zurück. Das passierte jeden Nachmittag. Daniels Eltern gingen davon aus, dass ihr Sohn die verhasste Etüde üben würde und waren über dessen musikalischen Eifer hoch erfreut. Die Etüde hatte Daniel jedoch längst vergessen. Stattdessen gaben sich die beiden ihren musikalischen Fantasien hin. Immer wieder tauchten sie ein in Klangwolken von grünen Blättern, Veilchen am Bachlauf, Gewitterstürme mit Blitzen und Hagel, die sich am Ende in die liebliche Atmosphäre eines frühlingshaften Monats Mai auflösten. Dabei ging es beiden um mehr als nur um die Musik, die Variationen von Gesang und Geigenstimme. Vielmehr waren es die ersten Anzeichen eines Frühlings, neuer zwischenmenschlicher Gefühle, der seine Boten vorausschickte, ohne dass sie auch nur entfernt ahnen konnten, was sich einmal daraus entwickeln sollte.

Am letzten Abend nach dem Abendessen verkrochen sich beide wie gewohnt in ihr Zimmer und erzählten sich Dinge, die sie schon längst kannten, die sie aber immer neu voneinander hören wollten.

„Weißt du eigentlich, Daniel, dass sich meine Eltern hier auf der Insel kennengelernt haben?"

„Das muss aber schon ganz schön lange her sein, oder nicht?"

„Stimmt und Papa hat mir erzählt, dass sie sich im Bootshaus zum ersten Mal begegnet sind."

„Du meinst dort, wo es so unheimlich aussieht, wo die Tür so knarrt und ... und wo es vielleicht spukt? Jedenfalls hat Lorenz das erzählt."

„Lorenz hat eine große Klappe und er ist ein Angsthase."

„Ich finde ihn ganz in Ordnung, zumindest jetzt nach unserem Streit." Valerie nickte zustimmend, war aber mit ihren Gedanken schon weit weg.

„ Sag mal, Daniel ... morgen geht es doch wieder nach Hause und ... also ich war da schon mal drin im Bootshaus. Da riecht es nach altem Holz und das Plätschern des Wassers hallt gegen die Wände und ..."

„Valerie, du willst doch nicht jetzt dort hin? Es ist dunkel und wir ... wir könnten uns verlaufen und dann ..."

„Daniel, du weißt doch, ich verlaufe mich nicht im Dunkeln. Diesmal zeige ich dir den Weg, einverstanden?"

„Valerie, ich weiß nicht ..."

„Hast du etwa Angst im Dunkeln?"

„Nein, natürlich nicht, es ist nur ..."

„Also doch."

„Naja, vielleicht ein bisschen. Und wenn wir uns erkälten, wenn ..." Valerie sprang auf.

„Komm, Daniel, wir gehen zum Bootshaus. Es ist so warm heute Nacht und kein Wind rauscht durch die Blätter ... und der Mond ... leuchtet der Mond, Daniel?"

„Ja, ich glaube schon."

„Siehst du, dann ist es ja für dich gar nicht so dunkel, oder? Komm ... bitte."

„Also gut, aber nur ..." Daniel wollte noch ergänzen, dass Valerie ihn an der Hand nehmen sollte, brachte es aber nicht über die Lippen. Doch sie wusste bereits, was in ihm vorging, insbesondere, dass er ihr gegenüber die Angst vor dem dunklen Bootshaus nicht eingestehen wollte. Ungefragt zog sie ihn vor die Tür. Hand in Hand schlichen sie hinunter zum Strand und von dort durch das Gebüsch Richtung Bootshaus. Daniel ließ sich von Valerie führen. Der Mond war noch nicht aufgegangen. Wenn man dem hellen Licht über den Bergen Glauben schenken durfte, konnte es jedoch nicht mehr lange dauern.

Nach wenigen Minuten standen sie vor dem Bootshaus. Die Tür war halb angelehnt und Daniel spähte unsicher durch den Türspalt.

„Komm, Valerie, lass uns lieber gehen, wer weiß ..." Seine Stimme zitterte leicht. An der Temperatur lag es jedoch nicht. Es war ungewöhnlich schwülwarm. Beherzt zog ihn Valerie ins Innere und tastete sich mit Händen und Füßen durch den dunklen Raum.

„Siehst du, Daniel, wie tagsüber, kein Unterschied, komm weiter." Vorsichtig schlich sie sich auf den Steg zwischen den beiden Anlegestellen und zog Daniel hinter sich her.

„Hörst du das?"

„Was meinst du?" Valerie spürte, wie Daniels Hände feucht wurden.

„Das Plätschern des Wassers. Es hört sich lauter an als tagsüber. Das liegt nur daran, dass keine Vögel zwitschern. Überhaupt klingt nachts alles anders. Ist das nicht seltsam? Und nachts riecht auch alles anders." Valerie streckte ihre Nase nach oben. Daniel wusste, dass sie mehr von diesem unheimlichen Ort wahrnahm, als er, der durch die undurchdringliche Dunkelheit blind war für alles, was sich um ihn herum ereignete. Dann ging sie auf die Knie und sog tief die Luft ein. Auf allen Vieren kroch sie langsam den Steg entlang und hatte für einen Moment Daniels Hand losgelassen.

„Valerie, wo .. wo willst du hin ... wo bist du?" Unsicher tastete er sich nach vorne. Noch nie hatte er sich so hilflos gefühlt. Zu seiner Erleichterung schickte der Mond seine ersten Strahlen über den

Bergkamm. Der Bootsschuppen leuchte durch die offenen Toren zum See in einem kühlen bläulichen Licht. Valerie war schon fast am Ende des Stegs angelangt. Daniel kroch ihr hastig auf allen Vieren hinterher.

„Halt, Valerie, nicht weiter, sonst fällst du noch ins Wasser."

„Ich weiß. Das Plätschern, es ist so ... so wunderschön. Ist der Mond schon da?"

„Ja und er leuchtet so hell."

„Erzählst du mir vom Mond, Daniel?" Daniel setzte sich zu ihr und fing an zu erzählen. Mit fantasievollen Worten stillte er Valeries Neugier mit dem, was er sah und was er ohne ihre beharrlichen Rückfragen und aufgrund seiner nächtlichen Angst vermutlich niemals wahrgenommen hätte. Er erzählte vom Mond, der aussah wie ein erschrockenes Gesicht und dessen kaltes Licht sich in der von einer leichten Brise gekräuselten Wasseroberfläche tausendfach widerspiegelte. Er nahm ihre Hand und zeichnete die schwarze Bergsilhouette nach, die sich wie der Kamm eines Schlüssels auf dem nun heller erscheinenden Himmel abzeichnete. Er drückte zaghaft ihre suchenden Finger, wenn sie die gleißenden weißen Flecken ewigen Schnees kurz unterhalb der höchsten Gipfel berührten. Valerie legte ihren Kopf auf Daniels Schoß und lauschte seinen Erzählungen. Ihr Atem ging ruhig und gelassen.

Plötzlich ging ein Zucken durch ihren Körper, wie ein letztes Aufbäumen des Bewusstseins vor dem herannahenden Schlaf. Es war ein friedliches Bild, wie Valerie bei ihm lag und schlief, wie ihre im Mondlicht fast weiß schimmernden Haare in Wellen über seine Beine flossen. Behutsam strich er ihr über den Kopf, berührte zart ihre Stirn. Es war nur der Hauch einer Berührung und doch so wunderbar, dass er unwillkürlich die Luft anhielt. Er traute sich dies auch nur, weil sie fest schlief, weil er sie nicht erschrecken wollte, weil er ihr seine Zuneigung, die ihn in diesem Urlaub so plötzlich ergriffen hatte, nicht zeigen wollte. Vorsichtig legte er sich zur Seite, sodass ihr Kopf weiter auf seinen Beinen ruhte und betrachtete andächtig ihr Profil. Ihre spitze Nase, ihren zarten kleinen Mund, die geschlossenen Augen, die sich leicht im Traum bewegten. Dann fielen ihm selbst die Augen zu.

Als sie am nächsten Tag wach wurden, immer noch eng aneinander gekuschelt auf dem Steg liegend, stach die Sonne gerade auf ihren Platz. Daniel schreckte auf.

„Valerie, Valerie, wach auf, wir ... wir haben verschlafen, wir ..." Schlaftrunken rieb sie sich mit beiden Händen durch das Gesicht. „Wo ... wo sind wir?"

„Immer noch im Bootshaus, weißt du nicht mehr und ... und jetzt ist es bestimmt schon spät und alle suchen uns. Komm rasch, Valerie, wir müssen zurück." Daniel sprang auf und diesmal war er es, der Valerie an der Hand durch das Gebüsch zog. Seine Befürchtungen sollten sich rasch bewahrheiten. Alle waren in hellster Aufregung, da geplant war, den Heimweg früh anzutreten, vor den Massen, die sich an diesem letzten Sommerferienwochenende gen Heimat quälen sollten. Und dann waren die Kinder nicht da. Schon wollte Al eine Standpauke halten, als Valerie leise gestand, dass sie im Bootshaus gewesen und dabei eingeschlafen waren. Jule und Al sahen sich vielsagend an. Es bedurfte keiner weiteren Worte, um bei beiden die Erinnerung daran wachzurufen, wie sie sich vor Jahren so seltsam im Bootshaus begegnet waren. Wie im Schnelldurchlauf spulte sich alles nochmals vor ihrem inneren Auge ab. Jule kniete sich hin und umarmte ihre Tochter.

„Na, ihr beiden, ihr habt euch lieb, ist es das?" Daniel nickte zaghaft und doch war es für Valerie ein spürbares Nicken, sodass sich ihre blassen Wangen leicht röteten.

Die Rückfahrt mündete wie geahnt in einem Stau, einer endlosen Kette von Fahrzeugen, deren Insassen entnervt einen Teil ihrer gerade mühsam angesparten Erholung einbüßten. Nur Daniel und Valerie nicht, die den langen Stau als letzte Gelegenheit nutzten, sich Geschichten zu erzählen, bevor sie wieder getrennte Wege gehen mussten.

In der ersten Woche nach den Ferien sollte Daniel sein Vorspiel zum Besten geben. Der Violinwettbewerb musste nun nach Ansicht seiner Eltern Karin und Nadjeschda ein voller Erfolg werden, da sie ja wussten, wie intensiv er geübt hatte. Aber es kam anders. Am Tag des Wettbewerbs gingen sie schon früher zur Musikschule, um die Atmosphäre kennenzulernen und dann nicht so nervös zu sein. So waren zumindest Karins Worte. Valerie sollte später mit ihren Eltern zum Konzert nachkommen, was die Situation für Daniel keinen Deut besser machte. Sein Lehrer empfing sie schon am Eingang.

„Na, Daniel, kräftig geübt?" Es war eine Frage, die eigentlich mehr dem ständigen Vorwurf eines ehrgeizigen Lehrers entsprach und so viel bedeutete wie: „Na, Daniel, mal wieder nicht geübt?" Karin kam jeglicher ehrlichen Antwort Daniels zuvor, indem sie versicherte, dass ihr Spross so viel geübt hätte, wie noch nie in seinem Leben. Der Lehrer zog ungläubig die Augenbrauen hoch.

„Na, das wird auch nötig sein. Die anderen Kinder sind schon seit einer Stunde mit ihren Eltern hier, um sich vorzubereiten. Und wenn man die so spielen hört, dann ... naja, mal sehen. Also, wenn die Etüde gut klappt und wenn du gut geübt hast, dann ... erleben wir vielleicht eine Überraschung."

Daniel überlegte rasch, ob er nicht doch noch fliehen sollte. Schließlich war er als letzter an der Reihe und geübt hatte er die Etüde vielleicht ein- oder zweimal, auf jeden Fall zu wenig. Kurze Zeit später versammelten sich alle im großen Konzertsaal der Musikschule. Die anderen Kinder waren fast durchweg Asiaten. Blass und schmal schauten sie vor sich hin. Ihren Eltern stand die Nervosität ins Gesicht geschrieben. Beim Anblick der asiatischen Zöglinge empfand Daniel so etwas wie Mitleid. Zumindest würde er für sie keine ernstzunehmende Konkurrenz sein und er wäre gerne zu ihnen hinübergegangen, um ihnen das mitzuteilen. Vielleicht wären sie dann etwas gelassener gewesen, vielleicht auch ihre Eltern.

Valerie kam kurz vor Konzertbeginn und setzte sich mit ihren Eltern in die vorletzte Reihe. Sie drehte ihren Kopf in alle Richtungen, als ob sie nach einem Zeichen von Daniel suchte. Aber der saß in der ersten Reihe, zu weit weg für Valerie, um sein heftiges Herzklopfen wahrnehmen zu können. Daniel wandte sich wiederholt um. Als er Valerie sah, fühlte er sich ein wenig ruhiger, auch wenn er lieber ihre Stimme gehört, ihren Händedruck gespürt hätte.

Der Wettbewerb begann. Einer nach dem anderen betrat die Bühne, verbeugte sich tief, so wie es für Asiaten und angehende Virtuosen üblich war. Mit steinerner Miene setzten sie zu den ersten Tönen an, die verrieten, dass ihnen die musikalische Karriere bereits in die Wiege gelegt wurde. Vor der ersten Reihe saßen drei Männer und eine Frau an einem Tisch, auf dem einige Zettel verteilt waren. Sie lauschten den Vortragenden und machten hin und wieder Notizen auf ihren Zetteln. Mit dem letzten furiosen Ton, der letzten ausladenden Geste der kleinen Virtuosen, nickten sie sich gegenseitig anerkennend zu. Die einzige Schwierigkeit, vor die sie gestellt waren, sahen sie wohl darin, die jungen Künstler in irgendeine gerechte Reihenfolge zu bringen. Die Eltern musterten unentwegt die Gesten der Jury. Ein zögerndes Lächeln huschte gelegentlich über ihre kritischen Gesichter. Daniel wurde übel und er fühlte einen leichten Schwindel. Gleich würde er sich zum Gespött aller Anwesenden machen. Sollte er nicht lieber doch noch weglaufen, einen Ohnmachtsanfall vortäuschen, sich zuckend auf den Boden werfen, sodass alle Mitleid mit ihm hätten? Mitleid wäre zumindest besser als Hohn und Spott. Dann schweifte sein Blick zu Valerie. Was würde sie sagen, wenn er jetzt kneifen würde? Wenn er angesichts seiner Unfähigkeit, seinen Vorgängern auch nur ansatzweise gleich zu kommen, die Flucht antreten würde? Valerie war so viel stärker, so viel tapferer als er. Wie oft musste sie erklären, dass sie blind war, obgleich man ihr das auf den ersten Blick nicht ansah. Wie oft musste sie sich hinten anstellen, auch wenn sie gerne vorne mitgespielt hätte. Er dachte an das Fußballspiel, bei dem sie trotz allem auf den Platz gegangen war, sich tapfer der Aufgabe gestellt hatte, obwohl sie wusste, dass sie nicht mithalten konnte. Nein, er konnte, er durfte jetzt nicht kneifen, allein Valerie zuliebe. Er wusste, dass sie ihn nicht verspotten würde, dass sie vielmehr seinen Mut als Ansporn für ihr eigenes Leben betrachten würde.

Als sein Name durch den Raum tönte, drehte er sich nochmals zu ihr um. Was nun folgen würde, konnte er nur ahnen. Sicher war, dass es zur Katastrophe kommen musste. Sein Lehrer winkte ihn nach vorne auf die Bühne und breitete erwartungsvoll die Noten der Etüde auf dem Notenpult aus.

„Was habe ich dir gesagt ...", flüsterte er Daniel ins Ohr und dann kamen noch die letzten Tipps, die Daniel vor lauter aufkommender Panik gar nicht mehr wahrnahm. Er spürte einen Schmerz in der Hüfte, wie damals, als Valerie unvermittelt der Ball traf.

„Und ich dachte schon, es gäbe hierzulande keine begabten Kinder mehr. Also dann, Daniel, wir hören", klang die Stimme des obersten Prüfers durch den Raum, was bei den asiatischen Eltern einen finsteren Blick hervorrief.

Es war still im Raum. Gespannt beobachteten sie Daniels zögerlichen Versuch, die Geige, die zum Glück zuvor von seinem Lehrer gestimmt worden war, an sein Kinn zu setzen. Die Kinnstütze fiel zu Boden. Ein Raunen, vielleicht auch ein schadenfrohes Grinsen der asiatischen Eltern, ging durch das Publikum. Mit zitternden Händen versuchte Daniel, die Kinnstütze wieder an der Geige zu befestigen. Das dauerte so lange, dass sein Lehrer fast geneigt war, hinzu zu springen, was die erste Blamage jedoch noch verschlimmert hätte. Endlich hatte er die Geige am Kinn und hielt den Bogen darüber. Vor ihm verschwammen die Noten der verhassten Etüde in einem Brei aus Linien und Punkten. Kurz wischte er sich mit dem Handrücken über das Auge und ließ dann den Bogen auf die Saiten nieder, was die ersten Töne in ein schreckliches Quietschen verwandelte. Sein Lehrer riss entsetzt die Augen auf und blickte hilflos zur Jury hinüber. Als Daniel weiter auf seiner Geige herumkratzte, legte der oberste Richter seinen Stift auf den Tisch und drückte fassungslos Zeigefinger und Daumen auf seine geschlossenen Lider. Sein Nachbar zur Linken fing an, mit dem Stift auf den Tisch zu trommeln, als wollte er damit die schrecklichen Laute, die Daniel produzierte, übertönen. Die einzige Frau in der Jury am äußersten Ende des Tisches verschränkte die Arme und zog die Augenbrauen hoch, als könne sie nicht glauben, was sie gerade sah oder hörte. Daniels Lehrer schlich langsam nach hinten und setzte sich fassungslos auf einen der letzten Plätze. Bei den asiatischen Eltern ging ein Kichern und Stöhnen durch die Reihen, als sicheres Zeichen dafür, dass man sich gleichzeitig amüsierte und sich siegesgewiss zurücklehnen konnte. Dann kehrte plötzlich Stille ein. Daniel ließ seine Geige sinken und stand mit gesenktem Kopf vor dem Publikum, bereit, Spott und Schmach über sich ergehen zu lassen. Aber es kam kein Ton, auch deshalb nicht, weil sich ein zartes blondes Mädchen unsicher nach vorne tastete und sich mutig neben Daniel stellte. Ihre Augen wanderten ziellos von einer zur anderen Seite, so dass jeder sehen konnte, dass sie blind war. Schon wollte der oberste Richter eingreifen und den Wettbewerb beenden, als ihm Valerie mit fester Stimme zuvorkam.

„Wir spielen jetzt Mozart. Das ist der kleine Junge mit dem Zopf, der so schöne Musik komponiert hat." Ein amüsiertes Raunen ging durch den Saal. Jule hatte nicht bemerkt, dass sich Valerie Richtung Bühne auf den Weg gemacht hatte, und wollte aufspringen, um das ohnehin schon peinliche Spektakel nicht weiter eskalieren zu lassen, doch Al hielt sie zurück. „Lass sie, Jule. Sie weiß was sie tut. Sie ist ein wunderbares Mädchen, findest du nicht?"

„Al, bist du verrückt? Sie werden sich blamieren. Sie blamieren sich jetzt schon!" Was Jule dann sah und hörte, ließ sie jedoch wieder auf ihren Sitz sinken. Der Mann aus der Jury in der ersten Reihe hielt immer noch den Mund offen und wollte erneut etwas sagen. Aber er brachte keinen Ton hervor. Nur die Frau beugte sich interessiert nach vorne und signalisierte ihren Kollegen, dass sie den beiden Kleinen auf der Bühne eine Chance geben sollten.

Daniel ließ seine Geige in der einen, seinen Bogen in der anderen Hand verzweifelt an sich herabhängen, als Valerie ihre helle, glockenklare Stimme durch den Raum klingen ließ. Es war ein Klang, der vielen im Saal einen warmen Schauer durch den Körper schickte, klar und rein, verzaubert im Einklang mit Mozarts wunderbarer Melodie in Erwartung des Frühlings, der Sehnsucht nach dem Wiedererwachen. Ja, es war ein Wiedererwachen, wie eine Erlösung, es war das, worum es bei Mozarts Musik in Wirklichkeit ging.

Als sie die erste Strophe beendet hatte, verharrten alle im Saal andächtig, in der Hoffnung, dass ihr lieblicher Klang erneut den Raum füllen würde. „Siehst du die grünen Blätter, die Veilchen und dann die Wolken, den Regen?", flüsterte sie Daniel ins Ohr. Zurückversetzt in die Zeit mit Valerie auf der Insel, hob er langsam die Geige unter sein Kinn. Seine Augen waren geschlossen. Ein Lächeln wie aus einer anderen Welt huschte über sein Gesicht, während sein Bogen plötzlich leicht und grazil über die Saiten glitt und seltsam zarte Klänge hervorbrachte, wie das liebliche Plätschern eines gerade aus dem Fels entsprungenen Baches. Valeries Stimme umspielte Daniels Melodie wie ein kleiner Vogel, der so selbstverständlich und doch so lieblich den Sommer bereicherte. Dann zogen Wolken auf. Beherzt griff Daniel in die Saiten.

Die satten Doppelklänge ertönten rund, mächtig und ausladend, während Valerie in ein schweres Moll gekleidet den Verlust der hellen Sonnenstrahlen beklagte. Ein Blitz schoss durch Daniels Violinsaiten und ließ das Instrument in einem schrillen Ton die Luft des Saales zerteilen. Danach kamen die ersten Regentropfen, die sich in einem wahren Pizzicatosturm entluden, während Valeries Stimme kaum noch hörbar am Rande zitternd Deckung suchte. Donner grollte durch den Saal, immer und immer wieder begleitet von dem Prasseln des Regens. Und plötzlich, wie aus dem Nichts, ertönte der erste Sonnenstrahl, der unerwartet warm und klar durch den Raum schwebte, bis sich alles am Schluss in einer Wiederholung der schlichten, aber doch so bewegenden Melodie von Mozarts „Komm Lieber Mai" beruhigte. Wie die Reprise einer Sonate von Beethoven klangen Valeries Stimme und Daniels Geigentöne im Einklang, als Erlösung, als vollendete Versöhnung wider. Die letzten Töne verklangen leise in einer lieblichen Terz, so sanft, so überzeugend, sodass alle Zuhörer in gerührter Stille verharrten. Keiner trauten sich zu atmen, in der Hoffnung, doch noch einen letzten Nachklang dessen zu hören, was in den vergangenen Minuten nicht nur an ihr Ohr, sondern direkt in ihr Herz gelangt war.

In der Stille erhoben sich einige von ihren Plätzen. Sichtlich bewegt folgte ein lang anhaltender Applaus, leise und sanft, um nicht das plötzliche Glücksgefühl, das den Raum erfüllte, zu zerstören. Valerie und Daniel standen noch eine Weile auf der Bühne, dann drehte sich Daniel zu Valerie und flüsterte ihr zu: „Danke, danke Valerie, ich ... ich habe noch nie so schöne Bilder gesehen." Ein zaghaftes Lächeln, huschte über ihr Gesicht. Dann nahm sie seine Hand. Ihre Hände berührten sich so wie zwei Menschen, die sich liebevoll in die Augen blicken.

Frankfurt Juli, 2020, später Nachmittag.

Jule stand am offenen Fenster. Es war schwülheiß und kein Blatt regte sich. Es sah nach einem schweren Gewitter aus. Aber das tat es bereits seit einigen Tagen, ohne dass die erlösende Abkühlung sich durchsetzen konnte. Es lag eine Spannung in der Luft, die sich jeden Moment entladen wollte.
„Ich halt das nicht mehr aus. Vier Tage ist es jetzt her und noch keine Antwort von Nadjeschda oder Karin. Und an ihre Handys gehen sie auch nicht. Verdammt, Al, ich glaube, ihnen ist etwas zugestoßen. Wir müssen da hin. Wir müssen etwas tun." Jule rannte im Zimmer auf und ab und rang nach Worten. „Wir hätten sie nicht alleine gehen lassen sollen." Al legte die Tageszeitung zur Seite.
„Wir wissen nicht, wo sie sind. Wo sollen wir anfangen zu suchen? Vielleicht ..." Jule schnitt ihm ungeduldig das Wort ab.
„Vielleicht weiß dieser Pjotr mehr. Der hat nicht nur Daniel einkassiert, sondern seine richtigen Eltern gleich mit. Den Brüdern traue ich alles zu." Gestikulierend rannte sie durch den Raum.
„Wann kommt Daniel wieder zurück?" Eine zaghafte Stimme meldete sich von der Tür zum Flur. Jule blieb stehen und küsste Valerie auf die Wange. Es war klar, dass sie sie mit ihrer Unruhe angesteckt hatte.
„Ich weiß es nicht, mein Schatz. Sicher kommt er bald wieder."
„Vielleicht geht es ihm nicht gut und wir müssen ihm helfen." Jule seufzte. Obwohl Valerie ihren besorgten Ausdruck nicht sehen konnte, so spürte sie doch zielsicher, dass mit Daniel etwas nicht stimmte, dass er möglicherweise in Gefahr war.
„Ja, vielleicht. Vielleicht braucht er wirklich Hilfe. Er und vielleicht auch seine Eltern." Jule fing wieder an, unruhig im Zimmer auf- und abzulaufen. „Wenn wir doch nur irgendetwas von ihnen hören könnten."

„Entschuldige, Jule, deine Rennerei macht es aber auch nicht besser." Jule drehte sich verärgert zu Al um. Sie wollte etwas erwidern, wusste aber auch, dass er recht hatte und biss sich auf die Unterlippe. Al blätterte in der Zeitung, ohne sich auf irgendeinen Artikel konzentrieren zu können. Im Grunde tat er dasselbe wie Jule, nur nicht mit den Füßen sondern mit den Augen.

„Ich fahr da hin, Al", pustete Jule heraus, als käme ihr endlich der erlösende Geistesblitz.

„Ich komme mit", ertönte eine piepsige Stimme an ihrer Seite.

„Dich kann ich nicht mitnehmen, mein Schatz, leider nicht."

„Und wenn es ihm nicht gut geht? Ich weiß, wie ich ihn gesund machen kann." Jule kniete sich vor Valerie und umarmte sie.

„Sieh mal. Ich hole ihn hierher zu dir und dann ... dann kannst du ihn ganz gesund machen. Aber wer sagt denn überhaupt, dass er krank ist? Vielleicht übt er gerade so viel Geige, dass er ganz vergessen hat, uns anzurufen."

Im nächsten Moment zuckten alle zusammen, als das Telefon schrill klingelte. Jule rannte zum Hörer.

„Hallo?"

„Jule, bist du es? Karin hier ... kann ich mal mit Al sprechen."

„Karin, Gott sei Dank. Wo seid ihr? Wie geht es Nadjeschda, wie geht es ..."

„Daniel, wir haben ihn gefunden. Aber ... es geht ihm nicht gut." Das Telefon war zum Glück auf Leise gestellt. Doch Valerie spitzte die Ohren und schien alles verstanden zu haben.

„Siehst du. Es geht ihm nicht gut. Ich muss zu ihm", piepste sie hervor. Jule drehte sich zu ihr um.

„Leise, Valerie, ich verstehe sonst nichts." Dann blickte sie besorgt zu Al und war froh, ihm den Hörer reichen zu können.

„Es ist Karin. Sie haben Daniel gefunden, aber ..."

„Ich muss zu ihm", flüsterte Valerie ihr erneut ins Ohr. Jule ließ sich besorgt auf einen Stuhl sinken.

„Karin, wo seid ihr?" Al versuchte eine kontrollierte Stimme zu wahren.

„Wir sind im Institut."

„Im Institut ... im Institut Jurij Gagarin, ich dachte ..." Jule sprang wieder auf und quetschte sich an seinen Kopf, um das Gespräch verfolgen zu können.

„Al, ich darf keine Namen sagen, sonst ... sie haben Daniel und ... es geht ihm nicht gut."

„Wer ... wer hat Daniel und was wollen sie? Können wir euch da rausholen?"

„Sie wollen die Kugeln."

„Die Kugeln?", rief Jule dazwischen.

„Sie wollen wissen, wie es geht. Sie wollen von Jule wissen, wie man sie macht, diese blauen Kugeln ... sonst ..."

„Sonst was?", fragte Al ungeduldig aber noch einigermaßen gefasst dazwischen.

„Daniel, er ..."

„Was ist mit Daniel?"

„Es geht ihm nicht gut und wenn Jule es ihnen nicht beibringt, dann weiß ich nicht, ob Daniel ..." Ihre Stimme versagte.

„Oh Gott, das ist doch nicht möglich." Jule sprang auf und schnaufte, als wolle sie zu einem großen Sprung ausholen.

„Al, ich muss jetzt Schluss machen. Wir ... wir haben nicht mehr viel Zeit."

„Kann ich dich irgendwie erreichen ...? Karin, hörst du mich?"

„Sie wollen eine Entscheidung von uns und von euch."

„Wann ... wie soll das gehen?" Al brüllte aufgeregt in den Hörer.

„In einer Stunde ... ich rufe nochmal an."

„In einer Stunde ... Karin, kann ich mit jemandem sprechen? Karin ..."

Die Leitung war bereits unterbrochen. Al ließ sich auf den Sessel fallen und starrte ratlos zur Decke.

„Siehst du, Papa, hab ich dir doch gesagt. Wir müssen zu Daniel. Er braucht unsere Hilfe." Al beugte sich zu Valerie.
„Tu mir einen Gefallen, Schatz. Geh bitte in dein Zimmer. Ich muss das erst einmal mit Mama besprechen." Valerie stapfte stirnrunzelnd in ihr Zimmer. Noch heute war es für Al ein Wunder, wie zielsicher sie sich zwischen den Zimmern bewegte, ohne auch nur entfernt mit der halboffenen Tür oder der Türzarge zu kollidieren. Er hatte selbst einmal die Augen geschlossen und war mit seinem Vorhaben, blind von einem in das nächste Zimmer zu gelangen, schmerzhaft gescheitert.
Jule schloss rasch die Tür zum Wohnzimmer und drehte sich zu Al.
„Erst wollte er Daniel, weil er sich an seine Vaterpflichten erinnert fühlte und jetzt ... jetzt will er ihn gegen die blauen Kugeln eintauschen." Sie schüttelte angewidert den Kopf.
„Fest steht, dass sie alle drei in der Klemme sitzen. Und Daniel geht es aus irgendeinem Grund nicht gut. Karin hätte das nicht so betont, wenn es ihm nicht sogar richtig schlecht ginge. Das klang nicht gut. Mein Gott, der arme Junge."
„Wir müssen auf jeden Fall hin und ..."
„Und du verrätst ihnen das mit den Kugeln?"
„Al, es bleibt uns nichts anderes übrig. Scheiß auf die Kugeln, es geht um Nadjeschda und um deine Schwester und auch um Daniel. Ich fürchte sogar, dass wir uns beeilen müssen."
„Wir haben nicht mehr viel Zeit, waren ihre letzten Worte und wenn sich das auf Daniel bezieht ... das klingt ganz schön kritisch."
„Valerie, sie will bestimmt mit." Jule schien hin- und hergerissen.
Al erwiderte sofort: „Kommt nicht infrage. Stell dir vor, wir sitzen auch in der Falle und dann mit Valerie ..."
„Stell dir vor ...", unterbrach ihn Jule, „wir kommen alle nicht zurück oder nur Daniel kommt nicht zurück, dann ..."
„Dann ist wenigstens Valerie in Sicherheit."

„Valerie allein, ohne Daniel? Vielleicht wäre es keine so schlechte Idee, sie mitzunehmen. Sie hat einen positiven Einfluss auf Daniel und wenn es ihm schlecht geht, dann ... dann kann sie ihm vielleicht wirklich helfen." Al schmunzelte.

„Dann wird Valerie ihn heilen, wolltest du das sagen?"

„Mach dich nur lustig über mich. Al, du weißt selbst, was Hoffnung alles bewirken kann und der Glaube, dass es gut ausgehen wird, ist oft das Allerwichtigste." Al nahm Jule in die Arme und drückte sie fest an sich.

„Du meinst, wenn du Valerie wärst und ich Daniel, dann ..."

„Dann würde ich auch mit wollen. Komm schon Al. Wir stecken da alle drin, du, ich und auch Valerie. Wir müssen da gemeinsam durch." Jule wusste, dass es leichtsinnig war, und wunderte sich nicht, dass Al energisch abwehrte. Bevor er etwas sagen konnte, durchbrach das schrille Geräusch des Telefons erneut die Anspannung. Die Tür sprang auf und Valerie stand mit gespitzten Ohren mitten im Zimmer. Sie hielt die Hände gefaltet vor ihrer Brust, wie zu einem Gebet.

„Hallo?"

„Al, ich bin es wieder, Karin. Es war keine Stunde, aber ... sie wollen eine Entscheidung."

„Karin, wer ist sie? Von wem redest du? Wer hält euch fest in diesem verdammten Institut?"

„Ich ... ich darf dir das nicht sagen, sie ... sie meinen es ernst." Eine Pause entstand, in der Al nichts zu sagen wusste. Jule starrte ihn an. „Al, bist du noch da? Hörst du mich, Al?"

„Ja, ja, Karin, ich höre dich ... wir ... wir kommen."

„Wir, wieso wir? Die wollen nur Jule ..."

„Verdammt, Karin, sag ihnen, dass wir kommen. Wir kommen gemeinsam oder gar nicht. Hörst du, Karin? Sag ihnen das jetzt sofort. Wir kommen, Jule, ich und ... und Valerie." Valerie fing an zu beben, dabei hüpfte sie aufgeregt im Kreis. Am Telefon wurde es still. Nur ein gelegentliches Knacken verriet, dass die Leitung noch nicht unterbrochen war. Dann hörte sie ein weit entferntes: „Hallo, Al, ich habe mit ihnen gesprochen, bist du noch da?"

„Wir sind alle noch da und ... was haben sie, wer auch immer das ist, gesagt?"

„Sie sind einverstanden." Valerie raste aus dem Zimmer. „Drei Personen ... sie schicken dir eine Mail, ein elektronisches Ticket. Dann nehmt ihr ein Taxi zum Hotel Zentral in Dedovsk. Ich glaube, du kennst das, Al. Da holen sie euch ab." Die Leitung war abrupt unterbrochen. Offensichtlich hatte man Angst, dass Karin vielleicht doch noch eine versteckte Botschaft übermitteln könnte. Jule sah Al erleichtert an.

„Alle drei, Al ... du bist ..."

„Verrückt, Jule, ich bin verrückt. Wir sind alle verrückt. Und dann noch mit Valerie." Jule fiel ihm um den Hals und flüsterte: „Al, wir hatten uns mal geschworen, uns nie wieder allein zu lassen, weißt du das noch? Wir hatten uns geschworen, durch alles gemeinsam zu gehen und mit Valerie. Sie gehört dazu, wir sind ihr das schuldig, ihr und Daniel." Es dauerte keine fünf Minuten und Valerie stand mit einem gepackten Rucksack im Wohnzimmer. In der Rechten hatte sie Daniels Geigenkoffer. Jule und Al schmunzelten. „Na, das ging ja schnell, aber die Geige, die sollten wir hierlassen. Wir sind bestimmt bald wieder hier und dann könnt ihr beide weiter musizieren, einverstanden?" Wortlos drehte sich Valerie um und verschwand in ihrem Zimmer, um gleich darauf ohne Geige wieder zu erscheinen.

„Sie wollten uns ein elektronisches Ticket schicken. Bin gespannt, wann das ankommt?" Al fuhr seinen PC hoch.

„So schnell wird's sicher nicht gehen, aber ich denke, lange werden sie nicht auf sich warten lassen."

Der Abend verging schleppend, während Al in immer kürzeren Abständen seine Mails überprüfte. Wieder schrillte das Telefon durch den Raum. Vielleicht war es Karin mit der Nachricht, dass sie doch nicht zu dritt kommen könnten. Mit klopfendem Herzen nahm er den Hörer ab.

„Hallo." Eine vertraute Stimme meldete sich, aber es war nicht Karin.

„Jelena, schön dich zu hören, alles in Ordnung bei dir? Wie geht es Olli und Lorenz?"

„Alles bestens. Ich wollte mal hören, was ihr so treibt. Was uns anbelangt ... Olli geht es gut, hat viel zu tun im Hotel, Rezeption, Restaurant, die ganzen Besorgungen, alles was so ansteht. Es macht ihm nach wie vor viel Freude."

„Und Lorenz, er ist wie sein Papa, nicht wahr?"

„Von wegen. Lorenz ist ein richtiger Lausbub. Stellt tausend Dinge an, die er nicht darf. Und wenn Gäste mit Kindern in seinem Alter kommen, dann ist er der Chef. Einige Eltern haben sich schon beschwert."

„Na, das kennen wir ja bereits. Und es klingt eher nach der Mama."

„Da hast du vielleicht sogar recht."

„Und bei dir, Jelena, alles in Ordnung?"

„Es geht mir gut. Ich habe neue Pillen. Nur noch eine am Tag. Nebenwirkungen merke ich auch keine. Der Doc sagt, die Werte wären sehr gut. Und ..."

„Und was?"

„Naja, Olli und ich, wir verstehen uns gut und ..."

„Du bist wieder ... sag bloß."

„Olli ist so ein liebevoller Vater und Lorenz als Einzelkind, unvorstellbar. Da haben wir gedacht, ein Zweites ..." Al unterbrach sie begeistert.

„Mensch, Jelena, wenigstens eine gute Nachricht an diesem Tag. Ich freue mich für euch. Wann ist es so weit?"

Jelena schien die Frage gar nicht mehr wahrgenommen zu haben. Die versteckte Botschaft von Al kam bei ihr an wie eine Bombe.

„Schlechte Nachrichten, Al?"
„Sie haben Daniel."
„Daniel ... wer hat Daniel? Wo ist er?"
„Sein ..."
„Sein leiblicher Vater, Evgenij!", brüllte Jelena wutentbrannt ins Telefon.
„Nicht Evgenij, es ist Pjotr, sein Bruder."
„Sein Bruder?"
„Damals, als Evgenij mich in seinem Club ... du weißt schon ... da war sein Bruder Pjotr in der russischen Botschaft in Frankfurt. Er war es ... er hat Nadjeschda misshandelt, er ist Daniels Vater." Für einen Moment war es still.
„Die knöpfe ich mir vor, diese Kasparow Buben. Einer dreckiger als der andere."
„Wir fahren hin, Jelena."
„Wir, wer ist wir?"
„Na wir. Jule, ich und Valerie."
„Al, das ist Wahnsinn. Die knallen euch ab oder ihr werdet nach Sibirien verschleppt. Und Valerie ... Al, die sind zu allem fähig. Ich hoffe, du weißt, was ich damit sagen will. Lass mich das erledigen, ich kenne die Brüder, ich kann russisch und ..."
„Das geht auf keinen Fall, Jelena. Du wirst gesucht, weißt du nicht mehr? Die kassieren dich bereits an der Grenze ein. Es geht nicht anderes, wir müssen da hin."
„Al, das ist Wahnsinn."
„Ich weiß, aber ... die wollen die blauen Kugeln und dann ..."
„Dann knallen sie euch ab."
„Nein, dann lassen sie uns gehen."
„Euch gehen? Al, wach auf, das sind Kriminelle, ganz miese Schurken, die lassen euch nicht gehen."
„Jelena, wir haben keine Wahl. Sie haben Daniel und Karin sagte ..." Al spürte plötzlich einen Klos im Hals. „Sie sagte, Daniel gehe

es nicht gut und ... und die Zeit wäre knapp." Wieder trat eine bedrückende Stille am Telefon ein.
„Al, ich muss dir noch etwas sagen. Die Typen, die dreckigen Zuhälter, die mich damals in Deutschland und später in Russland verkauft haben, die gehören zu einem gefährlichen Verbrecherring. Russische Mafia der übelsten Sorte. Drogen, Prostitution, Organhandel und zunehmend auch Kinder. Du weißt schon. Evgenij ist zwar ein Schwein, aber selbst er hatte sich von diesen Kreisen meist ferngehalten. Wahrscheinlich war es damals noch der Einfluss des Vaters, der allerdings von Jahr zu Jahr schwindet. Irgendwann, vielleicht jetzt schon, haben sie ihn an der Angel."
„Evgenij hat sich schon damals mit so Mistkerlen umgeben, waren aber alles so Speichellecker. Und jetzt ... meinst du, dass er noch tiefer drinsteckt?"
„Ich weiß es nicht, aber wenn es so ist, dann wird das alles verdammt gefährlich für euch und natürlich für Valerie ..."
„Kann man die Typen irgendwie erkennen?"
„Schwarz, sie tragen nur schwarze Klamotten. Und die Schlimmsten unter ihnen, der harte Kern, die tragen einen Siegelring ... roter Stein mit einem goldenen Stern in der Mitte."
„Einen Siegelring?"
„Genau, einen Siegelring. Den machen sie heiß und brennen ihn ihren Opfern auf die Stirn."
„Klingt ja wie im Krimi."
„Al, das ist schlimmer als im Krimi, das ist Realität."
„Und du meinst, wenn die ihre Finger im Spiel haben, dann ..."
„Dann solltet ihr sehen, wie ihr da schleunigst wieder wegkommt. Da habt ihr keine Chance."
„Oh Mann, Jelena, das klingt gar nicht gut. Aber ... weißt du noch damals, als wir Jule da rausgeholt haben? Das war auch verdammt knapp."

„Stimmt, Al, damals habe ich gedacht, du bist total übergeschnappt."
„Die Zeiten scheinen sich nicht zu ändern."
Im selben Moment blinkte ein Signal auf dem Computer und zeigte eine ankommende Mail an. Karin sprang hinüber drückte auf öffnen.
„Al ... bist du noch da?"
„Ja, ja, ich bin noch da, zumindest bis ... bis morgen früh."
„Bis morgen?" Al überflog die Mail mit angehängten elektronischen Tickets. Er versuchte ruhig zu bleiben. Innerlich raste sein Herz jedoch wie ein Maschinengewehr.
„Genau, morgen früh geht die Maschine nach Moskau."
„Oh mein Gott, das klingt überhaupt nicht gut, wollt ihr nicht wenigstens Valerie hier lassen?"
„Jelena, der Flug geht morgen früh und du bist in Österreich, außerdem ... wir haben das so innerhalb der Familie beschlossen. Ich weiß, es ist verrückt, aber wir werden das schaffen."
„Jetzt ... jetzt kann ich dir nicht einmal mein kleines goldenes Kreuz geben, du alter Dickkopf." Ein gequältes Lachen kam durch den Hörer, aber Al wusste, dass Jelena vermutlich Tränen in den Augen standen. Nach außen wirkte sie oft stark und berechnend. In ihrem Inneren sah es meist anders aus, da war sie schwach und mitfühlend. Wenn Menschen auf ihr herumtrampelten, dann hatte sie leidvoll gelernt, sich nichts anmerken zu lassen, auch wenn dies schlimme Schmerzen und oft tiefe Narben hinterließ.
„Verdammt, Al, wenn irgendetwas schiefgeht, dann ... also ruf mich gleich an, hörst du. Ich komme und vielleicht kann ich ja meinen Vater oder ... ich habe noch gute Freunde dort. Also, Al, bitte nicht vergessen. Wenn etwas passiert, wenn Männer mit schwarzen Klamotten euch bedrängen und wenn die einen auffälligen Ring tragen, dann ..."

„Dann rufe ich dich an und du machst sie alle fertig, nicht wahr?"
„Genau so, du kennst mich doch."
„Da habe ich keine Zweifel. Also, Jelena, wir tun unser Bestes und wenn die schwarzen Männer kommen, dann ruf ich dich an. Versprochen."
„Al, du bist verrückt, ihr alle seid verrückt und ... ich denk an Euch, ich ... ich bete für euch. Ach übrigens, läuft das noch mit eurer Aquariumsgruppe?" Jelena wartete die Antwort nicht ab. „Ich würde gerne mal dazukommen, geht das noch?"
„Klar, für dich immer. Also dann, wir sehen uns. Wir sehen uns in der Aquariumsgruppe."
Jelena legte auf. Es schien alles besprochen. Al ließ sich von seinem Vorhaben nicht abbringen und weitere Worte bekam sie sowieso nicht über die Lippen.

Frankfurt, Juli 2020

Die Maschine ging bereits zum sechs Uhr früh, sodass alle mit ihren Taschen um Punkt vier Uhr im Wohnzimmer standen. Valerie hatte ihren Rucksack perfekt gepackt und tänzelte ungeduldig von einem Bein auf das andere. Es klingelte und eine krächzende Stimme tönte durch den kleinen Lautsprecher seitlich der Haustür.
„Taxi für Steinhoff!"
„Wir kommen runter."
Schweigend verließen sie die Wohnung und es schoss Al durch den Kopf, dass es vielleicht das letzte Mal war, dass er diese Wohnung verließ. Die Fahrt zum Flughafen dauerte nur fünfzehn Minuten, kostete aber vierzig Euro. Das letzte Mal, dass er im Taxi gesessen hatte, war auf der Flucht aus Frankfurt gewesen, damals, als sie Nadjeschda einkassiert hatten und Karin in letzter Minute bei Olli im Schwulenclub Unterschlupf gefunden hatte. Wie oft hatte er

sich seither erträumt, dass sein Leben und das seiner Familie und Freunde in ruhigeren Bahnen verliefe. Für ein paar Jahre hatte es auch so ausgesehen, bis nun das Böse erneut zuzuschlagen schien.
„Wir geben uns nicht geschlagen", murmelte Al in sich hinein. Jule sah ihn besorgt an.
„Alles in Ordnung?"
„Ach weißt du, Jule, wenn es doch nur mal ruhiger zuginge mit uns. Immer dieser Scheiß mit den Kugeln und diesen Dreckskerlen." Jule seufzte.
„Wir schaffen das, Al, wir holen die da raus und dann ... dann müssen wir dem ein für allemal ein Ende setzen."
„Wenn es doch nur so leicht wäre. Ich fürchte, das holt uns immer wieder ein."
„Das macht vierzig Euro glatt", ertönte es vom Fahrer, der mit seinem Turban so fremd wirkte, dass man sich vorstellen konnte, bereits an seinem Fernziel angekommen zu sein. Al reichte ihm die vierzig Euro, woraufhin der Taxifahrer ein langes Gesicht zog, offenbar weil er kein Trinkgeld bekommen hatte.
„Quittung?"
„Nicht nötig." Die Miene des Taxifahrers erhellte sich etwas. Anscheinend war die Fahrt ohne Quittung lukrativer.
Am Gate angekommen, wurde Al zum ersten Mal bewusst, dass er drei Lufthansa Business-Karten in der Hand hielt. Er erinnerte sich noch an die mindestens drei Wochen, die nötig gewesen waren, für Nadjeschda und Karin Tickets in der Holzklasse zu buchen. Besorgt wurde ihm klar, dass die Netzwerke der russischen Mafia vermutlich weiter reichten, als er sich erträumen ließ.
Später im Flieger schauten Al und Jule mit düsteren Vorahnungen aus dem Fenster. Nur Valerie schien guter Dinge. Die freundliche Flugbegleiterin brachte ihr ein Comicheft. Valerie spürte sofort, dass sie angesprochen wurde und lehnte das kleine Geschenk dankend ab. Dabei deutete sie auf ihre Ohrstöpsel, um die Flug-

begleiterin nicht in Verlegenheit zu bringen. Das funktionierte manchmal, aber nicht immer.

„Oh, Verzeihung, ich wusste nicht, dass ..." Errötend verschwand die Stewardess in der Galley vor der Tür zum Cockpit.

„Mama, weißt du, was ich gerade höre?" Jule lächelte sanft. Es war das erste Lächeln, das an diesem Tag über ihre Lippen glitt.

„Lass mich raten, mein Schatz. Bach, Violinkonzert."

„Es ist unser Konzert, Daniels und meins."

„Naja, ihr hört es ja auch fast jeden Tag."

„Wir versuchen es auch zu spielen. Daniel und ich. Wir wechseln uns ab mit seiner Geige. Ich versuche alles zu lernen, was sein Lehrer ihm beibringt. Und wenn er spielt, singe ich dazu und umgekehrt. Daniel kann gut singen. Meinst du, er hat auch geübt, da wo er jetzt ist?"

„Ich denke schon, er hat bestimmt jeden Tag geübt, damit ihr bald wieder gemeinsam spielt und singt."

„Hat er denn eine Geige, dort wo er ist?" Jule tat so, als habe sie die letzte Frage nicht gehört. Sollte sie Valerie nicht lieber die Wahrheit sagen, anstatt ihr etwas von einer heilen Welt vorzugaukeln? Sie entschied sich jedoch anders. „Hast du denn geübt?"

„Natürlich. Weißt du, Mama, wenn man ein Stück singen kann, dann kann man es auch bald auf der Geige spielen. So ist das. Daniel hat es mir gesagt und das stimmt."

„So, hat er das. Daniel ist ganz schön schlau, nicht wahr?" Valerie nickte und lehnte sich zufrieden bei ihrer Mutter an. Leise summte sie die erste Stimme von Bachs Violinkonzert vor sich hin. Es klang wunderschön, so dass auch Jule in einen leichten Schlaf fiel und erst wieder aufwachte, als sie ihren Sitz zum Landen in die aufrechte Position bringen musste.

„Das ging ja schnell", murmelte sie noch etwas benommen. Al musterte sie lächelnd.

„Ihr beide habt geschlafen wie die Murmeltiere."

Nach einer holprigen Landung verließen sie den Flieger und stellten sich nach der Passkontrolle am Laufband an, um ihre Koffer in Empfang zu nehmen. Später im Taxi gaben sie dem Fahrer nur kurz die Anweisung Hotel-Zentral und er setzte sich in Bewegung. Dass sie schwarzen Taxen nehmen mussten, die für außerhalb Moskaus, war auf Schildern selbst in deutscher Sprache zu lesen. Der Taxifahrer machte einen freundlichen Eindruck und hatte auch keinen Turban auf dem Kopf, sodass man im Gegensatz zu der Fahrt in Frankfurt jetzt wieder hätte annehmen können, in heimischen Gefilden zu sein.
„Bisher lief doch alles glatt", versuchte Jule die Sorgen etwas abzumildern. Schweigend blickte Al aus dem Fenster und wunderte sich über die wohlhabenden und glänzenden Vororte von Moskau. Das Taxi reihte sich in eine Schlange weiterer Fahrzeuge. Jule beugte sich nach vorne, als der Fahrer nach ihren Pässen fragte.
„Eine Grenze?" Der Taxifahrer verstand kein Deutsch und antwortete nicht. Kurze Zeit später reichte er einem bewaffneten Wachmann die Pässe. Dieser musterte die Dokumente, blickte in den Fond des Wagens und gab die Pässe mit ernstem Gesicht zurück. Sie wurden durchgewunken.
Das Landschaftsbild änderte sich schlagartig. Zerfallene Industrieruinen zogen an ihnen vorbei. Valerie tippte aufgeregt auf ihrem Handy herum. Die Anspannung ihrer Eltern spürte sie immer intensiver und versuchte sich mit allerlei Musik und Hörspielen zu beschäftigen.
 Dann zog sie die Ohrstöpsel heraus und berührte Jule an der Schulter.
„Meinst du, dass es Daniel wieder besser geht?"
„Wenn er dich sieht, mein Schatz, dann geht es ihm sicher gleich wieder viel besser."
„Fahren wir dann zurück? Hier riecht es so komisch."

„Es riecht komisch?" Jule hatte den penetranten Gestank, der von ein paar vereinzelt noch qualmenden Schloten herrühren musste, bislang nicht wahrgenommen.

„Wenn wir zurück sind, dann könnten wir ja mal wieder Jelena besuchen. Und natürlich Olli und Lorenz. Auf der Insel ist die Luft viel besser."

„Du magst Jelena sehr, nicht wahr?"

„Schade, dass sie aus Frankfurt wegziehen musste."

„Sie wollte halt mit Olli zusammenleben, so wie deine Mama und Papa auch."

„Ich habe ihre Nummer auf meinem Handy. Manchmal rufe ich sie an."

„Du telefonierst mit Jelena?" Valerie nickte triumphierend. Dann steckte sie sich die Stöpsel wieder in die Ohren und lauschte klassischer Musik.

Es dauerte eine gute dreiviertel Stunde, bis sie Dedovsk erreichten und Al fragte sich besorgt, in Erinnerung an den hohen Taxipreis in Frankfurt, ob das am Flughafen gewechselte Geld überhaupt ausreichen würde. Schließlich kostete es umgerechnet zwanzig Euro und Al hinterließ dem Taxifahrer noch ein anständiges Trinkgeld, für das dieser sich überschwänglich bedankte.

An der Rezeption empfing sie eine freundliche junge Dame. Jule glaubte für einen Moment, sie zu kennen. Irgendwo hatten sie sich schon mal gesehen und die Frau blickte sie an, als ginge es ihr ähnlich. Zum Glück konnten sie sich auf Englisch verständigen. Das Zimmer war noch nicht frei, sodass sie ihre Koffer an der Rezeption aufbewahren ließen.

„Soll ich Ihnen ein paar Tipps geben, was man sich hier anschauen kann?", wollte die Dame an der Rezeption wissen.

„Nicht nötig, wir werden abgeholt."

„Sie können gerne dort drüben Platz nehmen. Möchten sie einen Kaffee? Geht auf Kosten des Hauses, dafür dass das Zimmer noch nicht frei ist." Jule fixierte ihr Namensschild. Natascha, ein häufiger Name. Vermutlich sah sie jemandem ähnlich, den sie vor langer Zeit gesehen hatte. Natascha brachte den Kaffee und eine Limonade. Dabei lächelte sie Jule an, als wolle sie ihr noch etwas sagen. Doch dann drehte sie sich um und verschwand hinter dem Tresen der Rezeption. Al war der Blickkontakt nicht entgangen.

„Kennt ihr euch? Sie hat dich angeschaut, als würde sie dich kennen."

„Seltsam, ging mir auch so. Aber damals war ich doch nur in dem Institut. Da kam sonst keiner rein oder raus." Jule zuckte die Schultern und versuchte das Thema zu wechseln. „Und was machen wir jetzt?"

„Sie wollten uns hier abholen. Es bleibt uns also nichts anderes übrig, als zu warten."

Al drehte sich besorgt um. Jedes Mal, wenn jemand die Hotellobby betrat, zuckte er zusammen in Erwartung, dass dies die Leute wären, die sie abholen wollten. Der Kaffee war stark und er bereute es fast, ihn getrunken zu haben. Er spürte mehr denn je seine Nervosität und seine Finger zitterten mehr als sonst. Zum Glück hatte er eine FAZ aus dem Flugzeug mitgenommen. Die Ecken der Zeitung raschelten und Jule legte ihm ihre Hand auf den Arm.

„Nervös?" Al nickte und ließ die Zeitung wieder sinken, als drei ganz in Schwarz gekleidete Männer die Lobby betraten. Ohne sich an der Rezeption zu erkundigen, kamen sie zielstrebig auf Al, Jule und Valerie zu.

„Familie Steinhoff?" Al wurde schlagartig zurückgerissen in die kleine Pizzeria in Rom, in der er sich damals mit Jule zum letzten Mal getroffen hatte, bevor sie entführt wurde. Es waren dieselben Stimmen, derselbe slawische Akzent. Die Gesichter kamen ihm jedoch nicht bekannt vor. Jules sah zur Rezeption hinüber. Sie erschrak, als ihr Natascha einen ängstlich warnenden Blick zuwarf. Aber es war zu spät. Harsch signalisierten die Männer, ihnen zu folgen. Dabei ging einer vorneweg und zwei hinterher. Erneut sah Jule, wie ihr Natascha signalisierte, in welcher Gefahr sie sich offenbar befanden. Der Anführer hielt die Tür auf, dabei blinkte ein Siegelring in der Sonne. Ein roter Stein mit einem blitzenden Stern in der Mitte ließ Al zu Eis erstarren. Jule nahm Valerie an der Hand und drängte sich an Al. Im nächsten Moment spürte sie einen spitzen Gegenstand, der sich unsanft in ihre Hüfte bohrte. Sie saßen in der Falle. Jule wandte sich ängstlich Al zu.

„Kannst du Valerie nehmen? Ich versuche sie abzulenken." Al wusste sofort Bescheid. Er hob Valerie hoch und blickte sich auf der Straße nach allen Seiten um. Eine dunkle Limousine hielt direkt vor dem Hoteleingang. Die hintere Tür stand offen. Jule drängte sich nach vorne und bevor sie einstieg, drehte sie sich zu Al um. Dann riss sie Augen und Mund auf und schrie aus Leibeskräften. Dabei hielt sie sich verkrampft an der Tür fest.

„Lauf!" rief sie Al zu.

Einige Passanten drehten sich um und wollten schon dazwischen springen. Als sie jedoch sahen, mit wem sie es zu tun hatten, duckten sich die meisten rasch davon. Die Männer stürzten sich auf Jule, versuchten ihr den Mund zuzuhalten und sie in das Auto zu zwängen. Aber Jule ließ sich nicht überrumpeln und schleuderte ihre Faust gegen einen der Männer, der eschrocken zurücktaumelte.

„Lauf!", schrie sie erneut Al an und ließ einen weiteren gellenden Schrei ertönen. Al drehte sich um, presste Valerie an seine Brust und lief los. Zwei der Männer versuchten Jule in den Wagen zu zwängen, der dritte nahm die Verfolgung auf. Wiederholt rempelte Al gegen einige Passanten, die sich lauthals empörten, dann aber zur Seite sprangen, als sie sahen, wer ihn verfolgte. Jules Schreie verstummten. Einer der Männer hatte sie erfolgreich in die Limousine gezerrt und die gepanzerte Tür verschlossen. Al rannte so schnell er konnte. Mit Valerie auf dem Arm wurde ihm jedoch eschreckend klar, dass er seinen Verfolger nicht abhängen konnte. Die Luft wurde knapper und ein immer stärker werdendes Stechen in der Seite signalisierte ihm seine unmittelbar bevorstehende Erschöpfung. Jeden Moment würde der Mann ihn ergreifen und zu Boden werfen. Und die Passanten würden sich ängstlich abwenden, bis die Limousine vorbeiglitt und die beiden einlud. Dann wäre alles wieder wie zuvor, so friedlich, als wäre nichts geschehen. Niemand würde behaupten, etwas Ungewöhnliches gesehen zu haben.

Zu allem Übel verengte sich der Gehweg aufgrund einer Baustelle zu einem schmalen Streifen, an dem sich die Passanten nur mühsam durchquälten. Geistesgegenwärtig kletterte Al über die rot-weiß-gestreifte Absperrung. Arbeiter in leuchtend orangenfarbenen Westen hatten den Kanaldeckel geöffnet und ließen an einem dreibeinigen Stativ ein Seil hinab in die Tiefe. Als sich Al atemlos zu ihnen stellte, wichen sie erschrocken zurück. Der Mann, der sie verfolgt hatte, blieb vor der Absperrung stehen und grinste siegesgewiss. Auch sein Atem ging von der kurzen Verfolgungsjagt schwer. Er wusste, dass Al und Valerie in der Falle saßen. Die große Limousine schob sich behäbig heran und versperrte den letzten Fluchtweg quer über die Straße. Entsetzt sah Al sich um. Er ging einen Schritt zur Seite und blickte in die schwarze Kanalöffnung. Er zögerte einen Moment, wusste jedoch sofort, dass es die letzte, wenn auch gefährliche Möglichkeit war, Valerie aus der Schusslinie zu bringen. Vorsichtig stellte er sie an den Rand der Öffnung. Er bückte sich über das schwarze Loch, das zur Kanalisation hinabführte. Der Boden war nicht auszumachen. Im Augenwinkel sah er Jule aus der Limousine starren. Offenbar hatte sie erfasst, was Al vorhatte, und nickte wild gestikulierend. Er versuchte, so gut es ging, beruhigend auf Valerie einzuwirken.

„Nimm das Seil, Valerie und lass dich runtergleiten. Und wenn du unten bist, dann geh rasch weiter, so weit du kannst! Hast du mich verstanden?" Er führte Valeries Hände zu dem nach unten gespannten Seil.

„Ja, Papa", kam eine ängstliche Antwort. Al half ihr über die Öffnung, gab ihr einen raschen Kuss auf die Stirn und ließ sie das Seil hinabgleiten.

„Ruf Jelena an, hörst du? Du musst keine Angst haben", rief er ihr hinterher, bis ihr blonder Schopf endgültig in der Dunkelheit der Kanalöffnung verschwand. Sein Verfolger stand wie versteinert hinter der Absperrung, als könnte er nicht glauben, was er gerade sah. Der vermeintliche Anführer sprang aus der Limousine und rief ihm verärgert etwas zu. Wütend stürzte er sich auf Al, bog ihm die Arme auf den Rücken und zwängte ihn auf den Rücksitz der Limousine. Al ließ es ohne Gegenwehr über sich ergehen. Seine Gedanken waren bei Valerie. Die Tür der Limousine wurde zu geschlagen und die Verriegelung klackte metallisch ins Schloss. Jule beugte sich zu Al und beide starrten entsetzt zu dem offenen Kanaldeckel, in den sich die Männer angestrengt hinein beugten. Nach einer kurzen Weile erhoben sie sich und gaben den Arbeitern Anweisung, den Kanaldeckel zu verschließen. Als sie dies nicht gleich taten, zückte einer der Männer eine Pistole und hielt sie einem der Arbeiter vor das Gesicht. Ängstlich zogen sie das Seil aus der Tiefe, an dessen Ende nur ein Eisenhaken baumelte. Dann hoben sie den schweren Deckel auf das Loch, packten ihre Sachen, einschließlich der rot-weißen Umzäunung und schmissen alles in den am Straßenrand stehenden Lieferwagen. Ohne sich nochmals umzuschauen, sprangen sie selbst hinein und brausten eilig davon. Einer der Männer nahm seine Pistole, hielt den Lauf in eines der Abflusslöcher und drückte ab. Ein ohrenbetäubender Knall schien den Kanaldeckel für einen kurzen Moment aus seiner Einfassung zu heben. Jule drückte entsetzt ihren Kopf an Als Brust.

„Sie schießen, diese Schweine, sie schießen auf Kinder!", schrie Al in Panik und trommelte mit beiden Fäusten auf die kugelsicheren

Fenster. Der Mann, der geschossen hatte, drehte sich zu Al um und grinste hämisch. Dann setzte er den Pistolenlauf erneut auf die kleine Öffnung im Kanaldeckel und drückte noch zweimal ab.

„Ihr Schweine, ich bring euch um!" Al trommelte wie besessen gegen die Autotür. Aber der Wagen glich von innen wie von außen eher einem Panzer als einer normalen Limousine. Eine dicke Glasscheibe versperrte den Zugang zur vorderen Sitzreihe, gegen die auch Jule mit aller Kraft mit den Fäusten hämmerte. Die drei Männer quetschten sich auf die vordere Sitzreihe und verschlossen die Türen.

„Ihr feigen Arschlöscher, ich bring euch um, ich ..." Al sank auf dem Rücksitz zusammen, als der Fahrer aufs Gas trat und die Limousine rücksichtslos in den Verkehr katapultierte. Das unmittelbar folgende Hupkonzert schien ihn nicht zu interessieren und es kam einem Wunder gleich, dass er nicht einige Fahrzeuge rammte. Mit hoher Geschwindigkeit rasten sie die Hauptstraße entlang. Niemanden schien dies zu interessieren, erst recht nicht die Polizei, die am Straßenrand stand und sich rasch abwandte. Langsam beruhigte sich Al wieder. Seine Stimme klang heiser und zitternd.

„Sie schießen auf Kinder ... das sind keine Menschen ... verdammt, wir hätten auf Jelena hören sollen."

„Hast du gesehen, Al? Das Seil, der Haken, Valerie war schon unten, sie hat es geschafft. Ich weiß es."

„Und wenn nicht? Ich hätte sie nicht loslassen sollen, das war eine Scheißidee."

„Es war meine Idee, ich hab geschrien, damit du mit ihr weglaufen kannst. Das konnte nicht klappen."

„Mein Gott, sie ist blind, sie ist gefangen in der Kanalisation und wir ... wir können ihr nicht helfen, wenn sie überhaupt noch ..."

„Sie lebt, Al, und ... und sie kennt sich aus im Dunkeln. Sie findet einen Weg raus, du wirst sehen."

„Und dann ... wie soll sie sich verständigen, wie soll sie ..."

„Sie ist schlau, sie wird es schaffen."
„Mein Gott, Jule, wir hätten das nicht tun dürfen, mein Gott, unser Kind ..." Al ließ den Kopf hängen und schluchzte. Jule streichelte ihm beruhigend durch die Haare.
„Sie schafft es, da bin ich mir ganz sicher. Sie ist ein tapferes, ein schlaues Mädchen", murmelte Jule, doch sie wusste, dass ihre Chancen nicht gut standen.

Österreich, Juli 2020

Vor etwas mehr als acht Jahren traten die ersten Presswehen auf, so stark, dass für Jelena kein Zweifel bestand, dass die Geburt ihres kleinen Lorenz unmittelbar bevorstand. Dass er Lorenz heißen sollte, war ihr schon länger klar. Die vielen Gespräche mit Pater Lorenzo hatten ihr damals Kraft gegeben, damals, als sie geglaubt hatte, von Olli nicht nur mit HIV infiziert, sondern auch verlassen worden zu sein. Obwohl es auch Ollis Kind war und obwohl sie an einer unheilbaren Erkrankung litt, hatte sie nie einen Gedanken daran verschwendet, ihr Kind nicht auszutragen. Allerdings wusste sie, dass die nächsten Jahre hart sein würden. Zum Glück hatte sie das Zimmer im Frauenhaus bekommen und konnte dort auch für wenig Geld bleiben. Sie wollte von niemandem abhängig sein und das Geld, das angeblich von Stern als eine Art Abfindung kam, das hatte sie nie angerührt. Sie hatte es für Lorenz zurückgelegt, damit er es mal besser haben sollte. Dass es von Olli kam und er damals nicht wollte, dass die Herkunft bekannt wurde, hatte sie sehr gerührt.
Es hatte sie viel Überwindung gekostet, Olli nochmals gegenüberzutreten, nachdem sie ihm so schreckliche Dinge vorgeworfen hatte, nachdem sie ihn mit all ihren Vorurteilen überschüttet und gedemütigt hatte. Dabei war sie es gewesen, die mit HIV infiziert

war, ein fatales Erbe ihrer Zeit als Prostituierte. Beide hatten wohl die Möglichkeit verdrängt, sich irgendwann mit HIV infiziert haben zu können. Allerdings hatte nur sie Olli in Gefahr gebracht, nicht er sie. Dass sich Olli trotz allem nicht infiziert hatte, dass sie sogar miteinander ein Kind gezeugt hatten, das grenzte an ein Wunder.

Erst wollte sie einen Schlussstrich unter alles setzen. Noch immer liebte sie Olli, erst recht nachdem sie durch ihn die ganze Wahrheit erfahren hatte. Und gerade deshalb zögerte sie damals lange, ihn nochmals aufzusuchen. Eine erneute Trennung würde ihr endgültig das Herz brechen. Bei einem Neubeginn bestünde das Risiko, ihn vielleicht doch noch anzustecken. Es war eine Zwickmühle, aus der sie nur fliehen konnte. Und dann war es der kleine Lorenz selbst, der alle ihre Pläne umwarf. Von Tag zu Tag sah er seinem Vater immer ähnlicher. Jeder Blick in seine Augen sagte ihr, dass sie ihm den Vater nicht vorenthalten konnte. Noch weniger konnte sie vor Olli verleugnen, dass er einen Sohn hatte. Was die Beziehung zwischen ihr und Olli anbelangte, war alles offen. Sie war mehr und mehr entschlossen, Olli um Verzeihung zu bitten. Allerdings kam es dazu nicht. Olli empfing sie mit offenen Armen, obwohl er wusste, wie gemein sie zu ihm gewesen war, obwohl er wusste, dass sie HIV-positiv war. Er ließ nicht die Spur einer Bitte um Entschuldigung zu. Selbst dann nicht, als er feststellen musste, dass sie ihm über ein Jahr das lebendige Ergebnis ihrer Liebe, den kleinen Lorenz, vorenthalten hatte.

Allerdings war sie sich damals nicht sicher gewesen, ob Olli nicht doch wieder zu seinen männlichen Freunden zurückgegangen war, sich auf seine schwulen Wurzeln zurückgezogen hatte und die wenigen aber intensiven Liebesnächte mit ihr als eine Art vorübergehende sexuelle Verirrung ansah. Es kam jedoch ganz anders. Ihre Sorgen lösten sich von der ersten Minute ihres Wiedersehens in Luft auf. Mehr noch, Olli ging in seiner Rolle als

Vater vollkommen auf. Seine Liebe und Fürsorge für Jelena und Lorenz gleichermaßen waren echt und rührend zugleich. Nein, es bestand kein Zweifel, dass sie sich noch liebten und im Grunde nie aufgehört hatten sich zu lieben. Das beinhaltete auch ihre sexuelle, ihre körperliche Beziehung, der er gegenüber Jelena erst sehr zurückhaltend war. Schließlich wollte sie ihn nicht doch noch anstecken. Olli ließ ihr Zeit, viel Zeit und schließlich trauten sich beide, geschützt mit Kondomen wieder zu dem zurückzufinden, was damals so unbeschreiblich schön und zärtlich angefangen hatte. Olli war es dann, der Jelena von den wissenschaftlichen Ergebnissen berichtete, dass auch Kondome nicht mehr nötig seien, dass, wenn sie ihre Medikamente sehr regelmäßig nahm und HIV infolgedessen im Blut nicht mehr nachweisbar war, sie auch ohne Kondom miteinander schlafen konnten. Es kam, wie es kommen musste. Ihre Regelblutung blieb vor knapp zwei Monaten aus und der positive Schwangerschaftstest beseitigte jeden Zweifel, dass im nächsten Jahr die Geburt eines weiteren Kindes bevorstand.

Olli war mit Lorenz segeln. Eine leichte Brise ging regelmäßig am Nachmittag über den See und so verbrachten beide jede freie Minute damit, die kleine Jolle still und elegant über das glitzernde Wasser zu steuern. Jelena sah ihnen dabei zu und freute sich immer wieder über das herzliche Verhältnis zwischen Lorenz und seinem Vater.

Plötzlich wurde sie aus ihren schönen Träumen geweckt, als sich ihr Handy schrill bemerkbar machte.

„Jelena, hörst du mich?"

„Valerie?"

„Ja."

„Wo bist du, Valerie? Wolltest du nicht mit deinen Eltern nach Moskau reisen?"

„Doch ... aber ..."

Das schrägmelodische Läuten einer Kirchglocke dröhnte durch das Handy, sodass Jelena nichts weiter verstand. Irgendwie kam ihr der Klang der Glocke bekannt vor.

„Valerie, hörst du mich? Wo bist du? Val..." Dann riss die Verbindung ab. Jelena wurde plötzlich sehr besorgt. Gestern noch hatte Al angerufen, hatte ihr mitgeteilt, dass sie mit Valerie nach Russland fliegen würden, weil Karin und Nadjeschda vermutlich ihre Hilfe benötigten. Auch hatte er ihr gesagt, dass Daniels leiblicher Vater sich eingeschaltet hätte und nun die Erziehung von Daniel beanspruche, ja ihn sogar aus der Obhut von Karin und Nadjeschda entführt habe. Was für ein absurder Gedanke und Jelena hatte sich gleich angeboten, zu helfen. Al hatte jedoch abgewunken mit dem Argument, dass Jelena vermutlich immer noch auf der Fahndungsliste der russischen Polizei, auf jeden Fall aber der russischen Mafia stünde. Außerdem könnte er das mit Jule alleine regeln. Warum sie dazu Valerie mitgenommen hatten, verstand sie nicht.

Als es still blieb, drückte Jelena auf Rückruf. Niemand hob ab. Nervös sprang sie auf und winkte hektisch ihren beiden Männern auf dem See zu, möglichst rasch zurückzukommen. Zum Glück verstand Olli das Signal und nahm sofort Kurs auf die Insel, als das Handy erneut klingelte.

„Jelena, hörst du mich?"

„Valerie, wo steckst du, wo sind deine Eltern?"

„Sie ... sie sind weg und jetzt ist es kalt hier ... kalt und nass."

„Wie, sie sind weg?"

„Männer haben sie abgeholt, viele Männer und ich ... ich bin nach unten geklettert und dann bin ich gelaufen und jetzt ... es ist so kalt und nass ..." Wieder ertönte dieser Klang von Kirchenglocken und verhinderte die weitere Verständigung. Dann war die Verbindung erneut unterbrochen. Jelenas Knie gaben nach. Sie wusste jetzt, dass Valerie allein war und sie war in der Nähe einer Kirche.

Sie wusste auch, dass sie nach Dedovsk aufgebrochen waren und die Glocken, es waren die Glocken der Orthodoxen Kirche von Dedovsk. Aber warum kalt und nass? Valerie hatte gesagt, sie sei nach unten geklettert. Sollte sie in der Kanalisation unter der Kirche sitzen, allein ohne Jule und Al?

Wenn es so wäre, und daran bestand immer weniger Zweifel, dann brauchte sie Hilfe und zwar sofort. Sie kannte niemanden, niemand kannte sie. Wie sollte sie sich orientieren? Normalerweise sah man ihr die Blindheit nicht an, so sicher manövrierte sie selbst durch große Menschenmengen. Aber dort kannte sie sich nicht aus, verstand die Sprache nicht, wusste nicht wohin, wenn sie es überhaupt schaffte, aus ihrem nasskalten Verließ zu entkommen.

In der Zwischenzeit war Olli aus dem Segelboot gesprungen und rannte ihr besorgt entgegen.

„Jelena, ist etwas mit dir, das Kind …"

„Nein, Olli, nicht mit unserem Kind aber … aber mit Valerie." Dann erzählte sie ihm die ganze Geschichte.

„Ich muss sofort dahin, verstehst du? Sofort."

„Jelena, du bist schwanger und … an der Grenze werden sie dich abfangen. Du stehst noch auf deren Liste."

„Olli, wir haben keine Zeit zu verlieren. Valerie sitzt da allein und wenn sie nicht sofort Hilfe bekommt, dann …" Olli runzelte die Stirn. Lorenz, der inzwischen dazugekommen war, blickte seine Mutter besorgt an.

„Mama, ist irgendetwas, du … du siehst so traurig aus." Jelena kniete sich vor ihrem Sohn auf den Boden.

„Lorenz, komm zu mir, wir müssen … wir müssen jetzt jemandem helfen. Wir müssen Valerie helfen. Sie ist in Gefahr." Inzwischen hatte sich Olli in Richtung Hotel aufgemacht und Jelena rief ihm verzweifelt hinterher.

„Olli, warte, wo willst du hin? Ist dir das alles egal, oder…"

Olli drehte sich um und schüttelte den Kopf.

„Nein, Jelena, das ist mir ganz und gar nicht egal und du hast recht, wir sollten uns beeilen."

„Olli, nicht wir, lass mich das machen. Bleib du bei Lorenz, einverstanden?" Olli zögerte. „Lorenzo braucht dich jetzt mehr als je zuvor und ... Olli, ich kenn mich da gut aus ... ich spreche russisch und habe dort noch viele Freunde ... bitte, lass mich allein gehen." Olli seufzte tief und sah Lorenz an.

„Gut. Recht ist mir das nicht und wenn ich dran denke, du allein in der Höhle des Löwen. Mein Gott, Jelena, das ... das ist verdammt gefährlich und was Lorenz betrifft, der braucht nicht nur mich, der braucht auch dich. Jelena, ich ... ich brauch dich auch, dich und ..." Dann verstummte er, lief zurück und umarmte Jelena sorgenvoll. „Okay, Jelena, ich glaube du hast recht. Valerie dort allein ... verdammt ... ich geh ins Büro und versuch einiges zu regeln." Dann drehte er sich um und verschwand im Hotel. Jelena blickte gedankenversunken auf den See, während ihr Lorenz über die Wange streichelte.

„Du, Mama, ist was mit Valerie?"

„Ja, mein lieber Lorenz, sie ist allein ... allein in einem fremden Land und braucht unsere Hilfe."

„Du musst ihr helfen, Mama. Bestimmt musst du ihr helfen."

Jelena nickte still.

Es dauerte quälende zwei Stunden bis Olli endlich wieder zum Strand kam. Es war bereits früher Nachmittag und der Gedanke, dass Valerie irgendwo – vielleicht in der Kanalisation von Dedovsk – alleine herumirrte, war von Minute zu Minute besorgniserregender.

„In zwei Stunden geht dein Flug von Wien nach Moskau", sagte Olli ernst.

„In zwei Stunden? Wie hast du das ... und wie soll ich nach Wien?"

Olli lächelte. „Gut, wenn man noch Freunde hat. Freunde aus meinem früheren Job. Bist du schon mal Hubschrauber geflogen?"

Jelena blieb vor Erstaunen der Mund offen stehen. Sagen konnte sie nichts, da aus der Entfernung das hämmernde Dröhnen eines Hubschraubers immer näher kam.

„Papa, Papa, schau mal, da oben ..." Lorenz streckte seinen kleinen Arm in Richtung des immer näher kommenden Hubschraubers. Olli zuckte mit den Schultern.

„Im Sommer ist die Bergrettung pausenlos unterwegs und ich kenne da ein paar Typen ... Naja, muss ja nicht immer eine Rettung aus der Bergwand sein."

„Olli, du bist unglaublich!"

„Schnell, Jelena, hol dir ein paar Sachen, dein Portemonnaie und dann ... dann geht's los." Jelena rannte zum Hotel und kam nach kaum fünf Minuten mit einer kleinen Tasche zurück. Der Hubschrauber hing dröhnend über dem Strand und tastete sich vorsichtig nach unten. Kaum, dass die Kufen sicheren Boden unter sich hatten, sprang der Kopilot aus der Kanzel und rannte zu Olli hinüber.

„Na, Kumpel, lang ist's her. Siehst ja richtig seriös aus."

„Du aber auch."

„Irgendwann muss man ja mal was Anständiges machen und jetzt ... wo ist denn unsere Patientin?" Jelena kam hinzu.

„Das ist Jelena, meine Frau ..." Der Kopilot hob die Augenbrauen und Olli ergänzte: „Und das ist Lorenz, mein Sohn."

„Mensch, Olli, hätte ich dir gar nicht zugetraut, aber ... aber was soll ich sagen? Gratuliere Kumpel, gratuliere, hast du richtig gemacht nach all dem Sumpf." Dabei klopfte er Olli lächelnd auf die Schulter. Dann wandte er sich zu Jelena.

„Können wir?" Jelena nickte und küsste Olli zärtlich auf den Mund. Dann beugte sie sich zu Lorenz hinunter.

„Dass du mir gut auf Papa aufpasst, versprochen?"

„Versprochen", flüsterte Lorenz, der nicht so recht wusste, ob er sich über das Hubschrauberspektakel freuen sollte. Ihm war eher nach Weinen zumute, als er die Tränen in den Augen seines Vaters sah. Dann drehte sich Jelena um, sprang in den Hubschrauber, der so schnell verschwand, wie er gekommen war. Lorenz streichelte seinem Vater zart über die feuchten Wangen.

„Musst nicht weinen, Papa. Mama kommt bald wieder und ich werde so lange auf dich aufpassen. Das habe ich ihr ja versprochen."
Olli hob Lorenz hoch und sie blickten noch lange in die Richtung, in die der Hubschrauber verschwunden war.

Der ohrenbetäubende Krach im Hubschrauber verhinderte jede Unterhaltung. Der Kopilot war ein gut aussehender Mann etwa in ihrem Alter und es war offensichtlich, dass zwischen ihm und Olli einmal mehr gewesen war, als nur eine kumpelhafte Begrüßung. Aber wollte sie das wirklich wissen? Wollte sie immer wieder daran erinnert werden, dass Olli in seinem früheren Leben Beziehungen zu Männern gehabt hatte, dass er schwul gewesen war und es vielleicht noch war? Dann dachte sie an Lorenz, wie er wohl irgendwann mit der Wahrheit umgehen würde, dass sein Vater früher in einem Schwulenclub tätig gewesen war. Würde er vielleicht selbst einmal, genetisch oder erziehungsbedingt, schwul sein? Und über allem schwebte die Liebe zwischen ihr und Olli, die eigentlich das Wichtigste war und die dazu führte, dass sie nun ihr zweites Kind erwarteten. Nach welchen Beweisen sollte sie noch suchen, dass sie und Olli hoffentlich einmal gemeinsam alt werden würden?

Es dauerte nicht lange, bis der Hubschrauber die Stadt Wien überflog und der Kopilot ihr ein Handzeichen machte, diese großartige Stadt nun von oben betrachten zu können. Jelenas Gedanken waren jedoch woanders, beschwert von einer dunklen Vorahnung, ob und wie sie Valerie finden würde. Und wenn sie Valerie gefunden hatte, wie es dann mit Al, Jule und natürlich Karin, Nadjeschda und Daniel weiterging. Offenbar hatten sie sich erneut in einem kriminellen Strudel verfangen. Es lag möglicherweise jetzt ganz allein an ihr, das Ruder herumzureißen.

Der Hubschrauber landete auf dem Vorfeld des internationalen Flughafens von Wien. Kaum war sie ausgestiegen, stand auch schon eine Limousine bereit, die sie weiter zu einem Flugzeug der Austrian Airlines brachte. Zeitgleich strömten aus einem Bus zahlreiche Menschen in Richtung der bereitstehenden Maschine und erklommen die fahrbare Treppe. Jelena war fassungslos darüber, was Olli in kürzester Zeit organsiert hatte. Genau der Olli, dessen Zuneigung in ihrem Kopf einzig durch das süffisante Lächeln eines Kopiloten ins Wanken kam. Dumme und törichte Eifersucht dachte sie schmunzelnd, die allerdings auch ein Zeichen dafür war, wie sehr sie Olli liebte, und dass sie ihn mit keinem anderen, weder Mann noch Frau teilen wollte.

Jelena hatte keine Bordkarte und eine attraktive Flugbegleiterin blickte sie fragend an.

„Jelena, sie sind Jelena?" Jelena nickte stumm. „Kommen sie mit." Jelena durfte im Cockpit auf einem Notsitz platznehmen. Erlaubt war das nicht, aber irgendwie hatte Olli es geschafft, sie dort einzuschleusen. Vielleicht gab es so etwas wie Insiderregeln, von deinen keiner wusste, auch nicht wissen durfte. Jelena schaute auf die Uhr. Seit Valeries Anruf waren inzwischen fast fünf Stunden vergangen. Es waren nicht nur für Jelena fünf quälende Stunden gewesen, sondern vermutlich noch mehr für Valerie, die sich ja kaum Hoffnungen machen konnte, in absehbarer Zeit aus ihrer misslichen Lage befreit zu werden.

Der Flug dauerte nochmals knapp zwei Stunden. Mit Herzklopfen stand sie an der Passkontrolle und dachte an Ollis Warnung, dass sie möglicherweise immer noch polizeilich gesucht würde. Jelena versuchte sich ein Lächeln abzuringen. Der Beamte lächelte zurück und winkte sie, ohne ihrem Pass weitere Aufmerksamkeit zu widmen, durch die Absperrung. Da sie nur Handgepäck mithatte, eilte sie gleich zum Taxistand und gab ihr Ziel in Auftrag. Sie kannte die Regeln, welche Taxitypen innerhalb und welche außerhalb Moskaus zugelassen waren. Der Taxifahrer schmunzelte und nannte einen Preis, weit über dem Üblichen. Doch Jelena ließ sich nicht einschüchtern und konnte schließlich einen wesentlich geringeren Pauschalpreis verhandeln. Der Fahrer musste zähneknirschend eingestehen, dass er gegen Jelena keine Chance hatte. Es dauerte weitere drei Stunden, bis sie endlich in Dedovsk ankamen. Es war bereits dunkel und Jelena ließ sich genau vor der orthodoxen Kirche absetzen. Schon während der Fahrt hatten sie heftige Zweifel beschlichen, ob ihre Schlussfolgerung, Valerie irgendwo in den Tiefen der Kanalisation zu finden, zutraf, oder ob nicht derselbe Glockenklang irgendwo anders, vielleicht sogar in Moskau, ertönt haben könnte. Im nächsten Moment dröhnte der Kirchklang über den Platz, der nur spärlich mit gelblich fahlen Lichtern erhellt war. Es war zweifellos derselbe hohle Klang, der sich noch einige Stunden zuvor durch ihren Handylautsprecher gequält hatte. Valerie musste demnach irgendwo unter ihr sein. Der Gedanke, jetzt im Dunkeln unter dem Gullydeckel in ein stinkendes Höhlensystem abzutauchen, versetzte ihr einen unangenehmen Schauer. Aber es half nichts, sie musste Valerie finden, auch wenn sie der Hölle entgegen kriechen sollte.

An der Seitenfassade der Kirche befand sich ein Kanalisationsdeckel, der einigermaßen unbeobachtet schien. Mit all ihrer Kraft schaffte sie es, die schwere Eisenplatte einen Spalt weit zu verschieben, gerade so weit, dass sie sich mit ihrer Tasche am Arm hindurchzwängen konnte. Unter ihr gähnte ein schwarzes Loch, aus dem in einiger Entfernung ein Wasserrauschen zu vernehmen war. Gleichzeitig strömte ein grässlicher Gestank aus vermodertem Straßendreck und dahinfließenden Fäkalien nach oben. Behutsam setzte sie ihren Fuß auf die erste in der Wand eingelassene Sprosse und tastete sich dann weiter nach unten. Der Gestank nahm mit jeder Stufe in die Tiefe an Intensität zu. Jetzt wusste sie, was sie vergessen hatte – eine Taschenlampe.

Und so tastete sie sich weiter nach unten, bis nur noch ein fahler Schimmer von oben ihre Herkunft verriet.

Plötzlich spürte sie festen Boden unter den Füßen. Ihre Sohlen knirschten auf dem feuchten Pflaster. Vorsichtig tastete sie nach ihrem Handy und drückte auf den Knopf am unteren Ende. Das Licht des Displays reichte gerade so weit, um zu erkennen, dass sich ein schmaler Gang nach zwei Seiten erstreckte. Welche Richtung sollte sie einschlagen? Sie musste mit Valerie Kontakt aufnehmen, sonst würden sie sich nie finden. Mit zitternden Fingern tippte sie die Wiederwahltaste. Der gleichmäßige Brummton verriet ihr, dass sie noch Empfang hatte. Allerdings wuchs mit jedem unbeantworteten Summen die Angst, dass Valerie gar nicht mehr antworten konnte, auch wenn das Handy an ihrer Seite ein schwaches Lebenszeichen von sich gab. Jelena ließ es klingeln und versuchte den Ton mit beiden Händen zu unterdrücken, um vielleicht den Klingelton von Valeries Handy wahrzunehmen. Schon wollte sie frustriert auflegen, da meinte sie tatsächlich ein seltsam sich wiederholendes Geräusch aus einer der beiden Richtungen zu hören. Kurz entschlossen, legte sie auf und tastete sich in der Dunkelheit den Gang entlang in die Richtung, in der sie meinte den Klingelton gehört zu haben. Vielleicht waren es aber nur die Ratten, die sich einen Streich mit ihr erlaubten. Jelena hasste Ratten und mit Entsetzen schoss ihr durch den Kopf, dass sie im Moment von tausenden kleiner Augen beobachtet wurde.

Langsam tastete sie sich an der Wand entlang. Es war so dunkel, dass sie ihre Hand nicht vor Augen sehen konnte, deshalb beschloss sie, das Handy mit Valeries Nummer erneut klingeln zu lassen. Zugleich mit dem Summton ertönte aus der Ferne wieder der Klingelton. Diesmal war er lauter. Jelena beendete den Anruf. Das Geräusch verstummte. Jelena war sich jetzt sicher, den richtigen Weg eingeschlagen zu haben.

„Valerie!" Gespenstisch hallte ihre Stimme durch die feuchten und pechschwarzen Gänge. „Valerie! Ich bin es, Jelena." Das Hallen verstummte, bis plötzlich aus der Ferne ein leises „Jelena" zu hören war. War es nur das Echo, der Widerhall ihrer eigenen Stimme, des letzten Wortes, das sie gerufen hatte?

„Valerie!" Wieder war es still und dann ertönte erneut ein zaghaftes „Jelena". Ein warmes Gefühl durchströmte Jelena und sie tastete sich weiter in die Richtung, aus der die Stimme kam.

„Valerie, ich bin es, Jelena. Ich komme und hole dich hier raus. Hab keine Angst, ich komme ..." Weiter kam sie nicht, als der nächste Schritt ins Leere glitt und sie das Gleichgewicht verlor. Sie versuchte noch, nach der Seite hin einen Halt zu finden. Doch es war zwecklos. Orientierungslos stürzte sie in die Tiefe und verlor nach einem heftigen Schlag auf die Stirn das Bewusstsein.

Dedovsk, Juli 2020

Die Limousine erreichte rasch die Ortsgrenze von Dedovsk und es ging rasend schnell über eine holprige Landstraße. In einem ständigen Hupkonzert kämpfte sich die Limousine durch den Verkehr. Die anderen Autofahrer schienen sich bereitwillig auf die rechte Spur zu ducken, gleich nachdem sie im Rückspiegel erkannt hatten, wer auf sie zukam. Unvermindert schnell ging es weiter von einem Schlagloch zum nächsten. Obwohl bekannt war, dass Fahrzeuge mit überhöhter Geschwindigkeit sofort gestellt wurden, schien diese schwarze Limousine eine Art Freifahrt zu genießen. Offenbar traute sich auch hier wie schon in der Innenstadt von Dedovsk keiner, sie zu stoppen. Erst recht nicht die örtliche Polizei, die ab und zu an ihnen vorbei patrouillierte.

Al musste unentwegt an Valerie denken. Er betete, dass sie von den Kugeln nicht getroffen worden war und dass sie irgendwie einen Weg zurück finden würde, hinaus aus der Kanalisation. Er spürte sein Gewissen schwer wie die Last des Kanaldeckels, den diese Verbrecher zuletzt auf das Loch gehievt hatten und der jedes Entkommen aus dem dunklen Verließ nahezu unmöglich machte. Jule spürte seine Verzweiflung und versuchte ihn zu beruhigen, obwohl auch sie wusste, dass es um Valerie nicht gut stand. Sie wusste aber auch, dass es mehr denn je darauf ankam, einen kühlen Kopf zu bewahren.

„Kommt dir die Strecke auch bekannt vor?" Al nickte zustimmend. Es ging durch einen dichten Wald, dann über ein offenes Feld an dessen Ende das Institut Jurij Gagarin lag. Die Limousine bremste ab. Langsam passierten sie das große Eisentor, das sich hinter ihnen gemächlich wieder schloss. Auf einem großen Platz blieben sie schließlich stehen.

„Ich bring sie um ... ich bring sie alle um", murmelte Al mit zusammengepresstem Kiefer vor sich hin. Jule packte ihn am Arm und sah ihn ernst an.

„Jetzt nicht, Al. Du musst Ruhe bewahren. Hörst du, sonst ist alles aus", flüsterte sie ihm zu, als die Tür der Limousine aufgerissen wurde. Dunkle Gestalten starrten sie an. Obwohl sie kein Wort verstanden, war die Aufforderung klar, die Limousine sofort zu verlassen. Al half Jule aus dem Wagen und als sie sich umdrehten, blickte ihnen ein genauso bekanntes, wie verhasstes Gesicht entgegen. Evgenij gehörte zum Empfangskomitee und lächelte ihnen süffisant zu.

„Sie einer an. Unser tapferer Clubbesucher mit seiner holden Wissenschaftlerin." Al schoss die Wut in den Bauch. Er spürte jedoch Jules Händedruck und biss sich auf die Unterlippe. Als wäre es gestern gewesen, standen ihm die Bilder vor Augen, wie Evgenij ihn damals in seinem Bordell vor seinen Schergen gedemütigt hatte. Immer wieder hatte er mit Schrecken daran denken müssen, was noch alles passiert wäre, wenn Jelena nicht mutig dazwischen gegangen wäre. Damals hatten sie sich nicht gekannt und was Jelena veranlasst hatte, sich Evgenij entgegenzustellen, ihm die Stirn zu bieten, obwohl sie gegen die Überzahl von Evgenijs Männer eigentlich keine Chance hatte, war ihm bis heute unklar. Und doch hatte sie den Spieß herumgedreht und Evgenij zur Belustigung seiner eigenen Leute in die Knie gezwungen. Dies musste Evgenij noch tief in den Knochen stecken und es dauerte keine Sekunde, um seinem Grinsen zu entnehmen, dass er sein dreckiges Spiel jetzt fortsetzen wollte. Dabei spielte es keine Rolle, ob er seine Rache an Jelena oder an ihm auslassen würde. Al fröstelte bei dem Gedanken, dass vielleicht sogar Jule stellvertretend für Jelena nun ein gefundenes Fressen für ihn sein könnte. Vielleicht war Angriff die beste Verteidigung, obgleich er wusste, dass dies in der jetzigen Situation nur ein Strohfeuer sein würde, an dem er sich selbst verbrennen würde.

„Es war klar, dass du deine dreckigen Finger im Spiel hast, Evgenij", fauchte Al und spürte erneut Jules besänftigenden Händedruck an seiner Seite. Evgenij spitzte den Mund und spielte den Erschrockenen.

„Oh, ich bekomme ja Angst. Damals klang das aber ganz anders. Hoffentlich … ich meine, nachdem dir Jelena den Arsch gerettet hat … hoffentlich hat sie dir wenigstens ordentlich einen geblasen." Al wollte nach vorne springen, doch Jule hielt ihn mit aller Kraft zurück. Zwei schwarz gekleidete Männer gingen dazwischen.

„Respekt, ganz schön mutig", krächzte Evgenij.

„Im Gegensatz zu dir, du feiges Schwein."

„Soso, feiges Schwein nennst du mich. Du wirst noch vor mir auf die Knie sinken und winseln, das verspreche ich dir." Evgenijs Augen zuckten triumphierend. „Aber dazu, mein Lieber, dazu kommen wir später. Ich weiß ja, dass du und dein …" Er schnalzte mit der Zunge. „Dein süßes Püppchen, nicht wegen mir hier seid. Oder sagen wir mal, es war nicht meine ursprüngliche Idee. Aber ... wie ihr wisst, kann ich sehr fantasievoll sein und mein lieber Freund aus Deutschland hat mich auf eine sehr gute Idee gebracht."

„Dein lieber Freund ... aus Deutschland." Al wiederholte eschrocken Evgenijs Andeutungen. Wieder huschte ein arrogantes Lächeln über Evgenijs Gesicht.

„Er kann es nicht abwarten euch wiederzusehen. Er ... oder sagen wir besser, wir beide haben große Pläne und so lange ...", er schnalzte mit der Zunge „ ... so lange steht ihr unter seinem Schutz, ihr und seine anderen Gäste."

„Unter seinem Schutz? Wer immer dieser Freund aus Deutschland ist, er ist genauso ein Drecksack wie du, Evgenij. Lässt auf Kinder schießen ... ihr Schweine ..." Evgenij zog wie ahnungslos die Augenbrauen hoch und zuckte mit den Schultern.

„Nun ja, außerhalb dieser schützenden Mauern ..." Er machte eine ausladende Armbewegung, als wäre er der Oberpatron des Instituts. „Da gelten andere Gesetze, wie ihr seht."

„Gesetze, Gesetzte, du weißt doch gar nicht, was das ist, Gesetze."

„Da hast du ausnahmsweise Mal recht. Ich kenne nur meine eigenen Gesetze. Und jetzt, meine Lieben ... jetzt dürft ihr mir folgen, bevor euer vorläufiger Beschützer, euer liebevoller Freund, noch ungeduldig wird."

Evgenij drehte sich um und humpelte davon. Jule und Al folgten ihm. Die schwarz gekleideten Männer blieben mürrisch bei der Limousine stehen und zündeten sich reihum eine Zigarette an.

„Als wäre es gestern gewesen ... so eine Scheiße." Jule klammerte sich mit feuchtkalten Händen an Al. „Bin gespannt, welcher liebvolle Freund aus Deutschland hier auf uns wartet."

Sie folgten Evgenij in eines der gleichförmigen Häuser, durch das Treppenhaus in den ersten Stock.

Als die Tür am Ende des Ganges aufschwang, blieb Jule wie erstarrt stehen. Sie wurde bleich und spürte einen Kloß im Hals, an dem sie zu ersticken glaubte. Auch Al erkannte sofort, welcher deutsche Freund vor ihnen stand.

„Du, Alex, das ... das kann doch nicht wahr sein ... du hier?" Alex versuchte Jules irritiertem und gleichzeitig vernichtendem Blick auszuweichen.

„Wir ... wir hätten das gemeinsam machen können, Jule", stotterte er.

„Gemeinsam ... gemeinsam mit diesen Kriminellen hier?"

„Langsam, langsam, meine Liebe." Evgenij schob sich dazwischen. „Wenn du nicht brav bist, dann weht ein anderer Wind, haben wir uns verstanden?" Mit seinem Finger kreiste er vor Jules Brust. Al ballte die Faust. Jule konnte ihn gerade noch zurückhalten.

„Was willst du, Alex?" Jule fauchte wie eine angespannte Katze. Auch sie hatte die Faust geballt, wusste aber auch, dass jede Unbeherrschtheit jetzt alles nur noch schlimmer machen würde.

„Das weißt du doch."

„Wenn du die blauen Kugeln meinst, dann bin ich die Letzte die weiß, wo sie sind." Alex lächelte triumphierend.

„Die Kugeln aus Argentinien, die sind hier."

„Hier? Also du hast sie geklaut."

„Ich nicht, aber mein Freund Evgenij."

„Dein Freund Evgenij. Mein Gott, Alex, wie tief bist du gesunken."

„Tja, euer trotteliger Alex, Mädchen für alles, den man rumschicken kann, wie man will. Wie du siehst, bin ich nicht so dumm, wie du gedacht hast. Selbst Professor Krastchow hat nichts geahnt. Und als er und sein hochnäsiger Freund Alighieri mit deiner Hilfe im Knast landeten, da war meine Stunde gekommen. Alles ist hier, die Kugeln, die Laboreinrichtung, die Laborbücher, alles ... oder sagen wir, fast alles. Kannst du dich noch erinnern, wie du später nach Freiburg kamst und ich wollte von dir wissen, wo deine Laborbücher sind? Jule, ich wollte das mit dir gemeinsam machen. Ein großes Ding wollte ich mit dir aufziehen. Das weißt du doch noch? Aber du hast so getan, als wäre ich immer noch ein Nichts. Ich habe dich bewundert Jule. Du warst mein großes Vorbild. Und ich ... ich war für dich immer nur so ein Dummkopf, den man rumschicken kann. Aber jetzt ... jetzt ist alles anders. Die Zeiten haben sich geändert. Ich bin nicht mehr euer dummer Laborassistent, jetzt habe ich das Sagen." Er biss sich auf die Unterlippe, sein linkes Augenlid flatterte nervös.

„Nein, Alex, ich habe dich nie für dumm gehalten. Zumindest früher nicht. Aber jetzt ... dein Freund Evgenij ..." Jule drehte sich verächtlich zur Seite.

„Ja, lach nur, so, wie ihr alle über mich gelacht habt. Und vor allem, was meine Pläne anbelangt, denk doch was du willst. Nur jetzt, Jule, jetzt hast du keine Wahl. Du weißt, wie das geht mit den blauen Kugeln, du hast es mit verraten, damals in Freiburg." Jule sah unsicher zu Al.

„So, und du meinst, dass ich ausgerechnet dir und deinen ...", sie blickte angewidert zu Evgenij, „... deinen tollen Freunden auch nur irgendetwas verrate? Von mir erfährst du nichts, gar nichts. Und dann ... was willst du tun, uns abknallen? Na, dann tu es doch. Nur damit erfährst du auch nicht, wie das geht mit diesen verfluchten blauen Kugeln."

„Verdammt, Jule, du sitzt hier nicht allein in der Falle, das weißt du doch. Und damit meine ich nicht nur den treuen Beschützer an deiner Seite. Diese Nadjeschda und ihre Karin, deine Schwägerin, wenn mich nicht alles täuscht, und ihr ... ihr Sohn, oder was von ihm noch übrig ist ..." Al starrte Alex bebend an. Es war nicht die Wut, sondern die Angst um Daniel, die ihn plötzlich übermannte.

„Was von ihm übrig ist, wie ... wie meinst du das?" Alex wich ihm aus, ging zum Fenster und atmete durch.

„Damit habe ich nichts zu tun. Das ist ganz allein deren Sache." Er deutete zu Evgenij hinüber.

„Immerhin war das mit Daniel und seinen Eltern gut genug, um uns hierher zu locken", fauchte Jule dazwischen.
„Eine Hand wäscht die andere, so ist das nun mal." Alex starrte nach draußen.
„Nein, Alex, was immer mit Daniel ist, davon wäscht dich keiner rein. Du steckst da mittendrin und was immer hier läuft, du musst dich irgendwann dafür verantworten und dann, dann Gnade dir Gott und ... und der am allerwenigsten, darauf kannst du dich verlassen." Alex antwortete nicht.
„Wollt ihr ihn sehen, euren kleinen Bastard?" Evgenij grinste provozierend.
„Du wirst zu allererst in der Hölle schmoren, Evgenij." Jule biss so fest die Zähne zusammen, dass ein leises Knirschen zu hören war.
„Er ist direkt eine Etage über uns mit seinen, wie soll ich sagen ... mit seinen lesbischen Eltern. Lesbische Eltern, wie abscheulich das klingt." Al wollte sich auf Evgenij stürzen, aber Jule hielt ihn mit aller Kraft zurück.
„Wir wollen ihn sehen." Jule versuchte sich zu beruhigen, um wieder einen kühlen Kopf zu bekommen.
„Na, das klingt doch schon etwas vernünftiger. Also dann, aber wir müssen uns erst etwas verkleiden. Wir wollen ihn doch nicht in Gefahr bringen, nicht wahr?" Gemeinsam gingen sie zurück zum Treppenhaus und von dort in die nächsthöhere Etage. Danach ging es in eine Schleuse, in der sie sterile Kittel, Hauben und Schuhüberzieher anlegen mussten. Das reichte aus, um zu ahnen, dass es schlimm um Daniel stand. Wie schlimm es jedoch tatsächlich war, das übertraf wenige Minuten später all ihre Befürchtungen.
Als sie den Gang der Intensivstation betraten, sahen sie am anderen Ende eine Person in sich zusammengesunken auf einem kleinen Stuhl sitzen. Als sie langsam näher kamen, erhob sich die Person langsam und kam ihnen mit ungläubigem Ausdruck entgegen gestolpert. Karin fiel ihrem Bruder um den Hals. Dann begrüßte sie

Jule und anschließend hielten sich alle drei an den Händen. Karin hatte tiefe Ränder unter den Augen.

„Wie sieht's aus, wo ist Nadjeschda und ... wo ist Daniel?" Ängstlich spähte Al durch die offen stehende Tür und sah das gewohnte Bild eines mit blinkenden Geräten, Kabeln und Schläuchen umgebenen Krankenbetts, in dessen Mitte der Patient kaum noch als Mensch, vielmehr als Teil eines komplizierten wissenschaftlichen Experiments zu erkennen war. „Ist er ... ist er das? Was ist mit ihm?"

„Nadjeschda ist bei ihm." Karin deutete den Gang hinunter. „Lasst uns dort hinsetzen, dann erzähl ich euch alles." Sie ließen sich auf Stühlen in einer Sitzecke nieder. Besorgt versuchten sie Karins Gedanken zu lesen, bevor sie auch nur ein Wort sagen konnte.

„Wollt ihr alles wissen?" Jule nickte. „Also dann." Karin begann mit ihrer Ankunft in Dedovsk, der Schießerei im Hause Kasparow, wie man sie beschuldigt hatte, Ivan Kasparow erschossen zu haben und wie sie schließlich im Institut gelandet waren. Dann hielt sie für einen Moment inne. Al platzte vor Ungeduld.

„Und Daniel, was ist mit Daniel, warum ... warum ist er hier?"

„Al, sie haben ihm das Herz geklaut."

„Das Herz, ja aber ... wer ..."

„Ivan, Ivan Kasparov war schwer herzkrank. Wahrscheinlich vom Saufen, vom Rauchen, du weißt ja, wie das geht. Und dann sind sie, Evgenij und sein Vater, mit dieser Mafia, diesen Männern in Schwarz mit dem seltsamen Siegelring, in Kontakt getreten. Ihr Anführer, er heißt ..."

„Wladimir", entfuhr es Al. Karin blickte Al erstaunt an.

„Du kennst ihn?" Al nickte und seine Gedanken flogen zu Valerie, die verängstigt in der Kanalisation sitzen musste, wenn sie überhaupt noch lebte. Karin schloss die Augen, als wolle sie im wahrsten Sinne alles um sich herum nicht wahrhaben. „Al, was du hier siehst, ist die Ausgeburt der Hölle. Das nennt sich Organhandel, verstehst du? Jeder, der Geld hat, ich meine natürlich viel Geld, kann sich neue Organe kaufen. Das ist ein international operierender Ring, nicht nur Russen. Da sind alle verstrickt, jeder, der viel Geld hat. Und da kam Daniel wohl gerade recht, um ... verdammt, um seinem Großvater ein neues Herz zu spenden."

„Oh, mein Gott, das ist ... das ist unvorstellbar." Al und Jule schauten unsicher in Richtung von Daniels Zimmer. „Und jetzt ... ohne Herz ... wie geht das?"

„Er hat so eine Art künstliches Herz, schließlich wollte sich Ivan noch seine Leber, seine Nieren ..." Jule drehte sich zu Seite und fing plötzlich an zu würgen. Es dauerte einen Moment, bis sie sich wieder beruhigte. Ihr Gesicht war starr und grün.

„Geht's wieder?" Karin klopfte ihr auf den Rücken. Jule versuchte durchzuatmen.

„Und jetzt ist er tot, dieser Ivan. Jetzt brauchen sie Daniel nicht mehr, wollten die Pumpe schon abstellen, wenn nicht Alex mit den blauen Kugeln ins Spiel gekommen wäre."

„Du meinst, sie wollen einen Tausch: Daniel gegen die blauen Kugeln." Jule hatte sich wieder etwas aufgerappelt.

„Jule, wir wollten dich und Al da nicht hineinziehen, aber ...", schluchzte Karin. „Sie ... sie wollten seine Pumpe abstellen, versteht ihr? Ohne Pumpe ..." Weiter kam sie nicht. Tränen strömten ihr über die blassen Wangen. Dann holte sie tief Luft. „Jule, es ... es tut mir so leid, wir ... wir wollten das nicht, aber Daniel ... mein Gott, er ist doch noch so klein ... er darf nicht sterben." Karin flüsterte nochmals beschwörend: „Er darf nicht sterben."

Langsam erhoben sie sich und gingen in Daniels Zimmer. Als Nadjeschda erkannte, wer gekommen war, sprang sie auf und fiel ihnen um den Hals. Dann löste sie sich abrupt und starrte Jule und Al mit ausdrucklosem Blick an. Jule erschrak. Nadjeschdas Augen, schienen keine Tränen mehr zu kennen, sie wirkte als sei die Zeit der Trauer bereits vorbei, als sei sie bereits ins Jenseits abgetaucht. Wortlos drehte sie sich zu Daniel um oder zu dem, was von ihm

übrig geblieben war, wie es Alex so beiläufig bezeichnete. Daniel lag friedlich auf seinem viel zu großen Krankenbett, angeschlossen an diverse Schläuche und Drähte und an die Stromversorgung für sein Kunstherz. Seine kleine Brust ließ jeden Schlag der stählernen Pumpe als ein gerade so wahrnehmbares Auf und Ab seiner Rippen erkennen. Seine Augen waren geschlossen.
„Ist er ... ich meine kann er uns hören?" stammelt Jule fassungslos. Ihre zerbrechliche Stimme klang flehend, suchte nach Halt. Nadjeschda hob die Schultern
„Ich weiß es nicht. Manchmal da ... da zucken seine Augen, sein Mund. Ich glaube, er will etwas sagen und dann ... dann schläft er wieder ein." Al blieb wie versteinert vor Daniels Bett stehen, während Jule sich bedächtig nach vorne beugte und ihm vorsichtig einen Kuss auf die Stirn gab. Seine Haut war kühl und so zart, wie die eines neugeborenen Babys. Obwohl alle schwiegen, hallte doch das, was alle dachten, betäubend durch den Raum. Wie hoffnungsvoll hatte sein Leben begonnen und warum sollte es so früh schon enden? Wenn es nur möglich wäre, würde jeder im Kreis mit Daniel tauschen, sein Leben für ihn geben, ihm eine Chance geben. Still saßen sie beieinander, jeder für sich seinen Erinnerungen nachhängend, sich mit Hoffnungen quälend, die nur noch durch ein Wunder erfüllt werde konnten. Wunder passierten, aber sie konnten nicht herbeigerufen, nicht herbei gebetet werden, das war die schreckliche Wahrheit. Was blieb, war eine lähmende Passivität, der nur noch ein trotziger Glaube die Stirn bieten konnte.
Später am Abend wurde Jule und Al ein Zimmer nicht weit von der Intensivstation und in Nachbarschaft zur Karins und Nadjeschdas Zimmer zugewiesen. Entgegen den ursprünglichen Regeln hatte Alex schließlich zugestimmt, dass Tag und Nacht abwechselnd immer jemand bei Daniel bleiben konnte. Die anfänglich ruhigen Nächte wurden jedoch immer problematischer. Die Warnmeldungen, die über Daniels gesundheitlichen Zustand Auskunft

gaben – sei es die Atmung oder die Nierenfunktion – meldeten sich immer häufiger. Nur sein Kunstherz schlug unentwegt mit derselben Regelmäßigkeit und hämmerte von innen gegen seine kindliche Brust, peitschte kalt und seelenlos sein Blut durch seinen von Tag zu Tag schwächer werdenden Körper. Irgendwann würden die lebenden Organe nicht mehr mitmachen, würde die Lunge dem Hämmern nicht mehr standhalten, würde sie sich so weit verhärten, dass man vor der Frage einer künstlichen Beatmung stand. Gleiches galt für die Nieren, deren Funktionswerte bei jeder Kontrolle allarmierend anstiegen sodass man sich in nicht allzu ferner Zukunft die Frage einer Dialysebehandlung stellen musste. Das Immunsystem würde langsam aber sicher in die Knie gehen und Entzündungen, dort, wo Leitungen und Kabel die Haut durchbohrten, nicht mehr abhalten können. Schmerzen würden unausweichlich den noch ruhigen Schlafzustand aufbrechen, die letzten Tage zu einer Qual, zu einer Folter werden lassen, es sei denn, das Gehirn würde zu allererst und gnädig seinen Dienst einstellen und das Bewusstsein endgültig ausschalten. Und trotzdem war gerade das der quälendste Gedanke, dass das letzte Stückchen Hoffnung, nämlich doch noch irgendwie ein lebendes Herz für Daniel zu bekommen, auch wenn die Chancen im jetzigen Umfeld gegen Null gingen, schließlich dadurch zunichtegemacht würde, dass die Seele den kleinen Körper bereits unwiderruflich verlassen hatte.
Und wenn am Ende alle Hoffnung, der Glaube an ein Wunder, jeder Lebenskampf verloren war, dann würde das stählerne Kunstherz kein Einsehen haben. Es würde unbarmherzig weiterhämmern, gegen jedes bereits dahingeschiedenes Leben, gegen jede Vernunft. Niemand wollte daran denken, dass vielleicht bereits jetzt schon keine Leben mehr in Daniel steckte. Der Gedanke war grausam, ganz zu schweigen davon, wie sich der Todeskampf in Daniel selbst abgespielt haben mochte. Konnte er seinen Körper zurücklassen, sich auf eine neue, eine helle Welt jenseits unserer Vor-

stellung einlassen, auch wenn ihn sein Kunstherz immer wieder zurückpeitschte, der künstlich aufrechtgehaltene Blutdruck sich dem natürlichen Sterbeprozess widersetzte? War es vielleicht doch erst die Unterbrechung der Stromzufuhr, die eine Loslösung seiner Seele vom Körper ermöglichen würde? Stünde am Ende eine im vollen Bewusstsein zu treffende unwiederbringliche Entscheidung an, den Strom, der sein Kunstherz am Laufen hielt, endgültig abzustellen, um damit sein Leben aktiv zu beenden? Selbst wenn dieser Moment nach medizinischer Auffassung nichts mehr mit dem Leben an sich zu tun hätte, nur noch dazu diente, die von einer Maschine gequälte leblose Hülle seiner natürlich Bestimmung zu übergeben, so wäre es doch ein Moment, der die Endgültigkeit des Sterbens wie kein anderer drastisch vor Augen führen würde. Und er müsste von demjenigen herbei geführt werden, der diesen Moment am meisten gefürchtet, der am längsten und intensivsten gegen diesen Moment gekämpft hatte: Es wäre für Nadjeschda nur ein schwacher Trost, dass Daniels Kunstherz lediglich Leben vorgaukelte und die Entscheidung, dieses abzustellen, keine Entscheidung mehr zwischen Leben und Tod, sondern nur noch ein formaler Akt sein würde. Auch wenn alle ihr bei dieser Entscheidung beistünden, so würde doch sie allein, die sie einst Daniel zur Welt brachte, den letzten Schalter umlegen müssen. Und wenn am Ende die endgültige Stille eintrat, wenn das bis dahin noch einigermaßen rosige Gesicht Daniels blass und starr würde, dann würde sie sich zeitlebens die quälende Frage stellen, der Mörder ihres eigenen Kindes gewesen zu sein.

Dedovsk, Juli 2020, später Nachmittag

Die Sonne schien hell von einem stahlblauen Himmel herab. Jelena lag auf einer saftig grünen Wiese. Schwalben schossen akroba-

tisch schnell durch die Lüfte, während weit oben im Himmel ein Raubvogel seine Kreise zog. Ein sanftes Schwirren lag in der Luft, der Wind streichelte über ihren Körper. Es war eine friedliche Stille, der Inbegriff der Glückseligkeit, als plötzlich dunkle Wolken von Westen her aufzogen. Viel schneller als sonst rollten sie bedrohlich heran, erst grau, dann schwarzgrün. Blitze schossen hervor, begleitet von Donner, der den Himmel in Hälften zu teilen schien. Hagelkörner bedeckten von Sturm begleitet die grüne Wiese, ließen alles erkalten, ballten sich zu tennisballgroßen Gebilden, die alles zu zerschlagen drohten, was sich unter ihnen kurz zuvor noch hoffnungsvoll gegen den Himmel gestreckt hatte. Der Sturm peitsche gnadenlos. Jelena versuchte sich zu schützen, kauerte sich zusammen und hielt die Arme über den Kopf. Es war zwecklos, sie brüllte aus Leibeskräften, versuchte sich so gut es ging gegen das Unwetter anzustemmen. Doch dann hörte sie eine zarte Stimme, glockenrein, wie ein Engel, der sie erlösen wollte.
Krampfhaft versuchte sie die Augen zu öffnen, versuchte das Dröhnen und Donnern in ihrem Schädel zu vertreiben, versuchte wieder ans Licht, an die Sonne zu gelangen und was sie dann sah, war grauenhaft. Es war ganz einfach nur dunkel. Schwärzer als die Nacht, dunkler, als man es sich je vorstellen konnte und trotzdem wärmte sie eine kleine Hand, zart wie der Hauch eines Sommerwinds und warm wie die Abendsonne.
„Jelena, wach auf. Ich bin es, Valerie."
„Valerie? Wie ... wo sind wir ... du hier?"
„Du bist durch ein Loch gestürzt und da habe ich dich gefunden."
„Valerie, mein Gott, Valerie, du bist es wirklich."
Jelena lag mit dem Kopf auf Valeries Schoß, die ihr mit ihren zierlichen Fingern über die Stirn streichelte.
„Eine ganz schöne Beule, aber zum Glück blutest du nicht."
Plötzlich berührte etwas Jelena an der Seite. Ein leises Quieken ertönte und verschwand rasch in der Dunkelheit.

„Oh Gott, Ratten. Valerie, schnell, wir müssen hier weg …"
„Lass nur, Jelena, die tun dir nichts. Sie haben mir Gesellschaft geleistet, weißt du. Wenn man hier so lange alleine ist, dann freut man sich auf Gesellschaft."
„Ja, aber … Valerie, das sind Ratten … die beißen und …"
„Also mich haben sie nicht gebissen, hab sie sogar gestreichelt, sind ganz lieb, weiß du."
„Ratten können aber auch gefährlich … ich meine, sie können Krankheiten übertragen."
„Ach weißt du, Jelena. Ich glaube, die Menschen sind viel schlimmer und können bestimmt viel mehr Krankheiten übertragen."
Jelena stutze über Valeries genauso einfache wie zutreffende Logik. „Naja, so gesehen … also eigentlich hast du recht. Mein Gott, Valerie, bin ich froh, dich zu sehen, also genau genommen kann ich dich nicht sehen."
„Ich kann dich sehen, Jelena. Ich kann dich sehen, so wie sonst auch, verstehst du?" Jelena antwortete nicht gleich. Sie spürte, dass dieses kleine Mädchen ihr mehr sagen konnte, als sie je geahnt hätte, ihr einen Spiegel vor hielt, obwohl es stockdunkel war.
„Wir sollten jetzt gehen, Jelena, mir ist kalt und … ich habe Hunger."
Jelena seufzte. „Valerie, es ist stockdunkel und ich weiß nicht, wie wir hier wieder rauskommen aus diesem Loch." Valerie stand auf.
„Komm, Jelena, gib mir die Hand. Ich zeig dir, wo es langgeht, ich … kann sehen, wo es langgeht, verstehst du?" Zögernd stand Jelena auf, nahm die kleine Hand Valeries in die ihre und ließ sich langsam den Gang entlang führen. Mehrfach bogen sie um Ecken, stiegen ein paar Leiterstufen empor, immer weiter, ohne dass für Jelena auch nur ein Funke Licht sichtbar wurde.
„Wie kannst du … ich meine, woher weißt du, wohin wir gehen müssen?"
„Spürst du nicht den kühlen Wind, Jelena? Hörst du nicht das Rauschen von der Straße über uns und vor allem, riechst du nicht das

Brot, das gerade gebacken wird, hier irgendwo? Vor einer Stunde hat das angefangen und somit müsste es eigentlich ganz früh sein. Weißt du, zu Hause riech ich auch immer das Brot, morgens um vier, wenn der Bäcker zwei Straßen weiter mit seiner Arbeit anfängt, höre die Vögel, wie sie mir einen guten Morgen wünschen."

„Valerie, das klingt wunderbar. Ich glaube ... wie soll ich das sagen, ich glaube, du siehst mehr als wir, die wir glauben zu sehen, verstehst du?"

„Wir müssen hier hoch klettern, Jelena, schaffst du das ohne meine Hand?"

„Ich probier's mal." Jelena blickte nach oben und nahm eine Stufe nach der anderen, bis plötzlich über ihr, erst fahl und kaum erkennbar und dann immer deutlicher der halbgeöffnete Kanaldeckel in Sicht kam. Es war genau die Stelle, an der sie sich vor kurzem, oder war es bereits länger her, in die Tiefe gezwängt hatte.

„Valerie, mein Gott, Valerie, wir haben es geschafft. Komm, noch ein kleines Stückchen und ... und stell dir vor, es ist schon hell oben, es ist hell!" Jelena rief es vor Freude aus und zuckte dann sofort zusammen, weil Valerie genau das nicht sehen konnte.

Als sie wieder auf der Straße standen und den schweren Kanaldeckel auf seinen Platz gerückt hatten, überlegten sie, was zu tun war. An der nächsten Straßenecke war eine große Uhr angebracht, deren kleiner Zeiger kurz vor der Sechs stand.

„Es ist sechs Uhr morgens, Valerie, es ist noch früh."

„Nein, Jelena, es ist sechs Uhr abends."

„Ja, aber der Bäcker, sagtest du nicht ..."

„Das ist schon länger her und du hast sooo lange geschlafen. Und deshalb habe ich jetzt sooo einen Hunger."

Als Jelena an sich und Valerie heruntersah, musste sie feststellen, dass sie vollkommen verdreckt waren. Zudem stanken sie entsetzlich.

„Also, so können wir in keinen Laden und in kein Restaurant gehen, aber ich habe eine Idee, Valerie. Wir gehen in ein gutes Hotel. Ich kenne da eins ganz in der Nähe. Es ist ein sehr gutes Hotel. Wir machen uns dort erst mal sauber und dann gehen wir ganz fein essen." Erschrocken tastete Jelena nach ihrem Portemonnaie. Die Tasche war zwar weg, aber zum Glück war das Portemonnaie noch da.
„Ich hoffe, die lassen uns rein in das Hotel, so wie wir aussehen und stinken", kicherte Valerie schelmisch.
Es war das erste Hotel am Platz und Jelena hatte früher einmal den Besitzer gekannt. Ein netter älterer Herr, der ihr damals selbst als Prostituierte mit Respekt begegnet war. Vorsichtig blickte sie sich um und als keiner mehr durch die große Glastür des Hotels ein- oder ausging, huschte sie hindurch und zog Valerie hinter sich her.
„Hier, Valerie, hier ist eine Bank, bleib bitte hier sitzen. Ich bin schräg gegenüber an der Rezeption und versuche für uns ein Zimmer zu bekommen." Jelena drehte sich rasch zur Seite um, als ein vornehmes Ehepaar an ihr vorbei stolzierte. Die abfälligen Bemerkungen brannten auf ihrem Rücken und sie wollte gerade zum Ausgang verschwinden, als eine helle Stimme von der Rezeption her klang.
„Sie wünschen?" Jelena starrte zu Boden und schlich langsam zur Rezeption. Dann drückte sie sich gegen den Tresen in der Hoffnung, dass dadurch weniger Gestank nach oben drang.
„Ein Zimmer ... haben Sie noch ein Zimmer für mich und meine .... meine Tochter?" Die Notlüge schien passend, um nicht auch noch als Kindesentführerin von der Polizei festgenommen zu werden. Vorsichtig blickte sie in das freundliche Gesicht ihr gegenüber.
„Jelena? Jelena, bist du das?" Jelena erschrak, dass jemand sie erkannte und das auch noch unter diesen Umständen. Aber die Stimme klang freundlich und irgendwie auch bekannt.
„Jelena, ich bin es, Natascha, erinnerst du dich nicht?"

„Natascha?" Jelena riss die Augen auf. „Natascha, du hier, das ist, da ist ja …"
„Jelena … mein Gott, Jelena … ist das wirklich wahr? Jelena, ich …" Weiter kam sie nicht. Natascha streckte unwillkürlich ihre Arme über den Tresen und ergriff Jelenas Hände. Es war wie die Suche nach einem Beweis, einer physischen Bestätigung, dass es keine Halluzination war, wen sie gerade vor sich sah. Ihre Unterlippe fing an zu zittern, ihre erschrockenen Augen röteten sich und füllten sich mit Tränen. Beide Frauen musterten sich, ihre Hände – die einen sauber, sorgfältig maniküt, die anderen dreckverschmiert bis unter die Fingernägel – fest ineinander verschränkt. Natascha rang um Fassung, atmete dann tief durch, ohne Jelena auch nur eine Sekunde loszulassen.
„Sie sagten uns, du seist tot und dass es uns allen so ginge, wenn wir, so wie du, versuchten, uns aus dem Staub zu machen." Eine Träne verwischte ihren sorgfältig gezogenen Kajal. „Sie sagten, sie hätten dich bei der Flucht geschnappt und dann … du weißt ja und jetzt … mein Gott, Jelena, du lebst, du lebst." Im nächsten Moment stand ein leicht untersetzter und grimmig aussehender Mann hinter Natascha.
„Kann ich helfen?" Erschrocken drehte sich Natascha um. Jelena zog ihre verschmutzten Hände rasch hinter den Tresen. Natascha nahm sich rasch ein Taschentuch und wischte notdürftig ihre Wange ab.
„Nein … ich … ich brauche keine Hilfe." Der Mann hinter ihr räusperte sich sichtlich verärgert. Dann fixierte er Jelena mit heruntergezogenen Mundwinkeln.
„Können Sie das rasch erledigen? Sie wissen ja, die anderen Gäste." Dabei machte er mit dem Handrücken eine Bewegung, als wollte er eine fette Schmeißfliege verscheuchen. Natascha drehte sich wieder zu Jelena und hob wie ein konspiratives Signal ihre Augenbrauen.

„Ja, ja, kein Problem. Die anderen Gäste ... ich erledige das ... ich erledige das rasch, kein Problem." Der Mann, der offenbar Nataschas unmittelbarer Vorgesetzter war, verschwand angewidert im Büro hinter der Rezeption. Natascha schaute in Valeries Richtung, die nach wie vor still auf ihrer Bank saß. Jelena wollte sich zum Gehen umdrehen.

„Also dann, Natascha. Ich möchte dich nicht in Schwierigkeiten bringen, ich gehe besser." Natascha griff erneut nach ihrer Hand, die Jelena zögernd nach vorne gestreckt hatte, dann aber doch wieder zurückziehen wollte.

„Jelena, warte, ich ..." Sie blickte fragend hinüber zu Valerie. „Deine?"

„Naja, nicht ganz, ich kümmere mich um sie ... sie ... sucht ihre Eltern ..."

„Mein Gott, ganz die alte Jelena, immer für andere da." Jelena zuckte mit den Schultern, löste sich von Natascha und drehte sich um.

„Warte, Jelena, du ... du hast doch gehört, ich soll das hier erledigen, nicht wahr?" Jelena blickte traurig resigniert über die Schulter zurück. Natascha drehte sich um und holte gezielt einen Schlüssel aus einem der vielen Fächer, so als habe sie ihn seit Jahren dort für diesen Moment bereitgelegt. Lächelnd hielt sie den Schlüssel Jelena entgegen.

Jelena seufzte tief. „Das ... das kann ich nicht annehmen, wenn das bekannt wird, dann ..."

„Jelena, tu es für die Kleine. Bitte. Schau mal, sie zittert ja ... wie heißt sie?"

„Valerie, sie heißt Valerie. Ein ganz tapferes Mädchen."

Natascha schaute sich nochmals um, ihr Vorgesetzter war nicht zu sehen. Dann winkte sie Valerie zu, die in ihre Richtung zu blicken schien, sich aber nicht rührte. „Valerie ... Valerie", flüsterte Natascha angestrengt und winkte ihr freundlich zu. Valarie erhob sich zögernd und schlich in die Richtung, aus der sie ihren Namen

521

hörte. Jelena ging ihr entgegen, nahm ihre Hand und führte sie zum Tresen. „Valerie, das ist eine gute Freundin, sie hat etwas für dich." Suchend streckte Valerie ihre leicht zitternde Hand über den Tresen.

Natascha konnte die unsichere Bewegung nicht gleich deuten und hielt ihr ein Bonbon entgegen. „Nimm es dir, du kannst gerne noch eines haben. Du musst keine Angst haben." Als Valerie keine Anstalten machte, das Bonbon entgegenzunehmen, nahm Jelena es aus Nataschas Hand und gab es ihr.

„Valerie, sie versteht kein Russisch und ... sie kann nicht sehen. Sie ist blind." Natascha hob die Augen und nickte. Dann ergriff sie Jelenas Hand und legte den Schlüssel hinein.

„Schnell, Jelena, für Valerie. Bitte." Sie deutete auf eine Tür, über der das Schild „Notausgang" prangte. Natascha ahnte bereits, dass Jelena nicht den offiziellen Aufzug nehmen würde.

„Dritter Stock, dann links, letzte Tür. Beeilt euch. Ich lass euch noch etwas aufs Zimmer bringen."

„Danke, Natascha ... ach, nur ganz kurz. Wie ... wie geht es den anderen?" Natascha presste die Lippen zusammen. Die Wahrheit war schwer zu ertragen und noch schwerer mitzuteilen.

„Schlecht, Jelena, sehr schlecht. Die meisten sind tot. Gestorben an ... wie soll ich sagen ... sie sind jämmerlich zugrunde gegangen. Dieses Schwein hat sie alle auf dem Gewissen. Wenigstens ist er selber dran verreckt."

„Und ... Olga, ist sie auch ..." Natascha seufzte.

„Olga lebt, aber ... es geht ihr schlecht, Jelena, sehr schlecht. Morgen erzähl ich dir mehr und jetzt beeilt euch."

Jelena eilte die kahlen Stufen der Notausgangstreppe nach oben und öffnete vorsichtig die Tür. Kein Mensch war zu sehen. Dann zog sie Valerie rasch hinter sich her bis zum Ende des Ganges, öffnete die Tür und blieb für einen Moment wie angewurzelt stehen.

„Was ist, Jelena, was ist los? Stimmt etwas nicht?"

Vor ihr öffnete sich eine große Suite. Es war die beste im ganzen Hotel, die Hochzeitssuite. Dann zog sie Valerie hinein und schloss die Tür.

Jelena sah sich um und ging zielstrebig zu den großen Fenstern. Es war schon dunkel und die Autos quälten sich zäh durch die Rushhour. Trotzdem zog sie die schweren Vorhänge zu. Valerie hatte sich auf einem Stuhl an einem kleinen Tisch niedergelassen und strich tastend über die Tischplatte.

„Ist alles in Ordnung, Jelena?"

„Ja, Valerie, alles in Ordnung. Es ist ein sehr schönes Zimmer, ein großes Bett mit Baldachin darüber und schöne Bilder an der Wand."

„Und es riecht gut, sehr gut und sauber. Da ist ein Fernseher, aus dem leise Musik ertönt."

Jelena lächelte. Dann zuckte sie zusammen, als es an der Tür klopfte. Rasch sprang sie zur Tür, schob den Sicherheitsriegel vor und antwortete zögernd.

„Ja bitte?"

„Zimmerservice, ich habe hier etwas für Sie." Es war eine freundliche Stimme. Jelena öffnete und sah einen Ober mit einem Teewagen.

„Darf ich eintreten?" Jelena öffnete die Tür etwas weiter. Der Ober schob seinen mit zahlreichen Leckereien gefüllten Teewagen hinein und begann alles vor Valerie aufzubauen. Dann strich er vorsichtig über ihren Kopf. Die dreckig verschmierten Haare schienen ihn nicht zu stören.

„Guten Appetit, kleine Prinzessin." Damit verschwand er freundlich lächelnd.

Jelena musste Valerie nicht erklären, was auf dem Tisch aufgebaut worden war. Dank ihrer feinen Nase, die darauf trainiert war, Sachen zu riechen, die andere meinen sehen zu können, wusste sie bereits Bescheid und fing an zu essen. Obwohl sie unendlich Hunger haben musste, tat sie dies mit einer zurückhaltenden Eleganz, man könnte auch sagen, ausgefeilten Tischmanieren, über die jede Mutter stolz sein konnte.

Nachdem sie ausgiebig gespeist hatten, setzte sich Valerie zurück und überlegte.

„Du, Jelena, diese Natascha ... ihr kennt euch von früher."

„Oh ja, Valerie, wir kennen uns gut."

„Sie ist ein guter Mensch und sie ist hübsch ... nicht wahr?"

„Da hast du recht, Valerie, und jetzt, bevor du zu Bett gehst, da solltest du dich auch etwas hübsch machen, einverstanden?" Valerie stand auf und ging zielstrebig zum Bad. Jelena wunderte sich oft, wie sie sich zurechtfand, auch ohne sehen zu können und doch sah sie viel mehr als andere. Valerie drehte sich um, als wollte sie Jelena einen Blick zuwerfen. „Kannst du mir im Bad etwas helfen, Jelena?"

„Ja, natürlich, meine kleine Prinzessin." Valerie lächelte.

„Das hat der freundliche Mann vorhin auch schon gesagt."

„Seit wann verstehst du denn Russisch?"

„Es klang halt so."

Als Jelena ins Bad kam, hatte sich Valerie bereits vollständig entkleidet und tastete in der Dusche nach den Wasserhähnen.

„Vorsicht, Valerie. Nicht, dass du dich noch verbrennst. Ich dreh die warme Dusch für dich an." Im Augenwinkel betrachtete Jelena Valeries Körper. Sie war sehr schmal und doch wirkte ihr Körper kräftig, ja zäh, jederzeit bereit, ein unerwartetes Ereignis abzuwehren. Ihre kleinen Brustwarzen standen etwas hervor und kündigten die baldige Pubertät an. Sonst war an ihrem Körper kein Anzeichen davon zu entdecken, dass sie dem Kindesalter bald für immer entfliehen würde.

„Soll ich dir noch helfen mit Shampoo und Seife?"

„Geht schon, danke, bin auch gleich fertig und dann kannst du unter die Dusche springen."

Langsam fing Jelena an, sich ebenfalls zu entkleiden und ertappte sich bei dem Gedanken, dass sie sich vielleicht schämte, sich vor

Valerie auszuziehen. War es der Gegensatz zwischen ihr, als Frau, als ehemalige Prostituierte, und diesem unschuldigen zarten Wesen, das sich glücklich und unbelastet von dem traurigen Schicksal so vieler Frauen gerade an dem warmen Strahl der Dusche erfreute? Natascha ist ein guter Mensch, das waren ihre Worte. Ja, das war Natascha wirklich und irgendwann würde sie Valerie darüber aufklären, was sie und Natascha einst so schicksalhaft verband.

„So, ich bin fertig. Soll ich das Wasser anlassen?" Fröhlich tastete sich Valerie aus der Dusche und Jelena reichte ihr ein großes, flauschiges Handtuch, bevor sie selbst unter die Dusche hüpfte. Als sie wenig später heraus trat und begann sich abzutrocknen, stand Valerie schweigend vor dem Spiegel. Es war, als ob sie in den Spiegel blickte oder eher, als könnte sie durch den Spiegel hindurchschauen. Jelena stellte sich daneben und sah in dieselbe Richtung, sah gedankenversunken ihre beiden nun wieder sauber glänzenden Körper. Valerie hob ihre rechte Hand und strich kaum merkbar an Jelenas Seite entlang. Jelena zuckte zurück.

„Entschuldigung, Jelena, ich wollte dich nicht erschrecken ... aber ..."

„Ist ja nicht schlimm, ich war nur etwas überrascht."

„Weißt du, Jelena, ich habe noch nie jemanden nackt gesehen, nur ... nur mich selbst."

„Noch nie und deine Eltern, ich meine ...?"

„Daniel, nur Daniel, aber das ist schon eine Weile her. Ich wollte wissen, wie er aussieht und als wir zusammen in der Badewanne saßen, naja ... da habe ich ihn gefragt, ob ich ihn ansehen könnte. Er wollte das erst nicht und dann ... dann durfte ich ihn ansehen, mit meinen Händen. Aber dann kam Mama ins Bad und zog mich rasch aus der Badewanne und seitdem ... seitdem baden wir getrennt." Jelena strich Valerie über die noch feuchten Haare.

„Du, Jelena, darf ich ... darf ich dich mal ansehen?" Jelena wollte gerade nein sagen und das Bad rasch verlassen, als sie spürte, wie Valeries Finger sie zart berührten. Es war kaum zu merken, so vorsichtig strich sie über ihre Hüften. Es war weniger ein Berühren, als vielmehr ein sehnsüchtiges Suchen, eine Bitte.

Ihre Finger glitten über Jelenas Bauch, über ihren Rücken, dann wieder nach oben, umrundeten ihre Brüste, ihre Brustwarzen, ihren Hals, dann wieder abwärts über den Bauchnabel und darunter. Plötzlich zuckten ihre Finger zurück.

„Haare?"

„Naja, so ist das halt, wenn man groß wird."

„Haben da alle Menschen Haare?"

„Ich glaube schon." Vorsichtig huschte sie mit ihren Fingern über Jelenas Schamhaare, über ihre Beine, über ihren Po. Dann blieb ihre Hand plötzlich flach auf ihrem Bauch liegen.

„Das ... das fühlt sich anders an."

„Wie meinst du das, Valerie, anders? Wie anders?"

„Ich weiß nicht ... so anders ... so besonders." Konnte Valerie ertasten, dass Jelena schwanger war? Sollte sie es ihr überhaupt sagen? War sie überhaupt aufgeklärt und reichte die Erkundung von Jelenas Körper nicht längst aus? Schon wollte sich Jelena umdrehen, da hielt Valerie sie fest.

„Es ist anders, ein ..."

„Ein Geheimnis, meine kleine Prinzessin."

„Bitte, Jelena, bitte verrate mir dein ... dein Geheimnis." Jelena seufzte. Jetzt gab es kein Zurück mehr.

„Also gut, Valerie. Ich verrate dir etwas, was nur Olli und ich bisher wissen. Okay? Also, da in meinem Bauch, da ist ein Baby."

„Ein Baby?" Valerie ließ ihre Hand diesmal etwas fester über Jelenas Bauch kreisen, als könnte sie das ungeborene Kind ertasten, als könnte sie es sehen.

„Komm, Valerie, es wird kühl und wir sollten etwas Schlaf finden, meinst du nicht auch?"

„Kann ich bei dir schlafen, Jelena?"

„Klar kannst du bei mir schlafen."

„Oje, ich habe meinen Schlafanzug vergessen und jetzt?" Jelena schmunzelte und strich ihr dabei über die fast trockenen Haare.
„Naja, ich auch. Aber nachdem du mich ja schon ausführlich betrachtest hat, ist das auch egal, oder?" Valerie lächelte und hüpfte zielstrebig aus dem Bad und mit einem großen Sprung in das große Himmelbett.
Als Jelena später hinzukam, kuschelte sie sich gleich glücklich an sie heran.
„Du, Jelena, Daniel und ich ... wenn wir mal groß sind ... dann wollen wir heiraten."
„Oh, das wisst ihr schon. Daniel ist ja auch ..." Jelena verstummte. Ihr fiel plötzlich wieder ein, warum sie eigentlich hier waren. Das vertrauensvolle Zusammensein mit Valerie, ihre zärtliche und doch so naive Berührung hatte sie tief bewegt und das Unheil, das um sie schwebte, für einen Moment vergessen lassen. Valerie ließ nicht locker. Offenbar erblühte vor ihr eine neue Welt und in dieser hatte das Unheil keinen Platz.
„Daniel hat mir gesagt, dass er später mal viele Kinder haben will, mindestens acht ... oder vielleicht mehr."
„Na, da hat er ja etwas vor. Und du, Valerie, wenn du ihn heiratest, willst du denn auch so viele Kinder haben?"
„Ja, schon ... nur ..." Es entstand eine kurze Stille. „Sag mal, Jelena, du hast doch ein Baby in deinem Bauch ... und ... naja, dann weißt du doch wie das geht." Jelena fuhr zusammen. Valerie war gerade neun und offenbar nicht aufgeklärt. Machte man das schon in dem Alter?
„Die anderen in der Schule, die wissen das alles und ... der Ludwig hat mir gesagt, er habe da so eine Zeitschrift, da stünde alles genau drin."
„So, hat er das gesagt, der Ludwig?"
„Hat er von seinem Vater geklaut und dann ... naja, dann hat er sie mir gegeben. Aber für mich, Jelena, für mich sind alle Zeitschrif-

ten gleich, verstehst du. Es gibt kleine und große, dicke und glatte, aber die Bilder ... die Bilder sind für mich alle gleich."

„Und dann, wie ging es dann weiter?"

„Ich habe die Zeitschrift meinem Papa gezeigt und der war dann richtig böse ... dabei ... dabei wollte ich doch nur wissen, wie das geht mit dem Kinderkriegen." Valerie schluchzte leise. Offenbar war es ihr sehr ernst mit dieser Frage. Wie sollte sie im Gegensatz zu anderen Kindern auch das erfahren, was viele Eltern als Aufklärung bezeichneten, wobei sie sich doch meist erfolgreich um ein peinliches Gespräch herumdrückten. Andächtig streichelte Valerie über Jelenas Bauch.

„Also gut, Valerie, was willst du wissen?" Valerie drückte Jelenas Hand als Zeichen ihrer Dankbarkeit.

„Weist du, Jelena, Jungs sind irgendwie anders ... ich meine da unten zwischen den Beinen." Jelena wurde klar, dass sie bei Valerie aufgrund ihrer Blindheit ganz von vorne anfangen musste.

„Also, da ist so ein Pippi, so sagte es mir Daniel und damals ... weißt du ... da konnte ich mir das kurz anschauen ... bevor Mama ins Bad kam."

„Also, Valerie, dieses Pippi, das heißt eigentlich Penis und unten an dem Penis, da sind die ..."

„Meinst du die Eier?"

„Na, du weißt ja schon ganz gut Bescheid."

„Naja, die großen Jungs, wenn die sich streiten, weißt du, dann sagen die immer ‚ich trete dir in die Eier' und Daniel hat mir dann erklärt, was das ist."

„Na gut, dann weißt du ja schon mal etwas."

„Und damit macht man dann Kinder, oder wie?" Jelena seufzte.

„Also, wie soll ich dir das erklären. Wenn ein Mann und ein Frau sich sehr gern haben, dann ... dann wollen sie vielleicht auch Kinder."

„Genau, so wie Daniel und ich, nicht wahr?"

„Ja genau. So wie ihr beide, aber erst, wenn ihr groß seid."
„Und dann Jelena, wie machen wir das dann."
„Valerie, ich ... ich kann dir das jetzt nicht erklären."
„Ja aber du weißt doch wie das geht und außerdem ... wenn ich mal groß bin und Daniel will so viele Kinder und ich ... naja, ich weiß dann nicht wie das geht, dann ..." Jelena atmete tief ein und aus, bereit das zu erklären, was das Normalste der Welt war und doch so schwierig zu vermitteln schien. Aber sie wusste, dass sie Valerie etwas schuldig war, insbesondere weil sie blind war und mit einschlägigen Zeitschriften, wie vermutlich dem Pornoblatt von Ludwigs Vater, nicht weiterkommen würde. Dann erzählte sie alles, ließ kein Detail aus, einfach so, frei raus, ohne zu zögern und doch so, dass Valerie verstehen sollte, dass es etwas ganz besonderes war, etwas, dass vielleicht einmal sie und ihren Daniel in einer ganz besonderen, in einer liebevollen Weise verbinden würde.
Als sie geendet hatte, drehte sich Valerie zur Seite und flüsterte: „Danke ... danke Jelena ... du bist ... du bist meine beste Freundin." Dann versank sie in einen tiefen Schlaf. Jelena hingegen überkam plötzlich eine düstere Vorahnung. Würde Valerie ihren Daniel überhaupt wiederfinden? Wenigstens für diesen Moment hatte sie Valerie in eine schöne Welt entführen können, hatte sie glücklich machen können. Das war ein beruhigendes Gefühl.

Institut Jurij Gagarin, Juli 2020

Die Nacht verlief einigermaßen ruhig. Nur wenige Alarmtöne versetzten denjenigen, der gerade an Daniels Bett Wache hielt, in Aufregung. Meistens piepte es, weil eine Infusion durchgelaufen oder der Pulsmesser von Daniels Finger gerutscht war. Hin und wieder zuckten seine Hände. Dabei lächelte er manchmal seltsam, was einerseits Hoffnung aufkeimen ließ, dass er doch irgendwie überleben könnte. Andererseits nährte dieses Lächeln das, was am Ende den Abschied noch schmerzhafter machen würde. Jeder, der es sah, wollte noch einmal teilhaben an Daniels sanftmütigem Wesen und stemmte sich gleichzeitig mit aller Kraft gegen den Gedanken, dass es sich um ein diabolisches Grinsen handelte, um den Sieg des Bösen über das Gute.

Ein grünlicher Streifen am Horizont kündigte den frühen Morgen an. Jule schob gerade Wache an Daniels Bett, konnte aber der Müdigkeit nicht widerstehen und lag mit dem Kopf nach vorne gebeugt an Daniels Seite.

„Aufstehen Jule, wir haben wenig Zeit." Alex rüttelte an ihrer Schulter. Jule brauchte einen Moment, um sich zu orientieren und wurde dabei von Alex halb vom Stuhl gezogen. „Erst zeig ich dir die blauen Kugeln aus Argentinien und dann geht's an die Arbeit. Los, los."

Schlaftrunken schlürfte sie hinter ihm den Gang entlang. Vor lauter Eile hatte er sich keine Schutzkleidung angezogen und rauschte mit Jule im Schlepptau durch die Schleuse. „Sie sind im Keller und oben im vierten Stock ist das Labor, du wirst Augen machen." Alex eilte die Treppe hinab, Jule stolperte ihm hinterher. Im Keller öffnete er eine schwere Eisentür und zog Jule in einen großen Raum. Es roch seltsam frisch und ein blauer Schimmer kroch durch die Ritzen riesiger Kisten, die sich bis zur Decke auftürmten. Alex klappte den Deckel einer vor ihm stehenden Kiste auf. Tausende kleiner Kugeln verströmten ein geheimnisvolles blaues Fluoreszieren. Jule war sofort hellwach. Sie fühlte sich zurückversetzt in eine Zeit, die schon viele Jahre zurücklag und die ihr Leben und das ihrer Freunde so nachhaltig auf den Kopf gestellt hatte.

„Sind sie nicht schön?" Gierig griff Alex in die Kiste und ließ ein paar der Kugeln durch seine feuchten Finger gleiten. Dabei ertönte ein leises Zischen und die berührte Kugel änderte ihre

Farbe, um sich kurz darauf wieder in himmelsgleiches Blau zu verwandeln. „Göttlich, nicht wahr? Der Sonnengott persönlich ... man könnte dran glauben und die Indianer taten es sogar." Wie hypnotisiert griff Alex erneut nach ein paar Kugeln und hielt sie Jule vor die Nase. „Jetzt sind wir die Götter, Jule. Du und ich. Und wir werden die Geschichte neu schreiben ... wir beide werden die Zukunft neu schreiben." Jule schüttelte den Kopf.

„Mit den paar Kugeln wirst du gar nichts neu schreiben. Mit der Energie hier im Raum kannst du ein Haus, vielleicht ein kleines Dorf versorgen, mehr nicht."

„Ich weiß, ich weiß und deshalb .... deshalb brauche ich dich, Jule. Wir beide werden die Welt mit unerschöpflicher Energie versorgen. Keiner wird mehr an Öl, Gas oder Kernenergie denken, keine Stauseen, die alles unter sich begraben, keine Propeller, keine Stromleitungen, keine Sonnenkollektoren, die die Landschaft verschandeln. Nur noch wir mit unseren Kugeln." Diesmal griff er mit beiden Händen in die Kiste und ließ die Kugel durch die Finger gleiten. Seine Augen waren aufgerissen, eine Schweißperle tropfte in die Kiste und hinterließ ein Zischen, wie auf einer heißen Herdplatte.

Jule lehnte sich zurück. „Sag mal, Alex, wieso bist du dir so sicher, dass ich dir weiterhelfen kann oder ob ich dir weiterhelfen will."

Alex drehte sich um. Sein Gesicht strahlte etwas Beängstigendes aus, wie das eines größenwahnsinnigen Diktators, wenn er vor der Menge seiner willenlosen Anhänger steht. Es verdunkelte sich aber schlagartig, weil Jules widerspenstiger Ausdruck so ganz und gar nicht zu seiner Erwartung passte.

„Du wirst mir zu Diensten sein, weil du keine andere Wahl hast. Solange wir hier an den Kugeln arbeiten, so lange stehst du mit deinen Freunden und diesem bedauerlichen Daniel unter meinem Schutz."

„So, so unter deinem Schutz."

„Evgenij ist genauso an den Kugeln interessiert wie ich und ohne mich, das weiß er genau, wird er niemals zum Ziel kommen."
„Und wie sieht das Ziel aus, Alex? Angenommen, ich könnte dir ein Rezept zaubern, wie das mit den blauen Kugeln geht. Dann haust du damit ab und wir sind in den Fängen von Evgenij und seiner dreckigen Bande. Abgesehen davon wird er spätestens dann kurzen Prozess mit dir machen."
„Das lass mal meine Sorge sein. Aber ohne mich ..."
„Daniel stirbt, das weißt du genauso gut wie ich, und mit ihm werden wir alle sterben. Also warum sollte ich am Ende dir oder diesen Verbrechern noch einen Gefallen tun?"
Alex griff sich an die Stirn und seufzte. „Verdammt, Jule, das mit Daniel, das ... das tut mir leid. Glaub mir, ich habe damit nichts zu tun."
„Jetzt ist alles zu spät, Alex. Ich sagte doch gestern schon zu dir: Du sitzt da mit im Boot, dein Kopf ist in der Schlinge und ..."
„Verdammt noch mal, nein, ich will mit diesem Transplantationsgeschäft nichts zu tun haben, verstehst du? Drogen, Prostituierte und all dies, das ... das bin ich nicht. Das ist nicht meine Welt."
„Aber du hast dich da reingeritten. Hast du nicht gestern noch Evgenij deinen Freund genannt? Alex, das sind Kriminelle, Verbrecher! Die benutzen dich, das ist alles und dann beseitigen sie dich, so wie sie auch uns beseitigen werden. Evgenij hält nur so lange die Füße still, bis er hat, was er will. Du störst dann nur."
„Das stimmt nicht, er hat mir versprochen ..."
Jule unterbrach ihn harsch. „Versprochen, er hat dir versprochen. Alex, ein Evgenij verspricht überhaupt nichts. Er schießt auf Kinder, hörst du, auf Kinder! Er reißt seinem eigenen Neffen das Herz aus der Brust und da glaubst du noch, er würde irgendein Versprechen halten?" Jule drehte sich um und ging zum Ausgang.
„Jule warte, komm zurück, ich ... ich möchte dir noch etwas geben."
Jule blieb stehen und kam dann zurück.

„Hier hört uns keiner. Und das ist auch gut so, weil ... weil ich etwas habe, das möchte ich dir geben." Er griff in die Tasche und holte einen Schlüssel hervor.

„Ein Schlüssel? Wozu?"

„Pass auf, Jule. Weiter hinten im Keller befindet sich eine Tiefgarage. Darin steht ein Notarztwagen. Er ist perfekt ausgestattet. Evgenij erzählte mir, dass er damit die Patienten transportieren wolle. Die Organspender zu den Empfängern und umgekehrt, je nach Bedarf." Jule zog fragend die Augenbrauen hoch. „Jule, ich weiß auch, dass Daniel hier im Institut keine Chance hat. Irgendwann wird man das Kunstherz abstellen müssen. Und dann ... naja du weißt. In Moskau gibt es ein großes Krankenhaus und vielleicht ..."

„Du meinst, dass irgendein anderes armes Schwein sein Herz für Daniel opfert."

„Es gibt genügend Unfälle, Motorrad, Krieg und es ist ganz normal, dass da auf legalem Weg ein Organ abfällt. Nur hier im Institut, da kann er lange warten, da kommt nichts. Vermutlich würden sie ihm vorher noch Leber und Nieren klauen."

„Diese Schweine."

„Jule, das läuft seit Jahren so. Evgenij ist da nur ein kleiner Fisch. In China werden Menschen zum Tode verurteilt – nicht, weil sie ein Verbrechen begangen haben und es vielleicht verdient hätten. Nein, Jule, verdienen tun andere. Die werden eingelocht wegen Nichtigkeiten und dann zum Tode verurteilt. Und es wäre in deren Augen ja zu schade, wenn die wertvollen Organe irgendwo verrotten würden, wenn man stattdessen gutes Geld damit machen könnte."

Jule verzog das Gesicht. „Gutes Geld, gutes Geld, Mann, Alex, in was für einer Welt leben wir eigentlich?"

„Und ich will da etwas dran ändern, Jule. Wir beide ..."

Jule brauste dazwischen. „Verdammt Alex, wir beide können da gar nichts ändern. Sicher, im Moment sitzen die Verbrecher auf Gas

und auf Öl und regieren damit die Welt und in Zukunft ... in Zukunft sitzen dieselben Verbrecher auf blauen Kugeln. Meinst du, dass sich da irgendetwas ändern wird?" Alex spitzte den Mund. „Vielleicht schon, du und ich, wir können ..."
„Wir können gar nichts, Alex, und weißt du, warum? Weil Schweine wie Evgenij über Leichen gehen, darum. Das interessiert die nicht die Bohne, ob sie dir oder mir etwas versprochen haben." Alex seufzte und blickte nachdenklich in die Kiste mit den blauen Kugeln. Dann verschloss er sie andächtig.
Jule setzte nach: „Weißt du eigentlich, dass Nadjeschda und Karin gesucht werden, wegen Mord an Ivan Kasparow. Sobald sie mit dem Notarztwagen das Gelände hier verlassen haben, landen sie im Knast, wahrscheinlich für immer. Und was Daniel angeht – du glaubst doch nicht, dass der Bengel, dessen Eltern zwei Lesben sind, und die auch noch den ehrwürdigen Ivan Kasparow abgeknallt haben, oben auf der Transplantationsliste steht? Und wer soll die Transplantation dann auch noch bezahlen? Niemand! Wahrscheinlich machen sie das, was du gerade hier im Institut geschildert hast. Sie weiden den armen Bub weiter aus, für zahlungskräftige Oligarchen oder andere miese Schweine."
Alex atmete tief ein und aus. „Vielleicht hast du Recht, Jule. Du warst schon immer die Schlauere von uns beiden. Aber ... tu mir einen Gefallen." Jule blickte in seine traurigen Augen. „Nimm den Schlüssel ... bitte ..."
„Und dann ... was dann?"
„Solange wir noch keine einzige Kugel selbst hergestellt haben, so lange lässt er euch in Ruhe. Die Sache ist nur, er will bei allem zuschauen. Wir müssen das Spiel mitspielen und vielleicht ... vielleicht gibt es doch noch Hoffnung für Daniel."
„Und du, Alex, was hast du vor?" Alex zuckte die Schultern „Also gut, Alex, lass uns das Spiel spielen. Das Problem ist nur, wenn

wir auf Zeit spielen, dann werden die Chancen für Daniel immer schlechter."

„Wie lange wirst du brauchen?"

Jule runzelte die Stirn. Sie wusste genau, dass sie ein paar Kugeln an einem Tag herstellen konnten, sofern das Labor entsprechend ausgestattet war. „Das hängt vom Labor ab, wenn alles da ist ... dann kann es schnell gehen."

Alex strahlte. Im Grunde war er wie ein Kind und er würde es vermutlich immer bleiben. „Alles da, Jule. Das Labor hier ist noch so, wie du es damals verlassen hast, und die ganzen Geräte aus Freiburg, die gehörten alle Krastchow. Als sie ihn abkassierten, da konnte ich alles hierher umleiten. Mein Gott, Jule, als du damals nach Freiburg kamst, ich dachte ja anfänglich auch, du seist tot. Ich dachte, dich schickt der Himmel. Und dann ..."

„Dann habe ich dich abblitzen lassen."

„Wir wären ein verdammt gutes Team, wir beide. Davon ..." Alex stockte, dann sprach er leise weiter: „ ... davon, Jule ... davon habe ich immer geträumt."

„Heute auch noch, nicht wahr, Alex." Alex nickte und blickte zu Boden. „Also dann, lass uns wenigstens für heute mal so tun als ob." Alex hob den Kopf und blickte Jule in die Augen. „Danke, Jule, danke. ... Und jetzt gehen wir ins Labor." Alex verschloss den Kellerraum und zog Jule den Gang hinab. Dann nahm er den Schlüsselbund, den er ihr zuvor gezeigt hatte und deutete damit auf eine schwere Eisentür. „Das ist der Lastenaufzug. Den bedienst du mit dem kleinen Schlüssel. Er geht direkt vom Keller zur Krankenstation. Und mit diesem ..." Alex hielt ihr einen großen Schlüssel vom selben Bund vor die Nase. „Mit dem kommst du in die Tiefgarage." Er versenkte den Schlüssel in das Sicherheitsschloss und die Tür sprang bereitwillig auf. Es öffnete sich eine Tiefgarage, in der mindestens acht mittelgroße Fahrzeuge hätten Platz finden können. In der Mitte stand der Notarztwagen. „Der dritte Schlüssel hier ist

für die Wagentür und das Zündschloss. Und auf dem Armaturenbrett liegt ein kleiner Handsender. Damit kannst du das Rolltor zur Garage und das Tor am Eingang zum Institut öffnen."
Jule staunte. Alex hatte sich offenbar schon länger auf ihre Flucht vorbereitet. Dankbar blickte sie ihn an. „Alex, wenn das hier alles klappt, dann ... vielleicht können wir doch noch was gemeinsam anstellen ... also, ich meine ..."
„Leise, Jule, ich weiß nicht, ob die das hier überwachen, man weiß nie." Schweigend verließen sie die Tiefgarage und nahmen den Lastenaufzug bis in den vierten Stock. Als sich die Tür des Aufzugs öffnete, war der erste Eindruck überwältigend. Labortische und -geräte vom Feinsten reihten sich aneinander und schienen sehnsüchtig auf jemanden zu warten, der sie bediente.
„Na, Jule, was sagst du nun?"
„Nicht schlecht, ihr zwei Süßen. Was wohl Al dazu sagen würde, wenn er euch beide so herumturteln sähe?"
Jule zuckte zusammen und erkannte sofort Evgenijs krächzende Stimme. Alex ließ rasch den Schlüssel in seiner Tasche verschwinden.
„Wir haben uns nur umgesehen, wie wir die Kugeln abtransportieren können. Irgendwie muss ja das, was wir hier produzieren, zu unseren Kunden gelangen." Alex versuchte sachlich zu bleiben und Evgenijs Anspielung zu überhören. „Evgenij, gut, dass du hier bist. Jule wird uns zeigen, wie man die Kugeln herstellt und dann ... dann haben wir alles, was wir wollen."
Evgenij schnalzte misstrauisch mit der Zunge. „Alex, wenn du mich übers Ohr hauen willst, dann ..."
„Quatsch, ohne deine Hilfe, hätte ich nie so ein Labor. Und wenn wir die ersten Kugeln auf den Markt bringen, ich meine ... wie soll ich das ohne dich, ohne die Firma Gasparow?"
„Wir heißen nicht mehr Gasparow, hab ich dir schon tausend Mal gesagt."

„Sorry, aber mit dem Geschäftlichen hab ich ja sowieso nichts am Hut."

„Genau, Professor, das ist meine Sache. Und jetzt, meine Hübschen, an die Arbeit, sonst ... sonst überlege ich es mir doch noch anders." Mit einem vielsagenden Lächeln drehte er sich um und humpelte davon.

„Na dann, Professor, an die Arbeit", äffte Jule ihn leise nach.

Alex grinste. Wie früher nahm er bereitwillig Jules Anweisungen entgegen und es dauerte nicht lange, bis die ersten Versuche starten konnten.

Gegen ein Uhr setzte sich Jule auf einen der Stühle und überlegte. Sie wusste, wenn sie im selben Tempo weiterarbeitete, dann hätten sie spätestens am nächsten Morgen die ersten selbstgemachten Kugeln in der Hand. Sie musste auf Zeit spielen, bis sich eine Chance ergab, mit den anderen und Daniel zu flüchten. Wenn sie sich jedoch zu viel Zeit nahm, dann hatte Daniel keine Chance, weil Alex nicht mitziehen würde.

„Alex, ich muss mal eine Pause machen und ich würde auch gerne mal nach den anderen schauen und natürlich nach Daniel."

Alex zuckte die Schultern. „In einer halben Stunde geht's weiter." Dann drehte er sich um und komplettierte in seinem Laborbuch die letzten Arbeitsschritte von Jules Aktivitäten. Jule hatte plötzlich ein seltsames Gefühl. Warum hatte er es auf einmal so schrecklich eilig? War er doch schlauer, oder besser gesagt, hintertriebener, als er vorgab? Hatte er ihr nur schmeicheln wollen und wieder nur den einfältigen Alex gespielt? Was war, wenn er sich, sobald er die Arbeitsanweisung in der Hand hatte, auf dem Absatz umdrehen und verschwinden würde? Sicher, das mit dem Notarztwagen war eine Option, wenn auch eine sehr vage, zunächst nur aus dem Institut fliehen zu können, sofern das mit Schlüsseln und den Handsendern klappte. Noch hatte er ihr den Schlüssel nicht ausgehändigt und gleichzeitig schaute er ihr bei jedem ihrer

Schritte so genau über die Schultern, dass er am Ende des Tages sicher in der Lage wäre, die Kugeln tatsächlich selbst herzustellen. Evgenij traute er ebenfalls nicht, das war an seinem Verhalten abzulesen. Aber was genau er im Schilde führte, das war Jule erneut vollkommen unklar.

Nachdenklich nahm sie die Stufen zur Krankenstation eine Etage tiefer. Kaum hatte sie mit Schutzkittel und Schuhüberzieher die Schleuse verlassen, kam ihr Karin aufgeregt entgegengeeilt. Ihre Augen waren weit aufgerissen. Es musste etwas Schlimmes passiert sein, etwas, dass alle Pläne, alle Hoffnungen endgültig zunichtemachen sollte.

Dedovsk, Juli 2020

Die Morgendämmerung kündigte einen neuen Tag an. Aus dicken grauen Wolken regnete es in Strömen. Valerie stand am Fenster und es machte den Anschein, als blickte sie gedankenversunken hinunter auf die Straße. Ihr zarter nackter Körper zitterte leicht, während sie die Hände vor der Brust gefaltet hielt, als würde sie versuchen, das letzte bisschen Wärme einzufangen. Vielleicht tat sie es auch, um zu beten, was sie ja öfter bei ihren Eltern in der Aquariumsgruppe miterlebte. Jelena schlug blinzelnd die Augen auf. Als sie Valerie so stehen sah, sprang sie aus dem Bett, nahm die noch warme Decke und umhüllte das zitternde Kind fürsorglich.

„Du wirst dich erkälten, mein Schatz. Komm noch eine Minute ins Bett und dann sollten wir uns bald anziehen, meinst du nicht auch?" Plötzlich wurde ihr klar, dass die einzigen Kleider, die sie hatten, stinkend und feucht im Bad lagen. Eigentlich hatte sie die Sachen gestern Abend noch durchwaschen wollen, zumindest so gut es ging, wusste aber auch, dass sie über Nacht nicht trocknen würden. Offenbar hatte sie angesichts Valeries Fragestunde ihr Vorhaben erfolgreich verdrängt. Zärtlich streichelte sie über Valeries hellblonde Haare, die nach dem gestrigen Duschen so weich waren wie das Fell einer jungen Katze. Andächtig ließ sie eine Strähne durch ihre Finger gleiten. Es war nur der Hauch eines Gefühls, das an ihren Fingern vorbeirauschte.

„Daniel sagte immer, ich hätte Haare wie Gold. Und dann wollte ich wissen, wie Gold aussieht. Er sagte, es sähe aus wie die Sonne, hell und glänzend. Dann zeigte er mir Mamas goldene Kette. Die war weich und glatt aber ... aber sie war auch kalt ... nicht so wie die Sonne."

„Weißt du Valerie, vieles scheint wie die Sonne, aber in Wirklichkeit ist es dann doch anders. Die Menschen können sehen und sind doch blind. Sie lassen sich oft blenden von Dingen, die aussehen wie die Sonne, wie Gold, und müssen später feststellen, dass sie sich getäuscht hatten. Ein berühmter Schriftsteller hat einmal gesagt, dass man nur mit dem Herzen sehen kann. Das Wichtigste ist für unsere Augen unsichtbar."

„Weißt du Jelena ... Daniel sagt immer, wenn er die Musik sehen will, so wie ich, dann müsse er die Augen zumachen. Er sagt, erst dann könne er die Musik richtig sehen ... Ich frage ihn oft, was er mit seinen Augen sieht, und dann er erzählt mir alles. Aber ... wenn wir Geige spielen, dann ... dann will er immer nur von mir hören, was ich sehe ... Jelena ..."

„Ja, mein Schatz."

„Zusammen mit Daniel kann ich alles sehen, verstehst du?"

„Ich denke schon ... Ihr mögt euch sehr, nicht wahr?"

Valerie nickte leicht. „Geht es ihm gut, ist er ...?"

„Wir werden ihn finden, Valerie, das verspreche ich dir, und dann ... dann wird alles wieder gut." Jelena stockte der Atem, da sie eine Vorahnung hatte, so düster, wie der kaum angebrochene Tag.

Zu ihrer Erleichterung klopfte es plötzlich an der Tür. Sie wusste, dass jedes weitere Wort entweder gelogen war oder Valerie noch mehr beunruhigen würde. Valerie ahnte sicher bereits, dass Daniel und ihre Eltern in Gefahr waren. Sie ließ sich eben nicht blenden, sondern schaute jedem gleich ins Herz, konnte die Emotionen ihres Gegenübers, vielleicht auch derer, die weit entfernt waren, sofort erspüren, wie mit einem siebten Sinn, der anderen längst abhanden gekommen war.

Jelena sprang auf, zog sich den Bademantel über und lehnte sich an die Tür, um durch den Spion zu sehen. Nach dem gestrigen Tag war klar, dass nicht nur sie selbst, sondern besonders auch Valerie von Evgenijs Schergen, oder wer immer hinter allem stand, fieberhaft gesucht wurde. Vor der Tür wartete, so schien es zumindest, ein Hausangesteller. Er hatte ein großes Paket in der Hand. Vorsichtig öffnete sie und spähte durch den Türspalt. Ein freundliches Lächeln blitzte ihr entgegen, sodass sie etwas weiter öffnete.

„Frau Jelena Sukowa, darf ich kurz eintreten? Ich habe etwas für Sie."

Der Hausangestellte trug ein so großes Paket, dass es Jelena schon leid tat, ihn länger als notwendig vor der Tür stehengelassen zu haben. Er trat ein und legte das Paket auf einen der beiden Sessel. Der Tisch war noch mit den Resten ihres gestrigen Abendessens bedeckt.

„Das Frühstück kommt gleich. Eier, Lachs ... besondere Wünsche?"

Jelena zuckte mit den Schultern und griff nach ihrer Tasche, um ein Trinkgeld hervorzukramen, doch der Hausangestellte wehrte ab.

„Bitte, Frau Sukowa, ist nicht nötig. Sie sind eine Freundin von Natascha. Und ... es ist mir eine Freude ... Ich komme später mit dem Frühstück." Dann drehte er sich nochmals lächelnd um und verschwand so schnell, wie er gekommen war. Während Jelena noch gerührt an der Tür stand und nachdachte, tastete Valerie bereits über das Paket und ließ ihre Finger zwischen das sorgsam gefaltete Packpapier gleiten.

„Natascha, sie ist … sie ist ein guter Mensch, nicht wahr, Jelena?"
„Oh ja, das ist sie … sie ist ein sehr guter Mensch." Zusammen öffneten sie das Paket. Es waren Kleider darin, nicht ganz neu, doch sauber und ordentlich gefaltet. Zwei Jeans, zwei Blusen, Unterwäsche und Strümpfe, dazu eine Karte.

Liebe Jelena,
unsere Kleidergröße dürfte ähnlich sein. Nur, was deinen BH anbelangt, nun ja, war ich schon immer neidisch drauf. Hoffentlich passt er trotzdem. Es sind Sachen von mir und meiner Nichte, ich hoffe, das ist in Ordnung.
Ich habe heute frei und vielleicht können wir uns im Café gegenüber dem Hotel treffen. Gegen neun Uhr. Bis später. Komm bitte … es ist wichtig. Natürlich mit Valerie, sie ist ein wunderbares Kind.
Deine Natascha

Valerie wollte unbedingt wissen, was Natascha geschrieben hatte, und ließ sich die Zeilen von Jelena übersetzen.
„Jelena, wieso … wieso ist Natascha neidisch auf deinen BH?"
Jelena lachte. Es war ihr erstes Lachen an diesem Morgen und sie wusste, dass es sonst an diesem Tag nicht viel zu lachen geben würde. Aber gerade deshalb tat es ihr im Moment so gut.
„Wie soll ich dir das erklären? Eigentlich geht es nicht um den BH, sondern … sondern um den Busen, der da drin steckt, verstehst du?"
„Also ist sie neidisch auf deinen Busen?"
„Vielleicht ein bisschen. Weißt du, mit uns Frauen ist das manchmal komisch. Es gibt Frauen mit einem kleinen Busen und solche mit einem großen Busen und … und alle sind irgendwie unzufrieden damit."
„Unzufrieden, wieso?" Valerie strich sich suchend über ihre Brust.
„Naja, die eine Frau hat einen großen Busen und hätte lieber einen

kleineren und die andere hat einen kleinen Busen und hätte lieber einen größeren."

„Was ist denn besser, Jelena, einen kleinen oder einen großen Busen zu haben?"

„Das ist eine gute Frage und ... und so richtig kann ich dir das auch nicht erklären. Im Grunde muss er dir gefallen, dein Busen und ... und vielleicht auch deinem Partner ... oder deiner Partnerin, verstehst du."

„Du meinst, dass Papa nach Mamas Busen schaut und ... Karin nach Nadjeschdas ... und Nadjeschda nach Karins ... und Olli nach ..."

„Genau ... genau so ist das manchmal", unterbrach Jelena Valeries weitere Ausführungen. Wieder tastete Valerie über ihre flache Brust, auf der nur zwei leicht erhabene Brustwarzen ihre bevorstehende Reifung andeuteten. Was ihr im Moment durch den Kopf ging, bedurfte keiner großen Fantasie.

„Komm Valerie, wir sollten uns anziehen. Natascha hat uns Kleider bringen lassen, die bestimmt ganz flott aussehen." Jelena packte die Sachen aus und breitete sie sorgfältig auf den beiden Sesseln aus, einen für sie und einen für Valerie. Dann lächelte sie erneut gerührt.

„Zwei Jeans, zwei Blusen und Unterwäsche, stell dir vor, in der gleichen Farbe, der gleichen Art. Jetzt sind wir im Partnerlook, Valerie, du und ich, wie zwei Geschwister."

„Jelena, ich möchte gerne deine Schwester sein ... ich möchte so sein wie du."

Jelena umarmte Valerie traurig. Sie dachte an ihre eigene Familie, an ihre Geschwister, die sie schon lange nicht mehr als ihre Schwester ansahen.

„Warum weinst du, Jelena?" Vorsichtig wischte ihr Valerie die Tränen von der Wange. „Wir finden sie wieder, nicht wahr? Papa, Mama, Karin, Nadjeschda und ..."

„Und Daniel, das ... das verspreche ich dir Valerie, wir finden sie wieder und dann ... dann fahren wir nach Hause."
„Zu Olli und Lorenz."
„Genau, zu Olli und Lorenz." Sie hielten sich noch eine Weile fest, dann zogen sie ihre Kleider an. Sie sahen sich nun wirklich etwas ähnlich, wie Geschwister unterschiedlichen Alters. Kurze Zeit später kam das Frühstück. Es war wieder reichlich eingedeckt mit Eiern, verschiedenen Wurstsorten, Käse, Lachs und warm duftendem Toastbrot. Jelena beschlich die Sorge, dass die Übernachtung und das Essen ihre Finanzen bei Weitem übersteigen würden. Zum Glück hatte sie eine Kreditkarte dabei, die allerdings hin und wieder nicht akzeptiert wurde, warum auch immer. Im Moment genoss sie jedoch den Anblick ihrer neu gewonnenen kleinen Schwester, die einen glücklichen und sorglosen Gesichtsausdruck hatte.
Nach dem Essen packten sie ihre Sachen. Natascha hatte auch eine Handtasche beigelegt. Allerdings standen ihre Kleider von gestern derart vor Dreck, dass sie vorzogen, diese im Mülleimer zu entsorgen. Natascha hat wirklich ein gutes Augenmaß, selbst, was den BH betrifft, dachte Jelena schmunzelnd. Dann gingen sie zur Rezeption.
„Ich würde gerne zahlen ... Ich hoffe, Sie nehmen die EC-Karte."
Eine etwas zu stark geschminkte Person prüfte kritisch die von ihrem Computer angezeigte Seite.
„Hatten Sie etwas aus der Minibar?"
„Aus der Minibar? Nein, aus der Minibar haben wir nichts genommen."
„Gut, dann macht das ... einen kleinen Moment ... dann ist so weit alles bezahlt. Wollen Sie einen Beleg?"
Im nächsten Moment kam der unfreundliche Mann von gestern hervor. Jelena lief es kalt über den Rücken. Möglicherweise hatte Natascha etwas eigenmächtig so gedreht, dass die Rechnung auf

Null stand und nun gab es wirklich Ärger. Zu ihrer Überraschung hellte sich das Gesicht des Mannes auf und er blickte verlegen zu Valerie.

„Ein hübsches Kind. Sieht Ihnen sehr ähnlich. Passen Sie gut auf sie auf, Frau Sukowa und ... und beehren sie uns mal wieder." Dann drehte er sich um und verschwand durch die Tür hinter der Rezeption.

Die Dame vor ihr lächelte vielsagend und zog dabei die Augenbrauen hoch. „Machen Sie es gut, Jelena, und wenn Sie oder Valerie etwas benötigen, dann ... dann lassen Sie es mich bitte wissen."

„Danke, ich danke Ihnen ... aber ich weiß nicht, wie ... wie kommt das alles?"

Die beiden Frauen sahen sich an. Obwohl Jelena noch viele Fragen hatte, nahm sie das Geschenk dankend an. Dann ergriff sie Valeries Hand, klemmte die Tasche unter den Arm, nickte der Person hinter dem Tresen ein letztes Mal zu und verließ das Hotel. Erschrocken tastete sie in ihrer Handtasche ihr Handy, sowie das von Valerie. Die hatte sie fast vergessen. „Oh je, Valerie, wir hätten unsere Handys laden sollen, jetzt können wir nur hoffen, dass noch genug Saft drin ist."

„Keine Sorge, Jelena, während du gestern Abend und heute Morgen auf der Toilette warst, habe ich das erledigt. Zum Glück benötigen wir dasselbe Ladegerät. Hatte es in meiner Tasche."

„Schlaues Mädchen ... Mensch, Valerie, was sollte ich ohne dich machen?" Jelena blickte nach rechts und links, dann über die Straße und sah durch die große Scheibe des Cafés an der Ecke Natascha. Mit Valerie an der Hand überquerte sie die Straße und tat so, als sei sie unsicher, wohin sie als nächstes gehen sollte. Irgendeine verdächtige Person war nicht zu sehen. Dann betraten sie das Café und setzten sich wie zufällig, weil noch zwei Plätze frei waren, an den kleinen Tisch zu Natascha. Scheinbar gelangweilt blickte sich Jelena nach allen Seiten um.

„Kam das alles von dir, Natascha? Also, ich meine nicht nur die Kleider?"
Natascha nickte, ohne das Gesicht zu verziehen. Möglicherweise war sie selbst noch unsicher, ob sie nicht beobachtet wurden.
„Das würdest du auch für mich tun ... und mehr, stimmt's?", erwiderte Natascha lächelnd.
Für einen Moment schwiegen sie gedankenversunken.
„Sag mal, Natascha, das Institut Jurij Gagarin ..."
„Pst, keine Namen, man weiß nie."
„Also, das ... das Institut ... ich dachte, es wäre damals aufgelöst worden."
„Dachte ich auch erst, aber ... irgendetwas läuft da ... streng geheim ... irgendeine große Scheiße." Jelena kramte in ihrer Tasche und holte ihre Tabletten hervor. Natascha erschrak.
„Wie du auch ... diese Schweine ... ich hab nochmal Glück gehabt."
„Es geht mir gut, ich habe sogar ... also, ich habe einen Sohn."
„Wie, du hast ... geht das ... ich meine, wie ... wie heißt er denn?"
„Lorenz, er heißt Lorenz und ist gerade acht Jahre alt geworden."
Als der Name Lorenz fiel, machte sich Valerie bemerkbar, die bis dahin stumm daneben gesessen und geduldig zugehört hatte.
„Und Olli ist sein Papa ..."
Natascha riss die Augen auf. Ungeachtet der bisherigen Vorsicht nahm sie Jelenas Hände und drückte sie mitfühlend. „Olli ... und ... alles klar mit euch beiden?"
„Olli hat nichts und er ist der Beste, den du dir vorstellen kannst."
„Weiß er ..."
„Du, er weiß alles, er ... er hat auch keine so leichte Vergangenheit. Ist eine lange Geschichte, erzähl ich dir später. Aber jetzt erst mal, warum ich hier bin."
„Verdammt mutig von dir. Du wirst gesucht. Weißt du das nicht mehr? Diese russischen Sturköpfe vergessen das nicht. Allen vo-

ran Evgenij Kasparow und sein Klan und natürlich diese Mafia vom Institut."

„Meine Freunde sitzen vermutlich genau dort fest. Ich hatte dir doch mal geschrieben, aber offenbar hast du meinen Brief nie bekommen. Kannst du dich noch an Jule erinnern? Die hatten sie damals eingelocht, weil sie irgendeine tolle Entdeckung gemacht hatte und natürlich ihr Freund, Albert Steinhoff oder einfach nur Al. Mein Gott, als der damals hier auftauchte, da hat ihn Evgenij fast fertiggemacht. Sei eine alte Rechnung gewesen, hatte gar nichts mit Al zu tun. Und dann hätte ich mich fast noch verguckt in Al. Ein richtig netter Bursche. Kannst du dich noch erinnern, das war damals der, der sich verkleidet hatte und sich als Jelena ins Institut gemogelt hat."

„Au verdammt, der ist das. Kann mich gut erinnern, wäre fast schief gelaufen, wenn nicht Olga ..." Natascha zuckte zusammen. „Du, Jelena, ich war gestern nochmal bei ihr. Es geht ihr wirklich schlecht. Wirst sie kaum wiedererkennen. Und dann konnte ich es nicht für mich behalten und ich habe ihr von dir erzählt und dass du hier bist. Mein Gott, der Ärmsten standen gleich die Tränen in den Augen und sie hat nur noch deinen Namen geflüstert."

„Wohnt sie noch in ihrer Wohnung?"

Natascha nickte stumm. „Sie würde sich freuen. Ich glaube ..." Natascha schluckte ergriffen. „Ich glaube, es wäre ihre größte Freude, bevor ..."

„So schlimm?" Natascha nickte erneut stumm. Dann schwiegen beide und hielten weiter ihre Hände.

„Natascha, ich muss in das Institut. Neben Al sind da auch noch Karin, das ist seine Schwester, und ... und ihre ... wie soll ich sagen ... ihre Frau, Nadjeschda."

„Jelena, du bist verrückt, das geht auf keinen Fall, die bringen dich um. Die warten nur auf dich. Das ist ... das ist Selbstmord, Jelena."

„Verdammt, ich kann die da nicht sitzen lassen und ... da ist noch jemand."

„Daniel ... da ist Daniel. Wir wollen ihn wieder mitnehmen, nach Deutschland." Valerie hatte offenbar von ihrer Unterhaltung mehr verstanden als anzunehmen war und alles wie ein trockener Schwamm aufgesaugt. Natascha drehte sich zu Valerie und strich ihr über die Haare.

„Valerie ist die Tochter von Al und Jule. Und Daniel, er gehört zu Nadjeschda und Karin."

„Zu Nadjeschda und Karin, wie ..."

„Eigentlich zu Nadjeschda, zumindest genetisch, und einer der Kasparow Brüder ist ..." Jelena schluckte. „Du weißt, was ich meine." Sie wusste nicht, ob Valerie dies bekannt war. Da Valerie bisher unerwartet viel ihrer russischen Unterhaltung verstanden hatte, biss sie sich zögernd auf die Unterlippe. Natascha hatte verstanden und nickte.

„Verstehe, und nun will dieser Kasparow ..." Jetzt nickte Jelena und zog seufzend die Augenbrauen hoch.

„Und das ist der Grund, warum die halbe Familie dort gefangen gehalten wird?"

„Nein, nicht ganz. Ich fürchte, das hat noch weitere Gründe. Vermutlich sind sie wieder interessiert an Jule. Sie weiß etwas, was die gerne wissen wollen."

„Und der kleine Daniel gehört gleich dazu, oder wie?"

„Ja, so ähnlich. Ich fürchte nur, im Prinzip hat sich da nichts geändert. Du weißt ja, wie das ist mit dem Institut, wer einmal reinkommt, der ... der kommt so schnell nicht wieder raus."

„Scheiße", flüsterte Natascha.

„Jelena, du musst zu ..." Jelena unterbrach Nataschas Vorschlag, weil sie bereits wusste, was sie sagen wollte.

„Auf keinen Fall, Natascha, niemals."

„Du musst, Jelena, du musst dich mit ihm versöhnen. Er ist immer noch sehr einflussreich und kann dir vielleicht helfen ... außerdem ist er sehr einsam." Vor Jelenas innerem Auge zog das ganze Drama vorüber, wie sie damals aus der Familie ausgestoßen worden war. „Natascha, ich ... ich kann nicht. Du weißt nicht, was sie mir angetan haben ... es ... es war schrecklich. Und jetzt zu Kreuze kriechen? Niemals."

„Jelena, hör mich an, es ist deine einzige Chance. Wenn er nicht dort reinkommt, dann wird es niemand schaffen, verstehst du?" Jelena stöhnte und blickte zur Tür. Mit diesem Vorschlag hatte sie nicht gerechnet. Allerdings hatte sie bislang auch nicht die geringste Idee, wie sie selbst ins Institut gelangen, geschweige denn, wie sie ihre Freunde befreien konnte.

„Wohnt er immer noch im selben Haus?"

„Im selben Haus, du musst nur einmal klingeln und wenn ..."

„Wenn er nichts von mir wissen will, dann ..."

„Dann ist es halt so. Aber ich bin mir sicher, er würde alles tun, um dich wiederzusehen. Glaub mir."

„Verdammt, ich ... ich schaff das nicht."

„Du schaffst das. Tu es für dich und für deine Freunde ... tu es für ... für Valerie."

„Für Valerie?"

„Hast du nicht gesehen, wie sie ... wie soll ich sagen ... ihr Gesicht war so anders, so hell, als der Name Daniel fiel." Jelena nickte. Sie wusste, wenn sie nicht alles versuchte, was die beiden wieder zusammenbringen konnte, es würde Valeries Herz brechen und nicht nur ihres.

„Na gut, mehr als wieder wegschicken kann er mich nicht und ... und an seine ehemaligen Genossen wird er mich schon nicht verraten. Aber ... ganz sicher bin ich mir nicht."

„Unsinn, Jelena, er ist ein alter, gebrochener Mann. Du kannst ihm helfen und er kann dir helfen, da bin ich mir sicher."

„Aber erst gehe ich zu Olga, das muss sein."

Nachdem sie gemeinsam einen Kaffee und Valerie eine heiße Schokolade getrunken hatten, standen sie auf und umarmten sich.

„Mein Gott, Natascha, bin ich froh, dich hier getroffen zu haben und … und nochmals danke für alles. Wenn das hier vorbei ist, dann …" Natascha winkte ab.

„Die alte Jelena denkt schon wieder zwei Takte weiter. Übrigens, wenn du noch Hilfe brauchst, du weißt, wo du mich findest. Du kannst dich auf mich verlassen. Wenn es eine kleine Chance gibt, den ganzen Scheißhaufen auffliegen zu lassen, ich bin dabei, das lasse ich mir nicht zweimal sagen, das bin ich Olga und allen anderen schuldig … verdammter Mist." Natascha ließ ihren Tränen freien Lauf und drückte sich fest an Jelena.

„Geh jetzt, Jelena, bevor uns noch einer sieht und denkt, wir wären … diese Idioten mit ihrer Scheißmoral."

„Wir sehen uns wieder, Natascha, wir sehen und bald."

Natascha beugte sich zu Valerie und küsste sie auf den Scheitel.

„Pass mir auf Jelena auf, hast du gehört, meine kleine Valerie … pass gut auf sie auf." Valerie nickte, als habe sie jedes Wort verstanden, vermutlich hatte sie dies sogar. Dann gingen sie die Straße hinab in Richtung Olgas Wohnung. Jelena blickte sich nicht um. Sie wusste, dass sie sich sehr bald wiedersehen würden.

Die Wohnung, in der Olga wohnte, lag in einer einfachen, aber ruhigen Seitenstraße im fünften Stock eines heruntergekommenen Altbaus. Nach dem ersten Klingeln dauerte es eine ganze Weile, bis eine leise Stimme durch den krächzenden Lautsprecher zu vernehmen war.

„Ja?"

„Jelena." Ohne weiteren Kommentar summte der Türöffner und ließ die Tür einen kleinen Spalt aufspringen. Das Treppenhaus war düster und hatte seit mindestens fünfzig Jahren keine frische Farbe mehr gesehen. Die Stufen waren jedoch sauber, scheinbar bemühten sich die Anwohner, dem Ganzen ein einigermaßen adrettes Äußeres zu verleihen.

Jelena und Valerie stiegen Etage für Etage nach oben, wobei Jelena mehr und mehr der Gedanke quälte, welches Bild sich ihr bieten und ob sie Olga überhaupt wiedererkennen würde. Nataschas Äußerungen nach musste es ein schrecklicher Anblick sein. Als sie endlich oben waren und vorsichtig die angelehnte Tür öffneten, überstieg das, was sie sahen, ihre schlimmsten Erwartungen. Ein vergilbtes Nachthemd flatterte um eine abgemagerte Person, die mit ihren eingefallenen Augen und dem wirren Haar kaum noch als die dralle und lebensfrohe Olga wiederzuerkennen war. Sie zitterte am ganzen Leib. Offenbar war der Gang zum Eingang das Äußerste, was ihrem geschwächten Körper noch abzuverlangen war. Jelena ging ihr entgegen und umarmte sie herzlich. Das, was von Olga übrig geblieben war, entsprach tatsächlich nur noch Haut und Knochen.

„Olga, mein Gott, Olga, wie ...wie geht es dir?"

„Nicht gut, nicht gut", hauchte sie schwer atmend. Valerie hielt sich dicht an Jelena und strich Olga über die abgemagerten Hüften. Olga blickte mit zitterndem Kopf zu ihr.

„Deine?"

„Nein, Olga, eine lange Geschichte. Weißt du noch, damals, als einer anstatt meiner ..." Was Jelena nicht wusste, war, dass sich Olga damals mutig zwischen Al und den ihn bedrängenden Wärter geworfen hatte. Und das hatte sie anschließend bitter bereuen müssen. Vielleicht war es auch der Grund, warum sie nun an AIDS erkrankt war. Aber sie ließ sich nichts anmerken.

„Stimmt, das war eine verrückte Sache. Al als Jelena. Sah dir verdammt ähnlich ... Seine Tochter?" Jelena nickte. „Aber ... wir müssen hier nicht rumstehen, komm doch rein." Olga wackelte zurück in ihr Wohnzimmer und ließ sich ermattet auf ihrem Bett nieder.

„Ich würde dir und ... wie heißt du, mein Kind?"

„Valerie, ich heiße Valerie und du bist Olga?" Olga nickte. Dann blickte sie verwirrt zu Jelena.

„Sie wurde blind geboren, aber ... manchmal denke ich, sie sieht mehr als wir. Zumindest scheint sie alles zu verstehen."

„Jelena, ich bin so froh, dass du lebst. Seit Jahren dachte ich ... wir dachten alle, du wärst tot."

„Wie du siehst, so schnell geht das nicht."

„Leider geht es manchmal sehr schnell. Die anderen, sie sind alle tot. Nur du und Natascha nicht. Alle anderen wurden angesteckt und sind an AIDS krepiert und ich ... ich bin die Letzte und hänge gerade noch am Leben. Aber bald ... bald ist es auch bei mir so weit."

„Erzähl keinen Unsinn, Olga. Du brauchst Medikamente und dann ... sieh mich an." Olga riss die Augen auf, was ihr gespenstisches Antlitz grotesk verstärkte.

„Verdammt ... du auch ... dieses Schwein. Aber wenigstens geht es dir gut, das ... das macht mich richtig glücklich."

„Warum bekommst du keine Medikamente, Olga?"

Ein sarkastisches Lächeln huschte über ihr Gesicht und offenbarte zahlreiche Zahnlücken. „Jelena, wir sind doch der Abschaum, hast du das vergessen? Wir wurden benutzt für ihre dreckigen Spielchen abseits ihrer heiligen Moral. Und wenn das Spiel aus ist, dann ist es eben aus. So einfach ist das."

„Mein Gott, Olga, ich hol dich hier raus, dann bekommst du Medikamente."

Olga legte ihre knochige Hand um Jelenas Unterarm und flüsterte: „Jelena, ich ... ich geh nicht weg ... ich möchte hier bleiben ... ich möchte zu den anderen, verstehst du? Alle sind vor mir gegangen. Nur du und Natascha nicht. Ihr müsst weiterleben und den verdammten Wixern das Handwerk legen. Hast du gehört?" Sie krallte sich in Jelenas Unterarm und Jelena spürte, wie ernst sie es meinte. „Was mich angeht, Jelena, ich freue mich, bald wieder mit

den anderen zusammen zu sein ... Ich weiß, dass sie auf mich warten." Ihr Blick wanderte zum Fenster und ein friedlicher Schimmer erschien in ihren Augen. Dann blickte sie wieder zu Jelena. „Jelena, dein kleines Kreuz, hast du das noch?" Jelena umfasste ihr kleines Kreuz und wollte es abnehmen, um es Olga zu geben. „Nein, nicht doch, du musst es behalten. Früher fand ich das unsinnig, das mit deinem Kreuz, aber du hattest recht, Jelena, du hattest so recht. Es hat dir geholfen, es hat dich beschützt. Mir kann keiner mehr helfen. Aber ... meinst du, es ist schon zu spät?"
„Es ist niemals zu spät, Olga, niemals."
„Würdest du für mich beten, Jelena? Ich glaube, du bist ... du bist die Einzige, die für mich beten wird." Jelena ließ ihren Kopf schluchzend auf Olgas knochigen Brustkorb sinken. „Nicht weinen, Jelena, bitte nicht weinen." Doch Jelena konnte die Tränen nicht zurückhalten. Sie tropften auf Olgas vergilbtes Nachthemd, während Olgas zitternde Hände über Jelenas Kopf strichen. Es dauerte eine ganze Weile bis Jelenas Schluchzen verebbte und sie sich vorsichtig erhob. Olga lächelte ihr aufmunternd zu.
„Du musste jetzt gehen, Jelena. Du musst es ihnen zeigen, so wie immer. Die starke Jelena."
„Ich werde für dich beten, Olga, und dann ... dann werde ich wiederkommen, das verspreche ich dir." Olga schüttelte den Kopf.
„Danke ... danke Jelena, dass du gekommen bist. Jetzt kann ich wieder schlafen, jetzt kann ich ruhig schlafen, weil ich weiß, dass du da bist."
Jelena küsste Olga auf die Stirn. Dann drehte sich Olga zum Fenster und ließ nur noch ein tiefes Seufzen vernehmen. Jelena wandte sich zu Valerie, die während der ganzen Zeit still auf einem Stuhl gesessen hatte.
„Komm, Valerie, wir gehen. Wir ... wir haben noch viel zu tun."
Wieder auf der Straße holte Jelena tief Luft, als wäre es der erste richtige Atemzug seit langem. Es war eine Mischung aus Mit-

leid für Olga einerseits und der feste Wille, das Versprechen, das sie Olga gegeben hatte, mit all der ihr zur Verfügung stehenden Kraft einzulösen.

An der nächsten Straßenecke nahmen sie ein Taxi. Die Adresse, die Jelena dem Taxifahrer mitteilte, war schon lange nicht mehr über ihre Lippen gekommen, und doch waren die Worte immer noch so vertraut wie eh und je. Eine halbe Stunde später hielt das Taxi vor einer gründerzeitlichen Villa. Viel hatte sich nicht verändert. Einige Bäume waren größer geworden, ein anderer fehlte und hinterließ einen grauen Baumstumpf. Darauf stand ein steinerner Topf, aus dessen Mitte ein satt grüner Agapanthus seine vollen Blütenstände zum Himmel emporreckte. Noch konnte sie umdrehen und die Vergangenheit dort belassen, wo sie bisher war, unter dem Deckmantel des Vergessens. Aber sie wusste, dass sie die Vergangenheit niemals ganz vergessen konnte und dass sie von ihr irgendwann wieder eingeholt würde. Vielleicht war das jetzt dieser Moment, vor dem sie sich lange gefürchtet hatte und den sie doch herbeigesehnt hatte. Valerie bemerkte ihre Unsicherheit.

„Jelena, wen ... wen besuchen wir jetzt? Ist das der Mann, von dem Natascha gesprochen hat? Ist das der, der uns helfen kann, Daniel und die anderen wiederzufinden?"

„Vielleicht, Valerie, vielleicht. Auf jeden Fall ist es ein einsamer alter Mann und ... und ob er uns helfen kann? Ich weiß es nicht."

„Kennst du den alten Mann von früher, Jelena?"

„Oh ja, mein Schatz, ich kenne ihn ganz gut, diesen alten einsamen Mann. Aber ob er ... ob er mich noch erkennen wird ... da bin ich mir nicht sicher."

Zögernd drückte Jelena einen glänzenden messingfarbenen Klingelknopf, vielleicht war er auch vergoldet. Der Klingelton kam ihr sofort bekannt vor und am liebsten wäre sie spätestens jetzt davongelaufen. Es passierte lange nichts. Jelena wollte es schon als einen Wink des Schicksals ansehen, dass keiner zu Hause wäre, als plötzlich eine ältere Dame in der Tür erschien.

„Sie wünschen?" Die ältere Dame zog die Stirn in Falten, als habe sie plötzlich jemanden vor sich, den sie seit Jahren nicht mehr gesehen und doch wiedererkannt hatte. Jelena schwieg. Auch sie erkannte die damalige Haushälterin wieder. Sie war am Schluss die Einzige gewesen, die noch zu ihr gehalten hatte, bis es zum Eklat kam und Jelena das Elternhaus verließ oder besser gesagt, bis sie vor die Tür gesetzt wurde. Sie und ihre Geschwister nannten die Haushälterin Nanni. Und doch hätten sie lieber Mami zu ihr gesagt, da sie sie alle liebten und sie immer für alle ein offenes Ohr hatte. Plötzlich erhellte sich der Blick der alten Dame und sie wollte etwas sagen, wollte vielleicht Jelena in die Arme schließen. Doch dann besann sie sich. Ihre Stimme klang gebrochen.

„Einen Moment ... ich ... ich sage Bescheid." Sie verschwand in der Dunkelheit des Hauseingangs.

Institut Jurij Gagarin, Juli 2020, nachmittags

„Daniel, er ..." Karin fiel Jule in die Arme und schluchzte.

„Was ist mit Daniel, Karin, was ist los, ist er ..."

„Es geht ihm schlecht, er ... er hat gekrampft, der ganze Körper hat gekrampft. Mein Gott, es war schrecklich ... ich glaube es ... es geht nicht mehr lange gut." Jule löste sich aus Karins Armen und rannte zurück zu Daniels Zimmer. Alle standen um ihn herum, bis auf Nadjeschda, die vor seinem Bett kniete und seine Hand an ihre Wange presste. Jule drückte sich an Als Seite und flüstere ihm ins Ohr: „Al, was ist los, was ist passiert? Was ist mit Daniel?" Lautlos zog er sie zur Seite und aus dem Zimmer.

„Es war so gegen sieben Uhr, kurz nachdem dich Alex aus dem Zimmer gezogen hatte. Ich hörte einen lauten Schrei und bin sofort losgerannt. Oh Gott, ich habe so etwas noch nie gesehen. Daniel er ... er zuckte. Sein ganzer Körper bäumte sich auf, er riss die Augen auf, die sich nach allen Seiten drehten. Dann krampfte er so heftig, dass wir ihn mit aller Kraft festhalten mussten, damit er sich nicht alle Schläuche und Leitungen aus seinem Körper riss. Wir hatten Angst um die Stromleitung zu seinem ... naja, zu seinem Kunstherz. Wenn er die rausgerissen hätte dann ..." Al stockte der Atem. „Ich habe ihm gleich Valium gespritzt und dann ... dann hat er sich beruhigt. Aber es ging noch weiter. Vielleicht war die Dosis zu hoch, weil er kaum noch atmete. Mein Gott, Jule, ich dachte für einen Moment, ich ... ich hätte ihn umgebracht. Aber was sollte ich machen? Er hörte nicht auf zu krampfen ... es ... es war schrecklich." Al ließ seinen Kopf auf Jules Schulter sinken. „Jule, ich schaff das nicht. Wenn das so weitergeht, dann ... ich weiß auch nicht. Ich glaube, wir können nur noch beten ... beten, dass es schnell zu Ende geht ... verdammt, ich fühl mich so hilflos ... wir ... können nur noch beten, dass ein Wunder passiert." Jule streichelte ihm durch die aufgewühlten Haare.

„Wie geht es ihm jetzt? Ich meine ... atmet er wieder, hat er sich beruhigt?" Al nickte.

„Er hat Fieber. Ich glaube, das war so eine Art Fieberkrampf ... ich weiß nicht. Ich habe ihm ein Antibiotikum angehängt."

„Ist denn hier kein Arzt, niemand, der nach ihm schauen könnte?" Al schüttelte den Kopf.

„Sie lassen ihn einfach sterben, Jule, einfach so. Noch nicht mal mehr die Krankenschwester kommt zu ihm. Wenn wir nicht alles machen, dann ... dann würde nur noch diese verdammte Maschine pumpen und Daniel ... er wäre längst eingeschlafen ... vielleicht ... vielleicht ist er ja bereits tot ... ich weiß es nicht." Er löste sich von Jule und wollte zurück zu Daniels Zimmer, doch sie hielt ihn fest. In der Hand hielt sie den Schlüsselbund, den ihr Alex im letzten Moment noch zugesteckt hatte.

„Was ist das, Jule?"
„Sie haben im Keller einen Notarztwagen und das ist der Schlüssel dazu." Al zog die Augenbrauen hoch.
„Woher ... ich meine, wer hat ihn dir gegeben?"
„Alex." Al lachte hämisch.
„Ah ... Alex ... quält ihn das schlechte Gewissen, jetzt nachdem sowieso alles zu spät ist? Und überhaupt, was sollen wir mit einem Notarztwagen?"
„Al, überleg mal, wenn Daniel noch eine winzige Chance hat, dann sicherlich nicht hier in diesem verdammten Institut. Alex erzählte mir von einem großen Krankenhaus in Moskau. Die wären spezialisiert auf Transplantationen."
„Jule, so einfach ist das nicht. Da nutzt einem das beste Krankenhaus nichts. Weißt du, wie lange es in Deutschland dauert, bis jemand ein neues Herz bekommt? Das kann Monate, vielleicht Jahre dauern und so viel Zeit haben wir nicht."
„Ich glaube, Al, es liegt nicht in unserer Macht zu entscheiden, wie viel Zeit wir noch haben." Al lächelte Jule zärtlich an.
„Mein Gott, Jule, wie ähnlich wir doch geworden sind. Weißt du noch, wie wir uns damals die Köpfe heiß diskutiert haben? Und jetzt erzählst du mir etwas von Schicksal, von Hoffnung, von ..."
„Von Glaube ... ja, Al. Es liegt noch nicht so lange zurück, da saß ich hier in diesen verdammten Mauern. Es kommt mir vor wie gestern. Und damals, da war das, was du mir früher erzählt hast, unsere Aquariumsgruppe, das Einzige, was mich am Leben gehalten hat. Damals haben sie mir gesagt, du wärest tot. Sie haben mir Bilder gezeigt von deinem vollkommen zerstörten Auto, von ... von einer verkohlten Leiche. Sie haben mir weismachen wollen, das wärst du, und dann ... dann habe ich gebetet, dass es nicht so ist, und ich habe die Hoffnung nicht aufgegeben. Wir sollten auch jetzt die Hoffnung nicht aufgeben, auch wenn es verdammt schlecht um Daniel steht. Aber noch ist er nicht tot und wir soll-

ten kämpfen, für ihn, für Nadjeschda, für Karin ... für Valerie." Eine Weile standen sie zusammen und spürten ihre vor Angst bebenden Körper, ihre schweren Gedanken, ihre Seele, versuchten alles zu vereinigen, miteinander wieder Kraft zu schöpfen, für das, was so offenbar unüberwindlich vor ihnen stand.

„Wo, sagtest du, Jule, steht der Notarztwagen?"

„In der Tiefgarage."

Al nahm ihr den Schlüssel aus der Hand. „Vielleicht sollte ich den Wagen fahren."

Der Tag verging ruhig, ohne dass Daniel nochmals krampfte. Auch von Alex und Evgenij war nichts zu sehen. Wladimirs Männer patrouillierten über den Hof und ließen keinen Zweifel aufkommen, dass an eine Flucht nicht zu denken war.

„Das Fieber ist etwas gesunken." Nadjeschdas Miene hellte sich leicht auf. „Danke, Al, das hast du gut gemacht." Al seufzte und dachte an das Gespräch mit Jule.

Die Nacht verlief ebenfalls überraschend ruhig. Daniel lag regelmäßig atmend auf seinem großen Bett und man hätte meinen können, dass er jeden Moment aufwache, als wäre nichts geschehen.

Am nächsten Morgen, platzte Alex in Jules und Als Zimmer.

„Aufstehen, Jule. Die Kugeln ... das dauert mir alles zu lang." Aus welchem Grunde auch immer trieb er zur Eile, konnte es plötzlich nicht erwarten, die ersten künstlich hergestellten blauen Kugeln in der Hand zu halten. Kaum hatten sie die ersten Vorbereitungen im Labor getroffen, machte sich Jule an die Arbeit. Gefühlte tausend Mal hatte sie früher die einzelnen Schritte durchgespielt, so dass es ihr nicht schwer fiel, sich an sie zu erinnern. Akribisch schrieb Alex jeden Handgriff, jede Einstellung der Laborgeräte, Druck, Temperatur, Reaktionszeiten und vieles mehr in sein Laborbuch. Mit äußerster Konzentration löcherte er Jule zu jeder Kleinigkeit. Es war unverkennbar, dass er davon ausging, den gan-

zen Prozess das nächste Mal allein zu bewerkstelligen. Das machte Jule erneut misstrauisch. Vielleicht war das ganze Gerede von einer gemeinsamen Zukunft, dem ständigen Wir-als-Team nur eine Lüge, ein leicht zu durchschauender Trick, um in Zukunft die Alleinherrschaft über eine Welt mit blauen Kugeln übernehmen zu können. Seine einstige Traumpartnerin Jule, von der er wusste, dass sie ihm intellektuell weit überlegen war und von der jeder wusste, dass sie der Kopf hinter dieser Erfindung war, bräuchte er dann nicht mehr. Alex war nur ein Mitläufer und doch vielleicht berechnend genug, um die eigentliche Erfinderin rechtzeitig unschädlich zu machen, allerdings erst, nachdem er ihr das große Geheimnis entlockt hatte. Jedoch war Alex auch nicht so dumm, dass Jule ihm etwas hätte vorgaukeln können. Er verfolgte jeden ihrer Schritte und wusste sofort, wenn sie auf Zeit spielte. Jule war klar, dass sie alles geben musste, nicht zuletzt weil die Zeit drängte. Es war kurz vor zwölf, was Daniel und vermutlich auch, was Valerie betraf. Wenn sie nicht von den Schüssen getroffen würde – und daran wollte sie noch nicht einmal entfernt denken – dann standen ihre Chancen, über das Kanalsystem zu entkommen, nicht gerade günstig. Jule wollte sich einreden, dass Valeries Blindheit vielleicht sogar nützlich sein konnte, dass sie sich besser als andere in den dunklen Röhren zurechtfände, mit ihren übrigen Sinnen einen Ausgang ertasten oder erspüren konnte. Allerdings würde sie immer wieder auf tonnenschwere Kanaldeckel stoßen, die sie auf keinen Fall aus ihrer Fassung stemmen konnte.
Dann kam ihr Jelena in den Sinn. Valerie sollte Jelena anrufen. Wenn sie tatsächlich einen Kontakt zu Jelena aufnehmen konnte, wenn Jelena eine Möglichkeit finden würde, innerhalb von 24 Stunden nach Dedovsk zu kommen, um Valerie aus ihrem Verlies zu befreien… „Wenn, wenn, wenn, zu viele Wenns", murmelte Jule resigniert, als sie ein paar neue Kugeln zum Brennen in den Ofen schob.

„Wenn was ... Was meinst du damit?", fragte Alex. Jule erwachte wie aus einem schweren Traum.

„Ach nichts, Alex. Ich glaube, wir sind fast am Ziel. Zwei Stunden bei vierzig Grad und dann ... dann sollte es so weit sein."

„Zwei Stunden, das kann verdammt lange sein."

„Stimmt, aber manchmal verfliegen zwei Stunden wie zwei Minuten und zwei Jahre wie zwei Stunden. Alex, wenn das klappt mit den Kugeln, ich meine, wenn die so funktionieren, wie die Kugel im Keller, was dann ... wie geht es weiter?"

„Ihr solltet warten, bis es dunkel ist. Wladimir und seine Männer, es sind etwa fünfundzwanzig, die schlucken abends ganz ordentlich. Spätestens gegen Mitternacht sind die kaum noch in der Lage, irgendwie zu reagieren. Das muss dann ganz schnell gehen. Ich habe mir sagen lassen, die Batterien im Notarztwagen, die für Daniels Herz, die halten knapp zwei Stunden. Bis dahin müsst ihr im Krankenhaus sein. Hast du noch den Schlüssel?"

„Ich habe ihn Al gegeben. Er weiß Bescheid. Die anderen wissen noch nichts. Ich dachte mir, es wäre besser, wenn sie sich nicht verrückt machen. Wenn jemand von Wladimir in die Zange genommen wird, dann könnte unsere Flucht auffliegen, noch bevor alles angefangen hat."

„Das war schlau. Evgenij und Wladimir tanzen seit ein paar Stunden ständig um mich herum und löchern mich wegen der Kugeln. Ich glaube, die ahnen schon, dass ich nicht mehr auf ihrer Seite stehe."

Jule musste sich vergewissern. „Alex, sag mir die Wahrheit. Auf welcher Seite stehst du?"

„Wie meinst du das?"

„Du weißt genau, dass wir dich, sobald wir fliehen können, auch verpfeifen könnten."

„Das Risiko gehe ich ein. Aber das mit Daniel, das ... das kann ich nicht auf mir sitzen lassen." Für einen Moment hatte Jule das Gefühl, dass er es doch ernst meinte, bohrte aber nicht weiter. Wenn er sie reinlegen wollte, dann würde er das jetzt, kurz vor dem ersten Test der Kugeln, bestimmt nicht zugeben.

Als die zwei Stunden abgelaufen waren, gab der Ofen ein Signal von sich und Alex wollte aufspringen, um die Kugeln herauszuholen.

„Moment, nicht so schnell." Jule hielt ihn am Arm fest. „Den Fehler haben wir früher auch oft gemacht. Die müssen ganz langsam abkühlen, das kann nochmals zwei Stunden dauern." Alex notierte die Arbeitsanweisung mit einem großen Ausrufezeichen in seinem Laborbuch. Dann drehte er sich zu Jule um.

„Kaffee?"

„Nichts dagegen." Jule wollte noch hinzufügen, dass die kommende Nacht noch aufregend und lange werden konnte, verkniff sich aber den Kommentar. „Nachher muss ich noch Wache halten bei Daniel. Ich hoffe, er übersteht diese Nacht besser, als die letzte." Alex verschwand und kam kurze Zeit später mit zwei großen Bechern dampfenden Kaffees zurück. Es war bereits später Nachmittag und die Dämmerung kündigte sich an.

„Seltsam ruhig. Meist hört man ihr Grölen durch das ganze Institut. Ich war nochmals vor der Tür. In der Nähe des Eingangs steht ein großer LKW. Vielleicht sind sie ja mit irgendeiner Waffenlieferung beschäftigt."

„Waffenlieferung?"

„Das Beste vom Besten. Schnellfeuerwaffen, Panzerfäuste, kleine Boden-Boden-Raketen, meist illegale Lieferungen aus Deutschland. Wir waren schon immer führend, wenn es um Technologie ging." Dabei blickte er andächtig auf die Temperaturanzeige des Ofens, die sich langsam der Raumtemperatur näherte.

„So, Alex, jetzt kann's gleich losgehen. Bin gespannt, ob ich noch alles richtig in Erinnerung hatte." Vorsichtig öffnete Jule den Ofen. Ein lautes Zischen ertönte und beißender Qualm breitete sich aus. Jule und Alex fuhren zurück.

„Verdammt!", hustete Jule.

„Was ist los ... Herrgott nochmal, die Kugeln ..." Alex starrte in den Ofen. Wo zuvor noch zehn Kugeln in der Höllenglut gereift waren, war allenfalls noch ein Häufchen Asche zu sehen. „Was ist passiert, Jule? Die Kugeln, verdammte Scheiße ..."

Jule drehte sich um. „Irgendein Fehler. Wenn ich doch nur wüsste ..."

„Nur was wüsste? Jule ... die Kugeln ... Herrgott!"

„Verdammt, Alex, halt doch einfach mal die Klappe! Irgendein Fehler ..."

„Ein Fehler? Was meinst du mit irgendein Fehler? Sie sind futsch, zu Asche ... verdammt große Scheiße! " Alex sprang auf und rannte wild gestikulierend im Kreis.

„Ich muss mal aufs Klo", murmelte Jule.

„Aufs Klo? Bist du verrückt? Hier läuft die absolute Scheiße ab und du musst aufs Klo?"

Doch Jule ließ sich nicht beirren und ging zur Tür. Alex folgte ihr mit hochrotem Kopf.

„Was ist? Kann ich noch nicht mal allein aufs Klo?"

Alex winkte genervt ab und ging zurück zum Ofen, aus dem noch die letzten Rauchschwaden quollen.

Als Jule zurückkehrte, lächelte sie nachdenklich.

„Pitti, er wusste es."

„Pitti, verdammt, wer ist Pitti?"

Jule schüttelte den Kopf. „Ich weiß, woran es liegt. Wir brauchen Zeit."

Alex riss die Augen auf. „Zeit? Wir haben keine Zeit. Hast du vergessen, Daniel, er ..."

„Alex, wenn du nicht sofort die Klappe hältst, dann geht hier gar nichts mehr, hast du kapiert? Die Kugeln brauchen noch länger zum Abkühlen, verstehst du, noch zwei Stunden mehr, das ist alles."

„Das ist alles?"
Jule nickte.
„Also, lass uns nochmal anfangen. Und wenn wir Glück haben ..." Jule sah auf ihre Uhr. „So gegen Mitternacht könnten wir die ersten Kugeln haben." Schweigend machten sie sich ans Werk und gingen die einzelnen Arbeitsschritte abermals durch, um sicher zu sein, dass der Fehler nicht doch an anderer Stelle lag. Gegen Abend lagen wieder zehn Kugeln aufgereiht im Ofen.
„Ich geh mal zu den anderen und du passt hier auf. Und nichts anfassen." Alex kochte innerlich vor Wut, da er von Jule wie ein dummer Junge behandelt wurde. Er wusste jedoch, dass jede Widerrede erneut zu einem Häufchen Asche führen könnte. Zähneknirschend hielt er den Mund.
Kurz vor Mitternacht kam Jule zurück. Bei Daniel war alles ruhig geblieben. Alex starrte in den Ofen. Vermutlich hatte er die letzten vier Stunden nichts anderes getan.
„Und, Alex, alles klar?" Alex drehte sich nicht um und starrte weiter in den Ofen. Nach wie vor lagen zehn Kugeln aufgereiht auf einem Gitter und verströmten ihren eigentümlichen bläulichen Schimmer. „Siehst du, wie die im Keller, kein Unterschied. Jetzt müsste es klappen." Vorsichtig öffnete Jule den Ofen. Es blieb ruhig, kein Zischen, kein Qualm. „Sie sind abgekühlt, ganz nach Pittis Plan. Du kannst sie anfassen." Mit zitternden Fingern griff Alex in den Ofen. Als er die erste Kugel berührte, ertönte ein Zischen und eschrocken ließ er sie fallen. Jule lachte.
„Mit feuchten Händen fangen die gleich an zu arbeiten." Jule nahm ein Tuch und rieb sich damit ihre Hände ab. Dann angelte sie eine Kugel aus dem Ofen. Sie legte sie auf ein Sieb und goss etwas Wasser darüber. Das Wasser verschwand zischend und die Kugel färbte sich hellorange. Wie gebannt, mit offenstehendem Mund, beobachtete Alex das Schauspiel. Dann zischte es erneut und die Kugel färbte sich dunkelblau.

„Scheiße, Mann, es funktioniert!", platzte Alex hervor.
„Nicht so schnell. Wir müssen erst die Probe machen und das Gas, das beim Zischen entsteht, auffangen."
„Es reicht, wenn wir den Wasserstoff auffangen", fuhr Alex ungeduldig dazwischen.
„Wie du meinst. Richtig wissenschaftlich ist das aber nicht." Er versuchte den abschätzigen Kommentar zu überhören. Die Begeisterung darüber, dass er beim Entstehen einer völlig neuen Energiequelle anwesend war, übertraf für ihn alles nur Denkbare. Diesmal nahm er die Karaffe und tröpfelte etwas Wasser über die Kugel. Jule entzündete in der Zwischenzeit den Bunsenbrenner und zwängte ein Reagenzglas in eine hölzerne Klammer. Die Kugel färbte sich orange. Jule hielt das Reagenzglas mit der Öffnung nach unten über die Kugel. Wieder ertönte ein Zischen und die Kugel färbte sich erneut blau. Dann schwenkte Jule das Reagenzglas in Richtung des Bunsenbrenners. Kaum, dass die Öffnung des Glases auch nur in der Nähe der Flamme war, ertönte ein lauter Knall. Beide zuckten zurück, als die Splitter des Reagenzglases in alle Richtungen sprangen.
„Wow, das war knapp. Alles in Ordnung, Alex?" Ein schmaler Glassplitter steckte senkrecht auf seiner Nasenspitze. „Kleinen Moment." Mit spitzen Fingern zupfte Jule ihm den Splitter aus der Nase. Da er nur einen Bruchteil eines Millimeters durch die Haut gedrungen war, kam kein Blut hinterher.
„Glück gehabt, wenn der in mein Auge gegangen wäre."
„Richtig, also das nächste Mal nicht ohne Schutzbrille. Heißt nicht zu Unrecht Knallgas." Alex lehnte sich zurück. „Das war's Jule."
„Was meinst du damit?"
Alex spürte die Macht, die sich ihm plötzlich offenbarte, die ihm wie ein Schauer über den Rücken lief. Jetzt konnte er das Blatt für immer und ewig zu seinen Gunsten wenden. Und doch hielt ihn etwas zurück. Er dachte an Daniel.

„Ich meine ... wie soll ich sagen ... ihr ... könnt euch jetzt auf die Socken machen ... mit Daniel."
Jule atmete erleichtert auf.
„Ihr solltet euch beeilen. Ich werde Evgenij und Wladimir ins Labor locken und sie mit unseren Kugeln ablenken. Ich wette, die sind so fasziniert von dem, was ich ihnen hier vorzaubere, dass ihr euch unbemerkt vom Acker machen könnt." Jule spürte, wie ihr Puls anfing zu rasen. Jetzt sollte es also tatsächlich wahr werden. Sie wollte sich ihre Nervosität jedoch nicht anmerken lassen und ging zum Fenster. Eine seltsam bunt gekleidete Frau stand auf dem Hof, im Gespräch mit einem der schwarz gekleideten Männer. Jule rieb sich die Augen. Hatte sie vor lauter Stress schon Halluzinationen? Wieder blickte sie auf den Hof, der von der Straßenlaterne nur schwach beleuchtet wurde. Die Frau und der Mann waren verschwunden. Jule wusste, dass es Zeit war zu handeln, bevor sich die Realität gänzlich in eine Scheinwelt zwischen Leben und Tod auflöste. Entschlossen drehte sie sich nochmals zu Alex um und gab ihm einen flüchtigen Kuss auf die Wange
„Vielleicht wären wir doch ein gutes Team geworden, Alex." Dann eilte sie den Gang und die Treppe hinab zur Krankenstation. Alex wusste, dass er einen Moment lang auf der Kippe gestanden hatte, sich für die bedingungslose Macht oder die Freundschaft mit Jule zu entscheiden. Dass Letzteres ihm plötzlich so viel wertvoller war, wurde ihm erst jetzt richtig bewusst.

Dedovsk, Juli 2020

Keine fünf Minuten später erschien die alte Dame wieder im Türeingang. Ihre Augen waren gerötet. Sie streckte Jelena ihre zitternde und von schwerer Arbeit gezeichnete Hand entgegen. Mit leiser Stimme sagte sie:

„Ich habe gehofft, dass du wiederkommst ... Jelena ... meine kleine Jelena." Ohne Jelenas Hand loszulassen, drehte sie sich um und zog sie ins Innere des Hauses. Valerie hielt sich dicht hinter ihnen. Im Haus war es dunkel. Die Jalousien waren halb geschlossen und tauchten die Räume in einen Wechsel aus hellen und dunklen Streifen. „Er ist in seinem Arbeitszimmer. Er verlässt es nur bei Nacht. Auch geht er nie auf die Straße, als würde er auf etwas warten, als ... als warte er nur noch auf seinen Tod." Vor dem Arbeitszimmer blieb die ältere Dame stehen, drehte sich wortlos zu Jelena und umarmte sie. Dann beugte sie sich zu Valerie und küsste sie auf die Stirn. „Sie sieht dir ähnlich. Vielleicht ... vielleicht ist es die Kleine, auf die er wartet." Jelena nickte.

„Schön, dass du noch da bist, Nanni, ich habe dich vermisst." Während sie einander ansahen, erkannten sie beide etwas, das längst verloren schien und einem Hoffnungsschimmer gleichkam.

„Nanni ... so hat mich schon lange keiner mehr genannt." Sie drehte sich zur Tür, öffnete sie vorsichtig und schob Jelena und Valerie in den ehrwürdigen Saal, dessen Wände nur aus deckenhohen Bücherregalen, unterbrochen von großen Fenstern, zu bestehen schienen. „Sie ... sind da."

Dann wandte sie sich rasch um, als wollte sie die Reaktion ihres Dienstherrn nicht abwarten. Vielleicht, weil sie erneut einen Eklat befürchtete, der sich zu ihrem Leidwesen schon viel zu oft wiederholte hatte.

Jelena ging einige Schritte nach vorne, bis die ersten der streifenförmigen Sonnenstrahlen auf sie und Valerie fielen. Valerie drückte sich fest an ihre Seite. Es lag eine Spannung in der Luft, die sie sofort spürte. Ein großer mit an den Armlehnen abgewetztem schwarzen Leder bespannter Sessel drehte sich wie von Geisterhand und ein alter Mann mit zerzaustem grauen Haar und tief liegenden Augen blickte sie an. Sein aus dunkler Seide bestehender Morgenmantel fiel kantig über die mageren Beine und verlieh

ihm eine kränkliche, wenn auch nicht ungepflegte Erscheinung.
„Du siehst gut aus. Ist dir wohl gut ergangen die letzten Jahre?"
Eine tiefe, zerbrechliche Stimme füllte den Raum. Der trotz seines Alters klare russische Tonfall des Mannes passte beinah klischeehaft zu dem düsteren Ambiente und man hätte meinen können, in die Zarenzeit zurückversetzt zu sein. Die in dunklem Öl gemalten Portraits, eingebettet in endlose Reihen von Büchern und Bänden, blickten wie stumme Zeugen einer längst vergangen Zeit auf sie herab. Jelena antwortete auf Deutsch, da sie instinktiv spürte, dass eine weitere Unterhaltung auf Russisch bei Valerie noch mehr Ängste hervorrufen würde. Ihre zarten und kalten Finger klammerten sich tief in Jelenas Hand.
„Es geht so, und dir? Wie geht es dir?" Der alte Mann drehte seinen Sessel zum Fenster, das ebenfalls nur durch die Schlitzte der Jalousie etwas Licht in das dunkle Zimmer ließ. Glücklicherweise wechselte er ebenfalls ins Deutsche. Dieser Klang schien fast wie ein Abglanz vergangener Tage, der sich seiner schwermütigen russischen Muttersprache mutig widersetzte. Jelena erinnerte sich noch gut daran, dass ihre Mutter immer Wert darauf gelegt hatte, die Kinder Deutsch sprechen zu lassen. Es war ein Déjà-vu einer fast vergessenen Zeit. Allerdings blieb sein Gesicht wie versteinert, als habe es geschworen, nie wieder eine heitere Gemütsregung zuzulassen.
„Nicht gut. Nicht gut. Nachdem Mutter gestorben ist ..." Es war eine Angewohnheit von ihm, seine frühere Frau „Mutter" zu nennen. Auch Jelena und ihre Geschwister nannten sie immer nur Mutter. „ Das weißt du ja noch ... auf jeden Fall ... es war dann alles anders."
„Katharina, Alexej ... wo ..."
Er unterbrach Jelenas Frage nach ihren Geschwistern, als könne er keine weiteren Fragen ertragen. „Weg ... alle weg ... das heißt ... Katharina ist verheiratet und lebt in Sankt Petersburg und Alexej ... er wollte ein Praktikum in den USA machen. Dort ist er immer noch

... und ich ... das siehst du ja." Er räusperte sich laut, als wollte er all seinen Kummer herunterschlucken. Es war ein Kummer, der wohl schon länger selbstmitleidig aus ihm hervorzuquellen drohte und den er bislang immer erfolgreich herunterschlucken konnte. Vielleicht half ihm der ein oder andere Wodka dabei.

Langsam drehte er sich wieder zu ihnen um.

„Deine?" Er nickte Valerie zu, sein Gesicht verriet dabei keine Regung. Es glich einem alten Holz an dem die Rinde verzweifelt festhielt und einen vielleicht noch lebenden Kern verdeckte.

„Nicht ganz, sie ... ist die Tochter einer guten Freundin." Wortlos und wie in Zeitlupe winkte der alte Mann Valerie zu, die sich immer noch fest an Jelenas Hand klammerte und keine Anstalten machte, von ihrer Seite zu weichen. Valerie spürte Jelenas Anspannung, spürte, wie ihr der Besuch bei dem alten Mann schwerfiel, wie mit jedem Wort mehr und mehr verdrängte Erinnerungen hervorzubrechen drohten und sie lieber die Flucht ergriffen hätte, als sich diesen zu stellen. Der alte Mann machte erneut eine stumme Handbewegung. Als Valerie sich nicht rührte, kniff er die Augen zusammen, so dass sich seine buschigen Brauen wie wildes Gestrüpp darüberlegten.

Jelena kam ihm zuvor: „Sie sieht dich nicht. Sie ist blind."

Als wäre es eine Aufforderung, löste sich Valerie plötzlich von Jelena und ging auf den alten Mann zu. Sie blieb dicht vor ihm stehen, tastete vorsichtig nach seiner Hand und strich ihm zart über den Handrücken.

„Du ... bist Jelenas Vater, nicht wahr?"

Es schien, als hätten ihm die zarten Worte einen Stich in die Brust versetzt, als wache er aus einer tiefen Starre auf. Wie das Krachen des Eises, wenn zum ersten Mal eine kräftige Frühlingssonne darauf fällt, wie eine Wahrheit, die er lange nicht hatte sehen wollen, nach der er sich aber doch gesehnt hatte. Vorsichtig tastete er nach Valeries Gesicht und strich ihr über die Wange.

"Mutter ... Mutter hatte sich immer Enkel gewünscht ... sie hatte immer davon geträumt ... sie...", dann versagte seine Stimme. Er beugte sich langsam nach vorne und legte seine große Hand auf Valeries selbst in der Dunkelheit des Zimmers schimmernde Haare. So verharrte er einen Moment und gab sich seinen brennenden Erinnerungen hin. „Darf ich?", flüsterte er leise und hob Valerie schwer atmend auf seinen Schoß. Es war der Atem eines gebrochenen Mannes, der sich nichts sehnlicher wünschte, als die Zeit zurückzudrehen, um alles anders, alles besser zu machen.

„Jelena ... es tut mir leid ... ich weiß nicht, wie ... wie das alles kommen konnte."

„Ich weiß, Vater. Ich habe auch Fehler gemacht. Wir alle haben Fehler gemacht ... vielleicht können wir nochmals anfangen."

„Fehler ... oh ja, viele Fehler. Wir waren so dumm, so ..."

„So blind?" Er wollte das Wort in Valeries Gegenwart nicht aussprechen und nickte daher nur, als Jelena ihm zuvorkam.

„Und jetzt ... jetzt ist alles zerbrochen, nicht wahr, Jelena?"

Eine Weile sahen sie sich schweigend an.

„Nein, Vater. Das Leben geht weiter und ... ich brauche jetzt deine Hilfe."

„Meine Hilfe? Sieh mich an, Jelena. Ich bin ein alter, einsamer Mann. Welche Hilfe kannst du von mir noch erwarten? Vielmehr wäre es an mir, dich um Hilfe zu bitten. Deine Mutter ... Sie hat dich immer geliebt, bis zuletzt. Und ich? Ich habe dich weggeschickt, aus dem Haus gejagt. Ich habe dich aus der Familie verbannt ... wie ... wie konnte ich nur? Du ... du bist meine Tochter und ... ich kann mir das nicht verzeihen. Ich habe dich im Stich gelassen ... und warum? Ich sage dir, warum. Weil es nicht in unser verdammtes Weltbild passte. Weil du nicht in unser Weltbild passtest. Mein Gott wie ... wie kann man nur so dumm sein ... und jetzt?" Mit fast erstickter Stimme redete er weiter. „Jelena, ich ... ich war so geblendet und seitdem ich hier allein in meinem dunklen Zimmer sitze, da habe ich immer gehofft, dass du kommst ... dass du mir verzeihst, was ich dir angetan habe." Jelena ging einen Schritt auf ihn zu und sank auf die Knie. Nach Worten suchend legt sie ihren Kopf an seine Seite. Zitternd senkte er seine knorrige Hand auf ihren Kopf. Es war eine Geste, die keiner Worte, keiner Erklärung und schon gar keiner Rechtfertigung bedurfte. Vielleicht wäre es nie dazu gekommen, wenn nicht die zärtliche Berührung, die helle Stimme eines kleinen blinden Mädchens, das Eis zum Schmelzen gebracht hatte.

Lange saßen sie still beieinander, dann richtete Jelena sich auf.
„Vater, du musst Olli kennenlernen?"
„Olli?"
„Wir sind Zusammen und er ist ein so liebevoller Vater."
„Du hast ein Kind? Oh Gott und ich wusste das nicht." Überrascht riss er die Augen auf.
„Lorenz, er heißt Lorenz. Er ist etwa ein Jahr jünger als Valerie."
„Lorenz ... Lorenz ... ein schöner Name und ... mein erstes Enkelkind. Sind sie auch hier Lorenz und .... sein Vater?"
„Olli. Wir leben in Österreich. Sie sind dort geblieben. Ich bin alleine hier. Das heißt ... zusammen mit Valerie. Das ist eine lange Geschichte. Aber genau deshalb ... Vater, wir haben ein Problem. Du musst uns helfen." Jelenas Vater unterbrach sie und verkniff die Augenbrauen. Resigniert schüttelte er den Kopf.
„Ich werde dir kaum helfen können. Ich bin ein alter Mann, das ist alles." Er sackte in sich zusammen und murmelte leise vor sich hin. „Lorenz, mein Gott, Lorenz ..." Jelena seufzte. Alles hatte so gut angefangen, aber jetzt sah sie die Chance, dass ihr Vater ihnen helfen konnte, schwinden, Einerseits war sie dankbar, wieder einen Draht zu ihm gefunden zu haben, wieder als seine Tochter erkannt zu werden. Andererseits war er tatsächlich nur noch ein Schatten seiner selbst, gezeichnet vom viel zu frühen Tod seiner Frau und verlassen von seinen Kindern, die, mit Ausnahme von

ihr, einst in das saubere Bild der Familie gepasst hatten. Eine Hilfe für ihn waren sie nicht, da sie weit entfernt ein neues Leben begonnen hatten und sich offenbar kaum um ihren Vater kümmerten. Ratlos suchte sie seinen Blick, doch er wich ihr aus.

Da brach Valerie plötzlich ihr Schweigen: „Du musst uns helfen ... Lorenz weiß, dass du uns hilfst. Und Daniel und meine Eltern, sie sind ... sie sind ganz allein." Jelenas Vater zuckte zusammen als sich Valerie zu ihm umdrehte. Ihre Augen rollten wie suchend umher. Plötzlich hielt sie inne und schien ihn durchdringend anzuschauen. Es war nicht der Blick eines sehenden Menschen, vielmehr ein Moment, ein Blitz, der ihn mitten ins Herz traf, so wie zuvor ihre zarte aber überzeugte Stimme. Es war die verzweifelte Erwartung eines kleinen Mädchens, das all seine Hoffnungen auf ihn setzte, das nicht davon abrücken wollte, dass er, Dimitrij Sukowa, ihnen helfen konnte. Es war, als würde das Kind etwas in ihm freisetzen, das er schon lange nicht mehr gespürt hatte – gebraucht zu werden. Zum ersten Mal sah er nicht das Spiegelbild seiner Resignation, hörte nicht den mitleidigen Ton seines gewohnten Umfeldes, der ihm das Gefühl gab, nur noch überflüssig und wertlos zu sein, auf seinen einsamen Tod zu warten. Plötzlich spürte er etwas, das er schon lange verloren geglaubt hatte. Er spürte sich selbst. Es war das erste Mal seit Jahren, dass ein Lächeln, ein geradezu trotziges Lächeln, sein Gesicht erhellte. Es kam ihm vor, als sei er aus einem bösen Traum aufgewacht.

Zärtlich streichelte er Valerie über den Kopf, dankbar, dass ihn dieses Kind aufgeweckt hatte.

„Also, meine kleine Dame. Du scheinst ja ganz schön mutig zu sein. Und wenn du so mutig bist, dann ... dann muss ich das ja wohl auch sein. Also, eins nach dem anderen. Wer ist Daniel? Und deine Eltern, wie kann ich deinen Eltern helfen?" Plötzlich schlang Valerie ihre dünnen Arme um seinen Hals und drückte ihn so fest, dass er nach Luft rang.

„Ich wusste es, ich wusste, dass du uns hilfst!" Sie legte beide Hände auf sein faltiges Gesicht und gab ihm einen Kuss auf die Wange. Jelena war plötzlich selbst wie aufgewacht und konnte die letzten Äußerungen ihres Vaters kaum glauben. Sie nahm sich einen Stuhl und setzte sich erwartungsvoll vor ihn.

„Valerie hat recht, Vater, wir brauchen deine Hilfe. Du kennst doch die Kasparows."

„Meinst du vielleicht Ivan Kasparow und seine beiden Söhne?" Jelena nickte. „Die haben ihr ganzes Vermögen durchgebracht. Und der Alte säuft sich gerade die Leber kaputt." Schmerzhaft wurde Jelena bewusst, wie verfahren die Lage war.

„Also, einer der Söhne, Pjotr, hat vor knapp zehn Jahren eine gute Freundin von mir, Nadjeschda Narilow, vergewaltigt. Und nun will er seinen Sohn, er heißt Daniel, wiederhaben. Also genau genommen hat er Daniel aus Deutschland entführt und ..."

„Und Nadjeschda will ihn wieder zurück. Nicht wahr?"

„Genau so. Nadjeschda lebt mit einer Frau zusammen. Sie heißt Karin und ist die Schwester von Valeries Vater."

„Zwei Frauen, die ein Kind aufziehen, und jetzt meint Pjotr noch, eine gute Tat zu tun, indem er sein eigenes Kind entführt. Seltsam, dabei war eigentlich Evgenij der Schlimmere von beiden."

„Das kannst du laut sagen und ich glaube, der steckt da mittendrin. Auf jeden Fall haben Nadjeschda und Karin nicht locker gelassen und sind erneut hierhergekommen. Erst glaubten sie, von Nadjeschdas Vater Hilfe zu bekommen."

„Moment, Narilow, Narilow ... ist das dieser Iljitsch Narilow?"

„Kann sein. Nadjeschda hat nie viel über ihren Vater gesprochen. Er muss aber ein hohes Tier in der Politik sein."

„Dann wird er es sein. Ultrakonservativ. Wenn es nach dem geht, würden wir das Zarenreich wieder einführen oder diese Stalinisten. Einer schlimmer als der andere. Damals, als es mit der Ukraine anfing und sie die Krim annektiert haben, da hat er selbst die russische Fahne geschwenkt. Den alten Lenin haben sie ausgepackt und sein Standbild wieder auf die großen Plätze gestellt. Aber aufgeführt haben sie sich wie die Zaren. Und dann ... dann kollabierte alles. Kein Handel, kein Geld, und bis das zu diesen Holzköpfen vorgedrungen war, haben die schwarzen Oligarchen das Land unter ihre Kontrolle gebracht. Und dieser Narilow ist seither nur noch ein Schatten seiner selbst ... genauso wie ich."

Jelena blickte ihren Vater mitleidig an.

„Offenbar wollte Nadjeschdas Vater auch jetzt nach so vielen Jahren nichts mehr von ihr wissen."

„Das sieht ihm ähnlich, dieser Idiot."

„Und Evgenij hat sich auf die andere Seite geschlagen, nicht wahr?"

„Ein paar von den Oligarchen waren schlauer und haben sich hermetisch eingezäunt nach Moskau zurückgezogen. Der Kasparow Clan kam zu spät und hat alles verloren, sodass sich Evgenij auf das dreckige Geschäft mit Drogen, Prostitution und ... naja, Jelena, du kennst ihn leider besser." Jelena biss sich auf die Lippe. „Also, dieser Idiot von Narilow hat seine Tochter vor die Tür gesetzt – und dann?"

„Dann sind sie nochmals zu Pjotr, um ihm zu drohen. Sie wollten Daniel auf eigene Faust da rausholen, dabei ..." Jelena schluckte bei dem Gedanken, insbesondere, da sie auch keine Details wusste. „Dabei hat es wohl eine Schießerei gegeben."

„Du meinst, dass sie ... dass sie Ivan erschossen hat." Jelenas Vater wurde plötzlich blass. Er hob Valerie von seinem Schoß, ging zum Schreibtisch und holte eine Tageszeitung hervor, die er Jelena reichte. Jelena überflog die erste Seite, dabei murmelte sie die russischen Worte vor sich hin und war im Nachhinein froh, dass Valerie nichts verstand.

Ivan Kasparow von deutschen Terroristen erschossen. Zwei Frauen drangen in das Haus von Ivan Kasparow ein und erschossen ihn kaltblütig. Eine der Frauen ist die Tochter von Iljitsch Narilow, die seit Jahren in Deutschland lebt. Gemeinsam mit ihrer Lebenspartnerin beging sie die abscheuliche Tat. Ivans Söhne Evgenij und Pjotr, sowie Pjotrs Frau Maria kamen mit dem Schrecken davon. Die beiden deutschen Terroristinnen sind auf der Flucht. Für Hinweise, die zur Ergreifung der beiden führen, wurde eine Belohnung ausgesetzt.

Jelena wurde immer blasser.

„Oh, mein Gott, das ist ja schlimmer, als ich erwartet habe, das ist ..."

Dimitrij atmete tief ein und aus. „Klingt nicht gut. Andererseits ... wenn ich mir vorstelle, die beiden, wie hießen sie doch gleich, Nadjeschda und ..."

„Karin. Nadjeschda und Karin."

„Genau, Nadjeschda und Karin gehen frustriert von Nadjeschdas Vater zu den Kasparows, um ihren Sohn herauszuholen ... dann macht es doch keinen Sinn, Pjotrs Vater gleich ins Jenseits zu befördern. Das kann doch nur schiefgehen. Und dann sind beide auf der Flucht?" Dimitrij schüttelte den Kopf. „Es kann doch nicht sein, dass weder Pjotr noch Evgenij und noch nicht einmal deren schwer bewaffnete Leibwächter die beiden Frauen, die möglicherweise noch ein kleines Kind an der Hand hatten, fassen konnten. Das stinkt zum Himmel. Ich habe das Gefühl, dass das alles erlogen ist. Wer weiß, wer diesem Ivan Kasparow, diesem Drecksack eine Kugel in den Kopf geschossen hat. Vielleicht seine eigene Leibgarde. Du musst wissen, dass sich die Kasparows dieser schwarzen Garde angeschlossen haben. Das sind ganz üble Terroristen, gegen die noch nicht mal unsere Polizei etwas ausrichten kann. Die Anführer tragen so einen roten Siegelring mit goldenem Stern. Erinnert ein bisschen an die alte Sowjetflagge. Und ... hast du inzwischen etwas von den beiden und, wie hieß der Kleine doch gleich ..."

„Daniel", piepste Valerie dazwischen, die jedes Wort ängstlich aufsaugte.

„Daniel, genau. Hast du etwas von ihnen gehört?"

„Etwas später haben sich Nadjeschda und Karin bei Jule und Al, Valeries Eltern, gemeldet, dass sie im Institut Jurij Gagarin wären und ..."

Dimitrij raunzte dazwischen: „Das Institut Jurij Gagarin. Verdammt, das haben wir doch vor Jahren wegen krimineller Aktivitäten auffliegen lassen. Ich dachte, das gäbe es gar nicht mehr."

Jelena lächelte vielsagend, da sie es ja gewesen war, die damals Jules Informationen weitergegeben hatte, und da sie es auch gewesen war, die maßgeblich dazu beigetragen hatte, dass das Institut aufgelöst wurde. Aber das behielt sie für sich. Irgendwann würde sie es ihrem Vater berichten. Dimitrij runzelte die Stirn.

„Es hieß, dass sich diese schwarzen Brigaden dort eingenistet haben", erwiderte Jelena kurz.

„Also, du meinst, dass Nadjeschda und Karin nicht auf der Flucht sind, sondern aus irgendwelchen Gründen im Institut gefangen gehalten werden?"

„Wenn das so ist, die beiden in den Händen dieser schwarzen Garden sind, und die ganze Welt glaubt, dass sie den alten Kasparow erschossen haben, dann ..." Jelena brach ab, da sie nicht wollte, dass Valerie die schlechten Nachrichten mitbekam.

„Dann sieht es wohl nicht gut aus, oder?", flüsterte Valerie zitternd.

„Gehen wir mal davon aus, dass Nadjeschda, Karin und der kleine Daniel im Institut festsitzen. Wie kommt es, dass du ... und Valerie, dass ihr hier seid?", hakte Dimitrij nach.

„Nadjeschda und Karin sollten sich mit Jule und Al in Verbindung setzen."

„Jule und Al?"

„Valeries Eltern. Valeries Mutter, Jule hat eine wichtige Entdeckung gemacht. Irgendwelche blauen Kugeln, die ..."

„Meinst du die blauen Kugeln, von denen früher die Rede war und von denen dann später niemand wusste, wo sie hingekommen waren? Sie würden, so hieß es zumindest, Öl und Gas überflüssig machen", entgegnete Dimitrij amüsiert. „Vermutlich gab es diese Kugeln gar nicht. Alles Quatsch. Da wollte nur jemand das russische Establishment etwas aufmischen."

„Da bin ich mir nicht so sicher, Vater." Zum ersten Mal seit Jahren kam das Wort Vater über Jelenas Lippen. „Also, offenbar weiß Jule, wie das geht mit den blauen Kugeln, und jetzt ..."

„Und jetzt soll es einen großen Tausch geben, nicht wahr? Der kleine Daniel samt Valeries Eltern gegen das Wissen über die geheimnisvollen blauen Kugeln." Jelena nickte. „Diese Schweine meinen, sie könnten alles kaufen, sogar das Leben eines kleinen Kindes."

„Auf jeden Fall klang alles nach einem dreckigen Deal, zu dem Al und Jule mit Valerie nach Dedovsk kommen sollten. Ich habe noch lange mit Al telefoniert, wollte ihm das ausreden. Aber ... weißt du, wenn es um dein Kind geht, dann bist du zu allem bereit, dann gehst du durch die Hölle."

„Papa ist mit mir davongelaufen", meldete sich erneut Valerie dazwischen. „Er hat mich an einem Seil heruntergelassen, und als ich unten war, da hat es dreimal so laut geknallt."

Jelena schreckte auf. „Geknallt? Valerie, das hast du mir ja noch gar nicht erzählt."

„Ich ... ich dachte, das würde dich vielleicht beunruhigen. Da habe ich es lieber nicht erzählt."

„Offenbar wurden sie von jemandem verfolgt und Al hat dann Valerie in die Kanalisation hinabgelassen", ergänzte Jelena.

„Und dann haben sie Al und Jule einkassiert, richtig? Und ... verdammt ... und dem Kind noch hinterhergeschossen, diese Schweine!"

„Zum Glück wurde sie nicht getroffen. Und, stell dir vor, Vater, von dort hat sie mich angerufen. Zum Glück konnte mir Olli schnell einen Flug nach Moskau organisieren. Er war früher mal Flugbegleiter und hat noch seine Kontakte. Und da, in der dunklen Kanalisation, da habe ich sie ... oder besser gesagt, da hat sie mich dann gefunden, unsere tapfere Valerie. Über ihr Handy konnte ich die Glocken der Orthodoxen Kirche wiedererkennen und in Verbindung mit dem, was sie mir am Telefon sonst noch schilderte, habe ich eins und eins zusammengezählt. Da es da unten stockdunkel ist, konnte sie offenbar ihren Verfolgern entkommen. Was uns beide anbelangt ... naja, ich bin gestürzt und ohne Valerie ... also sie ist ein ganz schön tapferes Mädchen." Valerie lächelte, aber es war ein ängstliches Lächeln. Weniger aus Sorge um sich selbst oder aufgrund der Ereignisse, die sie gerade hinter sich hatte, als vielmehr aus Sorge um Daniel und um die anderen. Zum ersten Mal erfuhr sie die ganze Wahrheit. Dimitrij seufzte.

„Wie es scheint, werden jetzt nicht nur Nadjeschda und Karin und der kleine Daniel im Institut, also von dieser schwarzen Garde, festgehalten, sondern auch Valeries Eltern. Hinzu kommt, dass Nadjeschda und Karin wegen ... du hast es ja gelesen ... gesucht werden." Er machte eine Pause. „Und nun kommst du zu mir und erwartest, dass ich die Sache regeln soll." Jelena nickte und blanke Verzweiflung breitete sich in ihr aus angesichts der nüchternen, aber zutreffenden Analyse ihres Vaters.

„Das sieht wirklich übel aus, aber ... vielleicht ... lass mich nachdenken, Jelena." Jelena blickte ihren Vater flehend an.

„Also, gehen wir davon aus, dass das alles erlogen ist, was da in der Zeitung steht, und dass dieser Ivan sich vielleicht im Suff selbst erschossen hat. Und nun versucht man, es den beiden Frauen in die Schuhe zu schieben. Selbstmord ist nämlich hierzulande keine ehrenhafte Angelegenheit. Verdammt, das sieht düster aus für deine Freunde."

„Und Daniel", fiel Valerie gerade dazwischen, als es an der Tür läutete.

Dimitrij nahm sie von seinem Schoß und stand schneller von seinem Sessel auf, als man es vor wenigen Minuten noch erwartet hätte. Offenbar war er froh, sich für einen Moment aus der selbst gewählten Sackgasse befreien zu können.
„Ich mach schon auf", raunzte er Nanni zu, die bereits auf dem Weg zur Tür war. Er blickte durch den Spion, ohne die Tür zu öffnen.
„Verdammt, schon wieder diese nervende Person." Missmutig schlürfte er zu Valerie und Jelena zurück. „Immer mehr dieser armen Gestalten klopfen an meine Tür und glauben, ich könnte sie vor diesen schwarzen Verbrechern in Schutz nehmen." Er setzte sich wieder in seinen Sessel. „Früher, als die Polizei noch unter meinem Kommando stand, da hätte ich vielleicht etwas tun können, aber heute? Neulich wurde einer unserer Männer abgeknallt. Jeder wusste, dass es auf das Konto dieser schwarzen Brigade ging, aber ... verdammt ... keiner traut sich gegen die Schweine vorzugehen!" Es klingelte schon wieder, drängender als zuvor. Er sprang auf, lief zur Tür, riss sie auf und sah eine gekrümmte alte Frau winselnd auf seiner Schwelle. Ein heftiger Wortwechsel entspann sich, von dem selbst Jelena kaum etwas verstand. Valerie rannte ebenfalls zur Tür.
„Daniel, sie hat Daniel gesagt!" Valerie klammerte sich an Dimitrijs Bein. Plötzlich war es still, die alte Frau fiel vor Valerie auf die Knie, nahm zitternd ihre Hand und küsste sie. Dabei flüsterte sie unentwegt Daniels Namen. Dimitrij beugte sich zu ihr und half ihr auf.
„Daniel, Nadjeschda ... Karin", stotterte er, während der alten Frau die Tränen über die Wangen strömten.
Nanni stand schräg hinter ihnen und flüsterte: „Kathinka ... sie war früher bei den Narilows, bis der alte Narilow sie nach dem Tod seiner Frau vor die Tür gesetzt hat." Dimitrij nickte entschlossen. Er werde sich darum kümmern, sie könne beruhigt wieder nach

Hause gehen. Das klang wie ein Versprechen und Dimitrij fiel ein, dass er es mit solchen Versprechen immer genau genommen hatte. Katinka bekreuzigte sich mehrfach und küsste ihn auf den Handrücken. Dann drehte sie sich um und humpelte die Straße hinab. Erst jetzt fiel im auf, dass sie einen blutig verschmierten Verband um den Kopf trug.

„Diese Schweine", murmelte er und ging zurück zu Jelena, die von ihrem Platz aus alles angesehen hatte.

„Jelena, ich ... verdammt, wie sollen wir ... Ich muss mal telefonieren. Und ihr beide ... Nanni zeigt euch eure Zimmer." Er drehte sich zu Nanni um. „Nanni, Jelena schläft in ihrem Zimmer und unsere kleine Prinzessin ..."

„Ich schlafe bei Jelena", funkte Valerie dazwischen. Dimitrij lächelte. Er wusste, was zu tun war. Er wusste auch, dass es ihn das Leben kosten konnte. Aber wenn sein jämmerliches Dasein noch etwas wert sein sollte, dann war es das, was er nun vorhatte.

Institut Jurij Gagarin, Juli 2020, kurz vor Mitternacht

Diesmal war es nicht nur einer, der an Daniels Bett Wache hielt, sondern alle zusammen. Nadjeschda kniete wie immer an Daniels rechter, Karin an seiner gegenüberliegenden Seite. Al saß mit dem Rücken an die Wand gelehnt auf einem Stuhl und horchte in die Stille hinein, die nur von Daniels lebenserhaltenden Maschinen durchbrochen wurde. Fast wäre er eingeschlafen, aber die unmittelbar bevorstehende Flucht hielt ihn wach. Jule sah ihn zärtlich an. Sie dachte an damals, wie er sie aus dem Institut rettete. Jetzt würde es nicht anders sein, da war sie sich sicher.

Sie blickte auf die Uhr. Spätestens jetzt mussten alle, beseelt von den ersten selbst hergestellten blauen Kugeln, dem Rausch des Wodkas verfallen sein.

„Al, es geht los", flüsterte sie ihm zu und streichelte ihm durch die Haare. Al schreckte hoch.

„Jetzt, wie kannst du dir so sicher sein?"

„Erzähl ich dir später. Wir müssen uns beeilen." Al zweifelte keine Sekunde an Jules Entschluss und machte sich daran, Karin und Nadjeschda zu wecken. Nadjeschda war gleich hellwach.

„Es geht los? Wohin ... und Daniel?"

„Den nehmen wir mit", entgegnete Al. Dabei versuchte er möglichst gelassen zu wirken, tatsächlich raste sein Herz jedoch vor Anspannung. Zuvor hatte er sich die Stromzufuhr für Daniels Herz genau angeschaut und war von dem Schalter mit der Aufschrift Batteriebetrieb wie gebannt gewesen, signalisierte doch dieser Knopf für alle und besonders für Daniel die Freiheit, das Institut verlassen zu können. Jule beobachtete aus dem Augenwinkel, wie seine Finger zu zögern schienen, ob sie den Schalter nun auf Batteriebetrieb umstellen sollten.

„Zwei Stunden ... die Batterien halten zwei Stunden", flüsterte sie ihm zu. Als wäre es eine Aufforderung gewesen, klappte Al den Schalter um. Plötzlich war kein Geräusch mehr zu hören. Erschrocken drehte er sich zu Daniel um und sah, wie das pulssynchrone Auf und Ab seines Brustkorbes zum Stillstand gekommen war. Al hatte das Gefühl, sein eigenes Herz müsse nun für Daniel mitschlagen und sein Hals schien wie zugeschnürt.

„Jule, die Pumpe ... verdammt, verdammt." Ihm war klar, dass eine Herzmassage bei Daniel keinen Erfolg haben würde. Das Kunstherz würde sich durch äußere Einwirkungen keinen Millimeter komprimieren lassen. Alle Reanimationsmaßnahmen wären vollkommen sinnlos. Ohne Strom würde er sterben. In Panik drehte er sich um und wollte den Schalter zurücksetzen, als unvermittelt ein Piepen einsetze. Die Batterie hatte die Stromversorgung übernommen. Daniels Kunstherz nahm seine Arbeit wieder auf. Al atmete auf.

„Wenn das so weitergeht, bleibt mein Herz früher stehen, als Daniels." Doch er wusste, dass dies der letzte Kommentar war, den jeder im Moment hören wollte. Eilig packten sie die Infusionen und die Batterien auf Daniels Bett. Al stellte sich ans Kopfende und suchte nach der Bremse, um das Bett endgültig auf den Weg zu bringen.

„Es kann losgehen." Er wollte sich gegen das schwere Bettende stemmen, als mit einem lauten Krachen die Tür aufflog und gegen das seitlich stehende Regal schlug.

„An die Wand, weg vom Bett!" Evgenijs Stimme krächzte aufgeregt durch das Krankenzimmer. Er hielt eine Pistole in der Hand, mit der er hektisch durch die Gegend fuchtelte. „An die Wand, wird's bald!" Ein Schuss löste sich aus seiner Waffe und traf eine Neonröhre an der Decke. Klirrend flogen tausende kleiner Glassplitter durch den Raum und ergossen sich gleichmäßig auf Daniels Bett. Alle wussten, dass der nächste Schuss einen von ihnen treffen konnte. Versteinert vor Schreck duckten sich alle an der gegenüberliegenden Wand. „Schluss jetzt mit dem Theater." Evgenij richtete seine Pistole auf Daniel. Sein Augenlid zuckte nervös, als ein Schrei von Nadjeschda die Luft zerriss. Karin beugte sich schützend über Daniel. „Weg da, sonst bist du die Erste!" Karin klammerte sich am Bett fest und senkte ihren Kopf auf Daniels Brust. Die anderen starrten entsetzt auf das, was sich vor ihren Augen abspielte.

„Wo ist Alex? Wir ... wir stehen hier unter seinem Schutz." Jule versuchte Evgenij abzulenken, doch der grinste nur. Erst jetzt fiel ihr auf, dass er das Laborbuch unter seinen linken Arm geklemmt hatte. Seine linke Hand schob er zitternd nach vorne. Als er sie öffnete, fiel eine von fünf Kugeln auf Daniels Bett. Jule erkannte sofort, dass es die Kugeln waren, die sie kurz zuvor mit Alex im Labor hergestellt hatte.

„Alex, dieser Idiot. Der kann euch jetzt nicht mehr helfen. Jetzt bin ich an der Reihe."

„Was ... was hast du mit ihm gemacht?", stotterte Jule.
„War zu nichts mehr nützlich. Genauso wie euer kleiner Bastard hier." Erneut hob Evgenij die Pistole und zielte auf Daniels Kopf.
„Erst habt ihr mir das Bein und meine Eier weggeschossen, dann Vater und jetzt ... jetzt bin ich an der Reihe."
Karin klammerte sich verzweifelt an Daniel.
„Ihr könnt mir übrigens dankbar sein. Irgendwann hätte einer von euch diese Herzmaschine abstellen müssen. Jetzt erledige ich das für euch und anschließend ..." Er spannte seinen Kiefer an. „Anschließend seid ihr dran. Alle!" Während sein Finger nervös am Abzug lag, erschütterte plötzlich ein ohrenbetäubender Knall den kalten Raum.

Dedovsk, Juli 2020, morgens

Valerie sprang aus dem Bett. Ihr Herz raste in Panik, suchend tastete sie sich durch den Raum.
„Jelena, steh auf! Sie sind da ... sie sind hier .... Sie holen uns ... Jelena!" Jelena fuhr hoch. Als sie sah, wie Valerie im Zimmer auf und ab lief und dabei wiederholt gegen Tisch und Stuhl stolperte, eilte sie rasch zu ihr und hielt sie fest.
„Jelena, sie kommen ... sie holen uns ... hörst du nicht ... wir müssen weg!"
„Valerie, wach auf. Du hast geträumt ... du hast nur geträumt." Dann hörte auch Jelena die Männerstimmen durch die geschlossene Zimmertür. „Wenn sie uns holen wollten, dann hätten sie das längst getan. Jetzt beruhige dich erst einmal."
„Nein, nein, nein, sie holen uns ... hörst du nicht ... wir müssen weg, ganz schnell!"
„Valerie, bitte ... beruhige dich. Ich bin ja da." Wenn Lorenz geträumt hatte, dann hatte sie ihn immer aufgefordert, ihr in die Augen zu

sehen. Jetzt musste sie sich etwas anderes einfallen lassen. „Valerie, bitte ... ich bin es Jelena, hör mich an. Das sind keine Männer, die uns holen wollen, okay?"

Allmählich beruhigte sich Valerie wieder. „Was ... was sagen die ... was wollen die?"

„Vielleicht wollen sie uns helfen. Verstehst du? Jetzt ziehen wir uns erst einmal an und dann ... dann schauen wir gemeinsam nach, einverstanden?"

Valerie drückte sich ängstlich zitternd an Jelena. „Ich ..." Sie biss sich auf die Unterlippe. „Ich habe Angst."

„Du musst keine Angst haben. Du bist doch mein tapferes Mädchen." Valerie nickte kaum merklich, aber Jelena wusste, dass die vergangenen Tage ihr mehr zu schaffen machten, als es bisher den Anschein gehabt hatte. Und bei dem Gedanken, dass es noch schlimmer kommen konnte, wurde ihr plötzlich übel. Sie trug Valerie zurück zum Bett, in dem sie sich wie in der Nacht zuvor aneinandergekuschelt hatten. Jelena musste zugeben, dass die Angst vor dem, was kommen würde, auch zu ihrem ständigen Begleiter wurde. Erst die Zuneigung zu Valerie hatte ihr ein gutes Stück Zuversicht und Mut gegeben. Jetzt lag die Verantwortung umso schwerer auf ihr.

Nachdem sie sich angezogen hatten, schlichen sie leise vor die Tür. Jelena spähte durch die Gitterstäbe der großen Treppe hinunter in den Saal, der von mindestens zwanzig Männern in Uniformen angefüllt war. Erst, als sie ihren Vater entdeckte, der wie der Anführer einer Räuberbande aufgeregt zwischen den Männern auf und ab lief, fasste sie wieder Mut. Sie beugte sich zu Valerie und flüsterte ihr ins Ohr: „Pass auf, Valerie, das sind alles gute Männer. Die wollen uns helfen. Wir gehen jetzt gemeinsam nach unten und du wirst dich ganz brav auf einen Stuhl setzen und zuhören. Die sprechen alle Russisch, hörst du, und du wirst nichts verstehen, aber ..."

„Ich werde schon verstehen." Jelena drückte Valerie fest an sich, dann nahm sie sie bei der Hand und langsam schlichen sie die auslandende Treppe hinab.

„Ah, meine kleine Prinzessin." Dimitrijs Stimme klang an diesem Tag ganz anders. Sie war fest und rund, als hege er einen entschlossenen Plan. Er küsste Valerie auf den Scheitel und hob sie mit seinen kräftigen Armen hoch. Sein tief rollendes Russisch füllte den Raum, wie der Klang eines Männerchors.

„Meine Tochter, Jelena, und das ist meine Prinzessin, Valerie. Sie kann uns nicht verstehen und ..." Er zögerte einen Moment. „Und sie kann uns nicht sehen, aber ... sie ist das tapferste Kind auf Erden." Dann setzte er Valerie auf den großen Sessel, auf dem er am Vortag noch wie der Schatten seiner selbst dem Ende entgegengeblickt hatte und wandte sich erneut den Männern zu.

„Dimitrij, du machst dich gut als Großvater, alle Achtung." Alle stimmten lachend mit ein.

„Das ist, wie gesagt, meine Tochter Jelena, und was sie mir berichtete ..." Dimitrij stockte. „Es wird Zeit, meine Herren, dass wir diesen Verbrechern das dreckige Handwerk legen, dass wir ihnen zeigen, was von echter russischer Moral zu halten ist." Die Männer schwiegen ernst. Jelena spürte sofort, dass der gute Wille vorhanden war. Und trotzdem waren die Ratlosigkeit und letztlich die Ohnmacht vor den neuen Machthabern greifbar.

„Sie haben auf Valerie geschossen", setzte Jelena das feurige Plädoyer ihres Vaters fort. „Die Haushälterin von Narilows haben sie verprügelt und wie es scheint ..." Jelena stutzte, während sie die umstehenden Männer musterte. „Wie es scheint, haben alle bereits resigniert."

„Jelena, du verstehst nicht", fiel ihr einer ins Wort. „Du warst lange nicht hier. Die Zeiten haben sich geändert. Wir fühlen zwar immer noch das, was man Polizei nannte, aber diese Bande macht, was sie will. Und das schlimmste ist, sie werden von ganz oben gedeckt. Von ganz oben, verstehst du? Sie müssen sich noch nicht einmal verstecken. Jeder kennt sie mit ihren schwarzen Mänteln, ihren Siegelringen, ihren gepanzerten Limousinen. Da haben wir kaum eine Chance. Viele aus unseren Reihen haben schon ihr Leben verloren, einfach abgeknallt, so einfach ist das."

„Und trotzdem seid ihr alle hierhergekommen. Und jetzt?" Dimitrij hob die Arme und drehte sich fragend im Kreis. „Wir brauchen einen Plan, das ist alles, einen guten Plan. Wir dürfen uns nicht einschüchtern lassen."

„Ein Plan, hört sich gut an. Aber wir kommen noch nicht einmal hinein in ihren fetten Bunker."

„Bunker? Sie hausen in einem Bunker?", fragte Jelena.

„Nicht so ganz. Das alte Institut Jurij Gagarin, kennst du das noch, Jelena?", entgegnete eine der Männer. Jelena zuckte zusammen. Offenbar wussten die Männer nicht, dass sie früher einmal ihre Dienste als Prostituierte dort geleistet hatte. Ihr Vater hatte es ihnen nie mitgeteilt. Jelena sah ihren Vater an und schüttelte den Kopf, als wollte sie die Vergangenheit für immer ruhen lassen. Dann drehte sie sich zu den Männern um.

„Also, wenn ich das recht verstehe, müssten wir nur in das Institut eindringen, die Bande dort festnehmen und dann haben wir gewonnen." Derselbe Mann der eben noch vom fetten Bunker gesprochen hatte, lachte hämisch.

„Nicht zu fassen, ganz der Vater. Mit dem Kopf durch die Wand." Dann blickte er Jelena scharf an. „Die Kerle sind in der Überzahl und bis an die Zähne bewaffnet. Und außerdem kommen wir da nicht hinein in dieses verdammte Institut. Die knallen uns bereits am Eingang ab. Bum, bum, bum, das war's. Diese elitären Schnösel in Moskau interessiert das noch nicht mal, wenn unsere Frauen und Kinder aufmarschieren. Die werden gleich mit ihren toten Männern abtransportiert. Sibirien ist heute größer als damals."

„Mein Vater hat trotzdem recht. Wir brauchen einen Plan, einen Überraschungsangriff und dann ..." Der Mann unterbrach sie harsch.

„Du hast mich nicht verstanden, Jelena. Wir haben keinen Plan, und wenn es um deine Freunde geht ... vielleicht können wir zusammenlegen. Deinem Vater zuliebe, verstehst du? Ein paar Mäuse auf den Tisch und vielleicht lässt man sie frei. Übrigens, das mit den zwei Frauen, die angeblich Ivan Kasparow erschossen haben, das glaubt hier kein Mensch. Also, vielleicht ..." Jelena donnerte ihre Faust auf den Tisch.

„Denen auch noch Geld in den Rachen schieben, niemals! Damit macht ihr alles nur noch schlimmer." Die Männer starrten Jelena wie versteinert an. „Wir müssen da hinein in dieses Institut und machen sie alle fertig und ..." Mit gesenkter Stimme fuhr sie fort: „Und ich weiß auch wie." Ihre Augen blitzten wie damals, als sie im Club zum ersten Mal auf Al getroffen war und ihm aus einer geradezu aussichtslosen Lage geholfen hatte, als ihr plötzlicher Mut weit über das hinauswuchs, was sie je zu träumen gewagt hatte.

Es war still im Raum. Selbst ihr Vater blickte sie entgeistert, aber mit kaum verhohlenem Stolz an. Jelena holte tief Luft und unterbreitete ihnen ihren verwegenen Plan.

„Ich wusste schon damals, wie man in das Institut hinein- und wie man unbeschadet – oder sagen wir mal fast unbeschadet – auch wieder herauskam." Offenbar ahnte Dimitrij bereits, was seine Tochter im Schilde führte, und wollte sich mahnend vor sie stellen.

„Lass gut sein, Vater, das ist mein Leben und ich stehe dazu. Ich war in der Hölle und da gehe ich wieder hinein, verstehst du? Ich kenne mich aus in der Hölle. Ich kenne mich sogar sehr gut aus in dieser verdammten Hölle und ich werde sie in ihrem eigenen Gestank schmoren lassen. Sie sollen in ihrem eigenen Feuer brennen, sie werden an ihrem eigenen Rauch ersticken!"

„Jelena, ich bitte dich, lass die Vergangenheit ruhen, das war alles schlimm genug und jetzt ..."

Doch Jelena ließ sich nicht beirren. „Ja, meine Herren. Die ehrenwerte Tochter eures verdienstvollen Oberst Dimitrij Sokolow war nichts anderes als eine Prostituierte, eine dreckige Hure, mit der man machen konnte, was man wollte." Jelenas Vater spitzte verlegen den Mund und drehte sich um. „Nein, Vater, ich schäme mich nicht dafür. Ich habe Fehler gemacht, aber ... aber ich habe nie mein Selbstwertgefühl, nie meinen inneren Stolz abgegeben. Ich wusste, dass irgendwann der Tag kommen würde, an dem das alles für irgendetwas oder für irgendjemanden einen Sinn bekommen würde. Ich habe Freunde gefunden, die mir die Augen geöffnet haben, die mich so angenommen haben, wie ich bin. Einer dieser Freunde sitzt dort auf dem Stuhl." Jelena drehte sich schwungvoll um und deutete mit ausgestrecktem Arm auf Valerie, die gespannt der Auseinandersetzung gefolgt war, als würde sie jedes Wort verstehen. Sie schien nach vorne zu blicken, so, wie es ein Sehender nicht mutiger hätte tun können. Jelena drehte sich wieder um. „Und es sind ihre Eltern, ihre und meine Freunde, die jetzt in der Hölle festsitzen und die wir, verdammt noch mal, da rausholen."

Ein anderer Mann, der sich bisher im Hintergrund gehalten hatte, drängelte sich nach vorne. „Sie hat recht. Wenn wir jetzt wieder den Schwanz einziehen, dann kann man ihn uns auch gleich abschneiden. Wir gehen da rein und dann gnade uns Gott." Er bekreuzigte sich und stellte sich an Jelenas Seite. Ihr Vater stellte sich ebenfalls dazu.

„Also, du meinst, wir kommen da irgendwie rein und dann ... dann haben wir sie am Schwanz." Dimitrij schien amüsiert über den fast schon piratenhaften Tonfall seiner Tochter.

„Genau so, Vater. Wir werden ihnen ein Geschenk machen. Ein Geschenk, dass sie so schnell nicht vergessen werden."

Dimitrij legte die Stirn in Falten.

„Ich habe einen guten Freund, der hat nicht mit der Wimper gezuckt, alleine da hineinzugehen. So viel Mut und russische Unerschrockenheit habe ich noch nie erlebt."

„Und wie ... wie ist dein Freund da rein- und ... wieder rausgekommen?"

„Als Nutte. Er war die geilste Nutte, die ich je gesehen habe."

Schallendes Gelächter dröhnte durch den Raum. „Wir gehen alle als Nutten da hinein und dann ...", gluckste einer hervor.

„Oh, nein ..." Dimitrij wehrte ab. „Du bist verrückt, Jelena. Als Nutte – niemals!"

Der Mann an Jelenas Seite drehte sich zu ihr um. Er atmete tief, die Entscheidung fiel ihm sichtlich schwer.

„Ich mach mit. Ich geh da rein als ... als Nutte. Und dann ..." Er schmunzelte bei dem Gedanken. „Dann gnade Gott nicht uns, dann gnade ihnen Gott."

Ein anderer drängelte sich nach vorne. „Ich mach auch mit. Die werden Augen machen, wenn ich ... wenn ich ihnen an den Sack gehe." Es dauerte nicht lange, bis sich alle hinter Jelena stellten.

Dimitrij sah seine Tochter ungläubig und doch väterlich gerührt an. „Jelena, du bist meine Tochter. Verdammt, wieso muss ich das erst so spät erkennen, ich alter Holzkopf?" Dann zog er sie an sich, als wollte er alle Versäumnisse der letzten Jahre nachholen. Siegessicher und trotzdem mit weichen Knien nahm sich Jelena das Telefon und wählte die Nummer auf der Visitenkarte einer alten Freundin.

„Natascha, gut, dass du gleich ans Telefon gehst. Hast du heute Nachmittag Zeit? Wir ... wir müssen nochmal ran ... das, was wir gelernt haben, du weißt schon." Nach einer kurzen Pause – Jelena dachte schon, dass Natascha vielleicht doch abspringen würde – kam die erlösende Frage: „Wie viele?"

„Knapp zwanzig."

„Gut. Übrigens … deine Sachen liegen bei mir. Als du damals weg bist, da … haben wir dich vermisst, wie du weißt. Wir haben sie alle aufgehoben, deine Klamotten."
„Das trifft sich gut. Ich schicke gleich einen Polizeiwagen vorbei."
„Jelena, verdammt, was soll das?", schrie Natascha plötzlich ins Telefon.
„Alles im Griff, Natascha. Die gehören zu uns, vertrau mir."
Nach einer kurzen Pause erwiderte Natascha: „Gut, ich vertraue dir. Ich habe dir immer vertraut, Jelena, das weißt du."
„Das weiß ich und jetzt ist es nicht anders. Also, machst du mit?"
„Gib mir eine Stunde. Ich pack die Sachen und dann … dann soll die Polizei kommen. Ich bin dabei."
Nach etwa zwei Stunden traf das Polizeifahrzeug wieder ein. Nanni hatte inzwischen eine Platte mit belegten Broten vorbereitet und die Männer überschlugen sich förmlich bei dem Gedanken, als Prostituierte verkleidet in das Institut einzudringen, um einen nach dem anderen in das ehemalige Bordell zu locken. Jelena hatte auf einem großen Papier das Institut skizziert. Sie hoffte natürlich, dass alles noch so war wie damals.
Etwa eine Stunde später traf Natascha ein. Kisten wurden hineingetragen und der Inhalt, in allen Farben schillernde Kleider, auf dem großen Tisch ausgebreitet. Sie wollten keine Zeit verlieren, um noch am selben Tag ihren verwegenen Plan umzusetzen. An einem Nebentisch saßen Jelena und Natascha und schminkten die Männer nacheinander bis zur Unkenntlichkeit. Dabei musste sich der eine oder andere von seinem liebgewonnen Schnurrbart oder Vollbart verabschieden. Zum Glück boten Kleider- und Schuhgrößen genügend Auswahl, und alle Anwesenden schlüpften in Nataschas kleine und Jelenas große Kleider und hochhackigen Schuhe. Die Perücken bildeten das I-Tüpfelchen, um aus ehemals gestandenen Männern grell schillernde Prostituierte zu zaubern.

„Also, Männer!" Natascha posierte vor der verwegenen Gruppe. „Jetzt üben wir mal das Laufen und das Anmachen. Wie machen wir die Männer so richtig geil? Also?" Ein Raunen ging durch die Gruppe. Jelena stand amüsiert daneben und verfolgte, wie Natascha ihnen im Schnellkurs die nötigen Tricks, den Augenaufschlag, die typischen Handbewegungen beizubringen versuchte. Das Ergebnis war jedoch katastrophal. Einer nach dem anderen knickte in seinen hohen Stöckelschuhen um oder trampelte wie ein Elefant von einer Ecke zur anderen. Man konnte nur hoffen, dass die Männer im Institut entweder blind waren oder eine gehörige Portion Lust auf abgehalfterte Transvestiten mitbrachten. Jelenas Vater, der das ganze Treiben beobachtete, seufzte. Er hatte sich nicht überreden lassen, als Prostituierte loszuziehen und wollte dafür den despotischen Anführer spielen. Auch Jelena musterte besorgt die allenfalls für ein billiges Varieté brauchbare Runde.

„Okay, okay", kommentierte Natascha. „Ihr macht das alle wunderbar. Jetzt braucht jeder nur noch einen neuen Namen und dann ... na, dann kann's losgehen." Jelena und Natascha sahen sich zweifelnd an. Sie wussten, dass sie ihr Bestes gegeben hatten. Aber so einfach ließ sich das Kunstwerk, aus biederen Männern in einer Stunde eine Horde aufreizender Nutten zu zaubern, offenbar doch nicht bewerkstelligen. Jelena stellte sich schweren Herzens vor die eher traurige als für irgendeinen normalen Mann attraktive Gruppe. Sie wusste, dass sie es vielleicht alle mit dem Leben bezahlen würden, wenn ihr Plan schiefginge.

„Also, wir werden auf einem Lastwagen sitzen und dann ... Wir müssen versuchen, ohne abzusteigen die Wachen zu passieren. Die werden den Wagen sicher kontrollieren. Dann müsst ihr euer Bestes geben. Ihr wisst, was ich meine. Wenn wir erst einmal im Institut drin sind, dann nichts wie in unser Bordell. Dort müsst ihr sie überraschen und fesseln oder wie auch immer ausschalten. Das überlasse ich euch. Ich glaube, die Kleider bieten genug

Platz für Handschellen, Kabelbinder, Tape und dergleichen. Pistolen natürlich auch. Allerdings, wenn es knallt, ist das Spiel vorbei. Natascha und ich ... wir beide werden die Männer ins Bordell locken." Erneut ging ein Raunen durch die Mannschaft und einer der Kleinsten der Männer, dem auch Nataschas schrille Klamotten viel zu groß waren, schob sich nach vorne.

„Also, was mich angeht, die werden mich für unwiderstehlich halten." Alle lachten schallend, da seine tiefe raue Stimme im krassen Gegensatz zu seinem Outfit stand. „Was gibt's da zu lachen, ihr blöden Tunten." Dabei wackelte er mit dem Hintern, dass sich selbst Dimitrij ein Schmunzeln nicht verkneifen konnte. Ein anderer beugte sich vor und kniff ihm in den immer noch schwankenden Hintern.

„Also, mein Lieber, wenn du später noch zu haben bist ..."
„Finger weg, du alte Schwuchtel, sonst tret ich dir in die Eier oder an deine Papiertitten."
„Hehe, nicht so eilig. Wenn du unter deinem Tüll einen hochkriegst, dann lach ich mich tot."
„Hättest du wohl gerne. Was meinst du, was deine Alte dazu sagt?"
Wieder ging ein amüsiertes tief brummendes Gelächter durch die Männerrunde. Dimitrij zog die beiden Zankhähne mühsam auseinander.

„Männer, das ist kein Spiel und auch kein Spaß. Wenn wir auffliegen, dann sind wir alle dran, habt ihr verstanden? Also, wer sich die ganze Scheiße hier nochmal anders überlegt, wer noch abspringen will, dann jetzt. Nachher ist es zu spät."
Daraufhin beruhigten die Männer sich wieder. Es war keiner dabei, der einen Zweifel daran aufkommen ließ, mitzumachen.
„Also, dann ziehen wir uns auch mal um." Jelena nahm jeden der aufgetakelten Männer ins Visier. Im Grunde sahen alle eher komisch als echt aus und wenn die Lage nicht so ernst gewesen wäre, hätte sie laut losgelacht. Für einen Moment erinnerte sie

sich an Al. Vielleicht war es die Sehnsucht, die Liebe zu Jule, die ihn damals zu seiner wundersamen Veränderung getrieben hatte. „Den Spießrutenlauf durch die Stadt, wie damals, den ersparen wir uns heute. Oder hat jemand Lust dazu?" Nachdenklich räusperten sich die Männer. Die Perspektive hatte sich plötzlich verändert. Für einen Moment lief es allen kalt über den Rücken, angesichts der Tatsache, dass sie sich zum Gespött ihrer eigenen Zunft machen würden. Der Gedanke war unerträglich. Aber noch unerträglicher war es, dass sie es selbst gewesen waren, die sich damals spottend diesen von der männlichen Selbstherrlichkeit ausgebeuteten Menschen in den Weg gestellt, ihnen das Leben zur Hölle gemacht und sich dabei noch auf der gerechten Seite gewähnt hatten.

„Also dann. Ich hol den Lastwagen ... dann geht's los." Dimitrij musterte mit einem letzten Zweifel die Runde. Dann fiel sein Blick auf Valerie. „Für Valerie", murmelte er und verschwand durch die Tür.

Den ganzen Morgen über hatte es geregnet. Der Himmel hatte sich zum Teil wolkenbruchartig entleert. Wie so oft in den maroden Vororten von Moskau war die Kanalisation überflutet und stinkende Pfützen standen an den Straßenrändern und schwappten träge über den Bordstein. Jelena schickte ein leises Dankgebet zum Himmel dafür, dass es nicht schon gestern geregnet hatte. Zweifellos wären Valerie und sie selbst in den stinkenden Fluten der Kanalisation jämmerlich ertrunken.

„Vorsicht, Mädels, wenn der Lastwagen kommt, ist es mit der Pracht dahin", funkte ihnen Natascha zu. Die Männer drängelten sich mit ihren rauschenden Kleidern im Türeingang der Sokolowschen Villa. Eine ältere Frau kam mit ihrem Dackel vorbei, wagte einen kurzen Blick auf die verängstigte Gruppe und schüttelte den Kopf. Glücklicherweise ließ der Lastwagen nicht lange auf sich warten. Noch so eine Schmach hätten die Männer kaum durchgestanden. Vermutlich hätten sich einige den Fummel vom Leib gerissen und die ganze Aktion abgebrochen.

„Auf, auf, nicht so schüchtern, Mädels!" Jelena drängte sie aus dem Haus in Richtung Lastwagen. Dabei schauten sie sich ängstlich und peinlich berührt nach allen Seiten um. „Röcke hochziehen und dann ab nach oben!" Jelena ließ keinen Zweifel aufkommen und drängte zur Eile. Als die Männer der Reihe nach ihre Röcke anhoben, um auf die Ladefläche zu klettern, blitzen ihre krummen und behaarten Beine hervor, so dass sich Jelena ein Glucksen nicht verkneifen konnte.

„Was gibt's da zu lachen?", grunzte ihr einer der Männer missmutig entgegen. Dann kletterte er zu den anderen nach oben.

Nachdem alle verladen waren, wollte Jelena zu ihrem Vater, der den Lastwagen fuhr, ins Fahrerhaus klettern. Aus dem Augenwinkel sah sie Valerie, die an der Hand von Nanni in der Tür stand. Rasch sprang sie zu ihr und gab ihr einen Kuss auf die Stirn. Während der ganzen Schminkaktion war Valerie mit Nanni in der Küche gewesen. Da im Hause Sokolow oft deutsch gesprochen wurde, hatte Nanni sie in Beschlag genommen, um ihre eigenen eingeschlafenen Deutschkenntnisse wieder aufzubessern. Auch konnte sie Valerie auf diese Weise gut ablenken, da sie spürte, wie Valerie immer wieder ängstlich die Ohren spitzte. Sie wollte unbedingt wissen, wie es weiterginge. Dass Jelenas Plan, den sie zwar nicht verstand, den sie aber mit feurigem Elan vor den Männern vorgetragen hatte, alles andere als ein Kinderspiel sein würde, daran bestand für sie kein Zweifel.

„Kommst du wieder?", piepste sie Jelena entgegen.

„Aber klar, mein Schatz. Ich komme wieder mit deinen Eltern und Al, Jule und ..."

„Und Daniel."

„Na klar, und Daniel."

„Versprochen?"

„Versprochen." Jelena gab ihr noch einen Kuss, dann drehte sie sich um und war froh, dass Valerie die Träne nicht sehen konnte, die ihr plötzlich über die Wange rollte.

„Jelena!" Jelena drehte sich nochmal um. Valerie hielt ihr ihre kleine Hand entgegen. „Deine Tabletten. Du musst noch deine Tabletten nehmen." Jelena erschrak. Von ihrer HIV-Infektion hatte sie ihrem Vater noch nichts erzählt. Aber woher wusste Valerie davon? „Du hast gestern Morgen Tabletten genommen. Ich habe mitgezählt. Mama sagt immer, dass es wichtig ist, dass man seine Tabletten nimmt." Rasch nahm Jelena die Tabletten aus Valeries Hand. Sie hatte richtig mitgezählt.

„Du bist ein schlaues Mädchen. Also, mein Schatz, wir sehen uns später." Valerie schien zufrieden, als sie hörte, dass Jelena die Tabletten in einem Schwung hinunterschluckte. Dann sprang Jelena zu ihrem Vater, der bereits ungeduldig hupte, auf den Beifahrersitz.

Das Motorengeräusch war so laut, dass an eine Unterhaltung nicht zu denken war. Zum Glück, dachte Jelena, sonst wäre ihr vielleicht das Thema HIV über die Lippen gerutscht. Wer weiß, wie ihr Vater darauf reagiert hätte. Später würde sie es ihm sagen, aber nicht jetzt. Gedankenversunken drehte sie sich um und blickte durch die verschmierte Scheibe auf die Ladefläche. Das Bild kam ihr so vertraut vor und doch hatte sie sich damals geschworen, nie wieder in eine solche Lage zu kommen. Sie konnte sich noch gut erinnern, wie das lustige Treiben, bevor sie den Lastwagen erklommen, schlagartig verstummte. Wie sie und ihre lieb gewordenen Leidensgenossinnen in eine andere Welt geschlüpft waren und ihre Seele in Dedovsk zurückgelassen hatten, während ihre Körper wie Vieh zur Schlachtbank transportiert wurden. Nur so war das Leben damals einigermaßen zu ertragen gewesen, konnte die Seele, das Innerste und Wertvollste eines Menschen, zurückgelassen werden, um sich dann später wieder einigermaßen unbeschadete

mit dem Körper zu vereinigen. Ein Entrinnen gab es nicht und alle wussten, dass sie irgendwann nur noch durch den Tod ihre endgültige Freiheit würden gewinnen können. Für viele hatte sich das bewahrheitet, schneller als erwartet, aber auch grausamer. Eine schreckliche Infektion, die das Immunsystem langsam zerstörte, hatte sich ihrer Körper bemächtigt und sie plötzlich für den Liebesdienst nicht mehr attraktiv gemacht. Vielleicht war das ein Liebesdienst der Natur, wenngleich ein zynischer. Die Ruhe und Gelassenheit war jedoch für Viele nur von kurzer Dauer, bis Hunger, Verwahrlosung und AIDS ihr Leben endgültig zur Hölle machten.
Dimitrij blickte sorgenvoll zu ihr hinüber. Trotz des Lärms in der Fahrerkabine suchte er nach ein paar beruhigenden Worten.
„Wir schaffen das. Du wirst sehen. Wenn es drauf ankommt, stehen die alle ihren Mann."
„Du meinst, ihre Frau", fügte Jelena mit leicht sarkastischem Unterton hinzu. „Und wenn sie uns nicht reinlassen, wenn sie den Wagen filzen, wenn sie ..."
„Wenn, wenn, wenn. Lass mich mal machen. Und was deine Freundin Natascha anbelangt – auf die kann man sich verlassen, das spürt man sofort." Dimitrij wusste genau, dass die Chancen für ihr waghalsiges Unterfangen schlecht standen, aber er wollte sich nichts anmerken lassen. Das Gefühl, andere in die Gefahr mit hineingezogen zu haben, lastete schwer auf beiden und die weitere Fahrt über schwiegen sie.
Schon öffnete sich der dichte Wald in die breite steppenförmige Ebene und in der Entfernung war der hohe Zaun, der das Institut umgab, bereits auszumachen. Das Eingangstor erinnerte an die grausamen Bilder deutscher Konzentrationslager. „Arbeit macht frei", war die zynische Überschrift, die sie alle bereits in der Schule als Beispiel für menschliche Grausamkeit auswendig lernen mussten. Erst später erfuhr Dimitrij von den Arbeitslagern,

den Gulags und Folterkamps in anderen Ländern. Es war sicher einer der Momente, die ihn dazu bewogen hatten, genau deshalb den Polizeidienst anzutreten. Er wollte dafür einstehen, dass Grausamkeiten wie diese sich nie wiederholten. Doch er musste erkennen, wie machtlos er war. Wenn es um Geld, um Einfluss und Macht ging, dann wiederholte sich alles, was an Grausamkeit nur auszudenken war. Der Mensch schien sich nie zu ändern und das Gute hatte das Nachsehen. Schwarze Brigaden zogen die Menschen in ihren Bann und genossen die Rückendeckung der obersten Garden in Politik und Wirtschaft. Da besaßen sie als lächerliche Ordnungshüter keinen Einfluss mehr, waren nur noch Makulatur für das Image der Mächtigen. Er war zur lächerlichen Marionette geworden, während längst andere das Sagen hatten. Damals hatte er sich frühzeitig zurückgezogen, wurde für seinen treuen Staatsdienst noch mit Orden dekoriert und dann schließlich mundtot gemacht. Sicher war es bitter zu erfahren, dass sein Sohn die Fronten gewechselt, ihn in seinem geliebten Russland zurückgelassen hatte. Andererseits war er auch froh darum, dass er in Amerika vielleicht ein besseres Leben beginnen konnte. Ob es so war, wusste er jedoch nicht, er konnte es nur hoffen. Wenigstens seine Tochter hatte ein anständiges Leben in guter Tradition in Sankt Petersburg gewählt. Ihr Mann gehörte jedoch gerade zu derjenigen Garde, die ihn nun in den Ruhestand versetzt hatte. Mit einem bitteren Gefühl hatte er damals seinem schneidigen Schwiegersohn zu seiner Karriere gratuliert. Im Grunde war er ein Charakterschwein, das wusste er. Und Dimitrij machte sich immer wieder schwere Vorwürfe, dies seiner Tochter nie gesagt zu haben. Irgendwann würde sie es erfahren. Und er wollte die Türen offenhalten, hoffte dass sie eines Tages wieder vor seiner Tür stehen würde. Aber das war nicht geschehen. Offenbar hatte sie sich angepasst, die Gewohnheiten ihres erfolgreichen Ehemannes übernommen, bereit über Leichen zu gehen.

Und dann passierte das Unerwartete. Seine tot geglaubte oder besser von ihm für tot erklärte Tochter Jelena stand vor ihm. Plötzlich musste er erkennen, dass er selbst zu dem geworden war, was er so vehement zu bekämpfen versucht hatte, wie er selbst in den Strudel aus menschenverachtender Oberflächlichkeit und Machtgier hineingerutscht war.

Er fasste nach Jelenas Hand, die ihn plötzlich aus ihren schweren Gedanken gerissen ansah.

„Danke, danke, Jelena, mein Kind", murmelte er tonlos und seine Unterlippe zitterte.

Langsam ging er vom Gas, als sie sich dem schweren Eisentor zum Institut näherten. Jelena schaute nochmals durch die verschmierte Scheibe nach hinten zu Natascha und den anderen. Mit einer kurzen Handbewegung, Daumen nach oben, versuchten sie sich gegenseitig Mut zuzusprechen.

„Die Wachen ... ich rede mit ihnen." Zwei Männer standen mit angeschlagenen Schnellfeuergewähren vor dem großen Tor und musterten mürrisch den langsam heranrollenden Lastwagen. Dimitrij zog die Handbremse, ließ aber den Motor laufen. Er hoffte, dass das Motorengeräusch seinen Gegner einschüchtern würde. Um möglichst wenig aufzufallen, hatte er sich eine schwarze Hose, schwarzes Hemd und ebenso schwarzes Jackett angezogen und stieg, nachdem er Jelena ein letztes Mal zugenickt hatte, aus der Fahrerkabine.

„Die übliche Ladung", raunzte er den beiden Wachmännern entgegen und versuchte dabei möglichst gelassen zu wirken.

„Wir erwarten heute keine Ladung. Wer sind Sie?"

„Ich bin nur der Fahrer, das sehen Sie doch. Frauen ... wie üblich", antwortete er, als sei es das Normalste der Welt.

„Frauen? Wir erwarten auch keine Frauen. Was soll das?" Einer der Wachmänner schwenkte ärgerlich sein Schnellfeuergewehr. Dimitrij erkannte sofort, dass es aus der neuesten Baureihe stammte.

Wenn es zum Kampf käme und die Männer im Institut genauso bewaffnet wären, dann hätten sie mit ihren billigen Pistolen keine Chance.

„Hören Sie, ich habe keine Zeit, die nächste Ladung wartet. Ich soll die Frauen im Institut abladen und …", Dimitrij blickte gespielt auf seine Armbanduhr, „in drei Stunden soll ich sie wieder abholen. Also, machen Sie das Tor auf, ich hab's eilig." Dimitrij machte Anstalten, zurück in sein Führerhaus zu klettern. Der Wachmann richtete das Schnellfeuergewehr in seine Richtung und fuhr ihn an. „Ziehen Sie Leine, Mann. Wir erwarten keinen Lastwagen und schon gar keine Frauen." Dimitrij überlegte einen Moment. Die Lage spitzte sich zu. Dann ging er zu dem Wachmann und stellte sich direkt vor ihn.

„Also, ich habe verstanden. Man hat Sie nicht informiert." Dimitrij zog süffisant lächelnd die Schultern hoch. „Kann ich verstehen. Schauen sie sich die Ladung an, dann wissen Sie, warum Sie nicht informiert wurden. Und …" Er richtete seinen Zeigefinger auf den Wachmann und fuhr mit gesenkter Stimme fort: „Man will das nicht an die große Glocke hängen. Wir verstehen uns doch, oder?" Der Wachmann schubste ihn zurück und richtete sein Gewehr auf seine Brust.

„Sie verstehen nicht und wenn Sie nicht sofort hier abhauen, dann war das Ihr letzter Auftrag! Verstehen wir uns?" Jelena verfolgte entsetzt, was sich abspielte. Gerade wollte sie aus dem Führerhaus springen, als eine schwarze Limousine mit hoher Geschwindigkeit anrauschte und quietschend zum Stehen kam. Jelena erschrak, als sie erkannte, wer aus dem Auto stieg. Die kupferfarbenen Haare des Mannes wehten im Wind. Er humpelte auf die Wache zu, die augenblicklich in einer strammen Haltung verharrte. Dimitrij spähte entsetzt zur Seite, ließ jedoch bei seinem Gegenüber keine Regung erkennen. Jelena signalisierte ihrem Vater, das Führerhaus wieder zu besteigen, um das Unternehmen abzubrechen.

„Was geht hier vor?" Der Wachmann blickte verwirrt in das ihm offenbar bekannte Gesicht.

„Der Lastwagen ... wir haben keine Informationen ... er will ins Institut ..."

„Was stammeln Sie da für einen Blödsinn? Haben Sie den Wagen untersucht?"

Dimitrij kletterte zurück hinter das Lenkrad. Er wusste, dass alles vorbei war, und wollte schon den Rückwärtsgang einlegen, um die Flucht zu ergreifen, da fasste ihn Jelena kräftig bei der Hand

„Noch nicht, Vater ... warte noch!" Ihr Herz raste, als sie sah, wie der Mann mit den roten Haaren mit dem Wachmann um den Lastwagen humpelte. Im Rückspiegel beobachtete sie, wie er die Plane anhob und hineinschaute. Dimitrij zuckte der Fuß. Sollte er jetzt Gas geben, möglicherweise beide in einem Überraschungsangriff überfahren und dann mit Vollgas versuchen, die Flucht zu ergreifen? Doch der andere Wachmann hatte seine Waffe auf ihn gerichtet. Es wäre ein zweckloses, ein tödliches Unterfangen für ihn, für Jelena und alle anderen. Er spürte, wie Jelenas Hand sich in seinen Arm krallte. Mit der rechten Hand griff sie nach dem kleinen Kreuz, das um ihren Hals hing, und murmelte ein Gebet. Sie dachte an Al, dem sie das kleine Kreuz damals ausgeliehen hatte. Vielleicht hatte es ja zu dem unerwarteten Gelingen der damaligen Aktion beigetragen. Aber jetzt, jetzt schien alles verloren.

Der Mann der vor wenigen Minuten aus der Limousine gestiegen war, konnte niemand anderes sein als Evgenij. Sie hatte ihn lange nicht mehr gesehen. Auch hatte sie ihn ein wenig kleiner in Erinnerung. Aber das Humpeln passte, da er ja laut dem Zeitungsartikel nach einem Schusswechsel das Bein verloren hatte. Und die Haare waren wie früher. Wie der Teufel persönlich, auch wenn dieselbe Haarfarbe Daniel ein eher engelsgleiches Aussehen verlieh. Ängstlich sah sie ihren Vater an. Er erwiderte ihren Blick, wie sie es sich seit so vielen Jahren sehnlich gewünscht hatte. Und jetzt wollte sie ihm noch so viel sagen. Aber die Zeit blieb ihnen nicht. Vielleicht würden sie sich wiedersehen. Im Himmel, wenn es den gab. Die Hoffnung darauf schien das Letzte, woran sie jetzt glauben wollte.

Jelena war darauf gefasst, dass alle sofort aus dem Lastwagen getrieben würden, dass man sie vielleicht sogar an die Wand stellte. Die Schnellfeuergewehre arbeiteten zuverlässig. Es würde nicht lange dauern. Ein kurzer Schmerz vielleicht und dann wäre alles vorbei. Noch immer hielt sie sich an ihrem Vaters fest. Jetzt wollte sie ihn nicht mehr loslassen und auch er suchte nach ihrer Hand. Ihre Gedanken flogen zurück zu Olli, zu Lorenz. Sie wusste, dass der Todesschmerz für die beiden schlimmer würde, sollten sie von ihrem Tod erfahren, als für sie selbst. Das einzig Tröstliche war, dass Lorenz einen Vater hatte, auf den er sich verlassen konnte und der die Erinnerung an seine Mutter niemals sterben lassen würde. Sie dachte an das ungeborene Kind in ihrem Leib, das Valerie schon so seltsam sicher ertasten konnte. Es war schon ein kleiner fertiger Mensch, das wusste Jelena, und das wurde ihr gerade jetzt, im Angesicht des Todes, schmerzlich bewusst. Es war ein Mensch, der ein Recht hatte zu leben. Aber wir werden nur selten nach unserem Recht gefragt, das hatte sie schon so oft erfahren müssen.

Sie erwartete, dass das Unheil jeden Moment seinen Lauf nehmen würde, aber es kam anders. Die beiden Männer schritten erstaunlich gelassen um den Lastwagen herum. Sie standen sich gegenüber und zündeten sich gegenseitig eine Zigarette an.

„Ein Geschenk für Wladimir. Ich muss mich beeilen, bevor es zu spät ist!", rief der Mann, den Jelena für Evgenij gehalten hatte, und setzte sich hinter das Lenkrad seiner Limousine. Bevor er die Tür des Wagens zuschlug, sah er hoch zu Jelena und ihre Blicke trafen sich kurz. Dann startete er den Motor. Der Wachmann ging auf die Seite und drückte einen roten Knopf. Gemächlich öffneten sich die Tore und die schwarze Limousine glitt durch das halb offene Tor. Dimitrij wusste erst nicht, was zu tun war. Verwirrt blickte er zu Jelena und dann zu dem Wachmann, der ihm schon ungeduldig zuwinkte.

„Vater, du kannst ... sieh doch, er winkt dich durch." Zögernd gab Dimitrij Gas und fuhr langsam durch das inzwischen ganz geöffnete Tor, das sich hinter ihm wieder schloss.

„Ich dachte erst, es wäre Evgenij, aber ...", murmelte Jelena.

„Das dachte der Wachmann offenbar auch. Aber es war nicht Evgenij. Es war Pjotr, sein Bruder. Er hatte es eilig. Sein Sohn ... wie heißt er doch gleich?"

„Daniel."

„Daniel. Ich glaube, er will ihn aus der Hölle holen."

Institut Jurij Gagarin, Juli 2020, kurz nach Mitternacht

Ein Pistolenschuss kam von der Tür und krachte hinter Evgenij in die Wand. „Lass das, Evgenij, sonst ... leg die Pistole weg. Ich meine es ernst." Evgenij reagierte kaum und zielte weiter auf Daniel.

„Pjotr, du ... wirst deinen eigenen Bruder nicht erschießen. Du nicht ..."

„Glaub mir, Evgenij, ich würde keine Sekunde zögern, den Mörder meines Sohnes zu töten." Evgenijs Hand begann stark zu zittern.

„Fragt sich nur, wer zuerst stirbt, Bruderherz."

„Da hast du recht." Ein weiterer Schuss krachte und traf, abgefeuert aus Pjotrs Waffe, in Evgenijs Beinprothese. Durch die Wucht des Aufpralls stürzte Evgenij zur Seite. Das Laborbuch hielt er fest umklammert, seine Waffe löste sich aus seiner Hand und rutschte über den Boden zur anderen Seite des Raums.

„Sei froh, dass ich nicht dein anderes Bein getroffen habe, Evgenij."

Evgenij blutete aus einer Platzwunde an der Stirn, die er sich beim Sturz zugezogen hatte. „Du hättest mich töten sollen, Bruderherz. Nachdem du unseren Vater getötet hast …"

„Verschwinde, Evgenij. Bete darum, dass wir uns nie wiedersehen, du und ich … nie wieder." Evgenij stemmte sich mit beiden Händen gegen den Boden und drückte sich nach oben. Seine Prothese war zwar getroffen, hielt aber dennoch seinem Stehversuch stand.

„Wir werden uns wiedersehen, Pjotr, verlass dich drauf. Wir werden uns bald wiedersehen und dann … dann bist du dran. Du hättest mich töten sollen." Blut rann über Evgenijs Schläfe und tropfte auf sein Hemd, als er stöhnend davonhumpelte. Aus dem Gang rief er nochmals hinter sich: „Du hättest mich töten sollen, du verdammter Narr." Dann war es wieder ruhig. Pjotr blickte in einige erstarrte Mienen. Karin erhob sich langsam von Daniels Bett.

„Ihr müsst euch beeilen. Er … er wird nicht mehr lange durchhalten."

„Zwei Stunden … wir haben nur zwei Stunden. Und was dann geschieht, das weiß keiner." Al stand die Verzweiflung ins Gesicht geschrieben. Pjotr schüttelte den Kopf.

„Mein Vater … er ist tot, hirntot, aber … Daniels Herz, es wollte nicht stillstehen, es lebt noch." Nadjeschda schrie erneut auf. Karin zuckte zusammen, Tränen schossen aus ihren Augen, während sie erneut auf Daniels Bett sank.

„Du wirst leben, hast du gehört, Daniel, du wirst leben …", flüsterte sie beschwörend auf Daniel ein.

„Und was Nadjeschda und Karin betrifft …", Pjotr räusperte sich und musste offenbar selbst mit den Tränen kämpfen, „… ihr seid frei. Maria, sie hat sich der Polizei gestellt. Es war ihr dringender Wunsch. Ich wollte sie davon abhalten. Ich … ich liebe Maria. Aber … sie wollte damit nicht leben." Dann atmete er tief durch. „Und jetzt, ihr müsst euch beeilen. Die meisten von Wladimirs Männern sind zwar ausgeschaltet, entweder betrunken oder ... naja, es kümmern sich ein paar nette Frauen um sie."

„Ausgeschaltet von Frauen?", platzte Al fassungslos dazwischen. Pjotr nickte.

„Erzähl ich euch später. Nur ... ich fürchte, dass Wladimir selbst noch auf freiem Fuß ist. Ich versuche, euch den Rücken freizuhalten, und jetzt Beeilung." Al lief zum Kopfende von Daniels Bett, dabei stolperte er über Evgenijs Pistole. Für einen Moment war er versucht, sie aufzuheben und einzustecken, doch dann trat er verächtlich nach ihr, so dass sie in die Zimmerecke unter ein Regal rutschte. Danach löste er die Bremse des Krankenbettes.

„Los geht's!", rief er allen zu, um ihnen Mut zu machen. Pjotr war schon auf dem Gang, hielt seine Pistole angespannt zur Decke und winkte ihnen. Wie geplant, bestiegen sie den Aufzug zur Tiefgarage. Dort angekommen, schoben sie gemeinsam Daniels Bett, einschließlich seiner Schläuche, Kabel, Flaschen und Batterien über eine Rampe in den Notarztwagen. Glücklicherweise hatte er nicht mehr gekrampft, als wüsste er, was auf dem Spiel stand. Bevor Al auf der Fahrerseite einstieg, drehte er sich nochmals zu Pjotr um und reichte ihm die Hand.

„Danke, Pjotr, das werde ich dir nie vergessen."

Pjotr wehrte ab. „Alles meine Schuld. Ich wäre froh, wenn man vergessen könnte. Und jetzt seht zu, dass ihr Daniel ... er ... darf nicht sterben." Pjotr presste den Mund zu und drehte sich um. Die anderen hatten sich inzwischen in den Notarztwagen gequetscht und die Tür von innen verriegelt. Der Motor heulte auf und Al gab Gas. Er steuerte in Richtung des Rolltors, das sich, wie Alex angekündigt hatte, durch die Fernbedienung öffnete. Gleichzeitig ertönte eine ohrenbetäubende Sirene, die offenbar mit demselben Knopf ausgelöst worden war. Spätestens jetzt wussten alle im Institut, dass jemand mit dem Notarztwagen auf der Flucht war. Pjotr sprang erschrocken zur Seite, duckte sich hinter eine Säule und schaute dem Notarztwagen hinterher. Dann sah er, wie Evgenij durch eine Seitentür in die Tiefgarage humpelte, sich hinter den Lenker einer der dunklen Limousinen setzte und mit quietschenden Reifen aus der Garage schoss. Das Rolltor hatte sich bereits wieder halb geschlossen und das Dach der Limousine versprühte Funken, als es sich gerade noch darunter hindurchzwängte. Dann war alles wieder still. Pjotr atmete auf und ließ erschöpft seine Pistole auf den Betonboden sinken. Er bemerkte nicht, wie sich ein schwarz gekleideter Mann an ihn heranschlich. Ein heftiger Faustschlag und ein roter Siegelring mit einem goldenen Stern darauf bohrte sich krachend in seine Schläfe. Er verlor sofort das Bewusstsein.

„Verdammt, die Sirene ... wie ... Nadjeschda, kannst du das Scheißding irgendwie abstellen?" Al raste mit dem Notarztwagen über das Gelände des Instituts. Tatsächlich waren zu seiner Beruhigung keine schwarz gekleideten Männer zu sehen. Es war erschreckend still auf dem Gelände, so still, dass man im nächsten Moment die Breitseite einer Schusswaffensalve hätte erwarten können. Nadjeschda nahm erneut die Fernbedienung und betätigte hektisch die darauf befindlichen Knöpfe. Das änderte zwar nichts an der ohrenbetäubenden Sirene, aber wie von Geisterhand öffnete sich das große Eisentor. Aus dem Augenwinkel sah er den LKW vor dem Gebäude stehen, in dem er früher einmal als verkleidete Prostituierte in das Institut eindringen konnte, um nach Jule zu suchen.

„Das Tor, es geht auf! Wahnsinn ... wir sind frei!" Al trat das Gaspedal durch, als er sah, dass das Tor sich bereits wieder schloss. Er schoss auf die Landstraße in die Dunkelheit außerhalb des Instituts hinaus. Plötzlich verstummte die Sirene. Al atmete tief durch. Er griff in die Brusttasche seines Hemds, holte einen Zettel hervor und reichte ihn Nadjeschda.

„Kannst du lesen, was da draufsteht? Pjotr hat es mir gegeben. Es ist das Krankenhaus, wo ... wo wir hinmüssen." Nadjeschda hatte sich instinktiv zu Al nach vorne gesetzt. Zwar wollte sie lieber hinten bei Daniel sein, aber sie wusste, dass sie die Einzige war, die Russisch lesen und sprechen konnte. Pjotr hatte zwar die Adresse des Krankenhauses auf Deutsch aufgeschrieben, aber die Bezeichnungen auf den Straßenschildern und der Straßenkarte, die Nadjeschda aus dem Handschuhfach hervorzog, waren alle auf Russisch. „Vielleicht kannst du das Navi in Gang bringen?" Nadjeschda tippte auf den Touchscreen, der sich in der oberen Mittelkonsole befand. Nichts tat sich, der Bildschirm blieb dunkel. „Na prima, hoffentlich ist das das Einzige, was hier nicht funktioniert. Benzin scheint genug drin zu sein." Plötzlich durchfuhr Al der Gedanke, dass Daniels Batterie ihnen nur zwei Stunden Zeit ließ, dann würde nichts mehr helfen. Hektisch sah er auf seine Armbanduhr und versuchte sich zu erinnern, wann er den Schalter umgelegt hatte. Eine gute Stunde war bereits vergangen. Inzwischen versuchte Nadjeschda, über eine Karte gebeugt und unter dem fahlen Licht der Beifahrerlampe, das von Pjotr angegebene Krankenhaus zu finden.

„Ah, hier ist es. Knapp hinter der Stadtgrenze von Moskau. Mein Gott, hoffentlich lassen die uns da rein."

„Kannst du etwa abschätzen, wie lange wir bis dahin brauchen?" Nadjeschda suchte den Maßstab der Karte und fuhr mit dem Zeigefinger die Strecke ab. „Ungefähr eine Stunde, vorausgesetzt, die halten uns nicht an der Stadtgrenze fest." Al war klar, dass es knapp werden würde. Er sagte jedoch nichts, um Nadjeschda nicht unnötig zu beunruhigen. Erneut trat er das Gaspedal nach unten. Aber mehr als knapp hundertzwanzig Kilometer pro Stunde gab die Kiste nicht her. Andererseits schien es auch das Äußerste, was auf der holprigen Landstraße möglich war. Er wusste, dass ein kleiner Fehler, nur ein kleiner Unfall, alle Pläne zunichtemachen und Daniels sicheren Tod bedeuten würde. Im Rückspiegel sah er eine schwarze Limousine näherkommen.

Institut Jurij Gagarin, Juli 2020, abends

„Dort, siehst du, da ist es." Jelena deutete mit dem Finger auf eine der gleichförmigen, dreigeschossigen Baracken. Sie hatte den Ort ihrer früheren Arbeitsstelle, so nannte sie das Gebäude ihrem Vater gegenüber, gleich wiedererkannt. Erleichtert stellten sie fest, dass niemand zwischen den Gebäuden zu sehen war. Dimitrij manövrierte den Lastwagen mit der Laderampe voran vor den Eingang der Baracke. Rasch zogen sie die Plane hoch und einer nach dem anderen sprang hinunter und verschwand in der Tür. Sie versammelten sich in einem größeren Saal, während Dimitrij den Lastwagen abfahrbereit neben dem Gebäude parkte. Er hatte dem Wachmann zwar von anderen Aufträgen erzählt, aber das schien nun vergessen. Allerdings wurde ihm auch bewusst, dass sie im Falle einer Flucht niemals mit dem Lastwagen die schweren Eisentore würden durchbrechen können. Selbst wenn sie plangemäß einen Großteil, vielleicht sogar alle Wachmänner innerhalb des Instituts festsetzen konnten, waren da immer noch die beiden schwer bewaffneten Männer vor der Tür. Und wie es dann weitergehen sollte, hatten sie sowieso nicht besprochen. Immer mehr überfiel sie die schreckliche Gewissheit, dass sie jetzt erst recht in der Falle saßen.

„Zweiter Stock, Raum 205, das war mal mein Arbeitsplatz." Jelenas Blick wanderte rastlos von einem Gebäude zum anderen, blieb aber immer wieder an dem Fenster hängen, hinter dem sie einst versucht hatte, ihrem Stammkunden Pitti die letzten Tage seines traurigen Daseins zu versüßen.

Pitti, der im richtigen Leben Peter Schmitt hieß, war ein begnadeter Wissenschaftler, dem gerade dies zum Verhängnis wurde. Damals hatte man ihn hinter diesen Mauern gefangen gehalten. Man hatte ihn gezwungen, sein wertvolles Wissen für die Machtgier einzelner Despoten preiszugeben. Man hatte ihm keine Wahl

gelassen. Da er nach Angaben der Behörden in der deutschen Heimat auf dem Friedhof seine letzte Ruhe gefunden hatte, suchte niemand nach ihm. Und es spielte keine Rolle, ob er in Wirklichkeit im Institut oder in den trostlosen Lagern der sibirischen Steppe sein Leben beenden würde. So ergab er sich seinem Schicksal als verschleppter und ausgebeuteter Wissenschaftler, das er mit Jelenas Streicheleinheiten und einem Hoffnungsschimmer, doch irgendwann wieder die Freiheit zu erlangen, geduldig ertrug. Als der große Aufstand begann, hatte er mutig zwischen seinen Leidensgenossen und ihren Peinigern zu vermitteln versucht und dies mit dem Leben bezahlt. Die Freiheit hatte er nie wieder erlangt, seine Familie, seine geliebte Heimat nie wieder gesehen.
Als Jelena das Freudenhaus, wie es damals von allen genannt wurde, das sich aber äußerlich kaum von den anderen trostlosen Gebäuden unterschied, betrat, fühlte sie sich schlagartig zurückversetzt in eine längst vergangene Zeit. Sie griff sich an das kleine goldene Kreuz um ihren Hals und schickte ein Dankgebet zum Himmel. Während ihr Vater mit den Männern im Erdgeschoss die Lage sondierte, stieg sie nach oben in den zweiten Stock. Alles war unverändert. Der Raum, in dem Pitti, anstatt sich ihrer zu bedienen, meist seinen Wodkarausch ausschlief, sah, abgesehen von einer alles bedeckenden Staubschicht, aus wie damals. Ein rundes Bett in der Mitte, an der Wand zur Tür ein kleines Waschbecken, das war alles. Auch das Handtuch hing noch am Haken seitlich des Waschbeckens, so grau und fleckig wie die Erinnerung selbst.
Inzwischen hatten sich die Männer in dem großen Raum im Erdgeschoss eingerichtet. Ungeduldig standen sie im Kreis um Dimitrij, um das weitere Vorgehen zu erfahren. Zeitlebens hatten sie sich dieser Hierarchie untergeordnet, da sie wussten, dass nur so ein gemeinsamer und damit erfolgreicher Plan umgesetzt werden konnte. Die eigene Vorstellung, insbesondere, wenn sie mit der ihres Vorgesetzten nicht übereinstimmte, war da eher hinderlich.

Dimitrij wusste das nur zu gut und die Verantwortung nicht nur für sein eigenes, sondern auch für das Schicksal seiner Männer, lastete oft schwer auf ihm. Gleichzeitig wurde ihm immer wieder bewusst, wie er die treue Untergebenheit hätte ausnutzen können und wie leicht sie von anderen Menschen in ähnlicher Position ausgenutzt wurde. Nahezu bedingungslose Hierarchie war in seinem Metier eine fatale Notwendigkeit, bei der Segen und Fluch eng beieinanderlagen und nur dem Gewissen des Anführers gehorchten. Wie froh war er doch gewesen, wie erleichtert, als er diese Verantwortung abgegeben hatte. Und nun stand er erneut inmitten seiner Männer und musste Zuversicht und Überlegenheit ausstrahlen, genau das, was im Moment in seiner Brust wie ein Kartenhaus zusammenzustürzen drohte. Umso mehr floss es ihm warm durch die Adern, als er Jelena sah, wie sie voller Tatendrang aus dem Treppenhaus kommend auf ihn zusprang. Für einen Moment konnte er die Fassade wahren, von der er wusste, dass sie für seine Männer gerade jetzt lebensnotwendig war.

„Wir müssen sie ausschalten, einen nach dem anderen", murmelte er Jelena zu. Sie erkannte sofort die Ratlosigkeit ihres Vaters. Der Anblick der umherstehenden Männer verriet ihr jedoch, dass der weitere Plan aus seinem Munde kommen musste.

„Genau, Vater, so muss es laufen, einer nach dem anderen, du sagst es. Ich locke die Kerle rein, dann ein Stoß und ab in die Kammer seitlich des Eingangs. Chloroform ins Gesicht, Kabelbinder um die Knöchel und Klebeband über Mund und Augen."

„Chloroform, Kabelbinder, haben wir ... oder ...", stotterte Dimitrij. Jelena kam ihrem Vater zu Hilfe. „Im Keller ... Chloroform, wenn es noch gut ist, Kabelbinder ... Instrumente ... alles da. Wer damals nicht spurte, kam in die Zelle. Davon gab es mehrere ... im Keller ... mit schalldichten Wänden."

Dimitrij seufzte, als er seine blasse Tochter anblickte. Es war nicht leicht zu ertragen, wie das Martyrium seiner damals verstoßenen

Tochter nach und nach zutage trat. Und doch wusste er, dass er die Augen und Ohren nicht verschließen durfte, jetzt nicht mehr. Mindestens das war er seiner Tochter schuldig. Er spürte einen Kloß im Hals und räusperte sich.

„Es .... ja, es muss schnell gehen, Männer", setzte er den Ausführungen seiner Tochter nach, um den Anschein der Führungsgestalt weiter aufrechtzuerhalten. „Ein Schrei, ein Schuss und ... die anderen wären gewarnt und dann ... dann ist alles aus, verstanden?" Die Männer nickten dankbar.

Der kleine Raum am Eingang, die dunklen Zellen im Keller, Chloroform, Kabelbinder, Instrumente, alles war da, so wie Jelena es vorhergesagt hatte und über deren damalige Verwendung sich jetzt keiner Gedanken machen wollte. Dimitrij stand im Raum, als wäre alles nur ein Alptraum, aus dem er um alles in der Welt aufwachen wollte. Mit zitternden Händen zog er seine Tochter in eine dunkle Ecke.

„Jelena, ich wusste nicht ... ich ... ich wollte es nicht wissen ... verdammt ...." Sein massiger Körper bebte, während Jelena ihre Arme tröstend um ihn legte. Schweigend standen sie einen Moment beieinander. Dann suchte Jelena nach seinem Blick, doch er wich ihr aus.

„Vater, es ist vorbei, hörst du? Es ist vorbei und ... lass uns gehen, die Männer warten auf dich. Sie wollen wissen, wie es weitergeht."

„Die Männer haben lange genug auf mich gehört, auf einen törichten alten Mann, der ...", erwiderte Dimitrij mit erstickter Stimme. „Der das Wichtigste in seinem Leben aus lauter Selbstsucht mit Füßen getreten hat. Jelena, ich ... bin es nicht wert ... ich war es niemals wert ... du ..."

„Vater, die Männer brauchen dich jetzt", flüsterte Jelena. „Du darfst sie nicht im Stich lassen. Wir ... wir dürfen sie nicht im Stich lassen."

Als wäre es das erlösende Wort, hob er plötzlich den Kopf und sah sie an. „Wir ... wir ... ich bin es nicht wert, dieses Wort aus deinem Mund zu hören, aber ... es tut gut."
„Wir schaffen das. Wir beide gemeinsam. Und jetzt ... jetzt sollten wir uns beeilen, nicht dass die Damen da oben etwas Dummes anstellen." Dimitrij drückte dankbar Jelenas Hände, dann wandten sie sich um und gingen nach oben. Wie vorhergesagt fanden sie sich einer aufgescheuchten Horde mit zerzausten Kleidern und verschmierter Schminke gegenüber, deren Weiblichkeit mehr und mehr ins Groteske überzugehen schien. Ein krampfhaftes Grinsen konnte Dimitrij beim traurigen Anblick seiner einst so stolzen Männer nicht unterdrücken, was jedoch von diesen glücklicherweise als siegessicherer Tatendrang interpretiert und sogleich mit einem aufmunternden Lächeln quittiert wurde.
„Meine Tochter und ich, wir haben einen Plan ... einen guten Plan." Jelena schoss es durch den Kopf, dass sie ja gerade darüber nicht gesprochen hatten. Sie starrte angestrengt aus dem Haus und sah schräg gegenüber einen Mann mit Waffe zwischen den Baracken auf und ab laufen.
„Ich bin gleich wieder da und dann ... wie Vater sagte, es muss schnell gehen. Kein Schrei, kein Schuss, sonst ist alles aus." Erschrocken setzte ihr Vater an, etwas zu sagen. „Lass nur Vater, ich weiß, wie man das macht. Den Rest überlasse ich dir und deinen ..." Jelena spitzte schelmisch den Mund. „deinen Frauen." Sie strahlte ihren Vater vielsagend an und schlich sich aus dem Haus. Nicht weit entfernt kam ihr prompt der bereits anvisierte mit einer Schnellfeuerwaffe bewaffnete Mann entgegen.
„He, Sie da! Wo wollen Sie hin?"
„Verpiss dich, bestimmt nicht zu dir", raunzte ihm Jelena über die Schulter zu und ging weiter.
„Nicht so schnell, sonst ..." Jelena hörte das Klicken der Waffe im Nacken und blieb stehen. „Was willst du hier?"

„Hast du keine Augen im Kopf? Was meinst du wohl, etwa Karotten pflanzen?" Der Mann kam näher und packte sie grob am Oberarm. „Finger weg, du Drecksack, wenn dein Vorgesetzter das sieht, dann hast du nichts mehr zu lachen, also lass mich los."
„Soso, mein Vorgesetzter. Was will er denn von dir?"
Jelena drehte sich um und ließ ihre Zunge über die Lippen kreisen. „Na, was wohl? Ficken ohne Gummi, was sonst." Der Wachmann zuckte zusammen. „Und du verpisst dich jetzt lieber. Du weißt doch, wenn Wladimir nicht kriegt, was er will ... er kann sehr böse werden!" Jelena fixierte den Mann provozierend. „Wenn er in zwanzig Minuten nicht seinen Schwanz in mir hat, dann gibt's Ärger, auch für dich, Bürschchen."
„Soso, in zwanzig Minuten. Da ... hätten wir ja noch etwas Zeit, wir beide." Speichel rann ihm aus dem Mundwinkel und Jelena bemerkte, dass seine Hose spannte. Beherzt griff sie zu. Der Mann stöhnte laut auf und die Augen traten rollend hervor. Sie wusste, dass sein Verstand bereits ausgesetzt hatte und sie ihn förmlich im Griff hatte.
„Na, du bist mir ja ein Schneller, macht fünfzig Kröten. Aber ..." Beherzt massierte sie ihn über dem Schritt und hatte ihn wie einen winselnden Hund an der Leine. „Erzähl nichts deinem Chef, sonst sind wir beide gefeuert, hast du verstanden?" Die Wache ließ sich willenlos von Jelena zum Freudenhaus führen, in dem die Männer schon ungeduldig auf ihr erstes Opfer warteten. Kaum hatten sie das Gebäude betreten, öffnete sich die Tür seitlich des Eingangs und Jelena stieß ihn mit einem beherzten „Fick dich, du Schwein" in die dunkle Kammer. Rasch hielt ihm einer von Dimitrijs Männern einen großen Wattebausch mit Chloroform vor Mund und Nase und rang ihn zu Boden. Ein anderer nahm ihm das Gewehr ab und riss ihm die Arme auf den Rücken. Noch bevor irgendein Laut zu vernehmen war, hatten sie ihn mit Kabelbindern gefesselt und ein breites Klebeband über seinem

Mund fixiert, für den Moment, in dem er aus seinem kurzen Chloroform-Rausch aufwachen würde. Zuletzt leerten sie seine Taschen und nahmen ihm das Funkgerät ab, das lässig über seiner Schulter gehangen hatte. Dann schleppten sie ihn in den Keller, stießen ihn in eine der Zellen und verschlossen die schwere Eisentür hinter ihm. „Hätte noch nicht mal bezahlen können, dieses Schwein", brummelte Jelena und rollte die wenigen Rubel, die sie in seiner Tasche fanden, in der Hand. Dann wandte sie sich wieder ihrem Vater zu, der das leise rauschende Funkgerät hielt.

„Na, Vater, klappte doch ganz gut, oder?"

„Allerdings, nur … der Gedanke, dich hier einfach so vor die Tür zu schicken … verdammt, ich kann doch nicht meine eigene Tochter …"

Amüsiert kam Jelena ihm zuvor. „Du meinst, auf den Strich schicken. Hier läuft ein anderes Spiel, Vater, glaub mir. Jetzt drehen wir den Spieß um." Jelena spähte durchs Fenster auf den menschenleeren Hof. „Fragt sich nur …"

„Wie wir die anderen hierherlocken? Einer nach dem anderen … mal sehen, ob das klappt", setzte Dimitrij die Gedanken seiner Tochter fort.

Jelena erstarrte, als ihr Vater auf einen der Knöpfe des Funkgerätes drückte.

„Bist du verrückt?", raunte sie ihm noch zu, als bereits eine krächzende Stimme durch den Lautsprecher ertönte.

„Sergeij, alles in Ordnung?"

Jelena stockte der Atem, während ihr Vater die Lippen anspannte und in das Mikrofon sprach: „Nicht so ganz. Hier steht ein Lastwagen … in der Nähe des Haupttors. Ich könnte schwören, dass der vorhin noch nicht hier stand. Weißt du etwas darüber?" Es dauerte eine Zeitlang bis die Antwort kam. „Ich komm mal vorbei."

Dimitrij hob die Daumen und schaltete das Mikrofon aus. „Bingo! Nummer zwei rollt an. Ich hoffe nur, er kommt allein."
„Also dann. Mal sehen, ob der es auch so eilig hat." Jelena wandte sich zur Tür, als sie plötzlich spürte, wie jemand sie an der Schulter festhielt.
Sie drehte sich um und Natascha bemerkte augenzwinkernd: „Ich bin dran. Mal sehen, ob ich es noch genauso gut kann wie du." Sie drängte sich an Jelena vorbei ins Freie und sah, wie sich der offenbar gerufene Wachmann dem Lastwagen näherte.
Es dauerte keine fünf Minuten, bis sie, Jelenas Vorbild folgend, den zweiten Mann im Griff hatte und ihn zur Tür hineinstieß. Wieder wurde er in der Dunkelkammer außer Gefecht gesetzt, geknebelt, seiner Habseligkeiten beraubt und in den Keller gesperrt.
„Klappt besser, als ich dachte", stellte Natascha zufrieden fest. „Die Ärmsten hatten wohl schon lange keinen Spaß mehr." Sie hob die Hand und Jelena gab ihr einen beherzten Schlag mit der Rechten zurück. Dimitrij hielt die zweite erbeutete Schnellfeuerwaffe bewundernd hoch.
„Nicht schlecht, deutsches Fabrikat. Zielgenau auf mindestens hundert Meter. Früher musste man noch richtig feste drücken, bis es knallt." Er legte das Gewehr an und zielte, das linke Auge zukneifend, aus dem Fenster. „Heute ist das nur noch so ein kleiner Pups und dann ... bum."
„Vater, bist du verrückt?" Jelena sprang dazwischen. Dimitrij schmunzelte.
„Keine Sorge, noch seid ihr am Zuge, du und Natascha. Aber wenn es eng wird ... Noch so ein paar von diesen Dingern und wir hätten eine kleine Chance."
Erneut nahm Dimitrij das Funkgerät, diesmal dasjenige des zweiten Mannes und betätigte den roten Knopf. Jelena schüttelte anerkennend den Kopf.

„Igor, was ist los?", knatterte es durch das Mikrofon. Dimitrij überlegte nicht lange. Offenbar kannte er die möglichen Probleme einer Männertruppe nur zu gut.

„Eine der Wachen vor dem Tor muss mal kotzen. Ich glaub, es geht ihm nicht gut … zu viel gesoffen gestern Abend." Amüsiert verzog er das Gesicht, als die Antwort prompt durch das Mikrofon rauschte.

„So ein Idiot, ich komme vorbei."

Wenig später konnte Jelena durch das Fenster ihr nächstes Opfer ausmachen.

„Der gehört mir." Damit huschte sie aus der Tür.

Natascha und Jelena wechselten sich ab und Dimitrij fiel immer ein neuer Spruch ein, mit dem er einen nach dem anderen aus dem Hinterhalt lockte, wie er es triumphierend nannte. Tatsächlich waren ihnen nach einigen Stunden zwanzig schwer bewaffnete Männer in die Falle gegangen. Inzwischen ging es auf Mitternacht zu.

Jelena klopfte ihrem Vater aufmunternd auf die Schulter. „Hinter dem Gebäude vor uns steht ein weiteres großes Gebäude. Die Fenster im zweiten Stock sind hell beleuchtet und … ich hätte schwören können, Jule am Fenster zu sehen. Wenn wir doch nur ein Lebenszeichen von ihnen hätten."

Es war kurz nach Mitternacht, als plötzlich eine Sirene aufheulte. Die Männer zuckten zusammen und Dimitrij machte ein ernstes Gesicht, als habe er auf dieses Signal bereits gewartet.

„Es ist so weit, Männer. Offenbar haben sie mitbekommen, dass etwas nicht stimmt und einige ihrer Leute fehlen. Es wird Zeit, dass wir Plan B umsetzen." Ohne Jelenas Antwort abzuwarten, gab er seinen Männern Anweisung, sich mit den Schnellfeuerwaffen an die Fenster zu kauern und weitere Befehle abzuwarten. Besorgt stellte Jelena fest, dass sich die Muster männlicher Kriegsführung immer wieder Raum verschafften. Die Perücken sollten sie ablegen, damit beim Zielen nicht eine Strähne ihre Sicht verdeckte. Der erste Schuss musste sitzen, um dem Gegner keine Gelegenheit zu geben, zurückzuschießen. Dies war nach Dimitrijs Anweisung umso bedeutender, als es stockdunkel war und die spärliche Neonbeleuchtung nur ein fahles Licht auf die Häuserecken warf. Der Platz zwischen den Gebäuden ließ kaum einen Kontrast erkennen.

Die Sirene wurde immer lauter und überraschend tauchte ein Krankenwagen auf, dessen Martinshorn mit der Sirene von der Hausecke einen schrillen Zwieklang erzeugte. Die blauen Blinklichter des Krankenwagens tauchten das Gelände in ein gespenstisch flackerndes Licht, das die Konterfeis der Männer wiederholt wie scheintot aufleuchten ließ. Der Motor des Krankenwagens heulte auf und die Räder drehten durch, als er mit hoher Geschwindigkeit durch das kurz zuvor geöffnete Tor in die Dunkelheit schoss. Das Tor begann sich bereits wieder zu schließen, als ein weiterer Wagen, eine dunkle Limousine, hinterherraste und gerade noch rechtzeitig die schweren Eisengitter passierte. Dann wurde es wieder still.

Jelena und ihr Vater sahen sich verwundert an. Dimitrij versuchte sich erneut auf seinen nicht vorhandenen Plan B zu konzentrieren. In solch einer Situation war Ruhe oft noch schwerer zu ertragen als hektischer Aktionismus, aus dem sich zwangsläufig eine Notwendigkeit zum Handeln ergab. Ruhe konnte auch bedeuten: Ruhe vor dem Sturm. Zu Dimitrijs Erleichterung blieb jedoch zunächst alles still, so dass kein unmittelbarer Handlungsbedarf bestand. Trotzdem erwarteten die Männer ein Kommando ihres Chefs, der zumindest den Anschein erwecken sollte, als ob er alles unter Kontrolle hätte.

„Wir müssen abwarten, bis es wieder hell wird. Vorher werde ich das Gelände erkunden. Ich muss wissen, mit wie viel Wachmännern noch zu rechnen ist, und dann ... dann muss ich rausfinden, wo dieser Wladimir sitzt. Wenn wir den einkassieren, dann haben wir gewonnen." Alle stimmten zufrieden zu, bis auf Jelena, die ihren Vater zweifelnd ansah.

„Lass mich das machen, Vater, ich kenn mich aus."

„Keine Chance, Jelena. Jetzt bin ich an der Reihe. Mit meinen schwarzen Klamotten sieht mich da draußen keiner. Und du passt hier auf die Damen auf." Schmunzelnd stülpte er sich einen schwarzen Strumpf über, der lediglich zwei Sehschlitze offen ließ. Dann steckte er sich seine Dienstpistole in den Gürtel und öffnete vorsichtig die Tür. Die Männer hielten ihre Schnellfeuerwaffen im Anschlag, bereit, ihrem Anführer jederzeit Deckung zu geben. Es war jedoch verblüffend zu sehen, wie Dimitrij, kaum hatte er sich wenige Meter vom Freudenhaus entfernt, von der Dunkelheit verschluckt wurde.

Vom Institut nach Moskau, Juli 2020, früh morgens

„Verdammt."

Nadjeschda erschrak, als sie Als sorgenvollen Ausdruck sah. „Was ist, stimmt was nicht?"

„Ich glaube, wir werden verfolgt." Angestrengt starrte sie in den Rückspiegel, während Al versuchte, das Gaspedal noch weiter durchzutreten. Aber es tat sich nichts. Die Limousine kam immer näher.

„Wenn das Evgenij ist, dann ..." Al machte sich Vorwürfe, dass er Evgenijs Waffe nicht an sich genommen hatte.

„Al, was ... was machen wir jetzt?" Nadjeschda klammerte sich ängstlich an den Griff rechts über ihr. Al erinnerte sich an seine abenteuerliche Fahrt damals in Rom, als er mit dem Lieferwagen gerade noch aus Alighieris Schönheitsklinik fliehen konnte. Dieses waghalsige Manöver konnte er auf keinen Fall wiederholen.

Das Risiko, dabei den Krankenwagen in den Graben zu fahren, war zu groß. Er musste sich etwas einfallen lassen.

Im nächsten Moment schob sich die Limousine auf die linke Spur und setzte zum Überholen an. Kaum befanden sie sich auf gleicher Höhe, sah Al Evgenijs hässliches Grinsen durch das offene Fenster der Limousine, daneben einen Gewehrlauf, den er schwankend in Position brachte.

„Evgenij, verdammtes Schwein." Geistesgegenwärtig zog Al das Lenkrad nach links und rammte mit seiner Flanke die schwarze Limousine.

„Bist du verrückt, wenn wir ..." Nadjeschda schrie durch das Führerhaus.

„Er knallt uns ab, ich musste etwas tun." Al keuchte vor Anspannung. Er wusste, dass ein weiteres derartiges Manöver verheerend sein würde. Bereits jetzt hatte er Mühe, den Wagen wieder in die Spur zu bekommen. Am Fenster nach hinten klebte angstverzerrt Karins Gesicht.

„Evgenij!", schrie Nadjeschda, was dazu führte, dass Karin noch panischer aussah. Offenbar hatte sie verstanden. Die Limousine war durch Als waghalsiges Manöver über den Fahrbahnbelag hinausgeraten. Im Rückspiegel sah er, wie sie von einer Seite zur anderen schleuderte und dann quer zur Straße stehenblieb.

„Das gibt uns etwas Luft", stöhnte Al, sah aber auch, wie sich die Scheinwerfer erneut in seine Richtung ausrichteten. Die Limousine kam rasch näher. Nadjeschda blickte nach hinten und sah Karin, die zwischen Daniels Bett und der Hecktür stand. Über ihrem Kopf hielt sie eine Sauerstoffflasche.

„Oh, mein Gott, was macht Karin da?"

„Was ist los, Nadjeschda, was geht da vor?" Als Stimme überschlug sich fast vor Aufregung.

„Ach, du meine Scheiße, Karin ... sie ... oh Gott, das kann nicht gutgehen." Karin ließ die Limousine kaltblütig immer näherkommen.

Mit der linken Hand hielt sie sich an einer Stange fest, die sich über ihr befand. Mit der Rechten schwang sie die stählerne Sauerstoffflasche. Kaum war die Limousine keine zehn Meter mehr hinter ihnen, riss Karin die rückwärtige Tür auf und schleuderte die Stahlflasche der Limousine entgegen. Ein lautes Krachen ertönte, als die Flasche die Frontscheibe durchschlug. Erneut sah Al, wie die Limousine über die Landstraße schleuderte und schließlich in einen Acker rauschte.

„Wow, das hat gesessen, Karin! Wahnsinn … Wahnsinn!", rief Al aus und streckte den Daumen seiner rechten Hand nach oben. Karin grinste zufrieden durch das kleine Fenster.

Im Rückspiegel war es dunkel, während Al auf die nächstgrößere Landstraße in Richtung Moskau abbog. Es war gegen zwei Uhr morgens. Al sah auf seine Armbanduhr. Noch vierzig Minuten, mehr war nicht drin. Er wollte sich nicht vorstellen, was hinten bei Daniel los sein würde, wenn plötzlich die Batterie ihren Geist aufgäbe. Erneut trat er aufs Gaspedal. Im Rückspiegel sah er Scheinwerfer aufleuchten.

„Na endlich, die ersten normalen Menschen auf der Straße", murmelte er, wurde aber rasch misstrauisch, als das Fahrzeug im Rückspiegel mit hoher Geschwindigkeit näherkam.

„Das … das kann doch nicht wahr sein", flüsterte Nadjeschda. „Verdammt, wenn das wieder Evgenij ist, dann … Scheiße, das kann nur Evgenij sein." Nadjeschda winkte durch das Fenster und machte eine fragende Handbewegung, um herauszufinden, ob Karin vielleicht noch eine Stahlflasche auftreiben konnte. Hektisch suchten sie nach etwas, das sie erneut gegen Evgenij schleudern konnten. Die Limousine kam schnell näher und Al sah, wie der Lauf des Gewehrs durch die nicht mehr vorhandene Frontscheibe zielte.

„Auf den Boden!", schrie er, als die erste Salve der Schnellfeuerwaffe durch das Dach des Krankenwagens schlug. Wieder kam die Limousine näher, und bevor der nächste Schuss fiel, der sein Ziel diesmal nicht verfehlt hätte, trat Al auf die Bremse. Die Limousine krachte in das Heck des Krankenwagens. Evgenijs Kopf schleuderte blutverschmiert nach vorne und eine erneute Gewehrsalve feuerte in den Nachthimmel. Al gab Gas. Glücklicherweise hatte er keinen schlimmen Schaden an seinem Heck verursacht. Der Abstand zu der Limousine hatte sich jedoch kaum verkürzt. Schon kam Evgenij bedrohlich näher und Al meinte, seine hassverzerrte Visage zu sehen. Die Landstraße war immer noch einsam und bis zur Autobahn, die direkt nach Moskau führte, waren es noch knapp zehn Kilometer. Zu weit, dachte er, um Evgenij mit noch einem waghalsigen Manöver abschütteln zu können.

„Die sollen sich hinten flach hinlegen, Nadjeschda, kannst du das denen irgendwie begreiflich machen?" Nadjeschda fuchtelte mit den Händen, fand im Heck jedoch keine Beachtung. „Was machen die da, verdammt?", brüllte Al in Panik. „Evgenij kommt näher und noch ein Schuss ... verdammt, die sollten sich hinlegen!" Die Limousine blieb aber diesmal auf Abstand, sodass ein erneuter Bremsversuch sinnlos war. Al wusste, dass Evgenijs Schnellfeuerwaffe auch aus größerer Entfernung sein Ziel tödlich treffen konnte. Angstschweiß sammelte sich auf seiner Stirn und tropfte ihm brennend in die Augen. Nadjeschda starrte angespannt nach hinten.

„Runter, Nadjeschda, Kopf weg. Noch so eine Salve, die haut durch alles durch!" Doch Nadjeschda klebte an dem kleinen Fenster. „Was läuft da, verdammt?"

„Keine Ahnung, aber ... es sieht nicht gut aus ... das sieht gar nicht gut aus." Langsam schob sich die Limousine näher. Al sah im Rückspiegel, wie Evgenij das Gewehr in Position brachte. Der Wind, der durch die geborstene Scheibe rauschte, schien ihm nicht das Mindeste auszumachen. Instinktiv zog er seinen Kopf nach unten, in Erwartung einer erneuten Gehwehrsalve.

„Die Tür, verdammt, die hintere Tür geht auf!", schrie Nadjeschda fassungslos. Das schwere Krankenbett rollte behäbig durch die nach beiden Seiten geöffnete Hecktür. Mit ohrenbetäubendem Lärm krachte es in die Seite der Limousine, die schlagartig von der Straße abkam. Evgenij hatte in letzter Minute versucht, das Lenkrad herumzureißen. Wahrscheinlich hatte er, von Wind und Glassplittern geblendet, Karins teuflischen Plan nicht rechtzeitig erkannt. Im Rückspiegel sah Al, wie sich die Limousine mehrfach überschlug und schließlich im Straßengraben liegenblieb. Er konnte noch nicht fassen, was passiert war. Offenbar hatten sie Daniel aus dem Bett gehoben und es dann als schwere Waffe eingesetzt, der Evgenij nicht mehr ausweichen konnte. Einigermaßen ruhig nagelte der Diesel des Krankenwagens in Richtung Autobahn, als kurze Zeit später hinter ihnen der Schein einer Explosion den Nachthimmel erhellte.

Institut Juij Gargarin, Juli 2020, früh morgens

Es vergingen quälend lange Stunden. Die Stille im Institut legte sich wie ein Vorbote des Schreckens über die angestrengt nach draußen spähenden Männer. Der Ausdruck ihrer Gesichter hatte sich von Tatendrang in blasse Ratlosigkeit verwandelt. Keiner wagte, etwas zu sagen. Je länger das Warten dauerte, desto mehr spannte sich der Bogen aufkommender Angst, dass etwas Unerwartetes, eine Katastrophe unmittelbar bevorstünde.
Es war bereits gegen vier Uhr morgens, als immer wieder ein kurzes Schnarchen zu vernehmen war, gefolgt von einem ermahnenden Flüsterton. Dann war es wieder still. Mehr und mehr machte sich Jelena Sorgen. Sie überlegte, vielleicht eine der Uniformen ihrer Gefangenen anzuziehen, um sich möglichst unauffällig auf die Suche nach ihrem Vater zu begeben.

„Ich geh da raus", flüsterte sie Natascha ins Ohr, die an ihre Seite gelehnt eingeschlafen war und nun mit rasendem Herz hochschreckte.

„Dein Vater hat gesagt ..."

„Quatsch, mein Vater ... ich bin alt genug. Ich weiß, er steckt in Schwierigkeiten. Ich muss da raus, vielleicht ... braucht er meine Hilfe." Sie hatte den Satz noch nicht zu Ende geflüstert, als sich leise die Türklinke senkte. Einer der Männer sprang auf und richtete seine Schnellfeuerwaffe auf die Tür.

„Ich bin es, verdammt, weg mit der Waffe." Dimitrij zwängte sich durch die kaum geöffnete Tür und verschloss sie lautlos hinter sich. Jelena stürmte auf ihn zu.

„Und? Ich habe mir vor Sorge fast in die Hose gemacht."

„Ich glaube, das hat sich schon lange keiner mehr für seinen alten Vater."

„Hast du etwas gesehen? Wie viele sind es?"

„Ich glaube, du und Natascha, ihr habt ganze Arbeit geleistet. Es war keiner von den Burschen zu sehen. Sicher fragen sich die zwei Wachen vor dem Tor, warum sie keiner ablöst."

„Und sonst, irgendeine Spur von Nadjeschda, Karin, Al, Jule oder ... Daniel? Die müssen doch irgendwo sein." Wieder durchfuhr sie der Gedanke, dass ihre Freunde vielleicht gar nicht mehr im Institut waren, dass sie vielleicht nie im Institut gewesen waren. Vielleicht war es eine geplante Falle, in die sie blind hineingeraten waren. Und was die anderen betraf, vielleicht hatte man sie schon abgeknallt, irgendwo verscharrt. Dimitrij deutete aus dem Fenster und zeigte auf das gegenüberliegende Gebäude, das sich schwarz gegen die langsam heraufziehende Morgendämmerung abhob.

„Wie Natascha schon erklärt hat, befindet sich dahinter ein weiteres Gebäude. Die zweite Etage ist hell beleuchtet. Es sieht aus wie ... wie ein Krankenhaus."

„Wie ein Krankenhaus?"

„Auch das Erdgeschoss war beleuchtet, nicht ganz so hell. Sah aus wie ein Mannschaftsraum, war nur keiner da."

Jelena erstarrte. „Du warst da drin?"

Dimitrij zuckte die Schultern, als wäre es das Normalste der Welt gewesen. „Hab mich im Schrank versteckt, als zwei Männer reinkamen. Durch den kleinen Türspalt konnte ich leider nicht viel erkennen. Aber ... der eine könnte Evgenij gewesen sein, vielleicht auch sein Bruder. Sie wirkten ziemlich aufgeregt. Für einen Moment dachte ich sogar, dass einer dem anderen ein Gewehr unter die Nase hielt. Kann mich aber auch täuschen. Dann sind sie wieder verschwunden, die Treppe hoch."

„Klingt nicht gut, was meinst du?" Die Männer hatten sich inzwischen um sie versammelt und lauschten Dimitrijs Schilderungen.

„Ich wollte erst noch in den zweiten Stock, den beiden Männern folgen. Das war mir aber doch zu heiß. Wenn sie mich erwischt hätten, wäre alles aus gewesen. Ich bin dann wieder raus, habe versucht, gegenüber irgendwo hochzuklettern, um einen Blick in den zweiten Stock zu werfen. Bevor ich so weit war, ging aber das Licht oben aus. Dann eilte jemand aus der Tür, und bevor ich mir den schnappen konnte, war er verschwunden, wie vom Erdboden verschluckt. Ich fürchte, das war dieser Wladimir ... entwischt mir immer wieder ... verdammt."

Jelena kniff nachdenklich die Augen zusammen. „Seltsam ... und was machen wir jetzt? Vielleicht sollten wir jemanden verständigen, die Polizei, das Militär, weiß der Geier ..."

„Und ihnen erzählen, dass wir mit zwanzig als Prostituierte verkleideten Expolizisten in das Institut Jurij Gagarin eingebrochen sind? Bestenfalls liefern wir uns damit Wladimir und seinen Schergen direkt ans Messer. Wir brauchen Geduld, und wenn es heller wird, dann ..."

„Dann wird es auch nicht besser."

„Jelena, glaub mir, von hier aus haben wir eine Chance. Wenn wir uns aufteilen und planlos durch das Institut geistern, machen wir es nur schlimmer. Vermutlich haben wir die meisten von ihnen bereits außer Gefecht gesetzt, das ist schon mal beruhigend."

„Und genau deshalb sollten wir losschlagen, Vater. Wenn Wladimir Nachschub bekommt, dann ist es zu spät." Einer der Männer räusperte sich und nickte Dimitrij zu.

„Jelena hat recht, wir sollten sie, oder wer immer noch da ist, überraschen. Nur ..." Er blickte an sich herab und dann zu seinen Kammeraden. „So geh ich da nicht raus. Wir schnappen uns die Uniformen unserer Gefangenen und dann denken die vielleicht, wir wären auf ihrer Seite und wir können sie überraschen." Dimitrijs Miene hellte sich auf, er setzte die Ausführungen fort, als sei es sein eigener Plan gewesen.

„Gute Idee! Überraschungsangriffe sind immer gut. Perfekt getarnt überfallen wir sie und werfen sie zu den anderen in die Zellen. Dann sammeln wir genügend Beweismaterial, um den Laden hier auffliegen zu lassen, und rufen unsere diensthabenden Kollegen an." Dimitrij klatschte voller Tatendrang in die Hände, doch Jelena hielt ihn zurück.

„Und dann gibt es eine Schießerei und wir bleiben auf der Strecke. Selbst wenn nur noch eine Handvoll dieser Idioten da draußen rumspringt, kann es ein schönes Gemetzel geben." Dimitrij runzelte die Stirn. „Eben wolltest du noch losschlagen und jetzt ..."

„Klar schlagen wir los, aber .... aber auf unsere Weise." Natascha schmunzelte, als sie Jelenas Plan durchschaute und zückte den Lippenstift.

„Da müssen wir aber noch etwas nachbessern."

Einer der Männer sprang auf. „Oh nein, ohne mich. So da raus? Die lachen sich ja tot."

„Eben", stellte Jelena triumphierend fest. „Vielleicht nicht ganz zum Totlachen, aber sie werden erst einmal verwirrt sein und das ist unsere Chance. Wenn sie fremde Uniformierte sehen, dann ballern sie los, insbesondere wenn sie den Braten bereits riechen. Aber auf uns Frauen werden sie nicht gleich ballern. Und dann ziehen wir die Schießeisen aus dem Mieder und ... das war's."

Der Mann drehte sich in ablehnender Haltung im Kreis. „Nicht auf uns Frauen schießen, sehr witzig. Schießeisen im Mieder, dass ich nicht lache."

Dimitrij hielt ihn fest und sah ihn fordernd an. „Jelena hat recht. Wir müssen sie überraschen. Und diese Kleider sind unsere beste Tarnung. Habt ihr vergessen, wir sind Evgenijs Geschenk, die warten förmlich auf uns."

Natascha ging aufgeregt dazwischen. „Na, dann mal los. Ihr seht ja aus wie eine Horde abgewrackter Schwuchteln. Komm, Jelena, das wird nicht einfach sein, aber ... aber nachher." Sie schnalzte mit der Zunge.

Die beiden Frauen brauchten tatsächlich mehr als eine halbe Stunde, um die Männer einigermaßen wieder herzurichten. Mit viel Lippenstift, Make-up, tiefblauem Lidschatten und kräftigem Kajal verwandelten sie die Männer erneut so, dass sie an jedem Türsteher billiger Bordelle ohne jegliche Kontrolle vorbeigekommen wären. Schließlich pustete Jelena noch triumphierend den Rest ihres Parfüms in die Menge.

„Hoffentlich kommt der Wind von vorne, sonst riecht man uns schneller, als man uns sieht", bemerkte Dimitrij. „Also dann, Männer ... ich meine natürlich, Frauen, Jelena und Natascha zeigen euch jetzt, wie man die Waffen einer Frau einsetzt. Gleich an die Eier und dann zack, zack!"

Die Männer rümpften die Nase. „An die Eier, zack, zack! Sehr witzig, und wenn einer von denen schwul ist?"

„Ein Schwuler in Wladimirs Truppe?" Dimitrij kicherte amüsiert. „Nie und nimmer, das wär ja wie ein Huhn im Löwenkäfig."

„Genau, so komme ich mit vor, nur noch dämlicher", kam eine Antwort aus den hinteren Rängen.

„Quatsch, die machen euch schöne Augen, und bevor sie merken, wer hinter der Schminke steckt, naja ... der Rest ist Männersache. Also, wir teilen uns in zwei Gruppen auf. Natascha, du gehst mit der einen und du, Jelena, mit der anderen Gruppe. Es muss schnell gehen und ich ... ich knöpfe mir diesen Wladimir vor ... und Evgenij gleich mit."

„Vater, die sind gefährlich, die ...", warf Jelena besorgt ein, doch Dimitrij ließ sie nicht ausreden.

„Jelena, seit langem freue ich mich auf diesen Moment. Diesem Wladimir bin ich schon seit Jahren auf den Fersen. Und dann schickten sie mich in Rente. Aber jetzt ... jetzt krieg ich das Schwein. Solange ihr mir den Rest seiner Männer vom Hals haltet. Und noch eins – wenn es knallt, erst einmal zurückziehen und Lage sondieren. Keine Alleingänge, verstanden?"

Jelena und Natascha sahen sich, befremdet über Dimitrijs Militärton, an. Dann sammelten sie sich in zwei Gruppen und verließen nacheinander das Gebäude. Dimitrij ging als Letzter und schlich sich an der Hauswand des gegenüberliegenden Gebäudes entlang. Hinter einer Mülltonne suchte er Deckung und sah in einigem Abstand Jelenas Gruppe mit ihren grell bunten Kleidern über den Hof schweben. Es dauerte nicht lange, bis zwei Männer auf sie zustürmten, die Waffe im Anschlag. Dimitrij legte an, bereit, die beiden Wachen im Notfall auszuschalten. Es kam dann jedoch wie erwartet. Die Männer ließen die Gewehre sinken und tänzelten amüsiert auf Jelenas Gruppe zu. Kaum standen sie vor ihnen, schlug Jelena als Erste zu. Ohne zu zögern, versenkte sie ihr Knie im Unterleib eines Gegners. Einer aus der Gruppe tat es ihr sofort gleich. Dimitrij zog mit spitzem Mund Luft ein, als habe es ihn selbst getroffen, und beobachtete zufrieden, wie sie die beiden Wachen nahezu lautlos überwältigen konnten. Auf der anderen Seite des Gebäudes geschah das Gleiche mit Nataschas Gruppe und Dimitrij wusste, dass seine Stunde gekommen war. Langsam erhob er sich. Die Tür, durch die er in das Gebäude vordringen wollte, fest im Blick. Plötzlich spürte er jedoch den schmerzhaften Stoß einer Gewehrmündung in seiner Flanke und stürzte hilflos nach vorne in den Staub.

Moskau, Juli 2020, früh morgens

Auf der Autobahn war bereits lebhafter Verkehr. Al sah nervös auf seine Armbanduhr. Noch zwanzig Minuten, dann würde Daniels stählernes Herz aufhören zu schlagen. In einiger Entfernung vor ihnen sahen sie die Straßensperren, die die Stadtgrenze Moskaus umgaben und nur diejenigen hineinließen, die eine besondere Genehmigung hatten.
„Hoffentlich lassen die uns gleich rein, sonst ... sonst wird's verdammt eng." Al stellte mit Entsetzen fest, dass er sich am Ende einer kilometerlangen Autokolonne befand.
„Die wollen alle nach Moskau rein. Al, das kann Stunden dauern." Nadjeschda lief es kalt über den Rücken. „Sag mal, wie lange halten eigentlich Daniels Batterien?" Das war genau die Frage, die Al nicht hören wollte. Andererseits spürte er eine eigentümliche Entlastung darüber, das Wissen um den Wettlauf mit dem Tod – Daniels Tod – mit jemandem teilen zu können.
„Ich weiß nicht so recht, aber ... sicherlich keine Stunden mehr", antwortete er ausweichend.
„Na, dann bleibt uns wohl keine andere Wahl." Ohne nochmals nachzufragen, betätigte Nadjeschda den Sirenenknopf.
„Bis du verrückt? Sollen die alle wissen, dass wir kommen?"
„Genau, alle sollen es wissen! Eine andere Chance haben wir nicht." Wie von Geisterhand bildete sich zwischen den Autoko-

lonnen eine Spur, durch die sie sich hindurchschlängeln konnten.
„Mensch, Nadjeschda, das war schlau. Und da vorne ist auch schon die Kontrolle." Al krallte sich nervös am Lenkrad fest. Er wusste, dass er keine einzige Frage des Wachpostens beantworten konnte. Nadjeschda beugte sich zu ihm herüber und ließ ihn das Fahrerfenster öffnen. An der Sperre angekommen, rief sie den Kontrolleuren etwas zu, woraufhin sie unverzüglich durchgewunken wurden.
„Wow, das funktioniert ja noch."
„Was hast du ihnen zugerufen, Nadjeschda?"
„Parole …", mehr verstand Al nicht. „Hat mir mein Vater mal beigebracht. Das kapieren alle Militärs." Al versuchte möglichst gelassen auszusehen, als sie die Kontrolle passierten. Offenbar hatte man die vollkommen demolierte Seiten- und Heckpartie des Krankenwagens nicht zur Kenntnis genommen.
Die Straßen in den modernen Außenbezirken von Moskau waren erfreulich ruhig. Al schöpfte Hoffnung, dass sie es doch rechtzeitig schaffen würden. Wie weit es tatsächlich noch war, wusste er nicht.
„Noch zehn Minuten", murmelte er.
„Leider nein, ich denke, zwanzig Minuten werden wir noch brauchen."
„Verdammt, wir haben keine zwanzig Minuten mehr. Zehn und basta."
Nadjeschda stöhnte auf. „Du meinst Daniels Batterien, die haben noch zehn Minuten."
Al nickte.
„Oh Gott, so kurz vor dem Ziel. Das … das darf nicht passieren. Soll ich hinten Bescheid geben?" Nadjeschda deutete Richtung Heck, doch Al schüttelte den Kopf.
„Wir können sowieso nichts daran ändern, keine Chance. Wenn die Pumpe steht, dann steht sie für immer." Al trat aufs Gas und Nadjeschda versuchte sich mit der Straßenführung abzulenken. Dank

der Sirene konnten sie zwar jede rote Ampel ignorieren, tasteten sich aber trotzdem vorsichtig über die Kreuzungen. Jetzt noch ein Unfall wäre Daniels Todesurteil.

Die Zeit war abgelaufen und Nadjeschda spähte ängstlich durch das kleine Fenster nach hinten. Daniel lag auf Karins Schoß, Jule hielt seine Beine.

„Und?", wollte Al wissen.

„So weit, so gut", erwiderte Nadjeschda. „Noch scheint die Pumpe zu laufen."

Plötzlich hörten sie jedoch einen Schrei von hinten. Nadjeschda ballte die Fäuste. „Verdammt, noch zwei Straßen, dann sind wir da."

Mit entsetzt geweiteten Augen signalisierte Karin, dass ein Lichtsignal schwache Batterieleistung anzeigte. Ein durchdringender Piepton erklang, und Nadjeschda sah, wie Karin verzweifelt mit der Hand über Daniels Brust rieb.

„Mein Gott, Al, es ist vorbei, die Pumpe ... sie hat ausgesetzt!" Nadjeschda klebte an der kleinen Scheibe, um vielleicht ein letztes Lebenszeichen von Daniel zu erhaschen. „Bitte, bitte, bitte ..." flüsterte sie.

Al schoss unter das breite Dach der Notaufnahme und hielt mit quietschenden Reifen an. In Panik sprang er auf die Straße, rannte hinter den Wagen und riss die Flügeltüren auf. Daniel lag totenbleich auf Karins Schoß.

„Schnell, gib ihn mir." Al zog Daniel an sich und stürzte mit ihm in den Armen auf den Klinikeingang zu. Karin und Nadjeschda eilten mit den Leitungen und Batterien hinter ihm her.

„Strom, Strom, verdammt, wir brauchen Strom!", brüllte Al durch die Eingangshalle. Ein Mann an einer Kaffemaschine ließ vor Schreck seine Tasse fallen, als Al mit Daniel auf ihn zu rannte, in der Hoffnung, die Stromzufuhr der Kaffemaschine anzapfen zu können.

„Hinter der Maschine!", rief Karin und stemmte sich mit aller Kraft dagegen. Doch es war zwecklos, die Maschine bewegte sich keinen Millimeter. „Komm, komm, komm, beweg dich!", presste Karin atemlos hervor. Aber es tat sich nichts. Aus dem Augenwinkel sah Al, der sich ebenfalls mit dem Rücken gegen die Maschine stemmte, einen Mann mit einer großen Bohnermaschine. Das Stromkabel steckte in einer Steckdose hinter einer Säule.

„Da drüben!" Er rannte los, die anderen stolperten hinterher. Mit Daniel auf dem Arm sprang er nach vorne auf die Knie und rutschte direkt vor die ersehnte Steckdose. Geistesgegenwärtig riss Karin den Stecker der Bohnermaschine heraus, löste die Batterien, die inzwischen keinen Ton mehr von sich gaben, aus der Fassung und steckte den frei werdenden Stecker in die Steckdose. Es piepte einmal und noch einmal. Aber nichts passierte.

„Verdammt, spring an, spring an, spring an!" Niedergeschmettert legte Al das Ohr an Daniels leblose Brust. „Bitte, spring an, bitte ... bitte." Es ertönte ein weiterer Piepton. Dann weitete sich Daniels Brustkorb plötzlich, als wollte sich etwas von innen Platz schaffen, um sich im nächsten Moment wieder zusammenzuziehen. Die Pumpe hatte ihre Arbeit wieder aufgenommen.

Institut Jurij Garagrin, Juli 2020, früh morgens

„Ein Ton und du hast eine Kugel im Kopf." Dimitrij erkannte die vom Wodka strapazierte Stimme sofort. „Du Narr, für wie blöd hältst du mich eigentlich?"

Aus dem Augenwinkel sah Dimitrij seine Waffe, die ihm nach dem Schlag auf den Kopf aus der Hand gefallen war. Er bäumte sich auf und griff nach ihr. Doch Wladimir war schneller und sprang mit seinen schweren Stiefeln auf den Gewehrlauf. Dimitrij stöhnte auf. Seine Finger waren zwischen Gewehrlauf und Erde eingequetscht.

Ein vernichtender Schmerz, ein hölzernes Krachen verrieten ihm, dass einige seiner Fingerknochen gebrochen waren. Blut sickerte am Lauf der Waffe entlang in den Staub. Erneut versuchte er sich gegen den Schmerz aufzurichten und sah, wie Jelenas und Nataschas Gruppen in das Gebäude mit der vermeintlichen Krankenhausetage eindrangen. Dann wurde es schwarz.

Als er wieder zu sich kam, plätscherte etwas Feuchtes, scharf Riechendes in sein Gesicht.

„Eigentlich schade um den guten Wodka, aber bevor du stirbst, Dimitrij, soll es dir nicht schlecht ergehen." Dimitrij versuchte den Kopf zu drehen. Ein neuer Schwall Wodka schoss ihm entgegen, brannte wie Feuer in seinen Augen. „Gleich, mein Lieber, wird es ziemlich laut. Du glaubst doch nicht, dass ich Spuren zurücklasse? Ich lasse niemals Spuren zurück, das weißt du doch. Bum … und dann ist alles vorbei. Keine Zeugen, keine Beweise und deine Schwuchteln fliegen gleich mit in die Luft."

„Du dreckiges Schwein." Dimitrij stöhnte laut auf, als Wladimir seinen Absatz auf dem Gewehrlauf kreisen ließ. Ein Schwall Blut quoll unter dem Gewehrlauf hervor. Schlimmer als der Schmerz war jedoch der Gedanke, dass sich Jelena, Natascha und seine Kameraden in dem Gebäude aufhielten, das nach Wladimirs Angaben jeden Moment in die Luft fliegen sollte. Auch wenn es ihn das Leben kosten würde, er musste sie warnen. Unter Aufbietung all seiner Kräfte bäumte er sich zu einem gellenden Schrei auf. Doch Wladimirs Gewehrlauf bohrte sich ihm brutal zwischen Nacken und Schädel. Er wusste, dass nur ein Zucken von Wladimirs Finger nötig war, um seinen Schädel in eine breiige Masse zu verwandeln.

„Noch so ein Versuch, Dimitrij, dann war's das. Wir wollen doch noch gemeinsam dem wunderbaren Geräusch des explodierenden Gebäudes vor uns lauschen, dem Zerschmettern deiner Männer und deiner verschmähten Tochter."

Dimitrij wollte sich erneut mit letzter Kraft umdrehen. Vom Gewehrlauf getroffen schlug er hart in den Dreck.

„Du verdammter Narr, wir wollen uns doch nicht den Spaß verderben lassen!", raunzte ihm Wladimir in den Nacken. „Noch knapp zehn Sekunden, dann ist alles vorbei." Dimitrij wusste, dass er verloren hatte. Er hatte keine Chance. Plötzlich überfiel ihn eine seltsame Ruhe, ein helles Licht breitete sich vor ihm aus und eine vertraute Musik ertönte in seinen Ohren. Entfernt nahm er noch Wladimirs grässliche Stimme wahr, das rückwärtige Zählen bis zur endgültigen Explosion. Es war plötzlich nicht mehr wichtig. Er sah sich zurückversetzt an einer großen Tafel sitzen. Seine Frau, seine kleinen Kinder lachten und blickten erwartungsvoll auf Jelena. Ihre rötlich blonden Haare flogen im Wind. Triumphierend führte sie ihnen vor, was sie gerade gelernt hatte, nämlich rückwärts zu zählen. „Zehn, neun, acht, ..." Dimitrij öffnete den Mund, wollte sie aufhalten, wollte die Zeit anhalten und wusste gleichzeitig, dass es nicht möglich war. Die Zeit verrann unaufhaltsam immer im selben Takt, immer in dieselbe Richtung. Sein Herz raste, als er Jelena in ihrer kindlich sprühenden Art sah.

„Sieben, sechs, fünf ..." Wie in Zeitlupe stürzte Dimitrij auf Jelena zu, die ihn verzückt anstrahlte. „Vier, drei, zwei ..." Mit dem letzten Lebenswillen versuchte Dimitrij sich aufzurichten, aller Schmerzen zum Trotz, die längst der blanken Angst gewichen waren.

„ Eins."

Er schrie ein verzweifeltes „Nein!" heraus. Dann war alles vorbei.

Moskau Juli 2020, früh morgens

Al sank erschöpft neben Daniel auf den Boden. Der Mann mit der Bohnermaschine wollte sich noch erbost beschweren, sah aber dann, was passiert war, wandte sich zur Seite und verschwand. Seine Bohnermaschine ließ er stehen.

Glücklicherweise war in den frühen Morgenstunden kaum ein Mensch im Foyer des Krankenhauses zu sehen. Eine Dame am Empfang starrte verwirrt über den Tresen und nahm den Telefonhörer in die Hand. Noch bevor sie dem Sicherheitsdienst etwas sagen konnte, war Nadjeschda zu ihr hinübergeeilt und verstrickte sie in eine Diskussion, die dazu führte, dass die Frau schließlich fassungslos die Hand vor den Mund hielt. Der Schrecken über das, was Nadjeschda offenbar erzählt hatte, war ihr von Weitem anzusehen. Wiederholt bekreuzigte sie sich und blickte dabei sehnsüchtig nach oben. Dann nahm sie erneut den Telefonhörer, tippte hektisch auf der Tastatur herum, bis ihre Aktion von Erfolg gekrönt war und ein zufriedener Ausdruck auf ihrem Gesicht erschien. Dabei sah sie immer wieder ungläubig zu Al, Karin und dem hilflos an der Steckdose hängenden Kind hinüber.

Es dauerte nicht lange, bis ein Arzt erschien, gefolgt von zwei Sanitätern, die eine Rolltrage aus dem Aufzug schoben und zu der kleinen Gruppe hinübereilten. Die Batterie hatte an einer anderen Steckdose inzwischen wieder etwas Energie getankt. Einer von fünf grünen Lichtpunkten signalisierte genug Leistung, um die Zeit und Distanz bis zur Intensivstation zu überbrücken. Gemeinsam hoben sie Daniel auf die Trage. Al stellte mit Erleichterung fest, dass Daniels Gesichtszüge wieder etwas Farbe angenommen hatten. Dann ging es im Laufschritt zum Aufzug und von dort zur chirurgischen Intensivstation.

Nadjeschdas Miene entspannte sich ein wenig, doch es lag noch eine knappe Stunde bangen Wartens vor ihnen. Gegen sieben Uhr früh versammelte sich ein ganzes Chirurgenteam vor Daniels Bett. Nadjeschda versuchte nach bestem Wissen, das Fachchinesisch für die anderen zu übersetzen. Das gelassene und zugleich konzentrierte Auftreten der Chirurgen ließ alle zum ersten Mal zuversichtlich aufatmen. Ob Nadjeschda wirklich alles übersetzte, insbesondere, was Daniels Chancen anbelangte, wieder sein eigenes Herz zu bekommen, wusste keiner. Es spielte auch keine Rolle. Daniels Schicksal lag nun in anderen Händen.

„Er kann gleich in den OP!", rief ein junger Assistenzarzt aufgeregt. Schwestern und Ärzte machten sich sofort daran, Daniel in Richtung Operationstrakt zu verlegen. Es dauerte keine fünf Minuten und der Konvoi aus Krankenbett und wehenden weißen Kitteln setzte sich in Bewegung. Nadjeschda hielt sich angespannt die Hand vor den Mund, während Karin ihr sanft die Schultern massierte.

„Das wird gutgehen ... das muss gutgehen", murmelte Karin.

„Ich wollte ihm noch einen Kuss geben und jetzt ...jetzt ist er weg." Nadjeschda atmete ein paar Mal tief durch, als sie merkte, wie ihre Beine weich wurden. Den anderen ging es ähnlich. Mit letzter Kraft schleppten sie sich zu einem kleinen Wartebereich und setzten sich dicht beieinander auf eine Bank. Schlafen konnte keiner. Sie fielen in eine Art Dämmerzustand. Lärmende Menschenmassen, die wenig später an ihnen vorbei eilten, nahmen sie kaum noch zur Kenntnis.

Gegen Mittag konnte Al nicht mehr sitzen und lief nervös im Kreis herum. Jule blinzelte ihm schlaftrunken zu, war aber augenblicklich hellwach, als sie daran dachte, was in der vergangenen Nacht vorgefallen war.

„Weißt du schon etwas ... von Daniel?", flüsterte sie, was dazu führte, dass auch Karin und Nadjeschda hochfuhren und Al erwartungsvoll anstarrten.

„Wollte nur mal zur Toilette, das ist alles. Nadjeschda, vielleicht kannst du dich mal erkundigen?" Nadjeschda nickte, da sie ja die Einzige war, die sich verständigen konnte. Als sie von ihrer Erkundungstour zurückkam, hatte sie vor Aufregung gerötete Wangen.

„Daniel … er … er ist wieder auf der Intensivstation. Er … er hat sein Herz … sein eigenes Herz."
Wenig später kam eine Krankenschwester und begleitet sie dorthin.

Institut Jurij Gagarin, Juli 2020, morgens

Ein lauter Knall, eher ein Krachen, wie das Bersten einer Kokosnuss auf hartem Asphalt ertönte und im nächsten Moment fiel etwas Schweres auf Dimitrijs schmerzgeplagten Körper. Wie lebendig begraben spürte er den Staub in seinen Mund eindringen, spürte, wie er sich mit dem Blut, das aus einigen gebrochenen Zahnhälsen hervorquoll, vermischte und ihm den Atem nahm. Doch das Leben in ihm schien noch nicht vorbei. Hustend bäumte er sich auf und konnte erst nicht begreifen, dass ihn die schwere Last auf seinem Rücken nicht erneut zu Boden drückte, sondern so unerwartet von ihm abließ, wie sie träge und leblos zur Seite rollte. Es gab nichts Erlösenderes, nichts Befreienderes, als kurz vor dem Ersticken wieder Luft in den Lungen zu spüren, dachte Dimitrij benommen. Die letzten Sekunden waren langsam und gleichzeitig schnell verlaufen. Dimitrijs Leben hatte sich wiederholt, von seiner Geburt an bis zu diesem Moment des nahen Todes. Wie zwei unabhängige Zeitachsen, die gleichzeitig und doch in völlig unterschiedlicher Geschwindigkeit abliefen. Im Schnelldurchlauf spürte er all seine Freuden und Schmerzen und war dabei gleichzeitig nur Beobachter.
Irgendjemand stieß den leblosen Körper, der noch halb auf seinem Rücken hing, endgültig zur Seite. Schwer atmend drehte sich Dimitrij auf den Rücken, bereit, den Todesstoß zu empfangen. Aber es kam anders. Ein bekanntes Gesicht erschien über ihm.

„Deine Männer haben sofort erkannt, dass etwas nicht stimmte", sagte Jelena stirnrunzelnd. „Pjotr saß gefesselt auf einem Zentner Sprengstoff. Der Zeitzünder tickte. Aber einer deiner Leute wusste sofort, was zu tun war."
Dimitrij wollte etwas sagen. Stattdessen hustete er blutigen Dreck, vermischt mit Wodka und zwei abgebrochenen Zähne hervor. Langsam beruhigte sich sein Atem. Mit dem kleinen Finger seiner rechten Hand, die anderen Finger waren nicht zu gebrauchen, kratzte er den blutigen Staub von der Zunge.
„Und Wladimir?", stammelte er angestrengt. Jelena deutete auf den leblosen Körper an Dimitrijs Seite.
„Männersache, du weißt doch, ein kleiner Pups und dann bumm. Auf etwa 20 Meter. Der erste Schuss traf. Kannst stolz sein auf deine Männer." Dimitrij richtete sich mühsam auf. Sein Kopf dröhnte und plötzlich wurde ihm übel, als ihn Wladimirs zerfetztes Gesicht ein letztes Mal hämisch anzugrinsen schien.
„Verdammt, das war knapp ... verdammt knapp. Was ist mit deinen Freunden? Hast du sie gefunden ... deine Freunde ... Daniel?"
„Keiner mehr da. Pjotr hatte ihnen vorher zur Flucht verholfen. Das war offenbar der Krankenwagen, die Sirene, letzte Nacht. Evgenij ist ihnen mit der Limousine gefolgt. Pjotr hat's erwischt. Wie gesagt, Wladimir hat ihm einen Zentner Sprengstoff unter den Arsch gebunden. Und dann wollte er uns alle in die Falle laufen lassen."
„Evgenij hat seinen eigenen Bruder diesem Wladimir ans Messer geliefert?"
Jelena zuckte mit den Schultern. „Evgenij ahnte vermutlich, dass sein Bruder gegen ihn aussagen würde. Also hat er ihn diesem Wladimir überlassen und er selbst hat sich an die Fersen des Krankenwagens geheftet."
„Verdammt ... Evgenijs Limousine ist zehnmal schneller als dieser Krankenwagen. Er ist hinter ihnen her. Er wird nicht lockerlas-

sen." Dimitrij fing wieder an zu husten. „Und warum die ganze Scheiße?"

„Zum einen wegen der blauen Kugeln."

„Diese blauen Kugeln? Es gibt sie also doch?", fragte Dimitrij erstaunt.

„Jule ist die Einzige, die weiß, wie die Dinger funktionieren. Vermutlich hat in all den Jahren niemand das Geheimnis lüften können. Also gab es nur eine Chance ... Jule. Aber das ist nicht alles." Jelena schluckte. „Wladimir und Evgenij sind möglicherweise Teil einer international agierenden Bande für ... organisierten Organhandel."

„Organhandel? Mein Gott ... und das Kind ... Daniel?"

Jelena nickte. „Auf der Krankenstation gibt es genügend Beweise. Und Pjotr ... er hat mir gerade alles erzählt, hat aber selbst wohl nichts mit diesem Dreck am Hut." Jelena musste sich zwingen, ihre Gedanken fortzusetzen: „Evgenij wollte sich an Pjotr und den anderen rächen. Gleichzeitig brauchte Ivan ein neues Herz. Und da er sowieso diesen Organhandel aufbauen wollte, kam ihm Daniel ganz gelegen."

„Moment, sagtest du nicht, dass Daniel Pjotrs Sohn ist und damit Ivans Enkel?" Dimitrij stockte der Atem.

„Für Evgenij war er nur ein kleiner Bastard und Ivan, dem war alles recht. Hauptsache, er konnte weiterleben. Dafür ging er über Leichen, auch über die seines Enkels."

„Mein Gott, das Herz seines Enkelkindes ... das kann doch nicht wahr sein, das ist ja ... wie kann man nur so abgebrüht sein." Mühsam erhob sich Dimitrij. Er glühte vor Wut. Sein Körper spannte sich an und für einen Moment hatte er den dringenden Wunsch, dem toten Wladimir noch einmal in das zerschmetterte Gesicht zu treten. Doch statt Hass, spürte er etwas anderes, etwas viel wichtigeres. Er drehte sich um und schloss seine Tochter in die Arme.

„Gut, dass du da bist, Jelena. So etwas darf nie wieder passieren … nie wieder."

Aus der Entfernung hörten sie Sirenen. Es waren Polizeiwagen, die immer näher kamen und kurze Zeit später durch das sich träge öffnende Tor rasten.

„Dir ist doch recht, dass wir sie informiert haben, Vater?"

Dimitrij stimmte zu und klopfte Jelena anerkennend auf die Schulter. Es dauerte nicht lange, bis der Platz unmittelbar hinter dem Eingangstor mit Polizeiwagen gefüllt war. Auch einige Presseleute hatten sich eingefunden. Wladimirs geknebelte Männer wurden aus ihren Verliesen geholt und unter heftigem Blitzlichtgewitter abgeführt. Dimitrij stand am Rand des Spektakels. Sein Nachfolger bei der örtlichen Polizei kam stirnrunzelnd auf ihn zu. Dabei fixierte er abwechselnd Dimitrijs Hand und Wladimirs zerfetzten Schädel.

„Respekt, Dimitrij, ganz schön zugeschlagen. Und Ihre Männer … nicht schlecht." Er schüttelte den Kopf, als er Dimitrijs Leute sah, die sich in ihren schrillen Kleidern peinlich berührt und von den Presseleuten umringt, an die Hauswand drängten. „Nicht zu fassen, morgen steht es in der Zeitung. Dimitrij Sukowa, pensionierter Polizeichef, und eine Gruppe gealterter Schwuchteln überrumpeln Wladimirs Schlägertrupp." Er grinste amüsiert.

Dimitrij schaute zu seinen Männern hinüber. „Scheiße, wir … wir machen uns ganz schön lächerlich, nicht wahr?"

„Lächerlich, Sie und lächerlich?" Er klopfte Dimitrij auf die Schulter. „Nein, nicht Sie, Dimitrij, und schon gar nicht Ihre Männer. Wir sind es, die sich lächerlich gemacht haben, wir, die öffentliche Polizei." Dann wollte er Dimitrij die Hand geben, zuckte aber im letzten Moment zurück. „Das nächste Mal, Dimitrij, wenn Sie so etwas vorhaben, dann sagen Sie mir vorher Bescheid. Einverstanden?"

Dimitrij nickte erleichtert. Eigentlich hatte er sich auf eine Standpauke seines Nachfolgers eingestellt. Aber offensichtlich war die

Erleichterung, Wladimir und seinen Schlägertrupp auf diese Weise loszuwerden, größer als alles andere.

„Ach ... äh ..." Dimitrij hatte den Namen seines Nachfolgers nicht mehr parat. „Haben Sie ... haben Sie einen Krankenwagen gesehen, ich meine ..."

„Sergeij, nennen Sie mich einfach nur Sergej. Einen Krankenwagen? Nein, einen Krankenwagen habe ich nicht gesehen, aber ..." Er zögerte kurz, Dimitrij einzuweihen. „Aber eine vollkommen zerstörte Limousine und ..." Er ahnte, dass Dimitrij mehr wusste als er selbst und kam nochmals zurück „Und ein Bett, eine Art Krankenbett." Misstrauisch fixierte er Dimitrij. „Wie kann es sein, dass eine Limousine auf der Landstraße mit einem Krankenbett kollidiert? Sie verheimlichen mir etwas, nicht wahr? Es war übrigens eine von Wladimirs Limousinen."

„Und der Fahrer?", wollte Dimitrij noch wissen. Sergeij schüttelte den Kopf.

„Niemand. Der Wagen war ausgebrannt, aber offenbar ... keine Leiche." Dann drehte er sich um und ging zu seinem Dienstfahrzeug, mit dem er das Gelände verließ. Pjotr nahmen sie mit. Er galt als einer der Hauptzeugen. Nur die Leute von der Spurensicherung blieben zurück und begannen die Umgebung zu erkunden.

Dimitrij ging zu seinen Männern, die erschöpft an die Hauswand gelehnt auf dem Boden saßen. „Alles klar, Männer?"

„Mein Gott, noch so eine Aktion ... verdammt, ich freue mich morgen schon auf die Zeitung", ließ einer von ihnen vernehmen.

„Es wird Zeit." Dimitrij zeigte mit dem Finger zum Lastwagen und schwenkte den Schlüssel in seiner linken Hand.

„Lass mich lieber fahren, Vater." Jelena nahm ihm den Schlüssel ab. „Ich glaube, du brauchst einen Arzt." Dann schlichen sie gemeinsam zum Lastwagen. Die Männer folgten ihnen jedoch nicht. Nochmals als Prostituierte auf der Laderampe eines LKW schien undenkbar. Und gleichzeitig war es für jeden eine schmerzliche

Erfahrung, weggeschaut zu haben, wie genau das Undenkbare für andere über viele Jahre hinweg traurige Realität gewesen war.

Auf dem Weg zurück kamen Jelena und ihr Vater an dem ausgebrannten Wrack einer Limousine vorbei. Unweit davon lag ein vollkommen demoliertes Krankenbett im Straßengraben. Dimitrij beobachtete die Landschaft. Der Gedanke, dass Evgenij davongekommen sein könnte, belastete ihn genauso wie die Ungewissheit, was mit den anderen im Krankenwagen passiert war. Jelena erahnte die Gedanken ihres Vaters.

„Pjotr sagte mir noch, sie seien in Moskau, im Zentralkrankenhaus. Er hat mit dem Arzt telefoniert." Dimitrij war erleichtert, dann erinnerte er sich an den Zeitungsartikel.

„Wir müssen deine Freunde finden, bevor es zu spät ist. Du weißt doch, der Zeitungsartikel von letzter Woche. Sie werden gesucht."

Jelena wehrte ab. „Es war Maria, Pjotrs Frau, die Ivan erschossen hat. Sie hat sich gestellt." Dimitrij starrte Jelena ungläubig an. „Gott sei Dank. Damit haben sie vielleicht eine Chance ... nur der kleine ... Daniel." Pjotr hatte von Ivans Zustand und davon, dass Daniel vielleicht sein eigenes Herz zurückbekommen könnte, nichts verlauten lassen. Dass er jedoch darauf beharrt hatte, ausgerechnet nach Moskau ins Zentralkrankenhaus zu fahren, war ungewöhnlich und ließ ein wenig Hoffnung aufkeimen.

„Wir müssen ins Zentralkrankenhaus. Da kannst du dir gleich deine Hand richten lassen, Vater."

„Ins Zentralkrankenhaus? Das wird nicht einfach. Die lassen uns vielleicht nicht durch die Stadtgrenze. Ich bin schon lange in Rente, hast du das vergessen?"

Es kam jedoch anders. Die Nachricht von Dimitrijs Aktion hatte sich schon herumgesprochen. Nachdem sie den Lastwagen in Dedovsk abgestellt hatten, wurden sie von einem Polizeiwagen abgeholt und in Richtung Moskau gefahren. Es sollte wohl eine Art Dankeschön von Sergeij sein. Vielleicht war es aber auch nur der Versuch, mehr Informationen aus Dimitrij herauszuholen. Auf jeden Fall verwickelte ihn der Fahrer des Polizeiwagens in ein Gespräch, in dem er viele Fragen stellte. Dass das Funkgerät angeschaltet war, entging Dimitrij natürlich nicht. Er bedeutete Jelena, möglichst keine weiteren Informationen, als die, die schon bekannt waren, preiszugeben.

„Valerie, wir müssen Valerie mitnehmen." Dimitrij wies den Fahrer an, einen kleinen Umweg zu machen. Valerie stand bereits in der Tür und spitzte die Ohren. Als sie Jelenas Stimme hörte, fiel sie ihr um den Hals.

„Wir müssen zu Daniel, kommst du mit?" Valerie ließ sich zum Polizeiwagen führen, wo ihr der Polizist die Tür aufhielt. Während der Fahrt sprach sie kein Wort. Sie wusste bereits, dass Dimitrij und Jelena selbst nicht mehr Informationen hatten, als dass Daniel im Krankenhaus war und operiert wurde. Das war schon beunruhigend genug.

Problemlos passierten sie die Stadtgrenze Moskaus und trafen wenig später im Zentralkrankenhaus ein. Der Polizist folgte Dimitrij und Jelena auf Schritt und Tritt. Dimitrij blieb stehen und drehte sich zu ihm um.

„Ich glaube, wir schaffen das alleine."

„Anweisung vom Chef."

„Soso, Anweisung vom Chef." Dimitrij hielt ihm seine inzwischen stark geschwollene und deformierte Hand hin. Der Polizist taumelte zurück. „Wollen Sie dabei sein, wenn die Knochen krachend wieder zusammengefügt werden, wenn Blut aus der Wunde quillt, vielleicht sogar etwas schmieriger Eiter?"

„Schon gut, schon gut, ich warte hier."

Dimitrij und Jelena verschwanden in der chirurgischen Ambulanz und nahmen den Hinterausgang zum Treppenhaus. Dimitrij blinzelte seiner Tochter zu.

„Jetzt müssen wir nur noch deine Freunde finden."

„Vater, du bleibst schön hier und lässt dir krachend die Knochen richten, das Blut und den Eiter absaugen. Keine Widerrede." Jelena schob ihren Vater zurück in die Ambulanz und übergab ihn an einen Sanitäter, der ihn unverzüglich mitnahm.

„Wir sehen uns später", rief sie ihm aufmunternd zu und zog Valerie weiter zum Aufzug. Dort war ein großes Schild angebracht: *Thorax-Chirurgie, fünfter Stock.*

„Hast du auch so ein komisches Gefühl, Jelena?", piepste Valerie ängstlich. Jelena zog sie schweigend weiter. Der Aufzug öffnete sich in einen großen, lichtdurchfluteten Raum, der an zwei Seiten von Stühlen und Bänken gesäumt war. In den Ecken standen künstliche Palmen. Schon wollte sie an der großen Glastür klingeln, als eine bekannte Stimme sie von hinten traf: „Jelena ... Jelena, bist du das?"

Wie angewurzelt blieb Jelena stehen, dann drehte sie sich langsam um.

„Jule?"

Jule sprang auf, kam auf Jelena zugerannt und fiel ihr in die Arme. Auch Al und Karin kamen aufgeregt hinzu, und sie umarmten sich stürmisch.

Valerie stand etwas abseits und flüsterte: „Mama, Papa ..." Jule drehte sich um. Als sie Valerie sah, kniete sie nieder, presste das Mädchen schluchzend an sich und wollte es nicht mehr loslassen.

„He, ihr beiden, ich bin auch noch da", kommentierte Al gerührt und kniete sich zu den beiden. Nach einiger Zeit richtete er sich wieder auf und sah Jelena an. Er brachte keinen Ton hervor.

„Sie ist ein schlaues Mädchen und verdammt tapfer!" Jelena streichelte über Valeries blonden Schopf.

Al versuchte angestrengt, seine Stimme wiederzufinden. „Wie ... wie hat sie ... ich meine, wie hast du und Valerie ... wie seid ihr ...", stammelte er.

„Sie hat mich angerufen, von ihrem Handy aus. Und Olli konnte mir gleich einen Flug besorgen. Wir haben uns in ..."
„In der Kanalisation?", unterbrach Al.
Jelena nickte. „Ohne sie wäre ich da kaum wieder rausgekommen."
„Aber auch nicht hinein", ergänzte Al seufzend. „Und dann?"
„Ich bin zu meinem Vater. Ich konnte meinen Vater überreden."
„Du bist zu ihm? Wie hat er reagiert?"
„Es war erst nicht einfach. Aber Valerie, sie ... sie war es. Sie hat ihn überzeugt, dann ging alles ganz schnell. Er hat seine Männer gerufen und dann sind wir ins Institut."
„Ins Institut?"
„Genau, ins Institut, aber alles andere erzähl ich dir später. Eine lange Geschichte. Wie ... wie geht es Daniel?" Alle sahen Nadjeschda und Karin an. Karin merkte, dass Nadjeschda keinen Ton herausbekam, und suchte Jelenas Blick.
„Sie ... sie haben sein Herz ... Jelena, es war ... es war schrecklich." Karin stockte.
„Ich weiß, Karin. Pjotr hat uns alles erzählt. Das klingt so unglaublich, so schrecklich ... Wie können Menschen zu so etwas fähig sein?"
Nadjeschda hatte sich wieder etwas gefangen. „Das sind keine Menschen, das sind ... ich weiß auch nicht. Aber stell dir vor, wie es weiterging. Vielleicht hat dir Pjotr auch erzählt, dass Maria ... sie hat ... " Nadjeschda brach ab. Es war alles so unwirklich, dass sie keine Worte mehr fand.
„Ich weiß, sie hat Ivan erschossen. Sie hat sich gestellt und jetzt sitzt sie im Gefängnis. Und Daniel ... was ist mit Daniel?"
„Stell dir vor, Jelena", ergänzte Karin. „Ivan, sein Herz ... ich meine natürlich Daniels Herz, es hörte nicht auf zu schlagen. Ivan war hirntot, aber Daniels Herz wollte weiterleben!"
„Du meinst, er bekommt es zurück?", erwiderte Jelena ungläubig. „Wo ... ich meine, wann ..."

Karin kam ihren weiteren Fragen zuvor. „Dank Pjotr und Alex ..."
„Wer ist Alex?"
„Alex ist ein guter Freund. Dachte ich zumindest und jetzt ..." Als sie an Evgenijs letzte Worte dachte, spürte Karin plötzlich einen Kloß im Hals. „Ich weiß nicht, was aus ihm wurde. Auf jeden Fall ... dank Alex und Pjotr konnten wir aus dem Institut fliehen und sind wirklich in letzter Minute hier eingetroffen. Sie wussten gleich Bescheid und seit ..." Karin streifte ihre Armbanduhr. „Seit etwa sechs Stunden ... Die Operation ist gut verlaufen. Daniel hat sein Herz zurückbekommen. Aber wir können noch nicht zu ihm. Wir wissen nicht, wie es ihm geht. Wir müssen warten – und beten."
Mit einem lauten Brummen öffnete sich die Tür zum Operationstrakt. Ein Arzt kam langsam mit ernster Miene auf sie zu.

Moskauer Zentralkrankenhaus, Juli 2020, mittags

Es gibt Momente im Leben, von denen man im Voraus bereits weiß, dass sie alles auf den Kopf stellen können. Alles, von dem man glaubte, dass es in geregelten Bahnen verlaufen würde, kann mit einem Mal aus der Spur geraten, sich in Luft auflösen oder mit einem lauten Knall in tausend Einzelteile zerbersten. Einzelteile, die nie wieder zueinanderfinden werden. In solchen Momenten sehnt man sich zurück in eine Zeit, in der man sorglos in den Tag hineinleben konnte und wie selbstverständlich dachte, dass einen nichts, aber auch gar nichts erschüttern würde. Und gleichzeitig wird einem bewusst, wie sorglos und wenig wertschätzend man diese Zeit verstreichen ließ. In solchen Momenten wird einem nachträglich klar, dass keine Nachrichten oft die besten Nachrichten sind, dass man hätte dankbar sein müssen für die Gleichförmigkeit und Stetigkeit ereignisloser Tage.

Schmerzhaft wird man an die innere Ungeduld erinnert und an den einstmals drängenden Wunsch, es möge doch endlich etwas passieren.

Der sorgenvolle Ausdruck eines Arztes im Vorfeld der Bekanntgabe dessen, was dieser bereits weiß und was einen selbst bis ins Mark quält, ist sicherlich ein solcher Moment. Keine Situation kommt der Rolle des Arztes als Halbgott in Weiß näher als die, in der man an seinen Lippen klebt, in Erwartung der erlösenden oder vernichtenden Nachricht. Gebannt hängt man an der Mimik, analysiert sekundenschnell jeden Augenaufschlag um herauszufinden, ob die Reise in den Himmel oder in den Abgrund geht.

Doch dazwischen gibt es noch etwas anderes: Die Ungewissheit, die sowohl für den Halbgott in Weiß als auch für den flehenden Empfänger der Nachricht wie eine Rettungsinsel im tobenden Sturm der Gefühle alle Optionen offen lässt. „Wir können noch nichts Endgültiges sagen", ist eine der Standardformeln, die ehrlich gemeint sein können, oft aber als Notlüge in ausweglosen Situationen herhalten müssen. Aber es entspricht der Natur des Menschen, das letzte Fünkchen Hoffnung allen Katastrophen zum Trotz wachzuhalten.

Dies weiß auch der Überbringer der Nachricht. Auch er muss blitzschnell analysieren, wie viel schlechte Nachricht verkraftbar und wie viel gute Nachricht vertretbar ist. Was für den einen noch wie ein Rettungsanker klingt, ist für den anderen die Eisenkugel, die ihn in die Tiefe zieht. Das berühmte halbvolle oder halbleere Glas wird zur existenziellen Frage. Der Grat zwischen Aussichtslosigkeit und Hoffnung ist oft unerträglich schmal.

Und dann ist da noch die Nachfrage, die alles noch schlimmer machen kann. „Wird er durchkommen?" Diese zu verneinen, ist meist die bessere Strategie, da der Halbgott in Weiß im Falle des Todes als allwissend, im Falle des Überlebens als genial dasteht. „Er wird es schon schaffen", ist dagegen fatal. Dann ist es ein Irrtum, ein Kunstfehler, ein Klagefall, falls der Patient verstirbt oder eine nicht erwähnenswerte Selbstverständlichkeit im Falle des Überlebens. Zweckpessimismus als Schutz für Arzt und Patienten gleichermaßen, ist oft unausweichlich.

All diese Gedanken manifestierten sich in jedem Schritt des Arztes, der auf Nadjeschda und Karin zukam.

„Daniels Herztransplantation war erfolgreich."

Nadjeschda brach weinend in Karins Armen zusammen. Mit letzter Kraft übersetzte sie die wenigen Worte. Schluchzend hielten sie sich aneinander fest. Eigentlich wollten beide jetzt nichts weiter hören. Die Nachricht war unerwartet gut, sodass jede Nachfrage die aufkeimende Hoffnung vernichten konnte.

„Dürfen wir zu ihm?" Dies war ein vorsichtiges Herantasten an die Wahrheit, die alle bereits ahnten, dass nämlich die Transplantation zwar erfolgreich, Daniels Zustand jedoch schlecht war.

Der Arzt schüttelte den Kopf. „Im Moment noch nicht. Wir versuchen ihn gerade zu extubieren. Er ..." Nadjeschda sah flehend auf, brachte jedoch kein Wort hervor. „Er hat viel mitgemacht. Ich sage Ihnen Bescheid, sobald Sie zu ihm können." Dann drehte er sich um und eilte schneller, als er gekommen war, wieder in Richtung Operationstrakt.

Al und Jule hatten alles von ihren etwas entfernt stehenden Stühlen aus beobachtet und gingen nun auf Karin zu, die die schluchzende Nadjeschda in den Armen hielt.

„Und?", keuchte Al gequält.

Ein vorsichtiges Lächeln huschte über Nadjeschdas Gesicht. „Die Transplantation habe er gut überstanden."

„Gott sei Dank", flüsterte Jule erleichtert.

„Mehr konnte der Arzt nicht sagen. Daniel ... er hat viel mitgemacht."

„Können wir ... können wir zu ihm?", stammelte Jule kraftlos. Nadjeschda schüttelte den Kopf.

„Der Arzt, er ... er sagt uns Bescheid."

Langsam schlichen sie zurück zu ihren Stühlen. Al saß aufrecht und starrte zur Tür des Operationstraktes, während sich Nadjeschda und Karin hilfesuchend aneinanderklammerten. Valerie hatte alles von ihrem Platz aus verfolgt und regte sich kaum. Die innere Anspannung war ihr anzusehen.

„Gut, dass wir alle zusammen sind", murmelte Al.

Es dauerte nicht lange, bis eine OP-Schwester zwischen den Flügeln der gläsernen Tür erschien und ihnen mit einem nichtssagenden Ausdruck zuwinkte. Ängstlich erhoben sie sich und folgten der Schwester. Valerie presste sich dicht an Jule und beide hielten sich fest an der Hand. Wie im Institut konnte jeder erst mit Kittel, Überziehschuhen und Haube verkleidet durch die Schleuse. Der sich anschließende Anblick glich erschreckend dem im Institut und jedem wurden die Erlebnisse der letzten Tage wieder in Erinnerung gerufen. Am Ende des Ganges bogen sie in Daniels Zimmer ein. Er lag friedlich auf dem Rücken, wieder an zahlreiche Schläuche angeschlossen. Al stellte jedoch erleichtert fest, dass die Leitung zum Herzen fehlte. Er musterte den Monitor über dem Bett, der Daniels Herzfunktionen in bunten Farben anzeigte. Der Arzt, der ihnen die erste Nachricht überbracht hatte, stand am Kopfende des Bettes.

„Er konnte doch recht bald nach der Operation extubiert werden und seither atmet er ruhig. Auch die Nieren- und Leberfunktionen bessern sich von Stunde zu Stunde." Ein Aufatmen ging durch den Raum, als Nadjeschda die letzten Worte des Arztes übersetze.

„Allerdings gab er bislang kein Lebenszeichen von sich. Keine Reaktion. Der Neurologe war auch schon da und hat versucht, sich über seinen Hirnzustand ein klares Bild zu verschaffen." Das war sie also die schlechte, die vernichtende Nachricht, die Nadjeschda mit letzter Kraft zu übersetzen versuchte. Alle standen betroffen um das große Bett, auf dem Daniel wie auf seinem Sterbebett friedlich ruhte. Keiner wagte, an den nüchternen Bericht des Arztes anzuknüpfen, zu fragen, was noch an Ergebnissen vorlag, und erst recht nicht, wie die weiteren Chancen standen. Der Arzt musterte Daniel ausdruckslos, nahezu gleichgültig, und mied jeden Blickkontakt zu den anderen. Es war zweifelsohne eine Art Selbstschutz angesichts einer menschlichen Tragödie.

„War wohl zu viel für ihn", stellte er fest und wollte gehen.

„Was heißt das, es war zu viel?", rief ihm Nadjeschda hinterher. Gleichzeitig ließ sie sich erschöpft auf den Bettrand sinken und ergriff Daniels schlaffe, kalte Hand.

Der Arzt drehte sich nochmals um. „Wir machen noch ein CT, dann wissen wir mehr, aber ..."

„Aber was?", bohrte Nadjeschda.

„Koma, vielleicht ... aber wer weiß das schon."

„Was hat er gesagt?", wollte Karin wissen.

Nadjeschda beugte sich erschöpft nach vorne und wiederholte die letzten Worte des Arztes.

„Er wird wieder zu sich kommen, da bin ich mir ganz sicher", flüsterte sie kaum hörbar. Ihre Zweifel schienen jedoch zu überwiegen.

„Und wenn nicht?", brachte Karin mühsam hervor. Langsam ließ sie sich an Nadjeschdas Seite nieder und senkte ihren Kopf über Daniels Bett. Niemand sagte etwas und sie lauschten dem Brummen der umstehenden Geräte.

Doch da war auch ein regelmäßiges Piepen, das Anlass zur Hoffnung gab. Es war Daniels Herzschlag, das Pumpen seines eigenen Herzens. Jule ging an Daniels Kopfende und streichelte ihm zärtlich über die Stirn. Für einen Moment hatte sie das Gefühl, dass er versuchte, die Augen zu öffnen. Es konnte jedoch genauso gut nur ein Reflex auf die Berührung von Jules Hand gewesen sein.

Valerie folgte Jule und lauschte den Geräuschen, die Daniel umgaben. Sie lauschte seinem regelmäßigen Atem.

„Mama ... was heißt Koma?" Valerie verstand, dass es ernst um Daniel stand. Sie beugte sich nach vorne und flüsterte: „Daniel, ich bin hier, Valerie. Du ... du musst nicht mehr schlafen." Es schien, als zuckten Daniels Augenlider etwas. Ein leiser Alarmton erklang aus dem Monitor über seinem Kopf und meldete eine kurze Pulsbeschleunigung. Dann war wieder alles still. Valerie richtete sich auf. „Ich glaube, Daniel ist noch sehr müde. Er muss noch lange schlafen." Das kleine Wort „lange" fuhr allen durch die Knochen, da keiner wusste, wie lange das sein sollte oder ob Daniel vielleicht nie wieder aufwachte. Keiner wagte etwas zu sagen.

„Warum weinst du, Mama? Daniel schläft doch nur." Jule brachte kein Ton heraus. „Kann ich noch hierbleiben? Wenn er aufwacht, muss ich ihm alles erzählen. Und außerdem ..." Valerie überlegte kurz. „Ich werde ihm etwas vorsingen. Das habe ich ihm versprochen."

„Natürlich, du kannst hier bleiben. Solange du möchtest." Jule strich ihr über die Haare. Ihr kindliches Zutrauen, dass Daniel noch schlafen musste, dann aber sicher bald aufwachen würde, tat ihr gut. Es tat allen gut und gab seit langer Zeit wieder ein wärmendes Gefühl der Hoffnung. Es war eine kindliche Hoffnung und vielleicht gerade deshalb so viel stärker und ungetrübter.

Es wurde still, sehr still, bis auf einmal wie aus dem Nichts ein zarter Gesang, durch den Raum schwang. Eine liebliche Melodie aus Valeries kindlicher Kehle, die sich wie ein Schleier scheinbar schützend über Daniels Bett ausbreitete. Jeder horchte andächtig Valeries Stimme, die, obgleich viel leiser und zarter, das sonore Brummen der Infusionsgeräte und das monotone Piepen der Überwachungsräte übertönte. Darin lag für alle etwas Beruhigendes, etwas Heilendes, das im Einklang mit Daniels Atmung stand und im Moment wichtiger zu sein schien als jeder Tropfen Medizin, die unaufhörlich in ihn hineinströmte. Jule setzte sich zu Al, der inzwischen an der Wand erschöpft zu Boden gesunken war. Sie beugte sich zu ihm und flüsterte ihm ins Ohr: „Was singt sie? Es ist wunderschön."

„Es ist ihr Stück."

„Ihr Stück?"

Al nickte lächelnd. Seit den ersten Momenten an Valeries Bett, als er sie nur durch ein Wiegenlied zum Schlafen bewegen konnte, hatte er ein besonderes Verhältnis zur Musik, besonders wenn sie von Daniel oder Valerie kam.

Plötzlich verstummte ihr zarter Gesang, was alle aufschrecken ließ, als ob nicht nur der Gesang, sondern Daniels Leben gleich mit erloschen wäre. Doch dann lehnten sie sich beruhigt zurück. Valerie war an der Seite von Daniel mit dem Kopf auf seinem Unterarm tief und fest eingeschlafen. Sie vermittelte ein friedliches, liebevolles und doch unendlich schmerzhaftes Bild, wenn man daran dachte, dass Valeries kindlicher Glaube, Daniel würde im nächsten Moment aufwachen, vielleicht nie in Erfüllung gehen würde.

Moskau Zentralkrankenhaus, Juli 2020, nachmittags

Später rappelte sich Al auf und sah Jule an, die ebenso wie er in einer Art Dämmerzustand zwischen Hoffnung und Verzweiflung schwebte. Nachdenklich zog er sie hinaus auf den Gang, während er zurück zu Nadjeschda und Karin blickte, die mit Valerie auf Daniels Bettkante saßen.

„Gehen wir einen Kaffee trinken." Sie verschwanden in Richtung Krankenhausfoyer, wo sie einen Kaffeeautomaten kannten, der sich ihnen vor wenigen Stunden noch so eisern in den Weg gestellt hatte.

Jelena, die die ganze Zeit mit dem Rücken zur Wand neben der Tür gestanden hatte, erbebte, als ein bekanntes Gesicht, im Türspalt

erschien. Das Schreckensgespenst Evgenij hatte sich so in ihre Seele gebrannt, dass sie erleichtert aufatmete, als sie erkannte, dass es nicht Evgenij, sondern sein Bruder Pjotr war, der in den Raum zu Daniel hinüberblickte. Sie ging zu ihm und legte ihre Hand auf seine Schulter. Dabei zuckte er zusammen, wie gerade aus einem schweren Traum aufgewacht.
„Jelena?"
Sie nickte.
„Wie ... geht es ihm? Hat er sein ...?" Pjotr biss sich auf die Unterlippe.
„Er hat wieder sein Herz, sein eigenes Herz."
Pjotr entspannte sich leicht. „Und ... wie ... wie geht es ihm damit?"
Jelena zuckte die Schultern. „Er schläft. Allerdings ... ob er irgendwann aufwachen wird ... Keiner weiß es und die Chancen sind wohl nicht gut." Sorgenvoll sah sie Daniel an, dann zog sie Pjotr hinaus auf den Gang.
„Vielen Dank, Pjotr. Ohne dich hätten wir es nicht geschafft." Jelena grinste. „Evgenijs Geschenk ... das war genial von dir."
„Ohne mich wären sie – Daniel, seine Eltern, deine Freunde - aber auch nicht hineingekommen in dieses verdammte Institut. Ohne mich wäre Daniel ein fröhlicher Junge und ... Es ist alles meine Schuld ... verdammt, man ist oft so blind."
Jelena seufzte und suchte Pjotrs Aufmerksamkeit.
„Sag mal, dein Vater ... ich dachte, er wäre tot. So stand es zumindest in der Zeitung."
Pjotr blickte Jelena traurig an. „In gewisser Weise war er das ja auch. Nachdem ... Maria ihm in den Kopf geschossen hatte, stürzten gleich diese Sanitäter auf ihn. Sie haben ihn reanimiert, zumindest so gut es ging, und sofort hierhergebracht. Er war beatmet und sein Kreislauf einigermaßen stabil und trotzdem ... es sah auf jeden Fall schlimm aus. Der Schuss hatte sein halbes Hirn herausgepulvert. Und was davon noch übrig war ... naja, es bestand

letztlich kein Zweifel, dass er hirntot war. Schließlich wollten sie die Beatmungsmaschine abstellen. Das taten sie dann auch, aber ... er atmete weiter, verstehst du, einfach so. Ich glaube, es war Daniels Herz. Es wollte wieder zurück in seinen Körper, in Daniels Körper, da wo es herkam."

Jelena murmelte: „Mein Gott, erst klauen sie ihm das Herz und dann wird es wieder zurücktransplantiert. Und jetzt ... jetzt wird er nicht wach." Sie deutete in Richtung Daniel. Valerie hatte sich wieder aufgerichtet und fing aufs Neue an, leise vor sich hin zu singen. Auch diesmal schreckte Nadjeschda hoch, ließ sich dann jedoch erleichtert wieder in Karins Arm sinken. Pjotr starrte zu Daniels Bett. Irgendetwas schien ihn davon abzuhalten, zu ihm hinüberzugehen.

„Und du meinst, Jelena, dass er ... ich meine, er wird nie wieder ... nie wieder wach?"

„Ich weiß es nicht, keiner weiß es so recht. Vielleicht wacht er doch wieder auf, morgen, übermorgen, in einem Jahr ... vielleicht auch gar nicht. Keiner weiß es." Jelena blickte in Pjotrs feuchte Augen. „Und bei dir, Pjotr, wie geht's bei dir weiter?"

„Maria, wie du weißt, sie ...", brachte Pjotr mühsam hervor. „Sie ging zur Polizei. Sie hat alles erzählt. Und jetzt ... wenn sie Glück hat, kommt sie in fünf Jahren wieder raus. Mildernde Umstände aufgrund der Situation und aufgrund ihres Geständnisses." Seine Unterlippe zitterte. „Vielleicht darf sie auch etwas früher raus, mal sehen. Sie ... sie ist ein wunderbarer Mensch. Und was Nadjeschda betrifft, sie ist frei. Die Anklage wurde fallengelassen, auch was Evgenijs Bein anbelangt. Sein Fahrer hat auch gestanden. In der Zeitung stand allerdings nicht viel darüber. Jetzt, wo Nadjeschda unschuldig war, wurde ihre Beziehung zu Karin plötzlich nicht mehr erwähnt. Passte nicht mehr ins Bild. Du weißt, was ich meine. Diese scheinheiligen Idioten!" Wieder spähte er unsicher zu Daniel hinüber, dann drehte er sich zu Jelena um. „Wenn ich noch etwas für dich tun kann, Jelena, für dich oder die anderen. Weißt du, ich habe mich verhalten wie ein Narr, wie ein Idiot und vielleicht gibt es da etwas."

Jelena überlegte. Plötzlich kam ihr etwas in den Sinn. „Du könntest tatsächlich etwas für mich tun. Wenn du willst. Ich wäre dir da sehr dankbar."

„Klar."

Jelena griff in die Tasche und holte ein Pillendöschen hervor. „Ich habe da eine Freundin. Ihr geht es nicht gut und vielleicht ..." Sie gab ihm die Tabletten in die Hand. „Vielleicht kannst du ihr diese Pillen geben. Sie heißt Olga." Pjotr nahm die Medikamente und versuchte zu verstehen, was auf der Packung stand. Dann begriff er.

„Jelena, ich werde dafür sorgen, dass deine Freundin nicht nur diese Pillen bekommt. Ich habe einen Freund, der kennt sich damit aus. Solange sie eine Behandlung braucht, wird sie sie bekommen, das verspreche ich dir." Damit wollte er sich zum Gehen wenden, doch Jelena hielt ihn zurück.

„Pjotr, willst du nicht noch mal zu Daniel ... zu deinem Sohn?"
Pjotrs Augen füllten sich mit Tränen.

„Er hat einen besseren Vater als mich verdient. Ich hoffe, dass er bald wieder aufwacht und ein glückliches Leben führen wird und ... wenn Gott will, dann werden sich unsere Wege irgendwann wieder kreuzen ... irgendwann ... vielleicht in einer besseren Welt." Er umarmte Jelena fest. Dann drehte er sich um und ging zügig den Gang hinab, ohne sich nochmals umzudrehen.

Jelena sah ihm nach, bis er hinter der Tür verschwand. Sie wollte gerade ins Zimmer zurückkehren, als Al und Jule plötzlich vor ihr standen.

„Das war Pjotr, nicht wahr?", sagte Al aufgeregt,
Jelena nickte.

„Ich dachte erst, es wäre Evgenij, aber das kann ja kaum sein."

„Ging mir erst genauso, hab' mich ganz schön erschrocken. Sag mal, Al, wieso meinst du, dass es nicht Evgenij sein konnte?"
„Er hatte uns verfolgt, aber wir konnten ihn abschütteln. Seine Limousine sah aus, als könnte man das nicht überleben."
Jelena musterte ihn abwesend. Dass man in dem Autowrack keine Leiche gefunden hatte, behielt sie für sich.
Später am Abend kam der Arzt nochmals vorbei. Nadjeschda und Jelena lauschten seinen Ausführungen zu den weiteren Untersuchungen an Daniel. Die zwischenzeitlich durchgeführte Computertomografie des Kopfes hatte keine richtungsweisenden Befunde ergeben. Zumindest das war eine gute Nachricht. Aber nach Auskunft des Neurologen deutete einiges auf einen dauerhaften komatösen Zustand hin. Worauf diese Annahme beruhte, wollte niemand hinterfragen. Da die vergangenen Untersuchungen jedoch keine Besserungstendenz erkennen ließen, wuchs von Stunde zu Stunde die schreckliche Gewissheit, dass es nicht gut um Daniel stand.
Valerie wich nicht von seiner Seite. Immer wieder ließ sie ganz leise ihre glockenhelle Stimme erklingen. Dabei streichelte sie ihm oft über Stirn, Nase und Mund.
Ein im gegenüberliegenden leeren Zimmer sichtbares Fenster ließ erkennen, dass die Nacht hereingebrochen war. Angetrieben von drei Tassen starken Kaffees, konnte Al nicht schlafen. Er versuchte sich auf ein Gebet, vielleicht einen Psalm zu konzentrieren. Die Gewissheit, dass diese Zeilen von Menschen geschrieben worden waren, die sich in größter Verzweiflung befunden und trotz allem die Hoffnung nicht aufgegeben hatten, war beruhigend. Aber immer wieder schweiften seine Gedanken ab. Unwillkürlich kam ihm Doktor Hosseini in den Sinn. Er sah ihn geradezu plastisch vor sich, damals, als er ihn davon überzeugt hatte, dass man den Glauben an ein Wunder nie verlieren soll. Das Wunder hieß Valerie und andächtig lauschte er ihrem leisen Gesang.

Moskauer Zentralkrankenhaus, Juli 2020, abends

Daniel saß aufrecht, leicht nach vorne gebeugt im Bett. Sein Blick wanderte suchend durch den Raum. Silber glänzende Stangen, wie Kleiderständer umgaben ihn. Daran hingen im kalten Licht der Neonbeleuchtung Beutel mit klaren Flüssigkeiten, aus denen in regelmäßigen Abständen Tropfen in kleine Gefäße fielen. Helle, durchsichtige Schläuche wanden sich von dort zu ihm herab und verschwanden unter dicken Verbänden an seinen Armen und knapp unterhalb seiner Schulter. Hinter den seltsamen Kleiderständern befand sich ein großes Fenster. Eine von außen angebrachte Jalousie versperrte die Sicht wie ein Vorhang im Theater. War er im Zuschauerraum oder auf der Bühne? Er wusste es nicht und es machte ihm Angst. Er suchte weiter nach etwas, an das er sich klammern konnte.

Rechts und links neben dem Fenster standen Schränke und Regale, alle in eine weiß glänzende Oberfläche gekleidet. Überhaupt war alles weiß und hell, so wie er sich schon immer den Himmel vorgestellt hatte. Und doch schien alles so kalt, so fremd, so einsam. Oder doch nicht einsam? Auf der Bettkante saß jemand mit leicht gebeugtem Kopf und schien jedem seiner Atemzüge zu lauschen. Es kam ihm vor, als wäre es ein Engel mit hellblondem Haar. Es konnte nur ein Engel sein. Plötzlich dachte er an einen Besuch in der Oper mit seinen Eltern. Es musste kurz vor Weihnachten gewesen sein. Lust dazu hatte er damals keine gehabt und es war alles schrecklich langweilig gewesen, bis zu diesem besonderen Moment. Es war dunkel. Kleine glitzernde Punkte füllten den Raum wie Sterne in einer glasklaren mondlosen Nacht. In der Mitte der Bühne knieten zwei Kinder und hielten ängstlich ihre Hände fest ineinander verschränkt. Und dann ertönte diese wunderbare Musik vom Schlafengehen und den vielen Engeln, die sie beschützend umgaben. Damals konnte er seine Tränen nicht zu-

rückhalten. Wie albern, dachte er noch beschämt – er, als Junge! Aber er war machtlos gegen diese plötzliche emotionale Flut.
Auch jetzt spürte er wie damals dieselbe Wärme durch seinen Körper fließen, nur dass er diesmal nicht Zuschauer war, sondern selbst mittendrin saß. Und die Melodie, die er vernahm, war eine andere. Sie kam von dem blonden Engel, der an seiner Seite saß und ihm so bekannt und vertraut war.
Fast ein wenig ängstlich betrachtete er die sanften Gesichtszüge, die stupsige Nase, die golden fallenden Haare, den zarten Mund, aus dem die wunderbare Melodie hervorströmte, wie ein Versprechen, das gerade in diesem Moment in Erfüllung ging. Es konnte nur ein Engel sein und doch war alles so erschreckend wirklich. Wie ein lang gehegter Wunsch, der ihm Kraft und Leben schenkte. Oder war es doch nur ein Trugbild? Eigentlich spielte das im Moment keine Rolle, solange die Vision nur bestehen blieb und ihm weiterhin das wunderbar warme Gefühl bereitete, das sich in seiner Brust ausbreitete, sein Herz mit neuem Lebensmut erfüllte. Es durfte kein Traum bleiben, das wurde ihm immer klarer. Immer stärker erwuchs in ihm das sehnsüchtige und schmerzhafte Verlangen, dass dieses Gefühl, dieser engelsgleiche Anblick, dieser wunderbare Gesang kein Traum bleiben durften. Er musste mit all seinen Sinnen fassbar, Wirklichkeit werden, ob im Himmel oder auf der Erde spielte keine Rolle, Hauptsache es war real. Er versuchte etwas zu sagen, versuchte ein paar Worte hervorzubringen, aber es kam nur ein leises Flüstern. Plötzlich hatte er einen vertrauten Namen auf den Lippen.
„Valerie, du hier ... wo ... wo bin ich?"
„Du hast geschlafen, Daniel, tief und fest."
„Schlafe ich immer noch?"
„Nein, du bist wach, wieder da ... du bist wieder hier. Ich habe dir etwas vorgesungen." Ein erleichtertes und zufriedenes Lächeln huschte über sein Gesicht.

„Ich habe geträumt. Ich habe Musik gehört, wunderschöne Musik und ... du hast mich angesehen."
„Ich kann dich nicht sehen, Daniel, das weißt du doch."
„Es war aber so. Im Traum haben wir uns angesehen. Es war ein schöner Traum. Es war ... wie im Himmel."
Valerie tastete suchend nach Daniels Hand. „Daniel, vielleicht sehen wir uns im Himmel ... aber wir sind nicht im Himmel. Wir sind auf der Erde. Aber ... ich wünschte mir manchmal mehr Himmel auf der Erde."
„Mehr Himmel ... wie meinst du das?"
„Die Menschen ... sie sollten *nie wieder Herzlos* sein ... du auch nicht, Daniel. Ich bin froh, dass du wieder da bist."

Frankfurt, September 2014

Es ist Samstag, früher Nachmittag. Mein Hund, Leo, muss nochmal Gassi. Also gehen wir. Ein paar Meter sind es nur bis zur Mainpromenade. Blau schimmernde Bürotürme empfangen uns majestätisch. Die Strahlen der spätsommerlichen Sonne reflektieren in der sanften Flussbiegung des Mains zwischen Städel und jüdischem Museum. Das goldene Horn von Frankfurt, denke ich in Erinnerung an einen Filmbericht über Istanbul. Leo interessiert das alles nicht. Auch nicht der tiefblaue Himmel oder die wild umherfliegenden Blätter, die den nahen Herbst ankündigen. Seine Nase schleift knapp über dem Boden, vielleicht um die letzten Spuren seiner Artgenossen aufzunehmen.
Vereinzelt ziehen Flugzeuge ihre Kondensstreifen hinter sich her, die sich in definierten Abständen auflösen, als sei niemals ein Flugzeug vorbeigekommen. Ansonsten befleckt keine Wolke den stahlblauen Himmel.

Vielleicht ist es der letzte Tag in diesem Jahr, der dazu einlädt, sich auf dem Grün der Mainpromenade niederzulassen. Ich strecke mich der Länge nach aus. Die Wiese ist trocken und die Grashalme kitzeln in meinen Ohren. Leo ist dies ebenfalls recht. Mit einem tiefen Seufzer schmiegt er seinen Rücken an meine Seite. Es ist vielleicht seine Art, danke zu sagen für die willkommene Pause. Er mochte noch nie lange laufen. Bereits als junger Hund – damals dachte ich, mit ihm mein morgendliches Sportprogramm neu aufleben zu lassen – hatte er nur drei Dinge im Sinn: kacken, pinkeln, fressen. Daran hat sich bis heute nichts geändert.
Faul liegen wir gemeinsam im Gras. Mein Gedankenkarussell setzt sich in Gang. Leos kommt gerade zur Ruhe, wenn es denn je über den Fressnapf hinausreicht. Und doch tut mir die Gelassenheit von Leo gut. Manchmal wünschte ich mir, wie Leo einfach in den Tag hinein zu leben, nicht an gestern und nicht an morgen zu denken, allenfalls besorgt über ein gelegentlich alarmierendes Hungergefühl. Stattdessen schweifen meine Blicke durch die Wipfel der in der Nähe stehenden Bäume, um mir immer und immer wieder dieselbe Frage zu stellen: warum alles so ist, wie es ist.
Ich stütze mich auf die Ellbogen, um die Wolkenkratzer auf der anderen Mainseite zu betrachten. Hinter ihrer eiszapfenförmigen Starre verbergen sie eine Geschäftigkeit, die im krassen Gegensatz zu der sich über sie spannenden Leere des Himmels steht. Schon als Kind versuchte ich mir vorzustellen, wie hoch der Himmel reichte. Es war ein beängstigender Gedanke, dass der Blick nach oben niemals begrenzt sein würde, sich stattdessen in der Unendlichkeit verlor. Auch in die andere Richtung wurde der Raum nur vorübergehend durch die Erde ausgefüllt, um sich hiernach ebenfalls in der Unendlichkeit zu verlieren. Leerer Raum, soweit man schaute, soweit man sich vorstellen konnte und darüber hinaus. So, wie sich die Unendlichkeit ausdehnte, so schrumpfte im Verhältnis dazu die eigene Dimension immer weiter zusammen: zu

einer Kugel vielleicht, einem Staubkorn und schließlich zu einem nicht mehr wahrnehmbaren Nichts.

Gleiches galt für die Zeit, die nach hinten und nach vorne unbegrenzt, den eigenen Lebensabschnitt umso kleiner erscheinen ließ, je weiter man den zeitlichen Rahmen fasste. Alles wurde so unendlich klein, der Raum, die Zeit und nichts blieb mehr übrig. Alles strebte gegen null, gegen ein sinnloses Nichts. Und dann stellte ich mir immer wieder die Frage, ob es überhaupt etwas gab, das sich dieser Sinnlosigkeit widersetzen konnte. Bis heute hat sich daran nichts geändert. Bis heute quälen mich diese Fragen. Leo seufzt und ich muss feststellen, dass ich nicht viel schlauer bin als er.

„Darf ich den Hund streicheln?" Ein Mädchen, vielleicht zehn Jahre alt, kniet sich an Leos Seite. Ihre Haare sind auffallend lockig rot, fast kupferfarben, etwas dunkler als Leos Golden-Retriver-Mähne. Leo blinzelt und erwartet ein wohltuendes Krabbeln hinter seinem Ohr, dort, wo er mit seinen von Arthrose geplagten Hinterläufen kaum noch hinkommt.

„Kannst du gerne." Leo brummelt genüsslich, als er sich der erhofften Hundewellness hingibt.

„Wie heißt der Hund?"

„Leo. Und du, wie heißt du?"

„Das ... das verrate ich dir nicht."

„Schade."

„Meine Mutter sagt, ich soll mit fremden Leuten nicht reden."

„Da hat sie recht." Ich blicke wieder in den Himmel und versuche dem Rat der Mutter gerecht zu werden.

„Duu?"

„Hm."

„Glaubst du an den lieben Gott?" So direkt hatte mich das noch kein Kind gefragt. Fragen dieser Art von Erwachsenen nahmen die Antwort meist vorweg: Nein, ich doch nicht. Kinder meinen es je-

doch ernst. Sie wollen eine ehrliche Antwort. Ich weiß nicht, was ich antworten soll. Dann fällt es mir ein. „Sagte deine Mutter nicht, dass du mit fremden Leuten nicht reden sollst?"
„Ich rede ja auch nicht. Ich stelle dir nur eine Frage." Volltreffer. Als Kind habe ich in dieser Weise meine Eltern mit Fragen gequält, ohne eine Antwort zu bekommen, zumindest keine, die meine Fragen befriedigt hätten. Frag nicht so viel, war meist die Antwort. Ich habe mir damals geschworen, auf Kinderfragen immer zu antworten.
„Ich glaube schon ... an Gott."
„Komisch."
„Was ist daran komisch?"
„Im Kindergottesdienst heißt es immer ‚Der liebe Gott' und ihr Erwachsenen sagt nur ‚Gott'. Ist er denn nicht mehr lieb, wenn man erwachsen ist?"
„Na, du stellst ja Fragen! Also, wenn ich ehrlich bin, bei dem, was so alles auf der Welt passiert, frage ich mich das auch manchmal."
„Und?"
„So genau kann ich dir das nicht erklären. Ich weiß es nicht. Ich hoffe aber, dass es nur einen lieben Gott gibt."
„Mein Biologielehrer sagt, es gibt keinen Gott. Und was in der Bibel steht, das haben Menschen erfunden."
„Vielleicht hat dein Biologielehrer ja recht. Aber manchmal erlebt man so Dinge, hört so Sachen, die ... die können nicht von Menschen stammen. Da sollte man vielleicht nicht auf seinen Verstand, sondern auf sein Herz hören. Verstehst du?"
Das kleine Mädchen nickt gedankenversunken und lächelt. Ihre Augen schweifen über den blauen Himmel, nicht etwa in die unendliche Leere, die mich bisher umgab. Es scheint, als könne sie hinter die Kulissen blicken, hinter die virtuelle Unendlichkeit eines sich selbst immer wieder reflektierenden Spiegels.

„Manche Menschen können ganz schön herzlos sein", sind ihre letzten Worte, bevor sie wie aus einem Traum erwacht. Ihre Mutter ruft ihr mit strenger und doch liebevoller Stimme zu: „Valerie, kommst du? Es wird Zeit."
Sie schenkt mir ein letztes Lächeln. Ein Lächeln, das ich dankbar erwidere.